Joanna Courtney

Das goldene Meer

Historischer Roman

Aus dem Englischen
von Nicole Hölsken

GOLDMANN

Die englische Originalausgabe erschien 2016 unter dem Titel
»The Constant Queen«
bei Macmillan, an imprint of Pan Macmillan, London.

Dieses Buch ist auch als E-Book erhältlich.

MIX
Papier aus verantwortungsvollen Quellen
FSC® C014496
FSC www.fsc.org

Verlagsgruppe Random House FSC® N001967

1. Auflage
Deutsche Erstveröffentlichung September 2018

Umschlaggestaltung: UNO Werbeagentur, München
Umschlagmotiv: FinePic®, München
Redaktion: Eva Wagner
MR · Herstellung: kw
Satz: Buch-Werkstatt GmbH, Bad Aibling
Druck und Bindung: GGP Media GmbH, Pößneck
Printed in Germany
ISBN: 978-3-442-48571-0
www.goldmann-verlag.de

Besuchen Sie den Goldmann Verlag im Netz

Für Emily, Rory, Hannah und Alec,
die besten Kinder der Welt.

ENGLAND
1066
SCHOTTLAND
GODFRED
NORTHUMBRIA
Stamford
Bridge
York
Fulford
Riccal
Rhuddlan
Chester
Caernarvon
Gwynedd
MERCIA
Powys
Billingsley
Coventry
EAST ANGLIA
WALES
St.
Davids
Hereford
Deheubarth
Glamorgan
Gloucester
Nazeing
London
WESSEX
Wilton
Abbey
Winchester
Senlac Field
Britford
Bosham
Hastings

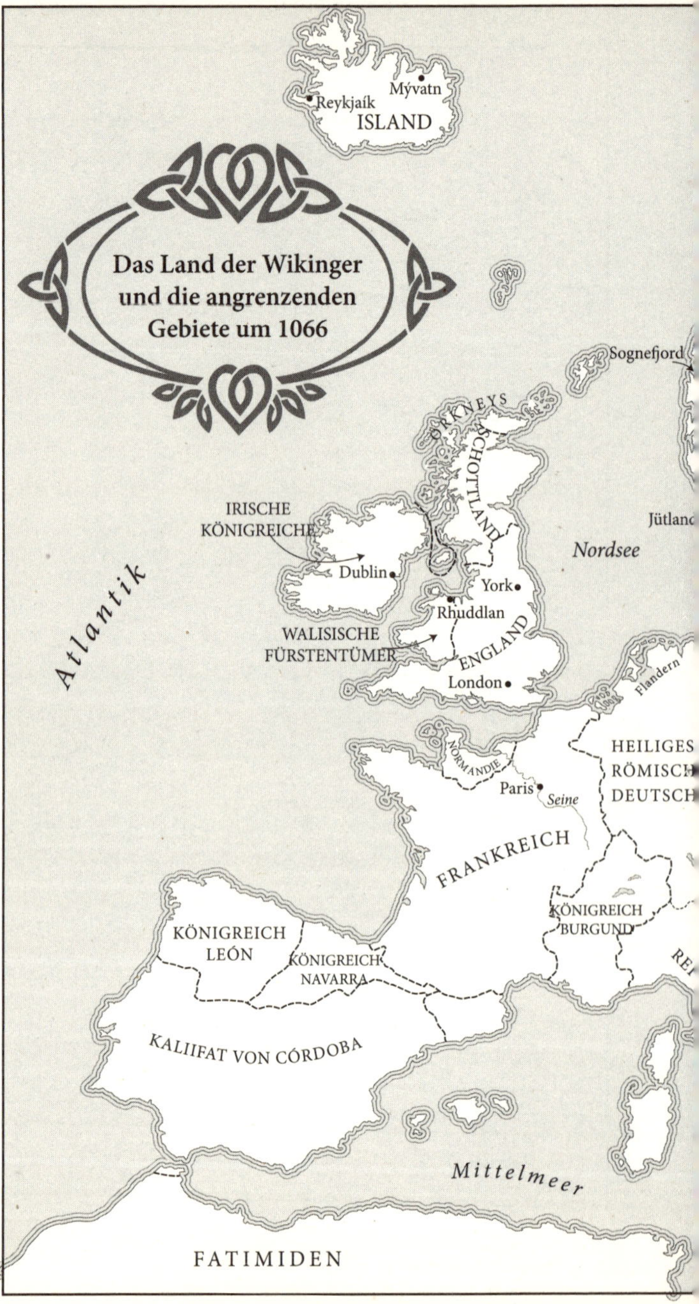

Das Land der Wikinger
und die angrenzenden
Gebiete um 1066
Mývatn
Reykjaík
ISLAND
Sognefjord
ORKNEYS
SCHOTTLAND
IRISCHE
KÖNIGREICHE
Jütland
Nordsee
Dublin
York
Rhuddlan
Atlantik
WALISISCHE
FÜRSTENTÜMER
ENGLAND
London
Flandern
NORMANDIE
HEILIGES
RÖMISCH
DEUTSCH
Paris
Seine
FRANKREICH
KÖNIGREICH
BURGUND
KÖNIGREICH
LEÓN
KÖNIGREICH
NAVARRA
KALIIFAT VON CÓRDOBA
Mittelmeer
FATIMIDEN

uropäisches Nordmeer
stratt
Stiklestad
Bymarka
Nidaros
ske
RWEGEN
Oslo
SCHWEDEN
Sigtuna
VOLKSGRUPPE DER FINNEN
Ladoga
Nowgorod
NEMARK
Ostsee
BALTEN
SLAWEN
KIEWER RUS
POLEN
CH
TION
Kiew
Vitichev
Dnepr
PETSCHENEGEN
Buda
UNGARN
KROATIEN
IEN
Schwarzes Meer
Konstantinopel
BYZANTINISCHES REICH

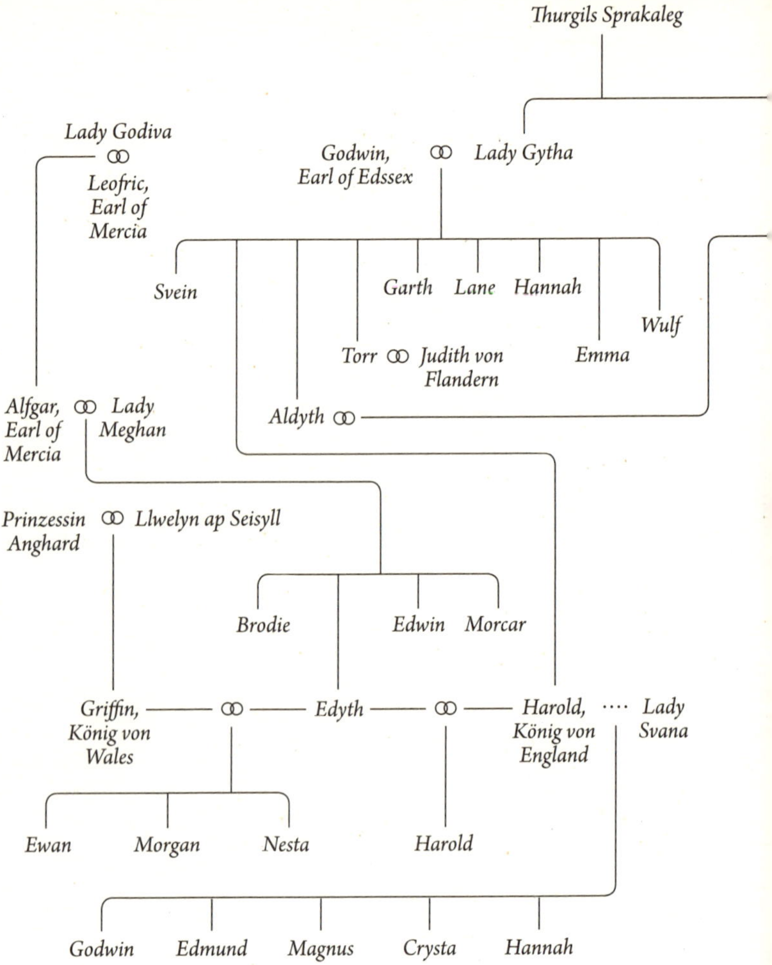

Stammbaum der Königinnen zur Zeit der Eroberungen

Gepunktete Linien markieren Handfasting-Ehen

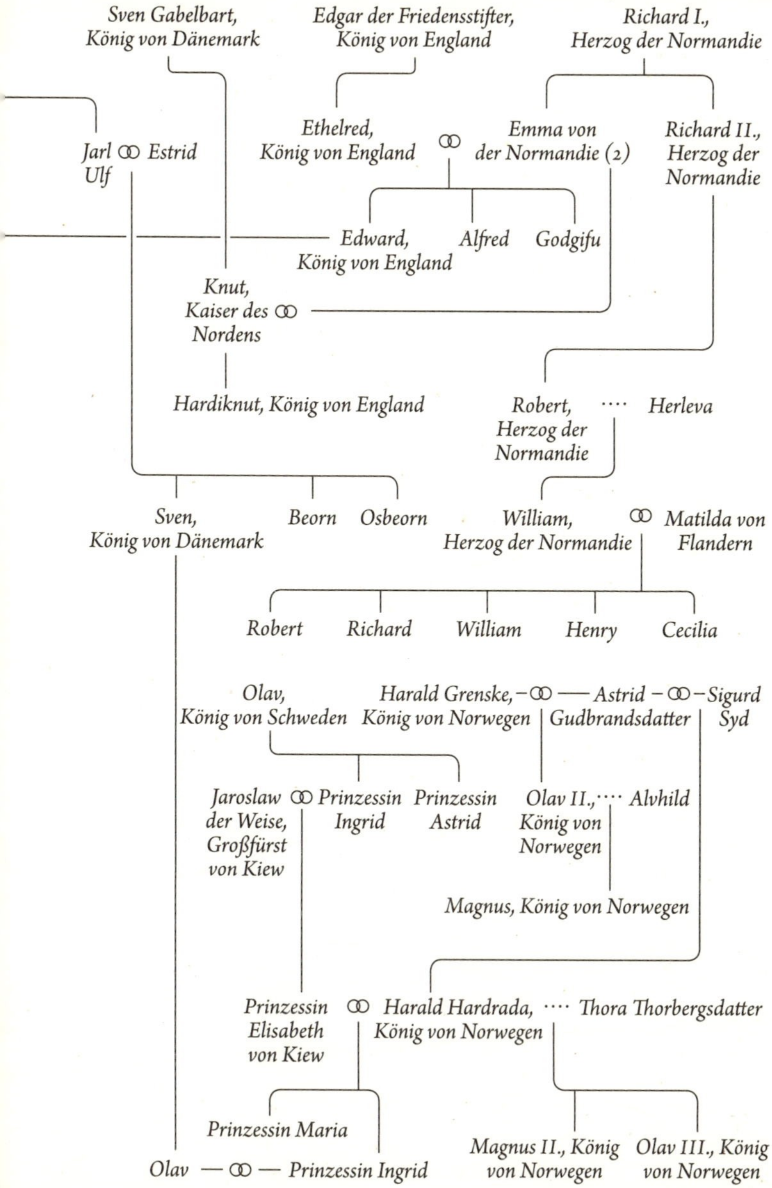
Sven Gabelbart, König von Dänemark
Edgar der Friedensstifter, König von England
Richard I., Herzog der Normandie
Jarl Ulf ⚭ Estrid
Ethelred, König von England ⚭ Emma von der Normandie (2)
Richard II., Herzog der Normandie
Edward, König von England
Alfred
Godgifu
Knut, Kaiser des Nordens ⚭
Hardiknut, König von England
Robert, Herzog der Normandie ···· Herleva
Sven, König von Dänemark
Beorn
Osbeorn
William, Herzog der Normandie ⚭ Matilda von Flandern
Robert
Richard
William
Henry
Cecilia
Olav, König von Schweden
Harald Grenske, König von Norwegen – ⚭ — Astrid Gudbrandsdatter – ⚭ – Sigurd Syd
Jaroslaw der Weise, Großfürst von Kiew ⚭ Prinzessin Ingrid
Prinzessin Astrid
Olav II., König von Norwegen ···· Alvhild
Magnus, König von Norwegen
Prinzessin Elisabeth von Kiew ⚭ Harald Hardrada, König von Norwegen ···· Thora Thorbergsdatter
Prinzessin Maria
Magnus II., König von Norwegen
Olav III., König von Norwegen
Olav — ⚭ — Prinzessin Ingrid

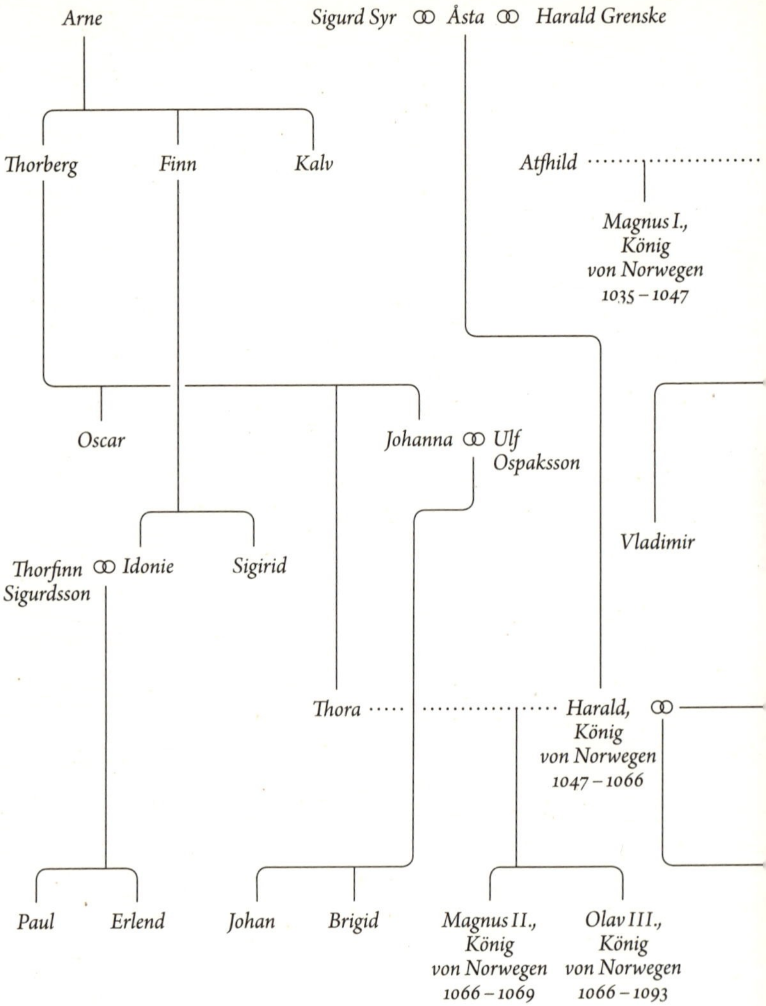

Stammbäume um Elisabeth von Kiew

Die Jahreszahlen beziehen sich auf die Regierungszeit.

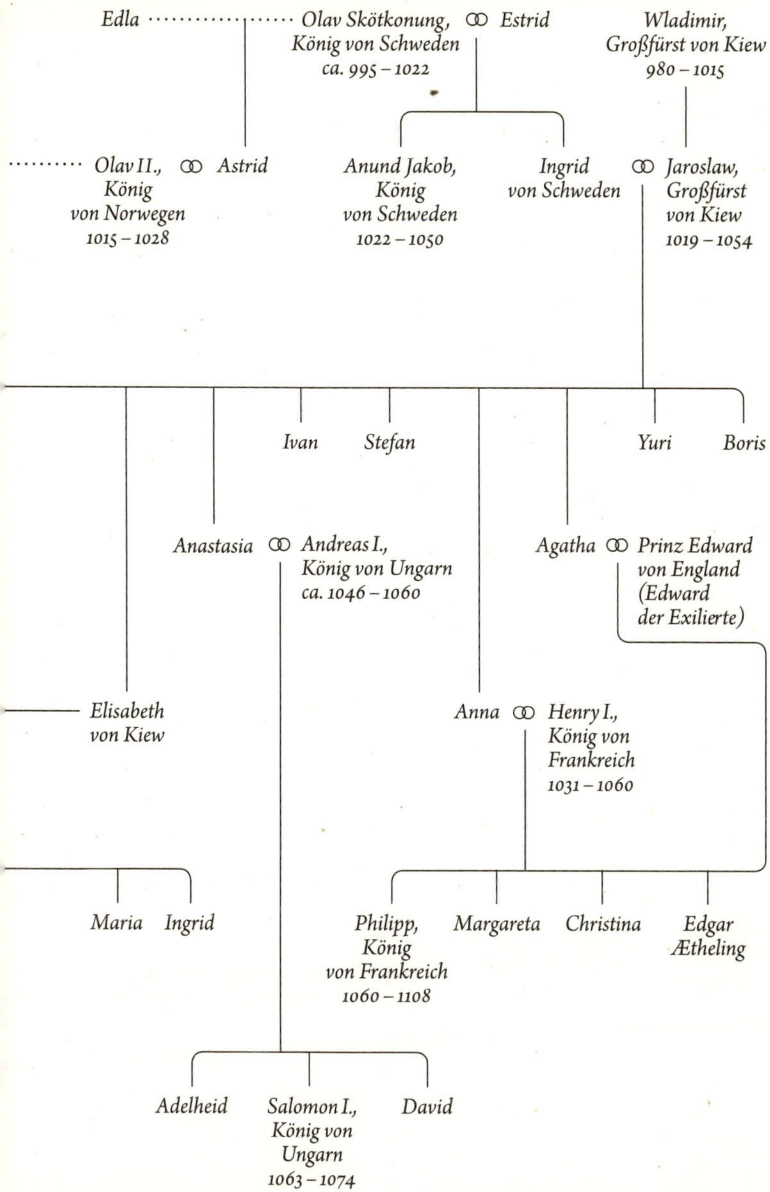

Edla
Olav Skötkonung, König von Schweden ca. 995 – 1022
Estrid
Wladimir, Großfürst von Kiew 980 – 1015
Olav II., König von Norwegen 1015 – 1028
Astrid
Anund Jakob, König von Schweden 1022 – 1050
Ingrid von Schweden
Jaroslaw, Großfürst von Kiew 1019 – 1054
Ivan
Stefan
Yuri
Boris
Anastasia
Andreas I., König von Ungarn ca. 1046 – 1060
Agatha
Prinz Edward von England (Edward der Exilierte)
Elisabeth von Kiew
Anna
Henry I., König von Frankreich 1031 – 1060
Maria
Ingrid
Philipp, König von Frankreich 1060 – 1108
Margareta
Christina
Edgar Ætheling
Adelheid
Salomon I., König von Ungarn 1063 – 1074
David

Prolog

Manchmal, wenn sie die Augen schließt, kann Elisabeth es immer noch spüren – das überwältigende, ungestüme Gefühl, es mit der ganzen Welt aufzunehmen – und wünscht sich sehnlichst, es wieder zum Leben zu erwecken. Sogar noch durch den dichten Nebel der vielen Jahre, die hinter ihr liegen, spürt sie die Wogen durch die dünne Wand ihres winzigen Kanus, das Funkeln der Gischt in ihren Augen, den warmen Lufthauch auf ihrem Gesicht. Und vor allem spürt sie das Brausen ihres jungen Herzens, als sie damals – endlich – den rauschenden Dnepr bezwang.

Es war ein wunderschöner Tag für das Große Stromschnellenrennen in Kiew. Die Mauern der Stadt, hoch oben auf den Klippen, funkelten im grellen Licht und schienen sich ihr zuzuneigen, sie anzuspornen oder vielleicht auch darauf zu warten, dass sie kenterte. Die im Sonnenlicht nur schemenhaft erkennbaren Gesichter der Menge lehnten sich über die Böschung, allesamt mit großen Augen und offenen Mündern. Ihre anfeuernden Rufe wurden von der leichten Brise verweht. Und dann das Blau des Wassers: das endlose, trügerische, prächtige Blau des Wassers – das sie bezwingen wollte.

Mädchen waren bei dem Rennen nicht zugelassen. Zu gefährlich, sagten sie. Aber sie hatte gewusst, wie töricht das war. Sie war mutig genug, um mitzufahren, und geschickt genug sowieso. Wie oft hatte sie sich mit ihrem Bruder Wladimir schon beim ersten

Morgenlicht aus dem Palast gestohlen, wenn der Rest des königlichen Haushalts noch in den Federbetten schnarchte und die Augen der Wachen auf den Mauern noch zu verschlafen waren, um ihre schlanken Gestalten zu entdecken, die im Morgennebel die Stufen hinabschlichen! Sie hatte gewusst, woran man den grimmigen Abwärtssog eines Strudels erkannte, den dunklen Schatten eines Felsens, der zu dicht unter der Oberfläche lauerte, den gespenstischen Schimmer einer Sandbank. Sie hatte gewusst, wie sie die richtige Strömung fand, die sie trug, schnell und sicher, bis hin zu dem großen Tau zwischen den Haupttribünen auf der unteren Ebene, das die Ziellinie markierte. Sie hatte das alles gewusst und war entschlossen gewesen, die Strecke zu meistern.

Bei der Erinnerung an den Ruck schaudert Elisabeth sogar jetzt noch, nachdem die Jahre und der Verstand sie gelehrt haben, wie wenig solch ein winziger Erfolg zählt. Die schmerzvolle Erinnerung an die dunkle Wolke des Fangnetzes lässt sie zusammenzucken. Sie weiß noch, wie seine klebrigen, gierigen Finger sie emporschleuderten und zurückzerrten, sie von ihrem Boot herunterrissen, das nun führerlos durch die Wassermassen kreiste, taumelte und an den Felsen zerschellte, in einem Splitterregen durch die Luft wirbelte und der Menge der Zuschauer einen kollektiven Aufschrei des Entsetzens abrang.

»Wie könnt ihr es wagen?«, schrie sie ihren Geiselnehmern zu und kämpfte gegen die Klauen des Netzes ebenso an wie gegen die ungeheure, tiefe Demütigung. »Wie könnt ihr es wagen, mich aufzuhalten?«

Aber die armen Wachmänner warfen einen Blick flussabwärts auf den Großfürsten, ihren Vater, der mit finsterer, zorngeröteter Miene inmitten der prächtigsten Tribüne stand, und sagten nur: »Wie könnten wir es wagen, Euch weiterfahren zu lassen?«

Später, als einer von ihnen – der jüngere – ihr eine Mahlzeit in ihr Schlafgemach schmuggelte, in das sie mit Schimpf und Schande eingesperrt worden war, formulierte dieser die Frage erneut: »Wie könnt Ihr es wagen, Prinzessin? Wie könnt Ihr es wagen, auf den Stromschnellen zu reiten?«

Elisabeth zuckte nur mit den Schultern. Es war keine Mutprobe für sie gewesen, keine Laune, kein Schrei nach Aufmerksamkeit oder Lob. Sondern vielmehr ein tiefes Bedürfnis, ein brennendes Verlangen – wie ein Juckreiz tief in ihrer Seele.

»Ich wollte ein Abenteuer«, erklärte sie ihm, und er schüttelte verzagt den Kopf und schob ihr die gestohlene Suppe und das Bier zu. Dann sagte er: »Beim nächsten Mal, Prinzessin, sucht das Abenteuer doch bitte, wenn jemand anders Wache hat.«

Da musste sie lächeln. Sie lächelte die ganze lange, hungrig verbrachte Nacht über und auch während der darauffolgenden einsamen Tage ihrer Gefangenschaft. Sie lächelte, weil er vom »nächsten Mal« gesprochen hatte, und das war genug.

TEIL EINS

Kapitel 1

Kiew, April 1031

»Erzähl uns eine Geschichte, Mama – bitte.«

Elisabeth lächelte über Annas Bitte. Manchmal waren kleine Schwestern durchaus nützlich. Mit ihren zwölf Jahren fand sie sich viel zu alt, um um eine Gutenachtgeschichte zu bitten, aber sie hörte trotzdem gern zu – besonders wenn ihre Mutter sie erzählte. Denn Ingrid berichtete vom Norden, von den Ländern jenseits des Warägermeeres, wo die Berge das ganze Jahr über eisbedeckt waren, die Sonne im Mittsommer niemals unterging, und wo in den weitläufigen Wäldern noch immer Trolle ihr Unwesen trieben. Ingrid wusste davon, weil sie dort geboren worden war, als Prinzessin von Schweden. Dann war sie mit König Olav von Norwegen verlobt worden, bis ihr Vater beschlossen hatte, dass Großfürst Jaroslaw von Kiew die lukrativere Partie war, und sie nach Süden schaffte.

»Wünschst du dir manchmal, nach Norwegen gegangen zu sein, Mama?«, hatte Elisabeth sie einmal gefragt.

»Natürlich nicht, Lily«, hatte Ingrid lachend geantwortet. »Ich bin glücklich hier in Kiew – wie könnte man das nicht sein? Es ist eine prächtige Stadt mit einer glorreichen Zukunft, und es gibt keinen Ort in ganz Norwegen, der so großartig oder so fortschrittlich wäre wie Kiew.«

Sie hatte so sicher geklungen. Und doch war Elisabeth überzeugt gewesen, in der Stimme ihrer Mutter ein winziges, wehmütiges Zögern zu hören, das so klang, als sei sie auch heute noch von dem Land im Norden fasziniert, welches beinahe ihre Bestimmung geworden wäre.

Jetzt lehnte sich Elisabeth in dem großen Fenstersitz auf der Hofseite der großen, steinernen Halle zurück, in der das elegante Frauengemach und die Kemenaten untergebracht waren, und versuchte, nicht zu eifrig dreinzublicken, während ihre Mutter die fünfjährige Anna und die zweijährige Agatha in ihre gedrechselten Kinderbettchen legte und sich anschickte, ihnen eine Geschichte zu erzählen.

»Es war einmal ein großer König«, begann Ingrid mit einem Lächeln, »den nannte man Harald Schönhaar, denn er hatte das hellste, leuchtendste Haar, das man je gesehen hatte, und jedermann behauptete, dass es so strahlend hell sei wie Christus' Heiligenschein.«

»Nur«, unterbrach Elisabeth sie, »dass damals alle Heiden waren. Wie konnten sie das also behaupten?«

Ingrid warf ihr einen scharfen Blick zu. »Du hast recht, Lily«, räumte sie ein, »aber seitdem sagen es viele.«

»Viele, die ihn gar nicht wirklich *gesehen* haben?«

»Wahrscheinlich.«

Ingrid warf Hedda einen kurzen Blick zu, der fülligen Amme, die in der Ecke saß und ihre Tochter stillte. Die kleine Greta würde sechs Monate alt sein, wenn Ingrids nächstes Kind zur Welt kam, und Hedda würde dann nicht mehr ihr eigenes Kind mit Milch versorgen, sondern den neuen Prinzen oder die neue Prinzessin, so wie sie all die anderen gestillt hatte. Wladimir pflegte sie als »königliche Kuh« zu bezeichnen, aber nur wenn er außer Hörweite war, denn ihr Schlag war ebenso heftig wie ihre Milch üppig. Elisabeth sah, wie Hedda ihrer Mutter zulächelte, als sie geduldig und tief einatmete.

»Na gut«, sagte sie bedächtig, »alle behaupteten also, dass es schimmerte wie Thors Hammer.«

»Aber der war doch aus Eisen, oder?«

»Elisabeth!«

Elisabeth schnaubte und wandte den Blick ab. Helles Haar jeglicher Art war bei ihr ein wunder Punkt. Ingrids Haar hatte sogar jetzt noch, da sie die Dreißig überschritten hatte, die Farbe überreifen Korns. Ihr Gemahl, der Großfürst Jaroslaw, liebte es, wenn sie es an Feiertagen offen trug, und schlang es sich um die Finger, strich darüber, als sei es gesponnenes Gold. Er nannte Ingrid seinen »Sonnenschein« und ermutigte Gesandte aus fernen Ländern häufig, ähnliche Metaphern zu erfinden. Mehr als einmal hatte Elisabeth bis zum Überdruss miterleben müssen, wie sie einander mit Worten zu überbieten suchten, bis sogar Ingrid selbst von ihren Lobeshymnen in Verlegenheit geriet.

Zwei von Elisabeths Schwestern, Anastasia und Anna, hatten die hellen Locken ihrer Mutter geerbt, und insbesondere die neunjährige Anastasia verbrachte viele Stunden damit, die ihren zu bürsten und zu frisieren, bis Elisabeth den Drang verspürte, ihr das Haar mit ihrem Essmesser abzuschneiden. Als sie noch jünger gewesen war, hatte sie es einmal gewagt, ihr im Schlaf ein paar Strähnen abzuschneiden. Sie hatte sie sich eigentlich nur ans Gesicht halten wollen, um sich im kupfernen Spiegel zu betrachten, aber dann war so viel Wind darum gemacht worden, dass sie ihren kostbaren Schatz von der großen Stadtmauer in die dunklen Kiefern darunter hatte werfen müssen. Wochenlang hatte sie den Verlust betrauert, und seither grollte sie Anastasia umso mehr.

Elisabeth hatte nicht einen Faden Gold in ihrem eigenen Haar. Es umrahmte ihr Gesicht nicht mit seinem leuchtenden Schein, sondern lag schwarz wie ein Mitternachtsschatten auf ihrer olivenfarbenen Haut. Ihr Vater nannte sie seine »schöne kleine Slawin« und betonte stets, dass sie sein ureigenstes Rus-Kind war. Aber dennoch sehnte sich Elisabeth nach nordischem Gold und trug ihre dunklen Locken sooft wie möglich bedeckt.

Und nicht nur ihr Haar unterschied sie von ihren eingebildeten kleinen Schwestern. Sie war klein – Anastasia war bereits größer als sie – und so schmal wie ein Bauernkind, aber wie viele Gänge sie bei Tisch auch verspeiste, sie schien nicht zuzunehmen und würde niemals auch nur annähernd die weichen, anziehenden Rundungen ihrer Mutter entwickeln. Sie war kantig, mit Ellbogen so scharf wie Speerspitzen, Knien so knubbelig wie Waldpilze, und zeigte nicht die geringsten Anzeichen für Brüste oder gar Hüften.

»Vielleicht bist du ja ein Junge, Lily«, neckte ihr ältester Bruder Wladimir sie häufig.

»Ich bin ein besserer Junge als du, Wlad«, konterte sie dann und bemühte sich, ihn bei jeglichem Spiel zu schlagen. Aber wenn die Öllampen verloschen waren und sie allein im Bett lag, wollten ihr seine Worte einfach nicht aus dem Kopf gehen.

»Ich *bin* kein Junge«, murmelte sie dann grimmig in ihr Gänsedaunenkissen, aber die leise Stimme in ihrem Kopf wollte nicht verstummen: *»Vielleicht bist du auch nicht wirklich ein Mädchen.«*

»Dieser König Harald also hatte einen spätgeborenen Sohn«, fuhr Ingrid fort. »Er trug den Namen Håkon, und weil sein Vater befürchtete, dass dessen ältere Brüder ihm seine Stellung streitig machen wollten, schickte er ihn nach England, um ihn dort von seinem Freund, König Æthelstan, aufziehen zu lassen. Dort wuchs er zu einem guten Christen heran.«

Sie sah ihre älteste Tochter scharf an, aber in diesem Augenblick hüpfte die zweijährige Agatha in ihrem Bett auf und ab und rief: »England, England.«

Elisabeth lächelte ihrer jüngsten Schwester zu, die – genau wie sie selbst – mit dunklem Haar geschlagen war und dazu noch über wilde Locken verfügte. Agatha hatte den Namen des Landes der Angelsachsen erst vergangene Woche gelernt und war offenbar ganz fasziniert davon. An Jaroslaws Hof befand sich ein verlorener englischer Königssohn namens Edward – einer jener Myriaden von Exilanten, die ihr Vater gern beherbergte –, und zu jedermanns größter Belustigung folgte Agatha dem armen jungen Mann auf Schritt und Tritt wie ein Schoßhund. Aber Elisabeth lachte nicht darüber. England wurde ebenso wie Norwegen und Dänemark von König Knut dem Großen regiert, dem Herrscher des Nordens, und dem Vernehmen nach war das Land ein kostbares Juwel. Agatha war also zu Recht davon fasziniert.

»Warum gewährst du all diesen Exilanten Unterschlupf, Vater?«, hatte Elisabeth Jaroslaw einmal gefragt. »Warum nimmst du all diese verlorenen Prinzen bei dir auf?«

»Warum?« Jaroslaw hatte ein liebevolles Lachen von sich gegeben. »Nur ein Narr täte das nicht. Diese ›verlorenen Prinzen‹ sind nur vorübergehend verloren, Lily. Wenn sie sich selbst wiederfinden – wenn sie ihren Thron und ihr Königreich wiedererlangen –, denk doch nur, was sie dann wert sind. Wie dankbar werden sie dem Mann sein, der sie in all ihrer Not nicht im Stich ließ? Und was bringt die Dankbarkeit?«

Sie hatte nachgedacht. »Geld, Vater?«

Wieder dieses Lachen – breit, nachsichtig. »Letztlich ja – aber zunächst einmal, liebe Tochter: Allianzen. Und Allianzen bedeuten Schutz, Handel, Eheschließungen. Deine liebe Mutter hat mir zwar Söhne geschenkt, die nach mir regieren, aber sie hat mir auch Töchter geschenkt. Und durch Töchter, Lily, kann ich meinen Einfluss über die gesamte bekannte Welt ausdehnen. Und wenn du bei deiner Handarbeitsstunde überhaupt einmal aufgepasst haben solltest, wirst du wissen, dass jede Näharbeit mit kleinen Stichen beginnt.«

»Deine Exilanten sind also Stiche, Vater?«

»Genau! Kleine Stiche, zugegeben, und manche hinterlassen vielleicht keine Spuren. Aber möglicherweise sind auch solche dabei, die bestehen bleiben und uns in das Gewebe der riesigen Königreiche jenseits des Landes der Rus einnähen.«

Elisabeth konnte die ehrgeizigen Worte ihres Vaters fast jetzt noch vernehmen, konnte sie in ihrem behaglichen Schlafgemach widerhallen hören, und sie wandte sich um und blickte sehnsüchtig aus dem Fenster auf einen großen Hof unter ihr. Der Brunnen inmitten des fürstlichen Kremls plätscherte unbeteiligt auf das ihn umgebende Mosaik. Die großen bronzenen Pferde, die ihr Großvater einst aus dem Krieg heimgebracht hatte, bewachten die vier Wege, die nach draußen führten. Stolz bäumten sie sich auf, wobei ihre vergoldeten Rücken die letzten Strahlen des Sonnenlichtes einfingen, so dass sie rosig schimmerten. Zu ihrer Rechten erglühte die Kirche der Heiligen Mutter Gottes, denn das Licht Hunderter Kerzen flackerte durch die farbigen Fenster und trotzte der herannahenden Dämmerung.

Die Choralgesänge wehten durch die offenen Kirchentüren

hinaus, aber Elisabeth wusste, dass die Abendmesse bald vorbei sein würde, so dass Jaroslaws Druschina – sein höfischer Haushalt – hinausströmen und zur Halle hinüberwandern würde, die ihrem eigenen Gemach gegenüberlag, um dort zu Abend zu essen. Wenn sie sich gut benahm, so hatte ihre Mutter verkündet, würde sie sich den Höflingen anschließen dürfen, und sie hatte voller Vorfreude ihr bestes Gewand übergestreift. Sie hatte die Näherin überredet, das Kleid ein wenig auszupolstern, um ihre spitzen Knochen zu verbergen, und beim Blick in den Spiegel war sie beinahe zufrieden gewesen.

Die leuchtend rote Wolle brachte ihre verhasste olivenfarbene Haut gut zur Geltung, und die Perlen am Ausschnitt ihres gefalteten, leinenen Untergewandes setzten einen hellen Akzent. Nicht so sehr, wie es bei blondem Haar der Fall gewesen wäre, aber genug, dass ein winziges Lächeln ihre Mundwinkel umspielte. Jetzt juckte es sie in den Füßen, die Treppenstufen hinunterzulaufen und dem stickigen Frauengemach zu entkommen, und sie steckte einen Finger in ihre kalbsledernen Stiefel, die rot gefärbt worden waren, damit sie zu ihrem Kleid passten, als könne sie den Drang fortkratzen.

»Geduld, Elisabeth«, sagte Ingrid leise, unterbrach ihre Geschichte und schenkte ihrer ältesten Tochter ein Lächeln.

»Elisabeth ist nicht geduldig«, bemerkte Anastasia spitz. »Sie kann nicht eine Minute lang still sitzen.«

Elisabeth warf ihrer sittsamen Schwester einen wütenden Blick zu. Nur weil es Anastasia gefiel, unermüdlich Elfenbeinnadeln in elegante Stoffstücke zu stecken, hielt sie sich für etwas Besseres. Sie tat es nur, weil sie hübschere Kleider als Elisabeth haben wollte, aber wenn das der Preis war, dann zahlte sie ihn gern. Anna war genauso: Sie saß stets über ihren Buchstaben, obwohl sie noch keine sechs Jahre alt war, probierte besondere Farben und Schriften aus, als ob der Schreibtisch ihre ganze Welt sei und diese nicht draußen vor dem Fenster nur darauf wartete, erkundet zu werden. Elisabeth konnte das nicht verstehen. Nur wenn sie ihre kostbare Fidel spielte, vermochte sie still zu sitzen, denn dann konnte zumindest ihr Geist frei umhertanzen, auf dem Heben und Senken der Noten dahinreiten wie ein Vogel am Himmel oder ein Seiltänzer bei einem Fest – oder wie ein Junge auf den Stromschnellen. Elisabeth drängte die plötzlichen, wütenden Tränen zurück.

»Erzähl uns von den Trollen, Mama«, schlug sie mit barscher Stimme vor. »Den Trollen, die in Spiegeln wohnen und herausspringen, um den kleinen Mädchen, die sich zu lange darin anschauen, in die Nase zu beißen.«

Agatha kicherte, aber Anastasia sprang sofort auf und flog quer durch das Gemach, um ihrer Schwester mit wütenden Krallen die Worte aus der Kehle zu kratzen. Elisabeth war trotz ihrer schlanken Gestalt stark und hielt sie mit Leichtigkeit um Armeslänge von sich fort, während sie trat und spuckte.

»Mädchen!« Wütend zog Ingrid sie auseinander. »Ihr könnt unmöglich am Abendessen teilnehmen, wenn ihr euch so benehmt wie jetzt.«

Elisabeth riss sich los. »Sie hat sich auf mich gestürzt«, protestierte sie.

»Nur weil sie gemein zu mir war«, rief Anastasia und stolzierte in ihre Ecke neben dem Spiegel zurück.

»Wie kommst du darauf, dass ich von *dir* gesprochen habe, Stasia?«, rief Elisabeth ihr hinterher.

»Mädchen!«, schimpfte Ingrid erneut. »Ehrlich. Wie soll ich so nur jemals heiratsfähige Frauen aus euch machen?«

Elisabeth schnaubte und wandte sich wieder dem Fenster

zu. Noch mehr Gerede von Eheschließungen – »Allianzen«. Wie die großartigen Pläne ihres Vaters auch aussehen mochten, sie konnte sich einfach nicht vorstellen, eine Braut zu sein. Der arme Bräutigam würde für seine Mühen keine allzu große Gegenleistung bekommen. Anastasia jedoch wirkte tödlich verlegen.

»Es tut mir leid, Mama. Aber sie war so gemein.«

»Eine Prinzessin sollte über derlei Sticheleien erhaben sein, Stasia.«

»Du hast recht, Mama. Und das werde ich. Ob ich einen ganz wunderbaren Gemahl bekomme, was meinst du?«

Elisabeth verdrehte die Augen und sah zu dem sich verdunkelnden Himmel jenseits des Gemachs empor. Ihr zukünftiger Ehemann war Anastasias Lieblingsthema.

»Ich bin sicher, dein Vater wird dir einen würdigen Prinzen aussuchen«, versicherte Ingrid ihr.

»Wie deiner für dich?«

»Ja, Stasia. Ich hatte großes Glück.«

»Aber du hättest doch einen König heiraten sollen, oder nicht?«

»König Olav von Norwegen«, stimmte Elisabeth zu – sie liebte es, wenn ihre Mutter davon sprach. »Aber als ihr Vater sie nach Kiew schickte, heiratete Olav ihre Schwester.«

»Astrid«, ergänzte Ingrid. »Ja, Gott segne sie. Denn nun, da Olav tot ist, ist sie wieder in Schweden bei unserem Bruder.«

Elisabeth beugte sich vor – derlei Geschichten gefielen ihr besser als das Gerede vom Heiraten. König Olav von Norwegen war im vergangenen Jahr in Kiew gewesen, und sein jüngerer Sohn Magnus – Astrids Stiefsohn – befand sich als ein weiterer von Jaroslaws Schoß-Exilanten hier am Hof. Ein Großteil von Jaroslaws Truppen hatte Olav nach Norwegen zurückbegleitet, nur um in der Schlacht von Stiklestad vernichtend geschlagen zu werden. Ein paar waren nach Hause gehumpelt, hatten dunkel etwas von bösen Mächten gemunkelt, aber die meisten waren entweder auf dem Schlachtfeld gestorben oder in Knuts Dienste getreten. Elisabeth hatte versucht, mehr darüber herauszufinden, aber die Männer waren ungewöhnlich wortkarg geblieben.

»Sicher«, sagte Anastasia und legte den hübschen Kopf schief, »wird Tante Astrid wieder heiraten?«

»Vielleicht«, stimmte Ingrid zu und tat Elisabeths protestierendes Stöhnen mit einer Handbewegung ab.

»Das muss sie. Wenn sie doch schon einmal Königin war, will sie doch sicher unbedingt wieder Königin werden? Ich jedenfalls würde das ganz sicher. Oh, ich fände es so wunderbar, einen König zu heiraten und ihm Söhne zu schenken, damit auch sie Könige werden.«

»Das wäre sicher schön«, pflichtete Ingrid ihr bei.

Elisabeth stöhnte erneut, diesmal lauter.

»Was?«, fragte Anastasia.

»Ist das alles, was du dir für dich selbst wünschst – Könige in die Welt zu setzen?«

»Das ist doch ein hehres Ziel. Was wünschst du dir denn, Lily? Was könnte *so viel* besser sein?«

Elisabeth starrte ihre Schwester an, und die Worte ihres Vaters über »das Gewebe der riesigen Königreiche« kamen ihr wieder in den Sinn. Anastasia hatte solch ein begrenztes Bild!

»Ich wäre gern Königin«, bekannte sie. »Eine Königin aus eigener Kraft, die ihrem Mann bei den Regierungsgeschäften hilft und das Volk so formt, wie Mutter dazu beiträgt, das Land der Rus zu formen.«

Anastasia verzog angewidert das Gesicht, aber Ingrid kam zu Elisabeth herüber und legte ihr den Arm um die Schultern.

»Danke, dass du so eine hohe Meinung von mir hast, Lily, obwohl ich sie sicher nicht verdiene. Ich bin doch schließlich ständig im Kindbett.«

Sie tätschelte sich den Bauch, der sich neuerdings wieder beträchtlich wölbte, da sie das zehnte Kind unter dem Herzen trug.

»Du tust deine Pflicht«, meinte Anastasia. »Vater ist sehr stolz auf all seine Erben.«

»In der Tat«, stimmte Ingrid leichthin zu, »obwohl ich mir manchmal wünschte, er würde ein paar Kinder auch irgendwelchen Konkubinen machen, wie sein Vater es getan hat.«

»Mutter!« Anastasia war so schockiert, dass Elisabeth am liebsten laut losgelacht hätte. Aber in diesem Moment konnten sie unten den Bischof von Kiew in seiner kostbaren zeremoniellen Robe aus der Kirche treten sehen, gefolgt von seinem Chor, und sie wusste, dass die Stunde zum Abendessen beinahe gekommen war. Sie konnte sich weitere Streitigkeiten jetzt nicht leisten.

»Du bist eine gute Christin, Mama«, sagte sie, so sittsam sie es vermochte.

Ingrid sah sie an, und zu Elisabeths großer Überraschung zwinkerte sie ihr verstohlen zu, bevor sie sich mit einem milden »Das sind wir doch alle, meine Tochter. Gehen wir also hinunter zum Essen?« zur Tür wandte.

Die kleineren Mädchen krähten protestierend, als Hedda sich in ihrer Ecke erhob.

»Du hast uns noch nicht von den Trollen erzählt«, bettelte Anna. »Leben sie wirklich im Spiegel?«

Anastasia, die eilig nochmals ihr Spiegelbild gemustert

hatte, zuckte zurück, und Ingrid warf Elisabeth einen scharfen Blick zu.

»Nein, Anna«, zwang Elisabeth sich zu antworten. »Sie leben tief in den Wäldern.«

»Auch in unseren Wäldern?« Angstvoll blickte Anna zum Fenster hinüber. Kiew stand auf einem hohen, freien Plateau, aber die Abhänge hinter seinen dicken Mauern waren dicht mit Kiefern bewachsen.

»Nicht in unseren«, antwortete Elisabeth. »Trolle leben in Norwegen, und in jedem Winter graben sie sich tief unter die Bäume ein, um dem Eis zu entgehen und sich vom Saft der Wurzeln zu ernähren, bis sie so fett sind, dass sie sich zweiteilen und doppelt so viele im Frühjahr wieder hervorkommen.«

»Wirklich?«, fragte die kleine Agatha.

»Ich weiß es nicht«, bekannte Elisabeth und küsste sie auf die dunklen Locken. »Aber eines Tages werde ich nach Norwegen reisen, um es für dich herauszufinden.«

»Nach Norwegen? Nein, Lily, das ist zu weit weg.«

»Nicht für mich – und für dich auch nicht, Kleines. Du könntest mit mir kommen und von dort aus nach deinem kostbaren England übersetzen.«

Agathas Augen wurden so groß wie Monde. »Könnte ich das, Lily? Wirklich?«

Ingrid kam eilig herbei, stieß Elisabeth energisch beiseite, deckte ihre jüngste Tochter zu und gab ein knappes »Wir werden sehen« von sich. Ein lautes Pochen am Südtor schnitt ihr jedes weitere Wort ab.

Es wurde eindeutig mit einem schweren Gegenstand daran geklopft, oder – wahrscheinlicher – mit einem Schwertknauf. Das Geräusch hallte im großfürstlichen Hof wie

Donnergrollen wider. Die Mädchen, sogar die kleineren, stürmten sogleich ans Fenster und kletterten hinaus auf den überdachten Holzgang dahinter. Ingrid und Hedda versuchten sie aufzuhalten, aber vergebens. Alle anderen taten es ihnen gleich – Bedienstete, Mägde und Kindermädchen tauchten aus den Wohnquartieren über den drei großen Hallen auf, die zusammen mit der Kirche an der vierten Seite das Zentrum des Kremls bildeten. Die Frauengemächer befanden sich an der äußersten Westseite, und Elisabeth sah zu der hoch aufragenden südlichen Halle hinüber, wo ihre Brüder ebenfalls eifrig auf den Balkon kletterten, um zu den großen Kremltoren am Ende zu gelangen. Sie waren alle dort: Wladimir, Ivan, Stefan, Viktor und Igor – allesamt mit weizenblondem Haar –, und sie drängelten, um den besten Blick zu erhaschen.

»Kannst du etwas sehen?«, rief Elisabeth Wladimir zu, der als Ältester jetzt den besten Aussichtspunkt ergattert hatte.

Er beugte sich direkt über das Tor, schüttelte jedoch den Kopf. Die Besucher, wer immer sie auch sein mochten, mussten dicht vor den äußersten Mauern stehen und wurden von den großen Türmen verborgen. Die Wachen debattierten wütend mit ihnen. Und nun schritt der Großfürst, Elisabeths Vater, zur Kirche hinaus und den hölzernen Pfad entlang, um das Kommando zu übernehmen.

»Wer besucht Kiew zu dieser Stunde?«, verlangte er zu wissen. Sein Körper war unter seinem langen, kunstvoll bestickten Umhang genauso schlank wie Elisabeths, aber seine Stimme klang dennoch machtvoll.

Die Antwort der Wachen war zu ihrer Enttäuschung zu leise, aber auf ein Zeichen von Jaroslaw hin wandten sie sich um, um das große Tor hinabzukurbeln, und die Männer wurden sichtbar. Drei Anführer ritten auf energisch ausschreitenden Pferden hinein, gefolgt von einem Trupp aus etwa fünfzig Soldaten.

»Waräger«, keuchte Ingrid an Elisabeths Seite.

Elisabeths Herzschlag beschleunigte sich. Waräger – Elitesoldaten der Wikinger aus den Nordlanden. Ihre scharfen Augen richteten sich auf die drei an der Spitze der Prozession, die sich nun aus den Sätteln schwangen, um sich tief vor dem Großfürst zu verbeugen.

»Wer ist das?«, flüsterte Anastasia und deutete mit bebendem Finger auf den Mann in der Mitte.

Alle drei Männer hatten breite, muskulöse Schultern. Ihre Arme waren dick wie die von kampferprobten Kriegern, und der mittlere war so groß, dass sein Kopf – den helleres und leuchtenderes Haar zierte, als Elisabeths neidische Augen je erblickt hatten – sogar nun, da er kniete, fast auf einer Höhe mit dem ihres Vaters war.

»Das ist Harald Schönhaar persönlich«, keuchte Anna.

»Unsinn«, erwiderte Elisabeth, »er ist schon vor vielen Jahren gestorben.« Aber dennoch drückte sie sich noch etwas dichter an ihre Mutter, als der Mann das Wort ergriff. Seine Stimme – trotz der fremden Worte einer nordischen Sprache, die älter war als ihre eigene – war so klar und fließend, dass sie den gesamten Hof erfüllte und bis hinauf auf die Brüstung drang.

»Meinen Gruß, Großfürst. Wir kommen in Frieden und suchen Asyl. Wir sind Exilanten aus Norwegen, wo mein Bruder, der heilige König Olav, heimtückisch im Kampf erschlagen wurde. Dies ist Ulf Ospaksson, dies Halldor Snorrason, und ich bin Harald Sigurdsson, Prinz von Norwegen.«

»Prinz Harald!«, rief Anastasia begeistert.

»Von Norwegen«, betonte Elisabeth. Das hier war nicht der Harald aus den Geschichten ihrer Mutter. Aber dennoch pochte ihr Herz noch schneller, als sie sich Ingrid zuwandte. Vielleicht würde sie jetzt mehr über die üble Schlacht und die Geschicke des Nordens erfahren, der sie so sehr faszinierte. »Bitte, Mutter«, bat sie. »Können wir jetzt nach unten gehen?«

KAPITEL 2

Elisabeth betrat die Große Halle hinter ihrer Mutter, ausnahmsweise einmal dankbar, dass sie Anastasia an ihrer Seite hatte. Der riesige Saal – etwa fünfzig Schritte lang – war überfüllt und stickig, denn die gesamte Druschina des Großfürsten drängte sich hier zusammen, um einen Blick auf die Besucher zu erhaschen. Die Halle war das Herz von Jaroslaws Palast. Normalerweise war sie von zahllosen Lichtern erleuchtet, die sich im Mosaikboden und den Fresken an den gekälkten Wänden widerspiegelten, aber heute war sie so dicht bevölkert, dass die Fensteröffnungen sich verdunkelt hatten, als ob die nahende Nacht bereits angebrochen wäre.

Diener eilten umher, um die Öllampen an den seitlichen Säulen und auf den Ständern zu entzünden, aber die Menge stand ihnen im Weg und verdunkelte das Licht jener Flammen, die bereits brannten. Gerade als Elisabeth eintrat, entstand ein Handgemenge in der Ecke, denn irgendein unbedeutender Graf kletterte auf einen Hocker, um die Myriaden von Köpfen besser überblicken zu können. Doch er prallte mit einem anderen zusammen, der das Gleiche vorgehabt hatte, so dass beide auf einen Diener stürzten, der eine brennende Kerze in der Hand hielt. Ein Umhang fing Feuer, und mit einem Schreckensschrei und dem Knistern schwelender Wolle stürzte sein Besitzer auf den Ausgang zu. Schnell bildete die Menge eine Gasse für ihn, und er tauchte im Brunnen ab.

»Versucht, euch das Lachen zu verkneifen, Mädchen«, murmelte Ingrid und presste die Lippen fest aufeinander, um ihre eigene Belustigung zurückzuhalten.

Doch jetzt waren sie auch von den Höflingen bemerkt worden, die ihnen ehrerbietig Platz machten, um sie hindurchzulassen. Elisabeth zwang sich, den Kopf zu heben, und widerstand dem Impuls, ihren Kopfputz dichter über ihr widerspenstiges rabenschwarzes Haar zu ziehen. Sie folgte ihrer Mutter so ruhig und elegant, wie sie es vermochte, mitten durch die Halle bis hin zu Jaroslaws riesigem Marmorthron am Kopfende.

»Ah, meine Geliebte, meine Ingrid. Du zierst uns mit deiner güldenen Anwesenheit.«

Jaroslaw sprang vom Podest und streckte seiner Frau die Hand entgegen. Elisabeth sah zu, fasziniert wie immer von dem offiziellen Gehabe ihrer Eltern. Jaroslaw behandelte Ingrid stets, als ob sie das Kostbarste auf der Welt sei. Jetzt geleitete er sie behutsam zu ihrem Stuhl an seiner Seite, obwohl sie sowohl größer als auch breiter war als er – insbesondere angesichts ihrer fortgeschrittenen Schwangerschaft.

Alles, was der Großfürst tat – vom Essen über die Verkündung von Gesetzen bis hin zum Abgang auf die Latrinen, geschah mit großer, extravaganter Geste, die seinen Untertanen sein Selbstvertrauen und seine Größe vor Augen führen sollte. Aber Ingrid schien er aufrichtig zu lieben, und sie ihn. Anastasia bemerkte häufig seufzend, wie wunderschön das war. Elisabeth war sich dessen nicht ganz so sicher, aber es fühlte sich auf jeden Fall richtig an, beruhigend – als ob eine so starke Verbindung an der Spitze des Volkes auch dem Land selbst Stärke verlieh.

Nun schlich sie zu Wladimir hinüber – dem Einzigen der Prinzen, dem es gestattet war, am Abendessen teilzunehmen –, während Jaroslaw seiner Frau die Besucher vorstellte und diese sich verbeugten. Es war ein seltsames Trio. Der erste, Ulf Ospaksson, war groß, wenn auch nicht so groß wie sein Prinz. Eine wilde, lockige Mähne fiel bis zu einem ebensolchen Bart herab, den er vergeblich unter dem Kinn zu einem Zopf zu flechten versucht hatte. Durch dieses buschige Gewirr konnte man seinen Mund kaum erkennen, außer wenn er lachte, was er häufig zu tun schien. Dann öffnete er sich wie eine rosafarbene Höhle und enthüllte makellose weiße Zähne. Seine Augen hingegen waren groß und dunkelbraun wie die Erde, und sie schienen alles gleichzeitig zu erfassen.

Der zweite Mann, Halldor Snorrason, war ein vierschrötiger, stämmiger Mann – fast so breit, wie er groß war. Sein Kopf kauerte auf massiven Schultern, so dass er weniger wie ein Mensch als vielmehr wie eine der byzantinischen Schildkröten wirkte, die Wladimir in einem Wasserbecken in seinem Schlafgemach hielt. Er war älter als die anderen beiden, und sein Haar wuchs nur spärlich auf dem Oberkopf, so dass es aussah, als ob seine Stirn, die niedrig über den buschigen Augenbrauen saß, die Flucht auf seinen Oberkopf angetreten hätte. Sein übriges Haar hatte er mit einem Lederband im Nacken zusammengefasst, und sein langer Bart war ordentlich gekämmt und mit zwei identischen Bändern zu einer gabelartigen Konstruktion zusammengebunden. Seine Tunika war beinahe schwarz, ein ungewöhnlich dunkler Farbton für die sonst so farbenfroh gekleideten Wikinger. Die Nähte waren mit auffälligen Goldfäden bestickt. Elisabeth fand, dass er der seltsamste Mann war, den sie je gesehen hatte, und wandte erst den Blick ab, als Prinz Harald vor ihn trat.

Sie atmete scharf ein. Aus der Nähe war Harald Sigurdsson sogar noch bemerkenswerter als aus der Ferne. Obwohl er offensichtlich nur wenige Jahre älter war als sie selbst, war er fast einen Kopf größer als sämtliche anderen Männer in Kiews großer Halle. Sein makelloses Haar war so blond, dass es fast weiß zu sein schien. Seine Haut war glatt rasiert bis auf einen langen, gepflegten Schnauzbart, und von der Lippe bis hin zur Augenbraue erstreckte sich eine große Narbe, die in Elisabeths Augen die bleiche Klarheit seiner restlichen Haut nur noch mehr hervorzuheben schien. Fasziniert trat sie einen Schritt nach vorn, so dass ihr Vater sie bemerkte.

»Ah ja – meine älteste Tochter. Dies, Harald, ist Prinzessin Elisabeth. Komm vor, meine Liebe.«

Elisabeth versuchte, sich zu sammeln, als sie auf das Podest stieg, aber ihr Kleid verfing sich in der bestickten Spitze ihres Stiefels. Einen schrecklichen Augenblick lang glaubte sie hinzufallen, aber da streckte Harald die Hand aus. Ihre Finger fanden die seinen, und er zog sie sicher an seine Seite.

»Habt Dank, edler Herr.«

»Es war mir eine Ehre, Prinzessin. Und das ist Eure Schwester?«

Elisabeth war gezwungen, ihm zu versichern, dass Anastasia in der Tat ihre Schwester war, und kochte innerlich vor Zorn, als Harald ihre Hand losließ, um Anastasia ebenfalls nach vorn zu ziehen.

»Ihr seid zu freundlich«, lächelte Anastasia einfältig und schlug die jugendlichen Wimpern zu dem norwegischen Prinzen auf. Aber sobald sie sicher stand, ließ Harald ihre Hand wieder los und wandte sich erneut an Elisabeth.

»Euer Vater ist sehr gnädig, uns zu empfangen.«

Seine Sprache ähnelte zwar der ihren, hatte aber einen weichen Akzent, bei dem Elisabeth wunderbare Bilder von den schneebedeckten Kiefernwäldern des Nordens und den messerscharfen Fjorden vor Augen hatte, die ihre Mutter so oft heraufbeschworen hatte. Sie warf einen Blick auf Jaroslaw, der sich gerade angeregt mit Ulf unterhielt.

»Er liebt Besucher«, sagte sie zu Harald, wobei sie ihre Worte mit Bedacht wählte, »besonders solch ehrenwerte.«

»Oh, was das angeht, so fürchte ich, dass ich ohne jegliche Ehre an Euren Hof komme, denn ich bin vor einer Schlacht geflohen.«

Elisabeth sah, wie Haralds blassgrauer Blick sich trübte. Seine Augen wirkten wie Gletscher, die unter der Oberfläche dahintrieben, und sie war begierig darauf, mehr zu erfahren. Er wirkte nicht wie ein Feigling, warum also war er geflohen? Sie musterte ihn eingehend und erinnerte sich daran, wie sie, als sie jünger und weniger vorsichtig mit ihren Fragen gewesen war, Jaroslaw über die verlorenen Prinzen befragt hatte.

»Aber Vater«, hatte sie gesagt. »Sind sie denn nicht aus einem bestimmten Grund ›verloren‹?«

»Wie meinst du das, meine Tochter?«

»Sind es nicht allesamt schwache Männer, weil sie überhaupt verloren gingen?«

Jaroslaw war sein ständig bereitwilliges Lachen im Halse stecken geblieben, und er hatte Elisabeth dichter zu sich herangezogen.

»Vielleicht, Lily. Es ist möglich, ja, aber die Welt ist ein so unwirtlicher Ort. Männer werden mit so vielem konfrontiert, insbesondere junge Männer. Das Rad der Fortuna, mein liebes Kind, dreht sich erbarmungslos. Es kann dich in den

Abgrund stürzen, wenn du es am wenigsten erwartest, und die Mutigsten sind diejenigen, die dennoch festhalten – am Leben und an der Hoffnung – und die sich immer noch daran festhalten, wenn sie es wieder nach oben dreht.«

»Und wenn ein Mann ihnen dabei hilft, daran festzuhalten …?«

»Dann sind sie ihm für den Rest ihres Lebens etwas schuldig. Ja.«

Elisabeth hatte geschluckt – beunruhigt. »Musstest du dich schon einmal daran festhalten, Vater?«, hatte sie nervös gefragt, und wieder hatte er gelächelt.

»Sehr oft, Lily. Und dir wird es nicht anders ergehen.«

»Ich werde mich festklammern?«

»Das wirst du. Ich weiß es.«

Sie hatte seither über diese Worte immer wieder nachgedacht und um die Kraft gebetet zu beweisen, dass ihr Vater recht hatte. Aber nun hatte sie das Gefühl, geradewegs in das Gesicht eines Mannes zu blicken, der diese Erfahrung tatsächlich gemacht hatte, und das faszinierte sie. Bevor sie jedoch noch mehr Fragen stellen konnte, hatte er sich wieder an Jaroslaw gewandt.

»Wir werden Euch nicht zur Last fallen, Sire«, sagte er ernst zu ihm. »Wir sind Krieger und bereit, Euch jeglichen Dienst zu erweisen, den Ihr für angemessen haltet.«

»Das bezweifle ich nicht«, stimmte Jaroslaw leichthin zu. »Mein kleines Reich wurde ausnahmslos mit Hilfe der Waräger errichtet. Soldaten aus dem Norden haben mich noch nie im Stich gelassen. Und außerdem glaube ich, dass Ihr Verwandte hier am Hof habt. Wladimir!«

Er bedeutete seinem ältesten Sohn mit einer Handbewegung, seinem Befehl zu folgen, und pflichtschuldigst wandte sich Wladimir um, um nach dem jungen Magnus zu suchen. Elisabeth seufzte. Der siebenjährige Prinz von Norwegen war der jüngste der momentanen Exilanten am Hof ihres Vaters, und ihrer Ansicht nach auch der langweiligste. Er war still und fleißig und schien sich an seinem Schreibtisch oder im Betstuhl wohler zu fühlen als draußen an der frischen Luft, sogar wenn die Sonne schien. Jaroslaw hatte Elisabeth berichtet, dass er ein »bewunderungswürdiges Beispiel an Frömmigkeit« sei, was sie nicht bezweifelte, aber diesem Beispiel gedachte sie keineswegs zu folgen.

Sie bevorzugte den englischen Prinzen Edward. Denn obwohl auch er eher still war, ritt er gerne und sprach lieber über die Bibel, statt sich in ihr zu vergraben. Sie hatte schon viele lebhafte Diskussionen geführt – mit ihm und seinem Exilkameraden, Andreas von Ungarn, einem umgänglichen, gutaussehenden jungen Mann, der erst kürzlich zum Christentum konvertiert und voller Eifer war. Edward hing an Andreas' Lippen, und Elisabeth wünschte sich, er möge erkennen, dass seine eigenen Überlegungen, wenn sie auch nicht ganz so glühend zum Ausdruck gebracht wurden wie die von Andreas, erheblich durchdachter und tiefschürfender waren. Sie hatte schon häufiger versucht, mit ihm über England zu reden, aber er war bereits als kleines Kind von dort fortgeschafft worden auf der Flucht vor dem siegreichen König Knut. Daher wusste er weniger als sie selbst von seinem Geburtsland.

Jetzt beobachtete sie, wie Edward den kleinen Magnus nach vorn schob. Wladimir ergriff seine Hand und zog ihn kurzerhand hinüber, damit er seinen gerade angekommenen Onkel begrüßen konnte. Prinz Harald beugte sich herab, um Magnus die Hand zu schütteln, und sprach leise zu ihm – wahrscheinlich über seinen verstorbenen Vater –, und

Elisabeth hatte plötzlich ein schlechtes Gewissen. Der arme Junge war mit nur fünf Jahren gezwungen gewesen, aus seiner Heimat zu fliehen. Er war von seiner Stiefmutter, Königin Astrid – Ingrids Schwester –, die mit ihrer Sippe in Schweden Unterschlupf gefunden hatte, getrennt worden. Und nun hatte er auch noch seinen Vater verloren und damit jegliche Chance, jemals wieder nach Hause zurückzukehren. Doch als sie noch darüber nachsann, hörte sie, wie Harald zu Magnus sagte:

»Wir werden Norwegen zurückerobern, das verspreche ich dir. Wir werden es für unsere Dynastie wieder einnehmen, wie es nur recht und billig ist.«

»Wie?«, fragte Magnus mit weit aufgerissenen Augen und beinahe zitternd.

»Wie? Nun ja, mit Gewalt – Gewalt und Recht.«

»Und mit Gottes Segen?«

»Auch das, Magnus. Aber Gott lächelt auf diejenigen herab, die ihr Glück selbst suchen, besonders im Kampf.«

»Tut er das? Sagt Christus denn nicht, dass wir Friedensstifter sein müssen?«

»Das ist wahr. Aber wie, meinst du, können wir Norwegen den Frieden bringen, ohne dafür zu sorgen, dass es von einem gerechten König regiert wird? Wir müssen Krieg führen, um Frieden zu stiften – erkennst du das? Wir müssen selbst dafür sorgen, dass Licht in die Dunkelheit kommt – denn glaubst du nicht, Magnus, dass Gott nicht schon genug zu tun hat, ohne auch noch unsere Schlachten für uns zu schlagen? Nein, wir müssen für unser eigenes Schicksal kämpfen. Und wenn wir das tun, wird er uns mit seiner Gunst belohnen.«

»Oh.«

Magnus runzelte die Stirn, und Elisabeth konnte sich jetzt

schon ausmalen, wie er morgen wieder über seinen Büchern brüten würde. Sie lächelte und rückte näher.

»Dann werdet Ihr Soldaten benötigen, Prinz Harald.«

Er blickte auf. »Das werde ich, Prinzessin. Viele. Knut regiert Norwegen, Dänemark und England. Er hat also eine furchterregende Streitmacht zur Verfügung. Ich brauche mit Sicherheit Soldaten, und dafür werde ich Gold benötigen. Um sich selbst oder ihre Angehörigen zu schützen, verlangen Männer keine Entlohnung, aber angreifen werden sie nur selten, ohne dass man sie bezahlt. Ich muss daher Gold und Schätze sammeln, wenn ich mein Königreich zurückerobern will.«

»*Unser* Königreich«, sagte Magnus hinter ihm, aber keiner von beiden schenkte ihm Beachtung.

»Und wo wollt Ihr derlei Reichtümer auftreiben?«, fragte Elisabeth.

Harald sah sie geradewegs an, seine grauen Augen hell und klar und goldgesprenkelt im flackernden Kerzenlicht.

»Wie alle guten Waräger, so werde auch ich sie durch das Schwert gewinnen. In meinen Adern fließt Meerwasser, Prinzessin, und ich reise, wohin das Segel mich trägt. Ich werde für Euren Vater kämpfen, wenn er mich lässt, und überdies für jeden anderen Grafen oder König. Ich werde meinen Lohn entgegennehmen und Reichtümer anhäufen.«

Elisabeth blickte fasziniert zu ihm empor. Dieser Mann klammerte sich nicht einfach nur fest am Rad der Fortuna, sondern er versuchte, es aus eigener Kraft zu drehen. Die meisten der Exilanten ihres Vaters schienen damit zufrieden zu sein, an seinem Hof herumzusitzen und bei einem Becher vom besten Wein ihres Gastgebers von ihrer Rückkehr an die Macht zu träumen, aber dieser Mann war beseelt von einer ruhelosen Energie und Zielstrebigkeit, die ihre Neugier anstachelte.

»Und was werdet Ihr mit diesen ›Reichtümern‹ dann anfangen?«, fragte sie.

»Anfangen?«

»Wo werdet Ihr Euren Schatz aufbewahren, verehrter Prinz, damit er sicher ist, bis Ihr ihn braucht?«

Er legte nachdenklich den Kopf zur Seite. »So weit habe ich noch nicht gedacht«, bekannte er. »Ich werde einen sicheren Ort brauchen.«

»Mein Vater hat große Schatzkammern im Norden, in Nowgorod. Sie werden Tag und Nacht von seinen besten Männern bewacht.«

»Ihr glaubt, dass ich eine solche Schatzkammer benötige?«

»In der Tat. Er hat einige übrig. Ich könnte Euretwegen mit ihm reden.«

»Das könntet Ihr?«

»Natürlich. Ich bin seine älteste Tochter.«

Elisabeth richtete sich zur vollen Größe auf, obwohl sie kaum wusste, was sie da sagte und warum – außer dass dieser Mann so leidenschaftlich im Hinblick auf sein verlorenes Vaterland sprach, dass sie ihm unbedingt helfen wollte, so gut sie konnte.

»Das wäre sehr freundlich. Ich schwöre, dass ich sie so schnell wie möglich füllen werde. Ich werde jeden Tag, den Gott mir gewährt, dafür kämpfen.«

Elisabeth lächelte. »Doch sicher nicht *jeden* Tag? Schließlich müsst Ihr Euch auch ausruhen. Und nebenbei bemerkt, müsst Ihr Euch vor mir auch nicht rechtfertigen.«

»Oh, aber das sollte ich, wenn Ihr die Hüterin meines Schatzes sein werdet.«

»Ich? Oh Prinz, ich meinte doch nicht …«

»Nennt mich Harald, bitte. Den Titel Prinz habe ich nicht verdient. Noch nicht.«

Bei diesen Worten schüttelte Elisabeth jedoch den Kopf. »So funktioniert das nicht. Ein Mann muss seinen Titel nicht verdienen, denn er ist sein Geburtsrecht, und er trägt ihn viel mehr zu Ehren seiner Vorfahren als zu seiner eigenen.«

Harald blinzelte. »Wohl gesprochen, Prinzessin. Aber er sollte ihm doch sicher gerecht werden?«

»Ich bin sicher, das werdet Ihr, Harald.«

»Das Gold wird es Euch beweisen, Prinzessin.«

»Elisabeth.«

Sie errötete, als er sich tief vor ihr verbeugte, aber Gott sei Dank ertönte in diesem Augenblick der polierte Gong hinter ihnen und rief die Druschina zu Tisch, und sie konnte ihm entkommen – wenn auch nicht für lange.

»Harald, Ihr werdet zur Rechten meiner Gemahlin Platz nehmen.« Jaroslaw geleitete seinen Gast auf den bevorzugten Platz. »Meine Töchter werden Euch und Euren guten Männern Gesellschaft leisten. Nein, nein, keine Widerrede. Ihr seid mein hochverehrter Gast, welches Blatt das Schicksal Euch auch zugespielt haben mag, und Ihr werdet an unserem Tisch sitzen.«

Die drei Männer verbeugten sich tief und traten zu ihren Stühlen. Elisabeth schlüpfte zwischen Harald und Halldor. Anastasia und Ulf saßen daneben. Sie warf ihrer Schwester einen Blick zu, und ausnahmsweise waren sie sich einmal einig: Sie konnten es vor Freude kaum fassen. Normalerweise hatten sie Glück, wenn sie inmitten der Halle einen Platz fanden, aber am heutigen Abend waren sie irgendwie an die Seite ihres Vaters geraten, und Elisabeth war entschlossen, das Beste daraus zu machen.

Während die Mahlzeit voranschritt und der erste Gang aus gewürztem Flussfisch einer gehaltvollen Wildpastete mit Waldpilzen wich, war Elisabeth beinahe schwindlig von der Anstrengung, sich auf das Durcheinander von Unterhaltungen in ihrer Umgebung zu konzentrieren. Sie hatte ihre Pastete kaum angerührt, war aber immer noch nicht hungrig, als die Dienerschaft wieder abräumte und nun einen Spieß mit einem Wildschwein von der Herdstelle in der Mitte hob, ihn in der Halle vor der versammelten Menge herumtrug, bevor sie ihn auf einen goldenen Eichentisch legte, um den Braten anzuschneiden.

Zu ihrer Linken waren ihre Mutter und Harald tief ins Gespräch vertieft über Menschen, die Elisabeth lediglich aus Ingrids Erzählungen kannte. Sie war begierig, mehr zu erfahren, fürchtete aber, nur ihre eigene Unwissenheit zur Schau zu stellen, also wandte sie sich an Halldor zu ihrer Rechten, der sich bis zu diesem Zeitpunkt in seiner Mahlzeit förmlich vergraben hatte.

»Stammt Ihr ebenfalls aus Norwegen, werter Jarl?«, fragte sie höflich.

Halldor schüttelte seinen lustigen, kahl werdenden Kopf. »Nein, Prinzessin, ich bin weder Jarl noch Norweger. Ich stamme aus Island.«

»Aus Island?« Das erklärte seine Sprache – die kehliger klang als Prinz Haralds, wenn auch auf seltsame Weise melodisch. »Ist das nicht sehr weit weg?«

»Nicht so weit, solange man unter starkem Segel fährt. Mein guter Freund Ulf stammt ebenfalls von dort.«

Sein »guter Freund« beugte sich herüber, wobei seine dunklen Locken wild wippten. »Was sagt er über mich?«, fragte er. Seine Stimme klang ähnlich wie Halldors, obwohl sie höher war und stets einen belustigten Unterton zu haben schien. »Welche verleumderischen Geschichten verbreitet Halldor, Prinzessin?«

»Eigentlich keine«, antwortete Elisabeth. »Er hat mir lediglich berichtet, dass Ihr beide aus Island stammt.«

»Oh, nun gut, so viel ist wahr – obwohl die Ähnlichkeiten da schon aufhören, nicht wahr, Hal?«

»Ihr seid beide Soldaten«, widersprach Elisabeth.

»Das ist wahr«, stimmte Halldor zu. »Beide Waräger, haben beide dem jungen Harald den Treueeid geleistet, sind beide vor Knut, dem Herrscher über das Nordische Großreich, geflüchtet, der uns nach dem Leben trachtet – wir haben viel gemeinsam, Ulf, mein Freund.«

Ulf schenkte ihm ein schiefes Lächeln. »Ja, ja, aber *ich* bin nicht zur Hälfte ein Troll.«

Elisabeth keuchte. »Ihr seid zur Hälfte Troll?«, fragte sie Halldor.

Der gedrungene Mann runzelte die Stirn. »Glaubt Ihr das im Ernst?«

Elisabeths Herz machte einen Satz, als ihr klar wurde, wie töricht sie war, denn nun lachte Ulf sein riesiges rosafarbenes Lachen.

»Ich würde es mir wünschen«, antwortete sie also schnell. »Denn meine Mutter hat mir allerlei wunderbare Dinge von Trollen erzählt.«

»Wie zum Beispiel, dass sie Kinder essen?«, schlug Ulf fröhlich vor. »Und dass sie sich in Höhlen verstecken, sich nur nachts zeigen und sehr, sehr hässlich sind?« Er lachte erneut und schlug Halldor auf den Rücken.

Elisabeth fühlte sich noch schlechter, aber Halldor schien das nicht zu kümmern.

»Oder vielleicht, dass ihr Haar so wild ist, dass man schwören könnte, dass ihnen das Gehirn ausgefallen ist«, feuerte er nun zurück.

Anastasias blonder Schopf fuhr zwischen den Männern hin und her. Sie war sich offenbar nicht sicher, ob sie entsetzt oder amüsiert sein sollte.

»Gibt es Trolle denn wirklich?«, fragte sie jetzt.

Ulf bemerkte ihren furchtsamen Blick und schüttelte freundlich den Kopf. »Nein, Mädchen. Nur in Geschichten.«

»Und deshalb sind sie tatsächlich real«, konterte Halldor sofort. »Soll ich eine davon erzählen?«

Elisabeth hörte, wie Ulf stöhnte, aber Anastasia nickte eifrig. Halldor lehnte sich also auf seiner Bank zurück, reckte den Hals auf seinen stämmigen Schultern und hob die Augenbrauen, so dass seine haselnussbraunen Augen aufleuchteten wie Sommersonnenschein.

»Einmal bin ich einem Troll begegnet. Da war ich noch ein Junge etwa in Eurem Alter, Prinzessin Anastasia.«

»Wirklich? Wo? Wo, edler Herr?«

»Im Wald natürlich. Ich jagte Vögel mit meiner neuen Schleuder und geriet zu tief hinein, hinter das sonnenbeschienene Gehölz am Rand und tief die Pfade hinab, bis jene Pfade nicht mehr waren als lediglich die schwachen Abdrücke weniger mutiger Füße. Die Bäume breiteten ihre Zweige über meinem Kopf aus und pflückten an meinem Haar. Sie streckten die Wurzeln aus, um meine Füße zu fangen, und Kletterpflanzen griffen wie Schlangen von den Borken aus nach mir, begierig, ihre Reißzähne in meinem Fleisch zu versenken.«

Seine Hände bewegten sich jetzt, warfen Schatten in der durchräucherten Luft, untermalten die Bilder, die seine kehlige Stimme erschuf, und unwillkürlich war Elisabeth ganz gefangen – weit weg von dem Geschwätz Kiews, sondern vielmehr mit Halldor auf einem dunklen, verborgenen Pfad.

»Der Troll?«, flüsterte sie.

»Ah, der Troll! Er befand sich in einem Wurzelgewirr am Fuße einer riesigen Eiche. Zuerst entdeckte ich seine Augen – groß wie der Herbstmond, und genauso gelb –, und sie folgten mir, spürten mir nach, wie ich den Weg entlangstolperte, hielten sich bereit …«

»Bereit, sich auf Euch zu stürzen?«, fragte Anastasia mit ganz hoher Stimme.

»Das glaubte ich, Kind, aber nein – bereit davonzulaufen. Er fürchtete sich vor mir, versteht Ihr? Sie sind ruhige Kreaturen, diese Trolle, und am glücklichsten, wenn man ihnen ihre komischen, kleinen Eigenheiten und ihre Ruhe lässt. Nur wenn sie in die Enge getrieben werden, schlagen sie zu.«

»Aber Ihr triebt ihn nicht in die Enge, Halldor?«

»Nein, Mädchen. Ich rannte schreiend davon, und er rannte schreiend davon. Ich stolperte über eine Wurzel, und er, leichtfüßiger als ich auf seinen winzigen Zehen, sprang über mich hinweg und stürmte geradewegs eine riesige Kiefer empor, wobei seine langen Nägel eine Kratzspur auf der dünnen Borke hinterließen. Und dann war er verschwunden.«

»Verschwunden«, hauchte Anastasia begeistert.

Elisabeth löste sich aus dem Bann seiner Geschichte und blickte Halldor skeptisch an. »Das habt Ihr erfunden«, rief sie anklagend.

Er lächelte. »Vielleicht ja, vielleicht nein. Aber solange es dauerte, war es wirklich, oder nicht?«

Harald wandte sich zu ihnen um. »Spinnt Halldor mal wieder Seemannsgarn?«, fragte er Ulf.

»Ich fürchte schon«, stimmte Ulf zu, aber Anastasia hatte nichts zu bemängeln.

»Das war eine spannende Geschichte«, meinte sie energisch, und Elisabeth war froh darüber.

»Er weiß gut zu erzählen«, stimmte sie zu.

»Das ist wahr«, antwortete Harald. »Eine gute Geschichte erweckt den alten Hal hier auf eine Weise zum Leben, für die die meisten Männer zehn Hörner mit Bier benötigen.«

»Dann ist er ein glücklicher Mann«, sagte Elisabeth.

Harald dachte nach. »Darauf möchte ich wetten, Prinzessin. In Ringerike, wo ich aufwuchs …«

»In Norwegen?«

»Ja, in Norwegen. Im Süden, genau über dem großen Fjord. Dort schätzt man Geschichten sehr, ebenso wie die Kunst. Meine Mutter berichtete mir immer, dass Poesie nur die Wirklichkeit in leuchtenderen Farben abbildet. Genau wie die Malerei.«

»Lügen, meint Ihr«, blaffte Ulf.

»Halbwahrheiten«, räumte Harald ein, »aber die bessere Hälfte. Oh, komm schon, Ulf, unsere Geschichten sind alles, was wir der Welt hinterlassen werden, nachdem wir zu Staub zerfallen sind. Sicherlich sollten wir sie dann doch so gut machen, wie wir können?«

»Durch unsere Taten«, stimmte Ulf barsch zu. »Aber nicht mit fantasievollen Worten.«

»Aber ›fantasievolle‹ Worte verherrlichen unsere Taten.« Nun wandte sich Harald an Elisabeth. »Ulf ist ein eher praktischer Mensch«, sagte er.

»Und Ihr?«

»Ich strebe nicht danach, mein Leben durch Worte zu *erschaffen,* aber ich habe nichts daran auszusetzen, es durch sie zu ehren. Die Poesie ist eine hohe Kunst.«

»Eine hohe Kunst, die einen in der Schlacht nicht am Leben hält«, grummelte Ulf.

»Nein«, stimmte Harald zu, »aber eine, die die Erinnerung an dich wachhält, nachdem die Schlacht vorüber ist.«

Ulf grunzte erneut, lächelte aber, und Elisabeth hatte das Gefühl, dass dies eine Debatte war, die sie schon viele Male geführt hatten und die sie noch viele Male führen würden.

»Nun ja, ich mag eine gute Geschichte, die gut erzählt wird«, wagte sie zu bekräftigen.

»Dann sollt Ihr eine haben, Prinzessin. Hal – berichte der Versammlung von Stiklestad.«

»Nein!«, protestierte Ulf. »Nein, Harald, wir haben verloren.«

»Wir kämpften, obwohl unsere Chancen gering waren«, räumte Harald ein, »und ausnahmsweise wurden wir besiegt. Aber wir sind am Leben, um wieder in den Kampf zu ziehen, obwohl mein Bruder, Gott sei seiner Seele gnädig, nicht mehr unter uns weilt, ebenso wie sein Banner. Der Feind riss es nieder. Aber eines Tages werden wir ein neues aufstellen, und bis dahin hat die Geschichte es verdient, erzählt zu werden, um uns an unsere Pflicht zu erinnern und sein Andenken zu ehren. Möchtet Ihr von unserer Schlacht hören, Großfürst?«

»Mit Freuden«, stimmte Jaroslaw zu. »Das gibt unseren Mägen Gelegenheit, Raum für das Gebäck zu schaffen. Bitte, mein Jarl …«

Halldor erhob sich. »Ich bin kein Jarl, Sire«, sagte er leise.

»Das vielleicht nicht«, erwiderte Jaroslaw, »aber wenn Ihr uns eine gute Geschichte erzählt, mache ich Euch zum Grafen.«

Halldor warf ihm einen ungläubigen Blick zu, aber als die

Menschen in der Großen Halle verstummten und alle Augen sich ihm zuwandten, richtete er sich stolz auf. Elisabeth sah erneut, wie er sich von dem vierschrötigen Soldaten mit den verzerrten Zügen in einen Dichter mit beseeltem Antlitz verwandelte. Sie schob ihren halb gegessenen Wildschweinbraten von sich und konzentrierte sich auf diesen seltsamen Isländer, als er seine Geschichte begann.

»Im Morgengrauen erreichten wir den Gipfel des Kjølen-Gebirges«, begann Halldor. »König Olav ritt an der Spitze, sein Banner wehte hoch über seinem Haupt, darauf sein goldener Drache, der tollkühn brüllte. Er ritt auf den Gebirgskamm hinauf, blickte über das weitläufige Tal und breitete die Arme aus. ›Seht her‹, rief er uns, seinen Männern, zu. ›Seht jene Kiefern, wie sie stolz in den Himmel emporragen, und diese Flüsse, die dem Ozean entgegendonnern, und diesen See, der so still daliegt, dass er die Wolken einfängt – dort vor uns liegt Norwegen. Es ist herrlich, und nun ist es an uns, es zurückzuerobern.‹ Da ritten wir neben ihn auf den Gebirgskamm, und vor uns lag in der Tat Norwegen. Hinter uns standen viertausend Mann, gerüstet und bereit, für ihren rechtmäßigen König in den Kampf zu ziehen. ›Wir werden es zurückerobern!‹, riefen wir in die frische Morgenluft hinaus, und unsere Stimmen schienen aus dem Tal widerzuhallen, als ob sie sich in einem ersten Ansturm auf den Usurpator stürzen wollten.

Oh, unsere Herzen waren stark, ebenso wie unsere Arme, und das Recht war auf unserer Seite – denn Olav war der wahre König, in dessen Adern das alte Ynglinger-Blut floss –, aber wir waren, Gott sei es geklagt, nicht stark an Zahl. Denn der Feind, der Usurpator, als wir ihn auf der großen Ebene bei Stiklestad einige Stunden später trafen, hatte etwa zehntausend Soldaten des Teufels persönlich im Rücken, und wir wussten bereits, als wir sie sahen, dass es ein harter Kampf werden würde – und dennoch wichen wir keinen Schritt.

Die Sonne hatte den Zenit bereits überschritten, als die Hörner erklangen und wir die erste Angriffswelle begannen. Obwohl wir so wenige waren, gelang es uns, immer wieder einen Keil in die feindlichen Truppen zu treiben. Wir versenkten unsere Speere tief in die Herzen der Männer in vorderster Linie, warfen sie in die dahinterliegenden Reihen zurück, so dass diese vor Furcht erzitterten und zurückwichen. Der Sieg schien unser zu sein, und Norwegen wieder an König Olav zurückzufallen. Aber dann …«

Halldor hielt inne, und Elisabeth spürte, wie alle in der Großen Halle den Atem anhielten.

»Zauberei«, flüsterte er in die Stille hinein.

Manche keuchten, ein paar stießen leise Schreie aus, die schnell wieder verstummten. Die nächsten von Halldors altnordischen Worten gingen im Raunen der Menge unter, aber sein Ton war unmissverständlich, und Elisabeth konnte den Blick nicht von ihm abwenden, als er die Hände erhob.

»Knut schickte einen schwarz bemantelten Teufel über die Sonne. Wir sahen, wie der Schatten die gesegnete Scheibe überquerte, so dass sich eine falsche Nacht über das Schlachtfeld herabsenkte, Fingerbreit um Fingerbreit, bis sie uns verschlang, und wir, die wir das Gelände nicht so gut kannten wie unsere Feinde, waren verloren.« Halldor senkte wieder die Stimme. »Es war eine Niederlage, Ihr edlen Damen und Herren – eine schändliche Niederlage, denn nun schickten sie zusätzliche Truppen, die uns, getarnt durch ihren höllischen Schatten, aus dem Hinterhalt überfielen. Und uns armen Unschuldigen blieb kein Ausweg, außer uns den Weg freizuschneiden – und das taten wir. Aber in der Dunkelheit kämpfte jeder Mann nur für sich, und so kann man keine Schlacht gewinnen. Wir versuchten, unseren teuren König zu retten, aber sie folgten dem Gold seines Drachenbanners bis zum Letzten, hieben es in Fetzen … und dann schnitten sie ihn uns aus den Armen.«

Halldor schob seinen breiten Ärmel zurück, um eine leuchtende Wunde zu enthüllen, die ihm vom Handgelenk fast bis zum Ellbogen hinaufreichte. Die Menschen in der Halle schnappten erneut nach Luft.

»Es waren drei«, fuhr er mit jetzt festerer Stimme fort. »Ihren prachtvollen Rüstungen nach zu urteilen hohe Jarle, obwohl ich sie in der Dunkelheit kaum sehen konnte. Einer hieb ihm in den Schenkel.« Halldor stürzte mit einem Mal vor, bis zum Rand des Podests, und diejenigen, die ihm am nächsten standen, wichen zurück. Er schlich um die Kante herum, dann stieß er mit einem Mal seinen Arm in die Höhe. »Einer rammte einen Speer unter sein Kettenhemd, und der Letzte …« – nun packte er den jungen Wladimir, der am Ende des hohen Tisches saß, und vollführte eine dramatische Geste an seinem Hals – »… durchschnitt ihm die geheiligte Kehle.«

Gehorsam ließ sich Wladimir auf die Bank sinken, als habe man ihn erschlagen. Jemand kicherte leise, doch aller Augen ruhten immer noch unverwandt auf Halldor, als dieser zur Mitte des Podests zurückkehrte.

»Nun war er fort«, berichtete Halldor der Halle, und seine Stimme klang nun zwischen den hohen bemalten Mauern wider und schwang sich hinauf bis zur erhabenen Wölbung des Daches und den hölzernen Brüstungen über ihnen.

»König Olav war fort, und unsere Sache mit ihm. Uns blieb keine Wahl: Wir mussten fliehen, um unsere Körper und unsere Seelen vor Vergeltung zu schützen.«

Seine Stimme schwoll beim Wort *Vergeltung* zu einem wahren Donnergrollen an. Bei diesem Ende schenkte die Kiewer Gesellschaft dem Erzähler tosenden Applaus. Jaroslaw erhob sich, klatschte, und alle stimmten mit ein, bis es schien, als ob sogar die auf den Fresken abgebildeten Helden applaudierten.

»Ihr werdet zum Grafen ernannt, Halldor«, verkündete Jaroslaw. »Ich werde es morgen bei Hofe verkünden.«

Elisabeth sah, wie Halldor glühte. Die Röte breitete sich über seine pockennarbigen Wangen aus und schoss seine zerdrückte Nase hinauf und über seinen Schädel, während er in sich zusammensank, bescheiden abwinkte und sich wieder auf die Bank kauerte.

»Und all das ist wahr, Prinzessin«, sagte er zu Elisabeth. »Gott ist mein Zeuge.«

Jetzt verstand Elisabeth, warum niemand von diesem schlimmen Tag hatte reden wollen.

»Knut rief die Nacht aufs Schlachtfeld herab?«, flüsterte sie.

»Ich habe es mit eigenen Augen gesehen, obwohl ich keine Ahnung habe, wie er das angestellt haben mag.«

»Und das ist der Grund«, warf Harald ein, dessen eigenes heiteres Gesicht bei der Erinnerung an jene düstere Schlacht ernst geworden war, »warum wir eine sehr große Streitmacht benötigen, um Norwegen seinen diebischen Fingern wieder zu entreißen.«

Elisabeth nickte bedächtig. »Ihr werdet es schaffen, das weiß ich. Ihr werdet Norwegen zurückerobern.«

»Das werde ich. Und ich werde ihm auch Dänemark und England nehmen.«

»England?«

»Warum nicht? Mit dem Segelschiff liegt es nur ein bis zwei Tagesreisen von unseren Westküsten entfernt.«

Elisabeth sah ihn an, verblüfft von dem überwältigenden Ehrgeiz, der in seinem glühenden Blick loderte. »Das ist ein hehres Ziel, Harald.«

»Dann werde ich die besten Pfeile benötigen. Und Ihr werdet mein Gold hüten, Elisabeth?«

Seine Stimme klang leiser, fast feierlich. Sie sah ihm in die grauen Augen und entdeckte dunkelblaue und goldene Strudel in ihren Untiefen, als ob der sonnenbeschienene Fluss sie durchzöge, zielstrebig ihrer Bestimmung entgegen.

»Von ganzem Herzen«, stimmte sie zu.

Kapitel 3

Kiew, Oktober 1031

»Neuigkeiten von den Warägern!«

Wladimir kam ins Bootshaus gerannt, wo Elisabeth saß und Jakob, dem Schiffsbaumeister, zusah, wie er liebevoll die ersten Plankengänge am geschwungenen Kiel von Jaroslaws neuem Handelsschiff anbrachte. Es handelte sich um ein breites Schiff, auf dem Felle, Wachs und Waffen auf dem Dnepr südwärts nach Byzanz transportiert werden sollten – keineswegs so schnittig wie die schlanken Kriegsschiffe, die geschwind die Wellen zu durchschneiden vermochten, aber dennoch wunderschön. Elisabeth war eine Zeitlang ganz und gar fasziniert von Jakobs Arbeit gewesen, aber nun sprang sie auf und rannte ihrem Bruder entgegen.

»Was für Neuigkeiten?«

»Keine Ahnung.«

»Du hast doch behauptet, dass es Neuigkeiten gäbe, Wlad.« Elisabeth packte ihn ungeduldig am Arm. Jaroslaw hatte Prinz Harald in seiner Leibgarde einen Auftrag gegeben und sie in den Norden entsandt, um einen Aufstand an der Küste niederzuschlagen. Sie waren den ganzen Sommer lang fort gewesen, und Elisabeth wartete verzweifelt auf Neuigkeiten von ihnen.

»Gibt es ja auch«, stimmte ihr Bruder mit entnervender Ruhe zu. »Ich weiß nur nicht, welche. Drei Reiter sind vor einer Stunde oder so durch die Tore geritten.«

»Vor einer Stunde? Warum bist du nicht früher gekommen?«

»Weil du, Schwester, nur schwer zu finden bist. Ich habe die ganzen Frauengemächer abgesucht.«

Elisabeth zog eine Grimasse. »Es ist viel zu sonnig für die Gemächer, besonders, da der Winter vor der Tür steht, aber egal – woher weißt du, dass die Männer Waräger sind?«

»Weil einer von ihnen … er ist …«

»Prinz Harald?«

»Nein, der nicht. Der andere – Ulf, nicht wahr?«

»Ulf Ospaksson, ja. Bist du sicher?«

»Natürlich bin ich sicher. Ich habe niemals einen wilderen Schopf bei einem Mann gesehen. Kommst du jetzt mit in den Palast, Lily?«

»Natürlich.« Sie rannte zu dem alten Schiffsbauer hinüber und küsste ihn auf die wettergegerbte Wange. »Danke, Jakob.«

»War mir ein Vergnügen, Prinzessin, wie immer. Vielleicht werde ich ja eines Tages auch ein Schiff für *Euch* bauen.«

»Oh, das hoffe ich! Ein schlankes, geschwungenes mit eleganten Schnitzereien und einem Adlerkopf am Bug.«

»Einem Adler?« Jakob zog eine struppige Augenbraue in die Höhe. »Na gut. Dann muss ich wohl üben, Vögel zu schnitzen.«

»Tut das.«

Elisabeth strahlte ihn an. Dann ergriff sie Wladimirs Arm und lief nach draußen. Das Bootshaus lag am Ufer im Handelsdistrikt Kiews, der Podil genannt wurde, was so viel wie Tal hieß, denn er befand sich tief unter dem großfürstlichen

Kreml auf einem großen Plateau. Die hölzernen Stege hier waren erhöht gebaut worden, um im Frühling nicht überflutet zu werden, und die Häuser, Werkstätten und Geschäfte waren ebenfalls auf Unterbauten errichtet worden, die durch Querholme verstärkt wurden.

Das war der raue, übervölkerte, geschäftige Teil Kiews mit umzäunten, dicht aneinandergedrängten Grundstücken. Elisabeth liebte das lebendige Vibrieren der Menschen aus vieler Herren Länder – einige Slawen, einige Nordmänner, viele eine Mischung aus beiden, oder Einwanderer von den unterschiedlichen Stämmen jenseits der Grenzen des immer weiter wachsenden Staates der Rus. Daher lief sie nur widerstrebend über die großen hölzernen Stufen, die hinausführten, und durch die geschwungene Schlucht zu den Nordtoren des Kremls ihres Vaters. Die Aussicht auf Nachrichten von Harald jedoch trieb sie voran, und so rannte sie schneller und gelangte ziemlich außer Atem oben an.

Wladimir musterte sie unsicher, als die Wachen sie einließen. »Vielleicht solltest du dich umziehen, Schwester?«

»Umziehen, wieso?«

»Du bist ein bisschen … feucht. Dein Haar steht vom Kopf ab, und dein Kleid ist voller …« Er schüttelte es, und helle Flocken fielen zu Boden. »Sägemehl«, schloss er.

Elisabeth stöhnte. »Du hast recht. Wartest du auf mich, Wlad?«

»Natürlich. Aber beeil dich, Lily. Sie haben gegen die Wilden im Nordwesten gekämpft, und ich möchte alles darüber erfahren. Vater sagt, dass ich in ein paar Jahren selbst nach Nowgorod reisen kann, um dort als Subregent mit zu herrschen, also muss ich über diese Region so viel wie möglich lernen.«

Elisabeth nickte. »Ich beeile mich«, versprach sie und stürmte in das Gebäude, in dem die Frauengemächer untergebracht waren.

Die untere Hälfte des langgestreckten Baus teilte sich in einige Räume, in denen die Frauen ihrem Tagesgeschäft nachgingen, und als Elisabeth auf die mittlere Treppe zulief, konnte sie sehen, wie Diener umhereilten, Fäden, die um die Webstühle im Webzimmer herumlagen, zusammenkehrten, den Boden der Milchkammer wischten, frische Kräuter und Binsen auf den Boden der Empfangshalle streuten und die Wandbehänge abbürsteten.

Sie rannte die Treppe hinauf und in die Gemächer im oberen Stockwerk, wo Ingrid, Anastasia und Anna sich allesamt beim Anlegen eleganter Gewänder helfen ließen, während das neue Kind, Yuri, in Heddas Armen quengelte, und die kleine Agatha umherrannte, jedermann am Rock zupfte und im Weg herumstand.

»Elisabeth!«, rief Ingrid aus. »Gott sei Dank. Schnell – du musst dich ankleiden. Dein Vater kommt mit einem Gast, und wir müssen uns fertigmachen, um ihn zu empfangen.«

»Er kommt hierher? In die Gemächer?«

»In meine Empfangshalle, ja. Ich habe gerade die Nachricht erhalten. Mach schnell.«

Das erklärte also die Betriebsamkeit unten. Elisabeths Mutter empfing häufig Gäste in ihrer eleganten Empfangshalle, aber selten so kurzfristig.

»Es ist doch sicherlich nicht nur Ulf?«, sagte Elisabeth, als zwei Mägde ihr aus dem schmutzigen Tageskleid halfen und ihr ein sauberes in wunderschönem Saphirblau überstreiften. Verwirrt blickte sie an sich herab. »Warum brauche ich denn mein bestes Kleid?«

»Ich weiß es nicht, Elisabeth. Nur dass dein Vater befohlen hat, uns darauf vorzubereiten – und ganz besonders dich.«

»Mich? Warum mich?«

Elisabeth trat ans Fenster und zerrte die beiden Mägde mit sich, die sich an den seitlichen Bändern ihres Kleides zu schaffen machten. Ihr zweiter Bruder, Ivan, war mit Wladimir unten und setzte ihn offenbar ins Bild, denn beide strichen sich nun die Tuniken glatt und blickten nervös zu Jaroslaws Halle gegenüber.

»Ihr Haar!«, hörte sie Ingrid rufen, und plötzlich schienen jede Menge Kämme wie wild an ihren dunklen Locken zu zerren, um es zu entwirren.

»Au!«

»Psst, Lily. Du musst dich von deiner besten Seite zeigen.«

»*Wozu* denn nur?« Frustriert stampfte Elisabeth mit dem Fuß auf, und ihre Mutter stand im Nu neben ihr.

Sie legte Elisabeth die Hände auf die Schultern und zwang sie, still zu stehen. »Ich weiß nicht, wozu, Elisabeth. Ich habe deinen Vater nicht gefragt, und das solltest du ebenso wenig tun. Er wünscht, dass du schön aussiehst, also wirst du es tun.« Elisabeth schnaubte, und Ingrids Gesicht wurde weich. »Doch, das *wirst* du, Lily – du bist zu einer hübschen, jungen Dame herangewachsen.«

Elisabeth erschauerte. »Ich bin zu dunkel, Mama.«

»Unsinn, Kind. Schönheit leuchtet auf vielerlei Weise. Ist eine Holzschnitzerei nicht ebenso hübsch wie ein Mosaik, oder ein Runenstein so schön wie ein Fresko? Wirklich, du musst nicht blond sein, um gut auszusehen. Du bist hübsch. Und jetzt schnell! Ich höre deinen Vater schon im Hof, und wir müssen geschwind die Treppe herunterlaufen.«

Ingrid ging voraus, Anastasia und Anna sprangen hinter

ihr her. Elisabeth bildete die Nachhut. Agatha heulte ihr hinterher, weil sie mit Hedda und dem Säugling oben bleiben musste. Elisabeths Herz pochte seltsam gegen ihr knapp sitzendes Gewand. Sie blickte verlegen hinab auf ihre endlich erknospende Brust und sah, dass sie sichtbar unter der kostbaren Wolle pulsierte. Wladimirs wissendes Grinsen, als er sie sah, trug auch nicht eben dazu bei, ihre Nerven zu beruhigen, und dankbar setzte sie sich an der Seite ihrer Mutter auf das kleine Empfangspodest am Kopfende des Raumes, während sich ihre zahlreichen Brüder und Schwestern um sie scharten. Prinz Magnus schlurfte herein und setzte sich an die Seite, wobei er immer wieder einen verstohlenen Blick in das kleine Lederbüchlein warf, das an seinem Gürtel befestigt war. Elisabeth warf ihm einen wütenden Blick zu.

»Warum ist er hier?«, zischte sie ihrer Mutter zu.

»Der Bote kommt von seinem Onkel – er hat ein Recht darauf zu hören, was er sagt.«

Elisabeth stöhnte. Aber jetzt ertönte eine Hornfanfare, und Jaroslaw wurde mit Ulf und seinen beiden Reitern hereingeführt. Nervös wandte sie sich ihnen zu.

»Ah, meine hübsche Frau!« Jaroslaw kam zu ihnen hinauf und küsste Ingrid fest auf die Lippen. »Und meine wunderschönen Töchter. Wie elegant ihr alle ausseht an diesem wunderbaren Tag. Besonders du, meine süße Elisabeth.«

Elisabeth hatte ihre liebe Not, nicht misstrauisch die Augen zu verengen. Mit einem Mal war auch sie Teil von Jaroslaws demonstrativer öffentlicher Zurschaustellung. Aber warum? O Gott, *warum* nur?

»Danke, Vater«, stieß sie mühsam hervor und warf Ulf einen Blick zu. »Und wie ich sehe, hast du einen Besucher mitgebracht.«

»Das ist wahr. Du erinnerst dich an Ulf Ospaksson, Elisabeth?«

Elisabeth neigte den Kopf, wobei sie sich wohlbewusst war, dass Anastasia sie mit eifersüchtigen Blicken bedachte. Das war immerhin etwas Gutes an dieser merkwürdigen Situation.

»Seid gegrüßt, edler Herr«, sagte Elisabeth und erhob sich, als Ulf näher trat und vor ihr auf ein Knie sank.

Der Staub der Straßen haftete an seinen Kleidern und in den Locken seines braunen Haares. Offensichtlich hatte er den Versuch unternommen, es zu bändigen, denn ein paar Strähnen klebten an seiner sonnengebräunten Stirn, aber der Rest war bereits wieder zerzaust, und fasziniert beobachtete Elisabeth, wie die Locken sich widerspenstig eine nach der anderen wieder lösten. Sie hörte, wie Ingrid sich räusperte, und blickte hinüber. Mit einer dringlichen Handbewegung deutete ihre Mutter auf Elisabeths Hand. Gerade noch rechtzeitig streckte sie sie Ulf entgegen und errötete, als er sie küsste.

»Ist es Euch hoch oben im Norden gut ergangen?«, zwang sie sich zu fragen, da niemand sonst eine Veranlassung sah, das Wort zu ergreifen.

»Sehr gut. Wir drängten die wilden Männer wieder hinter die Grenzen ihres eigenen Königreiches zurück, in der Tat sogar bis weit ins Landesinnere.«

»Wart Ihr im Inneren des Eisernen Tors?«, platzte Wladimir heraus, begierig, mehr von den legendären Heiden zu erfahren, die angeblich in einem riesigen Baumkäfig wohnten, den sie selbst errichtet hatten.

Ulf wandte sich ihm zu. »Das waren wir, Prinz, und es ist ein dunkles, dunkles Land mit Höhlen und Baumbehausungen, aber reich an Fellen und Eisen. Wir haben Eurem Vater reiche Beute eingebracht.«

»Und Euch zudem auch Euren eigenen Anteil gesichert«, sagte Jaroslaw, wenn auch leichthin. Er pflegte einem Mann niemals seine Belohnung zu versagen, solange sie verdient war – und mit der Ausbeute, die seine neuen Männer ihm auf ihren Streifzügen eingebracht hatten, war er offensichtlich zufrieden.

»Das haben wir«, stimmte Ulf zu, »und genau aus diesem Grund, Elisabeth, knie ich nun vor Euch. Darf ich mich erheben?«

Elisabeth errötete erneut. »Oh ja … ja, natürlich.«

Ulf erhob sich und kramte in der großen Ledertasche herum, die an seinem geflochtenen Ledergürtel befestigt war. Vorsichtig zog er ein kleines Paket heraus, das in kostbare beigefarbene Seide eingewickelt war.

»Ein Geschenk, Prinzessin, von Prinz Harald. Er hat mich persönlich damit betraut, es Euch zu überbringen und Euch sein Versprechen zu übermitteln, dass es noch mehr geben wird … noch viel mehr. Bitte …«

Er streckte es ihr entgegen. Elisabeth warf ihrem Vater einen Blick zu, erhob sich und nahm es in die Hand. Der Stoff war weich und so glatt, dass ihr das Päckchen fast aus den Fingern geglitten wäre. Hastig nahm sie wieder Platz und legte es sich in den Schoß, um das Band zu lösen, während ihre Schwestern sich eifrig über sie beugten, um zu sehen, was darin war. Ihre Finger zitterten lächerlich, aber schließlich hatte sie den Knoten gelöst, und die Seide öffnete sich wie eine kleine Flagge und enthüllte eine dicke Halskette aus sanftestem Roségold, die in den Falten des Stoffes zu ihr emporschimmerte.

»Oh«, rief sie. »Die ist schön.«

Sie hob sie in die Höhe, und das Sonnenlicht, das von den gegenüberliegenden Fenstern durch den Raum schien, fing sich darin und sandte Tausende von Sternen auf die gekälkten Mauern.

»Es freut mich, dass sie Euch gefällt, Prinzessin«, sagte Ulf. »Harald bat mich, Euch mitzuteilen, dass dies erst der Anfang ist. Er schickt zudem noch das hier.«

Nun zog er ein weiteres Paket hervor. Elisabeth spürte, wie Anastasias Augen sich in sie hineinbohrten, und erhob sich, um dieses zweite Geschenk noch bedächtiger entgegenzunehmen. Sie genoss den Augenblick.

»Habt Dank, Graf Ulf.«

»Nur Ulf, Prinzessin.«

»Nein«, warf Jaroslaw ein. »Wegen dieser Ehre, die Ihr meiner Tochter hier zuteilwerden lasst, werde ich Euch zum Grafen ernennen – ebenso wie ich Euren Freund Halldor wegen seiner Geschichten dazu gemacht habe.«

»Wie geht es Graf Halldor?«, fragte nun Elisabeth.

»Nun, danke, sehr gut. Er hat heldenhaft gekämpft und große Reichtümer erworben.« Ulfs braune Augen blitzten, und Elisabeth sah ihn fragend an.

»Etwas Besonderes?«, fragte sie.

»Für ihn selbst, Prinzessin, durchaus. Ein Sklavenmädchen mit Namen Elsa, das er sehr schätzt und das auch ihn liebgewonnen zu haben scheint.«

»Halldor?«, fragte Anastasia ungläubig.

»Anastasia!«, blaffte Ingrid. »Warum sollte sie Graf Halldor nicht lieben?«

»Er sieht einfach nur so … ungewöhnlich aus.«

»Vielleicht«, meinte Ulf glattzüngig, »hat er ja verborgene Talente.«

Ingrid prustete, was sie hastig in ein Husten verwandelte. »Er erweckt eine Geschichte zum Leben wie kein anderer«, sagte sie schnell. »Ich bin sicher, eine Frau kann sich in einen Mann mit einer solchen Zunge leicht verlieben.«

»In der Tat, Großfürstin«, pflichtete Ulf ihr bei und neigte den Kopf. Wieder musste Ingrid husten.

Elisabeth blickte verwirrt von einem zum anderen, aber das Päckchen brannte ihr ein Loch in die Finger, und sie wandte sich dankbar von den seltsamen Scherzen der Erwachsenen ab, um es zu öffnen.

Drinnen befand sich ein kleines Amulett – ein wunderschöner, reiner, in einen feinen Goldrahmen eingewobener Rubin mit einem Verschluss, der an die Halskette passte – und dazu ein goldener Schlüssel, ebenfalls mit einem Verschluss. Elisabeth hielt ihn fasziniert in die Höhe, und Ulf winkte zwei seiner Gefährten herbei, die an der Tür gewartet hatten. Sie schlurften nach vorn, die Rücken gebeugt, denn sie trugen eine große Truhe, die sie nun zu Elisabeths Füßen abstellten. Sie war mit einem fein gearbeiteten goldenen Schloss versehen. Elisabeth blickte darauf hinab und sah dann wieder den Schlüssel in ihrer Hand an.

»Probiert ihn aus«, drängte Ulf.

Sie sah ihre Mutter an, die ein wenig verwirrt wirkte, ihr aber dennoch ermutigend zunickte. Elisabeth reichte den Rubinanhänger an Anastasia weiter, die ihn immer und immer wieder in den Händen drehte, und beglückt stellte sie fest, dass ihre Schwester beim Anblick eines solchen Juwels, das nicht ihr gehören sollte, den Tränen nah war. Sie kniete vor der Truhe nieder. Der kleine Schlüssel passte genau ins Schloss und drehte sich mit einem satten Klicken.

Langsam hob sie den Deckel. Und dort, vor ihrer aller

Augen, lag ein Schatz: silberne Dirhams aus Arabien, vergoldete Becher und Teller, juwelenbesetzte Messer und kleine, geschnitzte Elfenbeinkästchen und Spielsteine.

Eine ganze Weile sprach niemand, und dann sagte Anastasia: »Ist das alles für sie?«

Elisabeth antwortete als Erste. »Natürlich nicht, Stasia. Das ist Prinz Haralds Schatz. Er schickt ihn mir, damit ich ihn für ihn hüte, bis er genug zusammenhat, um damit Truppen auszuheben, mit denen er Norwegen zurückerobern kann.«

»Er ist einfach zu gut«, rief Magnus hinter Jaroslaw aus.

Elisabeth widerstand dem Drang, ihm zu widersprechen. Sie war nicht sicher, welche Rolle Harald seinem Neffen im Kampf um ihrer beider norwegisches Erbe zugedacht hatte, aber sie bezweifelte, dass es eine große war – und warum hätte er ihm auch mehr zugestehen sollen? War Haralds Anspruch auf den Thron nicht genauso rechtmäßig wie der von Magnus? Der Junge war vielleicht Olavs Sohn, aber seine Mutter war eine Konkubine. Harald war Olavs Halbbruder und daher von Rechts wegen ein Abkömmling des uralten norwegischen Geschlechts der Ynglinger, und sie wusste, wer von den beiden den besseren König abgeben würde.

»Er hat offensichtlich hart gearbeitet«, sagte sie und schloss den Deckel der Schatztruhe wieder. »Danke, Anastasia.«

Elisabeth streckte die Hand aus, damit ihre Schwester ihr den Rubin zurückgeben konnte, was sie unter dem Blick aller Anwesenden wütend tat. Dann befestigte sie sowohl den Anhänger als auch den Schlüssel an der Halskette, bevor sie die beiden Enden an ihren Schulterschließen festmachte. Sie lag elegant geschwungen über ihrer Brust und glänzte auf dem Blau ihres Gewandes.

»Sie steht dir gut«, sagte Ingrid und blickte dann zu Ulf hinüber. »Aber was hat sie zu bedeuten?«

»Nichts«, sagte Elisabeth verärgert. »Sie ›bedeutet‹ gar nichts, Mutter – außer dass ich Prinz Harald versprochen habe, dafür zu sorgen, dass sein Schatz sicher für ihn verwahrt wird, solange er da draußen in den Dienstes meines Vaters kämpft.« Sie wandte sich Jaroslaw zu. »Können wir eine deiner Schatzkammern in Nowgorod dazu benutzen, Vater, bitte?«

»*Wir?*«, fragte Jaroslaw, zog die Augenbrauen in die Höhe und lächelte Ingrid zu.

»Dann eben *ich*. Bitte, Vater, ich bitte dich, diese Sache als eine Staatsangelegenheit zu behandeln.«

»Eine Staatsangelegenheit?«

Er lächelte noch immer, und das machte Elisabeth wütend.

»Nur weil ich erst dreizehn bin, Vater, bedeutet das nicht, dass ich nichts von Staatsangelegenheiten verstehe.«

Er machte eine Verbeugung. »Ich entschuldige mich, Tochter. Also sag mir eines: Ist die Ehe eine Staatsangelegenheit?«

»Vater!«

Anastasia sprang auf. »Soll Elisabeth heiraten, Vater? Jetzt schon? Prinz Harald?«

»Stasia!« Elisabeth hätte beinahe geschrien. »Sei still.« Alle starrten sie an. »Hier geht es nicht um Heirat«, blaffte sie und verkniff sich die Tränen.

Sie fühlte sich, als ob der gesamte schöne Schatz auf sie herabregnete und sie zermalmte. Wenn Harald davon erfuhr, würde er tief beschämt sein. Er würde seinen Schatz zurückholen und ihn jemandem anvertrauen, der keine dummen Ansprüche auf ihn erheben wollte.

»So ist es nicht«, beharrte sie. »Es geht hier nicht um Heirat oder ähnliche Torheiten.«

Ihre Eltern warfen einander erneut einen dieser herablassenden Blicke zu, lachten über ihre mutmaßliche dumme Unschuld, aber vielleicht waren ja *sie* hier im Irrtum.

»Prinz Harald vertraut mir seinen Schatz an, nicht mehr und nicht weniger, und ich weiß dieses Vertrauen zu schätzen und würde mich freuen, wenn ihr es ebenfalls tätet.«

Sie warf ihnen allen einen finsteren Blick zu, und nun erhob sich ihre Mutter.

»Elisabeth hat recht«, sagte sie sanft und sah Ulf an. »Mit diesen Geschenken geht also kein Verlöbnis einher?«

Der Waräger verbeugte sich tief. »Nein, Großfürstin. Ich bin sicher, wenn der Prinz eine solch bedeutsame Allianz eingehen wollte, würde er den Großfürsten persönlich aufsuchen und vor ihm auf die Knie fallen. Er weiß sehr wohl zu schätzen, was Ihr alles für uns arme Exilanten getan habt, Sire, und bittet nur um die Gnade, Eure Schatzkammer füllen zu dürfen. Es ist so, wie Eure Tochter sagt: Ihr Arrangement ist eines zwischen Staatsmännern und -frauen, nicht zwischen Liebenden.«

»Siehst du«, platzte Elisabeth heraus, obwohl diese Wahrheit, die ihr so unverblümt von Haralds rechter Hand vermittelt wurde, weniger beruhigend klang, als sie es hätte tun sollen. Sie sah erneut zu ihrem Vater hin. »Habe ich Eure Erlaubnis, mich zurückzuziehen, Vater, um dafür zu sorgen, dass dieser Schatz sicher untergebracht ist, bis er nach Nowgorod eskortiert werden kann?«

Jaroslaw zögerte einen Augenblick, aber dann, auf einen Blick von seiner Frau hin, ging er zu Elisabeth hinüber und küsste sie auf die Stirn.

»Natürlich, meine Tochter. Ich bin erfreut, dass du so pflichtbewusst mit dem in dich gesetzten Vertrauen umgehst, obwohl ich sicher bin, dass Graf Ulf die Truhe ebenso gut in meine hiesige Schatzkammer hier in Kiew bringen könnte, bis du deine Vorkehrungen treffen kannst.« Er beugte sich vor, hob die Halskette hoch und ließ sie sanft durch seine Finger gleiten. »Du wirst gut auf dieses Geschenk aufpassen müssen, meine Tochter. An dieser wunderschönen Kette sind jede Menge Glieder, und ich vermute, dass unser Waräger-Prinz die Absicht hat, sie allesamt mit Schlüsseln zu füllen.«

Elisabeth drückte die Hand ihres Vaters.

»Ich werde die größte Sorgfalt walten lassen«, versicherte sie ihm und zog sich zurück.

Ihr Herz pochte wild unter dem Rubinanhänger. Sie musste unbedingt von hier fort. Sie verbeugte sich tief, durchquerte die Empfangshalle, wobei sie sich so langsam bewegte, wie sie es nur wagte, dann packte sie die Tür. Im Freien angelangt, raffte sie die Röcke und stürmte auf das Nordtor zu, wobei die neue Kette im Takt ihrer wilden Schritte hin und her baumelte. Sie rannte in die frische, freie Luft hinter dem Kreml hinaus und sog sie so tief ein, als sei ihre Lunge ganz leer.

Kapitel 4

Am Ufer des Ros, Juni 1032

»Würde bewahren«, rief Elisabeth sich ins Gedächtnis. Das war eine Lektion, die ihre Mutter ihr bei der Vorbereitung zu dieser königlichen Reise nach Süden eingetrichtert hatte – aber ehrlich gesagt konnte Elisabeth nicht behaupten, dass ihr diese Haltung wirklich lag. Anastasia, die zu ihrer Linken ritt, triefte förmlich vor Würde, saß aufrecht in ihrem Sattel, das Reitkleid makellos um sie ausgebreitet, und ihr verhasstes blondes Haar umfloss sie förmlich. Es war mittlerweile so lang, dass sie es zwischen ihrem steifen Hintern und dem Sattel hätte einklemmen können. Prinz Andreas, der zusammen mit Prinz Edward am Ende der Prozession ritt, hatte es sich zur Aufgabe gemacht, ihr lächerliche Komplimente zu machen, und Anastasia hatte es sich bedauerlicherweise in den Kopf gesetzt, sie zu glauben, was sie sogar noch unerträglicher machte als zuvor. Elisabeth zwang sich, aufrechter im Sattel zu sitzen, und tastete nach ihrem eigenen Haar.

Hedda und die kleine Greta hatten heute Morgen darauf bestanden, die vorderen Strähnen zu zwei Zöpfen zu flechten, um ihr Haar aus dem Gesicht zu halten, wofür sie dankbar war. Aber die Kinderfrau hatte sie auch mit Wiesenblumen geschmückt. Und obwohl Ingrid das Ergebnis als »perfekt« bezeichnet hatte, war Elisabeth sich dessen keineswegs sicher. Sie fühlte sich unbehaglich mit den zerbrechlichen Blumenstengeln, die mit kleinen Drähten befestigt waren, und kam sich ein wenig albern vor. Aber jetzt war es zu spät, sie wieder herauszuziehen. Sie näherten sich bereits ihrem Ziel – Jaroslaws neuen Siedlungen im Süden. Sie musste sich wappnen, jetzt durch die Menge zu reiten, die sich versammelt hatte, um die Großfürstliche Familie zu begrüßen.

Die ganze Familie war heute unterwegs. Wladimir und Ivan ritten hinter Jaroslaw, Elisabeth und Anastasia im Schlepptau. Dahinter folgten Stefan, Anna, Viktor und Igor, allesamt auf eigenen Rössern. Ingrid wiederum kümmerte sich um die Nachhut und saß mit Hedda und Greta, einer herumzappelnden Agatha und dem kleinen Yuri auf einem reich geschmückten Karren. Während Yuri nun beinahe ein Jahr alt war und mit Hilfe von Heddas stets reichlich fließender Milch groß und stämmig geworden war, hatte Ingrid nach seiner Geburt Mühe gehabt, ihre normalerweise so gute Gesundheit wiederzuerlangen, und Elisabeth machte sich Sorgen. Heute jedoch, da die heiße Sonne die fruchtbaren Ebenen südlich von Kiew beschien, lächelte die Mutter breit und winkte der Menge zu. Elisabeth schluckte und tat es ihr gleich.

Die Prozession schlängelte sich langsam über den befestigten Trampelpfad und durch die grob behauenen Tore, um sodann die hölzernen Straßen des ersten von Jaroslaws neuen Dörfern zu passieren. Der Großfürst war besorgt gewesen, weil um die stetig wachsende Stadt zu wenig Landvolk lebte, weshalb er seine ärmeren Untertanen immer wieder »ermutigt« hatte, das Land zwischen Kiew und dem langgestreckten schützenden Schlangenwall zu besiedeln. Diese dreifache Befestigungsanlage aus Erde, auf deren Kamm sich grausam spitze Palisaden befanden, sollten die wilden Reiter der petschenegischen Stämme aus der Steppe fernhalten, die den Handel der Rus flussabwärts des Dnepr bedrohten und zuweilen sogar versuchten, die Stadt selbst einzunehmen. Elisabeth hatte viel über den Schlangenwall gehört und wollte ihn unbedingt mit eigenen Augen sehen. Aber zuerst mussten sie die neuen Siedlungen besuchen.

Diese erstreckten sich vornehmlich am Ufer des Ros, einem von Osten nach Westen verlaufenden Zufluss des Dnepr, der eine natürliche Erweiterung des Walls darstellte. Beides diente als Grenzposten für die Wachen und beherbergte gleichzeitig eine große Bauerngemeinschaft, die Korn anbaute und das Vieh für die Kiewer Bevölkerung züchtete, und Jaroslaw war glühend stolz darauf. Dort wohnten nun die Waldleute aus dem Norden, und seit Kurzem auch Gefangene aus einem Krieg mit Polen, der Anfang des Jahres ausgebrochen war und den man gewonnen hatte – größtenteils dank Prinz Harald und seiner furchterregenden Waräger.

Es ging das Gerücht, dass die persönliche Truppe des Prinzen auf zweihundert Mann angewachsen war, denn ehrgeizige Soldaten strömten ihm in Scharen zu. Als der Krieg vorüber war, hatte Jaroslaw Harald die persönliche Verantwortung für die unzähligen zivilen Kriegsgefangenen in seinen neuen Dörfern übertragen. Er wartete auf sie, hatte man ihnen erzählt, um sie willkommen zu heißen, und Elisabeth war begierig, ihn zu sehen und ihm zu versichern, dass sein Schatz in Sicherheit war.

Harald hatte Kiew in seinem ersten Jahr in Diensten Jaroslaws kaum mehr besucht. Nach den Kriegen im Norden hatte er sich im Winter der harten Aufgabe verschrieben, entlang der zugefrorenen Flüsse in Jaroslaws Königreich den Tribut einzutreiben, und sich noch nicht einmal an Weihnachten in der Druschina sehen lassen. Doch beim ersten Tauwetter war er zurückgekehrt, und Elisabeth hatte gehofft, ihn auf den Stromschnellen reiten zu sehen. Aber wenige Tage vor diesem Ereignis hatte sie die Nachricht vom Angriff der Polen erreicht, und er war beinahe sofort wieder abgereist, seine Waräger im Schlepptau. In ihrer Abwesenheit war es ein ziemlich lahmes Rennen gewesen. Immerhin hatte Wladimir gewonnen, worüber er sich so sehr gefreut hatte, dass Elisabeth ihren Verdruss darüber, dass sie am Ufer festsaß, beinahe vergessen hatte.

Jetzt jedoch würde sie Harald wiedersehen, und sie betete darum, dass er bemerken würde, dass sie nun, mit ihren fast vierzehn Jahren, endlich zur Frau herangereift war. Sie war so schnell gewachsen, dass ihre Mutter die Näherinnen zweimal hatte anweisen müssen, eine weitere Borte an ihre Röcke zu nähen, und – Lob sei dem Herrn – sie war jetzt wieder größer als Anastasia. Ihre Brüste waren voll ausgewachsen, doch ihre Hüften blieben so schmal wie Wlads – schlank genug, um in ein Kanu zu passen, wenn man ihr das doch nur erlaubt hätte.

Bei diesem Gedanken lächelte Elisabeth und winkte der Menge der Dorfbewohner zu, die sich gegen die Reihen der Wachen drängten, welche dafür sorgten, dass die mit Holz ausgelegten Straßen frei blieben. Sie konnte jedoch nicht vermeiden, dass ihre Augen an ihrem Vater vorbeiwanderten zu dem kleinen Viereck im Herzen der Siedlung, wo auf einem kleinen Podest ein Mann stand, der groß und blond genug war, um ihre geheimsten und wirrsten Träume zu beherrschen.

Kinder streuten Blütenblätter auf ihren Weg, und eines wurde ihr ins Auge geweht, stach ihr in den Augenwinkel, so dass sie aufschrie. Elisabeth hob die Hand, um sich wütend die beißenden Tränen abzuwischen, die ihr unwillkürlich gekommen waren, und blinzelte den Schmerz fort in der Hoffnung, dass ihr verdammtes Auge jetzt nicht auch noch rot wurde. Jaroslaw war vorn stehen geblieben, und Harald war vorgetreten, um persönlich seine Zügel zu nehmen, als er abstieg. Jaroslaw packte seinen Hauptmann herzlich an beiden Schultern, während Wlad und Ivan ebenfalls die Beine aus den Steigbügeln schwangen, um herunterzuspringen. Immer noch flossen Elisabeths Tränen. Sie schloss verzweifelt die brennenden Augen und ließ sich von der Wärme der Sonne auf ihren Augenlidern beruhigen und von den fröhlichen Rufen der Menge einhüllen.

»Würde bewahren«, erinnerte sie sich.

Dann spürte sie, wie jemand ihr Pferd am Zaumzeug nahm und eine warme Hand sich auf ihren Knöchel legte. Ein Schauer, wie das Knistern von glühendem Eisen an einem stürmischen Tag, erfasste das Zentrum ihres Körpers. Sie öffnete die Augen, und dort stand Harald, sein Gesicht genau auf gleicher Höhe mit ihrer inzwischen weiblich geformten Hüfte, so nah, dass sie – wenn sie es gewagt hätte – sich herabneigen und mit dem Finger an der Narbe auf seiner Wange hätte entlangstreichen können, die mittlerweile nicht mehr ganz so auffällig, aber dennoch ein Zeichen seines harten Kriegerlebens war.

»Prinzessin Elisabeth, willkommen.«

»Prinz Harald, ich danke Euch.«

»Darf ich Euch beim Absteigen helfen?«

Sie nickte, und sein Griff um ihren Knöchel wurde fester,

um sie zu stützen. Gleichzeitig schienen seine Fingerspitzen federleicht über die nackte Haut über ihrem Stiefel zu gleiten, so dass sie das Gefühl hatte, ihre Haut stehe in Flammen. Hastig machte sie sich daran abzusteigen, und schon lag seine andere Hand an ihrer Taille, ganz sacht und nur so lange, wie er benötigte, um sie auf der Straße abzusetzen, aber lange genug, dass ihr Körper ihr signalisierte, wie sehr es ihm gefiel. Ebenfalls lange genug, um ihren Geist erkennen zu lassen, dass sie sich – trotz ihres Protestes bei ihrer neugierigen Familie – wünschte, für diesen warägischen Prinz so viel mehr zu sein als nur die Schatzhüterin.

»Habt Dank.«

»Es war mir ein Vergnügen. Ich muss mit Euch reden, Elisabeth. Ich habe neue Schlüssel für Eure Kette, wenn Ihr sie annehmen wollt?«

»Natürlich.«

»Aber ich fürchte, ich muss noch ein wenig warten, bevor ich sie Euch überreiche, denn zunächst müssen wir noch ein gewisses Zeremoniell über uns ergehen lassen … oder besser: genießen.«

Er drehte sich bereits um, um ihren Schwestern aus dem Sattel zu helfen, aber keineswegs schnell genug, dass sie das Zwinkern übersehen hätte, das er ihr zuwarf. Es zerrte an seiner Narbe, so dass sein Gesicht ein wenig schief wirkte, und ließ das andere, unverletzte Auge intensiver wirken, so dass sie das Gefühl hatte, geradewegs in die goldenen Strudel seiner grauen Tiefen hinabgezogen zu werden. Dann war er fort, und sie wurde auf das Podest geschoben. Jemand zwang Agathas heiße, klebrige Hand in die ihre, und der Augenblick war vorüber.

Aber er würde wiederkommen. Sicher, so betete sie, als sie

den dahintosenden Ros hinab auf die weitläufigen Ebenen und auf Gottes leuchtenden Horizont in der Ferne blickte, sicherlich würde er wiederkommen?

Elisabeth kam es vor, als müsste sie eine Ewigkeit lang warten. Reden wurden gehalten, die Häuser besichtigt – die auf festen Fundamenten standen und von ordentlich umzäunten Grundstücken umgeben waren, auf denen die heimatvertriebenen Gefangenen gern zu leben schienen –, und in der kleinen Kirche mit den Steinmauern wurde ein Gottesdienst abgehalten. Dann gab es ein einfaches, aber, so kam es Elisabeth vor, unendlich langes Mahl auf dem Dorfplatz, bevor man endlich die Tische beiseiteschob und ein Freudenfeuer entzündete. Musikanten stimmten eine Melodie an, die die Dorfbewohner zum Tanz herbeilockte, und endlich kam Harald auf sie zu.

»Seid Ihr frei, Prinzessin?«

»Zum Tanzen?«

Elisabeth blickte misstrauisch auf die wild umherwirbelnden Bauern. Agatha hatte den leidgeprüften Edward auf die Tanzfläche gezogen. Der Tanz schien Spaß zu machen, aber Elisabeth befürchtete, dass ihre kostbare »Würde« darunter leiden würde, wenn sie versuchte, sich dem bunten Treiben anzuschließen.

»Wenn Ihr es wünscht«, antwortete Harald, »obwohl ich tatsächlich bislang nicht allzu viele Tänze gelernt habe.«

»Ich denke, dazu fehlte Euch bislang die Zeit.«

»Richtig«, stimmte er zu und zog sie zur Seite in den Schatten genau hinter dem Feuer. »Ich fürchte, ich habe mein Lebtag lang vornehmlich mit Schwertern getanzt. Aber dies ist nicht der richtige Zeitpunkt für derlei Gespräche, Elisabeth.

Ich habe einen neuen Schlüssel für Euch – zwei neue Schlüssel.«

»Zwei? Eure Feldzüge in Polen waren also erfolgreich?«

»Das waren sie. Ich habe die Grenzen für Euren Vater gesichert und viel Gold für mich selbst erbeutet – für Norwegen. Werdet Ihr es sicher verwahren?«

»Ihr könnt Euch auf mich verlassen.«

»Oh, das tue ich. Hier …«

Er zog ein Päckchen hervor, das diesmal nicht in Seide gehüllt war, sondern in Hanf. Er zog eine Grimasse, als er es ihr in ihre blasse Hand legte.

»Ist nicht ganz so hübsch wie das letzte, nicht wahr? Ich entschuldige mich dafür. Ulf hat die Seide für mich gefunden – er ist ein gewandterer Höfling als ich.«

»Das spielt keine Rolle«, versicherte Elisabeth ihm. »Das Wichtigste sind doch die Schlüssel.«

Hastig öffnete sie das Päckchen und enthüllte, wie versprochen, zwei goldene Schlüssel und dazwischen ein kohlrabenschwarzes Amulett.

»Euer Sold.« Bei diesem Wort aus der Söldnersprache zuckte sie zusammen.

Offenbar bemerkte Harald das, obwohl sie im Schatten des flackernden Feuers standen, denn er beugte sich vor und sagte: »Und um Euch meine Wertschätzung zu zeigen, Elisabeth. Ich habe es speziell für Euch ausgesucht. Seht her.« Er hob den Edelstein in die Höhe. »Es ist ein Jett von weither, aus Whitby in England. Ich habe ihn einem angelsächsischen Händler abgekauft, weil er so dunkel und glänzend ist wie Euer Haar.« Elisabeth blickte skeptisch drein, und Harald runzelte verwirrt die Stirn. »Was ist los? Stimmt etwas nicht?«

Sie sah auf den verschrammten Boden hinab. »Ich hasse mein Haar.«

»Ihr hasst es? Aber Elisabeth, warum denn nur? Ich halte es so ungefähr für das Schönste, was ich je gesehen habe.« Elisabeth stieß ein bitteres Lachen aus, aber er blieb standhaft. »Ich meine es ernst. Es schimmert wie ein Fluss bei Nacht.«

»Wie bei einer Hexe also?«

»Einer Hexe? Ach Elisabeth, an der Nacht ist mehr als Hexerei, das verspreche ich Euch.« Seine Stimme klang nun heiser, und sie spürte den Laut wie eine Berührung auf ihrer Haut, fast wie einen Kuss. »Wirklich«, bekräftigte er und kam noch einen Schritt näher. »Ich finde Euer Haar wunderschön. Seht her …«

Sanft streckte er die Hand aus und zog eine ihrer dunklen Locken aus den blumenberankten Zöpfen. Dann tat er das Gleiche mit seinem eisblonden Haar. Er zwirbelte die beiden Strähnen zusammen, so dass sie einen Strang aus gegensätzlichen Farben bildeten und ihre Köpfe einander ganz nah waren.

»Was für ein hübsches Muster«, räumte Elisabeth ein und schaute gebannt darauf. »Doch wenn ich blond wäre wie meine Mutter, würde man gar keinen Unterschied erkennen.«

Er fuhr mit dem Finger über die miteinander verbundenen Haarsträhnen.

»Und wo, Elisabeth«, fragte er, »läge da die Freude?«

Sie hob den Kopf und sah ihn an. Sie waren einander jetzt so nah, dass sie seinen Atem auf ihrer Wange spüren konnte.

»Vielleicht habt Ihr ja recht«, bekannte sie mit leiser Stimme.

Irgendwie waren sie beide noch weiter in den Schatten vorgedrungen, und sie konnte außer seinem Gesicht kaum mehr etwas erkennen. Die Narbe schien noch stärker hervorzutreten, und sie konnte nicht widerstehen. Sie hob den Finger und berührte sie. Er zuckte zurück, und ihre verbundenen Haarsträhnen ziepten.

»Das tut mir leid.«

»Das muss es nicht. Sie ist ein Teil von mir, denke ich, wenn auch ein abstoßender.«

»Sie ist nicht abstoßend. Sie ist … Kunst.«

»Kunst! Kriegskunst?«

»Genau. Sie erzählt eine Geschichte.«

»Eine schmerzliche.«

»Habt Ihr die in Stiklestad erhalten?« Er nickte zustimmend. »Könnt Ihr mir davon erzählen?«

»Ich bin kein so guter Geschichtenerzähler wie Halldor.«

»Das brauche ich auch gar nicht.«

Er ließ ihr Haar sinken und warf einen Blick auf die Dorfbewohner, deren wild umhertanzende Schatten sich hinter den züngelnden Flammen abzeichneten. Dann sah er Elisabeth wieder an.

»Ich werde Euch davon erzählen, Elisabeth, wenn Ihr mir versprecht, Euer Haar nicht länger zu hassen.«

»Mein hässliches Haar?«

»So hässlich wie meine Narbe?«

Sie lächelte. »Ich verspreche es.«

»Dann werde ich es Euch schildern, obwohl an der Geschichte eigentlich gar nicht viel dran ist. Ich hatte natürlich schon vor Stiklestad gekämpft. Mit dem Busenfreund meines Bruders, Finn Arnesson, hatte ich an Waffenübungen teilgenommen, und er hatte mich viele Male mitgenommen, aber nur in Handgemenge oder zu Belagerungen. Stiklestad war meine erste richtige Schlacht, und ich war so stolz. Ich führte siebenhundert Männer meines Vaters gegen Knut an, und ich kam mir wie ein König an ihrer Spitze vor – was für ein Narr ich doch war.«

»Ihr wart jung.«

»Fünfzehn.«

Elisabeth rechnete nach. Also war er jetzt siebzehn, wohl kaum alt zu nennen – und doch war er bereits ein erfahrener Krieger.

»Was ist geschehen?«

Harald zuckte mit den Schultern. »Es war, wie Halldor sagte. Wir schienen zu siegen. Unsere Truppen schlugen ihre Männer vernichtend. Doch dann senkte sich die Dunkelheit herab. Es war das Böse, Elisabeth, wirklich. Ich wurde von meinem Pferd heruntergeschlagen, und von diesem Augenblick an kämpfte ich in der Schwärze, schlug auf jeden ein, der mich angriff, ob Freund oder Feind. Ich sah noch nicht einmal, wie mein Bruder hingestreckt wurde, und ebenso wenig, wie man sein Banner zerfetzte.«

»Ihr könnt ein neues Banner nähen lassen, einen neuen Drachen auferstehen lassen.«

Er schüttelte den Kopf, und sie musterte ihn überrascht. »Keinen Drachen, Prinzessin. Ich werde einen Raben haben – den großen Zerstörer auf dem Schlachtfeld. Ich werde niemals mehr im Kampf schwach sein. Ich weiß nicht, wann mir diese Verwundung zugefügt wurde, ebenso wenig wie ich mich an die anderen Wunden erinnere, deren Narben unter meiner Kleidung verborgen sind. Aber irgendwann trugen mich meine Beine nicht mehr, und ich musste durch die Kämpfenden hindurchkriechen und kauerte mich wie ein Waldtier unter einem Busch zusammen. Es war erbärmlich, wirklich.«

»Es war nicht erbärmlich«, widersprach Elisabeth, »denn wenn Ihr nicht entkommen wäret, dann wäret Ihr heute nicht hier, und es gäbe niemanden, der Norwegen zurückerobern könnte.«

»Das ist wahr, aber auch das ist eher Ulf und Halldor als mir selbst zu verdanken. Einen Tag und eine Nacht lang lag ich unter diesem Busch, bis der Feind ein Festmahl veranstaltet und Geiseln genommen hatte und vom Feld abgezogen war, bis die Verwundeten um mich herum ihre letzten, schmerzhaften Atemzüge getan hatten und zu Gott gegangen waren. Ich war kaum bei Bewusstsein, aber Halldor fand mich irgendwie. Er und Ulf trugen mich zum Hof eines Bauern im Tal neben dem Schlachtfeld. Sie haben mich gerettet.«

»Sie sind wahre Freunde.«

»Das stimmt. Die anderen waren über das Kjølen-Gebirge nach Schweden geflohen. Halldor und Ulf hätten ebenfalls flüchten können, aber sie beschlossen zu bleiben. Den ganzen Winter lang beackerten sie das Land dieses Bauern. Sie pflügten neue Felder, legten Entwässerungsgräben an und bauten einen Stall als Gegenleistung, weil ich dort gepflegt wurde. Bis zum Frühjahr hatten sie den schönsten Hof weit und breit geschaffen – und ich, ich war am Leben. Ich schulde ihnen alles.«

»Ihr seid ihnen ein guter Lord.«

»Ich versuche es, denn ein Lord ist nichts ohne seine Männer, und ein König sogar noch weniger. Sie sind mir genauso teuer wie der Schatz, den Ihr für mich bewacht, und ich brauche sie genauso sehr, wie ich ihn benötige, um Norwegen zurückzuerobern.«

»Dann müsst Ihr genauso für ihre Sicherheit sorgen, wie ich für die Eures Goldes.«

»Das muss ich, Elisabeth …«

Aber was immer er hatte sagen wollen, wurde durch einen schweren Schlag auf seinen Rücken unterbrochen, der ihn nach vorn stolpern ließ. Elisabeths Vater tauchte an ihrer Seite auf.

»Geheime Ränke im Schatten, Harald?«

»Nein, Sire«, sagte er und erholte sich von dem Schlag. »Ich habe nur die Gelegenheit ergriffen, Eurer Tochter zwei weitere Schlüssel zu meiner Kriegsbeute zu überreichen.«

Elisabeth streckte ihm das Päckchen entgegen, aber Jaroslaw würdigte es kaum eines Blickes.

»Meine Tochter ist ein Schatz, kostbarer als jedes Gold oder alle Juwelen, Waräger.« Seine Stimme war leise, und Harald verbeugte sich.

»Das weiß ich, Großfürst.«

»Nehmt Euch nichts heraus, wozu Ihr kein Recht habt.«

»Vater!«, protestierte Elisabeth, aber Harald hielt eine Hand in die Höhe, als der Großfürst die beiden wieder zum Licht des Feuers hinschob.

»Ich nehme mir gar nichts heraus, seid versichert. Außer ihrer Freundlichkeit als meine Schatzhüterin.«

»Gut. Es sei denn, Ihr würdet ihr nicht nur Truhen bieten, sondern auch eine Krone …«

Elisabeth blieben ihre Protestrufe im Halse stecken, und Harald verbeugte sich einfach nur noch einmal.

»Ich schwöre, dass ich eines Tages Norwegen regieren werde, Sire.«

»*Ihr* werdet regieren?« Das war eine neue Stimme, eine dünnere, höhere, und Elisabeth stöhnte, als Magnus zu ihnen trat. Ebenso wie sie selbst war er im vergangenen Jahr gewachsen, und mit seiner schlaksigen Gestalt drängte er sich unbeholfen zu ihrer Gruppe. »Ich bin König Olavs Erbe, Harald Sigurdsson«, sagte der Junge und baute sich vor seinem Onkel auf, obwohl Harald einen doppelt so großen Schatten vor den Flammen bildete.

Harald sah auf ihn herab. »Woher weißt du das?«, fragte er milde. »Warst du an seiner Seite, als er starb?«

»Ihr wisst, dass ich das nicht war. Wenn ich es gewesen wäre, hätte ich ihn besser beschützen können.«

Harald schäumte vor Wut, und schnell trat Jaroslaw zwischen sie.

»Kommt schon – Ihr seid Blutsverwandte, die zudem noch ein gemeinsames Ziel verfolgen. Ihr müsst Eure Feinde bekämpfen, nicht einander. Ihr könnt gemeinsam regieren, so wie ich mit meinem eigenen Bruder einige Jahre lang regiert habe.«

Elisabeth trat unruhig von einem Fuß auf den anderen. Ihr Onkel war der letzte von Jaroslaws elf Brüdern gewesen, den ein früher Tod ereilt hatte, und der Gedanke daran machte ihr auf unbehagliche Weise bewusst, welche furchtbaren Geheimnisse die Welt der Männer barg.

»Wenn du regieren willst«, sagte Harald nun, »dann brauchst du Männer, und für Männer benötigst du Gold. Ich beschaffe mir dieses Gold, Neffe – aber wo ist deines?«

»Gott wird mich sicher an den Platz führen, der mir zusteht«, erwiderte Magnus leichthin.

Harald knurrte. »Ich habe es dir doch schon einmal erklärt, Magnus: Gott hilft denen, die …«

»Die sich mühen? Das habt Ihr, aber vielleicht, Harald, hilft Gott ja auch denjenigen, die sich in seine Dienste stellen? Woher sollen wir das wissen?«

»Ich bin sicher«, sagte Jaroslaw hastig, »dass Gott alle

Männer liebt, die ihm so dienen, wie sie es zu tun vermögen, und ich bete darum, dass er Euch beide sicher wieder in die Gestade Eures Heimatlandes bringt.«

»Als Könige?«

»Wenn das Euer Schicksal ist, dann ja.«

»Mit Königinnen an unserer Seite?« Magnus warf Harald einen verschlagenen Blick zu. »Ihr seid doch verlobt, Onkel, nicht wahr?«

»Nein.«

Haralds Antwort kam schnell – zu schnell. Elisabeth sah ihn an, aber er hatte sein blondes Haar nach vorn fallen lassen, so dass seine Augen davon beschattet wurden.

»Nein?«, echote Magnus mit seiner hölzernen, dünnen Stimme. »Aber seid Ihr nicht Finn Arnessons Tochter versprochen?« Er wandte sich Elisabeth zu. »Die Arnessons sind große Jarle im Norden Norwegens, Prinzessin. Sie besitzen viel Land, haben große Macht.« Er lächelte schmallippig, und Elisabeth schauderte.

»Dann wird das eine nützliche Verbindung für Euch sein, Prinz«, sagte sie steif zu Harald.

»Es gibt keine Verbindung«, antwortete er, strich sich das Haar zurück und sah ihr direkt in die Augen. »Es gibt kein Versprechen. Magnus weiß nicht, was er sagt. Es war Gerede, mehr nicht – Ihr wisst doch, wie das ist?«

Elisabeth holte tief Luft, während sie darüber nachsann. Ihr Vater lockte die jungen Männer der Druschina stets mit irgendwelchen Verlöbnissen, wie er es ja in der Tat soeben mit Harald getan hatte.

»Doch, das weiß ich«, stimmte sie leise zu, und ihre Finger umschlossen die Schlüssel und den kleinen schwarzen Anhänger ganz fest. »Und nun entschuldigt mich bitte, Ihr

Herren. Es scheint, Ihr habt viel zu besprechen, und ich glaube, meine Mutter sucht nach mir, damit ich mich um Agatha kümmere.«

Das stimmte nicht. Sie hatte gesehen, wie ihre jüngste Schwester von Hedda vor einiger Zeit energisch hinausgeführt worden war. Aber die Freude des Abends war verflogen. Sie war verwirrt, fühlte sich sogar verloren, und ausnahmsweise sehnte sie sich nach der Ruhe der Frauengemächer. Sie knickste, dann wandte sie sich ab und schritt davon, am Feuer vorbei und auf die tröstliche Kirche zu, in der sie während dieser Nacht Unterschlupf finden konnte.

»Elisabeth!«

Zögernd wandte sie sich um und sah, wie Jaroslaw ihr folgte.

»Vater?«

»Lass dich von diesem kindischen Getue nicht ärgern, mein liebes Kind.«

»Es hat mich nicht geärgert.«

»Ach nein? Gut.« Er legte den Finger unter ihr Kinn und hob ihren Kopf. »Die Männer werden dir zu Füßen liegen, Elisabeth.«

»Weil ich eine Prinzessin von Kiew bin?«

»Ja, aber überdies wegen deines Temperaments. Ein Mann braucht eine Frau mit Feuer, wenn er Erfolg im Leben haben will.«

»Wie du, Vater?«

»Ich bin gesegnet, Elisabeth. Ich habe deine Mutter um meines Volkes willen geheiratet, aber mittlerweile liebe ich sie um ihrer selbst willen. Ich hoffe, dass auch dir ein solches Glück einmal vergönnt ist, und werde mein Bestes dazu beitragen.«

Elisabeth öffnete den Mund, um ihm zu danken, aber da war er schon wieder fort, zurück auf seinem Podest, um über sein Volk zu wachen. Und ihr blieb nur noch, sich in ihr Bett zurückzuziehen, seltsam getröstet von seinen linkischen Worten, aber trotzdem immer noch nicht weniger verwirrt.

Kapitel 5

Ufer des Dnepr, April 1034

Elisabeth trat neben ihre Schwestern auf die Tribüne und spürte die übliche Mischung aus Hochgefühl und Neid, die das Stromschnellenrennen immer in ihr auslöste. Jaroslaw war durch den Handel und die Ländereien, die Harald und seine Waräger für ihn erobert hatten, reicher denn je und plante ein riesiges Fest. Die Wettkampfzone unterhalb von Kiew sah großartig aus. Das Rennen wurde grundsätzlich auf dem Höhepunkt der Schneeschmelze abgehalten, wenn der Fluss den engen Pfad durch die Waldklippen hindurchschoss, zwischen den Felsen dahinwirbelte, durch Seen und über kleine Wasserfälle, bis er unten ins offene Wasser mündete.

Die beiden Tribünen waren dort unten auf Pfeilern zu beiden Seiten der Stromschnellen aufgebaut worden. In diesem Jahr waren sie größer denn je, und ihre mit hölzernen Schindeln bedeckten Dächer waren über und über mit scharlachroten, goldgesäumten Wimpeln geschmückt. Es gab erhöhte Wege, die zu beiden Tribünen hinführten. Der am gegenüberliegenden Ufer beschrieb einen weiten Bogen, denn das Wasser stand in diesem Jahr ziemlich hoch und zwang den unteren Flusslauf so weit ins Land hinaus, dass es besonders im Morgennebel oft so schien, als sei das Meer selbst nach Kiew gekommen.

Die Zuschauertribüne war ungefähr zehn Männer tief, und die vorderen Geländer waren stabil und mit mehreren dicken Tauen umschlungen. Etwas weiter oben, wo der Fluss zwischen den Felsen dahinpreschte und man die spektakulärsten Stürze sehen konnte, waren noch mehr Tribünen zu sehen, grober behauene, die von den Dorfbewohnern errichtet worden waren. Die mutigsten Zuschauer wagten sich sogar auf die natürlichen Felsvorsprünge über der Schlucht am Beginn der Rennstrecke, wo der Boden trocken war und die Hänge steil abfielen – geradewegs zum Rennparcours unter ihnen.

Die Teilnehmer des Rennens – Wladimir und Ivan waren in diesem Jahr beide dabei – erreichten jetzt das Startgewässer, die Boote über den Köpfen tragend, was Teil der Zeremonie war. Die Fahrzeuge waren schlanke Ein-Mann-Kanus aus Tierhäuten über einem flexiblen Birkenholzrahmen, und Elisabeth hatte damals, an jenem wunderschönen Morgen, als sie sich in den Kleidern ihres Bruders hinausgeschlichen und zur Mannschaft gesellt hatte, nur wenig Mühe gehabt, ihr eigenes Boot zu tragen.

Bei der Erinnerung daran seufzte sie. War das wirklich schon sechs Jahre her? Sie war jetzt sechzehn, und keine wie auch immer gearteten Jungenkleider konnten ihre weiblichen Kurven verbergen, aber Ingrid – die Gott sei Dank ihre blühende, unverwüstliche Gesundheit wiedererlangt hatte – hatte dennoch zwei Mägden befohlen, sie zu bewachen, sogar nachts. Elisabeth war das verhasst, aber sie konnte ihrer misstrauischen Mutter keinen Vorwurf machen: Sie würde wieder hinausfahren, wenn sie auch nur die geringste Chance dazu bekam.

Neidisch spähte sie den Fluss hinab, während Anastasia dafür sorgte, dass sich alle am Geländer versammelten, und dabei sorgsam für die verlorenen Prinzen Platz machte, um sich sodann zu ihnen hinzuzugesellen. Edward war mittlerweile achtzehn, also zu alt, um sich für das Rennen zu qualifizieren, obwohl er vormals einige Male teilgenommen hatte. Seine Leistungen waren nicht herausragend gewesen, aber er hatte bis zum Ende durchgehalten, und Elisabeth hatte ihn bewundert, weil er überhaupt dabei war. Prinz Andreas hingegen hatte mit der ihm eigenen Leichtigkeit nur gesagt, dass er für Boote nichts übrig habe. Das war nur recht und billig, wie sie annahm – ein Mann sollte, wie Anna spitz bemerkt hatte, seine eigenen Stärken kennen –, aber sie konnte ihn deshalb wohl kaum bewundern.

Es kam ihr so vor, als ob Andreas nur im Kreml umherwanderte, elegant aussah, aber kaum etwas Nützliches zustande brachte, obwohl er vor Kurzem Besucher empfangen hatte – dunkeläugige Slawen aus seinem Heimatland, die dafür sorgen wollten, dass er seine Krone zurückbekam. Anastasia war deshalb sehr aufgeregt und hing unermüdlich an seinen langen, dünnen Armen, warf sich das blonde Haar über die Schulter und sah zu ihm auf, bat ihn, mehr über Ungarn zu berichten. Sie wollte unbedingt einen Ehemann, so viel war klar, und in einer Anwandlung von Boshaftigkeit drängte sich Elisabeth zwischen ihre Schwester und den Prinzen.

»Wer, glaubt Ihr, wird gewinnen, Andreas?«, fragte sie.

»Oh, Euer königlicher Bruder, da bin ich sicher«, antwortete er in geschmeidigem, perfektem Rus.

»Welcher?«

»Nimmt mehr als einer teil?«

Die fünfjährige Agatha, die neben ihnen stand und von

Edward an der Hand gehalten wurde, lachte laut auf, aber Anna trat hastig vor und gebot ihrer kleinen Schwester zu schweigen.

»Sowohl Wladimir als auch Ivan fahren mit«, erklärte sie Andreas. »Wlad hat letztes Jahr gewonnen und möchte den Pokal behalten, und Ivan ist begierig, ihn ihm abzunehmen.«

»Ich verstehe«, sagte Andreas ruhig, »und wer wird gewinnen?«

»Wlad«, antwortete Agatha prompt und drängte sich an Anna vorbei, »denn er ist der Größte. Das stimmt doch, Edward – oder?«

Edward lächelte auf sie herab. »Vielleicht, Agatha, aber ich fürchte, deine beiden königlichen Brüder werden von Gregor herausgefordert, dem jungen Grafen von Smolensk.«

Elisabeth sah Edward bewundernd an. Wie üblich hatte er im Stillen genau registriert, wie die Lage war.

»Ich bin der gleichen Meinung«, sagte sie. »Ich habe Gregor üben sehen, und er prescht die Stromschnellen in einem Tempo herab, das einem den Atem raubt.«

Andreas sah mit verengten Augen auf sie herab. »Ihr habt bei den Übungen zugesehen, Prinzessin?«

»Oh ja«, bestätigte sie. »Wie sollte ich sonst wissen, auf wen ich wette?«

Andreas riss die Augen auf. »Ihr habt gewettet?«

»Aber sicher. Nicht selbst natürlich, aber Hedda hat den Einsatz für mich gemacht.« Elisabeth zog einen kleinen Birkenspan aus ihrer Tasche, in den Gregors Runenzeichen eingeschnitzt war, und Andreas sah sich ängstlich um, als ob sie ein noch blutendes, frisches, heidnisches Opfertier in Händen hielte.

»Prinzessin«, bat er, »werft das fort, sonst bekommt Ihr jede Menge Ärger.«

»Oh nein«, versicherte Elisabeth ihm. »Das machen wir doch alle – na ja, außer Magnus. Er murmelt nur etwas von Christus vor sich hin, der die Geldverleiher aus dem Tempel geworfen hat, aber das hier ist kein Tempel. Sogar Anna reißt sich lange genug von ihren Büchern los, um zu wetten. Das macht die Sache schließlich noch aufregender, findet Ihr nicht?«

Prinz Andreas war offensichtlich nicht ihrer Meinung. Anna sah unbehaglich zu Boden, und Anastasia packte die Gelegenheit beim Schopf.

»Ich habe nicht gewettet«, rief sie selbstgerecht.

Elisabeth prustete und wollte gerade darauf hinweisen, dass Anastasia heute Morgen die Erste gewesen war, die deshalb Hedda aufgesucht hatte, als sie einen eisblonden Schopf entdeckte, der sich durch die Menge hindurch seinen Weg auf sie zu bahnte. Sofort konnte sie keinen klaren Gedanken mehr fassen.

In den letzten beiden Jahren, seit sie die Siedlungen am Ros besucht hatte, hatte sie Harald nur selten gesehen. Er und seine Männer durften stets kaum mehr als ein paar Wochen in Kiew bleiben, bis sie sich auf einen weiteren erfolgreichen Feldzug im Auftrag ihres Vaters begaben. Sie und Harald hatten sich so viel Zeit miteinander erschlichen wie nur irgend möglich, aber immer war es zu kurz gewesen – abgesehen von einem kostbaren Monat im vergangenen Sommer, als sie beide ihren Vater bei einem Besuch in Nowgorod, der nördlichen Hauptstadt der Rus, hatten begleiten dürfen, um die Schatzkammern zu inspizieren.

Jaroslaw hatte Elisabeth gestattet, die Besichtigung anzuführen. Sie war sich sehr königlich vorgekommen, als sie durch den niedrigen steinernen Korridor vorangegangen war, der tief unter die kalte Stadt führte. Harald war pflichtschuldigst hinten geblieben, und sie war sich der Wärme seiner großen Gestalt hinter ihr schmerzlich bewusst gewesen. Die Wachen an den riesigen Eichentüren hatten sich so tief verbeugt, dass ihre Nasen beinahe den kalten Felsboden berührt hätten, und waren dann ehrerbietig zurückgetreten, als sie eingetreten waren. Fünfzehn große Truhen, die mit dicken Ketten am Boden festgemacht waren, hatten vor ihnen gestanden – ein Schutzwall des Reichtums –, und Harald hatte den Atem angehalten.

»Ihr habt hart gearbeitet«, hatte sie gemurmelt, und der Blick, den er ihr zugeworfen hatte, hatte ihre Haut entflammt, trotz der Kälte in den Felsgewölben.

»So wie Ihr.«

Er war hinter sie getreten, um die Reichtümer zu betrachten, die er angesammelt hatte, um sich Norwegen zu sichern, und einen Augenblick war Elisabeth wie erstarrt gewesen, weil ihr der Gedanke gekommen war, auf welche Weise er das bewerkstelligt hatte. Sicher nicht, wie sie wusste, durch Lächeln und nettes Bitten. Wenn er in den Diensten ihres Vaters in anderen Ländern weilte, arbeitete Harald in Blut, und sie war sich schmerzlich bewusst, dass die Beute, die sie wie ein kleiner Drache bewachte, nur eine funkelnde Fassade für die unvermeidliche Gewalt in seinem Soldatenleben war. Sie war einen Schritt zurückgewichen, plötzlich voller Angst, aber seine Hände hatten sich sanft auf ihre Schultern gelegt und sie gestützt.

»Ich will, dass Ihr mit mir kommt, wisst Ihr?«, hatte er mit leiser Stimme gesagt. »Ich will Euch bei mir in Norwegen haben.«

Sie hatte nicht gewagt, ihn anzusehen. »Wartet denn dort keine Frau auf Euch?«

»Keine wie Ihr.« Er hatte sie losgelassen und war zu den Truhen hinübergeschritten, hatte seine großen Kriegerhände darübergleiten lassen. »Schaut Euch an, was wir schon erreicht haben, Elisabeth.«

»*Ich* habe dazu nicht allzu viel beigetragen.«

»Das stimmt nicht. Ihr habt mich verstanden. Ihr habt meine Ziele verstanden und habt uns auf den Pfad geleitet, der uns hinführt.«

Es war das »uns« gewesen, das sie im Innersten berührt hatte, das Schauer durch ihren ganzen Körper gesandt hatte. Sie hatte sich zusammengerissen und sich neben ihn gestellt, hatte vorsichtig ihre Halskette gelöst, so dass sie in jede einzelne Truhe schauen konnten. Er hatte nicht weiter von einer Verbindung gesprochen, aber während sie Seite an Seite auf den Steinen der Rus knieten, die Gesichter beleuchtet vom Licht des Goldes, mit dem Norwegen zurückerobert werden würde, war sie sicher gewesen, dass dies ihr gemeinsames Schicksal werden würde.

Das jedoch war im vergangenen Sommer gewesen. Vor Kurzem hatte sie angefangen, sich zu fragen, ob sie sich die Szene in der Schatzkammer nur eingebildet hatte – so wie vielleicht Halldor die Trolle, die in dieser Höhle leben konnten. Und so trat sie jetzt unbehaglich von einem Fuß auf den anderen, als Harald näher kam.

»Seid willkommen bei unserem großen Stromschnellenrennen«, bemerkte sie verlegen.

»Ich freue mich, hier sein zu dürfen«, antwortete er, obwohl er nur Augen für sie hatte und nicht für den Fluss.

Überwältigt sah Elisabeth auf das Wasser hinab, das dicht vor ihnen dahingurgelte. Hinter ihnen lag ein harter Winter, und im Fluss waren noch immer kleine Eisschollen zu sehen. Wenn einer der Teilnehmer des Rennens auf eine solche Scholle traf, konnte sie ihm den Bootsrumpf aufreißen und ihn innerhalb weniger Augenblicke in die Tiefe schleudern.

»Das Wasser fließt schnell«, stieß sie hervor.

»Dann bringt es uns schnell nach Süden.«

Bei diesen Worten blickte Elisabeth auf. »Ihr bringt also Handelsschiffe in die Goldene Stadt?«

»Nach Miklagard, ja.«

»Miklagard!« Sie lächelte bei dem alten Wikinger-Wort für Konstantinopel, die Hauptstadt des Byzantinischen Reiches. »Jetzt regt sich wieder das Meerwasser in Euren Adern?«

»Ein wenig vielleicht. Doch das hier ist meine Pflicht – die Kaufleute wurden von den Petschenegen im letzten Jahr heftig angegriffen, deshalb hat Euer Vater uns als Wachleute abgestellt. Aber ich gestehe, ich bin begierig darauf, diese Stadt mit eigenen Augen zu sehen. Man sagt, ein Mann braucht einen ganzen Tag, um die Stadtmauern zu umrunden.«

Elisabeth spürte, wie sich Neid in ihr regte. Sie hatte viele Geschichten von der Schönheit Miklagards – der Großen Stadt – gehört und wollte sie unbedingt einmal sehen.

»Wie man mir berichtet hat, ist die Hagia Sophia die größte Kirche auf Gottes Erdboden«, sagte sie.

»Und die prächtigste. Die mittlere Kuppel erhebt sich bis in den Himmel hinein, ist groß genug, um den Chor der Engel zu beherbergen, und sie ist so dick mit Gold verkleidet, dass man zehn Armringe für Männer aus einer einzigen Platte fertigen könnte.«

»Sogar Ihr wäret gut beraten, diesen Schatz für Euch zu beanspruchen, Harald.«

Er wirkte verletzt. *»Solch* ein Heide bin ich nun auch

wieder nicht, Elisabeth. Ich möchte die Kathedrale wegen ihrer Schönheit sehen, nicht wegen ihres Wertes.«

»Verzeiht. Ich würde sie ebenfalls gern sehen.«

»Obwohl der Schatz darin sicher nicht schaden könnte.« Er zwinkerte, dann beugte er sich näher zu ihr. »Unsere Schatztruhen sind in Sicherheit, Prinzessin?«

Ihr ganzer Körper vibrierte. Er hatte ihren gemeinsamen Besuch dort nicht vergessen. Die Trollhöhle war wirklich gewesen – aber waren auch die Worte Wirklichkeit gewesen, die er zu ihr gesagt hatte?

»Eure Truhen sind in Sicherheit, ja.«

»*Unsere* Truhen, Elisabeth. Ich möchte …«

Aber nun hüpfte Agatha zwischen sie. »Harald! Ihr habt es geschafft. Nehmt Ihr nicht am Rennen teil?«

Harald riss sich zusammen und lächelte auf die Fünfjährige herab.

»Ich bin zu alt, um noch zugelassen zu werden, Agatha.«

»Seid Ihr denn älter als achtzehn?«, fragte sie, und ihr Staunen über sein hohes Alter brachte sie beide zum Lachen.

»Er *ist* achtzehn«, erklärte Elisabeth ihr. »Er war zu lange im Krieg und hat die Gelegenheit verpasst.«

»Welche Gelegenheit, Prinzessin?« Harald schien jetzt sehr nah zu stehen, seine grauen Augen so kristallklar wie frisch geschürfte Bergkristalle.

»Am Rennen teilzunehmen, natürlich.« Elisabeth leckte sich die Lippen, die mit einem Mal ganz trocken waren, und fügte hinzu, als Agatha wieder davonhüpfte: »Ich bin einmal auf den Stromschnellen geritten.«

»*Ihr?* Tatsächlich?« Er sah auf sie hinab, und in seinen grauen Augen brodelte etwas, das entweder Bewunderung oder Abscheu war.

»Ja, *ich*«, erklärte sie trotzig. »Wenigstens bis zur Hälfte.«

»Dann seid Ihr gescheitert?«

»Nein!« Wütend funkelte sie ihn an. »Ich bin sehr gut gefahren.«

»Das bezweifele ich nicht. Also, was ist passiert?«

»Ich wurde mit einem Netz eingefangen.«

Er blinzelte. »Mit einem Netz? Von wem?«

Seine Stimme klang leichthin, aber für Elisabeth war die Erinnerung daran noch immer schmerzlich, und hastig wischte sie sich eine widerspenstige Träne ab, bevor der Kohlepuder verschmierte, den ihre Mutter sie endlich für ihre Wimpern hatte benutzen lassen.

»An den Ufern stehen Männer mit großen Netzen an hölzernen Stangen, um jeden Fahrer einzusammeln, der aus dem Kanu geschleudert wird und Gefahr läuft, an den Felsen zu zerschellen«, erläuterte sie. »Die Teilnehmer sind noch jung, und niemand möchte sie sterben sehen.«

»Natürlich nicht, aber Ihr, Elisabeth – Ihr wart doch nicht in Not?«

Unwillkürlich musste sie lächeln. »Ich war in *äußerster* Not, Harald, aber nicht durch das Wasser.«

»Euer Vater hatte etwas dagegen, dass Ihr am Rennen teilnahmt?«

Sie nickte. »Mädchen sind zu zart für derlei Sportarten, zumindest behauptet er das, obwohl ich nicht recht einsehe, warum. Wir sind leichter und viel behänder als Jungen, und ich hatte härter trainiert als jeder andere. Dieses vermaledeite Netz, das mich aus meinem Boot heraushob, hat mich mehr verletzt, als ich es gewesen wäre, wenn man mich bis zum Ende hätte mitfahren lassen.«

Harald sah sie wieder an, schien jede Kleinigkeit ihres

Gesichts mustern zu wollen, bis sie unruhig von einem Fuß auf den anderen trat.

»Was ist los? Ist etwas verschmiert?«

Er lächelte. »Nein, Elisabeth, nichts ist ›verschmiert‹. Ich habe mich nur gefragt … warum?«

»Warum ich mitgefahren bin? Warum sollte ich nicht?« Ihre Stimme klang mit einem Mal schrill, was ihre Mutter mit Sicherheit als »würdelos« bezeichnet hätte, aber sie konnte es nicht ändern. »Hat irgendjemand jemals Wlad gefragt, warum er mitfährt, oder Ivan? Nein! Für sie ist es vollkommen in Ordnung, wenn sie sich selbst beweisen wollen, sich den Herausforderungen der Natur stellen wollen, ihre Kräfte mit denen Gleichaltriger messen wollen. Warum also sollte das bei mir so seltsam sein? Sind wir wirklich so verschieden, Männer und Frauen?«

»In mancherlei Hinsicht schon«, antwortete Harald, und seine Stimme war so leise, dass ihr die Erwiderung in der Kehle stecken blieb und ihr das Herz heftig gegen die Brust schlug. Er schien das zu bemerken, und sie schluckte. »Aber Ihr habt recht. Ich halte Frauen in jeder Hinsicht für so mutig, feurig und entschlossen wie Männer.«

»Oh?«, erwiderte sie verwirrt. »Und Ihr kennt viele Frauen, nicht wahr?«

»Ein paar.« Bedächtig zog er die Augenbrauen in die Höhe, und ihr Magen schlug Purzelbäume. »Aber noch keine, die mir etwas bedeutet hätte – bis heute.«

Elisabeth hatte eine ganz trockene Kehle. Wen hatte er gekannt? Konkubinen? Hübsche, wilde Straßenfrauen, die mit ihren geschmeidigen, erfahrenen Leibern seine Narben liebkost hatten? Seine Brust war direkt vor ihr, und einen verräterischen Augenblick lang verspürte sie das Verlangen, die

Hände daraufzulegen und seine Kraft zu spüren. Er starrte sie noch immer an, seine Gletscheraugen immer noch unverwandt auf ihre Lippen gerichtet, als ob er sie genau dort küssen wollte, auf der königlichen Tribüne – als ob sie es zulassen würde –, und verwirrt wich sie zurück. Sie war nicht eine seiner Straßenfrauen, die man mit honigsüßen Worten und einer muskulösen Brust so leicht herumbekam.

»Das Rennen wird jeden Augenblick beginnen«, sagte sie steif und wandte sich wieder dem Fluss zu.

»Elisabeth, ich wollte Euch nicht …«

Ein Ruf erhob sich vom Flussufer, und sie drehte sich dankbar um, um zu der scharlachroten Flagge hinüberzusehen, die hoch oben über der Schlucht in den Bäumen wehte. Sie zeigte an, dass sich die Wettkämpfer im Startbecken befanden, und erwartungsvolles Schweigen senkte sich auf die unzähligen Zuschauer herab, die den Fluss säumten. Wachen gingen in Habachtstellung, die Fänger vertäuten sich an den Felsen, und inmitten der Tribüne erhob sich Großfürst Jaroslaw, hob einen goldenen Hammer und schwang ihn präzise gegen die Mitte eines reich verzierten Gongs. Der Ton erhob sich bebend, süß und dumpf über das Wasser und wurde von einem zweiten flussaufwärts beantwortet, dann von einem weiteren in den Bäumen und schließlich einem vierten, der in der Schlucht verborgen war. Ihr vereinter Klang erfüllte die Frühlingsluft, und dann fuhr mit einem Mal die Waldflagge nach unten, und das Rennen begann.

Die Edelleute auf der Tribüne fielen in der Erregung des Augenblicks vollkommen aus der Rolle, drängten sich ebenso begierig vor wie das einfache Volk an den Ufern, und plötzlich wurde Elisabeth gegen die Reling gedrängt. Zu ihrer Linken hob sich Prinz Edward Agatha auf die Schultern, während

Anna, die für Spektakel dieser Art nichts übrig hatte, einen Schritt zurücktrat. Prinz Andreas setzte sich erfolglos mit ein paar Knüffen gegen die Menge zur Wehr. Anastasia versuchte, ihn zu beruhigen, und ließ es zu, dass sie gegen seine Brust gedrückt wurde. Auch Elisabeth fühlte sich von allen Seiten bedrängt. Einen Augenblick lang rang sie um Atem, bis die wogende Menge sie nicht mehr erreichte, denn Harald umfing sie mit seinen starken Armen, um sie abzuschirmen. Sie war dankbar für seine mächtige Präsenz, obwohl sie sich nicht sicher war, ob sie sich jetzt tatsächlich sicherer fühlte. Aber nun wurde auf dem Bergkamm eine Flagge in die Höhe gerissen, was ihre Aufmerksamkeit ganz und gar fesselte.

»Grün«, sagte sie aufgeregt und wagte es, einen Blick zu Harald zurückzuwerfen. »Die Flagge ist grün.«

»Ist das Euer Mann?«

Sie nickte. Gregor trug Grün. Wladimir trug Violett, Ivan Scharlachrot und Blau, und die anderen fünf jungen Männer wieder andere, unterschiedliche Farbkombinationen.

»Wen habt Ihr?«, fragte sie, wobei sie den Blick nicht von seinen Armen abwenden konnte, deren Muskeln sich anspannten, um sie weiterhin vor der drängenden Menge zu schützen.

»Ebenfalls Grün«, bekannte Harald. »Ich sah den Jungen gestern fahren. Er war furchtlos.« Sie sahen ein paar Augenblicke lang schweigend zu, dann fügte er hinzu: »Ich hätte auch Euch gern dabei zugesehen, wie Ihr die Stromschnellen bezwingt, Elisabeth.«

»Es wäre mir eine Freude gewesen.«

Die Boote waren noch nicht sichtbar, aber auf den Tribünen oberhalb der Stromschnellen erhob sich lautstarker Jubel. Agatha schrie aufgeregt, hüpfte auf den Schultern des armen Edward auf und ab und deutete flussaufwärts. Elisabeth beugte sich über das Geländer, um besser sehen zu können, aber plötzlich war Haralds Gesicht dicht neben dem ihren, und seine Brust lag fest auf ihrem Rücken.

»Elisabeth.« Seine Stimme war leise, drängend.

Sie wandte sich um und fand sich in seinen Armen wieder. »Harald, bitte. Die Leute schauen schon.«

»Das tun sie nicht.« Damit hatte er recht. »Ich muss einfach reden. Euer Vater wird mich in ein paar Tagen losschicken, um seine Handelsflotte unten in Vitichev auszuheben, und ich bitte um Eure Erlaubnis, mit ihm sprechen zu dürfen.«

Elisabeths Ohren waren erfüllt von den aufgeregten Rufen der Menge, aber sie schien nur ihn wirklich zu hören.

»Ihr könnt jederzeit mit ihm reden, Harald«, stammelte sie, denn sie fürchtete, ihn falsch zu verstehen. »Ihr seid sein Mann.«

»Aber diesmal, Elisabeth, möchte ich mit ihm über *Euch* sprechen.«

»Oh.«

»Ich will ihn um die Erlaubnis bitten, Euch zu meiner Frau zu machen – zu meiner Gemahlin und zukünftigen Königin.«

Sie hatte Mühe, seine Worte zu verstehen. Überall drängte die Menge zum Ufer hinab, und ihr Gebrüll verschluckte Haralds Worte, vermischte sich mit ihnen, so dass sie sie nicht wirklich erfassen konnte.

»Da!«, rief jemand. »Da sind sie!«

»Elisabeth«, drängte Harald. »Darf ich mit ihm reden – darf ich mit ihm über uns sprechen?«

Uns? Das Wort weckte die Erinnerung an den Augenblick, da sie beide in Nowgorod vor den Truhen gekniet hatten, wo ihre Zukunft vor ihnen beiden glänzte.

»Ja«, keuchte sie. »Ja, Harald – das dürft Ihr. Und jetzt ...« Sie kicherte verlegen, »... darf *ich* mir das Rennen ansehen?«

Er lächelte ebenfalls und nahm ihr Gesicht in beide Hände. Sie waren so groß, dass ihre Ohren vollends darin verschwanden. »Nur noch einen winzigen Augenblick.«

Er presste die Lippen auf die ihren, so schnell und sicher, dass sie nicht protestieren konnte, noch nicht einmal, wenn sie es gewollt hätte. Einen Augenblick lang ertrank sie förmlich in seinem köstlichen Kuss, aber dann wirbelte er sie wieder herum und deutete flussaufwärts, als ob nichts geschehen sei. Seine Hand jedoch lag immer noch auf ihrer Taille, und sein Moschusduft war allgegenwärtig. Seine Worte durchfluteten sie, und sie hatte das Gefühl, tatsächlich auf den Stromschnellen dahinzujagen.

»Es ist Gregor!«, rief Edward, und Elisabeth zwang sich, sich von Harald zu lösen, als die grüne Tunika flussaufwärts ins Blickfeld kam. Wladimirs violette folgte ihm auf dem Fuße.

Sie nahmen die erste Biegung um die Felsen beinahe gleichzeitig. Wlad war ein harter Verfolger. Doch plötzlich rammte der Kanubug des Prinzen das andere Boot. Gregor wirbelte wild zur Seite, dann verschwand er. Die Menge keuchte.

»Wo ist er?«, fragte Elisabeth und griff, ohne nachzudenken, nach Haralds Hand.

Wladimirs Boot erzitterte am Rande eines tückischen Strudels. Das Heck kippte und erschauerte, doch dann bekam er das Kanu Gott sei Dank wieder in den Griff. Aber Gregor war immer noch nirgends zu sehen. Elisabeth suchte verzweifelt den Fluss ab, als Harald auf das andere Ufer deutete, wo das Kanu des jungen Grafen plötzlich auf wundersame

Weise unter den Felsen wiederaufgetaucht war, kaum eine Handbreit von Wladimirs Gefährt entfernt. Der Junge war nass bis auf die Knochen und schüttelte heftig den Kopf, um das Wasser aus den Augen zu bekommen, aber er preschte weiter voran. Sein Paddel blitzte in der Gischt, und er kam Wladimir immer näher. Wladimir spürte den Rivalen und paddelte schneller, aber es war zu spät. Gregor schoss unter dem Gejohle der Menge zwischen den Tribünen und unter dem Zielseil hindurch, das ihn zum Sieg führte.

»Wie hat er das gemacht?«, keuchte Elisabeth.

»Der hat ja Nerven!«, meinte Edward bewundernd und setzte Agatha wieder auf den Boden. »Nerven und nicht wenig Glück. Er muss eine Unterströmung durch den Kanal erwischt haben. Und seht doch: Als Dritter fährt Ivan durchs Ziel! Ein guter Tag für Eure Familie.«

»In der Tat«, stimmte Elisabeth leise zu.

Agatha hüpfte aufgeregt auf und ab, Anastasia ergriff die Gelegenheit, um die Arme um Andreas zu werfen, und sogar die ernste Anna klatschte. Elisabeth aber fühlte sich wie im Traum. Hatte Harald soeben tatsächlich vom Heiraten gesprochen? Hatte er wirklich um ihre Hand angehalten, oder hatte das Rennen sie nur in solche Verwirrung gestürzt, dass sie sich etwas einbildete?

»Würdet Ihr mich entschuldigen?«, fragte Harald seltsam förmlich. Sie *hatte* es sich eingebildet. »Ich muss Euren Vater aufsuchen.«

»Jetzt?«

»Während er guter Stimmung und einem Exilprinzen wohlgesinnt ist. Seid Ihr sicher, Elisabeth?«

Er hatte es *doch* gesagt.

»Sicher«, quiekte sie.

»Dann werde ich gehen.«

Harald verbeugte sich tief und begann, sich seinen Weg zum Großfürsten zu bahnen. Elisabeth beobachtete, wie sein heller Kopf sich entfernte, und schlang sich die Arme um die Brust.

Die Kanus versammelten sich am Ziel. Sie war froh, dadurch abgelenkt zu werden, und freute sich, als sie sah, wie Wlad Gregor auf den Rücken klopfte und ihn ans Ufer zog, denn der Junge zitterte heftig. Männer halfen ihnen aus dem Wasser und warfen ihnen weite Fellmäntel um die Schultern, während Sklaven die Kanus an Land zogen. Dann wurden sie zur Haupttribüne gebracht, um von Jaroslaw ihre Trophäen überreicht zu bekommen.

»Ein hervorragendes Rennen«, verkündete der Großfürst. »Vielleicht das beste überhaupt. Und ein verdienter Sieg für Gregor die Robbe.«

Die Menge brüllte begeistert bei diesem Beinamen, und Gregor strahlte. Er zitterte zu stark, um den Kelch entgegennehmen zu können, aber er winkte Beatrix herbei, seine üppige junge Verlobte, die ihn an seiner Stelle überreicht bekommen sollte. Sie kam seinem Wunsch nach, und dann küsste sie unter noch mehr tosendem Beifall den Sieger geradewegs auf die Lippen – vor allen.

»Scheint ansteckend zu sein«, meinte Elisabeth leise, die Haralds Lippen immer noch auf ihren eigenen spürte.

Anastasia musterte sie mit verengten Augen. »Was denn?«

»Oh, nichts.«

»Was, Elisabeth? Was ist ansteckend? Was ist los?«

»Das Fest, denke ich«, sagte Elisabeth listig. »Wollen wir gehen?«

Sie wandte sich dem Steg zu, wobei sie neben Halldor Snorrason einherschritt.

»Wahre Liebe?«, grunzte Halldor und deutete mit einem Kopfnicken auf den Sieger und die Frau, die sich an ihn klammerte.

»Keine Ahnung, Hal«, gab Elisabeth mit einem Lächeln zurück. »Wie ich höre, seid *Ihr* doch heutzutage der Experte in derlei Fragen.«

Halldor zog eine Grimasse. »Die Liebe macht uns alle zu Narren.«

»Zu glücklichen Narren«, antwortete Elisabeth und sah zu, wie Gregor sich zurückzog, sowohl Beatrix als auch seine Trophäe unter seinem Mantel. Hinter ihnen geleitete Harald Jaroslaw über den Steg, und Elisabeths Herz machte einen Satz. Was, wenn ihr Vater Nein sagte?

»Vielleicht«, stimmte Halldor zu, und dankbar wandte sie sich wieder ihm zu.

»Elsa ist hier?«

»Jawohl. Sie hat vom anderen Ufer aus zugesehen. Ich habe sie gefragt, ob sie mich zur Tribüne begleiten will, aber sie beharrte darauf, dass sie wisse, wo sie hingehörte.«

»Sie gehört an Eure Seite, Hal. Ihr solltet sie heiraten.«

»Heiraten? Nein, ich habe für Zeremonien nichts übrig, Prinzessin. Ich habe ihr ewige Treue geschworen, und das ist genug. Außerdem trägt sie mein Kind unter dem Herzen.«

Elisabeth wirbelte herum und sah ihn an. »Das sind ja wundervolle Neuigkeiten, Halldor – Ihr werdet Vater.«

»Ja, der arme Wurm. Ist schon ein Glück, dass er eine so wunderbare Mutter haben wird.«

»Oh Hal«, schalt Elisabeth, »unterschätzt Euch doch nicht selbst. Er oder sie wird die besten Gutenachtgeschichten von allen Kindern auf Gottes Erdboden erzählt bekommen. Wird Elsa Euch nach Miklagard begleiten?«

»Das wird sie.«

»Dann hat sie Glück.«

»Ihr haltet Dienerinnen für freier als Prinzessinnen, Elisabeth?«

»Nein, dazu bin ich weder töricht noch arrogant genug. Ich weiß, wie glücklich ich mich schätzen kann. Aber auch Elsa ist gesegnet, wie ich finde.«

»Ich hoffe es«, sagte Halldor, und seine Augen richteten sich auf das Mädchen, das jetzt in Sichtweite kam. Sie stand am Ende des Steges, die schlanken Hände auf ihren sich wölbenden Bauch gelegt, und sah ihm ruhig entgegen. »Glückliche Narren«, echote er, als ob er die Worte auf der Zunge auskostete. »Es ist wahr, Prinzessin, doch jagt die Liebe einem oftmals Angst ein.«

»Angst?«

»Ein schreckliches Bekenntnis für einen Waräger, nicht wahr? Aber es stimmt. Elsa zu lieben, macht mein Leben insgesamt lebenswerter, bedeutet aber auch, dass ich mehr zu verlieren habe. Mein eigenes Leben ist mir jetzt kostbarer, und das ist Fluch und Segen zugleich – besonders in der Schlacht.«

Er sah so ernst, so bedrückt aus, dass Elisabeth ihm am liebsten einen Kuss auf seine drollige faltige Stirn gegeben hätte, aber sie fürchtete, ihn dadurch in Verlegenheit zu bringen, also ergriff sie nur seinen Arm und führte ihn zu seiner Geliebten.

»Dann empfiehlt es sich«, schlug sie vor, »dass Ihr das Beste aus jedem Augenblick macht – besonders in Zeiten des Friedens.«

Halldor lachte – ein großes, breites Lachen tief aus seinem Bauch – und tätschelte Elisabeths Arm.

»Ihr seid weise, Prinzessin. Und ich hoffe«, fügte er hinzu, »dass Ihr Euren eigenen Ratschlag befolgen könnt. Ihr werdet mit uns nach Norwegen kommen, nehme ich an?«

Es hatte keinen Zweck, ihm etwas vormachen zu wollen.

»Ich hoffe es, Hal«, bekannte sie und warf einen Blick zurück auf Harald und Jaroslaw, die die Stufen zum Kreml zusammen erklommen. »Ich hoffe es wirklich.«

Kapitel 6

Giske, Norwegen, Mittsommer 1034

Thora Arnesson vergrub die Zehen im groben Sand und blickte über das wogende Meer bis zu dem schweigend dahinterliegenden Festland hinüber. Hinter ihr, oben auf den Klippen, entzündeten die Ältesten das Leuchtfeuer, und sie konnte das Knacken des Zunders hören, ebenso wie die leisen Beifallsrufe der Männer, als sich die ersten Funken im schäumenden Meeressaum spiegelten. In wenigen Minuten würde das Feuer lichterloh brennen und wie eine kleine Sonne einen funkelnden Pfad über das Wasser schicken, um die Gefolgsleute der Arnessons zum Festschmaus zu rufen.

Nervös blickte Thora an den Klippen empor und sah die Silhouette dreier mächtiger Gestalten, die sich hinter den langsam züngelnden Flammen abhoben. In ihrer Mitte stand ihr Onkel, Jarl Finn – der Mann, der den Oberbefehl über den Arnesson-Clan übernommen hatte, nachdem ihr eigener Vater Thorberg dem feindlichen Schwert zum Opfer gefallen war. Finn war bereits verwitwet und hatte Thora und ihre Geschwister, Otto und Johanna, zusammen mit seinen eigenen Töchtern Idonie und Sigrid aufgezogen. Er war ein gestrenger Mann, aber Thora hatte ihn stets gerecht gefunden, viel gerechter jedenfalls als seinen jüngeren Bruder

Jarl Kalv, der mit gefährlicher, brütender Miene neben ihm stand.

Sie schauderte und sah auf die andere Seite. Aber auch dort fand sie keinen Trost, denn links neben Finn stand der gleichermaßen gefährliche Einar Tambarskelfir, der einzige Großgrundbesitzer im Norden, der nicht zur Familie ihres Vaters gehörte. Einars Clan war nicht so tief verwurzelt im Land wie die Arnessons, und stets suchte er nach Gelegenheiten – politischen oder militärischen –, um sein eigenes Fortkommen zu sichern. Als Knut, damals schon König von Dänemark und England, vor sechs Jahren König Olav aus Norwegen vertrieben hatte, hatte Einar sich an seine Fersen geheftet und dadurch viel Macht erlangt. Seit Neuestem jedoch intrigierte Einar gegen Knuts Regenten in Norwegen, seinen Sohn Sven, den ihm seine englische Nebenfrau geboren hatte. Thora befürchtete, er würde die Arnessons in seine Ränke hineinziehen.

Sie blickte wieder übers Meer, suchte nach den auf und ab tanzenden Mastlaternen des ersten Fischerbootes, das die Einheimischen von ihren einsamen Gehöften an der Küste herbringen würde, um die Mittsommernacht an den Gestaden ihres Jarls zu begehen. Lange Tische waren auf Böcken im hohen Sand aufgestellt worden, wo das trügerische Meer nicht an den Beinen lecken konnte, und in mehreren Pavillons im Lee der Klippen bereitete die Dienerschaft alles für das Festmahl vor. Ein riesiges Feuer war in einem Steinring entzündet worden, und Thora hörte die Träger ächzen, als sie eine große Eisenplatte darüberhoben, auf der die Fische – die am Morgen frisch gefangen worden waren – gebraten werden sollten, um danach sogleich auf den Brotbrettern serviert zu werden, die auf einem dahinterstehenden Tisch unter frischen Leinentüchern ruhten.

Tochter eines Jarls zu benehmen und nicht wie ein Bauernmädchen.«

Das hatte gesessen. Das spöttische »ausnahmsweise« hatte sich wie ein Stachel in ihre sommerheiße Haut gebohrt, als ob sie dem Andenken ihres toten Vaters Schande machte, wenn sie sich nicht, wie sonst, so lächerlich wohlerzogen benahm, wofür sie sich manchmal verachtete. Das alles hatte einen Funken in ihr entzündet – oder vielleicht auch einfach nur die Flammen geschürt, die Haralds wilde Jagd in ihr entfacht hatte.

Die Vernunft hatte sie zur Vorsicht gemahnt, zumindest bis die Sonne niedrig genug stand, dass der Strand eher im Schatten als im Licht lag. Aber nachdem das Bier reichlich geflossen und der Fisch bis auf die Gräten abgenagt war, als die Männer mit ihren Frauen auf den Knien um das Feuer herumsaßen und dem Jungvolk die dunkleren Ausläufer des Sandes überließen, hatte Thora wieder nach ihrem Wolf Ausschau gehalten.

»Hast du dich satt gegessen, Harald?«

»Das habe ich.«

Er hatte seinen Wolfsmantel abgeworfen, so dass er jetzt im Leinenhemd vor ihr stand. Sein Oberkörper war trotz seines jugendlichen Alters bereits muskulös und gut geformt, was durch den dünnen Stoff deutlich erkennbar war.

»Du bist also voll bis obenhin?«, fragte sie frech.

»Vielleicht habe ich ja durchaus noch etwas Platz. Zumindest, wenn mich etwas besonders Leckeres in Versuchung führt.«

»Ein Honigapfel vielleicht?«

»Nein. Nein, das nicht – zu süß.«

»Ein wenig knusprige Haut vom Lamm also?«

Er kam näher. »Zu trocken.«

»Etwas Bier aus den Fässern meines Onkels?«

»Davon hatte ich schon mehr als genug.«

Sie hatte das Gesicht zu ihm emporgereckt. »Was dann, Wolf?«

Er hatte im Dämmerlicht gelächelt. »Die Lippen der Tochter eines Jarls«, hatte er geflüstert.

Dann hatten seine Hände auf ihrer Taille gelegen, und seine Lippen hatten die ihren berührt. Sie hatte sich ebenso trunken gefühlt, als ob sie den Saft der aromatischen eingelegten Äpfel bis zum letzten Tropfen ausgetrunken hätte.

»Ui! Harald Sigurdsson!«

»Nicht schon wieder«, hatte Harald an ihren Lippen gestöhnt, und obwohl der Ruf sie erschreckt hatte, hatte sie gekichert.

»Ist das meine Schwester, auf der du da herumkaust?«

Sie hatten sich beide entspannt, und Harald war herumgewirbelt, die Hände immer noch an Thoras Taille, um den Ankläger anzusehen.

»Ich habe nicht ›herumgekaut‹, Otto«, hatte Harald widersprochen. »Ich war viel zärtlicher.«

»Ach wirklich?«

Mehr Kinder und Jugendliche aus der Umgebung versammelten sich jetzt um sie, und Otto hatte sich hoch aufgerichtet. Mit seinen kaum acht Jahren war er ein großer, selbstbewusster Junge, der gern Publikum hatte.

»Nun, da unser Vater fort ist, muss ich jetzt ihre Ehre schützen, und ich sage, wenn du auf ihr herumkauen willst – ob zärtlich oder nicht –, müsst ihr erst verlobt sein.«

»Oh ja!« Johanna hatte in die Hände geklatscht. »Eine Verlobung. Komm, Thora, dann brauchst du Blumen in deinem Haar.«

»Nein, Johanna, ich …«

Aber schon hatten Johanna, Idonie und Sigrid sie fortgezogen und auf den Klippen Kleeblumen gepflückt, die sie in ihr vom Wind zerzaustes Haar flochten.

»Und du, Harald«, hatte Otto weitergesprochen, »du musst … musst …«

»Tanzen!«, hatte jemand vorgeschlagen. »Tanzen wie der Wolf, der du behauptest zu sein.«

»Wölfe tanzen nicht«, hatte Harald widersprochen.

»Und sie küssen auch nicht, Junge aus dem Süden«, hatte Otto erwidert, »aber wir haben Mittsommer, weshalb die normalen Regeln außer Kraft gesetzt sind – also tanzt jetzt!«

Thora lächelte bei der Erinnerung. In jener Nacht, als Harald die Menge zu wilder Freude angetrieben hatte, war sie in der Lage gewesen, endlich die Trauer über den Verlust ihres Vaters abzuschütteln, und das hatte sich so gut angefühlt. Jetzt führte sie eine Hand an ihr blondes Haar, als ob die Kleeblüten sich immer noch in den zarten Strähnen befänden, und seufzte.

Die Boote landeten. Die westlichen drei waren die ersten, aber schon segelten weitere vom Meer heran und sammelten sich in den Buchten der zerklüfteten Küste. Männer sprangen heraus, zogen ihr Schiff ans Ufer und hoben ihre Frauen auf den trockenen Sand, riefen ihren Nachbarn Grußworte zu und segneten ihre Jarls, die nun zum Strand hinuntergekommen waren und breitbeinig im Sand standen, Einar nur einen Schritt von ihnen entfernt.

Jeder war schon in halbwegs heiterer Stimmung, obwohl die Fässer noch gar nicht angestochen worden waren. Das Leben auf den Bauernhöfen an diesen wilden Küsten war sehr einsam, und Familien konnten Wochen dort wohnen, ohne jemand anders als die Leute des eigenen Gehöfts zu Gesicht zu bekommen. Deshalb waren alle entschlossen, dieses Fest bis zur letzten geselligen Minute auszukosten. Thora freute sich, das mitzuerleben, aber als die letzten Boote heranfuhren, sank ihr doch das Herz, denn sie wusste, dass er – Harald – wieder nicht kommen würde.

»Edle Thora, guten Abend.«

Der Mann, der vor ihr stand, alt und klapperdürr, die umwölkten Augen jedoch ungewöhnlich strahlend, als sie sich in ihre hineinversenkten, konnte keinen größeren Kontrast zu ihrem früheren Verehrer am Strand darstellen.

»Jarl Pieter«, sagte sie zurückhaltend und kreuzte unwillkürlich die Hände über der Brust, als er näher kam – zu nah.

»Welch eine Freude, Euch zu sehen.«

»Ganz meinerseits«, brachte sie mühsam hervor und löste die Hände, als ihr Onkel ihr mit einem Nicken bedeutete, den dargebotenen Arm zu ergreifen.

Jarl Pieter besaß ausgedehnte, fruchtbare Ländereien auf der Insel Giske, und Finn hatte kürzlich begonnen, mit ihm über eine Eheschließung zu verhandeln. Der Gedanke, an dieses Skelett von einem Mann gefesselt zu sein, bereitete Thora Herzschmerzen, die umso schlimmer waren, weil sie wusste, dass eine solche Verbindung ihre hauchzarten Bande zu Harald kappen würde. Aber Harald war nun einmal nicht hier.

Sie hatte es nicht erwartet, nicht wirklich. Er war im Land der Rus, geflohen vor König Knuts harter Hand, und eher würde in dieser Mittsommernacht ein richtiger Wolf in die Bucht segeln als er. Aber ein winziger Teil von ihr hielt in dieser seltsamen Nacht, in der der alte Zauber – wenn davon überhaupt etwas übrig war – doch noch einmal seinen

Bann über Norwegen wob, dennoch nach diesem Wunder Ausschau.

Zögernd gestattete Thora Jarl Pieter, sie zu den Tischen zu geleiten, an denen sich die Feiernden versammelten. Bedienstete brachten runde Krüge mit Bier, und Frauen und Männer lösten gleichermaßen eifrig ihre Becher von den Gürteln. Die ersten Fische lagen auf der großen Eisenplatte, und ihr Duft durchdrang die Luft und löste allgemeinen Jubel aus, während die Jarls wohlwollend vor sich hin schauten.

»Muss mich nur, äh, erleichtern«, sagte Pieter, ließ ihren Arm fallen und schlurfte in den Schatten der großen Klippen am hinteren Teil des Strandes.

Thora blieb dankbar zurück, war froh, dass er jetzt nicht mehr an ihrer Seite war, bevor ihr plötzlich bewusst wurde, dass ihr Onkel ganz in der Nähe stand.

»Wir sind zu gut zu ihnen, Finn«, sagte Kalv jetzt zu ihm.

Sie blickte hinüber und sah, dass der jüngere Jarl mit missmutiger Miene beobachtete, wie seine kostbaren Fässer geöffnet wurden.

»Es ist doch nur einmal im Jahr, Kalv«, antwortete Finn. »Wenn uns ein paar Fässer Bier ihren Gehorsam bis zum nächsten Jahr sichern, ist es die Sache wert. Und außerdem ist es ein verdammt gutes Fest. Hast du diese Bauernmädchen gesehen, Bruder? Ich schwöre, sie alle werden mit jedem Jahr hübscher.«

»Oder du älter, Finn.«

»Und blinder!«

Die Brüder lachten, aber nun trat Einar zu ihnen hin. »Blinder ganz sicher, denn ihr bekommt noch nicht mal mit, was vor eurer eigenen Nase in Nidaros vor sich geht.«

Instinktiv wich Thora zurück, blieb aber stehen.

»Ruhig Blut, Einar«, warnte Finn.

»Nun, es ist wahr. Knuts verdammter Regent blutet das Land aus, und keiner von euch beiden unternimmt etwas dagegen.«

»Wie könnten wir auch, Einar? Wir haben Knuts Macht doch gesehen. Sie hat sich schwarz auf dem Feld bei Stiklestad eingebrannt. Du warst nicht dabei – warst zu sehr damit beschäftigt, dich übers Meer zu Knut ins verdammte England davonzuschleichen –, aber ich war dort, und ich werde es niemals vergessen. Kalv war der Einzige von uns, der weise genug war, damals an Knuts Seite zu kämpfen, und nur durch seine Barmherzigkeit wurde ich an diesem Tag vor dem sicheren Tod bewahrt. Ich werde nicht noch einmal gegen den Herrscher über das Nordische Großreich antreten.«

»Nicht gegen Knut«, knurrte Einar, »nur gegen Sven, den Bastard seiner Zweitfrau, den er an seiner Stelle über uns alle erhoben hat. Der König hätte *uns* als Regenten einsetzen sollen.«

»Du meinst *dich,* Einar?«

»Ich war sein ältester General, ja. Aber Kalv führte seine Truppen bei Stiklestad an. Auch er wäre also eine gute Wahl gewesen. Wir kennen Norwegen, wir kennen die Menschen dieses Landes viel besser als dieser englische Bastard, der noch nicht mal weiß, wie er sich den eigenen Rücken kratzen soll. Das richtet uns zugrunde.«

»Müssen wir jetzt darüber reden, Einar?«, protestierte Finn und ging ein paar Schritte auf die Festmahlstische zu, aber Einar packte ihn am Arm und zog ihn zurück.

»Wenn nicht jetzt, wann dann? Das Leben ist nun mal kein Fest, Finn Arnesson.«

»Das weiß ich«, blaffte Finn, und Thora wandte den Blick

ab aus Angst, dass er sie als Lauscherin entdecken könnte. Pieter kam soeben zurück und strich sich im Gehen die Tunika glatt, und sie machte einen vorsichtigen Schritt auf ihn zu. Aber Einars nächste Worte zogen ihre Aufmerksamkeit unweigerlich wieder auf die Männer.

»Wir müssen die wahren Erben aus der Rus zurückholen.«

»Harald Sigurdsson?«, fragte Kalv.

»Vielleicht.« Einars Stimme war sanft. Zu sanft. »Oder möglicherweise auch den jungen Prinzen Magnus. Er ist immerhin Olavs Sohn – sein erster in der Blutlinie.«

»Er ist doch noch ein Kind, Einar.«

»Also können wir ihn beraten.«

»Kontrollieren, meinst du wohl«, erwiderte Finn scharf. »Ich sage, dass Harald die bessere Wahl ist.«

»Ganz sicher denkst du das.«

»Was willst du damit sagen?«

»Du glaubst, dass er dir gehört wegen irgendeiner Welpenzeremonie, an die man sich kaum mehr erinnert, weil sie so weit zurückliegt.«

Thoras Herz machte einen Satz – also hatte Finn Harald doch noch nicht vollkommen aufgegeben.

»Du scheinst dich doch auch noch ganz gut daran zu erinnern, Einar, und es war keine Welpengeschichte. Sie waren zwölf – also erwachsen in den Augen des Gesetzes.«

»Das Gesetz war nicht anwesend.«

»Natürlich war es das – alle Männer und Frauen dort haben die Zeremonie mit angesehen.«

»Die Zeremonie?« Einar spie aus. »Ein heidnisches Ritual, mehr nicht.«

»Wir werden sehen«, erwiderte Finn sanft. »Wir werden sehen, Einar. Und nun komm – wir können auch am morgigen

Tag noch darüber reden. Jetzt lasst uns trinken und unsere Sorgen während des Mittsommerfestes vergessen.«

Sie gingen davon, ein unheilvolles Grüppchen, und Thora trat wieder an Pieters Seite, und zwar mit einem Lächeln, das ihren alternden Verehrer erfreute, wenn es in Wahrheit auch nicht ihm galt. Offensichtlich hatte Finn mehr als nur ein Eisen im Feuer, und sie fragte sich unwillkürlich, ob der alte Mittsommerzauber nun doch seine Wirkung tat. Die Vergangenheit drängte sich ihr erneut ins Gedächtnis, und sie blickte hinaus auf die rosa überhauchte See und versuchte, die Erinnerung vor ihrem inneren Auge heraufzubeschwören.

»Tanz, Harald!«, hatten sie damals, vor all den Jahren gerufen, und dann hatte er getanzt, hatte Arme und Beine vor der Mondsonne in die Höhe geworfen und im Kreis der Menschen, der sich schnell um ihn gebildet hatte, geheult und gestampft wie ein Wolf. Er hatte Mädchen und Jungen gleichermaßen herumgewirbelt, und als Thoras selbst ernannte Brautjungfern sie nach vorn gezogen hatten, geschmückt mit so vielen Blumen, dass ihr Haar kaiserlich purpurn zu sein schien, waren auch die Erwachsenen herbeigeeilt, um herauszufinden, was überhaupt los war.

»Was ist das …?«, hatte Kalv angehoben, aber Finn hatte eine Hand in die Höhe gehalten und seinen Einwänden Einhalt geboten.

»Nichts weiter als ein Spiel, Bruder. Lass sie gewähren.«

Und ausnahmsweise hatte Kalv auf ihn gehört und zugelassen, dass weiterhin ausgelassen gefeiert wurde. Aber für Thora war es kein Spiel gewesen, als Otto, seinen Umhang wie einen Bischofsmantel um die Schultern geschlungen, ihre Hand in Haralds gelegt, frisch gerupften Seetang vom Ufer um ihrer beider Finger geschlungen und sie als miteinander verbunden erklärt hatte. Kein Spiel, als man sie auf den Schultern um das glimmende Feuer herumgetragen hatte; kein Spiel, als man sie auf einen Felsen gesetzt hatte, der so klein gewesen war, dass sie sich aneinander hatten klammern müssen, um nicht herunterzufallen, und man sie gedrängt hatte, einander zu »küssen, küssen, küssen«.

Eine einzige Berührung, mehr war ihr nicht geblieben, eine zögerliche Berührung seiner Lippen, das Wispern einer Zunge, vorsichtig, aber so süß, dass ihre eigene Zunge ihr entgegengekommen war, bevor ihre Onkel sie voneinander getrennt hatten.

»Fröhliches Mittsommerfest«, hatte Finn freundlich gesagt, bevor er sie schweigend mitgenommen hatte, damit sie sich neben ihn setzte und nicht noch mehr geschah.

Damals war Thora wütend gewesen, wie sie sich erinnerte, aber heute schien sich das Blatt zu wenden. Finn war anscheinend froh über ihre »Spiele«, was immer er zu Jarl Pieter gesagt haben mochte. Sie wandte den Blick vom Meer ab und sah, wie er sich am Kopfende des Tisches niederließ, Einar stets an seiner Seite. Sie fragte sich, ob Haralds Boot im nächsten Jahr oder vielleicht dem Jahr darauf endlich in ihre Bucht einsegeln würde. So lange hatte sie jetzt schon auf ihn gewartet, und das aus gutem Grund – den Finn freilich nicht kennen konnte.

»Fröhliches Mittsommerfest«, flüsterte sie und wandte sich von dem kriecherischen Pieter wieder dem schimmernden Meer zu, um ihren Gruß in die Nachtluft nach Süden zu schicken – jenen langen, langen Weg hinab zu Harald, wo immer er sein mochte, in der Hoffnung, dass ihre Worte ihn irgendwie, auf welche Weise auch immer, nach Hause locken würden.

Kapitel 7

Kiew, Weihnachten 1035

»Ich höre, wie Norwegen mich ruft, Elisabeth.«

Elisabeth sah Harald an. Sie saßen an Jaroslaws Weihnachtstafel Seite an Seite, denn heute Abend würde der Großfürst ihr Verlöbnis bekanntgeben. Im letzten Frühjahr hatte er Harald gesagt, er müsse sich Elisabeths Hand erst verdienen, indem er sich in den Diensten der byzantinischen Regentin Zoe seine Sporen verdiente, die nach seiner Hilfe verlangte. Harald hatte sich dieser Herausforderung gestellt, war innerhalb weniger Wochen Oberbefehlshaber über zweihundert Mann geworden und hatte in seinem ersten Feldzug gegen die gottlosen Piraten im Ägäischen Meer drei sarazenische Dhaue gekapert. Jaroslaws Schatzkammern waren voll, und der Großfürst war endlich zufrieden. Er hatte ihnen am heutigen Abend mitgeteilt, dass ihre Heirat nun feststand, und seitdem hatte ihr warägischer Verehrer unermüdlich mit ihr herumgescherzt und ihr den Hof gemacht. Dieser plötzlich so feierliche Ton brachte sie ganz aus der Fassung.

»Das Meerwasser des Südens ist also nicht mehr genug für deine Adern, Harald?«

Er lächelte. »Das Meerwasser ist genau richtig für mich, Elisabeth, aber das Gold Miklagards verblasst mit der Zeit.

Es ist eine wunderschöne Stadt, wirklich, aber fast schon zu reich für einen einfachen Wikinger aus dem Norden. Es ist, als ob man bei jeder Mahlzeit ein Festmahl vorgesetzt bekommt – zuerst ist es schwindelerregend und wunderbar, aber mit einem Mal sehnt man sich dann doch nach einem einfachen Eintopf vom Feuer oder einem großen Stück grobkörnigem Brot und Käse auf den Feldern.«

»Grobes Brot, Harald? Das doch sicher nicht. Ich glaube nicht, dass es irgendwo *zu* schön sein kann.«

»Für dich vielleicht nicht, mein Liebes, denn du bist kultivierter als ich. Ich hoffe, Norwegen wird für dich nicht zu wild sein.«

Wieder verdunkelte ein düsterer Schatten seine gutaussehenden Züge, und Elisabeth legte ihre Hand auf seine.

»Ich wünsche mir so sehr, Norwegen zu sehen, Harald. Seit jeher. Warum derlei dunkle Gedanken? Es ist Weihnachten – eine Zeit zum Feiern.«

Sie deutete auf die riesige Halle, in der Stimmen und Lachen widerhallten. An diesem Festtag hatte Ingrid all ihren zehn Kindern gestattet aufzubleiben, und der oberste Tisch war zum Bersten voll mit den schwatzenden Mitgliedern der Königsfamilie. Selbst der vier Jahre alte Yuri war dort. Hedda, die an der Seite saß, ließ ihn keine Minute aus den Augen, während ihre kleine Tochter Greta leise neben ihr spielte.

Die Familie wurde von den verlorenen Prinzen flankiert. Agatha lehnte sich glücklich am einen Ende des Tisches an Edward, und Anastasia saß zu Elisabeths großer Belustigung an der anderen Seite neben Andreas, obwohl sie durch diese Sitzordnung ganz außen zu sitzen kam, was ihr wiederum gar nicht gefiel. Anna hatte ihren Platz neben Wladimir eingenommen und saß mit ihren jetzt zehn Jahren stolz und hoch aufgerichtet da. Sie war, obwohl ihr das noch gar nicht klar war, sehr hübsch geworden, und Elisabeth wusste, dass es Anastasia schwergefallen sein musste, ihr diesen Platz zu überlassen. Sie grinste und wandte sich dann wieder Harald zu.

»Alles ist gut, wirklich.«

Er schüttelte sich, und sein hellblondes Haar leuchtete im Licht der riesigen Feuerstellen auf, die überall in der hellen Halle entfacht worden waren, um das Eis des Winters fernzuhalten.

»Du hast recht, meine Prinzessin. Ich habe mich nur gerade an das Weihnachtsfest vor fünf Jahren erinnert, das ich in einem Versteck hinter dem Vorhang im hinteren Teil eines Bauernhauses verbrachte. Sie beherbergten mich vier Monate lang, womit sie sich selbst in große Gefahr brachten, und weißt du auch, warum?«

»Weil Ulf und Halldor ihnen einen Kuhstall gebaut haben?«

»Nein – obwohl das sicher von Nutzen war –, sie versteckten mich, weil sie fanden, dass ich König sein sollte. *Ich,* Elisabeth. Sie hielten ihr eigenes Leben und das ihrer geliebten Kinder für wertloser als meine Königswürde. Und dem muss ich Rechnung tragen.«

Elisabeth sah ihn an und entdeckte das bernsteinfarbene Feuer, das in den Tiefen seiner grauen Augen brannte.

»Du blickst also dem Horizont entgegen?«, sagte sie sanft, und er nickte. »Dann wirst du also bald nach Norwegen segeln – noch in diesem Jahr?«

»Nicht in diesem Jahr.« Er blickte zu den Dachsparren hinauf, die von Rauchschwaden umwunden waren. »Ich brauche mehr Gold.«

»Bist du sicher?« Elisabeth befühlte die Kette, die um ihre

Brust lag. »Wir haben deine Schatztruhen doch gesehen, Hari, und ich habe den Eindruck, dass du genug Reichtümer angehäuft hast, um eine Armee damit zu kaufen, die es mit der ganzen Welt aufnehmen könnte.«

Harald streckte die Hand aus und legte sie auf die ihre, fuhr die Umrisse der kleinen Schlüssel nach.

»Es geht nicht nur um Gold, Elisabeth, sondern auch um meinen eigenen Ruf. Wenn ich eine Armee in den eiseskalten Norden Norwegens gegen den großen König Knut führen soll, dann brauche ich Männer, die mir nicht nur wegen der Bezahlung folgen, sondern auch, weil sie an meinen Führungsanspruch glauben, genau wie diese Bauernfamilie es tat. Der Kaiser von Byzanz will, dass ich Männer nach Italien führe, und das könnte eine hervorragende Gelegenheit für mich sein, Kämpfer für meine Sache um mich zu scharen. Die Lombarden in diesem Gebiet stellen seine Regentschaft in Frage, und sie haben sich der Hilfe der Normannen versichert.«

»Der Normannen?«

»In der Tat, und das sind möglicherweise die Gegner, die ich brauche. Dieses Volk liebt den Kampf mehr als alles andere, und ihre Söldner sind jung und stark. Ihr Herzog ist soeben gestorben und hinterlässt seinen Bastardjungen William als Erben, aber der ist erst sieben, und die Adligen streiten miteinander um die Vormachtstellung. Italien ist also der ideale Ort, an dem sie ihren Zorn abarbeiten können, und ein starker Schwertarm ist dort stets willkommen, um den dortigen Lehnsherrn herauszufordern. Die Normannen sind grimmige Kämpfer, wie man mir berichtet hat, aber das überrascht mich nicht, denn im Herzen sind sie Wikinger – und wer könnte einen Wikinger besser besiegen als ein Wikinger?«

»Ist das nicht Kannibalismus?«

Er lachte. »Das ist Krieg, Prinzessin.«

»Und macht dich zum Helden?«

»Vielleicht. Ist das falsch?«

»Poesie bildet die Wirklichkeit ab, nur in leuchtenderen Farben«, meinte sie. »Hast du mir das nicht einmal gesagt?«

Er nickte. »Und ich schöpfe meine Inspiration von den alten Wikingern.«

»Den Ungläubigen?«

»Genau. Ich fürchte manchmal, Elisabeth, dass auch ich tief im Herzen ein Heide bin.«

»Und ist das so schlimm, solange eine christliche Seele in dir wohnt?«

Harald sah sie an, dann ergriff er plötzlich ihre Hand und führte sie sich so ungestüm an die Lippen, dass die Kette um ihren Hals wild klirrte.

»Ach Elisabeth – wir sind aus dem gleichen Holz geschnitzt, du und ich, und ich bete dich deshalb an. Du wirst meine Göttin der Halskette sein.« Er zog sie dichter zu sich heran, und die Kette presste sich an ihren Arm, so dass sie zusammenzuckte, als einer der Schlüssel sich in ihre Haut bohrte. »Tut sie dir weh?«

»Nein, natürlich nicht. Aber ich gebe zu, dass sie mittlerweile etwas schwer geworden ist, deshalb trage ich sie nur zu besonderen Gelegenheiten wie dem heutigen Fest.«

Plötzlich wirkte er beunruhigt. »Wo bewahrst du sie die restliche Zeit über auf?«

»In der Schatzkammer meines Vaters in einer Truhe, die ich eigens dafür anfertigen ließ.«

»Und der Schlüssel für diese Truhe?«

Elisabeth führte die Finger an ihre Brust. »Der hängt an einer weiteren Kette um meinen Hals.«

Er sah auf sie herab, seine Augen brannten sich in die ihren hinein. »Ich sehe sie nicht.«

Sie leckte sich die Lippen. »Sie ruht sicher auf meiner Haut.«

Sie sah, wie seine Brust sich hob und senkte, und einen Augenblick lang brachte er offenbar keinen Ton heraus, doch dann sagte er: »Ich würde sie gern sehen.«

»Und das werdet Ihr, edler Herr, wenn wir verheiratet sind.«

Harald stöhnte, und seine Begierde schlug eine köstliche Saite tief in ihrem Inneren an. Verlegen sah sie sich um, um sich davon zu überzeugen, ob ihre Geschwister ihre schamlose Antwort mitbekommen hatten.

»Niemand sieht uns zu«, flüsterte er.

»Aber alle sind hier.«

»Wäre es dir lieber, wenn wir allein wären?«

Elisabeth errötete und brachte keine Antwort heraus. Er wusste es ohnehin.

»Ich möchte es auch, meine Liebste. Vielleicht später, wenn die Druschina mit Tanzen beschäftigt ist ...«

»Harald!«

»Oh, ich würde dich nicht entehren, Elisabeth, wirklich nicht. Nun ja ...« Plötzlich krauste er die Nase und sah plötzlich so anziehend aus, dass sie sich beinahe vorgebeugt hätte, um ihm einen Kuss darauf zu geben, genau hier, am Tisch ihres Vaters. »Na ja, in Wirklichkeit würde ich dich liebend gern entehren – obwohl ich es nicht als Entehrung empfände –, aber ich weiß mich zu benehmen, und schon bald werden wir heiraten.«

»Wann, Harald?«

Er verschränkte die Finger mit den ihren, einen nach dem

anderen. »Ich brauche noch ein Jahr«, sagte er. »Ein weiteres Jahr in den Diensten des Kaisers von Byzanz, im Höchstfalle zwei, dann bin ich bereit, ich bin mir sicher. Ich komme mit den besten Söldnern zurück, die man für Geld kaufen kann, und ich werde dich heiraten, Lily. Ich werde dich zu der Meinen machen, und dann wirst du meine Königin sein. Kannst du noch ein Jahr warten?«

Elisabeth nickte. Doch hätte ihr Vater es vorgeschlagen, dann hätte sie ihn noch heute Abend geheiratet und mit ihm das Bett geteilt. Sie schloss die Augen bei diesem köstlichen, verruchten Gedanken. Vielleicht schlug ja auch in ihrer Brust ein heidnisches Herz?

»Ich habe gehört, dass es in Norwegen Unruhen gibt«, brachte sie schließlich heraus.

»Ach ja? Von wem?«

»Am Hof sind ein paar Händler – viele Händler. Edward und ich reden mit ihnen, weil wir beide uns nach Neuigkeiten aus dem Norden sehnen, obwohl Knut bedauerlicherweise in England, wo er die meiste Zeit verbringt, offenbar recht sicher ist. Auch in seinem Heimatland Dänemark ist er weitgehend sicher, wo sein Sohn Hardiknut als Regent akzeptiert wird, aber Norwegen ist nicht stabil. Man sagt, die Jarls aus dem Norden lehnen sich gegen die Regentschaft von Knuts Bastard Sven auf. Es sei sogar von Rebellion die Rede. Sie erwähnten einen Mann namens Einar.«

»Einar Tambarskelfir? Mein Gott, ja! Immer wenn es Probleme gibt, ist er der Urheber. Die Arnessons ebenfalls?«

»Die Familie deiner Verlobten?«

Harald tippte ihr mit dem Finger auf die Nase. »*Du* bist meine Verlobte, Elisabeth, und dein Vater wird es bald offiziell verkünden.«

Sie zog eine Grimasse. »Mein Vater spricht laut«, räumte sie ein, »aber noch nicht einmal seine Stimme dringt über das Warägermeer bis hin nach Norwegen, glaube ich.«

»Natürlich wird sie das – die Händler werden die Neuigkeiten weitertragen.«

Er hatte recht, und bei diesem Gedanken fühlte Elisabeth sich getröstet. Außerdem würden sie bereits verheiratet sein, wenn sie nach Norwegen fuhren, vor Zeugen und der Kirche verbunden, und keine Verbindung aus Kindertagen konnte Gottes Gesetz außer Kraft setzen.

»Dann«, erklärte sie beherzt, »müssen wir dafür sorgen, dass sie auch die Neuigkeiten über deine Ruhmestaten weitertragen. Wo ist dein Geschichtenerzähler, Harald, der dein Lob in der Halle singen kann?«

»Halldor?« Sie sahen sich beide in der Halle um, aber es war Harald, der seinen alten Freund als Erster entdeckte. »Da ist er, in der Ecke. Und er sieht aus, als ob er gleich versucht, in seinen Bierbecher zu steigen.«

Elisabeths Blick folgte Haralds, und sie sah, wie sein teurer Freund sich über seinen Krug beugte.

»Der arme Halldor.« Elisabeth tat das Herz weh, als sie den drolligen Krieger betrachtete, denn er war hinter seinem Anführer vor zwei Wochen in Kiew eingeritten, seinen kleinen Jungen fest an die Brust gepresst und mit traurigen Nachrichten. Elsa war im vergangenen Jahr im Kindbett gestorben, in einem derben Soldatenlager an den Gestaden der Ägäischen See, wohin sie Halldor als Teil von Haralds Nachschubkolonne begleitet hatte. Der Junge war gesund zur Welt gekommen, aber Elsa hatte ein Fieber ereilt, von dem sie sich nicht mehr erholt hatte.

Drei Tage und Nächte, so hatte Harald Elisabeth berichtet,

hatte Halldor an ihrer Seite gesessen, während sie gegen die Krankheit ankämpfte, aber in der dritten Nacht, in der dunkelsten aller Stunden, hatte das Fieber gesiegt. Harald sagte, dass Halldor so laut geheult habe, dass man ihn im ganzen Lager habe hören können, und sie hatten sich erhoben und sich vor seinem Pavillon versammelt. Und als er ihren toten Leib nach draußen getragen habe, hatten sie das Gebet des Herrn zum Himmel gesungen.

Halldor hatte Elsa zum Ufer getragen, sie in ein Boot gelegt, und sei mit ihr bis hinter die Brecher gerudert, und immer noch hätten sie gesungen. Als er sie der dunklen Umarmung des Ozeans übergeben hatte, hatten sie befürchtet, er würde sich hinter ihr in die Wellen stürzen. Aber stattdessen war er allein in dem Boot sitzen geblieben, bis die Sonne hinter ihm aufgegangen war, violett und rosa. Dann hatte er sich umgewandt und war zurückgerudert, hatte den Jungen hochgehoben, ihn sich auf die breite Brust gebunden und vor Gott und Haralds Männern geschworen, ihm von dieser Stunde an sowohl Mutter als auch Vater zu sein.

»Und so war es«, hatte Harald Elisabeth versichert. »Der Junge, Aksel, hatte zuerst eine Amme, ein anderes Sklavenmädchen, die ihr eigenes Kind verloren hatte, und wir alle hofften, dass Halldor sie vielleicht ins Herz schließen würde, wie er es mit Elsa getan hatte. Aber Halldor sagte, dass in ihm kein Platz mehr sei für die Liebe zu jemand anders als zu dem Jungen und für die Erinnerung an Elsa. Und kaum war Aksel entwöhnt, entließ er sie. Seitdem kümmert er sich um Aksel.«

Elisabeth strengte die Augen an, um Halldor in der rauchgeschwängerten Luft auszumachen, und entdeckte den schlafenden einjährigen Aksel, der sich auf der Bank hinter dem breiten Rücken seines Vaters zusammengerollt hatte.

»Ist Aksel immer bei ihm?«, fragte sie Harald.

»Immer, nur nicht in der Schlacht – dann lässt er ihn beim Tross.«

»Bei den Marketenderinnen?«

Harald errötete. »Und Köchen und, äh, Wasserholern und vielem mehr.«

Das versetzte Elisabeth einen Stich aus seltsamer, unbehaglicher Wut, aber sie schüttelte sie ab. Hier ging es jetzt um Halldor.

»Das ist kein Leben für ein Kind«, sagte sie. »Vielleicht könnte ich ja deinen armen Geschichtenerzähler ein wenig entlasten.«

»Wie denn?«

»Warte es ab.«

Sie erhob sich, zwängte sich hinter dem hohen Tisch hervor und durchquerte die Halle zu Halldor, wobei sie die zentralen Feuer weit umrundete, denn Funken stoben aus dem schneefeuchten Holz. Auch dieser Winter war bitterkalt, und jeder zog so viele Schichten an, wie er es sich leisten konnte. Die meisten trugen noch eine Tunika zwischen ihren üblichen Unter- und Übergewändern, um die schlimmste Kälte fernzuhalten. In diesem Jahr hatte Elisabeth die eleganteste von allen, denn Harald hatte ihr einen Ballen byzantinische Seide mitgebracht, die sogar ein noch kostbareres Geschenk als der Bernsteinanhänger war, der dabeilag.

Die einfache Tunika, die ihre Näherinnen daraus gefertigt hatten, wobei sie bei jedem winzigen Stich in Rufe des Entzückens über das feine Material ausgebrochen waren, war wie ein Wunder. So dünn, das sie ihre mittlerweile weibliche

Gestalt kaum verbarg, und doch wärmer als die kostbarste gekämmte Wolle, weshalb sie wie eine Feenhaut anmutete. Die anderen Frauen der Druschina, insbesondere Anastasia, empfanden erbitterten Neid, und Elisabeth hatte beschlossen, das kostbare Kleidungsstück zusammen mit der Halskette in der Schatztruhe aufzubewahren. Nun zog sie die seidenen Ärmel herunter, damit sie unter ihrem wollenen Obergewand sichtbar wurden, während sie sich durch die Halle auf Halldor zubewegte.

»Hat ihn einen ganzen Monatslohn gekostet, wie ich hörte«, fing Elisabeth die Bemerkung einer Frau zu ihrer Sitznachbarin auf, während sie sich durch die rammelvolle Halle schlängelte.

»Ah, aber ich habe gehört, dass die Seide nur die Hälfte seines Monatseinkommens ausmacht. Er besitzt mehr Schätze als der Kalif von Arabien selbst.«

»Und Mumm hat er überdies auch noch«, erwiderte die andere. »Was für ein Glück sie hat.« Und dann brachen sie in Gekicher aus.

Elisabeth zwang sich, hoch erhobenen Hauptes weiterzugehen, aber die Fragen in ihrem Kopf überschlugen sich. *»Ich würde diesen Schlüssel gern sehen«,* hatte Harald zu ihr gesagt, und plötzlich stellte sie sich vor, wie er ihr Gewand löste und es ihr von den Schultern gleiten ließ, um ihre seidene Tunika zu öffnen. Ihr ganzer Körper prickelte wie von Nadeln des Verlangens, und sie konnte nichts weiter tun, als voranzuschreiten.

Halldor blickte verwirrt zu ihr empor, als sie näher kam. Er wollte sich erheben, aber der kleine Junge regte sich im Schlaf, und so zögerte er.

»Bitte«, sagte Elisabeth schnell, »bleibt sitzen.«

Dankbar ließ er sich wieder auf die Bank zurücksinken, und Elisabeth schlüpfte auf den Platz an seiner Seite, den ein unbedeutender Graf hastig für sie freigemacht hatte.

»Warum seid Ihr hier unten, Prinzessin?«, fragte Halldor und deutete auf den hohen Tisch.

»Um mit Euch zu reden, Halldor. Es tut mir aufrichtig leid, dass Ihr Elsa verloren habt.«

Er richtete seine sanften haselnussbraunen Augen auf sie. »Nicht so leid wie mir selbst.«

»Das weiß ich, und mein Herz schmerzt Euretwegen. Sie bedeutete Euch so viel.«

»Mehr, als ein Sklavenmädchen einem bedeuten sollte?«

»Unsinn. Wer behauptet denn so etwas?«

»Der Klatsch im Lager, davon bin ich überzeugt. Sie halten mich für schwach. Für verrückt, weil ich mir keine andere ins Bett geholt habe. Für fast genauso verrückt halten sie mich, weil ich meinen Jungen immer bei mir habe.«

»Aksel hat Glück, dass er Euch hat.«

Halldor grunzte. »Keine Ahnung. Ich bin ein ziemlich ungehobelter Kerl von Vater.«

»Ihr habt keine Wahl.«

Er lachte bitter. »Natürlich habe ich die. Wenn ich ein wirklich anständiger Mann wäre, würde ich mich nicht länger an den Gestaden des Ägäischen Meeres herumtreiben wie ein Wilder, sondern mir meinen Anteil an Haralds Beute auszahlen lassen und mir ein Gehöft in Island kaufen. Das ist es, was ein Kind braucht – ein sicheres Heim, das Land seines Vaters, auf dem es umherstreifen kann, und die Milch von den Tieren des Vaters, um stark zu werden. Nicht ein Schiff, das den Gezeiten ausgeliefert ist, und die Überreste des Eintopfes einer Hure.«

»Das sehe ich auch so.«

Halldor blickte verblüfft drein. »Ihr haltet mich für einen schlechten Vater?«

»Nein! Nein, das nicht, Halldor – das ganz bestimmt nicht.« Elisabeth betrachtete den Jungen, der mittlerweile vertrauensvoll in der großen Armbeuge seines Vaters schlief. »Aber ich glaube, Ihr habt recht, wenn ihr sagt, dass er ein Heim braucht.«

»Ihr meint, ich sollte ein Gehöft kaufen? Ich wusste es, wirklich, ich …«

»Keinen Hof, Halldor – noch nicht. Harald braucht Euch, und Ihr solltet Euer Talent nicht hinter einem Pflug verschwenden. Lasst den Jungen bei mir.«

»Bei Euch, Prinzessin?«

»Ja. Na ja, bei Hedda in der königlichen Kinderstube. Bei ihr wird Aksel in Sicherheit sein. Man wird gut für ihn sorgen bis zu dem Zeitpunkt, da wir nach Norwegen segeln.«

»Wir?«, neckte er sie, und seine Stimme klang mit einem Mal etwas leichter. »Harald ist ein glücklicher Mann, Prinzessin.«

»Ich hoffe nur, dass er mich auch nur halb so sehr lieben kann, wie Ihr Elsa geliebt habt, Halldor. Werdet Ihr mich also für ihren Jungen sorgen lassen?«

Endlich lächelte Halldor. »Wenn Ihr das tut, dann seid Ihr in der Tat eine Schatzhüterin, denn er ist mir teurer als Gold.«

»Ich werde für ihn sorgen wie dereinst für meine eigenen Söhne.«

»Möge Gott Euch mit vielen segnen. Ich nehme Euer Angebot an – wenn Ihr Euch sicher seid, Prinzessin.«

»Nennt mich bitte Elisabeth, und: Ja, ich bin mir sicher. Allerdings unter einer Bedingung: dass Ihr uns von Miklagard erzählt und von Euren Abenteuern auf dem Ägäischen Meer. Harald hat mir davon berichtet, aber im Vergleich zu Euch ist er ein armseliger Poet.«

»Ihr wollt eine Geschichte hören?« Halldor versuchte, zögerlich zu klingen, aber Elisabeth entging nicht, dass seine rege Fantasie bereits die Oberhand gewann.

»Bitte, Halldor – betrachtet das als Weihnachtsgeschenk für mich und auch für Harald. Denn hier sitzen zahlreiche Männer aus Norwegen, und wenn sie nach Hause zurückkehren, sollten sie von dem großen Mann berichten können, der eines Tages ihr König sein wird.«

Halldors Lächeln wurde breiter. »Ihr seid Haralds Geschenk, Elisabeth. Harald hat sich eines mit Klugheit und Schönheit erstritten.«

»Bitte, Hal«, protestierte Elisabeth verlegen, »spart Euch Eure honigsüßen Worte für die Geschichte auf.«

Sie ergriff seine Hand, um ihm aufzuhelfen. Er hielt nur noch kurz inne, um sein schlafendes Kind auf die Bank zu legen, seinen Bärenfellmantel auszuziehen und ihn dem Jungen umzulegen. Dann gestattete er ihr, ihn zu Jaroslaw hinaufzuführen.

»Ich bringe dir eine Geschichte, Vater«, sagte sie, »eine Abenteuergeschichte für den Weihnachtshof.«

Alle Köpfe wandten sich nun in ihre Richtung, und Jaroslaw erkannte die Gelegenheit und erhob sich.

»Unsere Waräger sind aus dem byzantinischen Reich heimgekehrt«, verkündete Jaroslaw, als sich Stille über die Große Halle herabsenkte. »Sie haben Gold mitgebracht – genug Gold, um die Krone ihres Anführers in Norwegen, dem Heim unserer Väter, zurückzuerlangen. Genug sogar, um ihrem Anführer eine Frau zu verschaffen – obwohl ich ihm mit ihr nur Glück wünschen kann, denn sie ist recht widerborstig, fürwahr.«

Mit einem energischen Kopfnicken bedeutete Jaroslaw Elisabeth, an ihren Platz zurückzukehren, und so zog sie sich zurück. Harald erhob sich, um ihre Hand zu nehmen, und die versammelte Druschina klatschte.

»Meine Herren und Damen«, verkündete Jaroslaw, und seine Stimme hallte tief und sonor aus seiner schmalen Brust und erfüllte die Große Halle. »Vor Euch seht Ihr meine Tochter Elisabeth und ihren Verlobten und zukünftigen Gemahl, Harald von Norwegen.«

Die Menge, die vom Weihnachtsbier bereits in Feierlaune war, spendete tosenden Applaus, und Elisabeth spürte ihn wie den warmen Hauch eines Dampfbades auf ihrer Haut. Noch heißer jedoch war die Berührung des Mannes an ihrer Seite.

»Nun, da es offiziell ist«, übertönte Haralds Flüstern die applaudierende Menge, »darf ich dich küssen?«

»Später«, erwiderte Elisabeth und sah, wie sich seine Augen vielsagend verdunkelten.

»Später?«

»Ja, wenn du Glück hast – aber jetzt sei still, denn wir bekommen eine Geschichte zu hören.«

»Widerborstig, fürwahr«, murmelte Harald, doch er klang nicht verärgert. Und als Elisabeth sich setzte, merkte sie, dass ihre Hand immer noch in der seinen ruhte.

Sie beobachtete, so ruhig sie konnte, wie Halldor auf das Podest trat und die Arme weit ausbreitete, wie er die Trauer abwarf – zumindest für den Augenblick –, wie vorhin seinen Mantel, um ein Bett für sein mutterloses Kind zu bereiten. Die Druschina brauchte eine Weile, um still zu werden, aber er wartete geduldig, bis aller Augen sich auf ihn gerichtet hatten.

»Wir waren inmitten der Ägäis«, begann Halldor, und seine Stimme trällerte über die erwartungsvolle Menge hinweg, »einem Meer, so blau wie das Gewand unserer Lieben Frau und so rein wie das Gewissen einer Jungfrau.« Jemand kicherte, und Halldor hob dankend die Hand. »Die Sonne erhob sich in den heißen Himmel empor, die Seevögel saßen auf unserem Mast, und sogar die Fliegen umsummten nur die am übelsten riechenden Matrosen.« Noch mehr Gekicher, aber dann brüllte Halldor in die Menge: »Dann plötzlich erhob sich über den Rand der Welt wie ein Speer, der das Herz des verschleierten Friedens durchbohrt, ein Schiff – ein Schiff, dessen schwarze Piratensegel es dahinfliegen ließen wie die Schwingen eines Raben über einem Schlachtfeld.«

Die Menge keuchte pflichtschuldigst, und Elisabeth sah, wie Halldor den Kopf noch ein wenig mehr hob, als ob ihre Anerkennung ihm neues Leben einhauchte. Ihr eigenes Herz weitete sich bei seinen Worten, denn sie hatte ein großes Stück Seide von ihrer Tunika aufbewahren können, und mit ein wenig Hilfe der Frauen, die etwas geschickter und geduldiger waren als sie selbst, stickte sie einen riesigen Raben in die Mitte. Das würde Haralds neues Banner sein – sein Zerstörer auf dem Schlachtfeld, unter dem er Norwegen zurückerobern würde –, und sie konnte sich kaum zurückhalten, ihm nicht doch davon zu erzählen. Sie lächelte vergnügt und zwang sich, sich weiter auf die Geschichte zu konzentrieren.

»Ob wir Angst hatten?«, fragte Halldor nun und erhob die Stimme.

»Nein«, kam der Ruf von hinten.

Halldor lächelte. »Oh doch, die hatten wir. Das Herz der

Piraten ist ebenso schwarz wie ihre Segel. Sie kennen im Kampf keine Regel, kein Gesetz ist ihnen heilig, weder Gottes noch die der Menschen. Wir hatten Angst, und wir werden wieder Angst haben, aber unser Anführer, unser Prinz, ließ nicht zu, dass sie uns aufhielt. Denn wir waren dort, auf den aquamarinblauen Wassern, um für Sicherheit zu sorgen, damit die Schiffe des Kaisers von Byzanz dort ungehindert segeln konnten. Und er wusste, was seine Pflicht war.«

Halldor hielt inne, ließ seine Augen zu Harald wandern, der huldvoll nickte und unter dem Tisch Elisabeths Hand drückte.

»Wir waren sofort bei den Waffen«, sagte Halldor und zog die Menge damit wieder in seinen Bann. »Wir strafften die Segel und fuhren auf Halbwindkurs auf den Feind zu, drehten hart Steuerbord, um ihn direkt an der Flanke anzugreifen. Wir konnten sie lachen hören – verderbter Frohsinn aus ihren verderbten Piratenmündern –, denn sie hatten das Boot bereits entdeckt, das uns vom byzantinischen Kaiser geschenkt worden war, und sie glaubten zu wissen, mit wem sie es zu tun hatten.«

Halldor hielt erneut inne, schritt auf dem Podest auf und ab, beugte sich vor, als ob er seinem Publikum nun Geheimnisse vom Anbeginn der Zeit mitteilen wollte.

»Sie sind klein, die Schiffe, in denen wir Waräger auf des Kaisers Geheiß über die Wellen reiten müssen. Sie sind lang, ja, aber schmal – so schmal, dass nur Seemänner, die so geschickt sind wie Prinz Harald, sie zu manövrieren vermögen, ohne sie in ihrem nassen Grab zu versenken, und doch so schmal, dass sie, bei richtigem Umgang, schneller sind als jedes andere Schiff – nein, sogar schneller als Delphine, Gottes eigene Wasserpferde, in vollem Galopp. Und ihr Bug ist voller

Magie …« Halldor blickte sich mit funkelnden Augen in der Halle um. »In ihnen wohnt das Griechische Feuer.«

Die Menge keuchte noch mehr. Jeder hatte von der teuflischen Waffe gehört, aber niemand in Kiew hatte sie bislang mit eigenen Augen gesehen – bis heute.

»Wir segelten dicht heran, meine Freunde, so dicht, dass wir ihren faulen Atem riechen und das Weiße in ihren vernarbten Augen sowie die schwarzen Teerstumpen ihrer abgehackten Gliedmaßen sehen konnten, als sie sich vorbeugten, die Enterhaken in dem, was ihnen an Händen übrig geblieben war, bereit, um auf unser Schiff zu springen und uns zu töten. Diese Narren.«

Er senkte die Stimme.

»Das Griechische Feuer lebt in Fässern, die mit einer speziellen Flüssigkeit getränkt und dreifach mit Eisen umgürtet sind. Versiegelt liegt es ruhig da wie Olivenöl, aber entfesselt … ah, es vermag selbst die Wolken über euren Köpfen in Flammen zu setzen! Prinz Harald schwang sich auf den Mast. ›Betet, Piraten!‹, rief er, ›denn wir haben Gottes Zorn in unseren Händen!‹ – ›Es gibt keinen Gott‹, rief der Anführer der Piraten zurück, die Stimme so rau auf seinen Lippen wie trockene Schlangenhaut, ›außer vielleicht mich selbst.‹ Dann warf er seine dunklen, salzverkrusteten Locken zurück und stieß ein schrilles Lachen aus, und seine Männer hüpften und brüllten und schwenkten ihre Entermesser, als wir uns noch dichter heranschoben. Und dann, als sie ihre Stiefel auf das Dollbord setzten, um auf unser Schiff zu gelangen, rief der Prinz: ›Entfesselt den Zorn!‹, und mit dem Brüllen eines Drachen schoss die Flamme aus den Eingeweiden unseres Schiffes und briet sie direkt vor unseren Augen.«

Halldor schritt vorn auf dem Podest auf und ab, alle Augen

folgten ihm. Elisabeth bemerkte, dass Anna die Hände über ihren zarten Mund gelegt hatte, und dass Agatha sich so weit vorbeugte, dass sie fast schon über dem Tisch lag. Selbst ihre Brüder, von denen die älteren mittlerweile fast erwachsene Männer waren, sahen wieder aus wie frisch der Kinderstube entsprungen, so sehr nahm die Geschichte sie gefangen.

»Niemals werde ich«, rief Halldor jetzt, »den Anblick vergessen, wie die Augen der Piraten brutzelten und ihnen dann aus den unwürdigen Höhlen traten und in den speienden Flammen zerplatzten. Niemals werde ich …«

»Danke, danke, danke!« Großfürst Jaroslaw sprang auf und ergriff Halldors Hand, um sie kräftig zu schütteln. Einige der Damen Kiews – die nicht an Wikingergeschichten gewöhnt waren – pressten sich Leinentücher auf die Stirn oder verbargen die Gesichter im Umhang ihrer Männer. »Habt aufrichtigen Dank, Halldor Snorrason. Hier – ein Armreif als Lohn für Eure Beredsamkeit.«

»Aber …«, begann Halldor und verstummte sodann mit einem Seitenblick auf die kichernde Elisabeth. »Ihr seid zu gütig, gnädiger Großfürst.«

»Und Ihr erzählt gar zu anschaulich, edler Herr. Ihr müsst durstig sein.«

Halldor verbeugte sich tief und ließ sich an Jaroslaws Seite ziehen, um etwas zu trinken.

Elisabeth wandte sich Harald zu. »Das war eine gute Geschichte«, sagte sie. »Obwohl ich persönlich sie gern bis zum Ende gehört hätte. Ist es wahr?«

»Wahrer könnte es gar nicht sein.«

»Aber das Griechische Feuer …?«

»Oh, das stimmt. Eine furchterregende Substanz.«

»Und du hingst im Mast?«

»Das ist nicht ganz so wahr«, räumte Harald grinsend ein. »Das hätte das Gleichgewicht des Schiffes beträchtlich gefährdet, obwohl es Wunder für das Gleichgewicht der Geschichte gewirkt hat. Aber nun, da Halldor einen Helden aus mir gemacht hat, darf ich doch sicher einen Kuss für mich beanspruchen?«

Elisabeth sah sich um. Die Druschina, belebt durch Halldors Geschichte, erhob sich, trat von den Tischen zurück, ließ sich die bunten Weihnachtsgläser erneut füllen und wanderte zu den Spielleuten hinüber, allen voran Anastasia und Andreas. Hedda ignorierte das Protestgeschrei der jüngeren Kinder und zog sie energisch zusammen mit ihrer Greta aus der Halle. Jaroslaw sprach ernst mit einem sichtlich belebten Halldor, Anna und Wladimir standen neben ihm, und der Rest ihrer Geschwister entwischte dankbar der drangvollen Enge der Tafel.

Sogar Ingrid war, wie so häufig – die Arme –, zu den Latrinen verschwunden. Niemand würde sie vermissen.

»Du darfst«, stimmte sie zu, und ihr Gesicht leuchtete nun seinerseits wie Griechisches Feuer, als Harald sie zu der kleinen Tür hinter dem Podest führte, auf dem Jaroslaw seinen großen Auftritt zu inszenieren pflegte, und die als unsichtbarer Ausgang diente.

»Wo gehen wir hin?«, fragte sie.

»Wir schauen nach Norwegen.«

»Ruft es dich immer noch?«

»Ein wenig – komm.«

Harald führte sie hinter die Halle und die Treppenstufen hinauf in den Westturm, hoch oben auf die Stadtmauern. Ein Wachmann kam auf sie zu, als sie den hölzernen Weg erreichten, aber als er sie erkannte, verbeugte er sich tief, eilte in den Eckturm zurück und ließ sie allein mit der Nacht.

Harald zog seinen Mantel – einen großen Wolfspelz, gesäumt mit Marderfell und gefüttert mit Wolle – um sie beide und zog sie dicht zu sich heran. Dann führte er sie über die Stadtmauern zur Nordseite. Zu ihrer Linken konnte Elisabeth unten die ordentlich umzäunten Grundstücke der Handwerker und Kaufleute erkennen, die reich genug waren, um sich ein Stück Land im Inneren des Kremls leisten zu können. Zu ihrer Rechten erstreckten sich die verschneiten Kiefernwälder bis hinab zum eisernen Band des gefrorenen Dnepr darunter. Ihr Atem durchschnitt die Luft wie der Morgennebel, und ihr Gesicht kribbelte vor Kälte, wenn auch nicht ganz so sehr wie ihr übriger Leib dicht neben dem ihres Verlobten. Plötzlich blieb Harald stehen.

»Sieh doch«, sagte er. »Der Polarstern.«

Er deutete auf den hellsten der Myriaden von Sternen, die heute so hell leuchteten, als ob sie die Geburt Christi nochmals allerorten verkünden wollten.

»Ich sehe ihn«, sagte Elisabeth und blickte zu ihm auf.

»Darunter liegt Norwegen, Elisabeth – Norwegen und unser Thron.«

»Unser …?«, hauchte sie.

»Unser«, bekräftigte er sanft und wandte sie so zu sich um, dass sie einander ganz nah waren. »Du hältst den Schlüssel dazu in Händen, meine Prinzessin.«

Seine Hände glitten von ihrer Taille hinauf und strichen sacht über die Kette an ihrer Brust. Sie keuchte, und plötzlich lagen seine Lippen auf den ihren, und er zog sie so fest an sich, dass sie beinahe den Boden unter den Füßen verlor. Sie musste die Hände um seinen Nacken legen, um sich festzuhalten – oder vielleicht, um ihn noch näher an sich zu ziehen. Ihr Atem ging schneller, als sein Griff noch fester wurde.

»Elisabeth.« Ihr Name streifte heiß ihre Lippen, als er ihn hervorstieß. »Oh Elisabeth, dieses Jahr wird mir lang werden. Wirst du warten, meine Geliebte?«

»Natürlich«, stimmte sie heiser zu. »Natürlich werde ich warten. Und jetzt sei still und küss mich weiter.«

Kapitel 8

Kiew, Februar 1036

Der Winter lag über Kiew wie ein Küchenhund über einer Ratte. Er hielt die Stadt in seinen eisigen Klauen, und sie war ihm hilflos ausgeliefert. Das königliche Holzlager schmolz dahin, und die Stämme der großen Kiefern hinter den Stadtmauern hatte der endlose Frost so fest gepackt, dass selbst die zähesten Holzfäller sie nicht zu fällen vermochten. Jeden Tag fegten die Diener den Schnee von den Wegen über den Hof, und jede Nacht fiel neuer. Der Brunnen in der Mitte war in einer besonders eisigen Winternacht vor Weihnachten unerwartet gefroren und stand nun in einer ewigen Kaskade da, erstarrt und zugleich in unendlich scheinender Bewegung. Sogar Jaroslaws Bronzepferde schienen an der schmerzhaft kalten Luft eher vor Verzweiflung als im Triumph zu scharren.

Der Kreml war still und leer. Die edlen Damen und Herren des Weihnachtshofes hatten sich zurückgezogen, um sich weiter unten auf ihren Gütern zu verbarrikadieren und dafür zu sorgen, dass ihre Dienerschaft das Vieh am Leben hielt, bis das gesegnete Tauwetter die ersten jungen Triebe aus der Erde entließ. Die Handwerker kauerten um ihre Kohlepfannen, versuchten, die Finger warm genug zu halten, um Waren für die warme Frühlingssonne herzustellen, die den Handel wiederbeleben würde. Die Kaufleute und Soldaten waren auf ihren Schlitten, Schlittschuhen oder Skiern unterwegs, überquerten die zugefrorenen Flüsse, die ihre winterlichen Passagen quer durch Jaroslaws Ländereien bildeten. Während der härtesten Monate im Jahr würden sie zwischen den abgelegenen Stämmen und Dörfern hin und her reisen, den Tribut eintreiben und Waren kaufen, um sie zu den sie sehnsüchtig erwartenden Dorfbewohnern der stetig wachsenden Stadt zurückzubringen, und ohne ihr geschäftiges Treiben war es hier sehr still.

Die königliche Familie blieb mit ihrer spärlichen persönlichen Druschina von weniger als hundert Wachleuten, Dienern und Würdenträgern zurück, und das Leben war unerträglich ruhig. Sie aßen jetzt nur noch selten in der Großen Halle, sondern bevorzugten Ingrids behaglichere Empfangsräume und ließen die Dienerschaft während ihrer eigenen Mahlzeiten die Wärme der großen Küchen genießen. Nach fünf Jahren ohne Schwangerschaft, die ihre Gesundheit wiederhergestellt hatten, wurde Ingrid jetzt vom letzten Stadium einer unerwarteten Schwangerschaft niedergedrückt und liebte es still. Auch Jaroslaw war damit zufrieden, diesen eisernen Monat in relativer Abgeschiedenheit zu verbringen.

Aber Elisabeth langweilte sich. Harald war zurückgeritten, um seinen Dienst beim Kaiser von Byzanz zu verrichten, und kämpfte derzeit gegen normannische Invasoren in Süditalien, so dass ihr wenig mehr zu tun blieb, als am Webstuhl herumzusitzen oder langweilige Stickarbeiten zu verrichten, und sie sehnte sich nach dem Frühling, der die Männer in die Halle zurückführen würde.

Sogar die verlorenen Prinzen waren fort. Andreas hatte

seine Absicht verkündet, die Truppen des Großfürsten beim Eintreiben des winterlichen Tributs zu unterstützen, und Edward hatte sich ihm hastig – wenn nicht gar eifrig – angeschlossen. Elisabeth bemitleidete den ernsthaften Prinzen wegen seines schmerzlichen Bedürfnisses, sich als ebenso mutig zu erweisen wie der Ungar, und vermisste seine Gesellschaft. Die kleine Agatha schien wochenlang wie verloren zu sein, bis Anastasia, die jetzt vierzehn war und sich dramatisch nach dem bezaubernden Andreas sehnte, Elisabeth um Musik gebeten hatte.

Im Winter fiel ihr das Fidelspielen besonders schwer. Wenn sie zu weit vom Feuer entfernt saß, fanden ihre Finger die Saiten nicht so, wie sie sollten, und wenn sie sich zu dicht heransetzte, verzog sich das Holz des kostbaren Instruments, so dass die Töne verzerrt klangen. Doch dass Anastasia nun ihrer Gunst ausgeliefert war, war einfach zu verführerisch gewesen, also hatte sie die Fidel vorsichtig aus ihrem Kasten genommen und ihre leichtesten Melodien angestimmt.

Ihre Belohnung war der plötzliche Funke der Freude in den vertrauensvollen Augen der kleinen Agatha gewesen; der Anblick, wie die unerschütterliche kleine Anna ihre Feder beiseitegelegt hatte und wie ihre Füße unter dem Schreibtisch gezuckt hatten; und der Dank – der aufrichtige Dank – der stolzen Anastasia. Sogar Heddas kleine Tochter Greta, die normalerweise still in einer Ecke spielte, hatte mit eingestimmt.

Die Schwestern hatten laut getanzt und noch lauter gelacht, und es dauerte nicht lange, da kamen auch ihre Brüder über den Hof gerannt, um sich ihnen anzuschließen. Für kurze Zeit waren sie fröhlich gewesen. Aber schon bald war wieder Streit ausgebrochen.

Sie brauchten alle neue Gesellschaft, deshalb begrüßte Elisabeth den Boten, der eines dunklen Nachmittags über den Hof zu ihren Räumen hinüberschlitterte, mit besonderer Freude. Solche Hast konnte nur eines bedeuten: Besucher.

»Was ist los, Alexej?«, fragte sie den jungen Wachmann, als er die Tür nur einen Spalt öffnete, damit die Winterwinde nicht eindringen konnten. »Wer ist gekommen?«

»Edle Herren, Prinzessin. In eleganten Pelzen reiten sie den Dnepr hinab auf Pferden, die größer sind, als ich je gesehen habe.«

»Den Dnepr entlang? Aus dem Norden?«

»Ja, Prinzessin. *Weit* aus dem Norden. Sie tragen eine Flagge, die beinahe so groß ist wie ein Segel, in Rot und Weiß. Hauptmann Gustav sagt, das sei die Farbe der Norweger.«

Elisabeths Augen weiteten sich. »Ach ja? Ihr müsst hereinkommen, und zwar schnell.«

»Das habe ich versucht, Prinzessin.«

Schuldbewusst blickte Elisabeth über die Schulter zum Rest ihrer Familie, die sich nach vorn drängte, und trat hastig vom Eingang fort, um Alexej hindurchzulassen. Er verbeugte sich tief vor Jaroslaw, aber der Großfürst hatte offensichtlich Elisabeths Gespräch mit angehört und bedeutete der Dienerschaft bereits, ihm seinen Mantel zu bringen. Er schlüpfte in die weiten Ärmel, schritt zur Tür und schob in seiner Eile, die Tore zu erreichen, den armen Kerl beiseite, der versuchte, ihm die Bänder zuzuschnüren. Elisabeth wollte ihm folgen, aber Ingrid zog sie zurück.

»Die Besucher werden kommen, Elisabeth, wenn dein Vater es für richtig hält, und dann müssen wir bereit sein, sie zu empfangen.« Ingrid wandte sich an die Dienerschaft, die aufgeregt auf Anweisungen wartete. »Schürt die Feuer, bitte, und holt Holz. Gießt mehr Würzwein in den Kessel. Lauft und sagt den Köchen, dass wir mehr Essen und feine Kräuter für die Binsen benötigen. Wir stinken wie die Bauern.« Sie betrachtete ihre Kinder – allesamt in Alltagsgewändern und Tuniken, die eher Wärme spendeten, als repräsentativ zu wirken – und seufzte. »Wir haben keine Zeit mehr zum Umziehen, denn sie werden sich bei dieser Kälte nicht lange am Tor aufhalten, aber bringt wenigstens euer Erscheinungsbild ein wenig in Ordnung.«

Ingrid machte sich daran, dem kleinen Yuri das Haar mit den Fingern sauber zu bürsten. Anastasia zog einen eleganten Elfenbeinkamm aus ihrer Tasche und zog ihn durch ihre ohnehin schon makellosen blonden Locken, bevor sie zögernd Anna half, es ihr gleichzutun. Agatha wich zurück, denn ihre dunkelbraunen Locken überforderten jeglichen bislang erfundenen Kamm. Wladimir, Ivan, Stefan und Viktor waren es zufrieden, ihre widerspenstigen Schöpfe unter Pelzmützen zu verbergen, die sie normalerweise nur draußen trugen. Von den Jungen holte nur Magnus, der an einem Ende des Tisches über einem Buch saß, einen eigenen Kamm hervor, den er schon bald durch sein dünnes blondes Haar gezogen hatte. Halbherzig versuchte Elisabeth, ihr eigenes zerzaustes Erscheinungsbild etwas zu glätten. Dann rückte sie dichter an Wladimir heran.

»Wer kann das um diese Jahreszeit nur sein?«, flüsterte sie. »Sie müssen verrückt sein, ausgerechnet jetzt eine so weite Reise zu unternehmen.«

»Oder so mutig«, sagte Wladimir und blickte unverwandt zu Tür. »Vielleicht sind es Waräger, Lily? Vielleicht sind sie aus Nowgorod hergekommen, und vielleicht kann ich mit ihnen dorthin zurückkehren?« Jaroslaw hatte seinem ältesten

Sohn schließlich versprochen, dass er ihn zum Grafen von Nowgorod ernennen wollte, sobald das Tauwetter einsetzte, und er hatte den Winter mittlerweile ebenso satt wie Elisabeth. »Vielleicht gab es eine Schlacht in Norwegen, und sie sind geflohen, wie Harald damals?«

Elisabeth ging sofort in die Luft. »Harald ist nicht geflohen«, antwortete sie. »Er hat sich zurückgezogen.«

Wladimir zog eine Augenbraue in die Höhe. »Ein Mordsrückzug, Lily.«

»Aber einer, der es wert war«, gab sie zurück. »Sein Ruhm wächst mit seinem Schatz.«

»Das weißt du sicher am besten, *Göttin der Halskette.«*

Elisabeth errötete. »Warum nennst du mich so?«

Wladimir grinste boshaft. »Ich habe gehört, wie Harald dich so genannt hat – und noch andere Namen, die er dir gab. Er ist sehr liebevoll zu dir, Lily.«

»Das sollte er auch, denn schließlich werden wir heiraten. Und du, Wladimir, solltest unseren Privatunterhaltungen nicht lauschen.«

»Dann solltet ihr, Elisabeth, lieber irgendwo abseits auf dem Feld tändeln.«

»Tändeln?! Wir tändeln nicht …«

Aber ihre Proteste verstummten, als das Klappern eisenbeschlagener Stiefel im Hof zu hören war, und die Prinzessinnen und Prinzen von Kiew blickten jetzt alle zur Tür. Sie wurde weit geöffnet – weiter, als es jemand seit Einbruch des grimmigen Frostes zu tun gewagt hätte –, und Jaroslaw trat im eisigen Hauch herein, zwei dunkle Gestalten hinter sich. Einen Augenblick lang befürchtete Elisabeth, ihr Vater habe zwei wilde Tiere aus dem Wald in ihre Halle geführt, so eisüberzogen waren seine Besucher. Aber als sie näher kamen, sah sie, dass es sich um Männer handelte, wenn auch um furchteinflößende.

Ingrid legte eine Hand auf ihren gewölbten Leib, trat vor und streckte die andere zögerlich dem ersten der vereisten Herren entgegen, der vor ihr niedergekniet war.

»Jarl Kalv Arnesson«, stellte er sich in heiserem Altnordisch vor. »Es ist mir eine Freude, Euch kennenzulernen, Großfürstin.«

Arnesson! Der Name fuhr Elisabeth durch Mark und Bein, kälter als die Winde, gegen die die Dienerschaft nun ankämpfte, als sie die Türen schloss. Sie musterte Kalv von Kopf bis Fuß, während Ingrid ihn hochzog, und, sobald sie es wagte, ihre Finger wieder aus seinen von der Kälte blutunterlaufenen Händen löste. Er war nicht sonderlich groß, und als er seinen riesigen Mantel in einem schimmernden Nebel schmelzenden Schnees ablegte, sah sie, dass er schlanker war als bei den Nordmännern üblich, wenngleich sehnig und muskulös. Sein Gesicht war hager, und seine schmalen Augen schossen im Raum umher, als ob er kurz seinen Wert berechnete. Elisabeth schauderte erneut und sah zu dem anderen Mann hinüber, der nun ebenfalls niederkniete. Aber auch dieser Anblick war wenig ermutigend.

»Jarl Einar Tambarskelfir, zu Euren Diensten, Sire.«

Diese Worte, da war Elisabeth sicher, kamen nicht von Herzen, wenn er überhaupt eines hatte. Er sah nicht aus wie ein Mann, der bereitwillig irgendeinem Herrn diente. Obwohl sein Kopf gebeugt war, blickten seine verhangenen Augen auf, und obwohl er kniete, waren seine Schultern straff, und seine Hand lag fest auf seiner kostbaren Schwertscheide. Elisabeth blickte zur Tür und bemerkte dankbar, dass die Wachen die Schwerter der Besucher an sich genommen hatten – lange, schwere Waffen mit juwelenbesetztem Heft. Dieser Mann, dieser Einar, der sogar zuckte, während er Ingrid die Hand küsste, sah unberechenbar und gefährlich aus. Was hatte Harald über ihn gesagt? *Immer wenn es Probleme gibt, ist er der Urheber.* Nun ja, wie es schien, würde es jetzt durchaus Probleme geben, und Harald war nicht hier, um ihnen zu begegnen.

Als ob er ihre Gedanken läse, sah sich Einar im Raum um, musterte die Anwesenden, ebenso wie Kalv es getan hatte.

»Ihr seid lediglich ein kleines Grüppchen, Großfürst«, sagte er verschlagen.

»Das trifft zu«, pflichtete Jaroslaw bei. »Nur wenige wagen sich um diese Zeit in Gottes Jahr nach Kiew. Eure Mission muss dringend sein, dass sie Euch so weit nach Süden führt?«

Einar biss nicht an. Stattdessen fixierte er Magnus' schlanke Gestalt, der hinter Wladimir und Ivan stand – und plötzlich, in einer Bewegung, die die beiden Prinzen zur Seite weichen ließ, warf er sich vor dem Jungen auf die mächtigen Knie. Magnus wirkte verblüfft, Jaroslaw nicht weniger, besonders bei den nächsten Worten des großen Jarls:

»Gott möge Euch segnen, König Magnus.«

»K... K... König?«, stammelte Magnus.

»König?«, echote Jaroslaw.

Elisabeth sah zu Wladimir hinüber, der mit den Achseln zuckte, als Kalv nach einem schrägen Seitenblick auf seinen Landsmann ebenfalls vor ihrem exilierten Vetter auf die Knie sank.

»Knut ist tot«, intonierte Einar, die beträchtliche Wirkung seiner Worte offensichtlich genießend.

»Knut, der Herrscher über das Nordische Großreich, ist tot? Wie das?«, verlangte Jaroslaw zu wissen.

Kalv warf ihm einen Blick zu. »Ein Fieber, Großfürst, zumindest sagt man das. Es geschah im vergangenen November.«

»Im *November?*«

Elisabeth sah, wie Jaroslaw um Worte rang, und wusste, was er empfand. Es schien unmöglich, dass der große Knut, dessen riesiges Nordisches Reich das kalte Nordmeer so lange Zeit umspannt hatte, vor vier Monaten gestorben war, ohne dass sie davon erfahren hatten. Sie und Harald hatten noch an Weihnachten von ihm gesprochen, als er, wie es schien, bereits im Grab gelegen hatte.

»Er war zu diesem Zeitpunkt in England«, erklärte Einar hastig. »Und die See war seit dieser Zeit sehr unruhig. Wir kamen, sobald wir davon erfuhren. Und nun sind wir hier, um den rechtmäßigen Erben nach Norwegen heim zu seinen Untertanen zu bringen.«

»Mich?«, fragte Magnus und wuchs sichtlich über sich hinaus. »Ihr seid meinetwegen gekommen?«

Wieder warf Kalv Einar einen Blick zu, aber der zuckte nicht einmal zusammen.

»Ja, Sire.«

Jaroslaw hielt eine Hand in die Höhe. »Mit welcher Befugnis? Herrscht nicht Knuts Sohn Sven über Norwegen? Warum ist nicht ihm der Thron zugefallen?«

Einars Blick war verschlagen. »Doch, Großfürst, aber Sven hatte kein Verständnis für die norwegischen Verhältnisse. Die Menschen haben ihm ihr Missfallen bekundet, und so ist er klugerweise geflüchtet.« Jaroslaw wollte protestieren, aber Einar fuhr hastig fort: »Hardiknut wurde zum König von Dänemark ausgerufen, und Harald Hasenfuß in England. Knut hat genügend Söhne auf den Thronen seines

Königreiches. Deshalb ist jetzt Raum für Olavs alte Blutlinie in Norwegen.«

»Unterstützen diesen Schritt sämtliche Jarls des Landes?«

»Das tun sie. Wir haben Schriftstücke dabei, um dies zu beweisen, und mit Eurer edlen Erlaubnis werden wir König Magnus zurück zu seiner Stiefmutter, Königin Astrid, nach Schweden begleiten und von dort nach Norwegen zu seiner Krönung.«

Jaroslaw blickte unsicher drein, aber der zwölfjährige Magnus blähte die schmale Brust auf und warf die mageren Schultern zurück. Er sah seine Pflegefamilie gebieterisch an.

»Es scheint, dass Gott denjenigen hilft, die sich in seine Dienste begeben«, sagte er und führte die Fingerspitzen fromm zusammen.

Das war zu viel für Elisabeth.

»Nein!« Das Wort brach aus ihr heraus, bevor sie es verhindern konnte, und als die beiden Norweger ihre abschätzigen Blicke auf sie richteten, spürte sie, wie Wladimir an ihrem Gewand zupfte.

»Lily, still.«

Aber sie konnte einfach nicht anders. »Harald ist der rechtmäßige König.«

Kalv zuckte zusammen, aber Einar war bereits auf den Beinen und kam auf sie zu. Der andere Jarl folgte ihm auf dem Fuße.

Elisabeth spürte, wie sie sie überragten, dunkel und drohend, aber sie blieb standhaft. Sollten sie doch versuchen, ihr zu drohen – sie war eine Prinzessin, und das hier war ihre Halle. Sie würde Gehör finden.

»Prinz Harald ist König Olavs Bruder«, bekräftigte Elisabeth kühn.

»Halbbruder.«

»Ja, und rechtmäßig von der alten Blutlinie der Ynglinger abstammend, im Gegensatz zu Magnus, dem Sohn einer Konkubine.«

»Elisabeth«, sagte Jaroslaw warnend, aber Einar kräuselte nur die Lippen.

»Ein Sohn ist ein Sohn, Prinzessin. Aber Ihr wisst offenbar eine Menge über unser Land?«

Jaroslaw hüstelte. »Meine Tochter ist mit Prinz Harald verlobt.«

»Sie ist *was?«,* fragte Kalv offensichtlich verblüfft, aber Einar packte ihn am Arm.

»Mein Gefährte hier bittet Euch um Verzeihung, Prinzessin. Er ist lediglich überrascht, das ist alles, denn wir in Norwegen wissen, dass der Prinz einer anderen versprochen ist, Jarl Kalvs Nichte, Lady Thora, einer norwegischen Edeldame von Rang.«

Zorn durchfuhr Elisabeths Brust wie ein schneidender Schmerz. Harald hatte sie belogen. Oder, so rief sie sich hastig ins Gedächtnis, diese Vagabunden vor ihr belogen sie jetzt. Sie durfte nicht vorschnell urteilen, und sie durfte ihnen ganz sicher nicht die Befriedigung geben, ihr wehzutun.

»Oh, ich weiß von ihr«, sagte sie und verzog ganz leicht die Lippen zu einem sarkastischen Lächeln. »Eine kindliche Torheit, mehr nicht.«

Um Kalvs Auge zuckte es, und erleichtert stellte Elisabeth fest, dass sie den Nagel auf den Kopf getroffen hatte. Einar beugte sich vor. Sie wich dennoch keinen Schritt zurück.

»Und mögt Ihr mir auch mitteilen, Prinzessin, wo Euer Verlobter sich momentan aufhält?«

Elisabeth schluckte und blickte zu ihrem Vater hinüber.

»Harald ist nach Süden geritten«, soufflierte Jaroslaw. »Er steht in den Diensten des Kaisers von Byzanz und hat mit seiner Truppe viel Ruhm erlangt.«

»Und sehr viel Gold, wie ich höre«, stimmte Einar leichthin zu. »Er war schon immer ein harter Kämpfer.« Er ließ sich das Wort *hart* auf der Zunge zergehen, als ob er es genoss.

»Ein effektiver«, berichtigte Elisabeth trotzig.

»Wie Ihr wünscht, Prinzessin«, antwortete Einar. »Obwohl bedauerlicherweise doch nicht effektiv genug, um Norwegen jetzt für sich zu beanspruchen.«

»Nein«, protestierte Elisabeth erneut. »Ihr irrt Euch. Genau dafür kämpft er. Er ist ein kühner und entschlossener Krieger, und er wird ein heldenhafter König sein, wenn Ihr nur ein wenig wartet.«

Einar sah Kalv an. »Wie niedlich«, sagte er.

Elisabeths Augen verengten sich, und Wladimir zupfte noch heftiger an ihrem Gewand. »Aber das Problem ist, Prinzessin, dass wir *jetzt* einen König brauchen. Norwegens Thron steht leer, und ein leerer Thron ist gefährlich. Wenn Harald hier wäre …« Einar breitete die Hände weit aus, als ob sie über einen Vergnügungsritt oder einen Marktbesuch diskutierten.

»Harald *wird* bald wieder hier sein«, wandte Elisabeth verzweifelt ein. »Ich werde nach ihm schicken.«

Wieder schien Kalv zu zögern, und sie machte einen Schritt auf ihn zu, aber Einar hielt sie auf.

»Den ganzen Weg nach Miklagard? Bei diesem Schnee?

Das ist eine lange Reise, Prinzessin, und der Rückweg ist sogar noch länger. Hardiknut von Dänemark könnte zu diesem Zeitpunkt Norwegen bereits eingenommen haben, und das dürfen wir nicht zulassen. Außerdem bin ich sicher, dass Prinz Harald hocherfreut sein wird, wenn er entdeckt, dass sein eigener geliebter Neffe auf dem Thron sitzt.«

»Das wird er«, stimmte Magnus mit seiner dümmlichen näselnden Stimme zu.

Das schärfte Elisabeths Zorn wie ein Schleifstein die Klinge, und sie konnte sich nicht länger zurückhalten.

»Ihr«, rief sie und pikste Jarl Einar in seine breite Brust, »wollt Magnus zum König machen, weil er klein und jung und wirkungslos ist. Ihr wollt selbst König spielen. Ihr wollt …«

»Elisabeth – es reicht!«, dröhnte Jaroslaws Stimme durch den Raum, so dass ihr der Protest in der Kehle stecken blieb. »Diese Männer sind unsere verehrten Gäste, die gekommen sind, um unseren Pflegesohn nach Hause zu geleiten – etwas, worum wir um seinetwillen immer gebetet haben, nicht wahr?«

Elisabeth ließ den Kopf sinken. Sie würde darauf nicht antworten – sie konnte nicht antworten. Das alles war so falsch, so unglaublich falsch. Erkannte ihr Vater denn nicht, was diese Männer so offensichtlich waren – machthungrige Opportunisten, die das Eis der Rus bezwangen, um ihren eigenen persönlichen Ruhm zu verfolgen?

»Nicht wahr, Elisabeth?« Jaroslaws Stimme klang leise und warnend, aber Elisabeth ertrug es nicht länger.

»Ich habe in der Tat gebetet, Vater, dass der rechtmäßige König Norwegens wieder auf den Thron dieses Landes gelangt, aber *das* … das ist nicht richtig, und Gott weiß es. Einen guten Tag.«

Sie machte einen hastigen Knicks, pflückte dabei Wladimirs Hand von ihrem Gewand und verließ den Raum, ignorierte die wütenden Rufe ihres Vaters und die aufdringlich speichelleckerischen Versicherungen der Männer, die, wie sie wusste, nur gekommen waren, um Harald seinen Traum zu stehlen.

Kapitel 9

Die Stadtmauern Kiews, November 1036

»Wie kannst du das sagen, Harald? Gerade du! Wie kannst du nur so … so jämmerlich sein?«

»Jämmerlich?«

Harald wirkte überrascht, fast amüsiert, und das fachte den Zorn erneut an, der den ganzen Sommer über in Elisabeth geglommen hatte. Magnus war nur wenige Tage, nachdem die norwegischen Jarls seinetwegen gekommen waren, davongeritten, eskortiert von einer königlichen Garde, zu der auch Prinz Wladimir gehört hatte, der zu seiner großen Freude nach Nowgorod reisen würde. Elisabeth, gefangen in den Frauengemächern und froh darüber, hatte Magnus von ihrem Fenster aus beobachtet – seine dumme, kleine Gestalt, steif und stolz auf einem großartigen schwarzen Hengst, der ihn noch zwergenhafter wirken ließ; und sie hatte darum gebetet, dass dieser ihn aufs Eis werfen würde.

Sie konnte dem jungen Magnus keinen Vorwurf machen. Edward hatte ihr, nachdem er vom Eintreiben der Tributzahlungen zurückgekehrt war, geduldig erklärt, dass der Junge ein Narr gewesen wäre, hätte er diesen Paukenschlag von einer Gelegenheit ausgeschlagen, und sie wusste, dass er damit recht hatte. Aber Magnus hatte sich nicht am Rad der Fortuna festgeklammert, sondern sich davon geradewegs überrollen lasen.

»Er ist noch jung«, hatte Edward gesagt. »Was erwartest du von ihm? Er kann nicht hinausreiten wie Harald.«

»Genauso wenig kann er regieren.«

»Das mag stimmen, Lily, aber Haralds Zeit wird kommen. Manche Männer sind zur Größe bestimmt.« Bei diesen Worten hatte er traurig dreingeblickt.

»Auch deine Zeit wird kommen«, hatte Elisabeth ihm versichert und an die reiche, kleine Insel England gedacht, von der er schon vor so langer Zeit vertrieben worden war.

»Ich fürchte nicht.«

Seine Augen waren feucht gewesen, und dankbar hatte Elisabeth in diesem Moment Agathas fröhliche Stimme gehört, die draußen seinen Namen rief.

»Agatha sucht nach dir.«

»Sie ist sehr lieb. Jeder hier ist so freundlich, aber ich fürchte, ich werde mich bei deinem Vater niemals dafür revanchieren können.«

»Das kannst du nicht wissen, Edward. Männer sind gekommen, um Magnus zu holen. Vielleicht kommen andere eines Tages auch für dich.«

Er hatte sich ein bitteres Auflachen verkniffen, und sie hatte seinetwegen ihren Zorn über Norwegen heruntergeschluckt. Aber sie war wütend auf ihre Eltern, weil sie Einars beträchtliche Bestechungsgeschenke – »eine Bezahlung für die Aufzucht und Pflege unseres Königs« – angenommen und ihn widerstandslos hatten ziehen lassen. Und sie war sogar noch wütender auf die verschlagen dreinblickenden Männer, die wahrscheinlich den ganzen Weg den Dnepr hinauf gelacht hatten, weil ihnen die Beute so leicht in den Schoß gefallen war. Sie war sich sicher, Norwegen würde es dem Großfürsten nicht danken, dass er diese beiden auf seine Regierung losgelassen hatte. Und sie hatte sich Haralds Rückkehr herbeigewünscht, damit sie nordwärts reiten und ihre Ansprüche geltend machen konnten.

Doch nun versicherte er ihr wie einem einfältigen Bauernmädchen, dass das »so einfach nicht war«.

»Wovor hast du Angst?«, fragte Elisabeth herausfordernd. »Vor Einar Tambarskelfir und seinen Schlägern? Oder vor den Arnessons? Ist das das Problem, Harald? Jarl Kalv berichtete mir von deinem Verlöbnis. Er schien sich dessen sehr sicher zu sein.«

»Ach ja?« Haralds Hand schoss hervor, und er umfing ihr Handgelenk, packte die Halskette, die sie – für diese seine erste Nacht, die er wieder zurück in Kiew war – herausgeholt hatte, und presste die scharfen Kanten der Schlüssel in ihr Fleisch. »Wenn ich sein König wäre, warum nimmt er dann stattdessen Magnus mit?«

»Ich glaube, er hätte dich sogar eher gewählt, Harald. Aber du warst nicht da, und Einar plädierte nun einmal heftig für Magnus.«

»Das konnte ich nicht verhindern.« Sein Gesicht war dem ihren so nahe, dass sie die Furche seiner Narbe erkennen konnte, wo das Schwert seine Haut am tiefsten durchschnitten hatte. »Ich war da draußen, um weiterhin für meine Sache zu kämpfen.«

»Oder vielleicht nur, um dir die Taschen zu füllen. Willst du Norwegen denn wirklich, Harald? Hast du wirklich Meerwasser in deinen kostbaren Waräger-Adern, oder etwas viel Weicheres – wie Honig? Gefällt es dir insgeheim dort unten im Süden mit seiner warmen Luft, den exotischen Speisen und den gefügigen Konkubinen?«

»Hör auf!«

Harald packte auch ihr anderes Handgelenk und zog sie dicht an sich, was ihr den Atem raubte. Elisabeth schaute sich um, aber sie waren allein auf Kiews Stadtmauer. Sie hatte ihn hergeführt, um mit ihm ihre Reise nach Norwegen zu planen, aber es war anders gekommen.

»Warum bist du nicht wütend, Harald?«, fragte sie verzweifelt und wollte sich seinem Griff entwinden.

»Oh Lily.« Harald beugte sich herab und küsste sie auf die Stirn, so sanft und süß, dass sie vor Überraschung ganz still wurde. »Ich bin wütend«, flüsterte er. »In meinen Eingeweiden wütet das Griechische Feuer, und mein Herz fühlt sich an, als ob es mir gleich aus der Brust springen und selbst zum Schwert greifen wollte. Aber was nützt das schon?«

»Was es nützt? *Alles,* Harald. Ein Mann braucht Leidenschaft, um seinen Thron wieder für sich zu beanspruchen – das hast du mir doch selbst gesagt. Ein Mann muss glauben, und er muss den Glauben in anderen zum Leben erwecken. Er kann nicht einfach aufgeben, weil irgend so ein bartloser Jüngling Erster war.«

Harald lachte leise, und plötzlich küsste er sie erneut, auf die Stirn, auf die Nase, auf die Lippen. Wütend stieß Elisabeth ihn von sich.

»Ich weiß nicht, was du von deinen byzantinischen Frauen gewöhnt bist, Harald, aber ich bin Prinzessin von Kiew, und man kann mich nicht mit Küssen umstimmen.«

Er seufzte. »Wie kann ich dir begreiflich machen, dass ich in Byzanz kämpfe, Elisabeth, und nicht herumhure?«

»Du bist nie bei einer Hure gewesen?«

Harald zögerte, und ihr Zorn brodelte in ihr wie verrückt, so dass sie beinahe spürte, wie er auf ihrer Haut prickelte. Sie riss sich los und lief die Mauer hinab, schlang den Umhang dicht um sich, wenn auch eher als Schutz vor seiner Berührung als vor der Kälte. Warum erkannte nur niemand, wie schrecklich das alles war? Warum war sie mit ihrem Zorn allein?

Ihr Vater hatte sich eingeredet, dass ihr Ausbruch aus Liebe geschehen war, und beschlossen, ihn als Ausdruck mädchenhafter Fantasie zu ignorieren. Ihre Mutter, die kurz vor der Niederkunft ihres elften Kindes stand, war dankbar, dass sich nach ein paar angespannten Tagen nun wieder familiärer Frieden einstellte, und nur Anastasia hatte sich bemüht, Elisabeth länger als eine Woche von sich fernzuhalten. Doch im Frühjahr war ein schrecklicher Angriff durch die Petschenegen erfolgt, genau auf der Hochebene unter dem Kreml des Großfürsten. Jaroslaw besuchte gerade Wladimir in Nowgorod, und so war es Andreas gewesen, der die Verteidigung anführte, was sämtliche Gedanken ihrer Schwester auf ihren heroischen General konzentrierte.

Die Streitkräfte Kiews hatten die Angreifer des feindlichen Stammes in einer großen Schlacht niedergerungen, die sich vor den Augen der Stadt abgespielt hatte, und Elisabeth hatte mit dem Rest zugesehen, für einen Augenblick von ihren eigenen bitteren Sorgen abgelenkt von dem gewaltigen Schlachtgetümmel und den Wogen des Todes, die gegen die Mauern ihrer geliebten Heimat brandeten. Prinz Andreas, das musste sie zugeben – wenn auch bei Weitem nicht so laut und überschwänglich wie Anastasia –, hatte sich als starker Heerführer erwiesen, und der Krieg war innerhalb weniger

Tage gewonnen gewesen. Es folgten Triumph und ein ausgiebiger Festschmaus.

Als die Herbstblätter die verwesenden Leichname bedeckten und der erste Schnee auf ihre Überreste fiel, hatte Elisabeth begonnen, auf den Stadtmauern entlangzuwandern und nach Haralds Rückkehr Ausschau zu halten. Das Rabenbanner, an dem sie mit ihren Damen so lange gearbeitet hatte, war endlich fertig und sah prächtig aus mit dem sich pfeilschnell in die Lüfte erhebenden Raben, der sich dunkel und herausfordernd von dem königlichen Gold der Seide abhob. Es hatte sie viele harte, langweilige Stunden und endlos zerstochene Finger gekostet, aber das war es wert gewesen. Sie hatte es kaum erwarten können, es ihm zu schenken, und ihre Enttäuschung wuchs mit jedem Tag, den er nicht kam.

Sie hatte Wladimir in Nowgorod geschrieben und ihm mitgeteilt, dass sie bald da sein würde und ihn auf dem Weg zum Warägermeer besuchen würde, und sogar ihrer Tante Astrid in Schweden hatte sie geschrieben und ihr mitgeteilt, wie sehr sie sich danach sehnte, sie zu sehen. Sie hatte einen jungen Reisenden überredet, ihr die norwegische Variation seiner Sprache beizubringen, und ihn endlos nach Informationen über Städte und Sitten bedrängt. Sie hatte ihren Näherinnen befohlen, neue Gewänder in den wärmsten, kostbarsten Stoffen zu nähen, die sie ihrem neuerdings recht großzügigen Vater abschwatzen konnte, und wie früher als kleines Mädchen hatte sie ihre Mutter um Geschichten aus dem Norden gebeten.

»Harald wird nicht losziehen, Lily«, hatte Ingrid zu ihr gesagt, »noch nicht.« Aber sie hatte kürzlich einen weiteren Sohn zur Welt gebracht, Boris, und Elisabeth hatte ihre negative Einstellung auf ihre Schwäche nach dem Kindbett zurückgeführt.

Wenn Harald wieder da war, da war sie sicher gewesen, würde alles anders sein. Aber jetzt war es so weit, und alles war ärgerlicherweise genau wie vorher.

»Du bist weichherzig geworden, Harald«, schleuderte sie ihm nun entgegen. »Weichherzig und zügellos.«

Er schmetterte ihr seine Antwort über die langen Mauern entgegen. »Niemand spricht mit mir so wie du, Elisabeth.«

»Was genau der Grund ist, warum du schwach geworden bist«, warf sie ihm über die Schulter zu. »Du bist zu sehr daran gewöhnt, ein Held zu sein, Harald.«

»Unsinn. Ich bin Soldat, nichts sonst. Ich tue meine Pflicht, und das mache ich gut. Ich bin befördert worden und gehöre nun der Elitetruppe an.«

Sie wirbelte herum und sah ihn an. »Wie schön für dich. Ich bin sicher, du hast eine hübsche Uniform.«

»Ja, sie ist wirklich hübsch, sie ...« Harald unterbrach sich. »Lily, bitte ...«

»Nenn mich nicht so.«

»Du bist enttäuscht.«

»Enttäuscht? Ha! Ich bin wütend, Harald.«

»Und das verstehe ich.« Er kam zögernd auf sie zu. »Ich bin ebenfalls wütend, aber Wut reicht nicht aus, um einen Mann in die Schlacht zu führen. Ein Kampf erfordert Logik, Zeitplanung, Berechnung.«

»Und Mut.«

Er zuckte zusammen. »Es tut mir leid, dass du so schlecht von mir denkst.«

»Das tut mir auch leid.«

»Lily … Elisabeth, bitte. Das hier ist nur ein Rückschlag, mehr nicht. Es ändert nichts an meinen Plänen, mir den Thron zurückzuerobern. Es verzögert sie nur etwas.«

»Wirklich? Ich habe etwas für dich.«

Er blieb vor ihr stehen, überrascht. »Ja?«

Sie verfluchte ihre eigene Ungeduld. Das Rabenbanner befand sich unter ihrem Mantel, aber jetzt war nicht der richtige Zeitpunkt dafür. Sie wandte sich ab.

»Spielt keine Rolle.«

»Lily!«

Er packte sie am Arm, und sie ließ das Päckchen los. Es fiel zwischen ihnen zu Boden, und beide starrten es an. Elisabeth beugte sich vor, um es aufzuheben, aber sie war zu langsam.

»Ein Geschenk?«, fragte Harald. »Für mich?«

»Das war der Gedanke«, antwortete sie verärgert. »Aber ich glaube nicht, dass du es jetzt noch brauchst.«

Er drehte das Päckchen immer wieder in den Händen um, dann plötzlich riss er die Bänder auf. Die Flagge öffnete sich flatternd und breitete sich in dem scharfen Wind aus, der über Kiew hinwegfegte. Einen Augenblick lang schien sich der Rabe über ihnen in die Lüfte zu erheben, und Elisabeth hörte Harald keuchen.

»Das ist großartig.«

Sie errötete unwillkürlich. »Das Banner gefällt dir?«

»Es ist das Schönste, was ich je besessen habe, wirklich. Hast du es selbst bestickt?«

»Natürlich.« Freude durchflutete sie, als er seine Finger ehrfürchtig über die feine Stichelei gleiten ließ, wobei er den Umrissen des legendären Vogels nachspürte. »Es sollte dich nach Norwegen führen.«

Er ergriff ihre Hand, so dass die Seide zwischen ihnen baumelte.

»Und das wird es, Lily. Wirklich, das wird es. Wie könnte ich mit solch einem Geschenk scheitern – mit solch einer Frau? Wir müssen nur den richtigen Zeitpunkt abwarten, das ist alles. Magnus ist zu Norwegens neuem König ausgerufen worden. Er ist Olavs Sohn, und ich habe gehört, dass sie Olav heiliggesprochen haben, weil er unsere Nation Christus zugeführt hat. Ist dir denn nicht klar, dass ich als Usurpator gelten würde? Als Tyrann, und nicht als Retter, wenn ich jetzt gegen Magnus in die Schlacht zöge, auch wenn es unter einer solch wunderschönen Flagge wäre?«

»Du wirst der rechtmäßige König sein.«

»Gott segne dich, weil du so denkst, meine Liebste, aber in Wirklichkeit habe ich nicht mehr Rechte als mein Neffe.«

Elisabeth lachte bitter. »Dein Neffe hat nur wenig Rechte, Harald. Er ist ein Spielball der Jarls des Nordens, und sie werden ihn benutzen, um ihre eigenen Ziele zu verfolgen.«

»Und für seine Sicherheit sorgen. Es wäre ein vergebliches Unterfangen, Elisabeth.«

»Aber ein ruhmreiches.«

Harald nickte bedächtig, ließ ihre Hand los und beugte sich über das Geländer, um die Hochebene zu überblicken. Der Schnee bedeckte das blutbesudelte Schlachtfeld, und Kiew wirkte friedlich und stolz. Jaroslaw hatte nach der Schlacht gegen die Petschenegen erklärt, dass er die Mauern erweitern wollte, bis sie so lang waren wie die Mauern Miklagards selbst, damit alle Menschen in Sicherheit waren, und Kiew vibrierte vor Vorfreude auf das neue Jahr. Hier oben jedoch, abseits des Trubels, wirkte das geradezu unwirklich und falsch.

»Vielleicht hast du ja recht, Prinzessin«, sagte Harald leise und ließ das Banner zärtlich durch seine schwieligen Kriegerhände gleiten.

»Recht womit?«

»Dass ich nach Hause reiten und ruhmreich sterben sollte, statt mich hier schändlich zu verstecken. Das ist immerhin die Art der Wikinger – Walhall heißt die tapfersten Narren willkommen.«

»Harald! Walhall ist ein heidnischer Mythos.«

»Genau wie der Rabe ein heidnisches Symbol ist – und ein gutes obendrein. Und was will unser christlicher Gott von uns, Elisabeth? Sicher wäre es ihm lieber, wenn ich auch noch die andere Wange hinhielte und Magnus' Regentschaft meinen Segen gäbe?«

Elisabeth trat unruhig von einem Fuß auf den anderen. »Ihr könntet gemeinsam regieren«, schlug sie vor. »Du hast doch schon einmal davon gesprochen.«

»Und würde es dir gefallen, nur eine halbe Königin zu sein, Liebste?«

Sie funkelte ihn wütend an. »Mir würde es gefallen, deine Frau zu sein.«

»Mir auch. Wirklich, mehr als alles andere.«

Er versuchte, wieder nach ihrer Hand zu greifen, aber sie schüttelte den Kopf, war wieder verstimmt.

»Das ist nicht wahr, Harald.«

Er seufzte. »Nein«, gab er resigniert zu, »nicht wirklich, genauso wenig wie für dich. Keiner von uns ist dafür gemacht, sich auf ein Gehöft zurückzuziehen und nur füreinander zu leben.«

»Ich habe nicht gemeint, dass …«

»Könnten wir das denn? Wirklich? Wir sind königlichen

Geblüts, du und ich, Elisabeth. Das ist gleichzeitig ein Privileg und eine Verantwortung. Ich *werde* dich heiraten, meine Geliebte, und ich *werde* dich zur Königin machen, aber erst muss der richtige Zeitpunkt kommen. Wir müssen uns in Geduld üben.«

»In Geduld?«

»Das ist nicht deine Stärke, meine Liebste?«

»Ich bin nicht geduldig, Hari, nein – aber ich bin treu.«

Er lächelte und zog sie an sich. »Meine treue Königin?« Er beugte sich vor, um sie zu küssen, aber sie entzog sich ihm.

»Ich wäre es, Harald, wenn ich Gelegenheit dazu bekäme. Aber wie es scheint, werde ich niemals Königin sein, weder eine treue noch sonst irgendeine.«

Wieder loderte der Zorn in ihr auf, die gleiche erbitterte Wut, die sie während des langen, harten Sommers genährt hatte – es war alles umsonst gewesen. Sie nahm ihm das Banner aus der Hand und faltete es zusammen.

»Ich verstehe es immer noch nicht«, protestierte sie. »Je länger du wartest, umso stärker wird Magnus doch.«

»Und Einar demzufolge schwächer. Norwegen kann man nicht mehr durch Kriege gewinnen, Lily, sondern durch Diplomatie, und das ist ein erheblich undurchsichtigeres Spiel. Unsere Zeit wird kommen.«

»Schwörst du das?«

»Ich schwöre es.« Er beugte sich vor, seine Lippen fuhren federleicht über ihren Hals. Sanft nahm er ihr das Banner aus der Hand und verstaute es ordentlich in seinem Gürtel. »Ich schwöre, Elisabeth, dass ich dich zur Königin machen werde, zur Königin von Norwegen, Dänemark und England – zur Kaiserin des Nordens. Kannst du mir vertrauen, meine Göttin der Halskette? Kannst du mir deine Zukunft anvertrauen?«

Ihre Finger umklammerten das hölzerne Geländer, als er das Gesicht dichter an sie presste. In ihrem Kopf wirbelte diese ehrgeizige Liste von Titeln umher, aber noch waren sie nicht Wirklichkeit.

»Mir bleibt keine Wahl, Harald«, sagte sie spitz. »Ich kann wohl kaum allein gen Norden reiten.«

Er stöhnte. »Du bist sehr verführerisch, wenn du wütend bist, weißt du das?«

»Und du bist sehr erbärmlich, wenn du vor mir katzbuckelst.«

»Stimmt. Aber ich begehre dich so sehr, Lily.«

Mit einem Mal riss er sie an sich. Sie spürte sein vibrierendes Verlangen und das verräterische Rasen ihres eigenen Herzens.

»Ich will dich auch«, bekannte sie mit brüchiger Stimme.

»Du weißt, dass wir heiraten werden …«

Ihre Augen verengten sich. »Teilst du mit all deinen Verlobten das Bett?«

»Lily …«

»Ich habe dir schon gesagt, dass du mich nicht so nennen sollst.«

Der Zorn war wieder da, und sie machte sich los und stapfte den Gang entlang, wäre am liebsten gerannt, befürchtete aber, auf den vereisten Brettern auszurutschen. Harald schlitterte ihr hinterher, und sie blieb plötzlich stehen, so dass er beinahe zu Boden gefallen wäre.

»Nein, Harald«, schleuderte sie ihm entgegen. »Wir sind von königlichem Geblüt, erinnerst du dich? Das ist nicht nur ein Privileg, sondern auch eine Verantwortung, und ich werde nicht deinen Bastard zur Welt bringen, während du in der Ägäis Soldat spielst.«

Er blickte so traurig auf sie herab, suchte offenbar nach einer glaubwürdigen Entschuldigung – aber sie war fertig mit Entschuldigungen. Er hatte recht: Sie war enttäuscht. Die Enttäuschung zerriss sie förmlich, und sosehr sie sich auch nach ihm verzehrte – das musste er verstehen.

»Wenn ich warten muss«, antwortete sie ihm fest, und ihre Worte waren wie Nebel in der Kiewer Nacht, »dann musst du es ebenfalls.«

Kapitel 10

Austrått, Nordnorwegen, September 1038

Thora gab ihrem Pferd die Sporen und galoppierte auf den Herbstwinden dahin, warf das Haar zurück und hieß die Tränen willkommen, die ihr in die Augen traten. Sie hätte schon längst weinen sollen. Sie hätte weinen sollen, als sie Pieter, ihren Gemahl, in die Erde legten und über seinem ausgemergelten Körper die Gebete sprachen. Ihre Base hatte geweint, ihre Schwester Johanna ebenfalls – obwohl sie eigentlich ständig in Tränen ausbrach –, aber Thora selbst war wie betäubt gewesen.

Sie war mit Jarl Pieter zum Altar gezwungen worden, nachdem Einar nicht Harald, sondern den Knaben-König Magnus nach Norwegen zurückgebracht hatte, einen trotzig-beschämt dreinblickenden Kalv im Schlepptau, und es war eine armselige Hochzeit gewesen. Pieter war ein durchaus freundlicher Ehemann gewesen, aber schwächlich, und so hatte sie eher ein Leben als Pflegerin denn als Gemahlin geführt. Schon jetzt, nur wenige Tage nach seinem Tod, kam ihr ihre kurze Ehe vor wie ein böser Traum – eher wie eine Geschichte als eine Erinnerung.

»Gott sei seiner Seele gnädig«, rief sie in die seit Kurzem so kühle Luft hinaus, während ihr Pferd auf der großen

Ebene oberhalb der zerklüfteten Klippen der Nordküste dahinsauste.

Sie meinte es aufrichtig, aber zu ihrer Beschämung war sie froh, dass sie nun davonritt. Sie wusste, sie hätte Pieter vermissen sollen, aber das tat sie nicht. Vielleicht, so quälte sie sich selbst, wenn sie jeden Morgen aus ihrem leichten Schlaf erwachte, hatte sie einfach ein zu schwaches Herz?

Es würde ihr guttun, wieder in Austrått zu sein, wo sie aufgewachsen war. Auf dem Herrensitz ihres Onkels Finn am Rande des Städtchens war es um so vieles lebendiger als draußen auf Pieters entlegener Insel Giske. Ständig sahen Reisende vorbei, die den Fjord hinab nach Nidaros strebten, wo sie Handel treiben wollten, und Finns Türen standen ihnen allen offen. Häufig bevölkerte allerlei unterhaltsames Volk seine Halle – Skalden und andere Dichter, Akrobaten und Musikanten. Selten schliefen weniger als einhundert Männer in den Alkoven seines riesigen Herrenhauses, und häufig wurden Pavillons auf dem flachen Gelände davor errichtet, in denen noch mehr Menschen untergebracht waren.

Oft brachten sie zum Dank Geschenke mit, diese Männer – zuweilen Wild oder Fisch für die Tafel, manchmal Bier oder Met oder seltsames Feuerwasser, das die Männer zum Prusten brachte und ihr stets bereitwilliges Lachen so hoch auflodern ließ wie die Flammen des Herdes. Sie erinnerte sich jedoch auch an das eine oder andere seltsamere Geschenk: Vögel in Käfigen mit Federn, so farbenfroh wie ihre Schwanzfedern; kleine Hunde mit glänzenden Augen – keine schnellen, kräftigen Jagdtiere, sondern Kuriositäten für die Privatgemächer; exotische Speisen und Gewürze – Thora würde niemals dasjenige vergessen, das sich Chili nannte und sich in ihrem Mund anfühlte, als hätte man dort ein Kohlebecken entzündet. Sie hatten wunderschönes Glas und prächtigen Schmuck mitgebracht, und ungewöhnliches Werkzeug, über das Kunsthandwerker noch Wochen danach staunten. Und Neuigkeiten brachten diese Gäste mit – sogar aus Miklagard. So hatte sie auch erfahren, dass Harald auf einer Insel namens Sizilien gegen die Sarazenen kämpfte.

Thora trieb ihr Pferd weiter zur Eile an, als ihre kleine Gruppe landeinwärts auf Austrått zuritt. Sie wehrte sich innerlich gegen die harte Wahrheit, dass sie nicht um Pieter trauern konnte, wie sie sollte, weil sie sich so unbändig darüber freute, wieder frei zu sein – frei für Harald, wenn er zurückkehrte. Der Gedanke, dass er vielleicht woanders geheiratet haben mochte, quälte sie, aber sicherlich hätte sie eine solche Nachricht doch hier in Norwegen mittlerweile erreicht? Außerdem, wie sollte das überhaupt möglich sein? Harald gehörte Thora, und sie ihm. Sie wusste das, und sie betete darum, dass auch er sich daran erinnerte.

Es war am Vorabend der Schlacht im Jahre 1030 gewesen. Sie waren beide fünfzehn gewesen und hatten einander seit ihrem Mittsommer-»Verlöbnis« drei Jahre zuvor häufig gesehen, wenn auch fast immer in der Gesellschaft anderer. Die Herrscher der Nordlande pflegten sich an den Festtagen zu versammeln – an Weihnachten, Allerheiligen, Ostern, Mittsommer, bei Hochzeiten, Taufen, Begräbnissen, den normalen Marksteinen des Lebens. Außerdem reiste man oft quer durch Norwegen, hin zu den großen Versammlungen, die das Rückgrat der Regierung des Landes bildeten. Harald und Thora waren normalerweise mit dem Rest der Jugend zusammen gewesen und hatten zwar häufig miteinander getanzt, sich aber nur selten geküsst – bis zu jenem Abend.

Thora hatte den fünfzehnjährigen Harald schon einige

Monate nicht mehr gesehen, weil er einen Wikingerzug mit ihrem Onkel Kalv hinter sich hatte, und so war sie ganz fasziniert davon gewesen, dass er sich plötzlich von einem Jungen in einen Mann verwandelt hatte. Er war immer schon groß gewesen, aber jetzt war er so hoch aufgeschossen, dass er schon genauso groß wie Finn war, und der war beileibe kein kleiner Mann. Seine Schultern waren nun breit, sein Oberlippenbart dicht und voll und genauso leuchtend blond wie sein langes Haar. Außerdem schien er mit neuem Selbstbewusstsein und neuer Zielstrebigkeit zu agieren, denn er hatte viele Männer um sich geschart, die er in die Berge führen wollte, um dort auf den zurückkehrenden König Olav, seinen Halbbruder, zu treffen und ihm dabei zu helfen, seinen Thron zurückzuerobern.

Er hatte ein neues Kettenhemd und einen vergoldeten Helm getragen, den er aus den Erträgen seines Pelzhandels in Nidaros erstanden hatte, und sah mit jedem Zoll wie ein Krieger aus. Thora hatte den Eindruck gehabt, dass die Mädchen ihn geradezu überallhin verfolgten, auf ihn deuteten und kicherten und versuchten, mit ihm ins Gespräch zu kommen – oder mehr. Ihr Verlöbnis war noch immer ein Thema, galt aber mehr und mehr als Märchen, ein Beispiel für Haralds Ruf als Liebhaber, statt als Bestätigung seiner Bindung an Thora Arnesson. Sie musste jetzt handeln.

Sie hatte ihren ganzen Mut und eine gehörige Portion eines seltsamen, klaren Rus-Schnapses benötigt, den sie vom Tisch ihres Vaters gestohlen hatte, um schließlich vor Haralds Zelt zu gelangen. Er hatte in einem kostbaren Pavillon zwischen den etwa siebenhundert Männern geschlafen, die seinem Waffenruf gefolgt waren, hatte sein eigenes, weiches Bett in Finns Halle gemieden, um bei seinen Soldaten zu sein.

Also hatte sie gewartet, bis Hof und Lager endlich verstummt waren. Dann war sie aus den Privatgemächern geschlüpft. Sie konnte sich noch immer daran erinnern, wie ihr Herz so laut gepocht hatte, dass sie befürchtet hatte, die Männer würden es für eine Trommel halten, die sie zu den Waffen rief, und wieder aus den Zelten kommen. Sie erinnerte sich, wie ihre Hände gezittert hatten, während sie sich zwischen den Bäumen am Rande des Lagers verborgen hatte, um das linnene Nachtgewand auszuziehen und ihren nackten Leib in einen Mantel zu hüllen. Und dass die Nacht so warm gewesen war, dass sie unter dem schweren Stoff geschwitzt hatte, als sie vor dem Pavillon angelangt war.

Sie war sich so schamlos vorgekommen, so wagemutig, weil sie so gekleidet war. Es war ein Trick, den sie von einer der Damen ihrer Tante aufgeschnappt hatte, als diese in den Frauengemächern ihren Freundinnen davon berichtet hatte. Diese war damals frisch verheiratet gewesen und hatte ihren Angetrauten offenbar auf der Jagd überrascht, indem sie nur mit ihrem Mantel bekleidet dorthin geritten war. Die Leidenschaft, mit der er ihr daraufhin begegnet war, so hatte sie ihren staunend dreinblickenden Zuhörerinnen versichert, war das Wagnis mehr als wert gewesen.

»Außerdem«, so hatte sie gekichert, »fühlte es sich so gut an, nackt zu reiten, dass ich fast schon zum Höhepunkt gekommen war, noch bevor ich bei meinem Mann war.«

Die Frauen hatten jede Menge »Ohs« und »Oh, was bist du doch böse« von sich gegeben, aber das Wort »böse« schien in diesem Zusammenhang eine bewundernswerte Eigenschaft zu sein, weshalb Thora zu dem Schluss gekommen war, dass es einen Versuch wert war. Außerdem hatte sie befürchtet, dass sie ins Nachdenken geriet, wenn Harald erst noch ihre

Bänder aufschnüren musste, und sie wollte, dass es schnell ging. Sie hatte ihn zu dem Ihren machen wollen. Sie hatte den Pakt besiegeln wollen, den sie seinerzeit, an diesem Mittsommerstrand, geschlossen hatten, ob er nun offiziell gültig war oder nicht. Sie hatte sich gewünscht, dass er mit ihrem Duft auf der Haut in die Schlacht zog, und vor allem, dass er diesem Duft folgen und wieder zu ihr heimkehren würde. Dennoch war sie voller Angst gewesen.

Als sie in seinen Pavillon geschlüpft war und ihn auf dem groben Bett ausgestreckt hatte liegen sehen, seinen goldenen Körper nur von einer leichten Decke verhüllt, wäre sie beinahe unverrichteter Dinge wieder umgekehrt. Nur die Tatsache, dass sein Knappe erwacht und schnell nach draußen getrippelt war, als er sie im Eingang entdeckt hatte, hatte sie daran gehindert.

»Harald?«

Mit einem Ruck war er erwacht, hatte nach seinem Schwert gegriffen, aber als er sie erkannt hatte, hatte er sich wieder entspannt.

»Thora. Ist alles in Ordnung? Gibt es ein Problem im Herrenhaus?«

»Kein Problem, Harald. Ich wollte nur einfach … ich wollte dich nur einfach sehen. Dir Glück für die Schlacht wünschen.«

»Danke.«

Er hatte sich schlaftrunken die Augen gerieben und sich noch etwas weiter aufgesetzt, so dass ihm die Decke von der bloßen Brust gerutscht war und sie die feinen Härchen darauf hatte sehen können. Er hatte so wunderschön ausgesehen, dass sie geschluckt hatte und sich zum Weiterreden hatte zwingen müssen.

»Und ich wollte dir etwas geben.«

»Wirklich? Was denn?«

»Das hier.«

Sie hatte den Umhang abgeworfen, und zu ihrer Befriedigung und großen Erleichterung hatte er ein fast ehrfürchtiges Keuchen von sich gegeben.

»Wirklich?«, hatte er geflüstert.

»Wenn du es willst – wenn du *mich* willst.«

»Wie könnte ich das nicht wollen?«, hatte er heiser geantwortet. »Du bist schön.«

Sie hatte an sich heruntergeblickt und sich sofort gewünscht, es nicht getan zu haben. Ihre Hüften waren ihr zu breit erschienen, ihre Brüste zu üppig, ihr Bauch so weich. Sie hatte ihn eingezogen, aber da hatte er bereits auf den Beinen gestanden und war auf sie zugekommen, hatte vorsichtig die Hände nach ihr ausgestreckt, um erst die eine, dann die andere Brust zu umfangen. Und er hatte gestöhnt. Sein ganzer Körper hatte auf eine Weise gezuckt, dass sie ihren eigenen auf der Stelle vergessen hatte.

»Bist du sicher, Thora?«, hatte er gehaucht.

»Wir sind verlobt.«

»Das sind wir«, hatte er ihr beigepflichtet, allerdings ohne sie dabei anzusehen, während seine Hände sich bereits ihren Körper hinabbewegten. Er hatte sie an sich gezogen, so dass ihre Haut die seine berührte. »Ja«, hatte er geraunt. »Mein Gott, ja.«

Dann hatte er ihr den Mantel von den Schultern geschoben und sie auf den Arm genommen. Er hatte sie auf das Bett gelegt und sich sacht auf sie gelegt, genau wie damals vor drei Jahren am Strand, als sie noch jung gewesen waren und so unschuldig.

»Hast du es schon einmal gemacht?«, hatte sie ihn gefragt,

obwohl ihr die Worte im Hals stecken zu bleiben drohten, so heiser war ihre Stimme.

»Noch nie«, hatte er geantwortet, und sie hatte glücklich geseufzt und zugelassen, dass er ihr die Beine auseinanderschob. »Darf ich dich berühren?«

Sie hatte das nicht erwartet, aber er hatte so begierig dreingeblickt, dass sie genickt hatte. Er hatte die Hand über ihren Bauch nach unten und zwischen ihre Beine wandern lassen, und die Empfindung, die sie wie ein Blitz durchzuckte, war halb Lust, halb Furcht. Sie wollte am liebsten die Beine zusammenpressen oder zumindest die Decke über ihre intimsten Bereiche breiten, aber er hatte sie so voller Freude erkundet, dass sie das nicht gewagt hatte.

»Oh Thora!«

Ihr Name hatte auf seinen Lippen so süß geklungen und dann, endlich, hatte er sie geküsst, hatte sich an sie gepresst und – au! Sie hatte sich heftig auf die Lippe gebissen, um sich den Schrei zu verkneifen. Es hatte sich angefühlt, als ob sie entzweigerissen würde.

»Oh Thora«, hatte er wiederholt. »Das ist gut. Das ist so gut!«

Und obwohl sie sich nicht gut gefühlt hatte – obwohl ihr Körper aufschrie und ihr der Kopf schwirrte von ihrem sündigen Treiben –, war das genug gewesen. Sie hatte ihre Hände um seinen Rücken geschlungen und war mit ihren Nägeln den Umrissen seiner Muskeln nachgefahren. Dann hatte sie sich an ihn geklammert, als sein Rhythmus schneller wurde, und – Gott sei gepriesen – innerhalb weniger Sekunden hatte sie gespürt, wie sein Körper erschauerte. Er hatte so laut aufgeschrien, dass sicher das gesamte Lager es gehört hatte, und dann war es vorüber gewesen.

Danach hatte sie das Gefühl gehabt, dass es die Sache wert gewesen war. Er hatte sie gestreichelt, sie geküsst, sich über das Blut aufgeregt und ihr wieder und wieder erklärt, wie schön sie war, und wie er zu ihr nach Hause zurückkehren würde: als Sieger und als Jarl König Olavs, dem dieser am meisten vertraute. Und dass er sie dann für immer zur Seinigen machen würde.

»Was, wenn ich ein Kind bekomme?«, hatte sie ihn gefragt.

»Oh, ich bin längst zurück, bevor das noch eine Rolle spielt«, hatte er ihr versichert.

Aber letztlich hatte sie kein Kind bekommen, und er war nicht zurückgekehrt.

Bei dem Gedanken an diese verpasste Gelegenheit hatte sich ihr der Magen gedreht, denn ein Kind hätte ihn doch sicher nach Hause zurückgeführt? Harald hatte es in jener Nacht noch einmal tun wollen, aber sie hatte die heraufziehende Morgendämmerung und seinen bevorstehenden Marsch als Ausrede vorgeschoben. Stattdessen hatte er sie zu der Stelle zurückgeleitet, an der sie ihr Nachtgewand versteckt hatte, und ihr einen Abschiedskuss gegeben, und als sie aus einem erschöpften Schlaf wieder erwacht war, war er fort, und all seine Soldaten mit ihm. Sie hatte ihn seit damals nicht wiedergesehen. Hatte sie gesündigt? War das hier Gottes Strafe? Wenn ja, dann kam sie ihr sehr ungerecht vor.

Sie hörte Hufe hinter sich donnern und wandte sich um. Finn holte sie ein.

»Du reitest hart, Thora.«

Sie blinzelte die Vergangenheit fort und sah ihren Onkel an. »Es ist ein wunderschöner Tag dafür.«

»Das ist wahr, und sieh doch: Wir sind beinahe da.« Finn deutete über den weiten Fjord hinweg auf das langgezogene

Dach seines großen Herrenhauses, das am gegenüberliegenden Ufer zu sehen war. Thora spürte, wie ihr bei diesem Anblick ein wenig leichter ums Herz wurde, aber Finn sprach weiter. »Ich bin froh, dass du mit mir nach Austrått zurückgekehrt bist, meine Nichte, denn du bist ein kluges Mädchen, und ich brauche deine Hilfe.«

»Tatsächlich?«

»Wir müssen Einar im Auge behalten. Er ist ständig an Magnus' Seite, und der Junge verlässt sich so sehr auf ihn, dass er immer mehr Macht erlangt. Ich schwöre, dass er es war, der dem König von Kalvs trauriger Rolle bei Stiklestad berichtet hat.«

Sein Blick umwölkte sich, und Thora streckte den Arm aus und tätschelte seine faltige Hand – eine nutzlose Geste, aber was hätte sie sonst tun sollen? Es war eine harte Zeit gewesen, als jemand – fast mit Sicherheit Einar – dem jungen Magnus die Namen derjenigen Männer zugeflüstert hatte, die seinen Vater, König Olav, in der Schwärze von Stiklestad gemeuchelt hatten, und von denen einer Kalv gewesen war.

Trotz seines heldenhaften Einsatzes bei Magnus' Rückkehr auf den norwegischen Thron hatte der junge König Thoras zweiten Onkel zum Tode verurteilt, und Kalv war gezwungen gewesen, über den Atlantik ins Exil zu fliehen. Finn hatte Nachricht erhalten, dass er Zuflucht bei dem legendären Jarl Thorfinn auf den Orkneys gefunden hatte, was ein gewisser Trost war, insbesondere, da Finns älteste Tochter Idonie vor Kurzem Thorfinns Frau geworden war. Aber dennoch lastete Einars Machtzuwachs schwer auf Finns Gemüt. Jetzt schwang er sich vor dem Landungssteg aus dem Sattel, reckte den alten Rücken und winkte Thora an seine Seite.

»Vielleicht«, sagte er beim Absteigen, »solltest du dich

beim König lieb Kind machen? Möglicherweise gefällt ihm die Zuwendung einer Frau?«

»Onkel!«

»Oh nein, so meine ich es nicht, Thora. Für meinen Geschmack hast du bei Pieter deine Pflicht erfüllt, und ich bedaure es nicht, dass du von dieser Bürde nun befreit bist.« Er zwinkerte ihr zu, was sie überraschte. »Ich spreche eher von … mütterlicher Zuwendung. Es sei denn, natürlich, dass sich irgendetwas entwickelt. Tatsächlich wäre auch das eine gute Partie für dich und eine große Unterstützung für unsere Familie.«

»Magnus?« All die Freude, die Thora während der sonnenbeschienenen Reise nach Austrått empfunden hatte, war wie weggeblasen. Sie hatte schon einmal einen schwächlichen Mann geheiratet, sicherlich hatte sie nicht noch einen verdient. »Was ist mit Harald, Onkel?«

»Harald Sigurdsson?« Finn sog scharf den Atem ein. »Ich glaube, du weißt, dass ich immer noch Hoffnungen in diese Richtung hege, Thora, aber selbst ich kann nicht viel tun auf der Grundlage eines Vertrages zweier Kinder, der niemals offiziell besiegelt wurde.«

»Doch, das wurde er«, schleuderte sie ihm entgegen, und dann wandte sie sich mit tiefrotem Gesicht ab und ging ein paar Schritte davon, wobei sie dem Fährmann, der ungeduldig in seinem Boot wartete, einen nervösen Blick zuwarf.

Finn musterte sie neugierig. »Tatsächlich? Ach Thora, du überraschst mich.«

Sie wandte sich um. »Es tut mir leid, Onkel.«

»Nein, das muss es nicht.« Seine Augen wanderten flackernd über den Horizont, als ob ihn Gedanken bedrängten, die so groß waren, dass er sie kaum für sich behalten konnte. »Jarl Pieter hat sich niemals beklagt, und daraus kann viel Gutes erwachsen. Wie ich schon sagte, du bist ein kluges Mädchen. Das hast du gut gemacht.«

»Du bist zufrieden mit mir?«

Sie konnte es kaum glauben, aber nun kam Finn zu ihr und tippte sie unters Kinn.

»*Sehr* zufrieden. Ich mag Frauen, die wissen, wann es Zeit ist zu handeln.« Er sah hinaus, den riesigen Fjord hinab, der sich entschlossen seinen Weg von der Nordsee nach Nidaros und dann durch das Kjølen-Gebirge bahnte – dessen Kamm sich über ganz Norwegen erstreckte –, bis hin zum Warägermeer und den dahinterliegenden südlichen Landen. »Du hast mein Schicksal besiegelt, Nichte – es wird Zeit zu handeln, bevor Einar uns alle ins Verderben stürzt. Wir müssen Harald eine Nachricht schicken. Wir müssen ihn an die Verantwortung erinnern, die er hier hat.«

»Du willst ihn …« Thora senkte die Stimme, obwohl der Fährmann damit beschäftigt war, seine Ruderer anzuweisen, und Johanna und die Dienerschaft noch weit entfernt waren, »… Du willst Harald zum König machen?«

Er hielt die Hand in die Höhe.

»Lass uns nichts übereilen, Thora. Ich will Harald in Norwegen haben, als Unterstützung für seinen Neffen, als großen Jarl und als deinen Gemahl. Der Rest soll sich entfalten, wie es Gott gefällt.«

Thoras Augen glühten. *Als deinen Gemahl!* Sie hatte also doch nicht gesündigt. Und jetzt bekam sie anscheinend endlich die Belohnung. Außer dass …

»Ich habe etwas von einer Prinzessin von Kiew gehört«, wandte sie nervös ein.

»Ach, ich auch, aber sie sind noch nicht verheiratet, Thora. Er kann … ein solches Arrangement auch umgehen.«

»Oder er könnte mich ›umgehen‹, Onkel.«

»Und damit deine ganze Familie? Das wäre gleichbedeutend mit ganz Norwegen. Ich glaube nicht, Thora. Und nun komm, lass uns zu meinem Gutshof rudern und hoffen, dass uns Akrobaten erwarten und Boten, die bereit sind, nach Süden zu reiten. Denn es wartet Arbeit auf uns, viel Arbeit. Und du, mein liebes Mädchen, bist das Herzstück in diesem Spiel.«

Kapitel 11

Hagia Sophia in Kiew, August 1039

»Möge Gott dieses Paar segnen und ihnen Glück gewähren vor Seinem Angesicht. Möge Sein Licht über ihnen leuchten, und möge die Welt gnädig zu ihnen sein.«

Elisabeth schnaubte leise. Sie hatte keinen Zweifel daran, dass die Welt dem glänzenden Paar »gnädig« gegenüberstehen würde – die Braut würde gar nichts anderes zulassen. Als sie sich von dem glitzernden Altar abwandten, lächelte Anastasia die versammelten Würdenträger breit an und strahlte … ja, was strahlte sie aus? Selbstgefälligkeit, beschied Elisabeth gehässig. Ja, eindeutig Selbstgefälligkeit. Dennoch war ihre Schwester wunderschön. Ihr Kleid, in ähnlich leuchtenden Blau- und Grüntönen wie die frisch gemalten Fresken an den Wänden, war ein wahres Kunstwerk. Ihr blondes Haar leuchtete wie das eines Engels, und das Diadem darin funkelte, als hätte der Polarstern selbst auf ihrem Haupt Platz genommen. Prinz Andreas, der in einer königlichen Tunika aus Waldgrün und Gold neben ihr stand, wirkte ganz benommen von seiner frischgebackenen Gemahlin. An dieses Gefühl, da war Elisabeth sich sicher, würde er sich wohl gewöhnen müssen.

Hör auf, schalt sie sich selbst. Hör auf, so bitter und gemein zu sein und … Sie schreckte vor dem Wort »eifersüchtig«

sogar in Gedanken zurück, obwohl sie wusste, dass es den Nagel auf den Kopf traf. Es war ihre eigene Entscheidung gewesen, Prinz Andreas nicht zu heiraten. Sie hätte jetzt an Anastasias Stelle stehen können, am Altar der neuen, prächtigen Hagia-Sophia-Kathedrale ihres Vaters. Er hatte befohlen, sie an dem Ort des Sieges über die Petschenegen vor zwei Jahren errichten zu lassen, und hatte Handwerker, Steinmetze und Architekten aus Miklagard kommen lassen, um sie in jenem großartigen byzantinischen Stil zu gestalten. Harald hatte die meisten davon im vergangenen Winter mitgebracht und war dann zum byzantinischen Kaiser zurückgekehrt, der es offenbar leid geworden war, die Normannen in Italien zu bekämpfen, und seine Söldner nun lieber zur Befreiung einer Insel namens Sizilien von den Ungläubigen einsetzte. Harald war einer der Männer, die dazu berufen waren, diese furchterregenden Soldaten zu befehligen, und Elisabeth sorgte sich um ihn, denn nun kreuzte er die Klingen mit den Arabern in der krank machenden Hitze des Südens. Sie dürstete danach, Neuigkeiten von seinem Fortschritt zu erfahren.

Harald hatte die Hälfte seines kurzen Weihnachtsbesuches in Gesprächen mit Jaroslaw verbracht und ihm alles, was er über die byzantinische Kunst, Kultur und Politik wusste, berichtet. Jaroslaw plante irgendetwas, davon war Elisabeth überzeugt, etwas, das über griechische Kuppeln und Fresken hinausging, und Harald war darin verwickelt. Sie hatte ihn mehrfach ausgefragt, aber er hatte nur geantwortet, es handele sich um »architektonische Nichtigkeiten«, und darauf bestanden, ihre kurze gemeinsame Zeit nicht mit derlei langweiligen Themen zu verschwenden. Dann hatte er sie auf eine Weise abgelenkt, die noch jetzt, in der Erinnerung, ihren Körper in Flammen setzte.

»Keine Entehrung«, hatte er ihr versichert, die Perle geöffnet, die ihr Untergewand am Hals festhielt, und die Mulde an ihrer Kehle geküsst. »Nur Freude.«

Und, oh, es war eine Freude gewesen. Er hatte seine Lippen nicht weiter nach unten wandern lassen, und sie hatte ihm auch nicht die Erlaubnis dazu gegeben, obwohl ihr Körper mit der Macht des Frühlingshochwassers gegen ihre Willenskraft ankämpfte. Aber sie hatten einander geküsst. Wieder und wieder, bis sie das Jahr 1038 in die Vergangenheit verbannt hatten. Aber im neuen Jahr war er nach Sizilien abgereist, und alles, was sie seither von ihm hatte, waren die Briefe, die ihr von Jaroslaws schmutzigen Handwerkern gebracht wurden, und Schlüssel zu mehr und mehr verdammten Schatztruhen.

»Das ist nicht richtig«, dachte sie jetzt, als die frisch gegossenen Glocken triumphal erklangen, als Andreas seine Braut am Arm nahm und sie das Kirchenschiff hinab auf die große Pforte zuführte, die weit geöffnet worden war, damit die riesige Menge davor die Pracht bewundern konnte. In Wirklichkeit war die Kathedrale noch nicht ganz fertig. Einige der dreizehn runden Türme waren noch nicht mit ihren goldenen Kuppeln verziert, und eine Anzahl der Seitenkapellen war noch nackt, aber in diesem Augenblick sah niemand in diese dunklen Ecken hinein. Nein, aller Augen ruhten auf Anastasia, während sie winkte und lächelte und das Wunder dieses Tages in sich aufsog wie das Moos am Flussufer den Frühlingstau.

Ja, Elisabeth war eindeutig eifersüchtig. Sie war die älteste Tochter und nun seit beinahe vier Jahren verlobt, aber ihr zukünftiger Mann kämpfte gegen die Sarazenen, und Anastasia hatte ihr begeistert diesen Augenblick vor der Nase weggeschnappt. Während Wladimir und Jaroslaw dem Brautpaar das Kirchenschiff hinabfolgten, nahm Elisabeth ihren Platz neben ihrer Mutter ein. Ivan, Stefan, Anna, Viktor, Igor, Agatha, Yuri und der fast dreijährige Boris fügten sich nahtlos in die großfürstliche Prozession hinter ihnen ein. Sie alle schritten langsam durch die Kirche, und Elisabeth lächelte den versammelten Gästen zu. Dann erstarrte sie, als sie hinten, in der Nähe der großen Türen, auf die Anastasia Andreas jetzt zuzog, eine vertraute Gestalt in Rüstung bemerkte. Ulf! Ihre Augen wanderten eifrig an ihm vorbei, aber sie entdeckte keinen blonden Schopf, der die Menge der versammelten Sonntagsgäste überragte, keinen Bräutigam, der gekommen war, um sie für sich zu beanspruchen, während die Gäste und der Chor und die Bischöfe alle versammelt waren, um ihrer Hochzeit beizuwohnen.

»Lächle, Elisabeth.«

Elisabeth warf ihrer Mutter einen Blick zu und setzte ein falsches Lächeln auf.

»Du bist sicherlich bald an der Reihe, meine Liebe, davon bin ich überzeugt.«

»Bist du das? Ich nicht, Mutter. Ich bin überhaupt nicht sicher. Ich schwöre, dass Harald mit jedem Jahr, das er im Süden verbringt, immer weniger an Norwegen denkt. Mittlerweile ist das für ihn nur noch ein Land der Trolle, nicht mehr.«

»Das ist nicht wahr, Lily.« Ingrid lächelte und nickte den wichtigen Personen in der Menge zu, während sie ihre leise Unterhaltung mit Elisabeth fortführte. »Ich habe selbst mit ihm gesprochen, und er hegt leidenschaftliche Gefühle für sein Heimatland.«

»Wirklich? Wann denn?«

Ingrid lächelte. »Wenn er in Kiew ist, verbringt er keineswegs seine ganze Zeit damit, dich zu küssen, Lily.«

»Mutter! Er küsst mich nicht! ... Na ja, kaum.«

»Ich bin nicht blind, meine Tochter. Ich weiß, dass es schwer für dich ist, besonders am heutigen Tag. Deine Schwester ist nicht gerade die taktvollste Braut.«

Elisabeth stöhnte zustimmend. Anastasia war seit Wochen schon unerträglich gewesen. Selbst die sonst so geduldige Anna hatte sie angeblafft, als sie schon wieder von ihrem prächtigen Hochzeitskleid geschwärmt hatte, und Agatha hatte begonnen, sich rar zu machen, wann immer die Näherinnen in der Nähe waren. Agatha war jetzt fast zehn Jahre alt und ein bemerkenswertes Kind. Ihre Locken ähnelten jenen von Ulf und flossen ihr den ganzen langen Rücken hinab, aber sie war viel glücklicher auf dem Pferd als in den Frauengemächern. Elisabeth konnte ihr daraus keinen Vorwurf machen.

»Ich kann einfach nicht verstehen«, sagte sie jetzt, »warum Harald und ich nicht verheiratet werden können, egal ob wir nun nach Norwegen reisen oder nicht.«

Ingrid tätschelte ihre Hand. »Dein Vater will dich lediglich beschützen. Er will dich nicht an einen Abenteurer binden.«

»Warum nicht? Das klingt doch lustig.«

»Elisabeth – versuch doch wenigstens, vernünftig zu sein. Du bist eine Prinzessin von Kiew. Du musst deine Würde bewahren, genau wie die deiner Familie.«

»Würde, immer nur Würde«, murmelte Elisabeth, und ihre Mutter beugte sich vor, um ihr einen Kuss auf die Wange zu geben.

»Außerdem«, flüsterte sie, »hat dein Vater vielleicht noch andere Pläne mit Harald.«

»Was?«

Elisabeth blieb verblüfft stehen, aber ihre Mutter schob sie weiter.

»Ich sage nur: Versuch, dich in Geduld zu üben.«

»Ich hasse es, geduldig zu sein. Was meinst du damit, Mutter? Welche Pläne?«

Ingrid blickte sich unruhig um.

»Mutter«, bat Elisabeth. »Ich werde im kommenden Jahr einundzwanzig. Ich bin kein Kind mehr, und das hier betrifft mich immerhin – sicherlich habe ich das Recht, es zu erfahren.«

Ingrid nickte angespannt. »Miklagard ist schwach, Lily. Der Kaiser siecht dahin, und die Kaiserin ist alt und hat keine Kinder. Sie sind sehr damit beschäftigt, Italien und Sizilien zu sichern. Vielleicht besteht die Möglichkeit ...«

»... Vater als ...?«

»Still, Lily. Dein Vater nutzt sämtliche Möglichkeiten, um den Wohlstand der Rus zu mehren. Seine Grenzen weiten sich immer mehr aus, und er sieht keinen Grund, um dieser Entwicklung Einhalt zu gebieten. Wenn wir Andreas helfen können, Ungarn zurückzuerobern, wird das unseren Einfluss im Westen stärken. Magnus ist uns bereits zu großem Dank verpflichtet, was den Norden abdeckt, und, wer weiß, vielleicht sehen wir eines Tages den sanften Edward als König von England – aber im Augenblick konzentrieren wir uns auf den Süden.«

Elisabeth konnte kaum glauben, was sie da hörte. Sie hatte Jaroslaw eindeutig unterschätzt, aber jetzt ergab alles einen Sinn.

»Und das ist der Grund, warum Harald immer noch in den Diensten des byzantinischen Reiches ausharrt?«

»Er arbeitet mit deinem Vater zusammen, um ... Informationen zu beschaffen.«

»Aber Norwegen?«

Ingrid schüttelte den Kopf. »Ich bin es, die dir mit meinen Geschichten aus dem Norden Flausen in den Kopf gesetzt hat, Lily. Zu viele wahrscheinlich. Norwegen ist ein wunderbares Land, aber Byzanz ist ein *Reich*. Und dein Vater will Kiew natürlich nicht verlassen ...«

»Und Harald? Und, und ... ich?«

Ingrid gab ihr einen Kuss. »Das liegt in der Hand Gottes, meine Tochter, Gottes und der Menschen. Aber still jetzt – das hier ist nicht der richtige Zeitpunkt, um darüber zu reden, und noch steht nichts fest. Bitte versuch, das Leben einfach zu genießen. Wie seine übrigen Pläne auch aussehen mögen, dein Vater wirkt hier in Kiew wahre Wunder. Die Stadt wächst mit jedem Tag mehr. Ist das nicht aufregend?«

Sie waren nun beinahe an der Tür angelangt, und das Getöse der Menge war ohrenbetäubend. Jaroslaws Pläne für seine wachsende Stadt beinhalteten ein Netzwerk gepflasterter Straßen, elegant umzäunter Grundstücke und eine große Anzahl öffentlicher Gebäude – nicht nur Kirchen, sondern auch Backhäuser, eine Bibliothek und eine Klosterschule. Die Menschen würden immens davon profitieren, und als der Großfürst nun oben an der Marmortreppe stehen blieb und die Arme weit ausbreitete, jubelten sie ihm zu und bezeichneten ihn, wenn Elisabeth richtig hörte, als »Kaiser der Rus«.

»Kaiser?«, murmelte sie und ließ sich das Wort nervös auf der Zunge zergehen. Aber nun sah sich Jaroslaw nach seiner Gemahlin um, und sofort löste sich Ingrid von Elisabeths Seite.

Elisabeth stand da und beobachtete ihre Eltern neben dem Brautpaar, sah, wie sie die Hochrufe der Menge entgegennahmen, und fühlte sich mit einem Mal sehr, sehr allein. Wenn Harald mit ihrem Vater alle möglichen wunderbaren Pläne schmiedete, wieso war er dann nicht hier? Warum war er nicht an ihrer Seite?

»Prinzessin?«

Elisabeth wirbelte herum und entdeckte Ulf. Sein Schopf war so wild wie eh und je, und seine großen braunen Augen richteten sich auf sie. Sie trat beiseite, um mit ihm im Schatten einer Säule zu verschwinden, und ließ die anderen Gäste dankbar an sich vorbeiströmen.

»Graf Ulf, seid gegrüßt. Ihr reist allein?«

»Leider, Prinzessin, ja. Prinz Harald hat in Sizilien große Siege errungen. Wir haben Messina eingenommen und marschieren nun gen Syrakus. Man kann dort nicht auf ihn verzichten, denn unsere ungläubigen Gegner sind stark, und die Normannen, die auf unserer Seite kämpfen, benötigen ständige Kontrolle. Aber er hat mich an seiner Stelle hergesandt, um Eure Schwester zu ehren und Euch dieses Geschenk zu überbringen.«

Das Paket war wieder in Seide verpackt, diesmal leuchtend blau, aber Elisabeth nahm es nicht entgegen.

»Ich brauche Eure Seide nicht, Ulf, danke.«

Ulf blinzelte und schob das Päckchen verlegen von einer schwieligen Hand in die andere.

»Ist Halldor auch nicht bei Euch?«

»Er ist bei Harald.«

»Aksel wird enttäuscht sein.«

Elisabeth sah sich nach dem Jungen um, der jetzt fünf Jahre alt und ständig in irgendwelche Scharmützel verwickelt war.

Dankbar sah sie, dass er zwischen den Säulen mit Yuri und Boris Fangen spielte. Aksel fragte immer wieder nach seinem schillernden Vater und würde sicher traurig sein, ihn nicht zu sehen. Sie bemühte sich nach Kräften, ihm immer wieder Geschichten von Halldors ruhmreichem Kriegerleben zu erzählen, aber sie hatte nicht seine Fähigkeit, und obwohl der Junge an ihr hing und rührenderweise an seinem fünften Geburtstag erklärt hatte, ihr Knappe zu sein, ertappte sie ihn häufig dabei, wie er sehnsüchtig über die Südmauer der Stadt blickte. Aber, nun ja, sie tat selbst ja oft das Gleiche.

»Bedaure«, sagte Ulf. »Halldor wäre gern auch gekommen, aber wir wollten Harald nicht schutzlos zurücklassen.«

Elisabeth zog eine Augenbraue in die Höhe. »Ihr beiden seid die einzigen Männer in Haralds berühmter Söldnertruppe, die für seine Sicherheit sorgen können?«

Ulf zögerte nicht einmal. »Ja, so ist es. Bitte nehmt das Geschenk an, Prinzessin. Ich bin viele Tage gereist, um es zu Euch zu bringen.«

»Ich habe Euch nicht darum gebeten.«

»Ihr nicht«, pflichtete Ulf ihr bei, »aber dennoch bitte *ich* Euch darum.«

Er streckte ihr das Päckchen hin, und sie nahm es zögernd entgegen. Die unzähligen Gäste strömten aus der Hagia Sophia hinaus, und nur die scharfäugige Agatha, die wie eine wahre Prinzessin die Hand auf Edwards Arm gelegt hatte, entdeckte sie zwischen den halbfertigen Säulen. Langsam schnürte Elisabeth das Band auf und betrachtete die mittlerweile bereits vertrauten Schlüssel. Diesmal waren es zwei. Dazwischen jedoch lag noch etwas anderes in einer exotisch bestickten Tasche. Ihre Neugier war geweckt, deshalb reichte Elisabeth Ulf vorsichtig die Schlüssel und öffnete das kleine

Säckchen. Sie drehte es um, um den Inhalt in die Handfläche gleiten zu lassen, und blickte überwältigt darauf herab.

Es war ein Fingerring, aus Gold geschmiedet. Darin eingelegt war ein winziges, kompliziertes Mosaik aus Rubinen, Saphiren und Smaragden. Darum reihten sich in Runen die Worte: »Mein ist Dein ist ...« Um das ganze Rund, endlos, für immer und ewig bindend.

»Er ist wunderschön«, hauchte sie.

»Harald hat den Ring extra in Miklagard anfertigen lassen.«

Miklagard! Bei diesem Wort, das einst so magisch geklungen hatte, zog sich Elisabeths Herz nun schmerzhaft zusammen. Es ging immer nur um Miklagard. Miklagard war, dank der Bautätigkeiten ihres Vaters, sogar nach Kiew gekommen, nur Harald nicht. Keine Pläne, wie großartig sie auch sein mochten, schienen es wert zu sein, dass er nicht da war.

»Der Ring ist wunderschön«, wiederholte sie. »Aber leer.« Sie hielt ihn in die Höhe und betrachtete Ulf durch das Loch in der Mitte.

»Aber Prinzessin, das ist für ...«

»Ich weiß, wofür es ist, Ulf, aber richtet Eurem kostbaren Herrn dies aus: Ich werde diesen Ring nicht am Finger tragen, bis er kommt und ihn mir selbst ansteckt. Nehmt ihn zurück.«

Sie schob ihm den Ring entgegen, aber er hob protestierend die Hand, so dass die ihre abprallte und den kostbaren Ring scheppernd in die dunkleren Regionen von Jaroslaws frisch geschlagenem Marmorboden schleuderte. Elisabeth biss sich auf die Lippe, blieb aber entschlossen stehen, während Ulf auf allen vieren nach dem Ring suchte – und ihn Gott sei Dank an einer Säule wiederfand.

»Prinzessin«, protestierte er mit so verletztem Blick, als hätte sie ihn selbst abgewiesen und nicht seinen in der Ferne verweilenden Herrn. »Harald erweist Euch mit diesem Ring große Ehre.«

»Harald«, berichtigte sie ihn, und das Herz tat ihr weh dabei, »wird mir eine große Ehre erweisen, wenn er mit mir am Altar steht, wie Prinz Andreas heute mit meiner Schwester. Ich sorge für die Sicherheit seines Schatzes, wie ich es ihm geschworen habe, aber solange er die südlichen Gefilde nicht verlässt und selbst nach Norden reist, hat er keinen Anspruch auf mich.«

Ulfs Blick wurde hart. Es war ihr verhasst, aber sie konnte nicht anders.

»Ich liebe ihn, Ulf«, sagte sie schlicht, dann wirbelte sie herum und verschmolz mit der Menge, wobei sie mit unsicheren Fingern ihr Leinentuch hervorzog, als ihr heiße Tränen die Wangen hinabrannen.

Sie hatte diese Reise als Haralds Schatzhüterin begonnen, und offenbar war sie das auch jetzt wieder – nicht mehr und nicht weniger. Es war ein langer, harter Weg mit so geringem Erfolg gewesen.

Kapitel 12

Miklagard, April 1042

Harald trat gegen die Wand. Ein winziges Stück Mörtel löste sich, aber er wusste, dass diese Wände fast so dick waren wie ein auf der Seite liegender Mann. Er hätte ein ganzes Jahrhundert lang dagegentreten können, ohne sie einzureißen, obwohl er das irgendwann vielleicht trotzdem tun musste.

»Wir haben einfach zu lange gewartet«, knurrte er und schritt in der winzigen Zelle wohl zum hundertsten Mal am heutigen Morgen auf und ab.

Es war heiß, und der Gestank seiner eigenen Pisse aus dem zerbeulten Eimer in der Ecke beleidigte seine Nase. Es war widerlich. Er hatte nicht gebadet, seit er hier hineingeworfen worden war, und die Kruste aus Schweiß und Dreck juckte auf seiner Haut. Die Wachen hatten ihm sogar seinen Kamm abgenommen. Einen Augenblick lang hatte er sich darüber gefreut, dass sie ihn offenbar für so gefährlich hielten, dass sie ihm noch nicht einmal diese winzigen Elfenbeinzähnchen lassen konnten, aber nachdem nun drei Wochen vergangen waren und sich bereits Vogelnester in seinem Haar bildeten, amüsierte er sich nicht mehr darüber. Er war nicht wirklich eitel, aber sein Haar war sein spezielles Merkmal – seine

Männer hielten im Kampf danach Ausschau. Wie konnte er von ihnen erwarten, jemals diesem Mopp zu folgen?

»Wir hätten aus Sizilien nicht hierher zurückkehren dürfen«, wütete er. »Wir hätten mit diesen Normannen zusammen nach Norden reiten sollen.«

»Denen, die jetzt zurückkehren, um ihren eigenen Herzog zu meucheln?«, meinte Ulf verächtlich.

Harald lachte bitter auf. »Das scheint ihr Lieblingssport zu sein. Der kleine William muss verzaubert sein, weil er so vielen Schwertern entgangen ist – aber sein Schicksal kümmert uns jetzt nicht. Wir hätten nach Kiew flüchten sollen, als wir noch Gelegenheit dazu hatten.«

»Der Kaiser war gerade erst gestorben«, grunzte Ulf, und Harald sah sich um. Sein Freund saß in einer Ecke und schnitzte mit einem Nagel, den er auf dem Boden unter den Bodendielen gefunden hatte, an einem Stock herum. Sicherlich sollten Wachen, die ihren Gefangenen die Kämme abnahmen, auch nach derlei Kleinigkeiten suchen? »Wir mussten hier sein, weißt du noch, um … wie war das noch, Halldor?«

»Das Eisen zu schmieden, solange es heiß ist«, ergänzte Halldor düster.

Er saß in der gegenüberliegenden Ecke und starrte vor sich hin. In letzter Zeit tat er das allzu häufig, und Harald fragte sich manchmal, was er wohl sah. Was immer es war, es musste besser sein als das hier.

Alles war so gut gelaufen. Der junge Kaiser Michael siechte vor aller Augen dahin, und Miklagard – oder Konstantinopel, wie man es neuerdings nannte – war ein Schlangennest aus unterschiedlichsten Lagern und Ränken geworden. Kaiserin Zoe, die direkte Herrscherin in der kaiserlichen Blutlinie, blieb auf dem Thron, aber es musste auch einen Kaiser geben. Der Neffe des verstorbenen Michael wurde als Michael V. auf den Thron gehoben, aber er war schwach und unbeliebt, und viele warteten nur darauf, seine unsichere Regentschaft zu beenden.

Das Reich war, wie Harald im vergangenen Jahr Jaroslaw voller Hoffnung berichtet hatte, durch die Thronwirren geschwächt, und Jaroslaw hatte eine Flotte bereitgemacht, um die Krone an sich zu reißen. Harald hatte die Schiffe gut bewacht in Vitichev gesehen, abseits der neugierigen Augen der Kiewer Klatschbasen. Er hatte sie am letzten Weihnachtsfest zusammen mit dem Großfürsten inspiziert, hatte mit ihm diskutiert, wo Miklagards Schwachpunkte lagen und was notwendig war, um das Reich zu erobern, aber nun war alles schiefgelaufen. Der junge Michael, der vermutlich ahnte, dass es Probleme geben würde, hatte seine Generäle ausgesandt, um Harald und seine Männer in dieses Rattenloch zu werfen, wo sie niemandem helfen konnten, der sich gegen ihn wandte, am allerwenigsten sich selbst.

Harald rappelte frustriert an den großen Stäben seiner Zelle. Er war es, der die Macht hätte in Händen halten sollen, er und Jaroslaw gemeinsam, aber die kaiserlichen Schergen hatten sie überrumpelt. Wenn er nicht hier festsitzen würde und die Auferstehung Christi in einem fünf mal fünf Schritte engen Loch in den Tiefen des alten Palastes feiern müsste, wäre er dort draußen in Vitichev gewesen und hätte den Angriff vorbereitet. Jaroslaw wäre Kaiser, darauf hatten sie sich geeinigt, aber Harald wäre der Erste in der Thronfolge gewesen und hätte als Subregent in der Goldenen Stadt selbst geherrscht – mit Elisabeth an seiner Seite. Sie würden unter dem wunderschönen Rabenbanner reiten, das im

Augenblick nutzlos um seine Taille gebunden war wie ein lächerliches schmückendes Beiwerk. Die Stadt hätte ihr gefallen, da war er sicher. Sie würde ihm, sobald sie herkam, zustimmen, dass Konstantinopel ein würdiger Ort war, um zu herrschen, und sie würde Norwegen vergessen, so wie er es vergessen hatte. Zumindest beinahe.

Er ließ die Stäbe los und wandte sich um. Seine langen Beine juckten buchstäblich in ihrem Gefängnis. Er fuhr mit der Hand in seine Tasche, in der er die Schreiben aufbewahrte, die allzu häufig von Finn Arnesson gekommen waren. Er hatte halb gehofft, dass die Wachen sie ihm zusammen mit dem Kamm abnehmen würden, aber sie hatten über die seltsame Schreibweise nur gelacht und sie in den Lederbeutel an seinem Gürtel zurückgestopft, wobei die Borke brach, nicht aber die Botschaften, die darauf zu lesen waren. Sie waren klüger gewesen, als ihnen bewusst war, denn diese Briefe trugen – abgesehen von seiner verdammten Haft – wohl am meisten dazu bei, seine Entschlossenheit, Byzanz zu erobern, zu brechen.

Harald lehnte sich an die Wand, dankbar für die Kühle der Steine, die er durch seine klebrige Tunika spürte, und stellte sich ihn vor – Finn Arnesson, den Mann, der ihn seit seinem zwölften Lebensjahr erzogen hatte; den Mann, der ihn in der Kriegskunst und in der Brautwerbung unterwiesen hatte; der ihn gelehrt hatte, ein Mann zu sein. Sein leiblicher Vater Sigurd – Gott sei seiner Seele gnädig – war von sanftem Gemüt gewesen, trotz seiner königlichen Abstammung am glücklichsten mit seinen Schafen, und Harald war auf ihrem Gut in Ringerike fast genauso ruhelos gewesen wie in diesem Rattenloch von Zelle. Seine Mutter Åsta war glücklicherweise aus ehrgeizigerem Holz geschnitzt und hatte ihn bei den Arnessons untergebracht. Bei Finn.

Er starrte ins Leere, so wie Halldor es immer tat, und ausnahmsweise sah er nun ebenfalls Bilder vor seinem geistigen Auge. Finn hatte ihn zum Leben erweckt. Sein lärmender, wilder Haushalt war nach Jahren des Schafescherens der Himmel gewesen, und Harald hatte sich mit Begeisterung auf seine Ausbildung als Krieger gestürzt. Von Finn und seinen besten Kämpfern hatte er Geschicklichkeit, Körperbeherrschung und List gelernt, und von Finn zudem die Freude am Kämpfen. Sigurd hatte gern vom Frieden gesprochen, und auch Finn hielt ihn für einen Idealzustand, dennoch pflegten die Augen seines Ziehvaters zu leuchten, wenn er vom Krieg sprach. Für Harald war das die größte Befreiung überhaupt gewesen. Er war für die Schlacht geboren, das wusste er, aber es war Finn gewesen, der ihm gezeigt hatte, wie er diesen Wunsch willkommen heißen und vor allem *nutzen* konnte. Er war Finn so vieles schuldig.

Seine Finger fuhren über die Nachrichten, die nicht auf Birkenzweigen, sondern auf Borke geschrieben worden waren – einer flacheren, breiteren Oberfläche, auf der genug Platz war, dass die Worte nicht mehr einfach nur kurze Befehle waren, sondern Ausdruck von Gefühlen. Finn hatte ihm von Einars wachsender Macht berichtet und von Kalvs Verbannung. Vorübergehend hatte Harald Freude darüber empfunden, weil der verschlagenste der Arnessons nun fort war, denn Kalv hatte es schon in Haralds Jugend immer darauf abgesehen, ihm Scherereien zu bereiten. Aber schon bald war ihm die ganze Tragweite des Geschehens klar geworden. Magnus war ein Narr. Wenn Kalv Olav den Todesstoß versetzt hatte, so war das sicherlich schmerzlich, aber diesen Schlag hätte er nutzen können, um den Mann an sich zu binden, statt ihn in die Verbannung zu schicken, wo er seine Ränke schmieden konnte. Außerdem: Sosehr Harald Kalv auch verabscheute, ihm war klar, dass er nur Befehlen gehorcht hatte, und wenn man anfing, das zu bestrafen, blieb irgendwann nichts mehr übrig. Magnus war kein Soldat, das war das Problem. Er regierte mit dem verhätschelten Herzen des Exilanten – kein Wunder also, dass Einar die eigentliche Macht ausübte.

Wenn du einen Traum für Norwegen hast, hatte Finn ihm geschrieben, *dann solltest du jetzt herkommen. Einar wird zur Gefahr, und wenn man ihm nicht Einhalt gebietet, wird er Norwegen in die Knie zwingen. Wir halten voller Sehnsucht nach dir Ausschau, mein Sohn. Wir würden dich mit offenen Armen willkommen heißen. Insbesondere Thora würde dich so willkommen heißen, wie sie es schon einmal getan hat.*

Harald zog die Finger aus dem Beutel, als ob die Briefe ihn plötzlich beißen könnten. Thora! Auch ihr schuldete er so viel. Er hatte gehört, dass sie geheiratet hatte, und diese Neuigkeit hatte er als Erleichterung empfunden, aber nun war sie anscheinend verwitwet, und ihr hartnäckiger Onkel blickte zurück auf ihre mutmaßliche Verbindung aus Kindertagen. Er dachte an seine ehemalige Geliebte. Wenn er sich anstrengte, konnte er sie noch immer am Eingang zu seinem Pavillon stehen sehen; konnte ihren üppigen Leib erkennen, der von dem dicken Mantel befreit war; konnte immer noch spüren, wie er bei diesem ersten Anblick weiblicher Schönheit hart wurde.

Jetzt, Jahre später, wurden ihm auch ihre damaligen Gefühle klar. Ihr Ausdruck war wachsam gewesen, verletzlich. Seinerzeit hatte er das nicht erkannt, hatte nur ihre vollen Brüste und die einladende Falte in ihrem Schamhaar gesehen. Er machte sich deshalb keine Vorwürfe – er war fünfzehn gewesen, und seine erste Schlacht hatte ihm bevorgestanden, deshalb hatte er sich nicht gefragt, warum sie gekommen war, sondern es einfach nur genossen. Jetzt hingegen war er voller Fragen.

»Wir sind verlobt«, hatte sie zu ihm gesagt. Auch das hatte er kaum beachtet, sondern sich im Geiste auf die unmittelbareren Bedürfnisse konzentriert. Aber heute, in dieser Zelle voller Erinnerungen und mit zu viel Zeit zum Nachdenken, ließen ihn ihre Worte nicht mehr los. Er hatte gehofft, dass sie ihn durch ihre Heirat vergessen hatte, dass sie weiterzog, so wie er weitergezogen war. Er wäre Thora Arnesson kein guter Gemahl gewesen. Wenn seine Ruhelosigkeit schon Elisabeth rasend machte, wäre die ruhige norwegische Frau daran zerbrochen.

Seine Finger wanderten instinktiv zu dem Ring, den Elisabeth zurückgeschickt hatte. Er war zornig gewesen, als Ulf ihn zusammen mit ihrer Botschaft zurückgebracht hatte. Er hatte ihre Arroganz und ihren Stolz verflucht. Er hatte geschworen, sie und ihren verdammten Vater zu vergessen und gleich morgen nach Norwegen zurückzusegeln. Er war durch das Kriegslager vor Syrakus gestapft, hatte seine Männer zusammengestaucht und zusätzliche Kriegsübungen für alle anberaumt. Und er hatte sich mit dem Schwert dermaßen abreagiert, dass Halldor ihn irgendwann still beiseitegenommen und vorgeschlagen hatte, »die Sache einmal aus Elisabeths Blickwinkel zu betrachten«.

Harald hatte ihn für verrückt gehalten. Er hatte mit den Blickwinkeln anderer Menschen nicht allzu viel im Sinn. Diese waren nur selten so klar oder so konzentriert wie sein eigener und konnten ihn als Anführer nur schwächen. Diesmal jedoch, da Halldor ihn mit seinen drolligen runzligen

Augen gemustert hatte, während seine Männer hinter ihm um Atem rangen, hatte er es versucht. Oder zumindest hatte er zugehört, als Halldor es ihm auf seine übliche ausschweifende Art erklärt hatte.

Er hatte erkannt, wie frustrierend es für Elisabeth sein musste, in Kiew festzusitzen und niemals zu wissen, wann er sie holen würde. Und nun, eingekerkert in dieser verdammten Zelle, verstand er es besser denn je. Allerdings waren es nicht Halldors Überzeugungskünste, die ihn veranlasst hatten, den Ring an einem Lederband um seinen Hals zu binden, sondern nur der Gedanke an sie. Er musste Elisabeth nicht verstehen, um sie zu begehren. Sie nagte an seiner Seele. Sie würde eine furchtbare Ehefrau abgeben – Jaroslaw hatte das bei ihrer Verlobung schon angedeutet –, denn sie war aufsässig und fordernd, aber so war nun mal das Leben.

»Du hast recht«, sagte er laut. »Es war mein Fehler. Ich hatte beschlossen zu bleiben, und ich habe mich geirrt.«

Ulf erhob sich. »Es tut gut, dich so etwas ausnahmsweise einmal sagen zu hören, Hari, aber du konntest nun wirklich nicht wissen, dass eine ihrer Intrigen sich gegen *uns* richtete.«

»Aber ich hätte es wissen müssen, Ulf. Ich habe den Wagemut eines Soldaten, aber nicht die Gerissenheit eines Politikers, und nun sieh, wohin uns das geführt hat. Wir müssen hier raus.«

»Das sagst du immer wieder, aber wie?«

Harald trat erneut gegen die Wand. Diesmal löste sich noch nicht einmal ein Steinchen, sondern sie blieb fest und unbeeindruckt. Und jetzt schmerzte auch noch sein Zeh.

»Die Wachen bestechen?«, versuchte er es.

»Womit?«, fragte Ulf. »Mit amourösen Gefälligkeiten?«

Harald schauderte. »Mit Versprechen«, schlug er vor.

»Halldor kann das übernehmen, er ist der Wortgewandteste unter uns. Du könntest ihnen eine Geschichte spinnen, Hal, das kannst du doch sicher – ihnen erzählen, wie viel Reichtümer und Ehre sie erwarten, wenn sie uns helfen, den bösen Kaiser zu überwinden?«

Er sah Halldor an, aber sein Freund war aufgestanden und presste sich gegen die Gitterstäbe, angestrengt lauschend.

»Sieht eher aus, als wollte er sich den Weg nach draußen beißen«, lachte Ulf, aber Halldor hielt die Hand in die Höhe.

»Haltet mal einen Augenblick den Mund, ihr beiden – hört doch.«

»Was ist los, Hal?«

»Hört zu!«

Harald und Ulf traten an seine Seite. Harald verschloss die Augen vor der finsteren Zelle und dem noch finstereren Korridor dahinter und tat, wie ihm geheißen. Halldor hatte recht – draußen herrschte Lärm. Man hörte nicht nur das übliche geschäftige Treiben des Marktes, sondern Schreie und Flüche. Und jetzt erklangen auch noch die Glocken: ungestüm, als ob die Seile in wilder Hast gezogen wurden – oder in wilder Verzweiflung.

»Ein Aufstand?«

»Ich glaube, ja«, stimmte Halldor zu. »Das war zu erwarten.«

Harald und Ulf sahen ihn an.

»Woher weißt du das?«

»Weil ich, im Gegensatz zu euch, nur rede, wenn etwas der Rede wert ist. Die restliche Zeit über höre ich zu. Und die Wachen reden.«

»Auf Griechisch.«

»... das ich gelernt habe.«

»Tatsächlich?« Beeindruckt sah Harald seinen alten Freund an. Die meisten Menschen, auf die sie trafen – Schweden, Dänen, die Bewohner der Rus, Normannen und sogar die Engländer –, sprachen eine Art Nordisch, mit unterschiedlichen Dialekten zwar, aber immer noch als die gleiche Sprache erkennbar. Die Griechen hingegen sprachen anders, und in Haralds Ohren klangen ihre Worte wie das Gegacker von Hennen. »Wann hast du Griechisch gelernt, Hal?«

»Hab es aufgeschnappt. Ich liebe Worte.«

»Ich doch auch«, warf Harald ein.

»Aber ich liebe auch ihre Bedeutung. Sie sagen, dass der neue Kaiser zu weit gegangen ist. Sie sagen, er intrigiert sogar gegen die große Kaiserin Zoe selbst.«

»Gegen die Kaiserin?«, fragte Harald, erneut beeindruckt von Halldors Wissen. »Das wird den Leuten nicht gefallen.«

»Nein, das tut es in der Tat nicht.«

Halldors Blick wanderte wieder durch die Stäbe nach draußen, und nun waren die Rufe der Menge unverkennbar: »Zoe, Zoe, Zoe!« Sie wurden mit jeder Minute lauter. Wer auch immer da draußen voranmarschierte, kam auf sie zu.

»Schreit!«, drängte Halldor. »Damit eure nutzlosen Lungen ausnahmsweise mal etwas bewirken.«

Ulf und Harald ließen sich das kein zweites Mal sagen, und die drei Männer klammerten sich an ihre Gefängnisstäbe und schrien. Es kamen keine Wachen, also schrien sie noch lauter. Harald hatte das Gefühl, dass ihm gleich die Brust bersten würde, aber unter gar keinen Umständen würde er in diesem engen Sarg von einer Zelle verrotten. Zehnmal lieber wäre er mit einem Schwert in der Brust vom Schlachtfeld gekrochen, während sein eigenes Blut einen Pfad für ihn beschrieb, als schmachvoll und unbemerkt hier zu sterben, insbesondere, wenn ein Aufstand zu erwarten war.

»Hier!«, rief Harald. »Hier drin. Helft uns!«

Das klang vielleicht töricht, aber es spielte keine Rolle. Jetzt konnte er die Wachen am Ende des Korridors hören. Sie waren in Panik, baten mit lauten, schrillen Schreien um Gnade und verstummten mit plötzlich gurgelnden Geräuschen, als Messer ihre sterbenden Stimmbänder aufschlitzten.

»Betet, dass, wer immer das sein mag, uns gewogen ist«, murmelte Ulf, und dann füllte der Gang sich mit einem Mal mit Rebellen. Zur großen Überraschung der Männer standen Frauen in der vordersten Reihe.

»Dein Harem, Harald?«, fragte Ulf trocken.

»Wenn's nur so wäre«, gab Harald zurück, aber jetzt sprach Halldor mit den Frauen, während eine von ihnen mit einem großen Schlüssel im Schloss herumfummelte.

»Liebesgeflüster, Halldor?«, neckte Ulf.

Halldor funkelte ihn wütend an. »Ich habe sie gefragt, warum sie kämpfen«, sagte er.

»Und?«

»Sie sagen, es herrsche Bürgerkrieg. Der Kaiser hat Kaiserin Zoe das Haar scheren lassen und sie in ein Kloster verbannt. Das geht zu weit, sagen sie. Zoe regiert Konstantinopel als kaiserliche Gemahlin seit vierzehn Jahren, sie kann nicht einfach so verbannt werden. Sie sagen, es sei die Pflicht einer jeden Frau im byzantinischen Reich, sich um ihretwillen zu erheben.«

Harald blinzelte, aber jetzt standen die Türen offen, und es war ihm gleichgültig, wer sie geöffnet hatte. Jetzt war nicht der richtige Zeitpunkt für eine Debatte, sondern zum Handeln. Er tauchte in die Goldene Stadt ab und sah, dass der

Mob die Straßen beherrschte. Die Menge brandete zwischen den Häusern hindurch, riss Zäune nieder, zerstörte die Gehwege und stürzte sich auf einen jeglichen Würdenträger, der töricht genug war, sich ihr in den Weg zu stellen. Sie wogte dem riesigen kaiserlichen Palast im Herzen der Stadt entgegen wie eine zerstörerische Flut. An diesem Abend hatte Miklagard nichts Goldenes mehr.

Während Harald sich der Menge anschloss, stellte er sich die Stadt vor, als er sie zum ersten Mal erblickt hatte, wie sie sich aus dem Aquamarinblau des Bosporus erhob in einem wundersamen Gewirr aus Türmen und Kuppeln wie ein riesiger Spielplatz der alten Götter. Er erinnerte sich an sein ehrfürchtiges Staunen über den offenen Hafen, in dem sich die Landungsstege aneinanderreihten, jeder sauber und geordnet und bewacht von Beamten in blendend weißen Tuniken, auf denen das kaiserliche Wappen prangte. Er erinnerte sich an die Straßen, breit genug für zwei Karren, und gepflastert mit so ebenen Steinen, dass kein Rad ins Stocken geriet.

Er erinnerte sich daran, wie man ihn in den Palastbereich geführt hatte, eine Flucht von Gebäuden, eines größer als das andere, die allesamt aus riesigen Marmorblöcken gemeißelt und in Gold getaucht zu sein schienen. Er erinnerte sich an den mechanischen Baum im Herzen des Komplexes, der von verborgenen Rollen und Zahnrädern bewegt wurde und in dem Metallvögel in sämtlichen Farben auf magische Weise Melodien sangen, die süßer waren als die ihrer Gefährten draußen in der Natur. Und er erinnerte sich an die kaiserlichen Gemächer, geschmückt in jenem prächtigen Purpur, das der großen Dynastie ihren Titel gegeben hatte – *Porphyra*.

Doch was sich jetzt dunkel in den Gesichtern des

wütenden Mobs abzeichnete, zeigte Harald, wie töricht er und seine Männer gewesen waren, als sie geglaubt hatten, sie könnten eine solche Regentschaft stürzen. Kaiserin Zoe mochte schon über sechzig Jahre zählen und hatte in ihrer verzweifelten Suche nach einem Erben schon mehr Männer verschlissen, als natürlich war. Sie mochte Giftmischer im Gefolge haben und Zauberer, um sich jung zu halten. Sie mochte verrückt sein wie eine läufige Äffin – aber sie war eine Purpurgeborene, eine *Porphyrgenita,* und das konnte niemand überbieten. Kein Fürst der Rus, der sich selbst als »Großfürst« bezeichnete, und ganz sicher kein warägischer Emporkömmling aus den Ländern jenseits der Schneegrenze, in dessen Blut nur ein paar Tropfen königliches Blut floss.

»Die Kaiserin!«, brüllte Harald. »Wir müssen die Kaiserin schützen!«

Er packte Ulf und Halldor, und sie wandten sich nach Osten, fort von der Hauptstraße, die zu den kaiserlichen Toren führte, und umrundeten den hinteren Teil, um zum Bukoleon-Palast zu gelangen – dem Hauptquartier der kaiserlichen Warägergarde.

Die drei wurden freudig begrüßt. Die Männer waren in Aufruhr, unsicher, welcher Partei sie sich anschließen sollten, und brauchten einen Anführer.

»Gar keiner Partei«, befahl Harald, und das Blut brandete in seinen Adern, weil er endlich wieder Gelegenheit zum Handeln hatte. »Wir werden keine Partei ergreifen. Wir sorgen für Ordnung und für Zoes Sicherheit. Sie ist der Dreh- und Angelpunkt; der Rest liegt in Gottes Hand.«

An diesen Leitsatz hielten sie sich während der folgenden langen, dunklen Nacht. Und so war es Harald, der im Morgengrauen an der Küste stand und dafür sorgte, dass Kaiserin

Zoe, gerettet aus ihrem vorübergehenden Exil, sicher bei ihrem Volk landete.

»Habt Dank, Waräger«, sagte sie, während er ihr persönlich in einen Wagen half – in Sackleinen und mit geschorenem Schädel ebenso würdevoll, wie sie es in ihrer vollen kaiserlichen Robe war. »Ich werde dafür sorgen, dass Ihr belohnt werdet.«

Aber Harald wollte keine Belohnung. Nicht jetzt. Harald wollte nicht zu dieser Welt heißblütiger Gegner gehören. Er war wahnsinnig gewesen, dass er das je geglaubt hatte.

»Wir müssen nach Hause zurückkehren«, sagte er zu Ulf und Halldor, als sie dicht neben dem Wagen einherschritten und die ungeduldige Menge von ihrer zurückkehrenden Herrin fernhielten.

»Nach Hause?«, fragte Halldor, und Haralds Herz zog sich zusammen, was es sonst nie tat – außer wenn es um Elisabeth ging.

»Nach Hause nach Norwegen«, erläuterte er. »Doch zuerst nach Kiew.«

»Um endlich deine Braut zu holen?«

Harald dachte schuldbewusst an Thora, ließ den Gedanken aber wieder fallen. Sie hatte einmal geheiratet, sie konnte es wieder tun. Er würde ihr einen guten Mann suchen, sobald er König war. Ulf sollte sesshaft werden. Ja, der unkomplizierte Ulf würde gut zu Thora passen, und sie würde mehr Freude an seiner Seite empfinden als an der Seite eines Mannes, der Sklave einer dunkelhaarigen Rus-Prinzessin war.

»Um Elisabeth zu heiraten, ja, und um Jaroslaw zu warnen.« Harald blickte sich misstrauisch um, aber keiner konnte ihre Worte über dem Gebrüll der triumphierenden Menge verstehen. »Er kann jetzt nicht angreifen. Das wäre, als ob man

Feuer an trockenes Stroh hielte. Ich werde die Erlaubnis der Kaiserin einholen, so bald wie möglich abreisen zu dürfen.«

Es dauerte mehrere Tage, bevor er eine Audienz bekam. Kaiserin Zoe war damit beschäftigt gewesen, Verräter aufzuhängen. Die Mauern waren mit ihren Leichnamen übersät, als man ihn in das große purpurne Gemach führte. Die Kaiserin saß zurückgelehnt auf einem Divan. Entweder waren ihre Zauberer am Werk gewesen, oder – was wahrscheinlicher war – ihr Perückenmacher, denn sie hatte wieder volles Haar. Sie trug ein Gewand, das so durchsichtig war, dass man jeden Teil ihres alternden Körpers darunter erkennen konnte.

Harald fiel auf die Knie und brachte seine Bitte vor, aber Zoe musterte ihn kühl.

»Ihr wollt mich verlassen, Waräger? *Mich* verlassen?«

»Ich möchte es nicht, aber in Norwegen ruft mich die Pflicht, Kaiserin.«

»Eure ›Pflicht‹ ruft nur dort, wo ich es sage.« Sie setzte sich auf, bleckte die Zähne und fixierte ihn mit ihrem Schlangenblick.

Jetzt musste ihm schnell etwas einfallen. »In Euren Diensten zu stehen, war für mich nie eine Pflicht, Kaiserin, sondern ein Vergnügen.«

Sie lächelte träge. »Ihr seid schnell, Waräger. Das gefällt mir. Und stark. Ich höre, dass die Männer Euch folgen – selbst die räuberischen Normannen –, und auch das gefällt mir. Wenn ich wollte, könnte ich Euch zu einer höheren Stellung verhelfen, wie Ihr wisst.«

»Ihr habt mir schon genug Ehre erwiesen, Kaiserin.«

Sie erhob sich und wanderte bedächtig um ihn herum, während er hilflos auf den Knien vor ihr herumrutschte.

Dann plötzlich beugte sie sich über seine Schulter, wobei ihr falsches Haar sein Gesicht streifte.

»Ich könnte Euch heiraten.«

»Meine Kaiserin?« Noch nie im Leben hatte Harald mehr Angst empfunden.

»Wenn ich wollte«, fuhr sie mit honigsüßer Stimme fort. *»Ihr* würdet mir Kinder machen, da bin ich sicher.«

Wäre Harald in diesem Moment aufgefordert worden, einarmig gegen die gesamte sizilianische Armee anzutreten, hätte er sich dafür entschieden, denn es wäre die leichtere Aufgabe gewesen.

»Wirklich, meine Kaiserin«, brachte er mühsam hervor und hatte Mühe, das Zittern in seiner Stimme zu verbergen. »Wenn ich eine solche Möglichkeit erhielte, würde ich mich für tot und bereits mitten in Gottes Himmel wähnen, aber ich bin von zu niederem Stand.«

Einen Augenblick lang glaubte er, dass sie ihn herausfordern würde. Vor seinem geistigen Auge sah er bereits, wie sie ihn in ihr Bett zerrte und wie die Zauberer ihre Zaubersprüche über ihrem Schoß sprachen, während er seinen nutzlosen Samen hineinpumpte, und wie ihre Giftmischer bereits in den Seitenflügeln des Palastes darauf warteten, dass er scheiterte. Lief es jetzt darauf hinaus? War dies seine Strafe, weil er zwei Frauen warten ließ? War dies jene mystische weibliche Rache, die er auch in den Augen der Frauen gesehen hatte, welche ihn aus seinem Gefängnis befreit hatten?

Harald senkte den Kopf und schalt sich im Stillen einen Narren, weil er jemals geglaubt hatte, die Herrscherin würde ihn als Sohn willkommen heißen. Inständiger denn je – denn nicht einmal in Stiklestad hatte er so inbrünstig gebetet – bat er Gott, dass sie ihn nicht zum Gemahl nehmen würde.

Aber plötzlich, als langweile sie dieses Spiel, wandte sich Zoe ruckartig ab.

»Ihr habt recht. Eure Muskeln sind dick, Waräger, aber Euer Blut ist dünn, und außerdem habe ich bereits einen zukünftigen Gemahl im Auge.«

Harald wagte es, den Blick zu heben. »Dann darf ich also gehen, Kaiserin?«

Sie stieß ein schrilles, rasselndes Lachen aus, das ihre ganze Gestalt unter dem durchsichtigen Gewand erschütterte.

»Ihr dürft Euch aus dem Palast entfernen. Aber wagt es nicht, Konstantinopel zu verlassen, sonst lasse ich Euch gefangennehmen und fesseln und werfe Euch meinen Damen zum Fraß vor, Stück für Stück – das Herz zum Schluss.«

»Ah.«

»Ich bin vielleicht alt, Harald Sigurdsson – ja, ich kenne Euren Namen –, aber ich bin nicht dumm. Jaroslaw schmiedet seine Ränke gegen mich, und Ihr und Eure Freunde reist immer wieder zurück in die Stadt dieses kleinen Emporkömmlings. Ihr seid der Hauptmann *meiner* Garde, und Ihr werdet mein Hauptmann bleiben und froh darüber sein – nicht wahr?«

Es gab nur eine Antwort: »Ja, meine Kaiserin.«

Aber trotz ihres Befehls wusste er, dass seine Tage hier gezählt waren. Er musste irgendwie von hier fort. In dieser Nacht blieben er, Ulf und Halldor wach, bis der Polarstern im Morgengrauen verblasste, und eine Woche später waren sie bereit.

Kapitel 13

Kiew, Juni 1042

Es war zur dunkelsten Stunde des Tages, als wir uns auf den Weg machten.«

Die Edelleute Kiews waren ganz gebannt von Halldor, als er seinen Lieblingsplatz vorn auf Jaroslaws Podest einnahm, die Arme weit ausgestreckt, um die Versammelten in die Welt seiner Geschichte zu ziehen. »Und doch!« Halldor erhob Hand und Stimme. Seinen isländischen Akzent hatte er mittlerweile abgelegt und beherrschte inzwischen die lupenreine Rus-Version des Nordischen. »In Miklagard ist es *niemals* dunkel. Öllampen brennen in den Hauptstraßen, um die Diebe abzuschrecken, und sie werfen Strahlen wie Gefängnisgitter über das Wasser. Und genau das wären sie für uns gewesen, hätte sich unser Schiff in ihnen verfangen – Gefängnisgitter. Nein, schlimmer. Kaiserin Zoe ist eine unerbittliche Frau. Sie mag es gar nicht, wenn man ihr einen Strich durch die Rechnung macht.«

»Zeigt mir eine Frau, die das mag«, rief jemand, und Halldor lächelte.

»Da habt Ihr recht, mein Freund, aber nur wenige Frauen haben – glücklicherweise – die Macht, uns zum Tode zu verurteilen. Nur wenige Tage vor unserer Flucht hatte die

Kaiserin Harald verkündet, dass sie ihn ihren Damen zum Fraß vorwerfen würde, Stück für Stück. Das Herz zuletzt, sagte sie zu ihm, damit er so lange wie möglich am Leben bliebe, um den Schmerz zu fühlen, und ich wette, wir wissen alle, welches Stück sie als Erstes an sie verfüttert hätte …«

Die Gesellschaft raunte vor wohligem Entsetzen, und Harald rutschte an Elisabeths Seite unruhig hin und her.

»Ist das wahr?«, flüsterte sie ihm zu.

»Das hat sie tatsächlich gesagt«, bestätigte Harald. »Wirklich, Elisabeth, gegen Kaiserin Zoe wirkst selbst *du* lammfromm.«

»Wirklich? Dann muss ich an mir arbeiten.«

Er stöhnte. »Bitte nicht. Du bist jetzt schon angsteinflößend genug.«

»Schön zu hören«, sagte sie und wurde mit einem kurzen Kuss belohnt, aber dann sprach Halldor weiter.

»Scherz beiseite, Ihr guten Leute: Wir wären tot gewesen, wenn ihre Wachen uns entdeckt hätten. Harald, Ulf und ich selbst würden zusammen mit unserer fünfzig Mann starken Truppe an den großen Mauern Miklagards hängen, während die Möwen sich an unseren Augäpfeln weideten. Es *musste* uns also gelingen!

Über die versteckten Hintergassen stahlen wir uns also zum Hafen, die Mäntel über die Köpfe gezogen und mit gezückten Schwertern gegen die Strolche, die dort stets im Schatten lauern. In Miklagards Hafen befinden sich unzählige Reihen von Landungsstegen, wie Ihr sie nie gesehen habt, und unserer, gelobt sei der Herr, lag im Dunkeln. Wir streiften unsere Stiefel ab, um auf den Holzplanken keinen Lärm zu machen, ertasteten die Kante des Landungssteges mit unseren Zehen und die gesegnete Bootswand mit unseren Fingern, wie ein blinder Mann eine Frau. Und, oh meine Freunde – sie fühlte sich so wundervoll an! Besser als jede Frau, die ich je gekannt habe … außer einer einzigen.«

Halldor hielt inne und sah hinab zu Aksel, der zu seinen Füßen saß. Dann zauste er dem Jungen liebevoll das Haar. Aksel war jetzt acht Jahre alt, hochaufgeschossen und stark, und nahm, wann immer man es ihm gestattete, an der Ausbildung der älteren Jungen in der Kriegskunst teil. Er wollte unbedingt seinen kriegerischen Vater beeindrucken, und Elisabeth hatte ihn mehr als einmal insgeheim dabei beobachtet, wie er seine neugewonnenen Muskeln im Spiegel musterte oder sich reckte, um seine Größe an den Kerben der Mauer zu den Gemächern zu messen. Seit die Männer um die Mittagszeit eingeritten waren, war er nicht von Halldors Seite gewichen, und Elisabeths Füße, auf denen er normalerweise zu sitzen pflegte, fühlten sich seltsam kalt an. Dennoch freute sie sich, ihren »Knappen« so glücklich zu sehen, und Halldor genoss offensichtlich die Aufmerksamkeit seines starken Sohnes.

Die Druschina hielt den Atem an. Einen Augenblick lang richtete Halldor wie geistesabwesend den Blick auf einen Geist in nicht allzu weiter Ferne, aber dann geriet er plötzlich wieder in Fahrt, und die Geschichte mit ihm.

»Wir konnten die Segel nicht setzen. Das hätte unsere Abreise signalisiert wie ein Leuchtfeuer, also mussten wir rudern, und zwar leise. Wir fünfzig stämmigen Waräger mussten rudern, als seien wir nicht mehr als ein Fisch, der nach einer Fliege schnappt – ein einziger Fisch, wohlgemerkt. Wir mussten gleichzeitig rudern – darin sind wir gut –, und wir mussten sanft rudern – darin sind wir nicht ganz so gut.« Halldor ließ kaum ein Auflachen zu, bevor er hinzufügte:

»Aber es ist erstaunlich, was ein Mann, der um sein Leben fürchtet, alles zu tun vermag.

Glücklicherweise war es eine raue Nacht, und mit Gottes Hilfe durchquerten wir diesen Hafen wie ein bloßes Seufzen des Windes, während Harald am Steuer stand und uns durch die Lichtkegel hindurchmanövrierte. Wir kamen nur langsam voran, und ich schwöre, keiner von uns Männern wagte überhaupt zu atmen aus Angst, dass die Glocken ertönen und der Hafen sich mit den Männern der Kaiserin füllen würde, so dass die schlanken Kriegsschiffe uns bald auf den Fersen sein würden, Griechisches Feuer speiend, das uns braten würde wie ein Schwein am Spieß. Das wäre …«

Halldor hielt inne.

»Niemand kam. Wir gelangten in den Bereich, der nicht mehr von den Lampen beleuchtet war, und glitten entlang der Hafenmauer der Ausfahrt zu. Noch zehn Bootslängen, dann würden wir in Sicherheit sein. Neun, acht … Wir konnten die Freiheit bereits in der salzigen Luft schmecken. Und doch …«

Mit einem Mal sprang er von dem Podest, so dass Aksel sichtlich zusammenzuckte, und schritt an den Reihen der Speisenden an beiden Seiten der Halle entlang.

»Und doch hatten wir noch ein Hindernis zu überwinden – unser größtes. Noch waren wir nicht in Sicherheit. Tatsächlich schwebten wir immer noch in allergrößter Gefahr. Denn die scharfen Hafenwachen Miklagards schützen ihre kostbaren Handelsschiffe vor den Piraten, die über das Meer segeln. Zudem halten sie Schiffe auch gern im Hafen fest, bis die Abgaben entrichtet sind. Aus diesem Grund, Ihr edlen Damen und Herren, ist knapp unter der Wasseroberfläche eine Kette quer über die Einfahrt gespannt. Diese Kette ist dicker als der Arm eines Mannes, und sie verfängt sich im Bug eines jeden Schiffes, das versucht, sie zu überqueren. Dann bringt sie die Bugplanken zum Bersten, so dass die gierige See in den Schiffsrumpf eindringen kann. Und dann hat man nur noch eine Wahl, nämlich von Deck zu springen und sich der Gnade der Wachen auszuliefern – und glaubt mir: Kaiserin Zoes Männer kennen keine Gnade.« Er stieg erneut auf das Podest, ein Schauspieler auf seiner eigenen griechischen Bühne. »Für sie ist es ein Sport, Männer im Wasser zu erschlagen. Sie genießen den künstlerischen Effekt des roten Blutes im blauen Meerwasser.«

»Wie aber«, fragte Ivan, »hätten sie Euch in der Dunkelheit sehen können?«

Halldor beugte sich vor und kniff den Prinzen in die Wange. »Wir sprechen von der Goldenen Stadt, Mann, der Heimstatt des Griechischen Feuers. Sie haben Lampen, die so hell leuchten, dass eine einzige von ihnen diese gesamte Halle erleuchten könnte. Normalerweise entzünden sie sie bei Nacht nicht, so dass die Piraten im Dunkeln tappen, aber sie können es. Innerhalb weniger Augenblicke lodern sie auf, und dann …«

Er tat, als wolle er einen Bogen spannen und einen Pfeil abschießen, dann taumelte er, als sei er sein eigenes Opfer. Die Menge raunte unbehaglich.

»Wie also«, rief Anna, die vor lauter Spannung nicht länger an sich halten konnte, mit quiekender Stimme, »seid Ihr entkommen?«

Halldor legte sich einen Finger an die schiefe Nase. »Mit List, Prinzessin«, antwortete er. »Mit List und Wagemut. Sobald wir in der Nähe der Kette waren, setzten wir die Segel. Der Wind war frisch, und so blähte es sich auf der Stelle und trieb uns voran. Wir zogen die Ruder hinein und standen auf, bereit, jeder Einzelne von uns auf Habachtstellung. Wir konnten die quietschende Kette im Mondenschein erkennen, wie tausend silberne Zähne, die nur darauf warteten, uns zu verschlingen. Wir mussten genau den richtigen Zeitpunkt abpassen. Ulf stand am Bug, die Arme um den Drachenkopf geschwungen, um die Entfernung besser einschätzen zu können, und als wir nur noch um Beineslänge von der Kette entfernt waren, gab er das Kommando, und wir rannten los. Wir rannten allesamt zu Harald aufs Achterdeck, und weil wir keine kleinen Männer sind, hob sich der Bug des Bootes empor, die Ruder schwebten über dem Wasser und der tückischen Kette.

Und dann wandten wir uns um und eilten, so schnell wie wir zu Harald hingelaufen waren, zurück zu Ulf. Für einen Augenblick, einen schrecklichen Augenblick, taumelte der Kiel auf der großen, eisernen Barriere, und dann sank das Boot wieder nach unten. Das Heck hob sich, und wir waren frei. Frei von der Kaiserin, frei von dem Mob und den erbitterten Grabenkämpfen, die Miklagard zu zerreißen drohten – frei, um zu leben. Wir hissten Prinz Haralds prächtiges Rabenbanner und flogen darunter heimwärts, als seien wir selbst Vögel und Wesen der Lüfte – und hier stehen wir nun.«

Er verbeugte sich plötzlich. Die Höflinge standen auf, jubelten und klatschten, und Jaroslaw trat vor, um seine Hand zu ergreifen. Aksel sprang auf und warf die Arme um die dicke Taille seines Vaters, und Halldor zog ihn dicht zu sich heran und lächelte voller Freude.

»War es wirklich so?«, fragte Elisabeth Harald.

»Oh ja. Halldors Geschichten bestehen zu einem Großteil

aus der Wahrheit, Elisabeth, das versichere ich dir, nur eben mit ein paar Ausschmückungen – wie eine Goldborte an einem einfachen Gewand.«

»Eine Abbildung der Wirklichkeit, nur in leuchtenderen Farben?« zitierte sie ihn. »Aber woher wusstest du, dass es funktionieren würde?«

»Ah!«, Harald zog eine Grimasse. »Ich wusste es nicht.«

»Du hattest es noch nie zuvor versucht?«

»Noch nie.«

»Aber du hattest von anderen gehört, die damit Erfolg hatten?«

»Keineswegs.«

»Noch nie hat jemand so etwas gemacht? Noch nie? Harald, bist du verrückt?«

Er beugte sich vor und packte ihre Hände, mit denen sie, ohne es zu bemerken, wild gestikulierte. »Ich wollte unbedingt zu dir zurück.«

»So sehr?«

»Ja, so sehr. Ich war viel zu lange fort, Elisabeth. Ich war ein Narr, und ich segne dich, weil du auf mich gewartet hast. Ich werde dafür sorgen, dass es deiner Mühe wert war, ich verspreche es.«

Er küsste sie, heftiger diesmal, und sie spürte, dass sie dahinschmolz wie Siegelwachs in einer Kerze. Es war hart gewesen, das stimmte. Anastasia hatte mit Andreas ihre eigenen Gemächer bezogen und genoss bei sämtlichen Mahlzeiten den Vorrang über Elisabeth. Sie hatte ein Mädchen zur Welt gebracht, Adelheid, und Ingrid machte so viel Wind um ihre erste Enkelin, dass Elisabeth davon oft richtig übel wurde. Sie sehnte sich danach, sich ein eigenes Heim zu erschaffen wie Wladimir in Nowgorod, aber sie war eine Frau, und sie brauchte Harald, der ihr das ermöglichte. Nein, sie brauchte Harald einfach.

»Und wie«, fand sie jetzt den Atem, um ihn zu necken, »wollt Ihr das anstellen, Prinz?«

»Heirate mich, dann findest du es heraus.«

»Das werde ich.«

»Bald?«

»Sehr bald.«

»Morgen?«

»Gut!« Sie blickte den Tisch hinab. »Na ja, vielleicht erst übermorgen. Du weißt ja, wie viel Wert Vater auf Zeremoniell legt, und es könnte Mutter umbringen, wenn sie alles in einer Nacht vorbereiten muss.«

Harald lächelte. »Bis dahin kann ich es kaum erwarten.« Er erhob sich. »Ich werde ihm unser Ansinnen vortragen.«

»Jetzt?«, keuchte Elisabeth.

»Jetzt. Ich bin der Held der Stunde, Lily!« Er zwinkerte ihr zu. »Der Großfürst wird mich jetzt wohl kaum zurückweisen.«

Elisabeth schüttelte den Kopf, und ihr ganzer Körper wurde von merkwürdiger Aufregung gepackt. Harald sprang über den Tisch und fiel vor einem äußerst überraschten Jaroslaw auf die Knie.

»Großfürst«, sagte er, und seine Stimme klang in der Halle wider. »Ich habe viel auf mich genommen, um zu Euch zurückzukehren, und ich erbitte eine Gunst von Euch – Eure Tochter. Ich kann keinen Augenblick länger ohne sie als meine Gemahlin leben.«

Von den Frauen in der Halle kam ein *Oooh* der Freude, und obwohl Elisabeth bescheiden zu Boden blickte, vibrierte ihr ganzer Körper. Sie wagte einen Blick auf Anastasia und war hocherfreut, als sie entdeckte, dass deren selbstgefälliger Gesichtsausdruck wie weggeblasen war. Hinter ihr grinste Agatha breit. Elisabeths jüngste Schwester war mittlerweile beinahe dreizehn und hatte durchaus auch schon Heiratsanträge bekommen, aber sie harrte unbeirrbar an Edwards Seite aus und machte auf ihre übliche unverblümte Art deutlich, dass sie die Absicht hatte, ihn zu heiraten. Elisabeth würde es also gerade so eben noch zum Altar schaffen, bevor sie von einer weiteren Schwester überrundet wurde.

»In diesem Fall«, sagte Jaroslaw und richtete den Blick auf die Versammelten, »müssen wir demnächst wohl Hochzeit halten.« Jubelrufe waren die Folge. »Wir feiern in genau einer Woche.«

Harald sah sich nach Elisabeth um und zog eine Grimasse. Sie kicherte.

»Ist doch nur eine Woche«, formte sie mit den Lippen.

»Eine Woche zu viel«, deutete er ebenso an, und ihr Körper prickelte.

»Ja«, sagte Jaroslaw und streckte die Hand nach Ingrid aus, die wie immer an seine Seite geeilt war. »Eine Hochzeit, dann noch ein paar Tage, damit Ihr beiden euch … besser kennenlernt.« Begeisterte Hochrufe. »Und dann segeln wir davon.«

Die Menge jubelte immer noch unbeirrt, aber Elisabeth sah, wie Harald erstarrte, und spürte, wie der Lärm zu einem bloßen Hintergrundrauschen verblasste.

»Segeln?«, fragte er Jaroslaw.

»Ja, nach Miklagard. Ich bin sicher, Ihr werdet mir zustimmen, dass wir es uns nicht leisten können, länger zu warten.«

Harald erhob sich bedächtig. Plötzlich wirkte er steif, fast schon alt. »Eure Durchlaucht, darüber müssen wir sprechen.«

»Sprechen?«

Jaroslaws Augen verengten sich, und die köstlichen Schauer, die Elisabeths Gestalt zum Erbeben gebracht hatten, wurden auf der Stelle von der Kälte des Grauens abgelöst. Die Stimmung hatte sich gewandelt. Alle spürten es. Sogar die Kinder im hinteren Teil der Halle waren verstummt, und die plötzliche Stille war erstickend.

»Die Situation in Miklagard stellt sich nicht so dar, wie wir dachten«, erklärte Harald. »Nicht unter den jetzigen Umständen.«

Jaroslaw trat einen Schritt auf ihn zu, und obwohl er zwei Köpfe kleiner war als der Waräger, schien er ihn zu überragen. »Nicht, wie *wir* dachten?«

»Nicht, wie wir *hofften.«*

»Wir hofften, Harald? *Ihr* habt doch gesagt, dass Miklagard zerbricht. *Ihr* sagtet, es sei schwach. *Ihr* sagtet, wir könnten es erobern.«

»Und damals schien das zutreffend zu sein«, wandte Harald ein. »Nein, mir kam es zutreffend vor. Uns allen.«

Er sah verzweifelt zu Halldor und Ulf hinüber, die sich nun ebenfalls erhoben hatten und sich an die Seite ihres Anführers gesellten, als seine Anhänger, seine Beschützer. Doch gegen Jaroslaws aufflammenden Zorn vermochten sie nichts auszurichten.

»Und wie also gestaltet sich bitte schön nun die Lage in Miklagard?«

»Unruhig«, brachte Harald mühsam hervor. »Der Kaiser ist tot, und es gibt noch keinen neuen.«

»Dann«, blaffte Jaroslaw mit einer Stimme wie ein Peitschenhieb, »müssen wir sofort ausreiten. Eure Hochzeit kann warten.«

»Nein!«, rief Elisabeth und erstickte den Schrei sofort in einer Serviette.

Diese Mission lag Jaroslaw ungeheuer am Herzen. Und mehr noch: Sie trieb ihn um, und das schon seit Monaten. Er hatte Elisabeth zu seiner Flotte mitgenommen, einer prächtigen Anzahl von Schiffen, für deren Erbauung er bestimmt die Hälfte seines ganzen Silbers hatte hergeben müssen. Er hatte Wladimir aus Nowgorod zurückbeordert und Stunden mit dem Jungen verbracht – der eigentlich jetzt ein Mann war und ebenso versessen auf den Ruhm dieses kühnen Plans wie sein Vater – und hatte jeden Schritt mit ihm durchgesprochen. Er hatte sogar die klügsten Köpfe im ganzen Land und selbst jenseits der Grenzen verpflichtet, damit sie eine Ummantelung für die Schiffe entwickelten, die das legendäre Griechische Feuer abwehrte. Dieses Ziel hatte ihn ganz und gar eingenommen, und er würde jetzt nicht davon ablassen. *Durfte* nicht davon ablassen. Wütend musterte sie Harald. Warum hatte er solche Angst? Er war aus Miklagard geflohen, also wollte er doch sicher die Gelegenheit nutzen und als Sieger zurückkehren?

»Doch es ist nicht nur der fehlende Kaiser, Sire«, wandte Harald ein. »Wir dürfen die Kaiserin nicht unterschätzen.«

»Die Kaiserin!«, höhnte Jaroslaw. »Fürchtet Ihr um Eure Männlichkeit, Harald?«

Die Menge lachte, aber es klang angespannt und nervös.

»Euer Durchlaucht«, hörte Elisabeth Harald mit leiser Stimme drängen. »Bitte, können wir unter vier Augen darüber sprechen? Die Lage ist kompliziert. Ich habe nicht den

Wunsch, Eure wunderschönen Schiffe der Zerstörung anheimfallen zu lassen.«

Jaroslaws Augen verengten sich weiter, wie Schlitze in einem Vollvisierhelm. »Ihr zweifelt an meiner Flotte?«

»Nein, Großfürst. Nein, ich …«

»Dann zweifelt Ihr vielleicht an meinem Sohn?«

Er deutete auf Wladimir, der vortrat und sich an die Seite seines Vaters stellte, ebenso wie Ulf und Halldor Harald flankierten.

»Ich zweifle nicht an ihm«, bekräftigte Harald.

Die Rus-Aristokratie drängte sich vor, begierig darauf, alles zu hören, und Elisabeth sah, wie Ulf und Halldor die Schultern strafften und ihren Begleitern einen Blick zuwarfen, um sich kampfbereit zu machen. In der Großen Halle waren keine Schwerter erlaubt, aber Haralds Männer – diese seltsamen, wilden, zutiefst loyalen Männer – hatten Hände, die genauso tödlich waren wie bei anderen die Schwerter. Wollten sie ihren Vater etwa bedrohen? Wie konnten sie es wagen?

Elisabeth erhob sich ebenfalls. Ihre Mutter bedeutete ihr mit wilden Gesten, wieder Platz zu nehmen. Doch sie war ein Teil von alldem hier, und sie würde nicht im Hintergrund stehen bleiben und zulassen, dass ihr zukünftiger Gemahl, ihr ach so prächtiger Held von einem zukünftigen Ehemann, Jaroslaws Pläne samt und sonders zunichte machte.

»Harald«, sagte sie, und aller Augen richteten sich auf sie. »Erklär deine Worte. Du sagst, Miklagard ist schwach, führerlos, also warum …«

»Nicht führerlos«, unterbrach Harald sie. Sie funkelte ihn wütend an, und er bemühte sich sichtlich, seinen Ton zu mäßigen. »Sie haben die Kaiserin.«

»Aber sie ist eine Frau und alt obendrein – und dazu auch noch verrückt, wie man sagt.«

»Vielleicht, aber sie ist eine Purpurgeborene.«

»Es läuft also alles auf die Farbe der Bettvorhänge der Kaiserin hinaus?«

»Ja!« Haralds Stimme klang scharf wie ein Schwerthieb, und Elisabeth zuckte zurück. »Ja«, wiederholte er leiser, aber das konnte ihre Wut nicht mehr bändigen.

»Du hast also nicht vor anzugreifen?«, fragte sie eisig.

»Ich halte es nicht für klug anzugreifen, nein. Die Menschen Miklagards …«

»Die Menschen?«, sprudelte Elisabeth hervor. »Nun sollen wir also unsere Pläne aufgrund des Volkswillens aufgeben?«

»Miklagard ist eine riesige, kosmopolitische Stadt, Lily.«

»Und Kiew ist das nicht?«

»Miklagard ist anders. Du würdest es doch nicht verstehen, du …«

Aber Elisabeth hatte genug gehört. Jahrelang hatte sie auf diesen Mann gewartet. Jahrelang von ihm geträumt, für ihn Pläne geschmiedet und sich nach ihm verzehrt. Jahrelang hatte sie an ihn geglaubt. Aber jetzt entpuppte er sich als ein anderer Mann als der, für den sie ihn gehalten hatte.

»Oh, ich verstehe, Harald«, sagte sie. »Ich verstehe sehr gut. Du bist nur der Held aus Halldors Geschichten, die aus ganz und gar flüchtigen Abenteuern und winzigen, erbärmlichen, persönlichen Triumphzügen bestehen. Du wirst also allein davonsegeln. Du und deine beiden kostbaren Leibwächter und dein Schiff voller unverheirateter Soldaten. Dieses Land, das Land meines Vaters, hat dir Schutz geboten und dich genährt und deinen kostbaren Schatz gehütet – *ich* habe deinen kostbaren Schatz gehütet –, aber sobald wir dich um eine noch so kleine Gegenleistung bitten, versagst du sie uns.«

»Elisabeth, das ist nicht wahr. Ich will Kiew nur beschützen.«

»Nein, Harald, du willst dich selbst beschützen. Hier.«

Sie löste die lange Kette, die sie vor dem Essen so voller Stolz aus ihrer Truhe genommen hatte. Sie war nun voller Schlüssel und Amulette, mehr wert als die meisten Männer – nein: die meisten Fürsten – zu Lebzeiten überhaupt zu Gesicht bekamen, und sie hatte es als Ehre empfunden, sie tragen zu dürfen. Doch nun hasste sie sie.

»Nimm sie!« Sie drückte sie ihm energisch in die Hand. »Nimm sie, nimm deine kostbaren Männer und geh. Geh nach Nowgorod und hol dir deinen verdammten Schatz. Und dann kehr nach Norwegen zurück, wo du hingehörst – wo du immer hingehört hast.«

Sie spürte die neugierigen Blicke der Druschina wie ein Gewicht auf ihren Schultern und wusste, dass die Gemächer morgen vor Klatsch und Tratsch nur so vibrieren würden. Sie nahm Anna wahr, die schreckerstarrt der Auseinandersetzung lauschte, und Agathas Blick, der vor Mitgefühl schwamm, aber sie wandte die Augen ab, bevor sie auch noch Anastasias unweigerlichen Triumph sehen konnte. Doch sogar das fühlte sich richtig an. Sie war von Harald verleitet worden, genau wie Jaroslaw, und dafür musste sie zahlen.

»Wir werden Miklagard ohne dich angreifen«, sagte sie zu ihm.

»Nein! Nein, bitte.« Harald sah Jaroslaw an. »Die Goldene Stadt ist geistig genauso abgeriegelt wie durch Mauern. Niemand wird Euch willkommen heißen – nicht die Flotte, nicht die Kaiserin, kein einziger Mann, keine Frau, kein Kind. Ihr müsstet sie allesamt töten.«

»Dann«, erwiderte Jaroslaw, kam zu Elisabeth hinüber und legte ihr den Arm um die Schultern, wodurch ihr erst klar wurde, wie sehr sie zitterte, »ist das vielleicht genau das, was wir tun werden. Euch hat das nicht weiter zu kümmern, Harald. Wie meine Tochter sagt: Ihr solltet gehen.«

Harald blickte von einem zum anderen. Dann wandte er sich um und ließ den Blick über die Große Halle schweifen. Ulf und Halldor blieben dicht an seiner Seite, und plötzlich hasste Elisabeth die beiden. Sie würden ihn von ihr wegbringen. Ihr Zorn begann bereits zu verrauchen. Schweiß brach ihr aus allen Poren, und ihr war übel.

»Ich liebe ihn«, hatte sie zu Ulf gesagt. Hatten sie nur darüber gelacht? War sie nur eine weitere seiner Eroberungen gewesen, die sie auskosten konnten?

Harald nickte bedächtig. »Nun, wenn das Euer Wunsch ist, Großfürst, obgleich es mich bekümmert. Ich werde nach Norwegen zurückkehren, und wenn ich solch ein schaler Held für dich bin, Elisabeth, werde ich mir woanders eine Frau suchen. Gute Nacht und viel Glück.«

Und mit diesen Worten machte er eine knappe Verbeugung vor Jaroslaw, wandte sich um und verließ die Halle, Ulf und Halldor dicht auf den Fersen, und Aksel nur einen Herzschlag hinter ihnen. Kurz blickte der Junge zu Elisabeth zurück, seine jungen Augen voller Trauer, aber als er das Klacken der Soldatenstiefel auf dem Marmorboden hörte, wandte er sich ebenfalls um und war gleich darauf verschwunden.

Die Menschen nahmen wieder Platz, waren wie erstarrt, als draußen die Waräger nach ihren Pferden riefen. Alle hörten, wie das Tor hinuntergekurbelt wurde. Die Ketten quietschten genau wie in Halldors Geschichte, die er soeben noch erzählt hatte: Die Stundenkerze zeigte kaum eine Markierung weniger.

Und dann, in einem Chaos aus Hufgeklapper und Rufen, waren sie fort. Harald war gegangen, und Elisabeth war allein.

Kapitel 14

Nowgorod, Januar 1043

»Mehr Bier!«

»Mehr? Noch mehr, Harald, und du ertrinkst darin.«

»Mehr Bier! Aksel!«

Harald fuchtelte mit dem Trinkkrug vor dem Jungen herum, der herbeieilte, nicht ohne seinem Vater einen entschuldigenden Blick zuzuwerfen.

»Lass ihn«, seufzte Halldor. »Vielleicht bringt ein schmerzender Kopf ihn ja wieder zur Besinnung.«

»Wer braucht schon Besinnung?«, lallte Harald. »Wer braucht Gefühle?«

»Ah!« Ulf schlug seinem Anführer auf den Rücken. »Jetzt kommen wir zum Herzen des Ganzen.«

»Sprich mir nicht von Herzen.« Harald spürte mehr, als dass er sah, wie sein alter Freund neben ihm die Augen verdrehte. »Und lach nicht über mich.«

»Wir lachen nicht, Prinz. Wir fragen uns einfach nur, wie viel du von deinem hart erarbeiteten Schatz in deinem Trinkbecher versenken willst, nur um es dann wieder aus deinen fauligen Eingeweiden strömen zu lassen, bis wir endlich Segel setzen können. Wir haben eine Flotte. Wir haben Männer.«

»Es ist Winter.«

»Nicht der beste Zeitpunkt, um loszusegeln, das ist wahr. Aber das Warägermeer friert niemals zu, und zumindest könnten wir sie auf diese Weise überraschen. Wenn wir jetzt lossegeln, können wir in einer Woche in Norwegen sein und dem guten König Magnus einen hübschen kleinen Überraschungsbesuch in seinem Winterpalast abstatten. Wenn man den Boten Glauben schenken darf, ist König Hardiknut tot. England wurde Edward, Ethelreds Sohn, überantwortet, aber Dänemark fiel Magnus zu. Ein weiteres Königreich, das ihm auf dem Silbertablett serviert wurde, und das ist nicht richtig. Er soll Norwegen Euch überlassen, abziehen und sich in den fruchtbaren dänischen Niederungen entspannen. Ihr habt selbst gesagt, dass Finn Arnesson Euch den Weg für einen friedlichen Einzug geebnet hat, und die Männer sind bereit für den Fall, dass er sich täuscht. Im Augenblick müssen keine Felder bewirtschaftet und kein Handel getrieben werden. Das ist der richtige Zeitpunkt, um loszusegeln.«

»Es ist nicht richtig.«

»Was?«

Harald blickte auf. »Ich sagte, es ist nicht richtig.«

»Nach Norwegen zu segeln?«

»Nein! Ich meine, ja – *das* ist richtig. Was nicht richtig ist, ist, dass ich allein segle.«

»Du bist nicht allein, Harald. Wir haben fünfhundert Mann. Wir haben …«

Halldor schlug Ulf die Hand vor den Mund. »Geh und sieh nach ihnen, Ulf.«

Ulf wirkte verwirrt. »Nach den Männern sehen? Warum?«

»Wenn sie so bereit sind, wie du sagst – und ich glaube, das sind sie –, dann sind sie ruhelos und werden leicht zu Störenfrieden. Sieh nach, dass sie die guten Bürger von Nowgorod nicht bedrängen, ja? Und nimm Aksel mit – es wird Zeit, dass er seine erste Rauferei erlebt.«

Ulf seufzte, stand aber auf. »Gut, gut. Wir lassen Euch beide in trauter Zweisamkeit zurück. Komm, Aksel, mein Junge – gehen wir und schlagen wir ein paar Köpfe zusammen.«

Aksel sprang eifrig auf und folgte Ulf aus der Taverne.

Halldor setzte sich auf die Bank an Haralds Seite. »Es ist *sie,* nicht wahr – Elisabeth?«

Harald trank. Er sprach normalerweise nicht über Frauen. Kein Mann tat das – oder sollte es tun. Den ganzen Herbst über hatte er Handel getrieben, Schiffe beschafft, Männer rekrutiert, hatte sein Augenmerk konzentriert auf den Norden gerichtet. Doch dann war der erste Schnee gefallen, und der war ihm unter die Haut gegangen. Und plötzlich fühlte sich alles falsch an.

Wieder und wieder hatte er Finns Briefe gelesen und sogar beantwortet, um ihm mitzuteilen, dass er im neuen Jahr Segel setzen würde. Finn hatte ihm versichert, dass Magnus bereit war, »seinen teuren Onkel willkommen zu heißen«, und obwohl er an dem Wahrheitsgehalt dieser Worte zweifelte, hatte er doch Briefe an Ingrids Bruder, König Anund Jakob von Schweden, gesandt, um bei ihm eine sichere Unterkunft zu finden, bis der Weg in sein Heimatland frei war. Ulf hatte recht: Magnus hatte nun auch Dänemark; und er war sicher, dass der Junge zumindest zum Schein dort residieren würde, um sich von dort aus weiter auszubreiten.

Wie oft hatte er wachgelegen und verzweifelt versucht, sich Thora vorzustellen, wie sie nackt und nur von ihrem Mantel verhüllt zu ihm gekommen war. Aber jedes Mal war ihm das Bild Elisabeths in den Sinn gekommen, die ihm vor ganz Kiew Gift und Galle ins Gesicht gespuckt hatte, und das hatte sich als zehnmal so anziehend entpuppt. Elisabeth wäre ihm nicht nur Gemahlin, sondern auch Verbündete gewesen, und er hatte sich mehrfach gefragt, wie er es hatte zulassen können, dass so ein dummer, unüberlegter, öffentlicher Streit ihm all das genommen hatte. Er trank erneut.

Auch Halldor nahm einen Schluck, sagte aber dann: »Als Elsa starb, hätte ich mir am liebsten meinen eigenen Dolch ins Herz gerammt.«

Harald sah ihn schockiert an. »Aber das ist …«

»Eine Sünde?«

»Das nicht so sehr, sondern eher …«

»Feige? Schändlich? Ich weiß. Ich hasste mich deswegen, aber eine Welt ohne sie hasste ich noch mehr. Und ich hätte es vielleicht sogar getan, wenn es Aksel nicht gegeben hätte.«

Harald rieb sich die Augen wie im Traum. »Wirklich, Hal?«

»Erbärmlich?«

»Erbärmlich.«

Beide Männer tranken wieder. Keiner sprach ein Wort, bis endlich Halldor hinzufügte: »Ich denke immer noch an sie, Harald. Jeden einzelnen Tag denke ich an sie, und es mag tausendmal erbärmlich sein, aber ich kann es nicht ändern. Auf seltsame Weise erhält es mich sogar am Leben. Ich denke, dass manche Frauen vielleicht einfach etwas Besonderes sind. Elsa war eine von ihnen, und mir kommt es so vor, als sei Elisabeth aus ähnlichem Holz geschnitzt.«

Angriffslustig funkelte Harald ihn an. »Ich habe eine Verlobte in Norwegen.«

»Ich weiß. Du bist ein habgieriger Mann, Harald Sigurdsson, aber trotzdem hast du immer noch keine Segel gesetzt, um zu ihr zu gelangen. Stattdessen drehen wir hier in Nowgorod unsere gefrorenen Däumchen und warten darauf, dass du endlich den Mut aufbringst, nach Kiew zurückzukehren und dich zu entschuldigen.«

»Du glaubst, dass wir deshalb warten?«

»Ist es denn nicht so?«

»Nein! Da sind das Eis und die Truppen und die …« Sogar in betrunkenem Zustand hörte Harald, wie wenig überzeugend seine Ausreden klangen – wie erbärmlich. »Sie wird mich nicht anhören«, stieß er also hervor.

»Vielleicht nicht.«

»Sie hasst mich.«

»Ein gutes Zeichen.«

»Das hier ist keine Geschichte, Hal.«

»Aber sicher ist das eine. *Deine* Geschichte, Harald, deshalb solltest du sie auch nach deinem Willen weiterschreiben. Die Flotte ihres Vaters ist nach Miklagard gesegelt, und es war eine Katastrophe. Sie humpelten genauso angeschlagen nach Hause, wie du vorausgesagt hast, und der junge Prinz Wladimir hätte es beinahe mit dem Leben bezahlt. Elisabeth wird mittlerweile erkannt haben, dass du kein Feigling bist, sondern ein kluger Heerführer.«

»Klug? Ach, komm schon, Halldor.«

»Du hast recht. Ich lasse mich von meinen Worten mitreißen. Einigermaßen vernünftig – klingt das besser?«

Harald klopfte seinem Freund auf den Rücken. »Ich glaube, Hal, dass *du* vielleicht der Weisere von uns beiden bist. Meinst du, dass sie mich immer noch nimmt?«

»Ich glaube, es ist einen Versuch wert, und außerdem hast du ja noch ein Eisen in Norwegen im Feuer, wenn sie es nicht tut.«

Harald schnitt seinem runzligen Freund eine Grimasse und nahm wieder einen Schluck, wobei er sich große Mühe gab, das Lächeln zu verbergen, das sich auf sein Gesicht schlich. Ob er wirklich zu ihr reisen sollte?

»Du hast die Kette Miklagards überquert«, flüsterte Halldors Stimme ihm jetzt ins Ohr. »Du hast Piraten in der Ägäis gegrillt. Du hast der Kaiserin in ihrer Drachenhöhle getrotzt und bist lebend davongekommen. Da wirst du es doch noch schaffen, ein Mädchen um Vergebung zu bitten, oder?«

Sicher konnte er das, dachte Harald. Aber es kam ihm viel schwieriger vor als alles, was er bislang getan hatte.

Kapitel 15

Podil, Kiew, Januar 1043

Elisabeth spürte, wie ihr Gesicht mit einem Mal ganz heiß wurde, als die Männer Kiews mit animalischem Schrei ihre Fackeln auf die große Galeere schleuderten, die auf der dicken Eisschicht des Dnepr lag, so dass sie in Flammen aufging. Das Feuer sammelte sich kurz in der Mitte des alten Schiffes, bevor es an den Ruderbänken entlangleckte und dann über die Reling auf den großen Drachenkopf hoch oben am Bug zutanzte. Die ausgelassene Menge in den überfüllten Straßen jubelte laut, und Elisabeth, die auf der königlichen Haupttribüne neben Anna und Agatha stand, fühlte sich von ihrer Freude ebenso erwärmt wie von der Hitze.

»Dieser Teil macht mich immer traurig«, sagte eine Stimme hinter ihr.

Sie drehte sich zu Jakob um, dem Meister der Bootsbauer, dem die Ehre zuteilwurde, sich bei diesem besonderen Feuerfest zur königlichen Familie hinzugesellen zu dürfen, und sie lächelte.

»Das Schiff war alt, Jakob.«

»Aber wunderschön.«

»Das sind sie alle, und Ihr werdet noch mehr erbauen.«

Jakob seufzte tief und heiser. »Ich habe im letzten Jahr viele gebaut, Prinzessin, nur um sie zusammen mit Eurem Bruder – Gott möge ihn segnen – auf den Grund der Ägäis zu schicken.«

»Wladimir ist nicht gesunken, Jakob«, erwiderte Elisabeth streng und hielt nach ihrem Vater Ausschau, der sich Gott sei Dank ganz und gar dem Feuerspektakel widmete, während das Eis unter dem Schiff barst. Ein Ruck ging durch das Schiff, als sei es begierig darauf, nun endlich seine letzte Reise anzutreten.

Ihre heidnischen Vorfahren hatten vor noch nicht allzu vielen Jahren geglaubt, dass sie ein solches Schiff nach Walhall schickten, um für den Handel und die Beutezüge des kommenden Jahres die Gunst der Götter zu erbitten, und sie war sicher, dass viele der Menschen, die hier in Podil mit weit aufgerissenen Augen zusahen, sich immer noch an diesen Glauben klammerten. Viele junge Männer nahmen das Risiko auf sich, über das schmelzende Eis zu laufen, um Geschenke – Ringe, Hufeisen, Gewänder, Trinkbecher, eben die jeweiligen Symbole ihres Gewerbes – in die Flammen zu werfen. Damit wollten sie allerdings eher die jungen Frauen Kiews beeindrucken als irgendwelche immer noch anwesenden Götter, aber dennoch war der Aberglaube in der ganzen Zeremonie nach wie vor spürbar. In den Nordlanden ihrer Vorväter wäre dies sicher eine der Nächte gewesen, in denen man auch mit umherziehenden Trollen gerechnet hätte.

Elisabeth schauderte trotz der Hitze der Flammen. Würde Harald dieses winterliche Feuerfest in Norwegen feiern? Würde er zusehen, wie seine eigene Galeere brannte, die er nicht länger benötigte – nun, da er in der Sicherheit seiner Heimat war, mit König Magnus an seiner einen Seite und seiner blonden norwegischen Gemahlin an der anderen?

Denk nicht daran, mahnte sie sich – wie schon den ganzen Winter über.

Ihre Familie war nach Haralds dramatischer Abreise sehr liebevoll zu ihr gewesen. Agatha und Edward waren mit ihr ausgeritten, wobei sie die Pferde hart angetrieben hatten, um ihre Gedanken von ihren Sorgen abzulenken. Anna hatte ihr ein Gebetbuch mit einer wunderschönen goldfarbenen Widmung in ihrer eleganten Handschrift geschenkt: *Für meine mutige Schwester.* Selbst Anastasia hatte sich aufrichtig besorgt gezeigt, obwohl das vielleicht auch nur Eifersucht angesichts der dramatischen Tragik ihrer Situation war.

Ingrid hatte einen talentierten Fidelspieler aus Bayern engagiert, damit sie ihre musikalischen Fähigkeiten ausbauen konnte, und diese Ablenkung war ein Segen gewesen. Jaroslaw hatte ihr Juwelen geschenkt und sie auf eine Reise entlang des stetig wachsenden Schlangenwalls mitgenommen, und dann, an Weihnachten, hatte er ein Dutzend geeignete junge Grafen und Prinzen aus den benachbarten Tributländern eingeladen, die ihr den Hof machen sollten. Es war nicht gut gelaufen. Elisabeth hatte sich sehr bemüht, höflich zu bleiben. Aber die Männer waren ihr allesamt vorgekommen wie alberne Toren im Vergleich zu …

»Denk nicht dran«, sagte sie sich wieder.

Wladimir war nach dem schrecklichen Ausflug nach Miklagard nach Nowgorod zurückgekehrt, wo er die Tochter des ehemaligen Grafen geheiratet hatte. Ivan wurde mit einer Prinzessin aus Miklagard verlobt, was Teil der ausgedehnten Friedensverhandlungen nach ihrer Niederlage war, und Jaroslaw hatte Agathas energischem Bitten endlich nachgegeben und sie Edward versprochen. Der ernste Prinz, der mittlerweile auf die Dreißig zuging, war hocherfreut, aber auch verlegen gewesen und hatte wiederholt, was er Elisabeth schon so oft versichert hatte: dass er wohl nie Gelegenheit haben würde, sich bei seinem großmütigen Wohltäter für das alles zu revanchieren. Agatha jedoch hatte mit fester Stimme verkündet, dass ihr Glück genug Dank für Jaroslaw sei, und die Hochzeit wurde für das darauffolgende Jahr angesetzt, in dem sie fünfzehn werden würde.

Inzwischen hatte ein Botschafter von keinem geringeren Hof als dem französischen begonnen, um Anna herumzuscharwenzeln. Er suchte eine Frau für den verwitweten Henry I., und Elisabeth kam es so vor, als ob sämtliche älteren Kinder Jaroslaws ihren Teil dazu beitrugen, sein einflussreiches Netz weiterzuweben, außer ihr selbst. Es schmerzte, wenn auch nicht genug, um die langweiligen Prinzen zu einem Antrag zu ermutigen.

»Im Frühling, Elisabeth«, hatte Jaroslaw ihr am Dreikönigsabend erklärt, wobei er seine wachsende Ungeduld kaum im Zaum zu halten vermochte, »werden wir dir einen Gemahl aussuchen. Wenn *du* es nicht kannst, dann werde *ich* es tun – und du wirst meine Wahl mit Würde akzeptieren. Du bist jetzt schon vierundzwanzig, meine Tochter, und wir müssen dich verheiraten, bevor dein Schoß welk wird und dich niemand mehr will.«

Er hatte natürlich recht. Aber während Elisabeth beobachtete, wie die Flammen sich immer weiter auf den Drachenbug zufraßen, empfand sie mit einem Mal Mitleid mit dem armen Schiff. Sie hatte Harald geliebt. Auf unbekümmerte und törichte Weise, und diese Liebe hatte sie verbrannt, so wie nun dieses Drachenschiff verbrannte.

Traurig beobachtete sie, wie das letzte Eis um das Schiff mit einem seltsam saugenden Geräusch schmolz und es auf seinem selbst erschaffenen See zu schaukeln begann. Bald würden seine verkohlten Planken bersten, und es würde sinken. Schon vor Anbruch des Morgengrauens würde sich dann eine dünne Eiskruste über den dahintreibenden Überresten gebildet haben und sie einschließen, bis das Tauwetter im Frühjahr sie nach Süden entführen würde.

Zur Linken der Tribüne begannen Musikanten aufzuspielen. In ihrer Mitte entdeckte Elisabeth ihren Fidellehrer, und sie wartete darauf, dass die Musik ihr Innerstes berühren würde, aber das Gefühl wollte sich einfach nicht einstellen. So stand sie zutiefst deprimiert an Jakobs Seite. Beide starrten unverwandt das sinkende Schiff an, während das restliche Kiew zu tanzen begann. Da erhob sich plötzlich ein Schrei aus der Menge der Menschen, die flussaufwärts am weitesten entfernt standen.

»Ein Geist!«

»Ein Geist aus Walhall, der sein Schiff holen will!«

»Unsinn«, sagte Jaroslaw schnell, aber auch er trat, genau wie alle anderen, einen Schritt vor, um den Dnepr hinaufzublicken zu jener Stelle, auf die so viele Finger nun deuteten und wo – über das Knistern der Flammen hinweg – die Nachtluft erfüllt war vom Klang beschlagener Hufe, die auf das Eis trommelten.

Ein Reiter war zu sehen, die Füße in den Steigbügeln eines großen Streitrosses, gekleidet in einen scharlachroten Mantel. Auf dem Kopf trug er einen Helm, an dessen Seiten die zeremoniellen Flügel angebracht waren. Er sah in der Tat wie der Geist eines Kriegers aus, als er sein Pferd auf den zugefrorenen Fluss lenkte und auf das Schiff zupreschte.

»Wer ist das?«, fragten die Menschen atemlos.

»Er ist ein toter Mann, wenn er dem Schiff noch näher kommt.«

»Geister können nicht sterben!«

Aller Augen beobachteten die Gestalt, die an der Galeere entlangritt: ein riesiger dunkler Schatten vor der orangefarbenen Glut, dessen Ross das gefährlich dünne Eis kaum zu berühren schien. Dann, gerade als es aussah, als ob er weiter den dunklen Dnepr entlanggaloppieren wollte, schwang er sich von seinem Pferd und landete geradewegs auf dem Kopf des Drachen, so dass die beharrlichen Flammen gierig emporzüngelten, um seine Stiefel zu verschlingen. Die Menge keuchte und drängte sich vor, als der Mann – wenn es denn tatsächlich ein Mann war – einen Arm in die Höhe hielt.

»Ich bin hier, um mit diesem Schiff zu sterben«, verkündete er. »Um für meine Sünden an diesem herrlichen Volk der Rus zu büßen, wie ich es rechtmäßig verdient habe.«

»Nein!«, protestierten die Menschen.

Er brachte sie mit einer Handbewegung zum Schweigen. »Nur eines kann mich retten … die Liebe einer Frau.«

Die Menge brach in *Ohs* und *Ahs* aus, begeistert von dieser lebendigen Geschichte. »Welcher Frau?«, riefen sie, und ein paar bereitwillige Damen drängten sich bereits eifrig nach vorn.

»Die Liebe von Prinzessin Elisabeth«, kam die Antwort. Dann riss sich die heldenhafte Gestalt den Helm vom Kopf, und ein Vorhang eisblonden Haares fiel über seinen scharlachroten Mantel.

»Harald!«

Elisabeth konnte es kaum glauben und wusste nicht, ob sie ihn einen Narren schelten oder ihn als ihren Helden umarmen sollte. Die Menge jedoch kannte keinerlei Zweifel dieser Art, und alle blickten gespannt zu Jaroslaw hinüber, warteten darauf, dass er ihren »Geist« von den Flammen der Hölle erlöste.

»Ihr habt uns im Stich gelassen, Harald«, rief Jaroslaw über den Fluss hinweg.

»Das weiß ich. Aber ich tat es aus aufrichtigster Überzeugung. Ihr habt hoffentlich erkannt, dass mein Rat dem bescheidenen Wissen eines Kriegers entsprang und nicht aus Stolz oder Feigheit erteilt wurde?«

Die Flammen züngelten jetzt weiter am Drachenkopf empor, und Harald kletterte etwas höher hinauf, klammerte sich an den geschnitzten Ohren der Galionsfigur fest, ebenso wie die Umstehenden sich aneinanderklammerten.

»Ich werde es wiedergutmachen, Großfürst«, fuhr Harald fort. »Ich werde Eure wunderschöne Tochter zur Königin von Norwegen machen, und danach von Dänemark und England. Gemeinsam, Jaroslaw, werden wir über den Norden herrschen, ich schwöre es. Aber ich muss Elisabeth als Königin an meiner Seite haben. Das erbitte ich mir von Euch.«

Das Schiff ächzte. Das Feuer in seinem Rumpf hatte sich durch die Planken hindurchgefressen, und nun splitterte eine Seite, so dass das ganze Gefährt wild schaukelte. In wenigen Minuten würde es in sich zusammenbrechen und den Prinzen in das Inferno hinab und auf den Grund des Dnepr ziehen.

»Gewährt es ihm!«, bat die Menge ihren Großfürsten.

Elisabeth sah, wie Jaroslaws Augen über das sterbende Schiff hinwegflackerten, und wusste, dass er, der er ein genauso guter Schauspieler war wie Harald, einzuschätzen versuchte, wie viel Zeit ihm noch blieb.

»Ihr werdet sie ehren und achten?«, fragte er, als der Mast mit lautem Getöse in sich zusammenfiel und auf das Eis krachte, so dass das Schiff immer wilder zu schaukeln begann.

»Das werde ich«, rief Harald, und Elisabeth hörte die wilde Panik in seiner Stimme.

»Geschieht ihm recht«, murmelte sie, »wegen seiner verdammten Heldentricks.« Aber ihr lag das Herz auf der Zunge, und sie trat vor, um Jaroslaws Arm zu packen.

»Du bist einverstanden, Tochter?«, fragte ihr Vater sie, wobei er das Schiff im Auge behielt.

»Ich bin einverstanden«, stimmte sie zu, so laut sie konnte.

»Dann, Prinz Harald«, rief Jaroslaw, »kommt und nehmt Euch Eure Braut!«

Harald verstummte, neigte einen Augenblick lang den Kopf, dann sprang er von dem Drachen hinab. Er landete mit einem dumpfen Knall auf dem Eis und schlitterte auf das Ufer zu, wo eifrige Hände ihn erwarteten, um ihn genau in dem Augenblick an Land zu heben, als das Schiff auseinanderbrach. Der Drachenkopf schien sich einen Augenblick lang aufzubäumen, bevor er rücklings in die Flammen stürzte, die vom schäumenden Wasser umtost wurden. Elisabeth presste sich die Hand auf die Brust, um ihr Herz zu beruhigen, denn es schlug darin so heftig wie ein Hammer auf den Amboss und drohte sie zu zersprengen. Doch nun wurde Harald zu ihr gebracht, wurde auf den Schultern der Menschen Kiews auf das Podest gehoben, und ihre Schwestern schoben sie energisch nach vorn. Sie musste sich sammeln.

»Ein großer Auftritt, Harald«, sagte sie trocken, als er vor ihr niederkniete.

Er blickte durch den Vorhang seines Haares zu ihr auf, wobei die goldenen Flecken in seinen hellgrauen Augen blitzten.

»Ich wollte dich beeindrucken.«

»Indem du dir die Stiefel versengst?«

»Und ich wollte es dir schwer machen, Nein zu sagen.«

Sie schüttelte den Kopf. »Das ist dir gewiss gelungen,

aber Harald …« Sie streckte die Hand aus und zog ihn auf die Füße, so dass sein großer Körper ihr jetzt ganz nah war. »Auch wenn du auf einem Esel herangeschlichen wärst, hätte ich nicht Nein gesagt.«

Er küsste ihre Hand, und die Menge jubelte.

»Ich bin unendlich froh, das zu hören – aber dein Vater hätte es vielleicht getan.«

Elisabeth erkannte, dass er recht hatte: Dieses verrückte Schauspiel hatte es Jaroslaw ermöglicht, in aller Ehre nachzugeben und dabei sein Gesicht zu wahren, sogar mit einer gewissen Anmut. Und doch …

»Warum bist du zurückgekehrt, Harald?«, fragte sie.

Er umfing ihre Hand mit der seinen und presste sie auf seine Brust.

»Weil, Elisabeth, ich offenbar so ein Tor bin, dass ich … dich anscheinend liebe.« Er errötete und fuhr eilig fort: »Und man erzählt sich, dass du mich vielleicht auch liebst?«

»Vielleicht. Obwohl du mich verletzt hast, Hari.«

»Das weiß ich, und ich bedaure es mehr als den Verlust von eintausend Schiffen. Ich werde es nicht wieder tun. Lass mich dir zeigen …«

Harald ließ sie los, zog sein Essmesser aus dem Gürtel und hielt es sich an die Kehle. Die Menge, trunken von dem weiteren Schauspiel, das sich ihr dort bot, keuchte, aber Harald durchtrennte einfach nur das Lederband um seinen Nacken und löste den kostbaren Ring davon, den Elisabeth ihm zurückgegeben hatte.

»Darf ich?«

Er ergriff ihre Hand erneut und ließ den prächtigen Ring vor aller Augen auf ihren Finger gleiten. Die Menge jubelte unaufhörlich.

»Morgen«, sagte Jaroslaw streng. »Morgen werdet ihr in der Hagia Sophia miteinander vermählt.«

»Bevor mein Schoß welk wird?«, wagte Elisabeth ihn zu fragen, und er verengte die Augen.

»Sorg dafür, dass er bis dahin unberührt bleibt, Tochter«, befahl er und wandte sich um, um Ingrid zum ersten Tanz zu führen, als die Feiernden sich zögerlich vom Anblick dieser spontanen Unterbrechung lösten und sich wieder dem eigentlichen Feuerfest zuwandten.

»Ja, Vater«, murmelte Elisabeth seinem Rücken zu, aber es war ausgeschlossen, dass sie noch länger warten sollte.

»Komm«, sagte sie, ergriff Haralds Hand und führte ihn von der Tribüne hinunter.

»Jetzt?« Seine Augen waren mit einem Mal so dunkel wie der gurgelnde Dnepr.

»Jetzt.«

Elisabeth führte ihn zu Jakobs Werkstatt, schloss das große Tor mit dem Schlüssel auf, den der Bootsbauer für sie hatte schmieden lassen, damit sie eintreten konnte, wann immer sie einen Blick auf den Adlerbug des Schiffes werfen wollte, das er für sie erbaute. Sie hielt Haralds Hand fest in der ihren, zog ihn um ein halbfertiges Handelsschiff herum, an dem Stapel süß duftenden Holzes vorbei, welches darauf wartete, dass sich sein Schicksal unter der Axt erfüllte, und eine Leiter hinauf, die auf den darüberliegenden Dachboden führte. Hier bewahrte Jakob seine Werkzeuge auf, seine Schnitzereien und seine Experimente; hier unter den Dachsparren nahm Elisabeths Adler Gestalt an, und hier hatte Jakob ein weiches Federbett für jene Nächte, an denen er zu lange an seinen geliebten Booten arbeitete, um nach Hause zu seiner Frau zu gehen.

»Bist du sicher?«, fragte Harald, aber als Antwort zog sie ihn nur neben sich aufs Bett, küsste ihn, und dann rissen sie einander die Kleider vom Leib, als ob das Boot immer noch unter ihnen brannte.

Elisabeth spürte seine Hände auf ihrem ganzen Körper und erkundete ihrerseits den seinen, ertastete die Narben mit den Fingerspitzen, ihr Mund fest mit dem seinen verschmolzen, und sämtliche Sinne vibrierend. Sie roch eine wunderbare Mischung aus frischem Holz, Schweiß und Rauch, und der weiche Untergrund von Jakobs Bett unter ihr bildete einen köstlichen Gegenpol zu dem soliden Körper des Mannes, an dessen Rückkehr zu glauben sie nicht mehr gewagt hatte.

»Ich will dich«, raunte sie und zog ihn dichter zu sich heran, so dass er über ihr lag. »Ich will dich jetzt.«

Er verharrte einen Augenblick lang in dieser Stellung, sah auf sie hinab, neckte sie.

»Jetzt?«

»Genau jetzt, oder du reitest allein nach Norden.«

»Niemals.«

Er neigte den Kopf und ließ sanfte Küsse ihren Hals hinab und zwischen ihren Brüsten hinabregnen, bis sie sich ihm entgegenbäumte. Dann drang er langsam und achtsam in sie ein. Sie verspürte einen scharfen Schmerz und wurde gleich darauf von einem wundervollen Rausch an Empfindungen übermannt.

»Ja«, raunte Elisabeth, klammerte sich an ihn, um ihn tiefer in sich zu spüren. »Ja, Harald. Bitte.«

»Es tut nicht weh?«, fragte er und hielt inne.

»Nur wenn du aufhörst.«

Darüber musste er lächeln und bewegte sich erneut, erfüllte sie mit jenen berauschenden Empfindungen, nach denen sie sich so lange gesehnt hatte. Wieder hielt er inne, küsste sie, dann drehte er sich auf den Rücken und zog sie mit sich, so dass sie, da sie immer noch miteinander verschmolzen waren, rittlings auf ihm zu sitzen kam.

»Harald!«

»Du bist dran, Liebste.«

»Wirklich?«

»Versuch es.«

Sie gehorchte, bewegte sich zunächst nur langsam, aber dann, als die Empfindungen in ihrem Inneren stetig intensiver wurden, in immer schnellerem Rhythmus. Sie ritt wieder auf den Stromschnellen dahin, das Blut brauste in ihren Adern, sie spürte das Donnern des Windes und die Kraft des Wassers unter sich – nur dass es sich hier nicht um den kalten Fluss handelte, sondern um Harald, ihren Harald. Sie ritt ihn leidenschaftlich, bis ihr ein Schrei der Lust entfuhr und die Wogen sie verschlangen, und sie wusste, dass sie auf vollkommene und wunderbare Weise genau dort angelangt war, wo sie sein sollte.

Kapitel 16

Austrått, Februar 1043

»Harald kommt nach Norwegen.«

»Ich weiß«, antwortete Thora und versuchte, gelassen zu klingen. »Du hast es mir schon gesagt. Im neuen Jahr, sagtest du, und das ist mittlerweile angebrochen. In der Tat währt das neue Jahr mittlerweile schon so lang, dass man es wohl kaum mehr neu nennen kann.«

»Wahr gesprochen«, stimmte Finn zu.

Seine Stimme klang seltsam, und als Thora von ihrer Handarbeit aufsah, bemerkte sie, dass er die Hände rang wie eine alte Frau, die einen Knoten in ihrem Webstuhl entdeckt hat.

»Stimmt etwas nicht, Onkel?«

»Etwas ist … anders.«

Finn ließ das Wort »anders« nicht gerade verlockend klingen. Tatsächlich war »anders« nach Thoras Erfahrung nur selten verlockend, man musste dabei mit allem rechnen.

»Aber Harald kommt doch?«, forschte sie nach.

»So kündigt er es in seinen Briefen an, ja. Er will in Schweden an Land gehen und dann das Kjølen-Gebirge überqueren, um von dort nach Nidaros zu reiten.«

»Gut. Wir können dann dort sein, um ihn zu empfangen.«

»Das können wir. Ihn und …«

»Und was, Onkel?«, fragte Thora ungeduldig, schob ihre Nadel in das Muster auf dem Leinen und zog sie wieder heraus.

Finn holte sichtlich Luft. »Ihn – und seine Frau.«

Thoras Welt begann sich zu drehen. Das halb fertige Muster auf dem Leinen tanzte vor ihren Augen. Die Nadelarbeit fiel ihr aus den Fingern, und das Feuer im Kohlebecken schien vor ihr zu wachsen. Sie hatte geglaubt, dass Neuigkeiten von solcher Tragweite sie schon vorher erreicht hätten. Nein, sie hatte geglaubt, dass derlei Neuigkeiten unmöglich seien. Dass er ihr gehörte.

»Die Prinzessin aus Kiew?«, presste sie mühsam hervor. Finns gesenkter Kopf war Antwort genug. »Wie konnte er das tun?«

»Er schreibt, dass es sich um eine politische Notwendigkeit handelte«, plapperte Finn nun drauflos. »Er schreibt, dass er dem Großfürsten verpflichtet gewesen sei. Er schreibt, dass er unsere Familie immer noch mehr schätzt als alle anderen Familien in Norwegen.«

»Verdammt soll unsere Familie sein!«

»Thora!«

»Er hat sich mir versprochen, Onkel.«

»Und du hast einen anderen geheiratet.«

Sie zuckte zusammen. Es kam ihr so grausam vor, dass ihre Ehe mit Pieter, diese erbärmliche Nebensächlichkeit in ihrem Leben, ihr vielleicht den einen Mann genommen hatte, den sie jemals wirklich hatte haben wollen.

»Das war nicht meine Entscheidung«, erwiderte sie schroff.

»Ich habe diese Verbindung in gutem Glauben für dich arrangiert, und das weißt du. Außerdem kann das hier immer noch funktionieren, meine Liebe. Ich verspreche es dir. Er sagt, er wird dafür sorgen, dass du standesgemäß verheiratet wirst mit …«

»Er wird mich mit niemandem verheiraten«, knurrte Thora, »außer mit sich selbst.«

»Thora …«

»Und du, Onkel, wirst mich in dieser Sache unterstützen, da bin ich sicher.«

Sie hörte ihre eigenen Worte, leise und drohend. Jeder, der vor der Tür lauschte, würde meinen, dass eine Fremde im Raum war, und vielleicht war das ja tatsächlich der Fall. Alles, was sie ausgemacht hatte, alles, wofür sie gelebt hatte, schien ihr nun entrissen. Hielt Harald sie für dermaßen schwach? Erwartete er allen Ernstes, dass sie das akzeptierte? Dass sie diesen Ersatzehemann mit dankbarem Lächeln heiraten und sein Ansinnen, eine andere Frau auf den Thron zu setzen, unterstützen würde?

Nun, da irrte er sich jedenfalls gewaltig. Seit vielen, vielen Jahren hatte Thoras einziger Lebenszweck darin bestanden, Harald Sigurdsson zu heiraten, und das würde man ihr jetzt nicht verwehren. Sollte er doch kommen und seine slawische Braut mitbringen. Die vermaledeite Frau würde schon bald sehen, wer in Norwegen die Fäden zog.

Teil Zwei

Kapitel 17

Mälaren, September 1045

Der Wind zerrte brutal an Elisabeths Haar und warf ihr Salz in die Augen, ohne Rücksicht auf die heißen Tränen zu nehmen, die ihr die Sicht raubten. Sie kauerte sich tiefer in ihre Schlafdecken, eher Schnecke als Königin, und betete darum, dass diese erbarmungslose Reise endlich vorüberging. So viele Jahre hatte sie davon geträumt, über das Warägermeer zu segeln, hatte sich vorgestellt, wie sie am Bug stand und in die prächtigen Wellen hinaussah. Aber die Wirklichkeit hatte sich als dunkel, nass und bitter entpuppt, und jetzt verfluchte sie ihre eigene Naivität. Das war keine Flussreise durch das Land der Rus, sondern eine harte, kalte Schlacht gegen das offene Meer. Sie umfing ihren Bauch, der sich wölbte, da sie Haralds kostbares Kind unter dem Herzen trug, und betete, dass bald Land in Sicht kam.

Zwei Jahre in Folge waren sie im Begriff gewesen, davonzusegeln, und zwei Jahre in Folge hatten die Wilden Männer aus dem Norden Nowgorod angegriffen, so dass Haralds Truppen gezwungen gewesen waren, Prinz Wladimir zur Seite zu stehen und sie zurück in die Wälder zu jagen. Elisabeths dankbarer Bruder hatte Harald seine Dienste großzügig entlohnt, und außerdem hatte es jede Menge Kriegsbeute gegeben. Aber Elisabeth hatte befürchtet, dass sie unter dem Gewicht ihrer Kriegsgewinne sinken würden, wenn sie nicht bald segelten.

Die Verzögerungen hatten nur einen einzigen Vorteil gehabt: die Gelegenheit, bei Agathas Hochzeit mit Edward dabei zu sein – ein Tag, der sie zutiefst berührt hatte. Sie war mittlerweile so daran gewöhnt gewesen, dass ihre jüngste Schwester dem schweigsamen englischen Prinzen in Kiew auf Schritt und Tritt folgte, dass es ihr seltsam vorgekommen war, sie nebeneinander als Mann und Frau stehen zu sehen – aber auch richtig. Nun war das Brautpaar mit Andreas, Anastasia und der kleinen Adelheid nach Ungarn abgereist, denn in Andreas' Heimatland hatte sich ein Aufstand erhoben, und Botschafter waren nach Kiew geritten und hatten ihn gebeten, nach Hause zurückzukehren, um ihr Anführer zu sein. Edward hatte Andreas sein Schwert dargeboten, hatte bekundet, dass er es leid war, auf einen Ruf Englands zu warten, von dem er wusste, dass er niemals kommen würde, und die beiden Paare waren gemeinsam westwärts geritten.

Ivan hatte Kiew ebenfalls verlassen, um dem Kaiser, seinem frischgebackenen Schwiegervater, in der Ägäis zu dienen, und Stefan war in die wachsende Stadt Tschernigow gereist, um die östlichen Grenzen im Reich seines Vaters zu sichern. Jaroslaws Kinder breiteten sich in der bekannten Welt aus, genau wie er es immer beabsichtigt hatte, und der Gedanke, jetzt selbst nach Norwegen zu segeln, hatte Elisabeth gleichermaßen entsetzt wie entzückt. Sie hatte ihren Schwestern, sogar Anastasia, das Versprechen abgerungen zu schreiben. Sie selbst hatte sich einen Vorrat an Pergament angelegt, aber solange die erbarmungslose See sie in ihren Klauen hielt, hatte sie keine Möglichkeit, ihnen eine Nachricht zu schicken.

Zunächst waren sie westwärts gesegelt, fuhren an der Südküste des Ödlands der Finnen entlang, und alles schien gut zu laufen. Aber heute, in den frühen Morgenstunden, hatten sie Segel aufs offene Meer in Richtung Schweden gesetzt, und mit drohendem Gebrüll hatte sie ein Sturm überfallen. Zu dieser Stunde hätte die Sonne eigentlich hoch am Himmel stehen sollen, aber es war dunkler als in der Nacht, ein seltsames grünliches Leuchten, das wie Unkraut nach Elisabeths Herz griff. Sie stieß sich von der Schiffswand ab und sah fasziniert zu, wie Welle um Welle über ihnen brach. Die Seeleute sahen aus, als ob sie befürchteten, jeden Augenblick vom Meer verschlungen zu werden. Doch dann tanzte das kleine Schiff doch wieder auf den schäumenden Wellen dahin. Die Mannschaft legte sich in die Riemen, als ob dem dünnen Holz dadurch Federflügel wachsen könnten, die sie in Sicherheit brachten.

Neben Elisabeth kniete Greta auf dem Boden und betete zum finsteren Himmel empor. Wieder und wieder entrangen sich Stoßgebete ihren beinahe blauen Lippen. Ihr Gewand war dunkel von der erbarmungslosen Gischt, und ihr Haar schlug ihr ins Gesicht wie die Peitsche eines Piraten. Elisabeth hatte Mitgefühl mit ihr. Hedda hatte die Dienste ihrer Tochter Greta, die jetzt fast vierzehn war, als Hochzeitsgeschenk angeboten, und Elisabeth hatte das Mädchen gerührt als ihre Magd angenommen. In Nowgorod hatte sich herausgestellt, dass sie eine schnelle Auffassungsgabe hatte, und sie war ihr während ihrer beiden vorangegangenen Schwangerschaften, die sich als vergeblich entpuppt hatten, ein großer Trost gewesen.

Elisabeths Herz zog sich zusammen bei der Erinnerung an diese Verluste, und sie legte die Hände noch fester auf ihren Bauch, als ob sie durch reine Willenskraft das Ungeborene dazu bewegen könnte, in ihr zu bleiben. Nun spürte sie Krämpfe und einen dumpfen Schmerz im Rücken und wusste, was das bedeuten mochte, denn immerhin war sie allzu häufig dabei gewesen, wenn ihre Mutter ein Kind bekam.

»Das kann nicht sein«, schrie sie, wobei ihre Worte von einer weiteren, riesigen Welle verschluckt wurden, während überall die Männer darum kämpften, das trudelnde Schiff wieder nach vorn zu lenken, um der Zerstörung zu entgehen. »Ich kann doch nicht *noch eines* verlieren.«

Sie hielt nach Harald Ausschau, aber der stand mit Ulf an Steuerbord, die Muskeln angespannt unter seiner durchweichten Tunika, während er gegen das Meer ankämpfte. Sie sog scharf den Atem ein, als eine weitere Schmerzwelle kam. Jetzt gab es keinen Zweifel mehr. Beide Male zuvor hatte sie so früh geblutet, dass sie kaum zu hoffen gewagt hatte, dass der Samen sich in ihrem Schoß eingenistet hatte. Diesmal jedoch war das Kind gewachsen, und ihr Leib hatte sich leicht gewölbt, so dass sie, als sie Segel setzten, überzeugt war, Norwegen nicht nur den neuen König, sondern überdies auch noch einen Erben zu bringen. Scheinbar hatte das Warägermeer jedoch andere Pläne mit ihnen, und wäre es nicht übelster Aberglaube gewesen, hätte Elisabeth beinahe den Gedanken gewagt, dass die alten nordischen Gottheiten mit ihr ein übles Spiel trieben.

»Herrin?« Greta legte ihr eine Hand auf die Schulter und beugte sich dicht zu ihr heran. »Herrin, habt keine Angst. Gott wird uns sicher an die Küste geleiten.«

Elisabeth versuchte zu lächeln, um die arme Magd in ihrem einfachen Glauben zu bestärken. Aber in diesem Augenblick, just als sie den Kamm einer Welle erreicht hatte, wogte eine andere von der Seite heran, umrundete die erste und sandte das Boot in einen entsetzlichen Strudel. Es drehte sich seitwärts wie ein Karren auf dem Eis und schoss ins Wellental hinab, landete dort mit einem Krachen, durch das die hilflosen Seeleute ins Taumeln gerieten. Elisabeth, die in ihrem Schlafsack gefangen war, konnte sich nicht rechtzeitig festhalten und wurde gegen den Mast geschleudert. Wie ein Dolch durchfuhr sie der Schmerz, und sie erschauerte heftig.

»Herrin!«

Gretas Schrei war laut genug, um sogar das Brüllen der nächsten Welle zu übertönen, und mit einem Mal waren sie von Männern umringt. Elisabeth suchte zwischen den Gesichtern nach Harald und sah, wie er sich an ihre Seite drängte. Sein weißes Haar leuchtete sogar jetzt noch, da er ausschließlich von blonden Wikingern umringt war.

»Ich verliere ihn, Hari.«

Einen Augenblick lang verzog er schmerzerfüllt das Gesicht, als ob ein Schwert ihm durch die Eingeweide führe, aber er zwang den Schmerz nieder, raunte ihr liebevolle Worte ins Ohr, während er sie mit einer einzigen fließenden Bewegung hochhob und aus dem heimtückischen Schlafsack holte. Sie sah das Blut genau wie er, wie sie alle. Es lief ihre Röcke hinab und über das Deck, vermischte sich mit der schäumenden Gischt des Ozeans.

»Halt dich am Mast fest.«

Sie tat wie befohlen, umklammerte das harte Holz, während Greta sich ihr gegenüberstellte, die Stirn an Elisabeths presste und sie mit ihren jungen Augen fest anblickte.

»Ihr müsst pressen, Herrin.«

Elisabeth nickte und biss die Zähne zusammen, um es zu versuchen, aber ihr Körper wusste bereits, was zu tun war. Sie konnte spüren, wie die Muskeln sich in ihrem Inneren zusammenzogen, genauso krampfhaft, wie sie sich am Mast festhielt. Das Boot schaukelte und schwankte, die Männer an den Rudern brüllten vor Anstrengung, die Wolken wirbelten so dicht über ihren Köpfen, dass sie sie beinahe hätten berühren können, und der simple Vorgang eines austreibenden Mutterleibs kam einem angesichts der Naturgewalten lächerlich klein vor. Elisabeth spürte ein seltsames Pulsieren in ihrem Inneren, und dann das ekelerregende Klatschen von Fleisch gegen ihren nackten Knöchel. Irgendwo hörte sie Harald einen einzigen niederschmetternden Schrei ausstoßen, dann wurde es schwarz um sie.

»Brühe, Lily?«

Elisabeth erwachte blinzelnd und sah Harald an ihrer Seite hocken, in der Hand einen Lederbecher mit grober Suppe. Sie schmeckte salzig – alles schmeckte salzig –, aber auch nach Fleisch, und sie war warm. Vorsichtig löste sie die Hände aus dem Schlafsack und umfing den Becher damit. Die Hitze sickerte in ihre verschrumpelten Finger, und sie sog laut den Atem ein.

»Wie …?«, fragte sie.

»Es ist ruhig genug, dass wir ein Feuer anzünden konnten.« Harald deutete auf das gegenüberliegende Ende des Schiffes. Elisabeth blinzelte und entdeckte niedrige Flammen in einem Metallbecken, das auf dem Deck kauerte wie ein heißbäuchiges Tier. Darüber baumelte ein riesiger Kochtopf von einem Dreifuß, der seinen Dampf in die kalte Meeresluft entließ.

»Trink das, Lily«, drängte Harald. »Halldor hat es extra für dich gemacht. Die Suppe wird dir guttun.«

Elisabeth schluckte ihre instinktive Antwort, dass ihr nichts guttun würde, herunter. Sie wagte es, sich umzusehen. Das Boot war ramponiert, aber noch fahrtüchtig. Die Wellen wogten nicht länger über die Reling, und die Wolken waren aufgerissen. Sie sah Halldor am Feuer, den elfjährigen Aksel an seiner Seite. Sie sah Ulf immer noch am Steuer, und sie sah Greta, die zu ihren Füßen hockte. Alle waren hier und am Leben, und – irgendwie – lebte auch sie noch. Sie musste für Harald stark sein. Sie hatte darum gebeten, diese große Reise machen zu dürfen – immer und immer wieder –, und sie durfte sich nicht beklagen. Aber, oh, ihr Bauch schmerzte so sehr, und ihr Herz sogar noch mehr.

»Gute Neuigkeiten«, sagte Harald und beobachtete erwartungsvoll, wie sie an ihrer Brühe nippte. »Wir haben Land gesichtet.«

»Wirklich?« Sie setzte sich etwas auf. »Wo?«

»Im Westen, gelobt sei der Herr, andernfalls wären unsere Seeleute auch jämmerlich gescheitert. Die Landvögel umkreisen uns, und das Wasser ist heller – wir sind bald da, Lily.«

»In Norwegen?«

»Zuerst in Schweden, weißt du noch? Im Land deiner Mutter.«

Erregung durchfuhr Elisabeth bei diesem Gedanken, und sie gab Harald die Brühe zurück, damit sie sich aus dem Schlafsack befreien konnte. Ihre Beine zitterten, und ihr ganzer Körper schmerzte, aber es gab keine weiteren Wehen, Gott sei gelobt, kein Blut, außer dem getrockneten auf ihrem Kleid. Es war vollkommen verdorben, die grüne Wolle so zerknittert wie der Nacken eines uralten Mannes, und befleckt mit Salz und trockenem Blut. Sie schauderte vor Ekel.

»Ich muss mich umziehen«, sagte sie und stemmte die

Füße fester auf die stabilen Holzplanken. Wenn der Ozean sie nicht verschlungen hatte, würde sie nicht zulassen, dass die Trauer es tat.

»Dich umziehen, Lily? Hier?«

»Wo sonst? Ich sehe gerade keine Frauengemächer neben uns hersegeln, oder?«

Harald lächelte schief. »Ich bin froh, dass du dich besser fühlst, meine Liebste.«

Elisabeth lehnte sich an seine Brust, und sofort zog er sie in die Arme.

»Ich gestehe, Hari«, flüsterte sie in die Kuhle an seiner Kehle, »dass ich traurig bin.«

»Ich auch, meine Liebste. Das war ein schrecklicher Verlust.«

»Wo … wo ist das Kind?«

»Ich habe ihn den Wellen überantwortet.«

»Ihn?« Ihr stockte der Atem, und einen Augenblick lang war es ein ungeheurer Kampf, überhaupt am Leben zu bleiben.

»Aber dir geht es gut«, fuhr Harald fort, und ihr Herz erinnerte sich daran weiterzuschlagen. »Dir geht es gut, und das ist das, was wirklich zählt. Gott wird uns nach seinem Belieben ein weiteres Kind schenken, wenn wir sicher an der norwegischen Küste angelangt sind.«

»Glaubst du?«

»Ich weiß es. Und nun sieh her!«

Er streckte den Arm aus. Elisabeth folgte seinem Finger mit den Augen und sah das Land, das sich über den flachen Horizont erstreckte. Die Sonne ging darüber unter, als wolle sie ihnen den Weg weisen, und sie spürte eine Woge der Hoffnung, so golden wie dieses neue Land im Abendlicht.

Halldor und Aksel traten vor und stellten sich neben sie, und sie spürte ihre Fürsorge wie eine Mauer an ihrem Rücken.

»Werden wir vor Einbruch der Nacht an die Küste gelangen?«, fragte sie.

»Nein. Sigtuna, wo der königliche Palast liegt, befindet sich weiter landeinwärts im Mälarensee, aber wir werden morgen mit deiner Tante und deinem Onkel dort zu Abend essen können.«

Elisabeth versuchte, seine Worte zu erfassen. Der Bruder ihrer Mutter, Anund Jakob, war König von Schweden; und Ingrids Schwester Astrid hatte nach Olavs Tod nicht mehr geheiratet und lebte dort immer noch. Elisabeth hatte wundervolle Geschenke von Ingrid für beide dabei, und der Gedanke, endlich ihre Verwandtschaft aus dem Norden kennenzulernen, stärkte ihre Willenskraft.

»Ich muss mich umziehen«, wiederholte sie. »Jetzt.«

Selbst von einem kleinen Fischer aus dem Heimatland ihrer Mutter wollte sie in nichts weniger als ihren besten Kleidern gesehen werden, und überdies war dieses Gewand von Kummer und Sorgen ruiniert. Sollten die Wellen es haben. Sie würde von vorn anfangen.

»Elisabeth, willkommen, willkommen! Wie geht es meiner teuren Schwester? Wie geht es deinen Geschwistern? Wie viele seid ihr? Elf, nicht wahr? Die Boten konnten ja kaum schnell genug nordwärts reiten, um mir von der Geburt eines Kindes zu berichten, bevor schon wieder das nächste auf dem Weg war. Oh, aber sieh dich an – so wunderschön! Woher bist du so dunkel, meine Liebe? Ich nehme an, das hast du von deinem Vater.«

Elisabeth errötete. Astrid war genauso blond wie Ingrid,

mit dem gleichen weichen, hellen Haar und den freundlichen blauen Augen, und ihr Anblick war Balsam für Elisabeths schmerzende Seele. Sie blinzelte heftig, war dankbar, dass sie seinerzeit Unterricht in Altnordisch erhalten hatte, und versuchte zu entscheiden, welche der zahllosen Fragen ihrer Tante sie als Erste beantworten sollte. Aber Gott sei Dank schien Astrid gar keine Antwort zu erwarten.

»Und du, meine Liebe – wie geht es dir? Die Boten berichteten uns, dass du an Bord des Schiffes ein Kind verloren hast? Wie schrecklich! Armes Ding. Die See ist furchterregend, erst recht in einer so schrecklichen Situation. Komm, wir bringen dich sofort in die Gemächer. Sobald Eure Schiffe an der Mündung der Bucht gesichtet wurden, habe ich die Sauna anheizen lassen. Sie sollte also bald bereit für uns sein. Oh Elisabeth, ich bin ja so froh, dich zu sehen!«

Elisabeth grinste Harald über die Schulter hinweg an, während Astrid sie von den Männern in der Großen Halle wegzog, war aber durchaus dankbar für die Freundlichkeit ihrer Tante. Astrid war erheblich redseliger als Ingrid, strahlte aber die gleiche warme Fürsorglichkeit aus, und nach ihrer strapaziösen Reise war Elisabeth froh, sich ihrer zärtlichen Führung anzuvertrauen.

Sie ließ sich baden, schwelgte in dem sanften, nach Rosen duftenden Wasser, das auch noch den Rest des Blutes hinwegspülte, das noch an den Innenseiten ihrer Schenkel klebte. Dann gab sie sich der glückseligen Wärme der Sauna hin. Die trockene Hitze des Steinofens inmitten des hölzernen Raumes war etwas Neues für sie, denn in Kiew kochten sie Wasser darauf, so dass die Sauna sich mit Dampf füllte. Aber als die Wärme in ihre durchfrorenen Knochen sickerte, spürte sie, wie endlich wieder Leben in sie zurückkehrte –

und mit ihm die Hoffnung. Sie sah auf ihren Bauch hinunter, der bereits wieder flach war, und drückte ihn vorsichtig. Es schmerzte nicht mehr.

»So, meine Liebe«, sagte Astrid, und ihre üppige Gestalt glitt neben sie. »Du wirst also Königin von Norwegen?«

»Vielleicht«, stimmte Elisabeth vorsichtig zu. »Wenn Magnus uns tatsächlich willkommen heißt.«

»Oh, das wird er. Mein Stiefsohn ist nicht für Streit zu haben. Gott segne ihn.«

»Aber vielleicht sind es seine Berater.«

»Einar Tambarskelfir? Das ist wahr. Ich mag diesen Mann nicht. Man weiß nie, was er denkt, außer, dass es mit Sicherheit etwas Schlechtes ist. Aber er ist Magnus ergeben.«

»Er ist seiner eigenen Sache ergeben.«

»Was im Großen und Ganzen auf das Gleiche hinausläuft.«

Elisabeth musterte ihre Tante scharf, die nackt auf der hölzernen Bank saß und sich mit Pfauenfedern Luft zufächelte. Astrid zwinkerte.

»Ich bin nicht so dumm, wie ich aussehe«, sagte sie. »Obwohl ich feststellen muss, dass die meisten Menschen – insbesondere Männer – mich dafür halten. Magnus mag mich, liebe Nichte. Ich werde ihm persönlich schreiben und ein gutes Wort für euch einlegen.«

»Das würdest du für uns tun?«

»Natürlich. Tätest du so etwas denn nicht für das Kind deiner eigenen Schwester?«

Elisabeth dachte nach. »Doch«, stimmte sie zu. »Na ja, aber vielleicht nicht für Stasias Kinder, denn sie hätte mich gar nicht nötig. Sie setzt immer ihren Willen durch.«

Astrid lachte. »Das Gleiche habe ich früher von Ingrid gedacht.«

»Von Mutter?«

»Ja. Sie war Vaters rechtmäßige Tochter, weißt du, und ich nur das Kind einer Nebenfrau. Deshalb hat er sie ja auch nach Kiew geschickt, um Großfürstin zu werden, während ich als sein Trostpreis mit Olav vermählt wurde.«

»Du warst Königin Norwegens«, protestierte Elisabeth. »Das ist doch mehr als eine Prinzessin?«

Astrid lachte erneut. »Vielleicht, aber sag das deiner Mutter nicht weiter. Außerdem dauerte meine Regentschaft nur ein paar Jahre an, bis Knut mich meines Titels beraubt hat – möge er im Höllenfeuer schmoren.«

Ihre Stimme stockte, war plötzlich heiser, und Elisabeth warf ihr im tröstlichen Dämmerlicht der Sauna einen vertraulicheren Blick zu.

»Das ist also der wahre Grund, warum du mir hilfst?«

Astrid neigte den Kopf. »Du erkennst viel, Elisabeth. Du wirst eine gute Königin werden, denke ich, und ich denke, der Kreis meines Schicksals schließt sich, wenn ich einem Mitglied meiner Familie auf meinen Thron helfen kann.«

Kapitel 18

Bymarka, Norwegen, Ostern 1046

Die Pferde brachen durch die Bäume, und Elisabeth sog verblüfft den Atem ein, als sie das langgezogene grüne Tal vor sich sah. Norwegen! Sie ritten nun seit vier Tagen durch dieses Land, und immer noch enthüllte ihr jede Biegung des Weges, jede Hügelerhebung, jeder Waldsaum neue Aussichten, jedes Mal riesiger und weiter als diejenigen, die sich ihr vorher geboten hatten. Würde sie sich jemals an dieses Land gewöhnen können? Würden ihr diese grünen Flächen und die sanften Seen oder die welligen Berge jemals vertraut werden? Würde sie jemals aufhören, es merkwürdig zu finden, dass sie sich um die eigene Achse drehen konnte, und dennoch – obwohl der Horizont einen Tagesmarsch entfernt lag – nur weniger als eine Handvoll Dächer entdeckte? Und würde sie sich jemals wirklich wie die Königin über all das hier vorkommen? Elisabeth dachte an den Hof, der nur noch einen kurzen Ritt entfernt ihrer harrte, und die Nerven rüttelten ihr Innerstes wie ein Falke sein Geschüh.

Astrid hatte Wort gehalten, und das neue Jahr war kaum einen Monat alt gewesen, da hatte Harald eine knappe Einladung zu »Gesprächen« mit Magnus erhalten. Sie waren der Schneeschmelze über das Kjølen-Gebirge gefolgt, um sich mit Norwegens jungem König zu treffen, der zu einem Jagdsitz an der Grenze geritten war, um sie zu begrüßen. Obwohl er mittlerweile zweiundzwanzig Jahre zählte, war es Elisabeth nicht vorgekommen, als habe sich Magnus sehr verändert. Er war immer noch der junge Büchernarr von ehedem. Mit einer wundervollen Krone auf dem Kopf hatte er auf einem prächtigen Thron gesessen, den man von bedauernswerten kleinen Karrenpferden die Hügel hinauf hatte schleppen lassen, aber es war Einar Tambarskelfir gewesen, der die Verhandlungen geführt hatte. Drei lange Tage hatten sie dicht zusammengedrängt in einer dunklen Hütte im Wald verbracht, und niemand – soweit Elisabeth es hatte erkennen können – hatte auch nur ein aufrichtig gemeintes Wort gesagt. Man hatte den Hass mit vielen blumigen Reden über »gegenseitige Interessen« und »das Wohl der Nation« kaschiert.

Sie hatte noch immer Mühe, das Altnordische zu verstehen, so dass sie weniger die Worte selbst als deren wahre Bedeutung erfasst hatte, und so war ihr alles sehr klar. Die Jarls des Nordens, insbesondere Einar und Kalv, waren zutiefst unglücklich darüber, dass sie ihren leicht zu kontrollierenden, jungen König verlieren sollten, fürchteten aber andererseits Haralds grimmige Warägertruppen. Magnus (oder besser: Einar) hatte erklärt, dass er Harald als Mitkönig Norwegens akzeptieren würde, war aber offensichtlich dennoch misstrauisch. Beide Seiten demonstrierten gegenseitige Unterstützung und Gemeinsamkeit, die aber lediglich dazu angetan war, die erbitterte Konkurrenz zu verbergen, die unter einer Schicht verborgen war, so dünn wie die Eisschicht über einer Feuerfest-Galeere.

Heute würde das Getue erst so richtig losgehen, denn Magnus war vorausgeritten, um den Osterhof vorzubereiten, und nun sollten Harald und Elisabeth ihren Platz an seiner Seite einnehmen. Es sollte eine »Feier der Einheit« sein, aber dennoch waren Haralds Männer in voller Rüstung gekommen, und ihre Augen wanderten unermüdlich über die wunderschöne Landschaft auf der Suche nach Verrat. Elisabeth spürte ein Flattern im Bauch, und sie legte die Hand darauf.

»Tritt er?«, fragte Harald eifrig und ritt an ihre Seite.

Elisabeth schüttelte den Kopf, lächelte aber. »Das wird er aber bald tun.«

»Jetzt, da er zu Hause ist«, stimmte Harald zu, und Elisabeth betete, dass es so sein möge.

Sie glaubte, dass sie dieses neue Kind in Schweden an Weihnachten empfangen hatte – ein wahres Gottesgeschenk, und sie betete jeden Tag dafür. Sie hatte sich so viel wie möglich ausgeruht, sogar auf Reisen, hatte zugelassen, dass Greta sie wie ein Kind umsorgte, und war so untätig gewesen, dass sie sich selbst kaum wiedererkannt hatte. Aber diesmal, dessen war sie sich sicher, würde es die Sache wert sein.

»Da, Lily – dort drüben. Sieh doch!« Plötzlich klang Haralds Stimme aufgeregt wie die eines Kindes, und er stand in seinen Steigbügeln auf und deutete eifrig nach vorn. »Da ist der königliche Palast. Ist er nicht wunderschön?«

Elisabeth sah sich auf der weiten grünen Ebene um, entdeckte aber weder Türme noch Kuppeln, keine Mauern oder Pforten – nichts als ein übergroßes Bauerngehöft am anderen Ende des Tals.

»Wo, Hari?«

»Dort!«, rief er ungeduldig und deutete geradewegs auf das scheunenartige Gebäude. »Komm schon – eil dich!«

Er klang so aufgeregt, dass Elisabeth ihr Pferd hinter ihm antrieb. Sie genoss seine Glückseligkeit. Sie blickte über die

Schulter und sah, wie Ulf, Halldor und Aksel ihre eigenen Rösser vorandrängten, und sogar die junge Greta gab ihrem hübschen kleinen Pferd einen Tritt, so dass es losgaloppierte. Hinter diesem Ort musste mehr dran sein, als man mit bloßem Auge sah. Vielleicht lag der Palast zwischen den Bäumen verborgen, hinter der Scheune? Aber nein, Harald galoppierte geradewegs auf das langgestreckte hölzerne Gebäude zu, und als Elisabeth näher kam, bemerkte sie, dass es das einzige Haus weit und breit war.

Es war beinahe hundert Schritte lang, die niedrigen Mauern waren moos- und grasbewachsen, so dass es sich wie von Zauberhand geradewegs aus der Erde zu erheben schien. Das große, strohgedeckte Dach schien aus dem riesigen Hügel herauszuwachsen, und erst beim Näherkommen konnte man erkennen, dass dieses massive Gehöft durch Menschenhand errichtet worden war.

Das Strohdach ragte über die Mauern hinweg und wurde von einer großen Anzahl von Säulen getragen, so dass es einen geschützten, schattigen Weg im Sommer bildete und einen gewissen Schutz vor den heftigen Schneefällen im Winter bot. Inmitten der Hauptmauer ragte ein hölzernes Vordach hervor, reich verziert mit Schnitzereien und in leuchtendem Rot und Blau bemalt, um die Muster und Bilder besser zur Geltung zu bringen. Die Tore waren ähnlich dekoriert, mit lebhaften Ranken und Blättern, und durch ein eisernes Schloss gesichert – wobei dieses kleine Element der einzige Schutz für diesen mutmaßlich königlichen Palast darzustellen schien. Es gab keine Erdwälle, keine zusätzlichen Mauern, noch nicht einmal einen Palisadenzaun, und Elisabeth war voller Zweifel, als sie neben Harald ihr Pferd zügelte.

»Das ist er, Hari?«

»Ja.« Er sah ihren Gesichtsausdruck. »Er gefällt dir nicht?«

»Nein, nein, er ist hübsch. Wunderschön. Nur … so vollkommen anders als das, woran ich gewöhnt bin.«

»Das glaube ich gern«, stimmte er zu und half ihr vom Pferd, »aber es wird dir hier gefallen. Warte, bis du das Innere gesehen hast. Alles an einem Ort – so behaglich.«

Elisabeth blinzelte und rieb sich die Augen. War das wirklich Harald, ihr Harald – der Mann, der gegen Piraten gekämpft, Königreiche verteidigt und Schlachten gewonnen hatte, der Mann, der es in den vergangenen drei Jahren immer und überall mit ihr getrieben hatte, bis ihr Körper häufig schon bei seinem bloßen Anblick vibrierte – ihr Harald, der etwas bewunderte, weil es »behaglich« war?

»Der Palast hat keine Verteidigungsanlagen?«, fragte sie vorsichtig.

»Keine Verteidigungsanlagen? Oh, keine *Mauern,* meinst du!« Er lachte. »Sieh dich um, Elisabeth. Du kannst den Feind von hier aus meilenweit anrücken sehen.«

»Und dann?«

»Und dann reitest du natürlich los und schlägst ihn nieder.«

»Oh.«

»In Norwegen, meine Liebste«, erklärte Harald und legte ihr mit einer fast väterlichen Geste den Finger unters Kinn, »sagen wir, dass wir zur Verteidigung keine starken Mauern brauchen, sondern nur starke Herzen.« Er sah zum Gehöft hinauf, und plötzlich schien er ein wenig in sich zusammenzuschrumpfen. »Findest du, dass dies für einen König ein armseliger Palast ist, Elisabeth?«

»Nein, wirklich nicht, Harald«, beeilte sie sich, ihm zu

versichern. »Er ist schön. Ich kann es kaum erwarten, ihn von innen zu sehen.«

»Gut. Er ist sehr ...« Er suchte nach einem Wort, um sie zu beeindrucken. »Sehr gewaltig. Er wurde von meinem Bruder, König Olav, errichtet.«

»Dann muss er dir besonders viel bedeuten.«

»Fast so viel wie du«, sagte er und küsste sie ausgiebig und heftig, bevor er flüsterte: »Und eines Tages wird das *alles* uns gehören.«

»Pssst!«

Das riesige Tor öffnete sich knarrend vor ihnen, und sie erwiderte seinen Kuss, um ihn zum Schweigen zu bringen, obwohl sie die Worte durch und durch erregten. Offenbar war Harald Zweitkönig von Norwegen geworden, ohne dass ein Tropfen Blut vergossen worden war, und dafür mussten sie dankbar sein. Aber als Magnus heraustrat und breitbeinig und besitzergreifend im Eingang stehen blieb, wusste sie, dass ihr Kampf gerade erst begonnen hatte. Sie schauderte und legte sich die Hand auf den Bauch, als eine zarte Bewegung, eher ein Kitzeln als ein Tritt, unter ihrer Haut zu spüren war.

»Oh!«

»Was ist los?«, fragte Harald.

»Ich denke, es tritt jetzt tatsächlich – da.« Elisabeth packte Haralds Hand und legte sie über ihren gewölbten Leib. »Spürst du es?«

»Oh ja!« Er strahlte. »Ich spüre es tatsächlich. Der kleine Olav sagt uns Hallo. Er weiß, dass er jetzt wahrhaft zu Hause ist.«

»Es scheint so«, stimmte Elisabeth ehrfürchtig zu. Aber nun war Magnus vorgetreten, und der dunkle Schatten Einar Tambarskelfirs füllte den Türrahmen hinter ihm aus.

Instinktiv wollte Elisabeth einen Schritt zurücktreten, aber Harald hielt sie fest.

»Mein Sohn übt seinen Kriegstanz«, berichtete er seinem grimmig dreinblickenden Begrüßungskomitee und hielt die Hand immer noch auf ihren Bauch. »Er ist froh, hier zu sein, im Haus seiner Vorväter.«

Magnus' Miene blieb ausdruckslos, aber Einar schoss hervor, das Gesicht so dunkel wie ein nächtlicher Sturm. »Vielleicht wird es ja ein Mädchen.«

Harald strahlte ihn noch breiter an. »Eine Prinzessin wäre mir ebenfalls hochwillkommen, Einar. Insbesondere wenn sie so hübsch wird wie ihre Mutter.«

Magnus verdrehte die Augen. »So viel Anbetung, Harald. Findest du, dass sich das für einen König schickt?«

Harald trat vor, um ihm die Hand zu schütteln. »Gott hat uns Frauen geschenkt, lieber Neffe«, sagte er. »Und ich genieße dieses Geschenk, mehr nicht.«

Magnus gab einen missfälligen Laut von sich. »Du wirst feststellen, Onkel, dass du nun, da du Mitkönig bist, für Frivolitäten wie Frauen keine Zeit mehr haben wirst.« Und mit diesen Worten wandte Magnus sich um, die schmalen Schultern angespannt, und ging in die Halle voraus.

»Frivolitäten?«, formte Harald mit den Lippen amüsiert Elisabeth zu, aber drinnen wartete der aufgeregte, norwegische Hof. Also trat er zielstrebig an Magnus' Seite, während der jüngere König durch die Tür trat.

Gehorsam blieb Elisabeth zurück, obwohl ihr Herz so wild pochte, als ob einhundert Kinder dagegenträten. Sie spürte Einars finstere Gestalt hinter sich lauern und registrierte dankbar, dass Ulf und Halldor mit Aksel in ihrer Mitte gleich hinter ihm hineinschlüpften. Abgesehen von Harald und Greta waren diese treuen Krieger ihre einzigen wahren Freunde in Norwegen. Sie dachte sehnsüchtig an Schweden und den liebevollen, heimeligen Empfang, den Astrid ihr bereitet hatte. Sie vermisste die Tante nicht nur, weil sie so gastfreundlich gewesen war, sondern auch, weil sie ein Abbild ihrer so weit entfernten Mutter war.

Was ihre Familie in Kiew wohl gerade tat?, fragte sie sich, während sie den beiden Königen in das riesige Gutshaus und durch das Mittelschiff folgte. Der Ostergottesdienst der Rus würde in Jaroslaws großartiger, neuer Hagia Sophia mit ihren schimmernden Marmorböden und den prächtigen Mosaiken und hohen Kuppeln stattfinden. Seine Druschina würde vor dem vergoldeten Altar knien und die heilige Kommunion aus einem juwelenbesetzten Kelch empfangen, und die kostbar gekleideten Mönche würden zum volltönenden Klang der silbernen Orgelpfeifen singen.

Dann würde es eine Prozession durch die frisch gepflasterten Straßen von Jaroslaws stetig wachsender Stadt geben, während die Kiewer Menge ihnen Blumen zu Füßen warf. Man würde zum Kreml hinaufziehen mit seinem Brunnen und den Bronzepferden und den drei gemauerten Hallen. Es würde Hunderte von Musikanten und Akrobaten und Narren geben, die sie mit neuen Tricks in Atem hielten, und ein Festmahl mit zahllosen duftenden Speisen aus allen entlegenen Bereichen des Landes der Rus und auch aus den Regionen jenseits der Grenzen.

Der Gegensatz zu ihrer momentanen Situation hätte nicht größer sein können, aber die Großen und Reichen Norwegens beäugten sie misstrauisch, so dass sie keine Zeit mehr für derlei Überlegungen hatte. Schon hatte die winzige Prozession es bis zum Tisch am Kopfende der Halle geschafft, und Magnus nahm auf dem großen Thron Platz und überließ Harald den weniger prächtigen Stuhl zu seiner Rechten. Die Männer waren jetzt in jeglicher Hinsicht gleichberechtigte Könige, aber Einar hatte darauf bestanden, dass Magnus bei gemeinsamen Auftritten das Vorrecht hatte, und offensichtlich hatte er die Absicht, das auch mit aller Gewalt durchzusetzen. Elisabeth schritt an ihm vorüber zu ihrem Platz und spürte aller Augen auf sich – und zwar nicht, wie in Kiew, mit Bewunderung in den Blicken, sondern vielmehr so, als warteten sie nur darauf, dass sie fiel. Sie seufzte, und Harald beugte sich besorgt zu ihr herüber.

»Geht es dir gut, meine Liebste?«, fragte er, während er ihr half, Platz zu nehmen.

»Sehr gut. Ich habe nur gerade an Zuhause gedacht.«

Er runzelte ganz leicht die Stirn. »Das hier *ist* dein Zuhause, Lily.«

»Natürlich. Das weiß ich, Harald, wirklich. Und ich bin so froh, hier bei dir zu sein – eine starke Partnerschaft an der Spitze eines Volkes gibt auch diesem Volk Stärke.« Er sah sie mit verengten Augen an, und sie errötete. »Das habe ich immer über meine Eltern gedacht.«

»Und es stimmt.« Harald gab ihr einen energischen Kuss. »Wir werden unser eigenes Gutshaus errichten, mein Herz. Wir werden es so bauen, wie du es dir wünschst.«

»Wirklich?«

»Natürlich.«

»Aus Stein?«

Harald runzelte erneut die Stirn. »Ich bin nicht sicher, ob das überhaupt möglich ist, Elisabeth – du hast jetzt von Norwegen schon genug gesehen, um zu wissen, dass es hier mehr Bäume gibt. Außerdem ist es doch viel hübscher. Holz ist lebendig.«

»Das ist es, Hari«, stimmte sie zu und betrachtete die reich verzierten Säulen, Paneele und Dachsparren. »Und ihr habt hier einige wirklich begabte Bildhauer. Es ist nur so … braun.«

»Natürlich ist es braun, Lily. Welche Farbe sollte es sonst haben? Bekommst du Hirnerweichung durch das Kind?«

Er lachte, aber seine Belustigung klang gezwungen, und sie wusste, dass sie ihn während des lauten, angespannten Festmahls unbedingt in ihrer Nähe haben wollte. Jetzt war nicht der richtige Zeitpunkt, um ihm zu sagen, dass die dunklen, schweren Farben dieses seltsamen norwegischen Gutshauses sie deprimierten.

»Wahrscheinlich«, sagte Elisabeth leichthin und drückte seinen Arm, während Einar neben einer großen, sauertöpfisch dreinblickenden Frau Platz nahm.

»Meine Gemahlin«, erklärte er knapp. »Lady Brigid.«

Brigid beugte sich vor und funkelte Elisabeth an. »Die Arnessons müssen jeden Augenblick ankommen«, verkündete sie ohne jede Höflichkeitsfloskel. »Ich bin so aufgeregt. Ich habe die liebe Thora nicht mehr gesehen, seit sie verwitwet ist, und das ist schon viel zu lange her.«

Elisabeths Kehle zog sich zusammen. Brigid sprach schnell, ein Altnordisch mit schwerem Akzent, aber Elisabeth konnte sie dennoch nicht missverstehen. Das war ein weiterer Grund, warum sie Harald dicht bei sich wissen wollte – die berühmt-berüchtigte Familie Arnesson würde bald hier auftauchen, um die Neuankömmlinge »willkommen zu heißen«, und sie fürchtete sich davor, Haralds ehemalige Verlobte kennenzulernen. Harald hatte ihr ein wenig von Finn erzählt, dem Mann, der ihn aufgezogen hatte und den er so offensichtlich bewunderte. Er freute sich auf das

Wiedersehen, und das machte Elisabeth Sorgen – aber nicht annähernd so viele wie die Tatsache, dass er ihr nichts von Thora erzählt hatte.

Du bist die Königin, rief sie sich streng ins Gedächtnis. *Und du trägst Norwegens Erben unter dem Herzen.*

Still legte sie die Hand auf ihren sich wölbenden Leib. Dieses Kind war ebenso sehr ihre Waffe in diesem seltsamen, neuen Land, wie Haralds Schwert die seine war, und sie presste die Hand fester auf ihren Bauch, als das laute Wiehern eines Pferdes von draußen die Luft in der Halle durchschnitt.

»Da sind sie ja«, sagte der verdrießliche Einar und klang verwirrend fröhlich bei der Aussicht auf Ärger.

Alle Köpfe wandten sich erst zur Tür und dann wieder zurück zu Elisabeth. Ungeduldig wartete der Hof darauf, dass die neue Königin auf jene Frau traf, die sie ihrer Meinung nach verdrängt hatte. Elisabeth erhob sich langsam. Sie tastete nach Haralds Hand, aber er war schon neben Magnus vorn auf das Podest getreten, als die Türen aufschwangen. Elisabeth erschauerte, und Aksel sprang vor und bot ihr seinen jungen Arm dar. Sie klammerte sich daran, und Tränen der Dankbarkeit traten ihr in die Augen, während ein Mann in die Halle schritt und sich tief verbeugte.

»Finn!«, rief Harald und sprang vom Podest herab, um den Mann bei den Schultern zu packen.

»König Harald«, sagte Finn vorsichtig. »Willkommen daheim. Wir haben Euch vermisst, nicht wahr, meine Nichte?«

Er wandte sich um und zog eine Frau zu sich, die ein Gewand aus reinstem Blau und darüber einen schneeweißen Mantel aus Hermelinpelz trug. Elisabeth stand da wie erstarrt und beobachtete, wie Harald ihre Hand ergriff und sich tiefer verbeugte, als sie es je bei ihm gesehen hatte, um sie zu küssen. Ihre Augen jedoch ruhten unverwandt auf der Frau, die, wie sie jetzt erkannte, genauso war, wie sie es sich vorgestellt hatte.

Thora Arnesson war groß und üppig, mit weichen, weiblichen Zügen und dichtem honigblondem Haar. Ihre Augen waren groß und genauso blau wie ihr Kleid, und ihre Haut war hell und klar. Sie war die perfekte nordische Frau – schön auf eine Weise, die sich Elisabeth immer für sich gewünscht hatte.

So stand sie da, unsicher auf dem Podest einer unbekannten Halle voller unbekannter Sitten, und die dunklen Wände schienen auf sie zuzukommen. Die dunklen, hölzernen Dachsparren schienen ihr auf den Kopf zu stürzen, und der Rauch aus dem riesigen Herd in der Mitte brannte in ihren Augen. Denn diese Frau, diese Rivalin, war die Reinkarnation ihrer Mutter Ingrid, und Elisabeth war hin und her gerissen zwischen dem eiskalten Wunsch, sie tot zu sehen, und einem heftigen, intensiven Bedürfnis, sich ihr in die Arme zu werfen.

Kapitel 19

Thora, die sich der Frau, die genau über ihr auf dem königlichen Podest stand, schmerzlich bewusst war, zwang sich, hoch erhobenen Hauptes und mit offenem Blick dazustehen, als sie Harald begrüßte. Auch nach sechzehn Jahren war er unverkennbar er selbst, aber dennoch sah er so anders aus. Er war sogar noch größer als mit fünfzehn und erheblich breitschultriger. Allein seine Arme waren doppelt so dick, und sie hasste die Vorstellung, wie viel Schwerthiebe notwendig gewesen waren, um derlei Muskeln zu bilden. Sein Gesicht, einst so glatt, war zerfurcht und wettergegerbt, und an einer Seite verlief die lange Narbe einer Wunde, als ob das Böse seine Spur dort hinterlassen hätte – schwach, aber in Thoras Augen so flammend, als wäre sie ganz frisch.

»Stiklestad?«, flüsterte sie, trat vor und streckte die Hand aus, wagte es aber nicht, ihn zu berühren.

Haralds eigene Finger wanderten an seine Wange, und er nickte. Einen Augenblick schien das Wort zwischen ihnen zu flirren, voller Erinnerungen, und dann, als ob er es wegschnippte, sagte er: »So vieles hat sich verändert.«

Instinktiv blickte Thora über seine Schulter hinweg zu seiner frischgebackenen Gemahlin hinüber.

»Und viele Versprechen wurden gebrochen«, sagte sie scharf.

Mein Gott, dieses Rus-Mädchen war schön – so schlank und zerbrechlich wie eine Elfe und mit überaus zarten Gesichtszügen. Ihre Augen waren so dunkel wie ihr nachtschwarzes Haar, ihre Haut hatte einen verführerischen Olivton, und ihre Lippen waren voll und einladend. Sie war in jeder möglichen Hinsicht der komplette Gegensatz zu dem großen blonden Harald, und eine Sekunde lang konnte Thora sie vor ihrem geistigen Auge beinahe ineinander verschlungen unter der Bettdecke sehen. Sie blinzelte das frevlerische Bild fort. Dieses Mädchen war auch zu ihr das vollkommene Gegenteil, und wenn das die Art von Schönheit war, die Harald dort unten im Süden gefangen genommen hatte, dann hatte sie keine Chance. Hatte nie eine gehabt.

»Es tut mir aufrichtig leid, Thora«, sagte Harald nun mit leiser Stimme, »wenn du ... Erwartungen an mich hattest.«

Dazu hatte Thora eine Menge zu sagen. Es gab so vieles, an das sie ihn erinnern wollte, so viele Fragen, auf die sie eine Antwort suchte. Aber nicht jetzt, nicht hier, da ganz Norwegen sie beobachtete.

»Du musst mich deiner Frau vorstellen, Harald«, sagte sie laut und durchbrach seinen Versuch, einen intimen Augenblick herzustellen.

Harald wirkte verblüfft, und Thora war froh. Sie war nicht hier, um ihn zufriedenzustellen – nicht jetzt.

»Natürlich«, pflichtete er ihr bei und hatte sich schon wieder im Griff. »Äh, Lady Thora Arnesson, das ist Königin Elisabeth.«

»Von Kiew?«, fragte Thora und machte einen Schritt nach vorn.

»Von Norwegen«, sagte das dunkle Mädchen mit steinerner Miene und trat ebenfalls einen Schritt vor.

Elisabeth streckte nicht die Hand aus, und dafür zumindest war Thora dankbar, denn sie hätte sie genauso wenig küssen können wie eine Kröte, die sich im Gras verfangen hatte. Stattdessen neigten beide in einem kurzen Gruß den Kopf, mehr für die sie neugierig beobachtenden Norweger als füreinander.

»Und wie«, fragte Thora, »findet Ihr Euer neues Land?«

»Sehr angenehm«, kam die schnelle Antwort mit einem exotischen südlichen Akzent, aber Thora sah, dass es um Elisabeths volle Mundwinkel zuckte, und sie wusste, dass sie einen empfindlichen Nerv getroffen hatte. Gut.

»Es muss Euch hier sehr still vorkommen im Gegensatz zur Betriebsamkeit Eurer Heimat«, meinte sie.

Elisabeth verengte die Augen. »Das hier ist meine Heimat«, gab sie zurück. »Und ich freue mich über die Ruhe – sie ist gut für das Kind.«

Eine ihrer schlanken Hände ruhte betont auf dem, was Thora nun als ihren sich wölbenden Leib erkannte. Verdammt. Sie hatte von einer Fehlgeburt gehört, vielleicht sogar von mehr als einer, aber die Nachricht von dieser erneuten Schwangerschaft hatte sie noch nicht erreicht. Sie starrte Elisabeths Hand an. War das ein Ehering? Es war der kostbarste Edelstein, den Thora je gesehen hatte, und endlich flammte Zorn in ihr auf. Diese schmächtige Kreatur hatte Haralds Liebe, seinen Reichtum – und jetzt auch noch sein Kind.

»Natürlich«, presste sie hervor. »Ich bin sicher, wir würden Euch alle hassen, wenn Ihr *dieses* hier auch noch verlöret.«

Das war eine Gemeinheit, sie wusste es, und ein Teil ihrer selbst hasste sich dafür, aber warum hätte sie nicht gemein sein sollen? Nachdem sie ihre Ehe mit Pieter hatte erdulden müssen, hatte sie geglaubt, dass Gott es für angemessen hielt, sie mit Haralds Rückkehr zu belohnen, aber Elisabeth von Kiew hatte ihn ihr gestohlen. Sie würde es ihr nicht leicht machen.

»Habt Dank«, sagte Elisabeth so liebenswürdig, als sei die Bemerkung aufrichtig gemeint gewesen, obwohl Thora keinen Zweifel daran hatte, dass sie trotz der Sprachunterschiede ihre wahre Absicht erkannt hatte. »Und Ihr habt recht – ich sollte mich hinsetzen. Entschuldigt mich.«

Sie wandte sich um und ließ sich graziös auf dem wunderschön geschnitzten Stuhl nieder, der sie als Königin auszeichnete. Besitzergreifend legte sie eine Hand auf die Armlehne von Haralds Thron an ihrer Seite.

»Bitte setzt Euch, Lady Thora«, sagte Harald nun und wies ihr mit der Hand einen Platz in der Lücke auf einer Bank zu, während er neben der Rus-Verräterin Platz nahm.

Thora konnte nicht ablehnen und fand sich sodann zwischen einem seltsam untersetzten Mann und einem Soldaten mit leuchtenden Augen und einem wilden, lockigen Haarschopf wieder.

»Meine Waffengefährten«, sagte Harald stolz, als ob sie ein besonderes Vergnügen für sie darstellen sollten. »Halldor Snorrason und Ulf Ospaksson. Wir haben viele Schlachten zusammen geschlagen, aber sie sind – wie ich selbst – nun bereit, sich niederzulassen.«

»Ich nicht«, rief der bärbeißige Mann namens Halldor. »Ich bin nicht auf der Suche nach einer Frau, Hari, also komm nicht auf die Idee, mir eine zu suchen.«

Thora zuckte bei seinem Ton zusammen, und Ulf beugte sich zu ihr hinüber. »Gebt nichts auf ihn, edle Frau. Er ist ein halber Troll.«

»Wie bitte?«

Ulf lächelte. »Und er würde Schönheit nicht einmal erkennen, wenn sie sich mit gezücktem Schwert auf ihn stürzte.«

Thora sah in Ulfs strahlende, große braune Augen und versuchte, ihn zu durchschauen. Versuchte er gerade, besonders freundlich zu ihr sein? Aber angesichts seines seltsamen Akzents – dieser Mischung von Sprachen, die von vielen Reisen zeugte – war es schwer zu sagen.

»Ihr seid schon lange Zeit mit Harald zusammen?«, fragte sie also vorsichtig.

»Seit Stiklestad.« Sie spürte, wie sie zusammenzuckte, und auch ihm entging es nicht. »Das war eine schlimme Schlacht«, bekannte er. »Ich war gerade erst mit meinem Bruder, Bjorn, aus Island gekommen und glaubte, in der Hölle selbst gelandet zu sein. An diesem Tag verlor ich Bjorn, aber ich fand Halldor, und gemeinsam halfen wir Harald, vom Schlachtfeld zu fliehen. Seit diesem Tag sind sie meine Brüder.«

»Das ist gut.« Was für eine dumme Bemerkung. Gut? Was war »gut« an einer Freundschaft, die im Schlamm und Blut eines Schlachtfeldes geschmiedet worden war? »Ich meine …«

Ulf hob großmütig die Hand. »Ich weiß Euer Mitgefühl zu schätzen, edle Dame. Wir drei haben mehr Blut miteinander vergossen, als wir teilen würden, wenn wir durch den gleichen Schoß geboren worden wären. Das verbindet uns.«

Seine tanzenden Augen wurden für einen Augenblick ganz still, und Thora dachte an Haralds erste Worte, die er vorhin an sie gerichtet hatte: *»So vieles hat sich verändert.«* Harald und seine Männer hatten Orte und Menschen und Schlachten gesehen, die über Thoras Vorstellungsvermögen hinausgingen. Verstand die Rus-Prinzessin ihn besser?

»Ihr habt viel Zeit in Kiew verbracht«, bemerkte sie

leichthin, als die Dienerschaft den ersten Gang auftrug. »Ist das eine große Stadt?«

»Oh ja, und sie wird mit jedem Tag größer. Sie wurde auf einer großen Gebirgskette errichtet, wobei die gesamte Stadt sich über die Hochebene ausdehnt. Umgeben ist sie von Mauern, so hoch wie drei Männer. Dort findet man einundzwanzig Kirchen und …«

»Einundzwanzig? In einer einzigen Stadt?«

»Ja, edle Dame.«

»Warum so viele?«

»Nun, ich nehme an, weil dort zehntausend Menschen leben, und sie alle benötigen einen Ort zum Beten.«

Zehntausend! Thora wurde schwindlig. Gab es überhaupt so viele Menschen in ganz Norwegen?

»Dann langweilt Ihr Euch sicher hier?«, stammelte sie.

»Ich? Nein. Nein, ich bin jetzt bereit, mir ein eigenes Gehöft zu bauen und mir eine Frau zu suchen.«

Ulf sah sie eindringlich an, und wieder loderte der Zorn in ihr empor. Also war das der Mann, mit dem Harald sie »standesgemäß« verheiraten wollte. Unter gar keinen Umständen. Auf gar keinen Fall wollte sie sich durch eine Ehe mit einem von Haralds Kriegskumpanen als Trostpreis abspeisen lassen.

»Ich bin durch einen Vertrag vor langer Zeit gebunden«, sagte sie steif.

Ulf nickte bedächtig, wobei seine verrückten Locken auf und ab wippten. »Davon habe ich gehört«, sagte er. »Aber ich glaube, dieser Vertrag hat Euch schon einmal nicht daran gehindert zu heiraten?«

»Das war nicht meine Entscheidung.«

»Verstehe. Aber diese ›Entscheidung‹, Thora …«

»Lady Thora.«

»Diese Entscheidung, *Lady* Thora, könnt Ihr auch jetzt nicht treffen, denn der Betreffende steht Euch nicht länger zur Verfügung.«

»Und Ihr haltet Euch für einen angemessenen Ersatz?«

Ulf lachte. »Offensichtlich tut Ihr das nicht.«

Thora schüttelte sich. Ihr Verhalten war ihr selbst ganz fremd, und das gefiel ihr gar nicht. »Verzeiht. Ich wollte nicht unhöflich sein.«

Ulf zuckte mit den Achseln und deutete jetzt auf Halldor, der in eine Unterhaltung mit der Rus-Hochstaplerin vertieft war. »Halldor dort hatte einmal eine Frau, ein Sklavenmädchen. Er liebte sie sehr, aber sie starb bei der Geburt seines Sohnes.«

Thora riss die Augen auf. Sie sah auf Elisabeths Bauch und dann wieder zu Ulf. »Was um alles in der Welt wollt Ihr damit sagen?«

Er folgte ihrem Blick und errötete. »Das nicht! Mein Gott, nein. Möge Gott Königin Elisabeth beschützen. Ich habe einfach nur sagen wollen, dass Halldor niemals jemanden gefunden hat, der seine Frau hätte ersetzen können.«

»Oh.« Thora kam sich töricht vor. Bemitleidete dieser große, raubeinige Soldat sie etwa? Sie sah verlegen an ihm vorbei und war dankbar, als sie bemerkte, dass ihre Schwester an den Platz auf seiner anderen Seite geführt wurde.

»Ah, Graf Ulf«, sagte sie hastig. »Darf ich Euch Johanna vorstellen, meine kleine Schwester.«

Er sah sich um.

»So klein nun auch wieder nicht«, sagte er bewundernd, als Johanna ihm ihre großen Augen zuwandte, und plötzlich war Thora von dieser peinlichen Unterhaltung entbunden. In der Tat von *jeglicher* Unterhaltung.

Sie blickte zu Harald hinüber. Finn stand neben ihm und lehnte sich entspannt gegen die Thronlehne des neuen Königs, und die beiden Männer schwatzten, als ob nichts zwischen ihnen vorgefallen wäre, als ob Harald ihre Familie nicht verraten hätte, indem er seine wunderschöne, dunkle slawische Braut mit nach Hause gebracht hatte. Und nun sahen sie zu Ulf und Johanna hinüber. Sie stießen sich an und nickten, so dass offensichtlich war, wohin das führen sollte. Thora war bereits gestrichen worden, übermalt, konnte verfaulen, während der Hof seinen launischen Weg in die Zukunft fortsetzte.

»Nein!«, sagte sie auf ihren Teller hinab, so dass der Trollmann zusammenzuckte.

Hastig spießte Thora ein Stück Elch auf und stopfte es sich in ihren dummen Mund, aber in ihrem Kopf hallte das Wort dennoch nach, immer wieder – *nein, nein, nein, nein, nein!* Sie würde nicht verschwinden; warum sollte sie auch? Sie räusperte sich.

»Du musst uns in Austrått besuchen, Harald«, sagte sie laut und deutlich. Die am obersten Tisch versammelten Gäste wandten die Köpfe. »Nicht wahr, Onkel?«

»Natürlich«, stimmte Finn zu, wobei er ihr einen misstrauischen Blick zuwarf.

»Ich hoffe, dass es Euch dort gefällt, Durchlaucht«, wandte sie sich direkt an ihre Widersacherin. »Es ist nicht Kiew, aber als Haupthandelsposten geht es dort etwas lebhafter zu als hier.«

Elisabeth warf Harald einen Blick zu.

»Das ist sehr freundlich, Thora«, antwortete dieser. »Wir würden uns freuen, nicht wahr, Elisabeth?«

Elisabeth drehte den Kopf wieder Thora zu, die dem Blick

standhielt. Thora wollte sie dazu bringen, die Lider zu senken, aber die verdammte Frau ergriff nur Haralds Hand, spielte ungeniert mit seinen großen Fingern und sagte: »Aber ja, Hari.«

Hari! Seit wann war aus ihm »Hari« geworden? War das Rus-Getue? Dieser Kosename passte eher zu einem Hund als zu einem Mann.

»Wunderbar«, stieß Thora mühsam zwischen zusammengebissenen Zähnen hervor. »Vielleicht zu Pfingsten? Das gäbe mir Gelegenheit, ein paar besondere Speisen zu besorgen, die Euch den wahren Geschmack Norwegens nahebringen.« Sie sah Finn an. »Vielleicht könnten wir den Hai ausgraben, Onkel?«

»Ausgraben?«, fragte Elisabeth schwach.

Thora lächelte ihr zu. »Haifischfleisch ist giftig, deshalb muss man es unter großen Steinen lagern, um das Gift herauszupressen.«

»Wie … wie lange denn?« Die verdammte olivenfarbene Haut des Rus-Mädchens hatte sich erfreulicherweise grünlich verfärbt.

»Etwa drei Monate.«

»Und wie bleibt es frisch?«

»Frisch? Oh, das bleibt es nicht, aber ein wenig Fermentierung verbessert nur den Geschmack. Früher war das Haralds Lieblingsgericht, nicht war, Harald?«

»Vielleicht«, sagte Elisabeth und beugte sich zu ihm hinüber, »hat sein Geschmack sich ja gewandelt.«

»Oder vielleicht«, gab Thora eisig zurück, »hat er nur vergessen, was er früher mochte.«

»Wenn sein Geschmack verfaultem Fisch zuneigte«, erwiderte Elisabeth scharf, »bezweifle ich das.«

»Es handelt sich um einen sehr reifen Geschmack. Der Sinn dafür kann durch die süßlichen Gerichte des Südens womöglich verkümmern. Aber er bleibt.«

»Das sehe ich – oder sollte ich besser sagen, das *rieche* ich?«

Thora funkelte Elisabeth wütend an, die den Blick erwiderte. Mittlerweile waren aller Augen auf sie gerichtet, und Finn stellte sich zwischen sie.

»Ich habe gehört, dass Graf Halldor eine wundersame Geschichte zu erzählen vermag«, verkündete er laut. »Vielleicht will er uns mit einem Bericht aus der Goldenen Stadt unterhalten?«

»Da bin ich sicher«, stimmte Harald zu. »Halldor?«

Der Trollmann grunzte, erhob sich aber dennoch, und zu Thoras Erstaunen erhellte ein plötzliches Lächeln sein verschrumpeltes Gesicht, und seine gebeugte Gestalt richtete sich auf, als er vor die Menge hintrat.

»Es war eine Nacht mit tausend Sternen …«, begann er, und alle wandten sich ihm zufrieden zu.

Doch Thora hatte nun, da der Platz zwischen ihnen leer war, nur noch Augen für ihre Rivalin.

»Ihr glaubt, dass Ihr gewonnen habt, nicht wahr?«, zischte sie ihr zu.

Elisabeth schenkte ihr nur ein bedächtiges, aufreizend schönes Lächeln. »Ich weiß, dass ich das habe. Harald liebt mich.«

Thora nickte langsam. Sie wäre töricht gewesen, seine Vernarrtheit in dieses Mädchen zu ignorieren. Aber hier waren sie im Norden, und die neue Königin wirkte wie ein Schilfrohr inmitten von Kiefern.

»Vielleicht«, stimmte sie ebenfalls lächelnd zu. »Aber mich *braucht* er.«

Kapitel 20

Bymarka, Mai 1046

»Du wirst höflich zu den Arnessons sein, Lily?«

Elisabeth blickte von ihren Fidelübungen auf, als Harald so nahe trat, dass er die Bewegung ihres Bogens hätte behindern können. Sie sah ihn überrascht an. Normalerweise liebte er es, sie beim Spiel zu beobachten, besonders wenn sie, wie an diesem köstlich warmen Abend, nackt dabei war.

»Ich werde genauso höflich zu ihnen sein wie sie zu mir«, erwiderte sie kurz angebunden.

»Das ist es ja, was ich befürchte.«

Harald wandte sich ab, und zögernd legte sie ihr Instrument beiseite und folgte ihm, als er ihr »Schlafgemach« hinabwanderte. Es war ein dunkler, fensterloser Raum, der von einem riesigen Bett beherrscht wurde. Es bestand aus geschnitztem Holz und einem Stapel aus Federmatratzen und Fellen, die so weich waren, das sie jede Nacht überraschend gut schlief. Harald sagte ihr, das sei die »frische Luft« Norwegens, und wenn er mit frisch kühl, salzig und endlos meinte, hatte er vielleicht recht.

Sie musste zugeben, dass ihr die Schönheit der Landschaft ans Herz wuchs. Bis gestern war sie täglich ausgeritten und hatte über das Freiheitsgefühl gestaunt, das sich einstellte, wenn man unterwegs keine Menschenseele traf. Normalerweise begleitete Greta sie, und Aksel war eine zusätzliche Eskorte, wenn Harald beschäftigt war – wie es nun immer häufiger vorkam. Gemeinsam hatten die drei einen Großteil der Bymarka-Wälder erkundet, ebenso wie der Seen und Ebenen.

»Der Fluss sieht aus«, hatte Aksel eines Morgens bemerkt, als sie weit hinausgeritten waren, bis hin zum Ufer der Nidelva, »als hätte ein Riese mit seinem Schwert die Erde gespalten.«

Das war ein so treffendes Bild gewesen, dass Elisabeth die mythische Gestalt beinahe vor sich sah.

»Du hast die Gabe deines Vaters im Umgang mit Worten geerbt, Aksel«, sagte sie zu ihrem selbst ernannten Knappen, aber er war nur errötet, hatte Greta einen verlegenen Blick zugeworfen und war dann den nächsten Hang hinaufgeritten. Elisabeth jedoch hatte einen Augenblick lang innegehalten, die lange Narbe hinaufgeblickt, die die Wasserstraße gegraben hatte, die in Finns Heimat Austrått führte, und sich gefragt, was sie dort wohl erwarten würde – und das fragte sie sich auch jetzt noch.

»Hari?«

Er wirbelte herum und sah auf sie herab. Sie streckte ihre Brüste ein wenig vor in der Hoffnung, ihn von der seltsamen Unterhaltung abzulenken, aber ausnahmsweise wirkte das nicht.

»Thora ist kein gemeiner Mensch«, sagte er ernst. »Ich weiß, sie war ein wenig kratzbürstig zu dir …«

»Kratzbürstig?«, stammelte Elisabeth. »Das war sie in der Tat. Mit ihr zu reden, ist, als werde man mit einer Keule geschlagen. Sie und ihre Kumpane nennen mich die ›Hexenkönigin‹.«

»Hexenkönigin?« Er ließ sich das Wort auf der Zunge zergehen. »Das gefällt mir.«

»Harald – das kannst du nicht ernst meinen. Das ist gemein.«

»Es ist aufregend. Du hast mir doch selbst einmal erzählt, damals am Ufer des Ros, dass dein dunkles Haar dich zur Hexe macht, weißt du noch?«

»Ja, das weiß ich noch, Hari, aber ich erinnere mich auch, dass du geantwortet hast, dass an der Nacht mehr sei als Hexerei.«

Er grinste. »Ich hoffe, ich habe mehr als bewiesen, dass das die Wahrheit ist. Aber du *hast* mich verhext, Lily.«

»Nicht so. Nicht mit schwarzer Magie.«

»Nein, so nicht, aber mit deiner Schönheit, deinem Temperament und deiner verdammten, feurigen Halsstarrigkeit. Lass sie reden, mein Herz, dann sind ihre müßigen Gedanken beschäftigt. Und eigentlich zählt doch nur *meine* Meinung und nicht die ihre, oder?«

Elisabeth senkte den Kopf. Wahrscheinlich hatte er recht, und zumindest war Thora nach Austrått zurückgeritten, um alles für ihren Besuch vorzubereiten. Elisabeth freute sich so gar nicht darauf. Sie hatte nicht den Wunsch, ihre blonde Rivalin wiederzusehen, ebenso wenig wie deren kostbare Stadt. Sie war es gewohnt, sich mit Frauen zu streiten – sie und ihre Schwestern hatten dies ein Leben lang getan –, aber das hier war anders. Es gab hier keinerlei Zusammengehörigkeitsgefühl, und seit sie nach Norwegen gekommen war, hatte sie zuweilen sogar Anastasia vermisst.

Sie hatte Briefe an den ungarischen Hof gesandt, aber es war noch nicht genügend Zeit für eine Antwort verstrichen, dabei wünschte sie sich inständig zu erfahren, ob sie in

Sicherheit waren und ob Andreas, gebe Gott, seinen Thron eingenommen hatte. Was ihre Mutter anging, sehnte sie sich manchmal so sehr danach, mit ihr zu reden, dass es sie körperlich schmerzte. Ein Brief von Ingrid – Gott segne sie – hatte an Magnus' Hof auf sie gewartet, und sie hatte die einfachen Neuigkeiten von Zuhause gierig verschlungen. Sie und Greta sprachen manchmal von Kiew, aber Elisabeth wusste, dass Harald recht hatte, wenn er betonte, dass jetzt Norwegen ihre Heimat war, und sie versuchte, derlei heimliche Gespräche auf ein Mindestmaß zu begrenzen.

»Thora ist in der Defensive, das ist alles«, sagte Harald jetzt.

»Wohl eher in der Offensive«, erwiderte Elisabeth.

»Weil du die Königin bist, Lily, und weil du schön bist, und weil ich nicht genug von dir bekommen kann.« Plötzlich neigte er den Kopf, vergrub ihn zwischen ihren Brüsten und küsste erst die eine, dann die andere. »Besonders so«, fügte er hinzu. »Wann sind sie so groß geworden?«

Sie kicherte, erleichtert, dass er nun einen anderen Ton anschlug – und ein anderes Thema. »Das ist das Kind.«

»Kluger Olav – ein Geschenk für seinen Papa, noch bevor er überhaupt geboren ist.«

»Ich glaube«, tadelte sie ihn, »dass sie eher für ihn als für dich sind.«

»Dann mache ich das Beste daraus, bevor er auf die Welt kommt.«

Er küsste sie wieder und zog sie zum Bett, aber als sie auf den weichen Decken landete, wand sich Elisabeth unbehaglich unter ihm. Gestern hatte sie geblutet. Nur ein paar wenige Tupfen, wie die Tropfen eines Nadelstiches auf einem Teppichwebrahmen, aber sie hatte sofort nach der Hebamme geschickt. Die Frau hatte ihr versichert, dass so etwas nicht ungewöhnlich war, ihr aber nahegelegt, dass ihr Mann »für eine Weile auf seiner Seite des Bettes« bleiben sollte.

»Hari«, fing sie an, aber er arbeitete sich bereits ihren Körper hinauf, ließ seine Hände liebevoll über ihr Gesäß gleiten, während seine Zunge südwärts wanderte. »Hari!«

Harald blickte auf, spähte über ihren Bauch wie ein Hase über einen Hügel. Dabei sah er so großartig aus, dass sie einen Augenblick lang versucht war, die Hebamme zu ignorieren. Aber sie wollte das Kind nicht in Gefahr bringen.

»Die Hebamme sagt, wir sollen nicht.«

»Wir sollen nicht …? Oh! Warum nicht?« Sofort war er an ihrer Seite, ganz besorgt.

»Ich habe etwas geblutet – sehr wenig. Kein Grund zur Sorge, aber wir sollten …« sie versuchte, sich an die Worte zu erinnern »… das Siegel nicht erbrechen.«

Harald rümpfte die Nase. »Nun ja«, bemerkte er trocken, »dieses Bild hat mich jetzt zumindest abgeschreckt. Du musst dich ausruhen, Lily.«

»Ja. Nicht reiten, hat sie gesagt.«

»Mich nicht?«

»Nein, und auch keine anderen Hengste.«

Er küsste sie. »Dann wirst du dich bald ziemlich langweilen, meine Liebste.«

»Wollt Ihr damit andeuten, mein König, dass ich nichts anderes tue als zu ›reiten‹?«

»Ich wünschte, es wäre so.« Er küsste sie wieder. »Ich nehme an, du wirst es in Austrått also langsam angehen müssen. Ich werde eine Sänfte anfertigen lassen, in der du herumgetragen wirst.«

»Nein!«

»Doch. Wir müssen für deine Sicherheit sorgen. Es wird

eine wunderbare Sänfte sein, das verspreche ich, ganz und gar in Scharlachrot.«

»Die Farbe des Blutes, Hari?«

»Dann eben Purpur – die Farbe der Kaiserin! Finn hebt Truppen für mich aus, mein Herz. Nach unserem Besuch segeln wir gegen Dänemark. Magnus, dieser Narr, hat Sven Estridsson nach Knuts Tod zum Regenten ernannt, und dieser Hurensohn hat den Thron selbst besetzt.«

»Sven Estridsson?«, fragte Elisabeth.

»Knuts Neffe durch seine Schwester. Er wurde in England geboren und erzogen, aber er kam nach Norwegen, als Magnus den Thron übernahm. Wie es aussieht, hat Magnus, der dumme Junge, einen Narren an ihm gefressen – und Sven hat ihm das auf seine Weise vergolten. Er behauptet, die Unterstützung der Dänen zu haben, aber wir werden sehen, wie viel Unterstützung sie ihm gewähren, wenn sie unsere Schwerter sehen.«

»Magnus wird mit dir segeln?«, fragte Elisabeth.

»Ganz sicher wird er das, immerhin haben wir diese Schlacht seinem Fehler zu verdanken. Außerdem lasse ich ihn hier nicht allein zurück, genauso wenig wie Einar. Sie schmieden Ränke gegen mich, das weiß ich, und ich kann sie nicht aus den Augen lassen. Wenn ich Glück habe, werden sie in der Schlacht tödlich verwundet.«

»Hari – pssst!«

Elisabeth sah demonstrativ zu dem Licht hinter der Tür hinüber, das sie so gerade eben von der Großen Halle trennte. Einars Bett stand auf der anderen Seite. Er hatte es unter protestierendem Gemurmel dort aufgestellt, als er gezwungen worden war, diesen Raum für den neuen Mitregenten zu räumen. Auf dem ganzen Gutshof gab es nur zwei Gemächer.

Der restliche Hof schlief entweder in den eigenen Pavillons draußen oder in den Alkoven auf den hölzernen Plattformen, die die Halle säumten; und er war nicht begeistert gewesen, dass er sich nun dem Rest anschließen musste.

»Er könnte doch bei Magnus schlafen«, hatte Elisabeth Harald boshaft vorgeschlagen.

»Das könnte er«, hatte er zugestimmt. »Sowohl er selbst als auch seine fette Frau. Dann hätten sie ihn tatsächlich unter Kontrolle.«

Damals hatte Elisabeth über diese Bemerkung gelacht, aber nun, da sie mehr von den Machenschaften bei Hofe wusste, blieb ihr das Lachen im Halse stecken. Einar war erbarmungslos, schlich umher, trieb die Hohen Herren und Damen in die Enge, wo immer er hinkam, verwob sie in sein kompliziertes politisches Netz wie eine Spinne auf Beutefang. Er war ebenso wortgewaltig wie Halldor, aber er nutzte Worte nicht, um zu unterhalten, sondern um Menschen unter Druck zu setzen.

»Musst du Dänemark denn angreifen?«, fragte sie nun.

Harald warf ihr einen seltsamen Blick zu. »Natürlich. Wir können nicht zulassen, dass Sven uns unser Geburtsrecht nimmt. Und außerdem, meine Liebste: Wenn wir ihn besiegen, kann Magnus gehen und ebendort König werden. Das Leben in Dänemark ist sanfter. Es wird ihm gefallen, und wir sind ihn los.«

Das war ein verführerischer Gedanke, aber Elisabeth war dennoch besorgt.

»Wirst du Halldor und Ulf mitnehmen?«

»Natürlich.«

»Wo Ulf und Johanna doch gerade erst frisch verheiratet sind? Der arme Mann.«

»So frisch ist es doch gar nicht, Lily – es ist schon zwei Wochen her.«

»Oh, und du hattest innerhalb von zwei Wochen schon genug von mir, stimmt's?«

Er lächelte. »Ich werde niemals genug von dir haben, mein Herz.« Seine Hand wanderte zu ihrem Oberschenkel hinab.

»Hari, das Kind!«

Er stöhnte. »Wann soll es kommen?«

»Im Herbst.«

»Im Herbst! Bis dahin bin ich eingetrocknet.«

»Vielleicht ist es dann ganz gut, dass du auf Wikingerzug gehst?«

Er nickte kläglich. »Vielleicht, ja – obwohl ein Mann lieber mit einem Lächeln auf den Lippen auf den Weg geschickt wird …«

Elisabeth verdrehte die Augen, streckte aber die Hand nach unten aus, um seine Männlichkeit zu streicheln. Sofort erwachte sie unter ihren Fingern zum Leben.

»Keine Sorge – ich werde dich schon zum Lächeln bringen, Harald Sigurdsson.« Er stöhnte vor Lust, und sie steigerte ihr Tempo. »Du wirst mir doch aber Aksel hier lassen?«

»Hmhm?«

»Aksel. Ich will ihn hier bei mir haben.«

»Warum? Du hast doch Greta, die sich um dich kümmert.«

»Aber sie kann mich nicht beschützen.«

»Dich beschützen? Du wirst kaum allein hier bleiben, Lily. Ich werde dir einen guten Wachmann hierlassen.«

»Einen norwegischen Wachmann. Das ist nicht genug.«

»Was?« Er verdrehte die Augen vor Anstrengung, sich zu konzentrieren, und entwand sich ihr. Doch sie hielt ihn fest.

»Einars Frau spricht dauernd davon, wie ›traurig‹ es wäre, wenn ich das Kind verlöre. Ich fürchte mich vor ihren bösen Absichten, Hari. Vor den ihren und vor denen dieses Arnesson-Mädchens ebenfalls.«

»Vor Thora?« Harald riss sich so heftig los, dass Elisabeth erschrak. »Du klagst Thora an, dass sie Ränke gegen dich schmiedet? Das ist nicht gerecht, Lily. Du magst sie vielleicht nicht besonders, aber es besteht kein Anlass, ihren Charakter in Zweifel zu ziehen.«

Sie sah ihn an, verwirrt, und seine Lust auf sie schrumpfte sichtlich in sich zusammen.

»Du hast doch Einar auch angeklagt, dass er Ränke gegen *dich* schmiedet.«

»Weil Einar ein bösartiger, stahlharter, rein politisch denkender Aasgeier ist.«

»Und Thora ist das nicht?«

»Nein!«

Elisabeth hüllte sich in die Decken. Mit einem Mal war ihr kalt. »Du magst sie immer noch?«

»Natürlich mag ich sie. Warum sollte ich auch nicht?«

»Weil sie keine Gelegenheit auslässt, um mich herabzusetzen.«

Seine Augen verengten sich. »Das ist gemein von dir, Lily. Gemein und kleinlich. Seit du hier bist, stehst du ihr kritisch gegenüber. Vielleicht ist Norwegen nicht so fortschrittlich wie Kiew, aber es ist ein gutes Land mit guten Menschen.«

Mit einem Mal fühlte sie sich schuldig. Sie *war* kritisch gewesen. Sie *hatte* einige der norwegischen Sitten vielleicht verhöhnt, aber sie hatte *nicht* mit dem Hass gerechnet, den Thora offenbar für sie empfand. Irgendwie musste sie Harald die andere Seite seiner hübschen, kleinen Kindheitsliebschaft vor Augen führen. Sie packte seine Arme.

»Sie hat mir unverblümt gesagt, Harald, dass sie will, dass du dich von mir löst.«

Er entzog sich ihr. »Das würde sie nie tun, Lily.«

»Oh, aber natürlich würde sie das, Hari – sie *hat es schon getan*. Und wie, glaubst du wohl, wird sie das anstellen? Wie, glaubst du, *kann* sie das anstellen? Sie kann dich wohl kaum heiraten, solange ich nicht tot bin, nicht wahr?«

Harald sprang auf, machte sich von ihr los und schlich zähnefletschend wie ein Bär um das Bett herum.

»Du bist blind, Lily. Thora würde niemals planen, dich zu töten, das liegt nicht in ihrer Natur. Dass ich mich entschlossen habe, dich zu heiraten, gibt dir noch lange nicht das Recht, sie wie Dreck zu behandeln. Entschuldige dich!«

»Nein.«

»Elisabeth!« Er schlug sich mit der Faust in die Handfläche, aber Elisabeth ließ sich nicht einschüchtern. Sie reckte das Kinn.

»Nein, Hari. Ich habe dir lediglich von meinen Bedenken berichtet, und wenn du mir nicht zuhörst, bist du ein ziemlich armseliger Ehemann.«

»Ich bin *dein* Ehemann, und du wirst mir gehorchen.«

»Wenn du mir die richtigen Befehle erteilst, werde ich das bereitwillig tun.«

Harald sprang vor, umfing das Seitenteil des Bettes so fest, dass sie sehen konnte, wie die Adern auf seinen Händen hervortraten und seine Knöchel weiß wurden. Dennoch würde sie unter keinen Umständen nachgeben. Sie war eine Prinzessin von Kiew, und das musste er respektieren. Außerdem hatte sie recht, dessen war sie gewiss. Sie hatte Thora und Brigid schon zu oft über ihre verdammten Haifischgifte reden hören, um sich hier sicher zu fühlen, wenn die Männer einmal gegangen waren.

»Vielleicht«, sagte sie eisig, »solltest du nach Austrått reisen und deine kostbare Thora ohne mich besuchen.«

Er starrte sie lange an, und zum ersten Mal hatte sie Mühe, die Wirbel in seinen Augen richtig zu deuten. Mit Schmollmund sah sie zu ihm auf, wollte ihn bewegen, sie in die Arme zu nehmen, diesen Kampf im Liebesspiel zu verlieren, wie hoch das Risiko auch sein mochte. Aber das tat er nicht.

»Vielleicht sollte ich das tun«, sagte er stattdessen. »Das gibt dir vielleicht Gelegenheit, deine Haltung zu deinem Land zu überdenken – und zu deiner Stellung als Königin.«

Sie hatte seine Heimat beleidigt. Das war ein Fehler gewesen.

»Hari, es …« Aber die Entschuldigung blieb ihr im Halse stecken, und bevor sie die Hand nach ihm ausstrecken konnte, war er gegangen.

Am darauffolgenden Morgen ritt er ohne sie nach Austrått, das Gesicht grimmig und ohne die Spur eines Lächelns, und schon wieder war Elisabeth allein.

Kapitel 21

Austrått, Pfingsten 1046

Sie vergiften?« Thora blickte mit bewusst ungläubigen Augen zu ihm auf. »Ich würde sie niemals vergiften, Harald. Ich würde niemanden je vergiften.«

»Das weiß ich«, stimmte er zu. »Ich habe es ihr versichert, aber wenn sie wütend ist, ist sie eine Wildkatze.«

»Ich hoffe, sie hat dich nicht gekratzt.«

Thora betete darum, dass niemand ihnen zuhörte. Sie klang so geistlos, aber Harald kam jetzt immer näher, so dass sie nicht aufhören konnte. Sie war hocherfreut gewesen, als er ohne seine Königin in Austrått aufgetaucht war. Die offizielle Begründung war, dass Elisabeth aus gesundheitlichen Gründen nicht reisen konnte, aber Thora hatte die Schatten unter Haralds Augen entdeckt und ihn mit beharrlicher Fürsorge behandelt. Jetzt, als das Bierfass sich leerte und die Höflinge sich müde in Finns Gästehalle nebenan zurückzogen, kam die wahre Geschichte ans Licht. Sie füllte seinen Becher erneut.

Es stimmte, dass Thora Haralds Gemahlin niemals vergiftet hätte, wie überheblich und schön sie auch sein mochte. Dazu hatte sie nicht den Mumm. Aber es stimmte ebenso, dass sie ihrer Rivalin diese Idee hatte in den Kopf setzen wollen. Sie schämte sich ein wenig, dass es funktioniert hatte, aber die Scham durfte ihr jetzt nicht im Weg stehen. Sie wusste, dass Finn sie nicht aus den Augen ließ, und so verdoppelte sie die Aufmerksamkeit, mit der sie Norwegens Zweitkönig bedachte.

»Wenn du so erpicht auf Harald bist«, hatte ihr Onkel ihr während ihrer Vorbereitungen für den königlichen Besuch erklärt, »können wir das für uns nutzbar machen.«

»Wie?«, hatte sie unbehaglich gefragt.

»Man muss mit einem Mann nicht verheiratet sein, um ihm ein Kind zu gebären.«

»Aber …«

»Und immerhin bist du, moralisch betrachtet, in Gottes Augen durchaus seine Frau.«

»Ich …«

»Außerdem ist es ja nicht so, als hättet ihr das nicht schon früher getan …« Er hatte ihre Hand ergriffen. »Ein König braucht eine Geliebte, Nichte. Das geziemt sich in seiner Position und trägt dazu bei, Erben für das Land zu sichern – Arnesson-Erben.«

»Aber die Königin …«

»Die Königin ist zart. Es wird nicht leicht für sie sein, Kinder zu gebären.«

»Onkel!«

»Das ist eine einfache Wahrheit, Thora, nichts sonst. Sie hat doch schon drei Kinder verloren. Du hingegen bist eine richtige Frau. Pieter war nicht Manns genug, um daraus das Beste zu machen, aber an Haralds Samen habe ich keinerlei Zweifel. Du möchtest doch Kinder haben, oder nicht, Nichte?«

Er hatte sie an ihrer empfindlichsten Stelle getroffen. Das

einzig Traurige an ihrer ersten Ehe war, dass sie keine Kinder hatte.

»Ich bin keine Konkubine, Onkel«, hatte sie beharrt und ihre liebe Not gehabt, diesem verführerischen Vorschlag zu widerstehen.

»Natürlich nicht«, beruhigte er sie. »Du wärst eine königliche Gefährtin, und diese Stellung käme dir dann auch zu. Du wirst ihm ein paar stramme Jungen schenken, das weiß ich. Hervorragende *Könige.* Und wenn das Rus-Mädchen sich, was Gott verhüten möge, aus dem Kindbett nicht mehr erholt, wäre es doch gut für Harald, irgendwo Trost zu finden, oder nicht? Besonders, wenn dieser Trost bereits sein Kind unter dem Herzen trägt.«

»Aber die römisch-katholische Kirche, Onkel …«

»Die sitzt weit weg in Rom. Komm schon, Mädchen. Die meisten unserer Leute heiraten immer noch an Mittsommer unter einem Baum, ohne dass ein Priester anwesend ist. Es sei denn, er liegt in den Büschen und geht ebenfalls seinem Vergnügen nach. Und wir haben nur Haralds Wort darauf, dass er wirklich mit der Slawin verheiratet ist. Hier in Norwegen ist es doch eher so, als sei *sie* seine Geliebte und *du* seine wahre Frau.«

Das war natürlich Unsinn gewesen, wie sie eigentlich wusste, aber eben verführerischer Unsinn. Finn selbst war von der Vorstellung geradezu begeistert gewesen. Einar spann weiterhin seine Intrigen, und er musste Harald an die Sache der Arnessons binden. Dass Johanna Ulf geheiratet hatte, der mittlerweile zu Haralds Feldmarschall und Stellvertreter ernannt worden war, war durchaus hilfreich gewesen, aber keineswegs so sehr wie eine Verknüpfung der beiden Familien durch Blutsbande. Sie wappnete sich.

»Du siehst müde aus, Harald.«

»Ich *bin* müde. Ich habe vergangene Nacht kaum geschlafen.«

»Das alles muss dich ziemlich mitgenommen haben. Soll ich dich zu Bett bringen?«

Er sah auf und schien die sich leerende Halle zum ersten Mal richtig wahrzunehmen. »Nicht nötig«, antwortete er. »Ich kann genauso gut bei meinen Männern schlafen.«

Er deutete mit einer Handbewegung auf den harten Kern seiner Warägertruppe, die immer noch trinkend ums Feuer herumsaß. Thora sah ebenfalls hin und entdeckte Finn im Schatten einer Säule, der ihr ermutigend zunickte. Fieberhaft dachte sie nach.

»Das kannst du nicht, Harald«, erwiderte sie. »Du bist jetzt der König.«

»Einer der Könige.«

»Wie dem auch sei – immerhin schläft Magnus auch nicht bei den einfachen Soldaten, nicht wahr?«

Das schien seine Wirkung zu tun. Harald erhob sich, und sie tat es ihm schnell gleich, aber auch sein Trollfreund Halldor war sogleich an seiner Seite, der die ganze Zeit über am Ende des Tisches gelauert hatte. Glücklicherweise war er nicht der Einzige: Noch nie hatte Thora gesehen, dass sich ihr Onkel so schnell bewegte.

»Graf Halldor!«, rief Finn. »Ihr seid genau der richtige Mann. Ich habe da diesen köstlichen goldfarbenen Schnaps, der mir von den Orkneys geschickt wurde. Ihr müsst ihn einfach probieren.«

Halldor war hilflos in Finns überzeugenden Fängen gefangen, so dass Thora dem taumelnden Harald ungehindert in sein Gemach folgen konnte. Die Tür führte direkt zur Halle hinaus, und sie wusste, dass viele Augenpaare noch offen genug waren, um beobachten zu können, wie sie ihm folgte. Ihre Wangen brannten, aber ihr Schritt stockte nicht. Das hier war Harald, erinnerte sie sich – *ihr* Harald, ihr Wolfsjunge. Sie hatte ein Recht auf ihn.

»Sehr müde«, murmelte er und warf sich aufs Bett. Nun war es an Thora, sich schnell zu bewegen.

»Ein letzter Schluck«, schlug sie vor, goss Wein aus einem Krug auf dem Seitentisch in einen Kelch und reichte ihn ihm, wobei sie die Gelegenheit nutzte, ebenfalls an seiner Seite auf die Kissen niederzusinken.

Harald betrachtete den Kelch misstrauisch, aber dann zuckte er mit den Achseln. »Warum nicht.« Er nahm einen tiefen Zug. »Elisabeth ist nicht wie du, Thora. Du bist so … weich.«

Thora rückte ein wenig näher heran, damit er spüren konnte, wie weich.

»Sie hat zu viel Temperament?«, schlug sie vor.

»Ha! Ja.«

»Das ist sicher schwierig für dich. Ich wäre nicht so. Ich bin zu zaghaft.«

»Zaghaft ist bei einer Frau nichts Schlechtes, Thora.«

»Ich weiß nicht recht. Ich glaube, ich würde dir immer nur gefallen wollen und tun wollen, was du sagst.«

»Das ist ebenfalls nichts Schlechtes.«

»Nein?«

Thora kniete sich hin, rang gleichzeitig um Mut und mit ihrer Kleiderschließe. »Ich will«, sagte sie mit bewusst leiser Stimme, »dir immer noch gefallen, Harald.«

Die Schließe öffnete sich, und das Obergewand fiel ihr auf die Taille. Harald setzte sich ein wenig auf, warf den Kelch beiseite, und solchermaßen ermutigt, öffnete sie das Spitzenband ihres Untergewandes, so dass es sich ebenfalls löste.

»*Gefalle* ich dir, Harald?«

Er riss ihr das Hemd so schnell von den Schultern, dass sie beinahe erschrocken aufgeschrien hätte. Anscheinend gefiel sie ihm tatsächlich, aber dann saß er einfach nur da, betrachtete ihre Nacktheit, machte aber keine weiteren Anstalten, sie zu berühren. Sie musste mehr tun. Sie holte tief Luft, stieß sich ab, stellte sich über ihm aufs Bett und ließ ihre Gewänder ganz herabsinken. Sie stand jetzt wieder nackt vor ihm, wie damals, vor sechzehn Jahren, obwohl sie jetzt älter war, weniger rank und schlank – würde sie ihn immer noch verführen können?

Harald stöhnte, und sie bemerkte, wie sich seine Hose wölbte. Kühner nun, kniete sie sich wieder hin und befreite ihn davon. Sie konnte die Augen ihres Onkels beinahe auf der Tür spüren und hasste sich selbst dafür, dass sie sich wie eine Hure benahm. Aber sie war jetzt hier, und plötzlich verlangte sie verzweifelt danach, dass Harald sie begehrte – nicht wegen Finn, nicht für die Arnessons, nicht einmal, um Elisabeth zu ärgern. Sondern nur um ihrer selbst willen.

»Du gehörst zu mir«, raunte sie.

»Ich bin verheiratet.«

»Das weiß ich. Und ich will es nicht infrage stellen. Du kannst mich auch haben.« Sie kniete über ihm. »Ein König braucht eine Geliebte, Harald – das geziemt sich in seiner Position –, und ich gehöre dir.« Sie beugte sich vor, berührte mit ihren vollen Brüsten sein Gesicht, wie Pieter es immer gemocht hatte. »Also nimm mich.«

»Ja.«

Im nächsten Augenblick hatte er sich aufgerichtet und lag

über ihr, nagelte ihre Handgelenke auf dem Bett fest, drängte sich zwischen ihre Beine, trieb in sie hinein. Sie wollte ihn umfangen, ihn festhalten, aber sie konnte sich nicht bewegen, konnte nur daliegen, ganz und gar seiner Gnade ausgeliefert. Sie bemühte sich, ihren Triumph zu genießen. Er schloss die grauen Augen, als er zustieß, verloren in seiner eigenen Welt, und Thora wusste mit kranker Gewissheit, dass nicht sie es war, nach der er verlangte. Tatsächlich war es gerade nicht sie, mit der er schlief, als er mit einem Schrei seinen kostbaren königlichen Samen in sie ergoss und dann erschöpft zusammenbrach.

Am Morgen darauf war er zärtlich. Thora erwachte und sah, dass er auf sie herabblickte, und hatte das unbehagliche Gefühl, dass er das schon seit geraumer Zeit tat. Er nahm sie erneut, langsamer diesmal, beobachtete sie, als ob er etwas erwartete, obwohl sie nicht wusste, was es war.

»Wir werden bald nach Dänemark segeln«, sagte er danach. Thora hatte Mühe, den Zusammenhang herzustellen. »Wir können bis dahin zusammenbleiben«, erklärte er, als sei das ein Geschenk; nein, eine Beförderung, als ob er ihr innerhalb seiner Truppe einen höheren Rang verliehen hätte. Dann fügte er hinzu: »Dein Onkel wird das jetzt erwarten.«

»Mein *Onkel?*«

»Und mir«, fügte er hastig hinzu, »würde es gefallen.«

»Ein König braucht eine Geliebte«, wiederholte Thora benommen.

Harald lächelte. »Das geziemt sich in seiner Position?«

Sie nickte, und er küsste sie. »Ich werde dafür sorgen, dass du es genießt, Thora.«

Und das tat er, oder zumindest nahm sie an, dass dies seine

Absicht war, als er sie umdrehte, sie berührte und beobachtete. Ihr Unbehagen wuchs, denn sie hatte das Gefühl, dass er nach irgendetwas Ausschau hielt, das sie ihm nicht zu geben vermochte. Sein Körper war stark und kraftvoll, und im Gegensatz zu dem gebrechlichen Pieter gab er ihr das Gefühl, klein und auf wunderbare Weise weiblich zu sein, wenn sie unter ihm lag. Sie genoss die Empfindung seiner Haut auf der ihren, und sie liebte es, in seinen Armen zu liegen, wenn er erschöpft war, aber die Erregung, nach der sie sich gesehnt hatte, blieb aus, und das verwirrte sie. Wie hatte sie so lange auf so wenig warten können?

»Du bist sehr still«, sagte er ein paar Nächte später.

»Still?« Sie warf einen Blick auf die Tür. »Das ist wohl auch besser so – da draußen kann uns jeder hören.«

Darüber lachte er nur. »Sie wissen, was wir hier treiben, Thora.«

Das war ihr klar – oh, Gott ja, und wie klar. Das endlose Gezwinker und die Knüffe, das wissende Lächeln vermittelten ihr das zu jeder Minute des Tages, genauso wie das wütende Funkeln in Graf Halldors dunklem Gesicht und Johannas Bemerkung, dass »Elisabeth vor Wut schäumte«. Sie versuchte, sich darüber zu freuen, aber mehr als alles andere schämte sie sich. Sie hatte erwartet, dass ihre Vereinigung etwas Wunderbares sein würde. Sie war nicht sicher gewesen, wie es letztlich ablaufen würde; aber umso sicherer, dass ihre Verbindung rechtmäßig war, was sich in einer Ekstase manifestieren würde, die sie bei Pieter nicht gefunden hatte.

Stattdessen begann sie im Laufe der nächsten Tage die Nächte zu fürchten – nicht wegen Haralds Mangel an Gefühl, sondern wegen ihrer eigenen Empfindungslosigkeit. Als der Triumph darüber, dass sie ihn für sich gewonnen hatte, dahinschmolz, fragte sie sich wieder einmal, ob sie ein zu schwaches Herz hatte. Und als die Männer endlich zum Fjord hinaussegelten, um Dänemark von dem Usurpator Sven Estridsson zu befreien, war ihre Erleichterung geradezu überwältigend.

»Gut gemacht, Nichte«, sagte Finn und umarmte sie innig, als er sich auf dem Landungssteg von ihr verabschiedete. Er legte seine große Hand auf ihren Bauch. »Beten wir darum, dass du Früchte trägst.«

»Ich bin kein Baum, Onkel«, erwiderte Thora steif.

»Nein, wirklich nicht, aber sei jetzt bitte nicht zimperlich. Nicht jetzt. Es hat die Familie vorangebracht, und du hattest deinen Spaß – also ist alles in Ordnung!«

Dann zwinkerte er, umarmte sie noch einmal und war verschwunden. Sie stand da, hielt sich den Bauch und war sicher, dass ihr etwas fehlte, und sogar noch sicherer, dass es etwas war, das Elisabeth mit ihren dunklen Augen und ihren sinnlichen Lippen *hatte.* Harald würde bestimmt niemals mehr in ihr Bett zurückkehren, und ebenso verwirrt wie inbrünstig wünschte sie sich, dass es ihr mehr ausmachen würde.

Kapitel 22

Bymarka, September 1046

»Lily! Ich bin gekommen, so schnell ich konnte.«

Harald stürmte in das Gemach und stellte fest, dass seine Frau noch schöner war, als er sie in Erinnerung hatte, und mindestens den doppelten Umfang angenommen hatte. Sie stand da, hielt sich mit einer Hand am Bettpfosten fest, lehnte den Rücken an den Bettrahmen und keuchte wie ein Hund bei der Jagd. Sie sah ihn an, und das Funkeln in ihren Augen veranlasste ihn, die beiden wohlbeleibten Hebammen fortzuscheuchen. Greta geleitete sie eilig zur Tür und schlüpfte dann nach ganz kurzem Zögern ebenfalls hinaus.

»So schnell du konntest?«, erwiderte Elisabeth trocken, als sie allein waren. »Du warst vier Monate fort, Harald.«

»Sehr einträgliche vier Monate, meine Liebste.«

»Du hast Sven Estridsson also besiegt?«

Harald zog eine Grimasse. Sie hatten Sven nicht besiegt, eher im Gegenteil. Dieser Mistkerl hatte zwischen den Inseln Katz und Maus mit ihnen gespielt, hatte sich geweigert, sich mit ihnen auf einen Kampf einzulassen, bis er ihre Schiffe irgendwie schließlich in die Enge getrieben hatte. Sie hatten Glück gehabt, wohlbehalten zu entkommen. Dann, nach

Tagen in nasskaltem Nebel, hatte Magnus ein schreckliches Fieber ereilt, und er war zu Gott heimgekehrt, wobei er zu jedermanns Überraschung in seinem letzten Willen Dänemark Sven überlassen hatte.

Harald hatte das als eine Handlung im Fieberwahn abgetan und die Flotte nach Jütland zurückführen wollen, um als rechtmäßiger Erbe den Thron zurückzuerobern. Einar jedoch hatte ihn daran gehindert und darauf beharrt, dass es ihre Pflicht war, den Leichnam ihres königlichen Herrn in allen Ehren zurück in sein Heimatland Norwegen zu geleiten. Da dem Jarl eine große Anzahl Soldaten unterstand, hatte Harald sein Ansinnen nicht ignorieren können. Sein einziger Trost bestand darin, dass er dadurch rechtzeitig wieder zu Hause angelangt war, um bei Elisabeth zu sein. Aber das musste sie jetzt noch nicht erfahren.

»Wir haben Samsø eingenommen«, berichtete er ihr vorsichtig.

»Samsø?« Sie krauste die Nase. »Wo ist das?«

»Das ist eine Insel vor Jütland.«

»Eine große Insel?«

»Sehr groß«, sagte er entschieden – so genau musste sie das nicht wissen.

»Witzig«, kam die schnelle Antwort. »Denn ich habe gehört, dass man sie in einer Stunde zu Fuß durchquert hat und dass dort wenig mehr als ein trotteliger Schäfer und seine Herde leben.«

»Ach ja? Von wem?«

»Von Aksel. Er hat mir auch berichtet, dass Magnus tot ist – was ein Segen ist, ja, obwohl ich weiß, dass ich das nicht sagen dürfte – und dass Sven jetzt König von Dänemark ist.«

»Das hat er dir gesagt?«

»Oh ja. Er spricht mit jedem, der gerade auf der Durchreise ist.«

»Ah. Ich verstehe. Dann bin ich umso glücklicher, dass ich ihn bei dir gelassen habe.«

Elisabeth hätte beinahe gelächelt, doch dann plötzlich verzerrte sich ihr Gesicht. Sie packte den Bettpfosten fester, schloss die Augen und fing wieder an zu keuchen. Harald stürzte vor, aber sie hielt die andere Hand in die Höhe, um ihn abzuwehren, und auf lächerliche Weise eingeschüchtert blieb er stehen.

»Es geht vorbei«, sagte sie schließlich und erholte sich wieder.

»Tut es weh?«

»Natürlich tut es weh!«

»Verzeih. Ich will nicht, dass du Schmerzen hast.«

»Ach ja?«

Elisabeth stieß sich vom Bettpfosten ab und trat einen Schritt von ihm fort, die beiden Hände im Kreuz. Sie streckte sich, so dass er nicht anders konnte, als die Schwellung ihrer Brüste unter ihrem leichten Hemd zu bemerken. Er hatte wahrhaft vergessen, wie schön sie war und wie sehr er sie begehrte. Nicht dass sie ihm derlei Gedanken im Augenblick gedankt hätte.

»Wirklich«, sagte er aufrichtig.

Sie sah ihn an. »Warum also«, fragte sie, »bist du mit dem Arnesson-Mädchen ins Bett gegangen?«

Harald zuckte zusammen. »Das hast du auch gehört?«

»Aksel …«

»… redet mit jedem, ich weiß.«

»Und es gab jede Menge Hofdamen, die ganz wild darauf

waren, mir diese Neuigkeiten mitzuteilen, Harald. Du kannst dir sicher vorstellen, wie *mitfühlend* sie waren.«

Harald zuckte erneut zusammen. Er hatte Hofdamen in aller Welt erlebt, wie sie sich auf Klatschgeschichten stürzten, und sie waren so bösartig wie Jagdhunde, die hinter einem Hasen her waren.

»Verzeih mir.«

Elisabeth kam auf ihn zu. Er streckte die Hand aus, aber sie ergriff sie nicht.

»Warum, Harald?«, fragte sie. »Warum hast du dir die Mühe gemacht, mich in dein kostbares Heimatland zu bringen, wenn du, kaum da du angekommen bist, zu ihr davonläufst?«

Das saß.

»Ich bin nicht zu ihr ›davongelaufen‹. Du hast mich zu ihr *geschickt,* Elisabeth. Du hast mir selbst gesagt, dass ich zu ihr gehen soll.«

»Aber nicht, dass du mit ihr ins *Bett* gehen sollst. Wie lange hat es gedauert, Hari? Schon in der ersten Nacht, nicht wahr?« Er versuchte, sie mit seinem Blick zum Wegsehen zu zwingen, aber ihre dunklen Augen gaben nicht nach. »Ich bin so froh, dass dir unser Ehegelübde – das wir vor Christus' Altar und meinem Vater, der so viele Jahre lang dein Lehnsherr war abgegeben haben – so viel bedeutet.«

Sie keuchte schon wieder, doch er konnte nicht sagen, ob aus Schmerz oder vor Zorn. Er richtete sich auf.

»Ein König braucht eine Geliebte, das geziemt sich in seiner Position.«

Elisabeth schnaubte. »Sagt wer?«

»Sagt … sagt alle Welt.«

»Und seit wann kümmert es dich, was die Welt sagt?«

Sie hatte recht. Er machte einen vorsichtigen Schritt auf sie zu. »Bitte sei nicht wütend, Lily. Du bist meine Frau. Du trägst mein Kind.«

»Denkst du, ich weiß das nicht?«

Ein zischender Schmerzenslaut entfuhr ihr zwischen den Zähnen, und Harald ergriff die Gelegenheit und streckte die Hand nach ihr aus. Einen Augenblick lang lehnte sie sich an seine Brust, vergrub ihren Kopf daran, ihre kleinen Füße stampften unter ihrem Hemd auf die Erde, während sie gegen die Wehe ankämpfte, aber dann war sie offenbar vorüber, denn sie riss sich wieder los.

»Ich dachte, du liebst mich, Hari?«

»Das *tue* ich.«

»Und?«

»Und ich war wütend auf dich, und du warst nicht da, sie aber schon.«

»Und das ist alles?«

Er breitete die Hände aus. »Muss denn mehr dahinter sein?« Sie sah verwirrt drein, und er nutzte seinen Vorteil. »Ich liebe sie nicht, Lily. Sie war einfach nur …«

»Nützlich?«

»Nein! Na ja, vielleicht ein wenig, aber die Sache geht viel tiefer als körperliches Verlangen, Lily. Es geht um Macht. Wobei ich nicht die Macht über sie meine«, fügte er hastig hinzu. »Du bist die einzige Frau, über die ich Macht haben will, Lily, und du bist die Einzige, von der ich fürchte, dass ich sie nie beherrschen werde.« Sie lächelte beinahe. »Einar spinnt weiterhin seine Intrigen.«

»Und eine Arnesson im Bett zu haben, hilft, nicht wahr? Warum machst du nicht gleich Nägel mit Köpfen und teilst gleich mit dem Mann das Lager?«

Harald schauderte. »Er ist ziemlich behaart.« Ein Kichern entfuhr ihr, und er griff danach wie nach einem Strohhalm. »Die Lage ist angespannt, Lily. Magnus' Fraktion ist nicht allzu begeistert, dass ich hier in Norwegen bin, und ich brauche so viele Freunde, wie ich bekommen kann, auch wenn er nicht mehr lebt.«

»Willst du denn mit allen ins Bett gehen?«

»Nur wenn du es von mir verlangst – du kannst ja dazukommen, wenn du willst.«

Elisabeth schrie vor plötzlichem Schmerz auf, und er sprang zu ihr hin.

»Ich will nie wieder«, sagte sie, von Keuchen unterbrochen, »irgendetwas ... mit Beischlaf ... zu tun haben.«

Harald streichelte ihr nervös über den Rücken. Ihr Atem entspannte sich wieder, aber zu seiner großen Erleichterung zog sie sich diesmal nicht zurück.

»Wie kommt es«, murmelte sie an seiner Brust, »dass es so viel Freude gemacht hat, dein Kind in mich hineinzubefördern, und so höllisch wehtut, es wieder rauszukriegen?«

Er küsste sie auf den Scheitel. »Es wird wieder Freude machen«, versprach er.

»Nicht nur für dich.«

»Nein. Es macht auch mir viel mehr Freude, wenn es dir auch Lust bereitet.«

Das war wahrer, als ihm bislang klar gewesen war. Thora war aufmerksam gewesen, fast schon auf beschämende Weise, aber sie schien es niemals auch selbst genossen zu haben, und so hatte er sich irgendwie nutzlos gefühlt.

»Es bereitet mir immer Lust«, antwortete Elisabeth. »Zumindest hat es das.«

Diesmal nahm er ihre Lippen, kurz, zärtlich. »Nur du«,

schwor er ihr. »Von jetzt an, Lily, wirst es immer nur du sein.«

Sie versuchte, ihm die Hände um den Nacken zu legen, aber die Wölbung ihres Bauches machte das unmöglich, so dass sie nur sein Haar zu packen bekam. Sie zog sein Gesicht herab, so dass ihre Stirnen sich berührten, und er spürte, dass die ihre schweißfeucht war.

»Ich dachte, ein König sollte eine Geliebte haben?«

»Sagt wer?«

»Sie wird nicht glücklich darüber sein.«

Harald dachte darüber nach. »Vielleicht doch, Lily. Sie schien es nicht im Entferntesten so zu genießen wie du.«

»Hari!« Sie schlug ihm gegen die Brust. »Das will ich gar nicht wissen.«

»Dann lass dir jetzt nur noch eines gesagt sein, Lily: Sie wird erleichtert sein, mich los zu sein. Ich werde ihr einen Gutshof schenken oder so etwas.«

Elisabeth verdrehte die Augen. »Ihr Norweger und eure Gutshäuser«, sagte sie, aber die Worte kamen nur undeutlich heraus, und sie klammerte sich so fest an seine Tunika, dass er glaubte, sie werde ihn damit strangulieren.

Beide rangen um Atem, bis der Schmerz nachließ und ihr Griff sich lockerte.

»Du«, sagte er, als er wieder Atem geschöpft hatte, »sollst dann dein Steinhaus haben, meine Liebste.«

»Nein.«

»Nein?«

»Ich habe beschlossen, dass ich das gar nicht will, und du willst es sowieso nicht.«

»Ach nein?«

»Nein. Ein König sollte nicht auf einem Gutshof leben.«

»Einem großen Gut.«

»Nein, Hari. Komm schon, du hast in Kiew gelebt, sogar in Miklagard, um Himmels willen, du musst einsehen … heutzutage, in unserem Zeitalter, braucht ein König eine Stadt.«

Harald starrte seine zarte Frau an, deren dunkle Wangen vor Schmerz gerötet waren und in deren Bauch sich das Kind bewegte.

»Du willst, dass ich dir eine Stadt baue?«

»Dass du *uns* eine Stadt baust, Hari. Ja. Vergiss Dänemark erst einmal. Lass uns Norwegen zur Größe verhelfen und mit einer vernünftigen Hauptstadt anfangen. Ich habe Briefe von meinen Schwestern aus Ungarn erhalten. Andreas ist König, Gott sei gelobt, und Anastasia sagt, sie wollen eine Siedlung an der Donau mit Namen Buda in einen Ort verwandeln, der erhaben genug ist, um von dort aus zu regieren. Sie schreibt, dass sie in einem großartigen neuen Palast lebt, und dass sie freie Hand hat, um Baumeister und Künstler zu beschäftigen, um ihn noch großartiger zu machen. Agatha hat das bestätigt.«

Sie biss die Zähne aufeinander, als eine weitere Wehe ihren ganzen Körper zum Erbeben brachte.

»Eine Stadt?«, sagte Harald, als wolle er sich mit dem Gedanken vertraut machen. »Eine Hauptstadt für Norwegen? Aber wir haben Nidaros, Lily.«

Elisabeth warf den Kopf in den Nacken. »Nidaros ist keine Stadt, Harald. Das ist ein Markt, mehr nicht – ein unordentlicher kleiner Hafenmarkt. Und überdies ist er hier oben, im Norden, wo all die aufgeblasenen Jarls das Heft in der Hand haben. Du brauchst eine Stadt im Sü… Aah!«

Er hielt sie während der nächsten Schmerzwelle fest. Die

Wehen schienen jetzt länger anzudauern und schneller aufeinanderzufolgen, und er sah nervös zur Tür hinüber und fragte sich, ob er die Hebammen zurückrufen konnte, während sich gleichzeitig seine Gedanken überschlugen. Eine Stadt im Süden, tief in den sicheren Gefilden des großen Fjords in seiner Heimat in Ringerike? Als Elisabeth wieder ansprechbar war, lehnte er sich ein wenig zurück, um ihr in die Augen zu sehen.

»Eine Stadt, Lily?«

»Ja. Sie wird Norwegen vor Augen führen, wo seine Zukunft liegt und mit wem sie verwoben ist. Wer will schon Magnus und seine entlegenen Herrenhäuser, wenn man doch Harald haben kann, der in einem weithin sichtbaren Palast residiert, in einer umfriedeten Stadt mit Kirchen und Bibliotheken, Statuen und Höfen und … aaahh! Harald, es tut weh. Es tut so furchtbar weh!«

»Ich rufe Greta.«

Sie nickte, und er rief in Richtung Tür um Hilfe. Sie flog auf, und Greta, die nicht länger das schüchterne Mädchen war, das er in Erinnerung hatte, kam mit energischem Schritt herein. Die beiden Hebammen watschelten hinterdrein.

»Sie hat Schmerzen«, berichtete Harald drängend.

»Das ist normal, Sire. Alle Frauen haben Schmerzen bei der Niederkunft, sogar Königinnen.«

Er drückte Elisabeth ganz fest an sich. »Aber es wird alles gutgehen?«

»Wir werden sehr gut für sie sorgen«, versicherte Greta ihm.

»Das müsst ihr. Sie ist sehr kostbar.«

»Wie alle Frauen«, intonierte eine der Hebammen fromm.

»Nein! Sie ist viel kostbarer als das.«

Die arme Frau duckte sich, und Elisabeth, die sich gerade wieder erholte, stieß ein leises Lachen aus.

»Es wird schon alles gut werden, Hari.«

Er sah sie an. Sie wirkte erschöpft, schwach. Ihre schlanke Gestalt hatte immer schon zerbrechlich gewirkt, aber nie zuvor hatte er befürchtet, dass sie tatsächlich einmal auseinanderbrechen würde. Sie war zäh, stark und wild. Er zog sie wieder in seine Arme.

»Ich darf dich nicht verlieren, Lily. Ich liebe dich – das weißt du.«

»Ich weiß es, Hari.« Ihre Stimme zitterte wieder.

»Du und ich«, sagte er drängend. »Es sind jetzt nur noch du und ich, meine Lilyveta – du und ich für immer.«

»Du und ich«, echote sie, aber die Worte wurden von einem Schmerzensschrei verschluckt, und die Hebammen stürzten herbei, zogen sie ihm irgendwie aus den Armen und brachten sie zum Bett.

»Lasst mich bleiben«, rief er verzweifelt.

Greta legte ihm sanft die Hand auf den Arm. »Nein, Sire, bitte. Das hier ist Frauenarbeit, und die verrichten wir am besten allein.«

»Ich …«

»Wir sorgen für ihre Sicherheit, Durchlaucht, ich verspreche es. Und jetzt bitte …«

»Lily!«, rief er aus, aber sie krampfte und konnte nicht antworten, und bevor er wusste, wie ihm geschah, stand er draußen und starrte die Tür an.

Hinter ihm hustete jemand, und er wandte sich um. Es war Ulf.

»Du siehst blass aus, Hari.«

»Blass? Gott, ja, es ist furchtbar dort drinnen.«

Ulf winkte nach einem Diener und drückte Harald einen Weinkelch in die Hand.

Er nahm einen dankbaren Zug. »Was tun wir jetzt?«, fragte er seinen Freund.

Ulf zuckte mit den Achseln. »Wir warten.«

»Das ist alles?«

»Das ist alles.«

Harald sah sich bedächtig um. Die Halle war zum Bersten voll. Seine Soldaten waren draußen in ihrem eigenen Lager, aber sämtliche Adligen und viele ihrer Gemahlinnen waren gekommen, um sie nach ihrer Rückkehr von den Beutezügen willkommen zu heißen. Sie versammelten sich nun um die Feuerstelle. Ein großer Kessel mit Eintopf hing darüber, und viele hielten dampfende Schüsseln in den Händen.

»Du solltest etwas essen«, schlug Halldor nun vor, der neben Ulf getreten war. »Damit du bei Kräften bleibst.«

»Essen? Mach dich nicht lächerlich, Hal. Ich bin nicht derjenige, der im Augenblick Kraft braucht.«

»Wie dem auch sei, es könnte noch eine ganze Weile dauern.«

»Unsinn. Du hast sie doch gehört – das Kind kommt sicher jeden Augenblick.«

Halldor schüttelte bedauernd den Kopf. »Wenn ich mich an Aksels Geburt recht erinnere«, antwortete er, »ist das gerade erst der Anfang.«

Und so war es. Stunde um elende Stunde ging vorüber. Die Nacht brach herein. An den Wänden der Halle wurden die Lampen entzündet, und man brachte noch mehr Eintopf. Harald aß sogar etwas davon. Die Menschen unterhielten sich leise, versuchten, nicht zur Tür zu starren, wenn Elisabeths

Schreie ihre Worte übertönten. Harald schritt ruhelos auf und ab, auf und ab. Seine Männer begleiteten ihn abwechselnd, was umso mutiger war, als er vor Angst mit jedem Augenblick ungehaltener wurde.

»Das ist ganz normal«, sagte eine leise Stimme ihm plötzlich ins Ohr.

»Finn!«

Harald wandte sich zu seinem Ziehvater um. Finn und Einar hatten sich zurückgezogen, um dafür zu sorgen, dass Magnus in aller Pracht aufgebahrt wurde. Sie beabsichtigten, ihn ins nahegelegene Nidaros zu schaffen, um ihn dort neben seinem heiliggesprochenen Vater Olav beizusetzen, und Harald fragte sich besorgt, wie das die Stimmung im Norden wohl beeinflussen mochte. Magnus' Tod war seine Chance, Norwegen zu einen, statt es zu spalten. Er sah Finn misstrauisch in die Augen, aber dieser legte ihm den Arm um die Schulter, als ob es keinerlei Misston zwischen ihnen gäbe.

»Ehrlich, Harald«, sagte er und deutete mit einem Kopfnicken auf Elisabeths Tür. »Es klingt, als ob sie auseinandergerissen würden, aber das ist ganz normal.«

»Wirklich? Kommt mir nicht gerecht vor.«

»Nein«, räumte Finn ein. »Ich möchte keine Frau sein, nicht einmal um alles Gold in *deinen* Schatztruhen.«

Harald zog eine Grimasse. »Ich ebenso wenig.«

»Den Samen zu setzen, scheint erheblich einfacher zu sein, als die Frucht auszutragen. Und du, Harald, scheinst besonders gut darin zu sein, deinen Samen zu setzen.«

Etwas in Finns Stimme ließ Harald innehalten, und sogar Elisabeths Schreie schienen leiser zu werden. Was sagte er da …? Doch sicher nicht …? Elisabeth würde ihn umbringen – wenn sie nicht sowieso gerade starb.

»Was sagst du da, Finn?«

Finn beugte sich dicht zu ihm heran. »Ich habe Kunde aus Austrått. Frohe Kunde.«

Harald spürte, wie der Eintopf, den er heruntergewürgt hatte, ihm wieder in die Kehle stieg. Er streckte eine Hand aus und ertastete Halldors breite Schulter, aber sein alter Freund konnte nichts tun, um ihn vor diesem Schlag zu schützen.

»Thora ist schwanger.«

Harald schloss die Augen. Er hätte gern gefragt, ob das Kind von ihm sei, aber er wusste, dass dies gemein gewesen wäre. Und töricht. So töricht wie sein Verhalten. Er hatte sich von Thoras Sanftheit verführen lassen, durch ihre Verbindungen, durch Erinnerungen, die tief bis in seine Vergangenheit zurückreichten, die seine Zukunft aber nun ruinieren konnten. Ein Schrei von Elisabeth, lauter als jeder zuvor, hallte in der Halle wider, und Harald spürte, wie er sein Innerstes erzittern ließ.

»Ein König braucht Erben«, sagte Finn ruhig.

»Ein König«, blaffte Harald zurück, »hätte lieber eine Königin.«

»Oh, nun ja«, antwortete Finn. »Davon hast du ja jetzt jede Menge.«

Harald starrte ihn an. »Ich kann Thora nicht zu meiner Königin machen, Finn. Ich bin bereits verheiratet.«

»Und gebe Gott, dass deine Frau gesund bleibt.« Finn warf einen demonstrativen Blick auf die Tür des Schlafgemachs. »Du könntest eine Handfasting-Ehe eingehen, Harald«, fuhr er mit gefährlich leiser Stimme fort, »wie so viele vor dir.«

»Damit wäre Thora niemals einverstanden.«

»Thora tut, was man ihr sagt. Ebenso wie ein König, der Unterstützung gegen eine mögliche Rebellion im Norden braucht.«

»Drohst du mir etwa, Finn?«

»Natürlich nicht. Ich leite dich nur an, mehr nicht. Magnus ist tot, Harald. Das hier ist deine Gelegenheit – *unsere* Gelegenheit. Du bist mir wie ein Sohn, das weißt du. Ich will einfach nur das Beste für dich.«

»Und du glaubst, das Beste seien zwei Frauen? Gütiger Gott, ich leide schon mit einer einzigen genug, Mann. Wann um alles in der Welt ist es nur endlich vorüber?«

»Ich bin sicher, bei Thora wird es leichter. Ihre Mutter brachte die Kinder immer sehr schnell zur Welt.«

Das war zu viel. Harald packte Finn am Kragen. »Jetzt, Finn, ist dafür nicht der richtige Zeitpunkt. Ich bin mit meiner Frau beschäftigt, meiner Frau vor Gott, und …«

Ein weiterer Schrei ließ ihn innehalten – ein winziger, wehleidiger, aber entschlossener, kleiner Schrei. Er sah zur Tür, und der ganze Hof sprang auf.

»Nicht der richtige Zeitpunkt«, pflichtete Finn ihm ruhig bei. »Geh, Harald – sieh dir dein erstgeborenes Kind an. Aber denk dran: Es ist nicht dein Letztgeborenes. Wir unterhalten uns später noch einmal.«

Harald hörte die Worte. Ein Teil seines Gehirns speicherte sie nervös ab, aber im Augenblick wollte er nur eines: Elisabeth sehen. Er rannte zur Tür des Schlafgemachs, aber sie war verschlossen. Er hämmerte mit den Fäusten gegen das Holz.

»Lasst mich ein!«

»Einen Augenblick, Sire.« Die Stimme klang zittrig, eigenartig.

»Jetzt! Lasst mich sofort ein!«

»Bitte, Ihr müsst …«

»Nein. Schluss mit der Warterei. Lasst mich ein, oder meine Axt wird das für mich besorgen.« Der Riegel wurde langsam nach hinten geschoben, und vor ihm stand die ältere Hebamme. Ihre üppige Gestalt versperrte ihm die Sicht. »Wo ist sie?«

»Euer Kind ist wohlauf, Sire, und …«

»Wo ist sie? Wo ist meine Frau?«

»Die Königin braucht noch etwas Zeit. Sie ist nur …«

Aber Harald hatte genug gehört. Er schob die Hebamme beiseite und trat ein.

»Lily?«

Elisabeth lag auf dem Bett, so bleich, dass es aussah, als sei jeder Tropfen Blut aus ihr gewichen. Und vielleicht war das ja auch so, denn die Betttücher waren rot durchtränkt, und ihre nackten Beine blickten besudelt unter dem durchnässten Hemd hervor. Greta kümmerte sich um sie, aber als sie Harald sah, trat sie einen Schritt zurück, blutige Lumpen an die Brust gepresst. Harald schlug sich die Hände vor den Mund. Er wagte keine Bewegung.

»Das ist sicher«, flüsterte er Halldor zu, der dicht neben ihm stand, »nicht normal?«

Halldors gepresstes »Nein« fuhr ihm wie ein Dolch durch die Seele, und er stürzte vor.

»Lily?« Ihre Lieder öffneten sich flatternd. »Oh, Gott sei Dank. Lily, ich dachte, du wärst …«

»Sprich es nicht aus, Hari. Ich dachte es auch, aber ich bin da.«

»Du bist da.«

»Das Kind?«

»Das …« Verwirrt sah er sich um. »Das hätte ich fast vergessen.«

»Hari! Ich mache das alles hier durch, und du vergisst es beinahe?«

Ihre Stimme klang schwach, aber er hörte den neckenden Unterton, und seine Stimmung hob sich. Dann plötzlich seufzte sie, und es schien ihren ganzen Körper zu erschüttern.

»Lily – was ist los?«

»Es ist ein Mädchen, Hari. Ich … es tut mir leid.«

»Leid? Es tut dir *leid?* Oh, meine Liebste – niemals sollte dir etwas leidtun. Wo ist sie? Wo ist meine Prinzessin?«

Die zweite Hebamme brachte ein winziges Bündel aus weißem Tuch. Harald nahm es, schälte die warmen Tücher zurück und sah seine Tochter an. Zwei große, dunkle Augen, die genauso aussahen wie die ihrer Mutter, blinzelten zu ihm empor, und zu seinem Erstaunen und Schrecken spürte er, wie ihm Tränen in die Augen traten. Tränen!

»Sie ist wunderschön«, brachte er hervor und blinzelte wie ein Wilder.

»Hari – weinst du?«

»Nein.«

Elisabeth lachte leise, und er kehrte zu ihr zurück und setzte sich vorsichtig auf die Bettkante. Greta hatte ein frisches Tuch über ihre schmutzigen Beine gebreitet, und alles sah makellos aus, aber so weich war er noch nicht geworden, dass man ihn zum Narren halten konnte.

»Hat das Bluten aufgehört?«, fragte er die Hebammen.

»Wir glauben ja, Sire. Aber sie braucht jetzt Ruhe.«

Harald sah Elisabeth an. Sie hatte die Hand ausgestreckt und berührte das Kind, aber ihre Augen schlossen sich, und er spürte die verdammten Tränen schon wieder emporsteigen. Entschlossen erhob er sich.

»Wir werden sie Maria nennen«, sagte er.

»Maria?«

Die Hebammen tauschten Blicke über den seltsamen latinisierten Namen.

»Maria«, wiederholte er. »Um ihr Rus-Erbe zu ehren und zum Lobe Marias, der Mutter Gottes, damit sie Elisabeth beschützt.«

»Das ist ein ehrwürdiger, christlicher Name«, wagte eine der Hebammen zu sagen.

»Für einen ehrwürdigen, christlichen König«, stimmte Harald zu und fügte kläglich bei sich hinzu: »Der nur eine einzige Gemahlin hat – haben *kann.*«

Er warf noch einen Blick auf Elisabeth, die in dem Bett wie ein Schatten ihrer selbst wirkte, und er betete, wie er noch nie zuvor gebetet hatte, dass Gott trotz seiner zahlreichen Sünden heute auf ihn herabblicken und sie sicher zu ihm zurückbringen möge.

Kapitel 23

Oslo, Weihnachten 1046

Wir waren gefangen!«, dröhnte Halldors Stimme in der überfüllten Halle. »Gefangen in einem Nebel, der sich um uns geschlungen hatte, als ob unser eigener Drachenbug seinen feurigen Atem in die Luft entsandt hätte; gefangen in einem Fjord, so schmal wie die Weiblichkeit einer Jungfrau und so steil wie die Granitmauern der Hölle; gefangen zusammen mit dänischen Schiffen, die uns in weitem Bogen unsere einzige Fluchtmöglichkeit versperrten wie die Sichel des Todes.«

Elisabeth lächelte. Es war einige Zeit her, da sie zum letzten Mal eine von Halldors Geschichten gehört hatte, und trotz des düsteren Inhalts gab es ihr das Gefühl, dass nun alles wieder gut war. Harald hatte ihr nur wenig von dem üblen Feldzug der Männer gegen Sven im vergangenen Sommer berichtet, hatte ihn lediglich als »Katastrophe« abgetan, aber wenn man Halldors Worten nun lauschte, klang es eher wie ein Triumph. Es schien, als erstrahlten sogar die schlimmsten Ereignisse in der Rhetorik des seltsamen Kriegers in neuem Glanz, und sie fragte sich, welche prachtvolle Geschichte er aus ihrer eigenen Mühsal gesponnen hätte.

Aber falls er jemals darüber berichten würde, wollte sie

nichts davon wissen. Die schmerzhafte Geburt Marias zu durchleben, ebenso wie die endlosen, beängstigend langsam dahinfließenden Tage ihrer Genesung, war schlimm genug gewesen, ohne dass man eine Geschichte darüber hören wollte. Aber sie hatte es überlebt, und dafür war sie unendlich dankbar. Sie hatte sich ans Rad der Fortuna geklammert, und das Schicksal hatte sie aus dem Morast wieder emporgehoben.

Sie und Harald waren nach ihrer Genesung nach Süden gezogen – einerseits, um den wachsamen Augen der Jarls aus dem Norden zu entgehen, andererseits, um nach dem perfekten Standort für ihre neue Stadt Ausschau zu halten. Am Ufer des Flusses Lo hatten sie ihn gefunden, und Harald hatte seine Truppen ausgesandt, um eine Große Halle errichten zu lassen, in der sich nun die Höflinge allesamt versammelt hatten.

Die Jarls aus dem Norden hatten großes Vergnügen daran, sich über den einfachen Komfort zu beschweren, aber obwohl alles im Augenblick tatsächlich noch ziemlich provisorisch war, hatten sie große Pläne. Einige der Oberbefehlshaber hatten ihre eigenen Häuser in der Nähe errichtet, und es bereitete Elisabeth große Freude zu sehen, wie die Stadt, die sie Oslo nannten, Gestalt annahm. Sie war ungeheuer stolz darauf und überwachte persönlich die Pläne zur Errichtung einer großen Kirche. Vorerst hielten sie ihre Gottesdienste in einer alten Holzkapelle ab, aber die neuen Fundamente waren bereits verlegt worden. Man hatte sie der Heiligen Mutter Gottes geweiht, um ihr für Elisabeths Überleben und für ihre eigene kleine Maria zu danken.

Liebevoll betrachtete sie ihre Tochter, die jetzt ein lebhaftes, drei Monate altes Kind war und geborgen im großen Arm ihres Vaters lag. Die kleinen Händchen winkten, und ihre dunklen Augen folgten jeder von Halldors übertriebenen Bewegungen, obwohl ihr Köpfchen immer herumfuhr, wenn ihr Vater das Wort ergriff. Maria war bei Harald stets am zufriedensten, und Elisabeth spürte den gewohnten Stich der Trauer, dass sie kein Sohn war und nicht mit ihm an den Waffenübungen teilnehmen würde, wenn sie größer war. Sie drängte den Gedanken beiseite – warum sollte man einem Kind den Krieg wünschen?

»Es schien«, stimmte Halldor nun an, die Arme hoch in die Luft erhoben, »als sei unser Schicksal besiegelt. Wir hatten die Wassergötter einmal zu häufig herausgefordert, und sie waren unserer überdrüssig.«

»Halldor«, warnte Harald leise.

Er spielte noch immer gewissenhaft die Rolle des frommen, christlichen Königs, womit er, wie Elisabeth schon vor langer Zeit erkannt hatte, die Handfasting-Zeremonie umgehen konnte, die der erbarmungslose Finn ständig von ihm forderte. Sie seufzte. Es hatte Wochen gedauert, bis Harald den Mut gefunden hatte, ihr zu gestehen, dass seine erbärmliche Geliebte aus dem Norden ihm ein zweites Kind schenken würde, und Elisabeth hatte keinen Grund gesehen, es ihm leichter zu machen, denn für sie war es so schmerzhaft wie das Höllenfeuer selbst gewesen.

»Nur du und ich«, war ein glückseliger Traum gewesen, geträumt im Nebel der Geburtswehen, aber schon bald war ihr klar geworden, dass es nicht möglich war. Und so verhasst ihr diese Tatsache auch war, sie hatte gelernt, sie zu akzeptieren. Welche Wahl hätte sie auch gehabt? Sie hatte sich an die lachenden Worte ihrer Mutter erinnert, die sich gewünscht hatte, Jaroslaw würde sich eine Konkubine nehmen, und sie hatte sich bemüht, froh darüber zu sein, dass jemand anders die Schrecken durchleben musste, einen Erben für Norwegen hervorzubringen. Aber es war schwer. Und obwohl sie sich nach Kräften bemühte, verengten sich ihre Augen, als sie den Tisch hinabblickte, wo Thora saß, die helle Haut rosig, das blonde Haar glänzend, der Bauch so rund wie der Vollmond, und in jeder Hinsicht selbstzufriedener denn je.

Elisabeth rieb ihren wunderschönen Ring, fuhr nervös dem Muster von Harolds Liebe in den eingelassenen Edelsteinen nach. Die Arnessons waren vor zwei Wochen nach Oslo gekommen und wohnten in einer Gruppe luxuriöser Pavillons am äußersten Ende der Grasfluren – obwohl das für Elisabeths Geschmack nicht annähernd weit genug entfernt war. Während der gesamten Weihnachtstage hatte die verdammte Frau Gewänder getragen, deren Schnitt die Wölbung ihres Leibes, in dem der Bastard heranwuchs, noch betonte, und ihr verdammter Onkel war mit ihr am Arm überall herumstolziert, als ob sie eine Art Juwel wäre – Elisabeth nahm an, dass sie das für ihre Familie auch tatsächlich war.

Sie hatte Thora beneidet, dass sie in ihrem Heimatland entbinden konnte, mit ihrer Mutter in der Nähe, bis Harald – in einer ihrer seltenen, peinlichen Unterhaltungen über seine Geliebte – ihr berichtet hatte, dass Thoras Mutter gestorben war, als sie noch klein gewesen war. Einen Augenblick lang hatte die Rivalin Elisabeth beinahe leidgetan, doch dann hatte sie sich ins Gedächtnis gerufen, dass Thora noch eine Schwester und einen Bruder in unmittelbarer Nähe hatte, und natürlich ihren hingebungsvollen, penetranten Onkel, der sie hütete wie seinen Augapfel. Sie hatte sich also wieder auf ihren ursprünglichen Hass besonnen, hatte ihren Zorn geschürt, um sich eine weitere unbequeme Wahrheit nicht vor Augen halten zu müssen – dass Thora Arnesson, die im siebten Monat ihrer Schwangerschaft erblüht war, mehr denn je aussah wie Ingrid. Elisabeth, die mit großer Liebe an ihrem eigenen so schwer erkämpften Kind hing, sehnte sich mit einer Intensität, die sie unangenehm verletzlich machte, danach, bei ihrer Mutter zu sein.

Jetzt riss sie die Augen von Thora los, schloss sie und schickte ihre Gedanken übers Meer hinweg und flussabwärts nach Kiew.

Ingrid hatte Geschenke für Maria geschickt, ebenso wie Jaroslaw, und – kostbarer als die eleganten Spielsachen, Kelche, elfenbeinernen Beißringe und schweren Seidenstoffe für ein winziges Gewand – einen Brief:

Ich wünschte so sehr, ich könnte bei dir und deiner Tochter sein, mein liebstes Mädchen, hatte Ingrid geschrieben, *und ich kann nur hoffen, dass sie dir ebenso viel Freude bereitet wie du mir – und vielleicht etwas weniger Probleme.* Elisabeth hatte über diese Worte unter Tränen gelächelt, und noch mehr über die Abschiedsworte ihrer Mutter: *Sag den Trollen Grüße von mir.*

Ihre Familie war momentan nicht mehr für sie als ein Schatten auf Pergament. Anastasia hatte eine kurze Botschaft in einer ordentlichen Handschrift geschickt, von der Elisabeth wusste, dass es nicht ihre eigene war, obwohl die Worte aufrichtig geklungen hatten. Sie hatte den Wert von Töchtern gelobt, hatte gesagt, dass ihre kleine Adelheid ihr eine wahre Freude war, aber Elisabeth hatte das unausgesprochene Bedauern darüber herausgehört, dass Anastasia ebenfalls noch keinen Sohn zur Welt gebracht hatte. Sie war stolz auf ihre Schwester. Anastasia hatte sich immer danach gesehnt,

Könige zu gebären – es musste sehr schmerzlich für sie sein, damit bislang gescheitert zu sein.

Agatha hatte ebenfalls geschrieben, einen langen, weitschweifigen Brief voller Lobeshymnen über Edward und amüsanter Geschichten über die ungarische Gesellschaft und mit der Botschaft, dass auch sie schwanger war. Wie es schien, eroberten Jaroslaws Enkel die Welt schnell. Anna war noch immer unverheiratet, obwohl die Abgesandten des französischen Hofes zu Jaroslaw zurückgekehrt waren, und er nun über die Mitgift verhandelte. Sie hatte geschrieben, dass es in Kiew jetzt sehr ruhig sei, und dass sie viel Gutes von Paris gehört hatte, der französischen Hauptstadt. Elisabeth hatte gespürt, wie sehr sie sich danach sehnte weiterzuziehen. Wie weit Paris wohl entfernt sein mochte?, fragte sie sich. Oder Buda? Nah genug für einen Besuch? Sie hatte sich geschworen, sich darüber schlau zu machen, denn während der langen Tage ihrer Genesung von dem entsetzlichen Kindbett hatte sie sich trotz Greta und Aksel doch sehr einsam gefühlt – und natürlich trotz Harald.

Wenn Harald sich mit der Frau traf, die sein nächstes Kind unter dem Herzen trug, so tat er das immer nur sehr kurz und diskret. Thora, so hatte Elisabeth von Greta erfahren, hatte einen Pavillon ganz für sich allein, aber sie musste sich die meiste Zeit über sehr einsam darin vorkommen, denn Harald hatte jede Nacht an Elisabeths Seite verbracht und nahm auch sämtliche Mahlzeiten mit ihr zusammen ein. Im Gegenzug, wenn er gelegentlich mal ein oder zwei Stunden verschwunden war, ließ Elisabeth ihre Leidenschaften an der Fidel aus und brachte es fertig, sich jeden bissigen Kommentar bei seiner Rückkehr zu verkneifen. Insgeheim war sie ziemlich stolz auf sich selbst – das, so hoffte sie, war es, was ihre Mutter letztlich als »Würde« in ihr erkennen würde. Sie blinzelte und zwang sich, in die Gegenwart zurückzukehren.

»Was habt ihr unternommen?«, rief jemand Halldor zu, wenn man auch nicht sagen konnte, ob er des dramatischen Effekts willen geschah oder um ihn aus seiner Metaphorik zu reißen, die länger und weitschweifiger zu werden schien, je älter er wurde.

Halldor hielt die Hand in die Höhe. »Was *konnten* wir tun? Wir waren …«

»Gefangen«, ergänzte die Zuhörerschaft.

»Genau! Gefangen wie ein Käfer unter einem Trinkbecher, wie ein …«

»Wie die Zuhörer vor einem Dichter«, warf jemand ein, und Halldor runzelte die Stirn.

»Nun gut. Ich werde also auf den Punkt kommen. Wir konnten nicht flüchten und nicht ausweichen, also mussten wir uns unseren Weg hindurch erzwingen. Zuerst warfen wir Fässer mit dem feinsten Bier aus Odense ins Meer, um sie in Versuchung zu führen. Ein Boot jagte hinterher, aber das war nicht genug, also trennten wir uns jetzt von Schatztruhen. Den Schatz selbst hielten wir selbstverständlich zurück, alles außer ein oder zwei Ketten, die kunstvoll am Schloss drapiert waren – Dänen sind so leicht zum Narren zu halten!« Das brachte ihm beifälliges Gebrüll ein, welches er mit einem Grinsen entgegennahm. »Sie stürzten sich darauf, die Formation löste sich auf, und wir trieben langsam voran, jederzeit bereit, durch das Loch hindurchzupreschen, aber Sven brüllte ihnen zu zurückzukommen und fuhr mit dem Angriff fort. Es schien, als seien wir verloren.«

Halldor machte eine dramatische Pause, und Elisabeth hörte hinter sich ein Keuchen. Sie blickte sich um und sah, wie ihr Knappe sich eifrig vorbeugte, als werde er geradezu körperlich in die lebhafte Geschichte seines Vaters gesogen. Sie lächelte. Aksel war jetzt zwölf und mittlerweile zu alt, um noch zu ihren Füßen zu sitzen, aber er hatte sich, wie stets, direkt hinter ihr aufgestellt und hielt sich bereit, ihr zu dienen. Der junge Mann hatte nach Marias Geburt ebenso häufig an der Tür zu ihrer Kammer gesessen wie Harald – nein, häufiger, denn ihn riefen keinerlei königliche Pflichten wie ihren armen Gemahl. Als sie endlich wieder sitzen konnte, hatte er ihr frische Blumen gebracht, damit ihr Gemach süß duftete, und die Köche ständig um Köstlichkeiten ersucht, um ihren armseligen Appetit zu fördern. Und er war zur Stelle gewesen, um ihr seinen Arm darzubieten, wann immer sie den Wunsch verspürt hatte, ihre schwachen Beine mal wieder zu bewegen.

»Mein Sohn ist sehr liebevoll mit Euch«, hatte Halldor sie stets geneckt.

»Nein, Hal«, hatte sie ihn dann berichtigt. »Er ist nur liebevoll.«

In Wirklichkeit hatte sie so einen Verdacht, dass er gern zu Greta liebevoll war, denn häufig hatte es auch für ihre Magd Blumen und Gebäck gegeben. Aber seit sie in Oslo lebten, hatte Halldor seinen Sohn mit zu den Waffenübungen herangezogen. Jetzt musterte Elisabeth seine eifrige Miene und vermutete, dass es dafür auch höchste Zeit war. Aber sie würde ihn vermissen, wenn er im nächsten Sommer mit auf Beutezug nach Dänemark ging, und sie würde Angst um ihn haben, wenn Halldors Geschichten auch nur zur Hälfte der Wahrheit entsprachen.

»Es blieb also nur noch eine einzige Möglichkeit«, rief der Isländer nun begeistert. »Gefangene freisetzen. Kein General kann sich weigern, seinen eigenen Männern zu helfen, also gingen sie über Bord, schrien und brüllten in ihrer verweichlichten Sprache des Südens. Viele wurden hoch in die Luft geworfen – Ihr hättet sehen sollen, wie sie geradezu Löcher in den Nebel bohrten mit ihren wild um sich rudernden Armen und Beinen. Einige wurden über ein Ruder geschickt, das über der Reling balancierte. Sie schwankten und taumelten wie kleine Kinder, die das Laufen erlernen, bis sie durch ihre fetten Hintern das Gleichgewicht verloren und in die Tiefe hinabstürzten. Einige trieben wir sogar mit der Schwertspitze den Mast hinauf und ließen sie von ganz oben hinunterspringen wie der Rabe auf unserem Banner hoch droben, nur ohne die Flügel!«

Halldor seufzte glücklich.

»Ein toller Spaß! Bald war die See voller Dänen, die nach ihren Mamas heulten, und was konnte Sven anderes tun, als hineinzusegeln, um sie aufzulesen? Und was konnten wir anderes tun, als durch die Lücken hindurchzuschlüpfen, unsere Segel zu setzen und hinaus aufs offene Meer zu fahren, um einhundert Gefangene leichter und schneller als er? Und hier stehen wir nun!«

»Hier stehen wir in der Tat.« Harald erhob sich, reichte eine entrüstete Maria an Elisabeth weiter und klopfte Halldor auf den Rücken. »Wenn auch nicht alle von uns.« Der Hof verstummte sofort. »Unser Weihnachtsfest wird stark überschattet durch den Verlust meines Neffen, König Magnus.«

Elisabeth beobachtete Harald aufmerksam. Sie wusste, dass er nicht im Geringsten um Magnus trauerte, aber sie war schließlich um keinen Deut besser gewesen. Bei seinem Gedenkgottesdienst hatte sie versucht, sich freundliche

Erinnerungen an den mageren, kleinen Jungen ins Gedächtnis zu rufen, mit dem sie damals in Kiew die Schulbank gedrückt hatte. Aber ihre Gedanken waren erfüllt von Bildern ihrer eigenen lebhaften Geschwister, und sie konnte sich an den jungen Exilanten nur mit Verärgerung erinnern. Sie hatte die Nachricht an ihre Schwestern geschickt, bezweifelte aber, dass sie mehr Trauer empfinden würden als sie selbst. Und natürlich bedeutete Magnus' Tod, dass Harald nun Norwegens einziger König war. Die Gerüchteküche brodelte, aber sogar Einar schien nicht in der Lage zu sein, seinen König weiterhin des üblen Spiels zu bezichtigen, und gab sich damit zufrieden, ihn, so gut es ging, zu behindern.

»Unseren geliebten Magnus«, fuhr Harald fort, »ereilte wie viele andere unserer Männer an Bord ein Fieber, und obwohl wir uns bemühten, ihn auf meinem persönlichen Schiff – dem schnellsten, das wir haben – eilig an Land zu befördern, kamen wir zu spät und konnten ihn nicht retten. Sein königlicher Leib ist nun, wie ihr wisst, bestattet, wo er es sich gewünscht hätte: neben König Olav, seinem heiligen Vater und meinem Bruder. Und ich bitte euch nun alle, so zu beten wie ich: für seine Seele und die Gnade Gottes für diejenigen, die ohne sein Licht hier zurückbleiben müssen.«

Elisabeth hielt das Haupt gebeugt, aber über der zappelnden Maria sah sie Einar mit grimmiger Miene dastehen, und sie fürchtete, dass die Auswirkungen von Magnus' plötzlichem Ableben noch nicht einmal ansatzweise ausgestanden waren. Der Jarl aus dem Norden war Magnus, seinem Protegé, seit er ihn aus Kiew gestohlen hatte, zutiefst ergeben gewesen, und bei seinem Begräbnis hatte er Harald Rache geschworen. Diese eisige Freundschaftsbekundung aber war so dünn wie der erste Frost, das Wasser darunter war dunkel und von gefährlichen Strömungen durchzogen.

Der Hof wurde unruhig, während Harald, ihr König, dastand, den blonden Schopf andächtig gesenkt. Endlich hob er den Kopf wieder und entließ sie. Sofort traten die Diener vor, die sich an den hinteren Türen mit den ersten Speisen herumgedrückt hatten – dickem Blutpudding, frischem Käse und Lauchtörtchen sowie prallen rosa Garnelen. Die Kelche wurden gefüllt, und das Schwatzen des Festmahls verdrängte das unbehagliche Schweigen der Trauer. Nicht dass irgendjemand – abgesehen von Einar – besonders unglücklich gewesen wäre, und der trauerte unzweifelhaft eher um den Verlust seiner Macht als um den seines Königs.

Harald setzte sich nieder, und Elisabeth, die Maria mit einem Kuss an Greta weiterreichte, goss ihm aus einem kleinen Fässchen, das sie teuer von einem französischen Händler erstanden hatte, etwas Wein ein. Er nannte sich »Rioja« und stammte aus einem Land weit im Süden, das den Namen Spanien trug. Anna hatte ihn ihr empfohlen, nachdem die französischen Abgesandten etwas davon nach Kiew gebracht hatten, und Elisabeth war begeistert gewesen von seinem vollmundigen, fruchtigen Geschmack.

»Probier ihn mal«, drängte sie.

Er trank. »Köstlich. Ein griechischer Wein?«

»Spanisch.«

»Spanisch?! Du machst mich zu einem vornehmen Mann, Weib.«

»Niemals!«

Er küsste sie, und sie spürte, wie in ihrem langsam wieder heilenden Schoß die Erregung aufkeimte.

»Erinnerst du dich daran, Harald«, sagte sie leise, »als ich Maria zur Welt brachte …«

»Wie könnte ich das vergessen?« Er wurde bleich, und sie fuhr hastig fort.

»Ich habe dir damals gesagt, dass ich niemals mehr etwas mit Beischlaf zu tun haben wollte.«

Er zog eine Grimasse. »Daran erinnere ich mich sehr wohl.«

Sie ließ die Lippen sacht über seinen Hals wandern. »Nun, ich habe meine Meinung geändert.«

Harald wandte sich zu ihr um, umfing ihr Kinn und sah ihr tief in die Augen. »Wirklich? Bist du sicher?«

Seine Begierde versetzte sie sofort in Flammen. »Sehr sicher, Hari, obwohl du am Anfang erst einmal sehr sanft mit mir sein musst.«

»Ich werde es versuchen, meine reizende Lilyveta«, antwortete er, »obwohl ich mich erinnere, dass selten ich es bin, der die Gangart vorgibt.« Sie kicherte, und er zog sie dicht zu sich heran, küsste sie geradewegs auf die Lippen. »Aber wie«, fragte er, »soll ich mich bei so einer Verheißung nur aufs Essen konzentrieren?«

Elisabeth grinste. »Ihr habt keinen Appetit, mein König?«

»Oh, ich *habe* Appetit, Lily, nur nicht auf eine von diesen Speisen. Vielleicht sollte ich dich jetzt gefangen nehmen?«

»Wie die armen Dänen?«

»Die *armen* Dänen?«

»Habt ihr sie wirklich aus der Takelung springen lassen?«

Er errötete und wandte den Blick ab. »Natürlich nicht.«

»Denn ihr werdet Dänemark wohl kaum für euch einnehmen, wenn ihr dumme Spielchen spielt.«

»Dumme Spielchen? Ich bin nicht derjenige, der dumme Spielchen spielt. Das ist Einar.«

»Aber du …« Elisabeth hielt den Mund. Seine Augen blitzten vor Wut, und jetzt war nicht der richtige Zeitpunkt, um über Kriegsstrategien zu diskutieren. »Du wirst Einar schon loswerden«, beruhigte sie ihn hastig. »Ich weiß es. Sven Estridsson auch, wenn die Zeit reif ist.«

Harald holte tief Luft und nickte. »Der einzige Grund, warum ich das nicht kann«, sagte er angespannt, »ist der, dass Sven jeder Schlacht aus dem Wege geht. Wenn ich ihn in einen offenen Kampf verwickeln könnte, würde ich ihn schlagen, und das weiß er, deshalb verbirgt er sich zwischen seinen Inseln und zwingt mir seine ›dummen Spielchen‹ auf. Es ist zum Verrücktwerden.«

»Geduld, Harald.«

»Davon habe ich nicht allzu viel, Lily.«

»Ich doch auch nicht, Hari«, stimmte sie ihm zu und zog ihn zu sich heran. »Ich auch nicht, aber sieh doch mal, wir werden langsam zumindest erwachsen genug, um einen Streit zu vermeiden.«

Er leckte sich die Lippen. »Oh, ich vermeide ihn nicht, Frau. Ich spare ihn mir nur für unser Schlafgemach auf, wo ich … kreativere Argumente vorbringen kann.«

Wieder durchfuhr sie die Hitze, und sie konnte es kaum erwarten, dass der Abend vorüberging. »Du hast versprochen, sanft zu mir zu sein«, erinnerte sie ihn.

»Wenn es das ist, was du willst?«

Elisabeth lächelte seidenweich, aber bevor sie antworten konnte, ertönte ein seltsamer Schrei am anderen Ende des Tisches, und sie sah hinüber. Thora stieß ihren Stuhl zurück, und ihre blauen Augen flackerten seltsam. Finn sprang auf, rief laut um Hilfe, und Elisabeth stöhnte. Die verdammte Frau hatte wahrscheinlich gesehen, wie nah sie Harald war, und machte jetzt bewusst Wirbel.

»Ihr fühlt Euch also nicht wohl, edle Frau?«, brachte sie hervor. Mittlerweile ging ihr das Altnordische leicht von den Lippen.

Thora sah zu ihr hinüber, und einen Moment lang hielten sich ihre Blicke fest. Elisabeth entdeckte etwas im Blick der anderen Frau – nicht Eifersucht, nicht Bitterkeit, noch nicht einmal herausforderndes Gebaren, nur nackte Angst – die Botschaft von einer Frau an die andere. Dann sah Thora hinab, und Elisabeth folgte ihrem Blick. Die feinen Röcke der Norwegerin waren vollkommen durchweicht.

»Die Fruchtblase ist geplatzt«, keuchte sie. »Bringt sie in ihren Pavillon.«

»Das ist zu weit.«

Finn sah verängstigt aus, und das aus gutem Grund. Thora konnte in diesem Zustand nicht über das verschneite Gelände geschafft werden.

»Dann bringt sie«, sagte Elisabeth, ohne nachzudenken, »in *mein* Gemach. Jetzt!« fügte sie wütend hinzu, als alle einander nervöse Blicke zuwarfen.

Erkannten sie denn nicht, dass Thora weit vor der Zeit war, vielleicht zu weit? Sie war vielleicht in Gefahr, und Elisabeth wusste nur allzu gut, wie sich das anfühlte.

Aber als Thora sich die rauen, provisorischen Stufen zu den königlichen Gemächern hinaufschleppte, ging ihr auf, was sie getan hatte. Statt dass Harald sie nun in ihrem wunderschönen Bett liebte, dem einzigen Luxusgegenstand in ihrer neu entstehenden Stadt, würde seine Geliebte dort nun ihr Kind zur Welt bringen. Sie verspürte den kurzen, bösen

Wunsch, dass ihre Rivalin die Geburt nicht überstehen würde, aber der erstarb, als die Erinnerung an Thoras Gesichtsausdruck wieder aufkeimte. Sie konnte keiner Frau bei der Entbindung etwas Böses wünschen.

»Ich werde mich in die Kirche zurückziehen«, sagte sie.

»Lily.« Harald streckte die Hand nach ihr aus. Sie legte die ihre hinein, blieb aber auf Abstand, und er führte sie an die Lippen. »Ich liebe dich.«

Sie lächelte ihm zu, brachte aber keine Antwort heraus. Sanft entzog sie sich ihm und hielt nach Aksel Ausschau, der sogleich herbeieilte und ihr seinen schlanken Arm darbot. Sie klammerte sich fester daran, als irgendjemand wissen musste, und verließ die Halle. Neuschnee fiel auf den gefegten Holzweg, und Elisabeth spürte, wie er auf ihren erhitzten Wangen schmolz, sie abkühlte, während sie auf die Kirche zustrebte.

»Das war sehr gütig von Euch, Durchlaucht«, sagte Aksel sanft in seiner neuerdings tiefen Stimme.

»Würdevoll«, antwortete sie. »Nach dem Wort habe ich gesucht.«

»Das war es in der Tat, aber überdies, Durchlaucht, war es vor allem königlich.«

Elisabeth richtete sich auf eine lange Nacht in der Kapelle ein. Aksel holte Stühle und Kissen und ein Kohlebecken, und Greta rannte mit Fellen herbei. Keiner von ihnen tat auch nur so, als würde er beten. Aksel erwärmte Wein über dem Feuer, und Elisabeth nippte daran und hoffte vage, dass es nicht ihr teurer spanischer Tropfen war, den er gewürzt hatte. Aber sie hatte kaum einen einzigen Kelch getrunken, als schon ein Bote durch das große Tor eilte, und alle sich von ihrem behelfsmäßigen Lager abwandten und ihn anstarrten. Er machte eine tiefe Verbeugung.

»Tritt vor«, drängte Elisabeth. »Hast du Neuigkeiten?«

»Ja, Durchlaucht.«

Ihr Herz pochte wie wild, als der Mann beinahe auf sie zugekrochen kam, den Kopf tief gesenkt. Er war so schnell gekommen, dass dies nur schlechte Neuigkeiten bedeuten konnte. Sie erhob sich, blickte zu der baufälligen Decke empor, und es schien ihr, als ob sich sogar die Engel in dem verblassenden Fresko über ihrem Kopf herabbeugten, um besser zuhören zu können. Der Mann malte mit dem Fuß ein Muster in den irdenen Boden.

»Lady Thora hat gesund entbunden.«

»Schon?« Elisabeth keuchte.

»Ja, Durchlaucht.«

»Glück gehabt«, murmelte sie wütend, dann besann sie sich. »Geht es ihr gut?«

»Ja.«

»Gut.« Sie sagte es fest, laut, erzwang ein Echo im Gotteshaus. »Und das Kind?«

»Ist klein, aber es atmet.«

»Gut.« Wieder hallten die Worte von den krummen Wänden wider. »Es ist …?«

Der Bote sog den Atem ein, und da wusste sie es. Hatte sie es nicht schon die ganze Zeit über gewusst? »Ein Junge«, sagte sie wie betäubt.

Der Mann nickte stumm. Greta rannte zu Elisabeth hinüber, und sie hörte, wie Aksel noch mehr Wein eingoss, hob aber die Hand, um derlei schale Trostversuche abzuwehren.

»Ein Junge«, wiederholte sie.

Sie sah zum Fenster hinaus, von wo aus sie das Steinfundament ihrer Kathedrale sehen konnte – ein kleines Stück Kiew, das sie ebenso großziehen wollte wie ihre Tochter –, und plötzlich kam ihr das Ganze so sinnlos vor. Was sollte Harald mit eleganten Steingebäuden und glitzernden Fresken? Alles, was er wirklich brauchte, um in seinem Gutsherrenland eine sichere Herrschaft aufzubauen, war ein Erbe, und nicht sie war es gewesen, die ihm den geschenkt hatte. Sie schlang ihren Umhang enger um sich, wie sie es damals auf den Mauern der Stadt ihrer Kindheit getan hatte, als sie Harald gedrängt hatte, kein schaler Held zu sein. Damals hatte sie sich eine rosige Zukunft für sie beide ausgemalt, wie aus dem Märchen. Aber die Geschichte erwies sich als deutlich schwieriger, als sie es je für möglich gehalten hätte.

»Wie haben sie ihn genannt?«

Sie! Sie wollte nicht, dass es ein »sie« gab – nur ein »wir«.

»Magnus.«

Es war nicht der Bote, der sprach, sondern eine tiefere, leisere und vertrautere Stimme.

»Harald?«

Er stand im Türrahmen, beleuchtet vom geisterhaften Glanz des schnell fallenden Schnees dahinter, und als sie sich zu ihm umdrehte, kam er mit langen Schritten auf sie zu, wobei seine Stiefel wie Donnerschläge in der winzigen Kirche widerhallten. Der Bote zog sich dankbar zurück, und Greta zerrte Aksel taktvoll in den Schatten, während Elisabeth langsam auf ihren Gemahl zuging.

»Magnus?«, wagte sie zu fragen.

»Zu Ehren unseres toten Königs.«

»Das ist … angemessen.«

Seine Hand stahl sich um ihre Taille, und obwohl sie sie am

liebsten weggestoßen hätte, verzehrte sie sich zugleich nach seiner Berührung.

»Das dachte ich auch«, antwortete er leichthin.

»Aber du, du hast doch immer gesagt, dass du einen Olav als Erben willst.«

Seine andere Hand stahl sich ebenfalls um ihre Taille. »Das tue ich auch, Lily, und ich will, dass *du* ihn mir schenkst.«

Sie schluckte. »Du solltest nicht hier sein.«

»Und doch bin ich es.«

Sie wagte es, den Blick zu ihm zu erheben. »Du wirst dich nun durch Handfasting an sie binden müssen.«

»Vielleicht. Vielleicht auch nicht. Ich habe andere Pläne, um mich Einar Tambarskelfirs zu entledigen.«

»Pläne? Hari, tu nichts …«

»Ich kümmere mich darum, Lily. *Du* bist meine Frau, und der zukünftige König Olav soll dir gehören – wenn du es willst?«

Er sah sie mit so viel Liebe, so viel Sorge an. Jenseits des verschneiten Hofes war ihm eben ein Sohn geboren worden, und doch war er hier bei ihr. Natürlich wollte sie das, doch in ihren Ohren klangen andere Worte nach: *»Ihr solltet nie wieder ein Kind bekommen«*, hatte die Hebamme zu ihr gesagt. *»Wirklich, Durchlaucht, Ihr seid zu zart. Noch ein Kind, besonders ein großes – besonders ein Junge –, könnte Euch das Leben kosten.«*

»Ich muss aber einen Jungen bekommen«, hatte sie sogar damals schon geantwortet, obwohl das Blut an ihren Schenkeln noch nicht getrocknet war.

»Es ist zu gefährlich, Durchlaucht.«

Elisabeth hatte an das Rennen auf den Stromschnellen gedacht. In ihrem verwirrten Zustand im Kindbett hatte sie den Strom vor ihrem geistigen Auge so klar vor sich gesehen, als ob sie selbst mit dem Kanu geradewegs in das brodelnde Wasser fuhr.

»Ich mag Gefahr«, hatte sie gesagt. *»Sagt niemandem etwas davon, hört Ihr – niemandem!«*

Zögernd hatte die Hebamme sich dazu bereit erklärt, und jetzt war Elisabeth froh darum. Sie streckte die Hand aus und ließ ihren Finger langsam an der Narbe herabwandern, die Harald am gleichen Tag zugefügt worden war, als er seinen königlichen Bruder Olav bei Stiklestad verloren hatte, jener Schlacht, die ihn zu ihr geführt hatte.

»Ich will es«, sagte sie und küsste ihn.

Kapitel 24

Oslo, November 1049

»Wie kann sie es wagen?«

Harald schritt in den Garten von Thoras Stadthaus, wo sie gerade Magnus dabei half, ein paar Ameisen auf dem kleinen hölzernen Schwert aufzureihen, das sein Vater für ihn hatte schnitzen lassen. Es war ein wunderschönes Spielzeug, aber der knapp dreijährige Magnus spielte lieber mit Käfern als mit Kriegsgerät, und Thora sah keine Veranlassung, das zu ändern.

»Stimmt etwas nicht, Harald?«, fragte sie milde.

»Undankbar, das ist sie. Undankbar und gemein.«

»Elisabeth?«, wagte Thora zu fragen, obwohl es sich natürlich um Elisabeth handelte. Niemand sonst konnte den König von Norwegen dermaßen in Rage bringen.

»Ja, Elisabeth. Verdammt soll sie sein.«

Thora verlagerte unbehaglich das Gewicht. Sie wusste, dass sie eigentlich erfreut darüber sein musste, wenn er auf diese Weise von seiner slawischen Königin sprach – Finn wäre es auf jeden Fall gewesen, wäre er hier gewesen –, aber sie fragte sich vor allem, ob er für sie jemals ähnlich stark empfinden würde, um auch sie zu verfluchen. Oder tatsächlich auch sie für ihn.

Sie liebte ihn, natürlich tat sie das – ihn zu lieben lag ihr im Blut –, und sie schätzte ihn als Vater ihres Kindes. Aber diese verrückte Leidenschaft, die ihn an Elisabeth band – strahlendes Lächeln in einer Minute und unbändiger Zorn in der nächsten –, wirkte ermüdend. Sie war begeistert gewesen, als ihre seltsame kurze Verbindung Früchte getragen hatte, aber die Geburt ihres Sohnes hatte weitere Zweifel an ihren ohnehin schon widersprüchlichen Gefühlen für dessen Vater aufkommen lassen.

Die überwältigende, berauschende Liebe, die sie für den kleinen Magnus vom ersten Augenblick an, da sie ihn in den Armen gehalten hatte, empfunden hatte, überwog bei Weitem alles, was Harald jemals in ihr entzündet hatte. Sogar die Gefühle damals am Strand in jener ersten Mittsommernacht. Dieses mütterliche Empfinden, das ihr Herz überfließen ließ, hatte ihr auf tröstliche Weise gezeigt, dass es doch nicht schwach war, aber manchmal wunderte sie sich eben immer noch über die wütende Leidenschaft, die Elisabeth an Harald zu binden schien.

Sie für ihren Teil hielt ihre Beziehung zum König so geschäftsmäßig wie möglich. Harald hatte ein wunderschönes Haus für sie dicht vor den Toren Austrätts errichten lassen. Sie hatte einen zuverlässigen Haushalt, ein florierendes Gut und ihren geliebten Sohn. Und wenn sie, wie jetzt, nach Oslo reisen musste, um dem offiziellen Hof beizuwohnen, besaß sie auch hier ein hübsches Haus, das einige Straßen von Elisabeths elegantem neuem Palast entfernt lag. Thora hätte Oslo gern verabscheut, aber in Wahrheit war es sehr hübsch, und das Klima war erheblich milder als in Nidaros. Außerdem konnte sie kostbare Zeit mit Johanna und deren kürzlich geborenem Sohn Johan verbringen. Magnus war fasziniert von seinem winzigen Cousin, und Thora wiederum war fasziniert von Magnus – und sie hatte kein Problem damit, dass Harald sie nur selten besuchte, und dann in erster Linie, um sich über Elisabeth aufzuregen.

Sie raffte sich meist auf, ihn die seltenen Male, die er es verlangte, in ihr Bett zu lassen, aber vornehmlich, wie sie sich eingestand, weil sie sich nach einem weiteren Kind sehnte und weniger nach ihm. Immer mal wieder murmelte Finn etwas über eine Handfasting-Ehe, und ein Teil von Thora hätte die Bestätigung einer offiziellen Zeremonie durchaus begrüßt, aber in Wahrheit war die leidenschaftliche Liebe, die sie für Magnus empfand, die einzige Bindung, die sie brauchte. Seine Existenz verwob ihr Schicksal mit dem des kühnen, norwegischen Königs mehr, als jegliche Bänder es zu tun vermocht hätten. Jetzt zog sie Harald zu sich, schob ihn sanft in einen Sessel. Seine Hände zitterten tatsächlich vor Zorn. Was um alles in der Welt war jetzt schon wieder passiert?

»Man sollte doch glauben, dass sie glücklich ist, oder nicht?«, fragte er.

»Sie ist eine sehr glückliche Frau«, pflichtete Thora ihm zögerlich bei.

»Das ist sie, nicht wahr? Sie sollte Gott auf Knien danken, dass sie mich hat, nicht wahr? Und mich nicht anschreien, als sei ich die kleine Maria, die sie bei irgendeinem Unsinn ertappt hat.«

Thora lächelte darüber, obwohl sie sich schnell die Hand vor den Mund hielt, um es zu verbergen. Maria, die vor Kurzem drei Jahre alt geworden war, war ein eigensinniges Kind, das man immer irgendwo erwischte, wo es eigentlich nichts zu suchen hatte. Im Gegensatz zu Magnus, der glücklich war, wenn er an einem Festmahl teilnehmen durfte, der still dabeisaß und mit seinen Steinen spielte oder einfach nur die Erwachsenen beobachtete, war Maria ständig unterwegs. Erst neulich war das Allerheiligenmahl von einem markerschütternden Schrei unterbrochen worden. Bei näherem Hinsehen hatte sich herausgestellt, dass Maria eine Kröte mit in die Halle gebracht hatte, weil sie »hungrig aussah«. Das Tierchen, das seiner Herrin entwischt war, sobald deren Aufmerksamkeit abgelenkt war – wie es häufig vorkam –, hatte Gefallen an den grünen Röcken einer unglücklichen Gräfin gefunden und war ihr in den Schoß gesprungen.

»Sie hätte sich halt nicht wie ein Seerosenblatt kleiden sollen«, hatte Maria sich verteidigt, als sie durch ihren eigenen Ausruf – »Da bist du ja, Filip!« – als Schuldige entlarvt wurde.

»Filip« war in den Fjord zurückgekehrt und Maria in ihre Kammer, aber es war offensichtlich gewesen, dass ihr vernarrter Vater diese Strafe nur für die Öffentlichkeit ausgesprochen hatte, was sie, wie üblich, nicht allzu lange zur Räson brachte. Der heutige Ärger jedoch war offensichtlich mehr als nur ein Kinderspiel.

»Was ist passiert, Harald?«, fragte Thora.

»Passiert? Sie hat mich angeschrien, das ist passiert.«

»Ich verstehe, Harald«, stimmte Thora zu. Manchmal hätte sie ihn fast Hari genannt, bemühte sich jedoch nach Kräften, der verdammten Abkürzung zu widerstehen. »Aber warum?«

»Warum? Oh, sie glaubt, dass es töricht von mir war, Einar zu töten.«

»Ah.« Thora biss sich auf die Lippe. Sie hätte es sich denken können, und ausnahmsweise musste sie Haralds vermaledeiter schmächtiger Frau zustimmen – nicht dass sie das zugegeben hätte. In Norwegen brodelte es, seit die Nachricht die

Runde gemacht hatte, dass Harald Einar zu Verhandlungen nach Bymarka eingeladen und Einar diese in einem Sarg wieder verlassen hatte. Einar, so ging die Sage, die in den lebhaftesten Farben von Haralds Trollmann verbreitet wurde, hatte den König bedroht – und sogar das Schwert gegen ihn gezückt. Der König hatte kaum eine Wahl gehabt, so bedauerlich das war, als sich zu verteidigen.

Aber noch nicht einmal Halldor war in der Lage gewesen, der Geschichte einen wahrhaft traurigen Unterton zu verleihen, und so flüsterte man sich bei Hofe noch eine andere Variante zu – die Geschichte von einem Hinterhalt, von Schwertern, die vor der Tür gelassen wurden, von gelöschten Lichtern in einem künstlichen Stiklestad. Diese andere Geschichte klang plausibel, aber niemand wagte es, die offizielle Version offen anzuzweifeln, aus Angst, dass Sven Estridsson Norwegen in seine Klauen bekam. Das wäre ihm sicher gelungen, sobald der furchterregende Harald die Grenzen nicht mehr sicherte. Einars Familie jedoch schwor Blutrache, und trotz der Tatsache, dass derlei alte Praktiken von der Kirche mit dem Bann belegt waren, wurde auch diese Neuigkeit mit Freuden weiterverbreitet.

»Was hätte ich denn tun sollen?«, fragte Harald Thora jetzt. »Dastehen und zusehen, wie er mich abschlachtet?«

»Kein Mann könnte dich abschlachten, Harald.«

»Doch, das hätte er«, blaffte er, und seine Augen verengten sich. »Mit dem Überraschungsmoment auf seiner Seite und einer Streitmacht im Rücken.«

»Ja, sicher«, versicherte sie eilig. »Auf diese Weise könnte jeder Mann einen anderen töten.«

Er sah sie misstrauisch an, ließ es aber gut sein. »›Leichtfertig‹ hat Elisabeth mich genannt. Leichtfertig – ich! Thora, ich bin bekannt für meine besonnenen Entscheidungen. Ich bin nicht leichtfertig!«

»Natürlich nicht, Harald, sonst wärst du ja auch schon lange tot.«

»Genau! *Du* verstehst mich.« Er lächelte sie an, aber er kam nicht näher und nahm sie auch nicht in den Arm, um sie zu küssen. »›Hart‹«, wütete er weiter. »Das war ein weiteres Wort, das sie mir an den Kopf geworfen hat. Sie sagte, dass Einar mich damals in Kiew so bezeichnet hätte, und nun wisse sie, dass er recht gehabt hätte.«

»Hart?« Thora trat näher und dachte fieberhaft nach. »Aber ist das nicht etwas Gutes bei einem Anführer, Harald? Stark, entschlossen, unerschütterlich zu sein?«

Er warf ihr einen überraschten Blick zu. »Ich glaube, das ist es, ja. *Hardrada.*« Er ließ sich das alte nordische Wort auf der Zunge zergehen. »Harald Hardrada – klingt nicht schlecht.« Er zog sie an sich und küsste sie endlich. Doch als er sich von ihr löste, fügte er hinzu: »Das wird ihr zeigen, wo's langgeht!«

Thora seufzte. »Warum hält sie dein Verhalten für dumm, Hari … Harald?«

»Wegen dieser verdammten Blutfehde. Sie sagt, Einar sei senil und streitsüchtig gewesen, und es hätte ihm sowieso niemand große Beachtung geschenkt. Sie sagt, dass es ihm ohne Magnus an Einfluss fehlte, und wenn ich ihn einfach nur weiterhin ignoriert hätte, wäre er keine Bedrohung gewesen. Sie ist dermaßen naiv.«

Thora war nicht allzu überzeugt, dass Elisabeth hier die Naive war, aber sie erkannte ihre Gelegenheit und wäre eine Närrin gewesen, wenn sie sie hätte verstreichen lassen.

»Sie versteht vielleicht«, schlug sie sanft vor, »Norwegen nicht ganz so gut wie du und ich.«

»Das ist genau der Punkt.«

»Sie sieht vielleicht nicht, wie leicht es ist, die Macht eines Königs zu untergraben in einem Land, das so dicht von Bergen, Wäldern und Fjorden durchzogen ist, dass Männer aus unterschiedlichen Regionen monatelang wandern können, ohne einander jemals zu treffen?«

»Das erkennt sie nicht, Thora.«

»Und vielleicht versteht sie auch nicht, wie stark die Jarls des Nordens sind, denn immerhin residiert sie ja in ihrer prächtigen Stadt im Süden. Norwegens Verteidigungsanlagen bestehen weniger aus starken Mauern ...«

»... als aus starken Herzen!«

Harald packte Thora und wirbelte sie herum. Der kleine Magnus klatschte begeistert in die Hände, und Harald sah ihn an, als erblicke er ihn zum ersten Mal, aber dann beugte er sich herab und zog ihn ebenfalls in seine Arme. Magnus wand sich. Manchmal vermutete Thora, dass sein großer Vater mit den feurigen Augen ihn ein wenig ängstigte, und sie hoffte inständig, dass er nicht gleich in Tränen ausbrach.

»Hör auf deine Mutter, Sohn, dann wirst du ein großer norwegischer König. Starke Herzen – das ist es! Ich habe das Elisabeth auch schon einmal gesagt, aber sie hört nicht auf mich, nicht ein bisschen.«

Magnus wand sich erneut, und Gott sei Dank setzte Harald ihn wieder ab. Aber ihr Gespräch hatte Thora Zeit zum Nachdenken gegeben.

»Diese Blutfehde, Harald«, sagte sie, »ist doch eigentlich nur eine Machtdemonstration. Du weißt, dass die Jarls des Nordens ihre Unabhängigkeit lieben, und auf diese Weise versuchen sie, sich zu behaupten. Du müsstest einfach nur Buße tun – durch Geld oder Ländereien –, dann lassen sie das Thema mit Sicherheit fallen. Wir sind keine Heiden mehr, noch nicht einmal mehr hoch oben in Tromsø.« Er lachte über diesen Witz, den nur ein Norweger verstehen konnte, und sie rückte näher an ihn heran. »Schick Finn zu ihnen.«

»Was?«

»Schick Finn zu ihnen, damit er mit ihnen redet, um Frieden zu schließen.«

»Würde er das tun?«

»Das weißt du doch. Lass uns nach ihm rufen.«

»Jetzt?«

»Jetzt. Wir können die Sache regeln, Harald. Wir schaffen das«, wagte sie hinzuzufügen. »Zusammen.«

Harald nickte bedächtig. »Du bist so ruhig, Thora.«

»Irgendjemand muss es sein«, sagte sie leichthin und schritt zur Tür, um nach ihrem Onkel zu schicken.

Finn kam schnell herbei und war mehr als glücklich, helfen zu können – unter zwei Bedingungen.

»Eine Handfasting-Zeremonie?«, schlug Harald – für Thoras Geschmack allzu resigniert – vor, aber Finn schüttelte den Kopf.

»Ich will, dass Kalv von den Orkneys zurückkommt, Sire. Ich will, dass er aus dem Exil bei Thorfinn und Idonie nach Norwegen zurückkehrt. Er wird mir helfen, das Machtgleichgewicht im Norden zu erhalten.«

»Gleichgewicht – Kalv?« Harald lachte bitter auf.

Thora dachte an ihren hitzköpfigen Onkel, der immer für Unruhe gesorgt hatte, und fürchtete, dass Harald recht hatte, wenn er der Behauptung ihres Onkels keinen Glauben schenkte. Aber Kalv gehörte zur Familie, und es war ihre Pflicht, ihren Onkel bei seinem Ersuchen um seine Rückkehr zu unterstützen.

»Er ist weiser geworden«, sagte sie.

»Meinst du?«

»Das muss er«, stimmte Finn hastig zu. »Und selbst wenn nicht: Einars Gefolgschaft hat Angst vor ihm.«

»Das ist wohl wahr. Na gut, lasst nach ihm schicken. Zweite Bedingung?«

Finn lächelte. »Eine Handfasting-Zeremonie.«

Sie wurden noch am gleichen Nachmittag in den Wäldern über Oslo zusammengebunden, auf einer Lichtung, die von Elisabeths zahlreichen Baumeistern geschaffen worden war. Es war eine kurze Zeremonie, eine schnelle Versammlung, bevor Elisabeth dahinterkam, bei der ein paar Höflinge zugegen waren, die man hastig als Zeugen zusammengetrommelt hatte. Erfreut über die unerwartete Aufregung an einem sonst so langweiligen Tag bei Hof, war die heimliche Gruppe überraschend fröhlich.

Johanna war da, mit Johan auf der Hüfte und Ulf an ihrer Seite, der in seiner Feldmarschallsuniform großartig aussah. Auch Halldor war anwesend, wobei er grimmig dreinblickte und etwas von Bigamie vor sich hin murmelte, als sei er eine Art Moralhüter und nicht ein Soldat mit dem Sohn eines Sklavenmädchens und einem schmutzigen Mundwerk. Finns dilettantischer, aber wohlstimmiger junger Chor übertönte ihn, und innerhalb von, wie Thora es empfand, wenigen Sekunden wurden Harald und sie durch die Seitenstraßen zu ihrem Haus zurückgeführt.

»Ins Bett«, verkündete Finn in dem Augenblick, da sie die Schwelle überquerten.

»Ins Bett?«, keuchte Thora. »Onkel, wir haben einen Sohn!«

»Nur einen«, gab Finn zurück. »Der Hof will, dass das hier vernünftig abläuft – sicherlich genau wie du, meine Nichte.«

Was er meinte, war beschämend offensichtlich, und so wurde Thora von Johanna und ihrer Base Sigrid zu Bett genötigt, obwohl die Wintersonne immer noch am Himmel stand und sie während der kurzen Zeremonie nicht mehr gegessen hatte als einen Krumen Honigkuchen, und nicht mehr getrunken als einen Schluck Brautbier.

»Hier.« Johanna streckte die Hand aus und wand ihr Blumen ins Haar. »Wie bei deiner Verlobung.«

Es waren dickstängelige weiße Schneerosen, nicht zarter Klee, aber Thora wusste die Anspielung dennoch zu schätzen und gab ihrer Schwester einen liebevollen Kuss.

»Das alles fühlt sich so seltsam an.«

»Es *ist* ein wenig seltsam«, stimmte Johanna freimütig zu. Sie sah Sigrid an, die kürzlich feierlich mit einem würdigen jungen Grafen verheiratet worden war, und fügte hastig hinzu: »Aber es ist besser als nichts.«

Besser als nichts! Thora berührte die Blumen und wünschte, sich wie damals am Strand zu fühlen – mit der Freude der Zwölfjährigen in ihrem Herzen und schlichtem Seegras um ihre beiden Hände. Diese Zeiten jedoch waren lange vorbei, und jetzt führten die Männer unter lautem Gejohle Harald ins Gemach. Thora zwang sich, zur Tür zu blicken, als sie hineinstolperten, und nun – da sie sah, dass er nur mit einem Mantel bekleidet war – durchbrach eine zarte, wunderbare Erinnerung den Lärm des Nachmittags.

»Deine Idee?«, fragte sie und deutete auf den Mantel. »Wie nett.«

»Oh Thora, wäre ich das doch nur.« Harald schloss die Tür

und sperrte damit den restlichen Hof aus. Er kam zum Bett hinüber. »Ich habe dich schlecht behandelt.«

Sie streckte die Hand aus und berührte seine Wange. »Ich beklage mich nicht.«

»Ich weiß! Das macht es umso schwieriger.«

»Wäre es dir lieber, ich würde dich anschreien?«

»Nein. Davon habe ich genug … Nein. Komm her.« Er streckte die Arme aus, und sie schmiegte sich an ihn.

»Tust du das hier für meinen Onkel, Harald?«

Er schüttelte den Kopf. »Nein, Thora, wirklich nicht. Das Handfasting, ja. Das ist eine unsinnige Zeremonie, und ich hoffe, du weißt genauso wie ich, dass wir miteinander verbunden sind, auch ohne dass wir im Wald miteinander tanzen. Doch ich liege hier bei dir, Thora, weil du die Liebevolle bist – liebevoll und freundlich und sanft und wunderbar.«

Dann lag sein Mund auf dem ihren, und er zog sie unter sich. Sie hielt ihn fest, und als er in sie eindrang, kam ihr der Gedanke, wie herrlich es wäre, wenn er sie genauso leidenschaftlich hasste – und *liebte* – wie Elisabeth.

Kapitel 25

Oslo, April 1050

»Es ist alles so perfekt, Hari. Oder etwa nicht?«

Elisabeth blickte zu Harald empor und wünschte sich inständig, dass er genauso begeistert war von ihrer neuen Aufgabe wie sie selbst. Die Stadt Oslo wuchs unter ihrer sorgfältigen Anleitung schnell, und heute waren die Myriaden neuer Einwohner alle auf den Beinen, um ihren jungen Männern dabei zuzusehen, wie sie das Wagnis des Stromschnellenrennens, das zur Einweihung organisiert worden war, auf sich nahmen. Der große Meeresfjord fror nicht zu, wie seinerzeit der Dnepr, weshalb dieses Rennen nicht das gleiche Gefühl frühlingshafter Befreiung mit sich brachte. Aber in den bewaldeten Bergen tauten die Wasser des Lo, und die Strömung war mehr als stark genug, um ein aufregendes Rennen hinab in das Ziel – den offenen Fjord – zu gewährleisten.

Elisabeth war begeistert gewesen, als sie den sich durch Felsen windenden Nebenfluss ausfindig gemacht hatte, der nordwestlich der Stadt in den Bergen entsprang, und hatte die Ausbildung der Männer persönlich überwacht, die Norwegens allerersten Teilnehmer am Rennen sein würden. Besonders einer von ihnen hatte hart trainiert, und während sie mit dem Rest der aufgeregten Männer flussaufwärts spähte, betete sie darum, dass der sechzehnjährige Aksel sein Potenzial ausschöpfen und den Preis holen würde – einen juwelenbesetzten Kelch, den sie Harald aus seinen immer noch überquellenden Schatztruhen abgeschwatzt hatte.

»Ich habe immerhin die Schlüssel in Händen«, hatte sie ihm gesagt und sich rittlings auf ihn gesetzt, vollkommen nackt bis auf ihren juwelenbesetzten Ring und ihre Halskette, die sie sich wie einen Schal um den Hals gewunden hatte.

»Du hältst sämtliche Schlüssel in Händen, Lily«, hatte er etwas reumütig zugestimmt und sich, wie stets, unter ihr geregt.

»Dass du mir das ja nicht vergisst!«

Jetzt drückte sie eifrig seinen Arm. »Ist es nicht perfekt?«, fragte sie noch einmal.

»Es sieht recht gut aus«, pflichtete er ihr mit zuckenden Mundwinkeln bei.

»Recht gut?! Ich finde es großartig.«

»Warum schert dich dann meine Meinung?«

Sie zog einen Schmollmund. »Ich weiß nicht, Hari. Manchmal wünschte ich, es wäre nicht so – es wäre viel einfacher, wenn ich dich einfach kommen und gehen ließe wie Thora.«

»Lily, sei still.«

»Warum?«, fragte sie und zog die dreieinhalbjährige Maria von der Kante zurück. »Es stimmt, und eigentlich spielt es keine Rolle. Finn ist glücklich, im Norden herrscht Frieden, Kalv ist zurück – und ist immer noch so gemein wie eh und je –, und du bekommst zwei weitere Kinder.«

»Lily …«

»Ich zähle lediglich die Fakten auf, Hari. Nicht viele Könige haben so gut zusammenpassende Gemahlinnen.«

Elisabeth fuhr mit der Hand über ihren sich wölbenden

Leib und sah zu einer ähnlich voluminösen Thora hinüber, die gerade Magnus' Tunika fester band, um ihn vor der frischen Frühlingsluft zu schützen. Sie war wütend gewesen, als Harald sich kleinlaut zu seiner übereilten Handfasting-Zeremonie bekannt hatte, aber dann hatte sie nachgedacht: Welche Frau wollte schon einen Mann, den sie in aller Heimlichkeit im Wald geheiratet hatte? Außerdem war Thora ohnehin eine seltsame Frau, denn allzu viel Interesse schien sie an Harald jetzt nicht mehr zu haben.

»Du weißt doch, Lily«, sagte Harald jetzt, packte ihre Hand und zog sie dicht zu sich heran, »dass du und Thora, abgesehen von euren Bäuchen, einander so ähnlich seid wie ein Reh und ein Adler.«

Elisabeth lachte. »Du bezeichnest mich als Reh, Hari?«

»Du weißt, dass ich das nicht tue. Und jetzt still – das Rennen beginnt gleich, und du verpasst es noch, wenn du weiter so vor dich hin brabbelst.«

Elisabeth lächelte und wandte sich um, um wieder flussaufwärts zu blicken, wobei sie in den Sog ihrer Erinnerungen geriet. Es versetzte ihr einen schmerzhaften Stich, dass niemand von ihrer Familie hier war, um diesen Augenblick mit ihr zu teilen. Greta war eine wunderbare Gefährtin, aber als Magd konnte sie ihr auf der königlichen Tribüne wohl kaum Gesellschaft leisten, und sie vermisste ihre Schwestern.

Agatha lebte immer noch in Ungarn und hatte zwei Töchter zur Welt gebracht. Sie schien glücklich zu sein, hatte es sich dort häuslich eingerichtet, und Elisabeth beneidete sie beinahe um ihre Nähe zu Anastasia. Von ihren Brüdern hatte sie keine Nachricht erhalten, obwohl ihre Mutter schrieb, dass sie wohlauf waren. Sie dachte an Wladimir, der ihr einst am nächsten gestanden hatte, und sah ihn plötzlich vor ihrem geistigen Auge ins Bootshaus rennen, um sie an jenem schicksalhaften Tag zu holen, als Ulf mit dem ersten von Haralds Schlüsseln aufgetaucht war. Die Erinnerung war überwältigend, und plötzlich kam ihr auch der Adlerbug in den Sinn, den Jakob für sie geschnitzt hatte – jener Adlerbug, der wohlwollend auf sie herabgeblickt hatte, als sie und Harald das erste Mal beieinandergelegen hatten. Kein Wunder, dass Harald sie mit diesem Vogel assoziierte.

»Hari.« Sie zupfte ihn am Ärmel, und ungeduldig blickte er auf sie herab. »Hari, hast du meinen Bug noch?«

»Deinen was?«

»Meinen Bug. Der wie ein Adler geformt ist, und den Jakob für mich in Kiew geschnitzt hat. Wir haben ihn doch nach Norwegen mitgebracht, weißt du noch?«

Plötzlich hatte sie das dringende Verlangen, den Adler wiederzusehen. Ob Jakob noch lebte? Ob er sich immer noch liebevoll um die Holzschnitzerei unten in Podil kümmerte? Ob er jemals an die kleine Prinzessin dachte, die sich Flügel für ihr ureigenstes Schiff gewünscht hatte?

»Ich erinnere mich daran«, sagte Harald. »Der Adler muss in der Schatzkammer sein.«

»Unter der Erde? Dort ist es sicher sehr traurig.«

»Traurig? Elisabeth, er ist aus Holz. Holz kann nicht traurig sein.«

»Du hast mal gesagt, dass Holz lebendig ist.«

Harald verdrehte die Augen. »Du bist heute wild entschlossen, mir ständig zu widersprechen, mein Herz. Ich werde deinen Adler finden, ich verspreche es, und ich werde ihn in die Lüfte entlassen, wenn dich das glücklich macht, aber können wir uns heute bitte nur das Rennen ansehen – *dein* Rennen? Sieh doch – die Flagge ist oben!«

Elisabeth sah zu den dichten Bäumen empor, und der Anblick der großen, rot-weißen Flagge berührte sie zutiefst.

»Du musst den Gong schlagen«, sagte sie zu Harald. Er schüttelte den Kopf, und sie runzelte die Stirn. »Du musst, Hari. Die Boote sind sicher schon bereit, und es ist schwer, sie an der Startlinie stillzuhalten.«

»Wie du weißt?«

»Wie ich weiß, ja. Bitte lass den Gong erklingen.«

»Nein.«

»Aber …«

»Du schlägst ihn.« Er schob ihr den Hammer in die Hand und griff nach Maria, die noch immer nach vorn drängte, um dem Wasser näher zu sein. Er schob Elisabeth nach vorn. »Und schnell, Lily – es ist schwer, die Boote an der Startlinie stillzuhalten.«

Aller Augen ruhten auf ihr, also widerstand sie dem Impuls, ihrem anstrengenden königlichen Gemahl die Zunge herauszustrecken, sondern hob stattdessen den Hammer und schlug ihn mit aller Macht auf den großen Kupfergong. Der weiche Klang, erfüllt von jeder Menge Erinnerungen, wogte über das Wasser dahin, und auf den Hügeln sangen weitere Gongs wie ein Echo. Begleitet vom Freudengeschrei der aufgeregten Menge fuhr die Startflagge nach unten, und das Rennen begann. Elisabeth blickte konzentriert auf die Bäume, hielt nach der Flagge an der ersten Biegung Ausschau und betete darum, dass Aksels rote in die Höhe fahren würde. Die Menge raunte fieberhaft.

»Was geschieht jetzt?«, fragte jemand hinter Elisabeth.

»Sie nehmen die erste Biegung«, erklärte sie und wandte sich eifrig um. »Sie werden … oh.« Sie hielt inne, denn dort stand Thora, die großen blauen Augen ebenso erstaunt wie

Elisabeths, weil diese ihr tatsächlich geantwortet hatte. »Sie werden jetzt auf halber Höhe in eine Art See fallen«, zwang Elisabeth sich zum Weiterreden. »Die Flaggenträger werden dann eine Farbe in die Bäume erheben, um zu signalisieren, welcher Fahrer die Stromschnellen als Erster erreicht. Da, oh, dort – seht doch! Sie ist rot!« Unwillkürlich hatte sie sich bei dem Anblick an Thoras Arm geklammert, aber nun ließ sie ihn fallen, als sei er aus glühender Kohle. »Das bedeutet, Aksel liegt in Führung!«

»Euer Knappe?«

»Ja.«

»Das ist doch gut.«

Elisabeth nickte, war sich nicht sicher, wie sie reagieren sollte. Sie sprach nur selten mit Haralds Handfasting-Frau und niemals freundlich – es fühlte sich so seltsam an, als ob man einen Schluck Bier zu sich nimmt und feststellt, dass es sich um Met handelt. Nicht unangenehm, nur vollkommen falsch. Gott sei Dank rasten nun die Kanus ins Blickfeld. Die Menge flussaufwärts sprang und jubelte wie verrückt, und der Wettbewerb durchpulste Männer und Frauen am breiten Ziel gleichermaßen, was Elisabeth einen Vorwand gab, sich abzuwenden.

»Weiter, Aksel!«, schrie sie. Der junge Mann kämpfte gegen einen starken Waräger. Beide Boote kippten gefährlich, während ihre Fahrer die Paddel im letzten Abschnitt der Rennstrecke in das gurgelnde Wasser tauchten. »Weiter!«

»Würde, Lily«, flüsterte Haralds amüsierte Stimme ihr ins Ohr.

»Das ist nicht der richtige Zeitpunkt für Würde«, erwiderte sie. »Es ist ein Kopf-an-Kopf-Rennen.«

Die Menge brüllte laut, drängte sich ans Ufer, um besser

sehen zu können, und Elisabeth packte Maria fester, die so aussah, als wollte sie jeden Augenblick zu ihrem Favoriten ins Boot springen. Dann plötzlich versuchte der andere Herausforderer am nahegelegenen Ufer unter ihnen den Durchbruch, verfing sich aber mit dem Paddel in einer Wurzel, so dass sich das Boot drehte. Aksel schoss unter der Ziellinie hindurch, sein Rivale seitlich hinter ihm nur wenige Sekunden später, und Elisabeth reckte begeistert die Faust in die Luft.

»Er hat gewonnen, Mama«, rief Maria, genauso erfreut wie ihre Mutter, und Harald beugte sich herab, um sie herumzuwirbeln. »Darf ich ihm den Preis geben, Papa?«, fragte sie. »Ich mache es bestimmt richtig gut, ich versprech's. Ich lasse mir die Hand küssen, und ich sage: ›Aksel Halldorsson, du bist der Gewinner.‹ Dann gebe ich ihm vorsichtig den Kelch, ich lasse ihn auch bestimmt nicht fallen, ich versprech's. Bitte, Papa?«

Sie wand eine Strähne seines blonden Haares um den Finger, wie sie es häufig tat, und er lachte und gab ihr einen Kuss auf die Nase.

»Das ist die Aufgabe deiner Mama, Maria.«

Maria sah Lily an, wog ihre Chancen ab, dann sah sie wieder zu Harald. »Aber du bist doch der König.«

Harald lachte noch lauter. »Königinnen zählen mehr als Könige, Maria – glaub mir.«

»Wirklich? Hast du deswegen zwei?«

Die Umstehenden, die ihre altkluge Prinzessin bis dahin mit nachsichtigen Blicken bedacht hatten, sogen scharf den Atem ein. Elisabeth sah Thora an, und zu ihrem Erstaunen trat die andere Frau vor.

»Nein, Maria«, sagte sie direkt mit ihrer sanften Stimme zu dem Kind. »Das hat er, weil dein Papa sehr, sehr glücklich ist. Und jetzt schau, die Gewinner ziehen ein – du hältst jetzt besser den Kelch bereit.«

Gott sei Dank gehorchte Maria eilig, und Harald folgte ihr, um ihr zu »helfen«. Die beiden Gemahlinnen waren allein.

»Er ist weniger glücklich«, stieß Elisabeth zwischen den Zähnen hervor, »als vielmehr gierig.«

»Wahrscheinlich«, kam die Antwort. »Aber behalten wir das lieber für uns.«

Elisabeth spürte den unwiderstehlichen Drang loszukichern. Ihre Lippen zuckten, und Thora, die das bemerkte, lächelte ebenfalls.

»Ich sollte Euch eigentlich hassen«, sagte Elisabeth.

»Ihr kommt mir nicht wie eine Frau vor, die das tut, was man von ihr erwartet.«

»Ich versuche zumindest, nicht so zu sein.«

Elisabeth beobachtete, wie Maria, von Haralds Armen umfangen, Aksel seinen Kelch überreichte, während die Menge jubelte. Sie bemerkte, dass Halldor an einer der Tribünensäulen lehnte und versuchte, eine lässige Miene zur Schau zu stellen, jedoch vergebens: Er strahlte von einem Ohr zum anderen, und sie freute sich. Er war in letzter Zeit ziemlich mürrisch gewesen, verdrießlicher denn je, und es war schön, ihn lächeln zu sehen.

»Ich bin auch einmal auf den Stromschnellen geritten«, sagte sie mit Blick auf die Gewinner.

»Ihr?«

Elisabeth lächelte bei Thoras Erschrecken sogar noch breiter. »Ich durfte nicht. Ich habe mich davongeschlichen. So getan, als sei ich ein Junge.«

»Was ist dann passiert?«

»Ich bekam schlimme Schwierigkeiten.«

»Davon bin ich überzeugt, aber habt Ihr gewonnen?«

Elisabeth wirbelte herum und musterte Thora. Die Frage verblüffte sie.

»Nein«, bekannte sie. »Ich wurde mitten im Rennen von meinem Vater eingesammelt, aber danke, dass Ihr glaubt, ich hätte gewinnen können.«

Thora schüttelte den Kopf. »Manchmal glaube ich, Ihr könntet alles tun, Elisabeth von Kiew.«

»Außer einen Sohn zu gebären.«

Thoras Kinn verspannte sich, und ihre Hand wanderte auf ihren Bauch. »Das wissen wir doch noch gar nicht«, sagte sie steif und wandte sich genau in dem Augenblick ab, als ihr Onkel, Jarl Kalv, sich zu ihnen gesellte.

Elisabeth erschauerte und hielt nach einem Fluchtweg Ausschau. Der Jarl, der von den Orkneys zurückgekehrt war, war noch genau so, wie sie ihn von ihrem kurzen Zusammentreffen in ihrer Kindheit in Erinnerung hatte – geschmeidig und verschlagen wie ein Waldwiesel –, und sie misstraute ihm mit jeder Faser ihres Seins.

»Ein wundervolles Rennen«, sagte er mit einer Stimme, so triefend wie Kochfett. »Eine Kiewer Tradition?«

»Ja.«

»Das weckt sicher schöne Erinnerungen in Euch, Prinzessin.«

»Königin. Ich bin jetzt Königin.«

»Natürlich. Wie töricht ich bin. Ihr müsst Kiew vermissen.«

»Wie Ihr selbst wohl die Orkneys.«

»Ah, aber die Orkneys waren niemals wirklich meine Heimat. Ich glaube nicht, dass sich jemand fern von seinem Geburtsland jemals zu Hause fühlen kann.«

»Ach nein? Dann seid Ihr wohl nicht allzu anpassungsfähig. Ich bin hier in Oslo genauso sehr zu Hause, wie ich es je in Kiew war.«

Das brachte ihn zum Schweigen, aber nur für einen Augenblick. »Es sind Händler aus der Rus da, wisst Ihr«, sagte er mit verschlagener Stimme. »Ich habe mich mit ihnen unterhalten. Sie waren hocherfreut, sich das Rennen ansehen zu können. Sie sagten – wie war das noch? –, wie glücklich Euer Vater wäre, wenn er sähe, dass sein Einfluss so weit reicht.«

»Meine Mutter ebenfalls, da bin ich sicher«, pflichtete Elisabeth ihm bei und sah sich verzweifelt nach einem Fluchtweg um, aber die Menge um Aksel und seine Mitstreiter versperrte ihn ihr.

»Eure Mutter? Ach ja …«

Elisabeth entdeckte ein dunkles Funkeln in Kalvs Augen, und ihr Herz setzte einen Schlag aus. »Entschuldigt mich. Ich muss …«

»Tatsächlich bringe ich Kunde von Eurer Mutter. Traurige Kunde.«

Elisabeth konnte ihn nicht ansehen, wollte ihm diese Befriedigung nicht verschaffen.

»Sie ist zu Gott gegangen.«

Die Welt verschwamm vor Elisabeths Augen, als ob der große Fjord sich in einer Welle erhoben und sie verschlungen hätte. Ingrid – tot? Das konnte nicht sein. Die glücklichen Erinnerungen, die dieses wunderbare Rennen in ihr soeben noch geweckt hatten, schienen sich drohend zu erheben und ihr Innerstes zu zerreißen. »Sie hatte ein Gewächs«, fuhr Kalvs Stimme fort. »Es wuchs, bis es ihr Herz erstickte, so sagt man jedenfalls. Es tut mir leid, meine Prinzessin.«

»Königin!«, rief Elisabeth energisch. Sie hasste ihn und

klammerte sich an ihren Hass, um ihre immer stärker werdende Trauer im Zaum zu halten. »Ich bin die Königin von Norwegen – die einzige Königin –, und was für hässliche Neuigkeiten Ihr mir auch voller Freude überbringt, ich fordere Euch auf, daran zu denken. Euch alle.«

Sie wirbelte herum, um auch Thora mit ihrem wütenden Blick zu bedenken. Einen Augenblick schwankte sie beim Anblick des Schmerzes in den blauen Augen der anderen Frau – die Ingrids Augen so überaus ähnlich waren. Aber dann straffte sie die Schultern.

»Würde«, rief sie sich ins Gedächtnis, stieß es zwischen zusammengebissenen Zähnen hervor, so dass die Menge sich verunsichert vor ihr teilte. Tränen schwammen in ihren Augen, aber sie würde nicht zulassen, dass Kalv oder irgendein anderes Mitglied der verdammten Arnessons sie sah. Das war sie ihrer Mutter schuldig.

»Aksel!« Elisabeth gelangte zu ihrem Knappen, ergriff seine Hände, führte sie sehr zu seinem Erstaunen an die Lippen und küsste sie überschwänglich. »Ich bin so stolz auf dich. Du hast mich mit deinem Sieg heute geehrt, mich und meine ganze Familie. Ich werde meinen Gemahl bitten, dich zum Jarl zu ernennen.«

Und mit diesen Worten packte sie ihren verwirrten Knappen und führte ihn fort. Sie würde sich ihre Trauer für später aufsparen. Zunächst würde sie erst einmal die Art von Königin sein, auf die ihre Mutter stolz gewesen wäre; die Königin, zu der sie sie erzogen hatte; jene Königin, die Harald seinen König Olav schenken und die Arnessons ein für alle Mal zum Schweigen bringen würde.

Kapitel 26

Oslo, September 1050

Schmerz. Etwas anderes nahm Elisabeth nicht wahr. Sie schwamm in Schmerz, Arme und Beine schlugen hilflos um sich, kämpften dagegen an wie ein dänischer Gefangener im Nebel, wie ein Kanu unter den Stromschnellen, wie ein Drachenboot, das in sich zusammenfiel, durch das Eis brach und hinab ins Vergessen sank.

»Vergessen«, dachte sie, formte das Wort wie ein Rettungsboot, band Planken aus Nichts in ihrem Geist, sehnte sich danach zu segeln. Ihr Boot würde einen Adlerbug haben und sie aus dieser Hölle hinaus und in den Frieden führen.

»Mutter«, stieß sie heiser hervor. Ein Schatten materialisierte sich vor ihren Augen, bewegte sich wieder fort. Verzweifelt streckte sie die Hand aus. »Mutter?«

»Nein, Lily, ich bin es, Harald. Du … du bist am Leben?«

»Nicht wirklich.«

Mühsam versuchte Elisabeth, die Augen zu öffnen. War sie am Leben? Der Adlerbug wich ein wenig zurück, und sie war beinahe traurig, ihn loslassen zu müssen. Etwas Kaltes wurde ihr aufs Gesicht gelegt – kalt, schleimig und klammernd. Sie warf verzweifelt den Kopf hin und her, um sich dagegen zu wehren, und so wurde es wieder fortgezogen.

»Verzeih mir. Verzeih. Ich dachte, das täte dir gut. Kannst du die Augen öffnen, Lily?«

Ob sie das konnte? Langsam zwang sie ihre Lider empor und blinzelte. Ein Vorhang aus blondem Haar schimmerte im dämmrigen Licht.

»Hari?«

»Lily, Gott sei Dank.« Harald beugte sich vor, doch dann zügelte er sich. »Ich darf dich nicht anrühren, sagen sie.«

»Wer sagt das?« Sogar ihre Kehle schmerzte.

»Die Hebammen.«

Er blickte ängstlich über die Schulter, und die Erinnerung überwältigte Elisabeth von Neuem – der endlose Schmerz, das Blut; Gretas Augen, umwölkt von Furcht, obwohl ihre Stimme ruhig blieb; die Hebamme, die etwas von einer »falschen Lage« sagte und alles – in der Tat, alles –, was sich verdreht und verkehrt angefühlt hatte und so unglaublich schmerzhaft.

»Das Kind?«, krächzte sie.

»Dem Kind geht es gut. Sie ist wunderschön, Lily.«

»Sie?«

Die Enttäuschung war wie ein Schlag, und ihr geschundener Körper zuckte zusammen.

»Sie«, sagte Harald fest. »Ich habe sie Ingrid genannt.«

»Ingrid?« Der Name entfuhr ihr mit einem Schwall heißer Tränen. »Oh Hari, danke. Das ist wunderschön.«

»Genau wie sie, meine Liebste. Genau wie *du.*«

Die Tränen beruhigten ihre Augen mehr, als das Tuch es zu tun vermocht hatte, und so ließ sie ihnen dankbar freien Lauf.

»Ich glaube«, brachte sie mühsam hervor, »ich bin im Augenblick nicht in Bestform.«

Und nun weinte Harald ebenfalls. Er achtete nicht auf das Schnalzen hinter sich, sondern legte die Arme um sie, und trotz des Schmerzes, der ihren Körper durchfuhr, hielt sie ihn fest.

»Ich dachte, du seist tot, Lily«, raunte er ihr ins Haar.

»Ich? Nein. Es gibt viel zu viel, wofür zu leben sich lohnt.«

Er lachte, ein erstickter Laut, halb belustigt, halb gequält. »Du musst jetzt eine Kaiserin sein, meine Liebste.«

»Du hast also Dänemark erobert? Wie lange liege ich denn schon hier?«

Er errötete. »Einige Tage, mehr nicht. Und nein: Ich habe es noch nicht eingenommen, aber ich werde es tun. Sobald du vollkommen hergestellt bist, segle ich wieder gegen Sven, und diesmal bringe ich dir einen Thron mit.«

»Ich habe doch schon einen Thron, Hari.« Ein neuer Gedanke kam ihr. »Thora?«

Harald spannte sich an. »Sie hat ebenfalls entbunden«, sagte er behutsam.

»Wieder einen Jungen?«

Natürlich. Sie hatte es gewusst. Sie hatte nur einfach gehofft, dass sie auch einen bekommen würde.

»Wieder einen Jungen«, bestätigte Harald.

»Wie hast du ihn genannt?« Er blickte zu Boden. »Hari – wie hast du ihn genannt?«

Greta stürzte vor, beunruhigt von ihrer lauten Stimme, aber Harald bedeutete ihr mit einer Handbewegung, sich zurückzuziehen. Er versuchte, Elisabeth wieder auf die üppigen Kissen zurückzulegen, doch sie klammerte sich an seine Arme.

»Ich habe ihn Olav genannt, Lily.«

Sie schloss die Augen. Das war es also. Es war vorüber.

Thora hatte endlich gewonnen. Die große, sanfte Rehkönigin hatte gewonnen – und sie, sie konnte mit ihrem Adlerboot genauso gut dem Vergessen entgegensegeln.

»Lily, hör zu – du musst mir zuhören. Ich habe ihn Olav genannt, damit du das hier nicht noch einmal durchmachen musst. Die Hebammen haben es mir gesagt, mein Herz – sie haben mir berichtet, dass sie dich vor einer weiteren Schwangerschaft gewarnt haben, besonders ein Junge hätte dich umbringen können. Ich kann das nicht zulassen, Lily, denn ich will keinen Olav, wenn *du* der Preis dafür bist. Verstehst du?«

Elisabeth öffnete ein Auge. Sie war erschöpft, so erschöpft; das Rad der Fortuna rollte über sie hinweg. *»Halt dich fest«*, sagte die Stimme ihres Vaters in ihrem Kopf, dröhnend, zu Tränen rührend, süß wie eine eisgekühlte Frucht. *»Halt dich fest, Lily.«* Sie umklammerte die feuchte Decke.

»Thora schenkt dir Könige«, widersprach sie.

»Ja«, stimmte Harald zu. »Das kann sie am besten. Aber du, meine Lilyveta, du schenkst mir die Welt. Soll sie doch Norwegens nächste Generation aufziehen, aber lass dich und mich jetzt über sie regieren. Gemeinsam.«

Elisabeths Gedanken wanderten zu ihren Kindheitstagen in Kiew zurück. *»Ist das alles, was du dir für dich selbst wünschst, Könige in die Welt zu setzen?«*, hatte sie Anastasia einmal gefragt. Damals war sie so herablassend, so verächtlich gewesen. *»Ich wäre gern Königin«*, hatte sie damals weitergesprochen. *»Eine Königin aus eigener Kraft, die ihrem Mann bei den Regierungsgeschäften hilft und das Volk formt.«* Hatte sie mit diesen Worten ihr eigenes Schicksal besiegelt? War das alles ihr eigener, eigensinniger Fehler gewesen? Oder ihr gleichermaßen auf Eigensinn beruhendes Recht?

»Bleib bei mir, Lily«, bat Harald, ihr großer, kriegerischer

Gemahl mit seinem stählernen Leib und seiner Stiklestad-Narbe und dem wunderschönen Haar.

Sie streckte die Hand nach ihm aus, und er umfing sie fest, so fest, dass sie spürte, wie der herrliche Ring, den er ihr damals in Kiew geschenkt hatte, ihr in das empfindliche Fleisch schnitt. Sie empfand immer noch Schmerzen, große Schmerzen, aber sie würde sich erholen.

»Ingrid«, sagte sie sanft. »Meine Ingrid – ist sie blond?«

»Wie ein Engel.«

Elisabeth lächelte. »Ich bleibe bei dir, Hari«, sagte sie leise. »Wenn du bei mir bleibst.«

»Immer«, versicherte er, und mit diesem Versprechen schlief sie ein.

Kapitel 27

Jütland, Dänemark, August 1051

Harald stand am Bug seines neuen Kriegsschiffes und überblickte die dänische Küste vor ihm. Er war entschlossen, Sven dieses Land zu nehmen, und zwar schnell, damit er zu Elisabeth zurückkehren konnte. Sie war jetzt schon viel kräftiger, aber er befürchtete, dass er, falls sie wieder erkrankte, trotz seines Versprechens nicht für sie da sein konnte.

Er legte eine Hand auf den Nacken seines großartigen Drachenkopfbugs. Er ließ an der Westküste ein neues Schiff erbauen, eines, das den Adler seiner kostbaren Frau tragen würde, aber vorläufig musste dieser mutige Drache reichen. Wenigstens flatterte sein glorreiches Banner hoch oben am Mast. Im vergangenen Winter hatte Elisabeth begonnen, es mit einer rot-schwarzen Borte zu säumen, aber sie war nur bis zur Hälfte gekommen. Harald lächelte bei dem Gedanken an seine ungestüme, ungeduldige Frau und schwor sich, Dänemark diesmal für sie zu erobern.

Aber es war schwer. Der elende Sven schien nie zu wissen, wann er seine Niederlage eingestehen musste. Immer wieder hatte Harald Angriffe gegen ihn gestartet, aber stets hatte der Usurpator sie auseinandergetrieben durch das, was Elisabeth als »dumme Spielchen« abgetan hatte, hatte sich der richtigen Schlacht entzogen und es vorgezogen, Harald über Dänemarks endlose Inseln zu treiben, wobei er einzelne Schiffe immer mal wieder in einen Hinterhalt gelockt hatte.

Das machte ihn zu einem sehr frustrierenden Gegner und ließ Harald kaum eine andere Chance, als seine Städte und Dörfer im alten Wikingerstil zu plündern in der Hoffnung, dass die Bevölkerung sich dann irgendwann gegen Sven wandte. Doch das tat sie niemals.

Es war ein endloses Katz-und-Maus-Spiel, und heute kam sich Harald allzu sehr wie die Maus vor. Seine Spione hatten nichts über den Standort von Svens Flotte in Erfahrung bringen können, und der Strand, auf den sie nun zusegelten, wirkte verdächtig ruhig. Normalerweise würden die vor Ort stationierten Soldaten zumindest einen Verteidigungswall errichten, aber heute lag der Sandstreifen still und leer da.

»Wo sind sie nur?«, sagte er zu Ulf, der gleich hinter ihm stand.

Sein Feldmarschall zuckte mit den Schultern und schob sich die Locken aus dem Gesicht, um genauer hinsehen zu können.

»Vielleicht hat sie das Fieber ereilt?«

»Oder sie verstecken sich.«

»Nun, das können sie nicht allzu lange tun, und sobald sie herauskommen, werden wir uns auf sie stürzen, wie wir es immer tun.«

Harald blickte in die Ferne. »Irgendetwas stimmt da nicht.«

»Vielleicht«, bemerkte Halldor düster, »befindet sich der Störfaktor nicht an Land, sondern auf unseren eigenen Schiffen.«

Harald zog eine Grimasse. Halldor hatte wie üblich seinen

runzligen Finger auf die Wunde gelegt. Auf Haralds eigenem Schiff war alles gut. Die meisten aus seinem eigenen, fünfzig Mann starken Kriegstrupp kämpften seit Jahren an seiner Seite, und er wusste, dass er sich auf ihren Mut, ihre Geschicklichkeit und vor allem auf ihre Loyalität vollkommen verlassen konnte. Sie waren gemeinsam in viele Schlachten gesegelt und unversehrt wieder daraus hervorgegangen. Die meisten dieser Männer waren in Haralds Diensten reich genug geworden, um sich auf einen Gutshof zurückzuziehen und ein friedliches Leben zu führen, aber jeden Sommer kehrten sie erneut zu ihm zurück, um ihm zu dienen – nicht wegen der Beute, nicht einmal für die Aufregung, sondern weil sie sich ihm zugehörig fühlten. Das Gleiche galt für die anderen vier Schiffe inmitten seiner Flotte. Die seitlichen Boote jedoch …

Harald blickte zu dem vordersten hinüber. Befehligt wurde es – auf sein eigenes Betreiben hin – von dem wieder in Amt und Würden befindlichen Jarl Kalv, und während der ersten Wochen der Plünderungszüge hatte er sich als gewiefter und fähiger General entpuppt. Harald hatte bedingungsloses Vertrauen in seine Fähigkeiten – aber wie stand es um seine Loyalität? Kalv Arnesson stand nur einem einzigen Menschen loyal gegenüber, und zwar sich selbst. Und das machte ihn gefährlich.

Kalv hatte die Söhne von Harald und Thora auf eine ähnliche Weise unter seine furchterregenden Fittiche genommen, wie Einar es mit dem verstorbenen König Magnus gehandhabt hatte. Er hatte Lehrer für sie eingestellt, ihnen Häuser errichten und Gewänder schneidern lassen, die nicht eines Prinzen, sondern eines Königs würdig waren. Wann immer er konnte, führte er sie dem Hof vor, und Harald konnte kaum Einwände dagegen erheben – Magnus und Olav waren seine erklärten Erben und zudem prächtige Jungen. Ihre Existenz bedrohte auf merkwürdige Weise jedoch seine eigene. Wenn Norwegen ihn jetzt verlor, bekam das Land neue Könige und mächtige norwegische Jarls, die sie kontrollieren konnten und deren Spielball sie sein würden. An diese Situation war das Land im Verlaufe seiner Geschichte schon gewöhnt. Noch Anfang des Jahrhunderts hatten die Jarls des Nordens fünfzehn Jahre lang regiert, ohne dass es überhaupt einen König gegeben hätte, und in Harald wuchs die Überzeugung, dass Kalv zu diesen segensreichen Zeiten zurückkehren wollte. Außerdem hasste Elisabeth ihn.

Harald sah wieder zurück zum Strand, überblickte die sanften Hügel der grasbewachsenen Dünen und hielt Ausschau nach einem Zeichen für einen Hinterhalt. Alles war vollkommen still.

»Wenn Sven uns eine Falle stellt«, sagte er, »dann macht er seine Sache gut.«

»Das müssen wir dann zu unserem Vorteil nutzen«, erwiderte Halldor leise. »Schick das führende Schiff hinein.«

Harald sah ihn an. »Um sie aus der Reserve zu locken?«

»Genau.«

»Damit wir anschließend am strategisch günstigsten Ort an Land gehen können, um unsere Männer zu unterstützen?«

»Wenn uns das angemessen erscheint, ja.«

Harald musterte seinen gedrungenen Hauptmann neugierig. Halldor hatte sich nicht offen gegen Kalv ausgesprochen, aber Harald hatte mitbekommen, dass er den Nord-Jarl immer sorgsam im Auge behielt, und er wusste, dass er ihm misstraute.

»Was schwebt dir vor, Hal?«

Halldor hielt den Blick fest auf den Horizont gerichtet.

»Gar nichts. Ich denke einfach nur, dass Jarl Kalv eine sehr hohe Meinung von seinen Führungsqualitäten hat, so dass es mir nur gerecht erscheint, ihm Gelegenheit zu geben, diese unter Beweis zu stellen.«

»Das ist wahr«, stimmte Harald zu. »Aber Finn ...«

Er warf einen Blick auf die beiden Schiffe seines Ziehvaters, die die Nachhut bildeten. Finn war jetzt über sechzig, und seit Kurzem wurde seine stolze Gestalt durch die Steifheit seiner Glieder beeinträchtigt. Morgens konnte er sich nur noch mit Mühe bewegen, und insbesondere seine Finger waren schmerzhaft gekrümmt, so dass es ihm immer schwerer fiel, das Schwert präzise zu führen. Harald war dazu übergegangen, ihn zur Nachhut einzuteilen, zum einen, weil er in prekären Situationen stets einen kühlen Kopf bewahrte, und zum anderen – immer häufiger –, um ihn vor dem schlimmsten Schlachtengetümmel zu schützen.

»Finn liegt sechs Bootslängen hinter uns«, sagte Ulf und trat neben Halldor. »Er ist nicht nah genug, um anzugreifen.«

Harald dachte nach. Die Ratschläge seiner Kameraden waren vernünftig und richteten sich nach militärischen Gesichtspunkten. Ihre Taktik war vollkommen gerechtfertigt – falls sie sich jemals dafür rechtfertigen mussten –, und jegliche anderen Motive würden im Schlachtengetümmel untergehen. Wenn es zu einer Schlacht kam.

Er sah über das Wasser hinweg – vorgeblich, um seine Position zu bestimmen, doch in Wirklichkeit ließ er Revue passieren, wie Jarl Kalv sich an jenem Tag verhalten hatte, an dem sie Norwegen verlassen hatten. Ein Großteil des Hofes hatte sich an den wunderschönen neuen Landungsstegen Oslos versammelt, um die Streitkräfte zu verabschieden, die wieder einmal geschworen hatten, Dänemark zu erobern.

Harald hatte befohlen, Münzen unter die Menge zu werfen und zwei Fässer Met öffnen zu lassen, so dass die Bewohner der schnell wachsenden Stadt ihrem König auf seinem Weg zuprosten konnten, und die Stimmung war ausgelassen gewesen.

Haralds Schiff war unter lautem Jubel zu Wasser gelassen worden, und er war selbstbewusst an Bord gegangen, wobei er sich zunächst noch umgewandt hatte, um seiner Familie Lebewohl zu sagen. Derlei Verabschiedungen waren mittlerweile recht peinliche Veranstaltungen, da Thora mit ihren beiden Jungen auf der einen Seite und Elisabeth mit den Mädchen auf der anderen Seite standen, aber an jenem Tag hatte ihnen Maria die Dinge erleichtert. Seine quirlige kleine Maria, die bald fünf wurde, war ihrer eigensinnigen Mutter herzzerreißend ähnlich und hatte zudem auch noch eine nicht unbeträchtliche Prise seines eigenen Wagemuts und seiner Halsstarrigkeit. Manchmal hatte er beinahe das Gefühl, als könne sie seine Gedanken lesen.

»Komm schon, Magnus«, hatte sie an jenem Tag laut gerufen und dessen Hand ergriffen. »Lass uns Papa gute Reise wünschen.«

Magnus, der, wie ein Großteil des gesamten Hofes, von seiner selbstbewussten Halbschwester wie geblendet war, war ihr eifrig gefolgt, und Harald hatte sehr zu seiner Verblüffung entdeckt, wie die beiden Mütter sogar einen Blick beinahe komplizenhafter Zärtlichkeit tauschten. Er hatte die Arme weit ausgestreckt, um seine beiden Kinder zu umarmen, begeistert darüber, dass nun alle Welt Zeuge würde, wie gehorsam sein ungewöhnlicher Haushalt sich seiner Autorität unterwarf. Aber in diesem Augenblick war Magnus zurückgerissen worden. Der Junge hatte erschrocken aufgeschrien, und Maria hatte sich wütend zu seinem Geiselnehmer umgewandt, die Hände in die schmalen Hüften gestemmt.

»Was tut Ihr denn da?«, hatte sie Jarl Kalv gefragt.

»Was alle anderen auch tun sollten«, hatte dieser geknurrt. »Du magst deinem kostbaren Papa einen Kuss geben, wenn du unbedingt musst, aber Magnus wird der Letzte sein, der sich von ihm verabschiedet, und zwar allein.«

»Warum?«

»Weil er der Erbe Norwegens ist.«

»Warum?«

»Warum« war Marias Lieblingswort. Normalerweise fand Harald das reizend, aber an diesem Tag, da ganz Norwegen zusah, wünschte er sich ausnahmsweise, dass sie ein etwas passiveres Kind gewesen wäre.

»Weil er ein Junge ist«, hatte Kalv geantwortet, die Augen verengt vor offenkundigem Hass.

»Und ich«, hatte Maria entrüstet erwidert, »bin die Älteste.«

Kalv hatte ein gemeines Lachen ausgestoßen. »Das zählt nicht, Prinzessin. Kannst du dein Land verteidigen? Kannst du darum kämpfen, wie ein Herrscher es tun muss?

»Ich kann besser kämpfen als er«, hatte Maria erwidert und abfällig auf Magnus gedeutet, der bereitwillig zurückwich.

Die Menge hatte zu lachen begonnen. Harald erkannte die Gefahr, die darin lag, hatte Maria schnell in den Arm genommen und ihr einen lautstarken Kuss gegeben. Der hatte sie nicht besänftigt, und seine vermaledeite Elisabeth, deren Sympathien eindeutig bei ihrer freimütigen Tochter lagen, war ihm nicht zu Hilfe geeilt.

»Wenn du ein liebes Mädchen bist und keinen Ärger machst, bringe ich dir ein paar richtig schöne Juwelen mit«, hatte Harald Maria zugeflüstert.

»Ich will keine Juwelen.«

»Was dann, Süße? Was willst du haben?«

»Ein Schwert.«

Er hatte es ihr versprochen – was blieb ihm anderes übrig? Wenn es Elisabeth nicht passte, dann war das ihre eigene Schuld. Doch jetzt entsann er sich, dass es Elisabeth durchaus gefallen hatte. Sie hatte gelacht und Maria ihre kleine Kriegerin genannt. Er schüttelte den Kopf, und bei dem Gedanken an seine schöne Frau durchfuhr ihn schmerzhaftes Verlangen. Warum verschwendete er nur seine Zeit und verbrachte den Sommer fern von ihr?

Um Dänemark zu erobern, rief er sich nun grimmig ins Gedächtnis, und nach Dänemark England.

Das war ein Traum, der noch in weiter Ferne lag, aber waren das nicht die besten? Elisabeth erhielt häufig Nachrichten aus England. Ständig flogen Briefe in ihre Gemächer hinein und wieder hinaus, als ob sie und ihre Schwestern ein Netz aus Worten um die Welt woben. Bislang hatte König Edward von England noch keinen Erben, obwohl besorgniserregende Gerüchte von dem Bastard, Herzog William von der Normandie, die Runde machten, der dem alten König wohl um den Bart ging.

William war mittlerweile erwachsen und hatte auf wundersame Weise all seine Möchtegernattentäter überlebt, um nun die volle Verantwortung für sein Herzogtum zu übernehmen. Vor Kurzem hatte er Matilda geheiratet, die Tochter des mächtigen Balduin von Flandern. Aber William war ein Bandit, ein kleiner machtbesessener Emporkömmling, dessen Erfahrungen sich lediglich auf seine eigenen meuchelwütigen Adligen beschränkten. Er hingegen, Harald Hardrada, wäre ein erheblich fähigerer König für die englische Insel. Doch zuerst musste er sich um Dänemark kümmern.

Er sah wieder zum Strand hinüber. Sie mussten jetzt sofort angreifen. Wenn sie die Dänen überraschten, konnten sie davon profitieren. Sie durften nicht länger hier auf den Wellen herumhüpfen wie Robben, die nur darauf warteten, dass man Jagd auf sie machte. Falls es sich um einen Hinterhalt handelte, mussten sie den Gegner aus der Reserve locken, oder besser: Kalv musste es tun.

»Er ist ein gemeiner Mann, Papa«, hatte Maria beim Abschied zu ihm gesagt.

»Aber ein guter Krieger«, hatte Harald ihr erklärt und sie wieder auf den Boden gestellt, um dem kleinen Magnus offen und feierlich die Hand zu schütteln. Nun, jetzt würden sie herausfinden, *wie* gut.

Er streckte den Arm aus, um Kalv den Angriff zu signalisieren.

»Ihr führt uns an«, rief er über das sanfte Plätschern der leichten Wellen hinweg. »Wir schwärmen aus, um Euch zu unterstützen, sobald wir sehen können, wie sie ihre Truppen positioniert haben – wenn es überhaupt welche gibt.«

Kalv wirkte unsicher.

»Euch gebührt die Beute«, spornte Harald ihn an.

Das Führungsschiff hatte immer den ersten Zugriff auf die Beute, und so sprangen die Männer des Jarls schon jetzt eifrig an die Ruder, so dass Kalv keine Wahl blieb, als sie anzutreiben. Hinter ihm befehligte Harald seine zentralen Schiffe in eine Reihe, die parallel zur Uferlinie lag. Finn unterstanden die beiden Nachhutschiffe weiter draußen auf See. Harald beobachtete von seinem Drachenbug aus, wie Kalv den Befehl gab, den Rhythmus der Ruder zu steigern, so dass sein schlankes Kriegsschiff durch die sanften Wellen schoss und auf den Sand auflief. Sofort waren seine Männer auf dem Boden, Schwerter und Schilde in der Hand, wateten durch das seichte Wasser und auf den Strand, bewegten sich in Pfeilformation voran, an deren Spitze Kalvs gemusterter Helm deutlich zu erkennen war.

Einen Augenblick lang schien es, als ob gar nichts geschehen würde, als ob sie einfach so den Strand hinauflaufen könnten, um das Wasser von ihren Stiefeln zu schütteln und sodann am Horizont das erstbeste Dorf zu plündern. Aber dann mit einem Mal erhob sich hinter den Dünen ein markerschütternder Schrei, und das Seegras wurde lebendig. Hunderte von Soldaten – mehr, als jede ortsansässige Miliz hätte aufbringen können – stürmten hervor und ergossen sich mit gezückten Schwertern den Strand hinab.

»Massaker!«

Wie ein Todesgebet schwebte das Wort über Haralds Boot, und instinktiv kehrten die Ruderer ihre Schläge um, um die Boote von dem Gemetzel im Sand fortzubewegen. Die Dänen erreichten Kalvs Einheit, umzingelten sie von beiden Seiten und griffen ihre Flanken an. Die Norweger hatten sich zu einem festen Schildewall zusammengeschlossen, aber sie waren hoffnungslos in der Unterzahl und konnten ohne Hilfe nur kurze Zeit überleben.

»Attacke!« Der Ruf ertönte von dem Nachhutschiff, rau und drängend. »Du musst angreifen, Harald, sonst sterben sie.«

»Aber wenn wir angreifen«, sagte Harald zu Ulf und Halldor, »sterben wir mit Sicherheit *alle.* Sie haben Bogenschützen – seht! Sie warten bereits im seichten Wasser auf uns und werden uns niederstrecken, bevor wir es aus den Booten hinabgeschafft haben.«

Mit einem Schrei, bei dem einem das Blut in den Adern gefror, durchbrachen die Dänen die eine Seite von Kalvs Pfeilspitze, und Harald nahm den säuerlichen Geruch frischen Blutes in der Meeresbrise wahr. Einen Augenblick lang wich er davor zurück, dann vergrub er die Finger in den Wirbeln seines roten Drachenbugnackens und blieb aufrecht stehen. Er war Hardrada – der Harte.

»Zurück«, rief er und gab seinem Trompeter ein Signal. »Blas zum Rückzug.«

Die Männer in den Schiffen brauchten den klagenden Ruf des Horns nicht, um zu reagieren. Sie drehten bereits steuerbord ab, ruderten um ihr Leben. Innerhalb weniger Augenblicke fuhren sie vom Ufer fort, ebenso wie die anderen Boote. Die fünf Segel wurden gehisst, bauschten sich im Wind und trieben die Boote auf die Nachhut zu, die sich bis zu diesem Zeitpunkt keinen Fuß breit bewegt hatte.

»Greift an«, kam der erneute Schrei. »Greift an, ihr elenden Feiglinge!«

Harald sah, wie Finn mit der Faust auf die Reling schlug, während er den Befehl brüllte, sein alterndes Gesicht purpurrot vor Zorn. Aber niemand schenkte ihm Beachtung, nicht einmal seine eigene Mannschaft, und schon bald hatte die Flotte seine beiden Schiffe erreicht.

»Du überlässt sie dem sicheren Tod, Harald«, schrie Finn übers Wasser hinweg.

»Nein«, berichtigte Harald ihn ruhig, »ich rette alle anderen.«

»Du hast ihn absichtlich hingeschickt.«

»Wen?«

»Kalv. Du hast Kalv mit Absicht in den Tod geschickt.«

Die Männer sahen sich um. Die Norweger lagen im Sand,

allesamt zu Aas verwesend, während die Dänen über ihre geschundenen Leiber hinwegstiegen und sich mit gierigen Händen über das verlassene Schiff hermachten.

»Jarl Kalv wollte der Anführer sein«, sagte Harald. »Er kannte die Risiken und hieß sie, wie jeder edle Wikinger, willkommen. Er starb ruhmreich.«

»Er starb wegen deiner Feigheit.«

Zorn durchzuckte Harald, so scharf, als hätte ein dänischer Bogenschütze ihn damit aufgespießt.

»Ich bin vieles, Jarl Finn«, brüllte er gegen den auffrischenden Wind und das Triumphgeschrei der Dänen am Strand an, »aber ich bin *kein* Feigling.«

»Schlimmer also – ein Mörder. Deiner eigenen Männer.«

»Habe ich unsere Männer ermordet? Oder wird das, Finn, gleich dein Werk sein, wenn die blutrünstigen Dänen uns in unserem eigenen Schiff verfolgen? Ich hätte nichts tun können.«

»Nein«, rief Finn zurück, »du hast *beschlossen,* nichts zu unternehmen. Du hast mir meinen edlen Bruder genommen, Harald, und so bist du nicht mehr mein Sohn, oder mein König.«

»Finn, nein …«

Aber Finn befahl seinen verwirrten Männern, zu der blutigen Küste hinzusegeln. Seine verkrüppelten Finger umklammerten die Reling wie im Wahn. Harald sah, wie die Soldaten einander ansahen, hin und her gerissen zwischen dem Gehorsam ihrem König oder ihrem Kapitän gegenüber. Aber letztendlich tat ein guter Wikinger immer das, was sein unmittelbarer Vorgesetzter ihm befahl, und Harald war nicht überrascht, als sie zu den Rudern griffen.

»Ihr werdet sterben«, rief er. »Finn, bitte – ich will nicht, dass du stirbst.« Es klang schwach, fast schon erbärmlich. Er konnte sehen, wie die Männer boshafte Blicke tauschten, aber es war ihm gleichgültig. Finn Arnesson hatte ihn aufgezogen, hatte ihn als König von Norwegen unterstützt. Er konnte ihn jetzt nicht verlieren. »Was ist mit Thoras Jungen«, fragte er. »Deinen zukünftigen Königen?«

Finn hingegen war in seinem eigenen Nebel gefangen. »Viel Glück für sie«, knurrte er und wandte sich wieder seinem Schiff zu. »Rudern!«

Er schlug den ersten Ruderer mit der flachen Seite seines Schwertes, und der Mann legte sich in die Riemen. Die anderen Männer taten es ihm gleich, und die beiden Schiffe zogen in einer Woge weiß schäumenden Wassers davon.

»Wir werden nicht sterben«, rief Finn ihnen zu, »sondern leben, um sodann einem wahren Herrn zu dienen, der die Seinen nicht opfert. Wir werden leben, um Sven Estridsson zu dienen.«

Und während Harald entsetzt zusah, wie sein Ziehvater – sein hinterhältiger, aber ihm gegenüber dennoch stets loyaler Ziehvater – eine weiße Flagge an seinem Mast hissen ließ und ins Herz des feindlichen Territoriums segelte, erschien auf den Dünen ein energischer junger Mann mit einer schimmernden Krone. Sven Estridsson!

Ulf stieß Harald an. »Hari, wir müssen los – jetzt. Sven wird keine Sekunde zögern. Wir könnten jeden Augenblick gefangen sein.«

»Wie das Publikum vor einem Dichter«, sagte Harald, und ihm war ganz schummrig zumute.

Kalv war fort, ja. Aber mit ihm Finn. Und alles, was Harald nach seinem fünften Feldzug gegen Dänemark vorzuweisen hatte, war eine weitere »kühne Flucht« zur Erbauung des Publikums in der Großen Halle.

»Ich bin heute weniger ›der Harte‹«, sagte er bitter bei sich, als sich die Segel bauschten und sie dem saphirblauen Ozean entgegenglitten, »sondern vielmehr ›der Nutzlose‹.«

Vielleicht sollte er sich vom heutigen Tage an lieber auf Norwegen konzentrieren und ein befestigtes, sicheres Land erschaffen, in dem seine Kinder aufwachsen konnten – um dereinst sein Erbe anzutreten. Das war ein würdiges Ziel, sicherlich. Aber selbst jetzt, während dieses deprimierenden Rückzugs von der dänischen Küste, war er nicht sicher, ob es eines war, das er auf Dauer für erstrebenswert hielt. Immerhin war er Wikinger, und in seinen Adern floss nur zur Hälfte Blut. Die andere Hälfte – die schnell dahinfließende, glorreiche Hälfte, die ihn stets antrieb – bestand aus Meerwasser.

Kapitel 28

Austrått, September 1051

Der Hof stand trauernd im peitschenden Regen, während der Chor, über dessen Sänger das Wasser in Strömen bis in die Münder lief und den Gesang davonspülte, ein Requiem für Jarl Kalv und seine Männer anstimmte, die im Dienste des Landes gefallen waren, in das er vor Kurzem zurückgekehrt war.

»Ich habe das Gefühl, als sei das auch Finns Begräbnis«, hatte Harald Elisabeth zugeflüstert, und seine Finger hatten die ihren fest umklammert.

»Du bist nicht der Einzige«, hatte sie flüsternd erwidert.

In Wirklichkeit vermisste niemand Kalv, aber sogar sie selbst empfand die Lücke, die der laute, lebhafte Finn hinterlassen hatte, und sie wusste, dass das Harald quälte wie ein Stachel unter der Haut. Sie umfing seine Hand fest, als könne sie dadurch seinen Schmerz vertreiben. Während des gesamten Gottesdienstes hatte er pflichtschuldigst an Thoras Seite gestanden, einen Arm um ihre Schultern gelegt, aber nun, da der Gedenkstein, der Kalvs Ableben markierte, gesegnet wurde, war seine Handfasting-Gemahlin ohne ihn vorgetreten, nur mit ihren beiden Söhnen im Gefolge. Elisabeth beobachtete Thora, die den Kopf hoch erhoben hielt, das blonde Haar unter einem dunklen Kopfputz zusammengebunden. Sie trug Olav auf der Hüfte und hielt Magnus an ihrer Seite fest. Sie wusste, dass auch Thora den Verlust Finns, ihres geliebten Onkels, mehr betrauerte als den von Kalv.

»Finn kehrt sicher zurück«, raunte sie Harald zu. »Er würde Thora niemals allein lassen.«

»Sie ist nicht allein.«

»Nein. Sie hat dich.«

»Ein bisschen von mir, vielleicht.«

»Zu wenig, um daraus wirklich Trost zu schöpfen«, sagte Elisabeth aufrichtig.

Sie hatte vielleicht nicht ganz so viel von ihrem Gemahl, wie sie sich wünschte, aber sie hatte mehr als Thora, und irgendwo auf dem gewundenen Pfad nach ihrem dreißigsten Geburtstag hatte sie gelernt, dankbar dafür zu sein. War das Würde, oder nur ein Kompromiss? Oder lief das vielleicht letztlich aufs Gleiche hinaus?

Wie Thora so dastand, für jedermann sichtbar, während das Wasser von ihrem Kopfputz rann, war sie der Inbegriff der Würde. Das war sie immer schon gewesen, und Elisabeth empfand etwas für ihre Rivalin, das Bewunderung gefährlich nahekam.

»Ich werde ihm Briefe schicken«, sagte Harald nun, immer noch flüsternd, während der Chor sich dem Ende des Requiems entgegenquälte und der Hof sehnsüchtige Blicke auf Kalvs Gutshaus warf, das in der nachmittäglichen Düsternis hell erleuchtet dalag und aus dessen Türen warme Gerüche nach Fleischgerichten in die dampfenden Wolken drangen. »Ich werde ihn um Vergebung bitten, obwohl ich eigentlich nicht weiß, was es zu vergeben gäbe.«

»Du hast getan, was du tun musstest.«

»Ja, und doch ...« Er beugte sich zu Elisabeth herüber, so dicht, dass sein nasses Haar sich in dem ihren verfing. »Ich frage mich, ob ich mich anders verhalten hätte, wenn nicht Kalv diesen ersten Trupp angeführt hätte?«

»Harald, sei still! Natürlich hättest du das nicht.«

»Nein«, stimmte er zu und gab ihr einen Wangenkuss. »Nein, du hast recht – natürlich nicht. Aber Lily, der Verlust Finns geht mir sehr nahe. Vielleicht werde ich langsam alt – alt und weich.«

Elisabeth drückte seinen Arm, der stahlhart vor Muskeln war. »Du bist nicht weich, Harald. Höchstens gelegentlich.«

Sie deutete mit einem Kopfnicken auf Maria, die mit grimmiger Miene und hoch erhobenen Hauptes dastand, ihr neues Schwert herausfordernd über ihr dunkles Gewand gebunden. Es bestand aus stumpfem Stahl mit einem Heft aus Bernstein, und Maria trug es stets bei sich, um jederzeit »für Papa kämpfen zu können, wann immer er mich braucht«.

»Maria geht mir unter die Haut«, bekannte er mit liebevollem Lächeln. »Aber sie macht mich auch stolz. Und lehrt mich außerdem, stark zu sein.«

Elisabeth lächelte. »Es ist nichts weiter als ein Rückschlag, Hari, wie damals, als Einar und Kalv Magnus holten. Kalv hat ebenfalls Intrigen gesponnen, davon bin ich überzeugt, so wie seinerzeit Einar.«

»Du hast damals gesagt, es sei dumm gewesen, Einar zu töten.«

»Vielleicht habe ich mich ja geirrt. Was vergangen ist, ist vergangen. Komm, der Chor ist beinahe fertig, und du solltest Thora aus diesem teuflischen Regen ins Warme führen.«

Harald küsste sie erneut. »Du schickst mich zu Thora, Lily? Vielleicht wirst ja *du* langsam alt und weich?«

»Vielleicht.«

Elisabeth dachte über Haralds Worte nach, als sie in der Halle Platz nahm und von Aksel ein weiches Leinentuch entgegennahm, um sich, so gut es ging, abzutrocknen. Der heutige Tag hätte eigentlich eine Stunde des Triumphs für sie sein müssen, da beide älteren Mitglieder der Familie Arnesson fort waren. Nur Thoras inzwischen zweiunddreißigjähriger Bruder Otto war übrig, um die Nord-Jarls hinter sich zu scharen, und er stand schon seit Langem in Haralds Diensten und war ihm ergeben. Thora hatte immer noch ihre kostbaren Prinzen, aber die waren so jung, dass sie wahrscheinlich eher Last als Stütze darstellten.

Elisabeth ertappte sich dabei, wie sie die Rivalin während des Festmahls beobachtete, sah, wie sie an ihren Speisen herumpickte und nur an ihrem Wein nippte, wenn auf Kalvs Gesundheit getrunken wurde. Finn wurde mit keiner Silbe erwähnt – er galt jetzt als Verräter. Elisabeth hob ebenfalls den Kelch an die Lippen, aber der Wein schmeckte irgendwie sauer. Die restlichen Höflinge schüttelten ihre Trauer mit ihrer gebratenen Ente ab, aber Elisabeth hatte heute keinen Appetit auf ein festliches Gelage. Als sich Thora also entschuldigte und, kaum dass die Sonne untergegangen war, in ihre Gemächer entfloh, ergriff Elisabeth ebenfalls die Gelegenheit, sich zurückzuziehen. Es war ein ungemütlicher, nasser Abend, und sie hastete auf ihren Unterschlupf zu, um sich Gretas stets freundlicher Fürsorge zu überlassen.

Da sie hier auf Arnesson-Land waren, hatte sie ihr Pavillonzelt mitgebracht. Es kam ihr respektvoller vor, kein Gemach im Gutshaus zu beziehen, und – was noch wichtiger war – es gab ihr Freiraum. Auf diese Weise hatte sie mit den Familien aus dem Norden nicht allzu viel zu tun. Wann immer ihr kleinliches Gestichel ihr zu viel wurde, konnte sie sich ins sichere Refugium ihrer eigenen Wände zurückziehen, die mit Mustern bestickt waren, welche sie selbst ausgesucht hatte. Sie konnte auf ihrem eigenen Hocker sitzen und ihre kostbare Fidel spielen. Jetzt spürte sie, wie es ihr in den Fingern juckte, die tröstlichen Saiten zu berühren, damit sie ihre aufgestauten Gefühle in etwas Schönes, Sinnvolles verwandelten.

Greta begrüßte sie und machte jede Menge Wind um sie, legte ihr einen weichen Pelz um die Schultern und schüttelte die Kissen in ihrem Rücken auf. Elisabeth war zwar dankbar, aber ausnahmsweise machte Gretas Freundlichkeit sie ungehalten. Sie wollte allein sein.

»Das ist alles. Danke, Greta«, sagte sie und nahm ihre Fidel zur Hand.

»Seid Ihr sicher, Durchlaucht?«

»Ganz sicher.«

Greta versank in einen schnellen Knicks, machte aber noch immer keine Anstalten zu gehen.

»Du darfst gehen.«

»Ja, Durchlaucht, natürlich. Nur …«

»Was ist los?«, fragte Elisabeth ungeduldig und nahm den Bogen aus dem Kasten.

Greta deutete nervös auf die Tür, und zu Elisabeths großer Überraschung sah sie ihren Knappen dort stehen.

»Bist du mir gefolgt, Aksel?«

»Natürlich. Um mich davon zu überzeugen, dass Ihr wohlbehalten angekommen seid, Durchlaucht.«

Sie lächelte. Diese beiden, diese sanften Diener, die sie

länger kannten als die meisten, waren stets wachsam, und sie sollte dankbar dafür sein.

»Ich bin in Sicherheit, Aksel, danke. Warum begleitest du Greta nicht in die Halle zum Tanz? Ich bin sicher, das wird dir nicht schwerfallen.«

Er errötete. »Natürlich, Durchlaucht. Aber da ist noch etwas.«

Elisabeth schluckte ihre wachsende Verärgerung herunter. »Was denn, Aksel?«

»Mein Vater möchte mit Euch reden.«

»Halldor? Jetzt?«

»Wenn es Euch genehm ist, Durchlaucht?«

Es war nicht genehm, aber Aksel erbat sich so selten etwas von ihr, dass sie nicht das Gefühl hatte, ihm die Bitte abschlagen zu können.

»Nun gut.« Sie bemühte sich um ein Lächeln. »Dann hol am besten Wein.«

Aksel verbeugte sich tief, schritt wieder zur Tür und führte zu Elisabeths großer Überraschung geradewegs Halldor hinein.

»Ihr habt draußen gewartet, Hal?«, fragte sie und warf einen Blick auf den Regen, der durch die Zeltklappe hineinströmte. »Was ist los?«

»Was wäre an diesem dunklen Tag nicht los, Durchlaucht?«

Elisabeth runzelte die Stirn und ließ einen sehnsüchtigen Finger über die Saiten ihrer Fidel gleiten, so dass ein klagender Laut den Pavillon erfüllte.

»Erspart mir die Dramatik, Hal, bitte. Ich bin müde.«

»Verzeiht.«

Sie zwang sich, ihr Instrument abzulegen, und klopfte auf den Sessel neben sich. Halldor trat zögernd vor, um sich zu setzen, wobei er am ausgefransten Saum seiner besten Tunika herumspielte. Aksel und Greta standen dicht hinter ihm, allerdings ohne ihn zu berühren. Beide beugten sich leicht vor. Elisabeth wartete. Jetzt war sie gespannt.

»Ich bin ebenfalls müde, Hoheit«, sagte Halldor schließlich. »Ich will … Ich bitte vielmals und aufrichtig um Verzeihung, aber ich will nach Hause.«

»Nach Hause, Halldor?«

»Nach Island, Durchlaucht.«

Elisabeth hatte das Gefühl, als ob man ihr zusätzlich zu ihrer inneren Unruhe noch einen kräftigen Schlag versetzt hätte.

»Nach Island?«, wiederholte sie wie betäubt. »Auf einen Besuch?«

»Für immer, Durchlaucht.«

Er blickte zu Boden und sah aus wie ein Mann, der ein Verbrechen gesteht, und nicht wie einer, der um die Entlassung in den ehrlich verdienten Ruhestand bittet.

»Habt Ihr schon mit Harald darüber gesprochen?«, fragte Elisabeth ihn leise.

Seine Finger zupften noch schneller an seinem Tunikasaum herum, und Aksel trat hinter ihm unruhig von einem Fuß auf den anderen. Elisabeth sah zu ihrem Knappen hinüber.

»Du wusstest davon?«

Aksels Blick war zutiefst unglücklich. »Vater ist schon einige Zeit ruhelos, Hoheit. Er ist jetzt weit über vierzig und bereit für seinen Gutshof.«

Elisabeth stöhnte. »Ihr Nordmänner und Eure Gutshöfe.«

Halldor lächelte beinahe. »Ich bin wohl kaum für die Stadt geschaffen, oder nicht, Hoheit? Ein Halbtroll wie ich ist am besten in den Wäldern aufgehoben.«

»Oh Hal – Ihr seid doch gar kein Troll. Das ist doch nur ein Witz.«

»Und wie bei den besten Witzen ist auch ein Fünkchen Wahrheit daran. Vielleicht bin ich ja ein Vierteltroll.«

»Ich habe Euch doch einmal erzählt, dass meine Mutter jede Menge wunderbarer Dinge über Trolle zu berichten wusste.« Sie musterte den grauhaarigen Krieger, der so demütig vor ihr saß, während der Regen auf das leinene Dach über ihnen prasselte. »Ihr wollt Euch also«, sagte sie und berührte sein Knie, »eine Höhle unter den isländischen Bäumen graben?«

Halldor schüttelte den Kopf.

»Aber Ihr sagtet doch …?«

»Auf Island gibt es keine Bäume, Hoheit, zumindest keine, deren Wurzeln breit genug sind, dass ein fetter, alter Krieger wie ich sich darunter eingraben könnte.«

»Tatsächlich?« Elisabeth beugte sich vor, fasziniert trotz des unangenehmen Themas. »Überhaupt keine Bäume?«

»Nur sehr wenige.«

»Dann muss Norwegen genauso seltsam für Euch sein wie für mich.«

»Ich habe meine Zeit hier genossen, Durchlaucht.«

»Aber diese Zeit ist nun vorbei?«

Er senkte den Kopf. »Ich war im Leben immer gesegnet, Durchlaucht, denn ich habe Harald gern gedient. Ihr erinnert Euch sicher, wie ich es nach Aksels Geburt nicht über mich brachte, seine Dienste zu verlassen und mich auf einen Gutshof zurückzuziehen?« Elisabeth nickte. »Nun ja, aber jetzt bin ich bereit.«

»Ich verstehe. Und Ihr wollt, dass ich mit Harald darüber rede?«

Halldor blickte unbehaglich zu Boden, und es war Aksel, der auf die Frage antwortete.

»... ihn vielleicht sogar überredet, Durchlaucht?«

Elisabeth blickte zu ihrem Knappen herüber. Er war jetzt ein großer Mann, seine jungen Glieder lang und stark, sein Kinn kantig, sein Bart voll. Greta wirkte adrett und zierlich neben ihm, schien sich in seiner Gegenwart jedoch sehr wohlzufühlen. Kalte Furcht ergriff von Elisabeth Besitz.

»Und du, Aksel?«, fragte sie, und ihre Stimme klang ganz dünn. »Willst du deinen Vater begleiten?«

Seine Augen wurden groß, und er sah Greta an, die ihn mit fast unmerklichem Nicken zum Weitersprechen ermunterte. Also hatten sie sich darüber verständigt? Wann? Elisabeth spürte, wie ihr Herz in ihrer Brust lächerliche Kapriolen schlug. Aksel und Greta waren, abgesehen von Harald und Ulf, die Einzigen, die sich noch an ihr Heimatland erinnerten, an ihre Familie – sollte sie diese beiden nun auch noch verlieren?

»Du darfst sprechen«, sagte sie zu Aksel.

»Ich möchte Euch dienen, Durchlaucht.« Elisabeths Herz machte einen Satz. Gott sei Dank! »Aber ich will meinen Vater nicht allein reisen lassen, und ich möchte ihn beim Bau seines Gutshauses unterstützen.«

»Ich verstehe.« Sie würde nicht weinen, unter gar keinen Umständen. Das hier war noch nicht vorbei.

»Und du, Greta?«

Ihre Magd sah Aksel an, dann stürzte sie mit einem Mal vor und umfing Elisabeths Hände. »Ich werde bleiben, Durchlaucht, wenn Ihr es wünscht.«

Natürlich wünschte sie sich das. Sie konnte sich noch immer daran erinnern, wie Hedda Greta gestillt hatte an jenem Abend, da Harald zum ersten Mal nach Kiew gekommen war. Sie kannte ihre Magd nun länger als ihren Gemahl, aber hier ging es nicht um sie. Sie sah, wie Aksel sich vorbeugte, wie er sich danach sehnte, das Mädchen zu berühren, und erinnerte sich lebhaft daran, wie sie für Harald empfunden hatte, als er ihr anfänglich den Hof gemacht hatte.

»Ich möchte, dass du glücklich bist«, antwortete sie. Greta sah sich nach Aksel um, und ihre Körpersprache sagte mehr als tausend Worte. »Geh«, drängte Elisabeth sie. »Heirate Aksel und geh nach Island, und vielleicht überrede ich Harald ja einmal – denn anscheinend glaubt ihr ja, dass mir das mit Leichtigkeit gelingen könnte –, mich zu Besuch in dieses seltsame, baumlose Land mitzunehmen und in Halldors hübschem Gutshaus zu speisen.«

»Wirklich? Oh Durchlaucht!«

Zu Elisabeths großer Überraschung warf Aksel sich ihr neben Greta zu Füßen, schlang die Arme um ihre Beine und klammerte sich an ihr fest, als ob er ohne ihren Halt von einer Klippe hinabstürzen würde.

»Aksel. Aksel, bitte.«

Er schien sie nicht zu hören, und so war es Greta, die ihn mit sanftem Lächeln von ihr löste. Sie erhoben sich, und Halldor legte beiden den Arm um die Schultern – eine feste, ernste Dreiergruppe.

»Wir können nur deshalb gehen, Elisabeth«, sagte er, »weil Harald in Sicherheit ist. Niemand vermag seinen Thron jetzt noch zu bedrohen, und er hat Euch, um ihn zu beschützen.«

»Nicht nur mich.«

»Pah!« Halldor hätte beinahe auf dem griechischen Teppich ausgespuckt, hielt sich aber gerade rechtzeitig noch zurück. »Diese Thora-Frau ist nicht mal der Docht im Vergleich zu Eurer Öllampe, Durchlaucht, kein Gerstenbrei im Vergleich zu Eurem Wildbret, nicht mal ein Spatz im Vergleich zu Eurem Adler, nicht …«

»Danke, Hal.« Sie hielt die Hand in die Höhe. Sie wollte jetzt einfach nur noch, dass sie gingen und sie mit ihrer Trauer allein ließen. »Ich glaube, ich sollte jetzt zu Bett gehen.«

»Was? Oh ja, natürlich. Und Ihr werdet mit Harald reden?«

»Das werde ich. Gute Nacht.«

»Ich werde bleiben«, bot Greta mit geröteten Wangen an, aber Elisabeth schüttelte den Kopf.

»Mach dir keine Gedanken, Greta, ich komme allein zurecht.«

»Aber …«

»Ich komme zurecht. Vielleicht spiele ich noch etwas Fidel. Gute Nacht.«

Demonstrativ nahm Elisabeth das Instrument in die Hand, und endlich traten sie unter tiefen Verbeugungen den Rückzug an.

Sie senkte den Bogen auf die Saiten herab, aber es klang schräg, misstönend. Sie mussten gestimmt werden, aber sie konnte sich nicht dazu aufraffen und schob die Fidel wieder beiseite. Halldor würde gehen? Aksel und Greta ebenfalls, und das nach dem Verlust von Finn? Es fühlte sich an, als ob die Welt kopfstünde, und sie wusste nicht mehr, an wem sie sich festhalten konnte, um aufrecht stehen zu bleiben.

Sie schritt zur Pavillonklappe hinüber, sog tief die Nachtluft ein. Der Regen hatte endlich aufgehört, hing aber noch schwer im dunklen Himmel und ruhte in riesigen Pfützen überall auf dem Gras. Sie konnte Halldors und Aksels platschende, schwere Schritte hören, als sie zum Gutshaus zurückkehrten, und erkannte schemenhaft Gretas schlanke Gestalt, die sich dicht an jenen jungen Mann schmiegte, der früher einmal Elisabeth selbst auf Schritt und Tritt gefolgt war. Tränen brannten ihr in den Augen.

Sie verspürte das Verlangen, ihre Töchter im Arm zu halten, aber die lagen schon sicher und warm in der Kinderstube, und es wäre nicht recht gewesen, sie aufzuwecken. Sie würde zu Bett gehen und Haralds starke Arme erwarten. Aber die Männer hatten sich um das Bierfass versammelt, als sie die Halle verlassen hatte, und sie bezweifelte, dass er in den nächsten Stunden hier auftauchen würde. Sie dachte an ihre Schwestern, doch die lebten in weiter Ferne jenseits der fremden Meere. Ein Brief brauchte Wochen, um auch nur Anna zu erreichen, die neuerdings glücklich mit König Henry in Frankreich weilte, geschweige denn alle anderen. Sie alle drei standen ihrem Herzen nah, aber in diesem Augenblick brauchte sie jemanden, mit dem sie tatsächlich sprechen konnte.

Elisabeth blickte über die Wiesenflächen zum Gutshaus hinüber. Im Hauptteil des Hauses prasselte ein helles Feuer, und sie wollte sich schon abwenden, als sie ein schwaches Licht in der kleinen Fensteröffnung von Thoras Gemach entdeckte. Sie starrte es an, gebannt von dem winzigen Funken hinter dem klobigen Schatten der Pavillons. War die andere Frau in dieser dunklen Nacht vielleicht genauso unglücklich wie sie selbst? Konnte sie zu ihr gehen, um es herauszufinden? *Durfte* sie das überhaupt? Elisabeth schüttelte den Kopf – wen scherte es schon, was man *durfte?*

Sie raffte die Röcke und stapfte entschlossen in den Schlamm hinaus. Am Gutshaus angelangt mied sie jedoch die lärmende Halle zu ihrer Linken, sondern tauchte stattdessen in den schmalen Gang zu ihrer Rechten ab, um zu den Schlafgemächern zu gelangen.

»Durchlaucht?« Eine Magd, die halb schlafend am Eingang zu Thoras Kammer gesessen hatte, sprang höchst erstaunt auf.

»Schläft deine Herrin?«, fragte Elisabeth. Das Mädchen sah sich nervös um, was Elisabeth als Nein auffasste. »Danke«, sagte sie mit fester Stimme, dann klopfte sie leise an die Tür und schob sie auf.

Ihre Augen brauchten einen Augenblick, um sich an das Dämmerlicht zu gewöhnen, und selbst dann hörte sie Haralds Handfasting-Frau mehr, als dass sie sie sah. Thora lag auf dem Bett, ein zerknitterter Haufen Kleider inmitten der Decken, und bebte vor Kummer.

»Thora?«

Elisabeth berührte ihre Schulter, und Thora sprang auf wie vom Dolch getroffen und wich auf dem Bett zurück. »Was macht Ihr hier?«

Elisabeth zuckte mit den Schultern. »Ja, was? Ihr seid traurig, Thora.«

»Scharfsinnig beobachtet.«

»Und ich bin ebenfalls traurig.«

»Ihr? Warum?«

»Halldor verlässt uns. Und Aksel und Greta gehen mit ihm.«

»Oh. Warum?«

»Ihr klingt wie Maria.« Der Hauch eines Lächelns geisterte über Thoras Gesicht, und Elisabeth fasste sich ein Herz und setzte sich auf ihre Bettkante. »Wir haben nur wenig Grund, einander zu mögen, Thora, das weiß ich, und viel mehr Grund, einander zu hassen.«

Thora wischte sich die Augen. »Ich war nie gut darin, jemanden zu hassen.«

»Und ich war vielleicht *zu* gut darin. Obwohl ich bei Euch … Ihr erinnert mich allzu sehr an meine Mutter, um Euch wahrhaft hassen zu können.«

»Wirklich?« Vor Überraschung setzte sich Thora auf. »Auf welche Weise?«

»Ihr seht genauso aus wie sie. Ich weiß, es ist kaum zu glauben, aber abgesehen von meiner jüngsten Schwester Agatha schlage ich total aus der Art. Der ganze Rest sieht aus wie Ihr, wie meine Mutter – fraulich, blond, schön.«

»Nein, Ihr seid viel schöner als ich, Elisabeth.«

»Oh, fangt doch nicht so an, Thora. Vielleicht können wir keine Freundinnen sein, aber wir haben ein gemeinsames Interesse.«

»Harald? Ich bin nicht sicher, ob es ihm gefallen würde, wenn wir …«

»Das geht ihn nichts an.«

Thora wirkte verblüfft, und Elisabeth nahm ihre Hand.

»Seht doch, Thora, Ihr habt Finn verloren …« Thoras Augen wurden gleich wieder feucht, und Elisabeth verfluchte sich selbst. »Was mir sehr leid tut, ehrlich.«

»Mir auch. Auf seine Weise war er immer sehr gut zu mir.«

»So wie Aksel und Greta zu mir. Sie sind nur Diener, ich weiß, aber wir standen einander … nahe.«

»Und jetzt wollt Ihr, dass ich stattdessen Eure Dienerin bin?«

»Nein! Ich glaube, ich kann mich nicht richtig verständlich machen. Um die Wahrheit zu sagen, Thora: Ich weiß gar nicht genau, was ich will oder warum ich hier bin, nur dass ich aus meinem Pavillon hinaussah und entdeckte, dass Ihr genauso allein seid wie ich, und das kam mir … töricht vor.«

Thora nahm ein Kissen hoch und bearbeitete es zurückhaltend mit den Fäusten.

»Es *ist* töricht«, stimmte sie endlich mit leiser Stimme zu.

Elisabeth stand auf und wanderte durch das Zimmer, überrascht, als sie Olav in einem Bettchen in der Ecke schlafen sah. Auf Zehenspitzen ging sie hinüber, um ihn näher zu betrachten. Er schlief friedlich, nichtsahnend von dem Strudel der Allianzen, die sich um ihn herum gebildet hatten, gebrochen worden waren, neu gebildet wurden. Sie berührte sein winziges Gesicht.

»Ich habe drei Schwestern, wisst Ihr«, sagte sie leise. »Damals in Kiew, als wir noch jung waren, haben wir uns ständig gestritten.«

»Darauf möchte ich wetten.«

»Aber ich vermisse sie jeden Tag. Sie haben jetzt selbst Töchter – so viele Mädchen in unserer Familie –, aber ich habe sie noch nie gesehen.«

Thora fuhr fort, auf das Kissen zu boxen, dann hüstelte sie verlegen. »Ihr könnt ihn haben, wisst Ihr – Harald. Nachts könnt Ihr ihn haben.«

»Was?«

»Wenn Ihr ihn wollt. Wenn Ihr … könnt?«

Elisabeth ertappte sich dabei, wie sie rot wurde; ein seltsames Gefühl. »Ich kann.«

Die Hebammen hatten ihr gezeigt, wie man Moos benutzen konnte, um den Samen fernzuhalten. Aksel hatte es für sie gesammelt, aber wer würde das in Zukunft tun? Einen Augenblick lang wurde ihr schwindlig, dann sah sie Thora an, deren Augen vor Kummer geschwollen waren, und riss sich zusammen. Sie konnte Maria und Ingrid zum Moossammeln anleiten. Maria würde es für ein tolles Abenteuer halten, in den Wald zu gehen, und die ruhige, kleine Ingrid hatte schon jetzt ein bemerkenswertes Verständnis von Pflanzen und Heilkunde und würde die Gelegenheit genießen, zu pflücken, was sie konnte. Aber wenn *sie* Harald keine Kinder schenkte …

»Sicherlich müsst Ihr ihm seine Erben schenken?«, sagte sie verlegen und ging wieder zu Thora.

Die sah sie an, neigte den hübschen Kopf auf eine Seite, und plötzlich funkelte mehr in ihren Augen als nur Tränen. »Ich glaube, er hat genug Erben«, sagte sie mit leisem Lachen.

»Nicht wenn er tatsächlich Dänemark und England erobert – dann braucht er Könige für beide Throne.«

»Das hat er vor? Wirklich?«

»So sagt er jedenfalls – er braucht noch einen Prinzen.«

Thora jedoch schüttelte den Kopf und schob das blonde Haar aus ihren trocknenden Augen. »Unsinn«, antwortete sie. »Maria könnte jedes Land regieren. Sie hat sogar ein Schwert dafür.«

Elisabeth lachte. »Vielleicht – obwohl mir jetzt schon ihr armer Ehemann leidtut, der sie auf ihrem Ritt begleiten muss.«

»Sie ist Euch sehr ähnlich.«

»Das glaube ich auch. Ist das schrecklich?«

Erneut legte Thora den Kopf schief. »Nicht schrecklich, nein, aber schon ein wenig … furchteinflößend vielleicht.«

Elisabeth brach in Gelächter aus, was sie ebenso sehr überraschte wie Thora, und plötzlich lachten sie beide, klammerten sich aneinander, und Tränen rannen ihnen die Wangen herab vor Erheiterung und Erleichterung und Befreiung. Sie lachten – unbemerkt von den Männern, die sich ums Feuer versammelt hatten, unbemerkt von Harald oder ihren schlafenden Kindern oder von irgendjemandem unter dem umwölkten Mond. Und das war gut so. Es war eine seltsame neue Verbindung, aber eine, die ihnen vielleicht beiden helfen konnte.

Teil Drei

Kapitel 29

Sognefjord, Westnorwegen, März 1057

»Das ist Norwegen!« Elisabeth beobachtete, wie Harald, breitbeinig auf dem großen Gesetzesfelsen stehend, seine Arme weit ausbreitete und auf den blauen Fjord hinter ihm und die dahinter aufragenden Berge deutete. »Das ist *unser* Norwegen, und es blüht und gedeiht.«

Das Jubeln der Menge hallte in dem felsigen Tal wider und schwang sich in den leuchtenden Himmel über ihnen empor. Es war der Tag des Gulathing, der Versammlung der Jarls des Westens, draußen an Norwegens Küste, über der der Abend langsam hereinbrach. Die Stimmung war ausgelassen. Die Menschen waren von weither gekommen und die zerklüftete Küstenlinie entlanggereist, um den König und seinen Hof zu sehen und Zeuge seiner Rechtsprechung zu werden. Einige hatten Beschwerden vorgebracht; ein paar Gefangene sollten wegen Straftaten vor Gericht gestellt werden, die schwerwiegender waren, als dass die örtlichen Jarls darüber Recht sprechen konnten; aber die meisten waren einfach nur gekommen, um den König in Aktion zu sehen.

Ihre Zelte waren auf dem gesamten Weideland dahinter verstreut, grobe Versionen der eleganten königlichen Pavillons auf einem niedrigen Felsvorsprung am Fuße des Massivs.

Heute Abend sollte ein großes Festmahl stattfinden. Die Menschen würden tanzen, Hochzeiten würden gefeiert und in den einladenden Felshöhlen besiegelt werden, und wenn der Mond am höchsten stand, würden die Mutigsten – oder Tollkühnsten – unter ihnen vom Gesetzesfelsen in die stets klaren Gewässer des Sognefjords unter ihnen abtauchen.

In jedem Jahr, seit Elisabeth diese Tradition beobachtete, hatte sie sich gewünscht, es selbst auch einmal zu versuchen. Aber der Sitte nach sprang man nackt hinein, und als Königin – sogar in ihrer eigenen, wilden Variante einer Königin – ging das nun doch einen Schritt zu weit. Das war nun einmal alles andere als würdevoll. Sie riss den Blick von dem kristallklaren Wasser los und sah wieder zum Gesetzesfelsen hinüber, wo Harald zu seinen Leuten sprach. Die Silhouette seiner großartigen Gestalt zeichnete sich vor der untergehenden Sonne ab. Sein Rabenbanner flatterte, wie immer, über ihm, obwohl Elisabeth fand, dass es schlaff und beinahe nutzlos in der stillen Abendluft wirkte.

»Gott segne Norwegen«, rief er den Menschen zu. »Im letzten Jahr bescherte er uns reiche Ernte – so reich, dass die Scheunen auch jetzt noch schier bersten, und wir selbst, trotz des vielen Schnees im vergangenen Winter, ebenfalls.«

Er klopfte sich auf den Bauch, und die Menge lachte begeistert. Elisabeth jedoch war nicht beeindruckt.

»Er wird langsam wirklich fett«, sagte sie.

»Lily!« Thora, die neben ihr stand, legte die Finger auf die Lippen.

»Aber es ist wahr. Er sitzt viel zu oft nur auf seinem Thron herum und sieht sich irgendwelche Pläne für Kirchen an. Früher hatte er Seewasser in den Adern, Thora, aber jetzt ist es anscheinend nur noch Tünche.«

»Lily, still! Du warst es doch, die eine Stadt wollte.«
Elisabeth seufzte. »Ich weiß, ich weiß.«
»Und zumindest sitzt er *sicher* auf seinem Thron.«
»Gelangweilt.«
»Er kommt mir nicht gelangweilt vor.«
»Ich meine ja auch nicht *ihn.*«
Thora gluckste. »Du brauchst etwas zu tun, Lily.«
»Ich habe meine Fidel.«
Das stimmte, und sie liebte sie wie eh und je. Sie war mittlerweile etwas zerkratzt, und Harald hatte ihr am vergangenen Weihnachtsfest angeboten, eine neue zu kaufen, aber sie hatte abgelehnt. Das Instrument war aus Kiew mit ihr hergekommen, und es auszurangieren, wäre für sie undenkbar gewesen. Sie entsann sich manchmal auch heute noch der harten Winter, in denen sie und ihre Geschwister in ihrer eigenen, privaten, eiserstarrten Welt getanzt hatten. Damals war sie ebenfalls gelangweilt gewesen, aber im Rückblick kam es ihr vor wie eine Idylle.

Ihre Familie war jedoch weitergetanzt, hatte ihr einflussreiches Netz über viele Länder gesponnen – hatte Jaroslaws Garn mit dem Gewebe vieler verschiedener Königshäuser verwoben, um im Laufe der Jahre immer größer zu werden. Ihre Brüder hatten sich durch Eheschließung mit dem polnischen Hof und mit dem Oströmischen Reich von Byzanz verbunden, und ihre Schwestern hatten mittlerweile ohne Ausnahme ihren königlichen Ehemännern Söhne geschenkt. Agatha hatte im Jahre 1051 Edgar zur Welt gebracht, und dann, als ob dem Kiewer Blut plötzlich wieder eingefallen wäre, wie man es anstellt, hatte Anna ihren Sohn Philipp und Anastasia Salomon geboren und dann – kaum ein Jahr später – David. Anastasias freudige Erleichterung war förmlich auf dem Pergament greifbar gewesen, als die Neuigkeit Oslo erreichte. Die beiden anderen waren Gott sei Dank etwas taktvoller gewesen.

Das einzig Traurige war, dass Jaroslaw nicht länger auf Erden war, um mitzuerleben, wie seine Blutlinie so viele königliche Häuser durchzog. Er war ihrer Mutter vor drei Jahren in den Himmel gefolgt, und nun regierten Elisabeths ältere Brüder das Land der Rus als Triumvirat. So hatte Jaroslaw nicht mehr miterlebt, wie die Familienbriefe die großartigste aller Neuigkeiten weitertrugen, nämlich, dass Agatha nach England gereist war und sein erster verlorener Prinz, Edward, sich für seine Güte vielleicht endlich so bedanken konnte, wie er es sich immer gewünscht hatte: durch Macht. Und durch was für eine Macht!

Elisabeth hatte es kaum glauben können, als ein Bote, der einen harten Ritt hinter sich hatte, ihr den Brief ihrer jüngsten Schwester überreicht hatte. Genau wie seinerzeit die norwegischen Jarls nach Kiew gekommen waren, um Magnus zu holen, und die ungarischen Rebellen sich auf Andreas besonnen hatten, waren Engländer an die Donau gereist, um Edward nach vierzigjährigem Exil nach Hause zurückzuholen. Der englische König Edward, der Onkel des Prinzen, hatte keinen Erben, und seine Gemahlin, Aldyth Godwinson, war nun in einem Alter, in dem sie keine Kinder mehr bekommen konnte. Es war also unwahrscheinlich, dass er noch einen Erben hervorbringen würde. Aldyths Bruder, Earl Harold, war deshalb höchstpersönlich angereist, um Edward aufzufordern, zurückzukehren und sein Erbe anzutreten, sich zum Ætheling ausrufen zu lassen – ein alter angelsächsischer Begriff, der ihn als thronwürdig auswies.

Kannst du das glauben, Lily?, hatte Agatha geschrieben. Die

Worte waren offenbar nur so auf die Seite gesprudelt, genauso unbändig wie die dunklen Locken, an die sich Elisabeth mit solcher Liebe erinnerte. *England. Erinnerst du dich noch, wie wir immer darüber gesprochen haben? Ich habe Edward veranlasst, die englische Sprache zu erlernen, damit er gewappnet ist, falls er König würde. Er hat nur mir zu Gefallen zugestimmt, aber ich hatte recht. Ich hatte recht, Lily, und jetzt kann alles noch wahr werden. Edward könnte der nächste König von England werden, und ich – ich wäre dann die Königin.*

Das war in der Tat eine aufregende Vorstellung, und eine potenziell einträgliche dazu. England war bei gutem Wind nur eine zweitägige Segelreise von Norwegen entfernt. Es war ein reiches Land mit einer mächtigen Regierung, und enge Verbindungen zu den Herrschern konnten Norwegen nur nutzen. Harald war von den Neuigkeiten begeistert gewesen.

»Jetzt bekommen wir, was wir von England wollen, Lily«, hatte er gesagt und sie herumgewirbelt, »und zwar ohne uns dafür die Mühe machen zu müssen, es zu erobern.«

Sie war erstarrt, ihre eigene Freude war mit einem Mal wie weggeblasen.

»Die *Mühe,* es zu erobern, Hari?«

Für sie sagte das alles über die neue, entspannte, »vom Thron aus«-Regentschaft ihres Mannes, und das machte sie nervös. Bequemlichkeit stand ihm nicht zu Gesicht – und ihr mit Sicherheit ebenso wenig.

»Allein in diesem Jahr«, sprach er nun zur Menge, »haben wir allein drei neue Münzprägestätten eröffnet, und unsere Münzen gehören zu den schönsten der Welt.«

»Münzen«, murmelte Elisabeth verärgert. »Welchen Nutzen haben schon Münzen?«

»Nun ja, eigentlich …«, begann Thora, aber Elisabeth brachte sie mit einer Handbewegung zum Schweigen.

»Gut, gut. Ich verstehe ja schon. Also, welchen *Spaß* machen Münzen?«

»Das Leben besteht nicht nur aus Spaß, Lily.«

»Das weiß ich, aber wenigstens *etwas* Spaß sollte man doch haben, oder?«

Thora berührte ihre Hand. »Was ist los?«

»Habe ich dir doch gesagt: Ich langweile mich. Das ist alles so … so selbstgefällig – wir sitzen nur herum und gratulieren uns selbst zu unseren Kirchen und unseren Münzprägestätten und unseren Gerichtshöfen.«

»Ist es denn nicht gut, in Sicherheit zu sein, in Frieden und Wohlstand zu leben?«

Elisabeth winkte ungeduldig ab. »Natürlich ist es das. Aber wenn wir so sicher sind, sollten wir einfach nach mehr streben.«

»Mehr?« Thora blickte auf die Menge herab, die sich unter ihnen versammelt hatte, eine farbenfrohe Mischung – wie Schmetterlinge, die sich in dem felsigen Tal niedergelassen hatten. »Was könnte das sein?«

Elisabeth hüstelte erstickt. »Warst du jemals jenseits der norwegischen Grenzen, Thora?«, fragte sie.

»Du weißt, dass ich das nicht war. Warum sollte ich?«

»Warum solltest du nicht? Hast du diese Männer gestern Abend gehört, diese Isländer?«

»Psst!« Thora deutete auf die Menschen in der Nähe, die, als Elisabeth immer lauter wurde, zu ihnen hinsahen. »Erzähl mir das später«, flüsterte sie.

Verärgert faltete Elisabeth die Hände im Schoß und presste die geschürzten Lippen aufeinander. Sie ließ Haralds Gerede von einer neuen Verwaltung an sich vorüberziehen und rief sich stattdessen die Geschichten der Reisenden vom vergangenen Abend ins Gedächtnis. Ihre rauen Stimmen waren denen Halldors so ähnlich gewesen, dass ihr Herz wehgetan hatte, und sogar ohne seine geschickte Rhetorik war sie in die Welt, die sie heraufbeschworen hatten, geradezu hineingesogen worden.

»Eine Expedition ist von Reykjavík nach Westen gesegelt«, hatten sie dem Hof berichtet, als sie auf den robusten Bänken um ein riesiges Feuer unter Gottes dankenswerterweise trockenem Himmel gesessen hatten. »Sie wollen sogar weiter als nach Grönland segeln, in die unerschlossenen Gewässer dahinter, wie einst unsere Vorfahren von Norwegen aus westwärts fuhren und große Reichtümer erlangten.«

Nun blickte Elisabeth auf den Sognefjord hinaus. Hier an seiner Mündung öffnete sich der tiefe Einschnitt, seine Klippen wurden sanfter, und das Wasser wirbelte ungeduldig um die Solund-Inseln – die letzten wunderbaren Ausläufer des norwegischen Landes –, als könne es gar nicht erwarten, endlich frei zu sein. Niemand konnte sagen, wo Meer noch Fjord war oder Fjord schon Meer, denn das Wasser folgte seinem natürlichen Lauf – einem Lauf, der die Männer vor dreihundert Jahren veranlasst hatte, die ersten Reisen ins Unbekannte zu unternehmen.

Ob sie wohl Angst gehabt hatten, fragte Elisabeth sich, diese heidnischen Abenteurer mit ihren launischen Göttern und dem starken Herzen? Hatten sie um ihr Leben gefürchtet, als sie ihre Schiffe auf den Horizont zugelenkt hatten? Hatten sie befürchtet, von der Erdgrenze hinabzufallen, oder waren sie einfach nur von der Sehnsucht getrieben gewesen, von dort hinabzuspähen? Sie hatten bewiesen, diese ersten Männer, dass es keine Grenze gab. Sie hatten die Orkneys gefunden, Shetland und England; England, wo Agatha in diesen Minuten vielleicht ankam, um an einem ehrenvollen Ort Teil der königlichen Familie zu werden. Sie hatten Irland gefunden und die Isle of Man – fruchtbare Ländereien voller Schätze. Und sie hatten Island und sogar Grönland aufgespürt – wildere Orte. Einige behaupteten, dass das Land umso unwirtlicher wurde, je weiter nach Westen man gelangte, aber genau wusste das niemand. Jenseits der nächsten Grenze konnte vielleicht ein weiteres Konstantinopel warten – ein Miklagard des Westens, das nur darauf wartete, entdeckt zu werden.

Elisabeth wünschte sich sehnlichst, mehr über diese Expedition zu erfahren, wollte sich unbedingt mit den Männern unterhalten, die ihr Leben an einem unbekannten Horizont aufs Spiel setzten. Dort hatte alles begonnen, an dieser zerklüfteten Westküste, an der sie jetzt in solchem Prunk saßen. Hinter ihnen, in Schweden und Dänemark, waren Männer nach Süden gesegelt, hatten sich ihren Weg die großen Flüsse entlang gebahnt und waren in die goldenen Gewässer des Byzantinischen Reiches gelangt, hatten auf ihrem Weg neue Welten erschaffen – neue Welten, zu denen ihr eigenes, geliebtes Kiew und das Land der Rus gehörten. Hier jedoch, in Norwegen, hatten die wahren Abenteurer ihre Segel gesetzt – nicht die Flüsse hinab oder über das Land, sondern hinaus aufs offene Meer. Ja, hier hatte alles begonnen, und jetzt kam es ihr so vor, als sei all das zum Stillstand gekommen.

»Ich habe eine freudige Ankündigung zu machen«, sagte Harald jetzt, und Elisabeth spürte, wie Thora ihr einen Rippenstoß versetzte.

»Steh auf«, zischte sie.

Gehorsam erhob sich Elisabeth, obwohl ihre Augen immer

noch aufs Meer gerichtet waren, das ihr beinahe zuzuzwinkern schien, während die niedrig stehende Sonne sich in den Wellen am Scheitelpunkt zum offenen Wasser spiegelte.

»Meine Tochter, meine wunderschöne Maria, soll verlobt werden.«

Elisabeths Aufmerksamkeit richtete sich ruckartig wieder auf ihren Gemahl. Sie sah sich nach Maria um, um sie auf die Füße zu ziehen, aber ihre Tochter stand bereits an ihrer Seite, groß und stolz, als aller Augen sich auf sie richteten. Elisabeth freute sich, dass sie ihr Schwert nicht mitgebracht hatte und weil sie wie eine Dame dort stand, aber ihr Herz zitterte, weil sie so erwachsen wirkte. Ihre Tochter war gerade erst zehn geworden – zu jung, um schon verlobt zu werden.

»Du warst doch ebenfalls jung«, flüsterte ihr eine Stimme ins Ohr, als ob ein Troll sich an sie herangeschlichen und sich hinter ihr niedergelassen hätte. *Du warst jung, als du Harald zum ersten Mal gesehen und ihm angeboten hast, seine Schatzhüterin zu sein, und schon damals auf mehr hofftest. Doch du hieltest dich damals für mehr als bereit, der Welt entgegenzutreten.*

Maria war größer, als sie in dem Alter gewesen war, und ihr Körper hatte bereits Ansätze von weiblichen Kurven. Elisabeth musterte die Hüften ihrer Tochter, betete darum, dass sie breiter würden, wie ihre eigenen es nie geworden waren, denn sie wünschte ihr keine derartigen Kindbetterfahrungen, wie sie selbst sie gemacht hatte. Nicht dass es dazu kommen musste. Dieses Verlöbnis war eine Formalität, nicht mehr, denn bislang war der einzige Mann, dem Maria vollkommen ergeben war, ihr Vater.

»Ich heiße Jarl Otto als meinen Sohn willkommen«, rief Harald über die Menge hinweg. »Er ist alles, was ich an einem

Mann begrüße – ein starker Krieger, ein ergebener Diener und ein wahrer Norweger.«

»Ein wahrer Norweger?«, murmelte Elisabeth sardonisch, und – wie eine unerwartete Stimme aus dem Nichts – hörte sie Kalvs durchtriebene Worte: *»Ich glaube nicht, dass sich jemand fern von seinem Geburtsland jemals zu Hause fühlen kann.«* Sie hatte das damals vehement abgestritten, aber entsprach es vielleicht doch der Wahrheit? Sie dachte an ihre Mutter, die ganz und gar Großfürstin von Kiew gewesen war, die ihr Gutenachtgeschichten von Trollen erzählt hatte, wobei ihre Augen im Kerzenlicht gefunkelt hatten. Diese Nordlande waren ein Teil von Elisabeths Mutter auf eine Weise gewesen, die Elisabeth nie wirklich verstanden hatte – so wie Maria und Ingrid nie die Rus in ihr verstehen würden, besonders nicht, wenn sie innerhalb der eigenen Küstenlinie vermählt werden würden, wie schön diese auch sein mochte.

»Du billigst die Verbindung nicht?«, flüsterte Thora über das begeisterte Jubeln der Menge hinweg, als Otto seine Braut mit großer Geste zum Gesetzesfelsen führte, um Haralds öffentlichen Segen entgegenzunehmen. »Ich dachte, du freust dich?«

Elisabeth versuchte, sich zu erinnern. Sie war erfreut gewesen, als der Antrag gemacht wurde, oder nicht? Otto, Thoras Bruder, war ein guter Mann, zwar mehrere Jahre älter als Maria, aber ehrenhaft, gutaussehend und ehrlich.

»Ein wahrer Norweger«, echote Elisabeth.

»Das ist, wie du weißt, nicht unbedingt etwas Schlechtes«, sagte Thora mit beinahe verärgerter Stimme, wenn sie überhaupt zu solch einem Gefühl fähig war, und Elisabeth streckte die Hand nach ihr aus.

»Ich weiß, und es tut mir leid. Ich habe nur an meinen

eigenen Vater gedacht, und wie entschlossen er war, uns in andere Länder zu verheiraten – um seine Grenzen zu erweitern, und darüber hinaus auch seinen Einfluss. Er war ein Mann, der sehr über die Landesgrenzen hinausblickte.«

»Und Harald ist das nicht?«

»Ich dachte erst, er wäre es. Jetzt bin ich da nicht mehr so sicher.«

Thora scharrte unter ihren Röcken unruhig mit den Füßen. »Otto ist ein würdiger Gemahl.«

»Das weiß ich, Thora. Wirklich.«

»Und wenn sie verheiratet sind, werden wir eine Familie sein.«

»Sind wir das nicht jetzt schon?«

Thora lächelte verlegen und wandte sich um, um wie die Menge Applaus zu spenden, während Harald ihnen das Paar präsentierte. Auch Elisabeth klatschte, lächelte, winkte hie und da – darin war sie mittlerweile gut.

»Es tut mir wirklich leid, Thora«, sagte sie und versetzte ihr einen kleinen Stoß. »Es *ist* gut. Es ist alles gut. Früher, in meiner Jugend, habe ich die feste Partnerschaft meiner Eltern bewundert, weißt du. Ich glaubte damals, dass die Rus nur deshalb mächtig sein konnten, weil es sie gab, aber vielleicht sind drei eine noch stärkere Verbindung. Ich bin nur … oh, du kennst mich doch – ich bin ruhelos. Manchmal sehne ich mich nach der Zeit zurück, wie es war, als Harald und ich nach Norwegen kamen.«

»Angespannt und bitter und zerrissen in verschiedene Lager, die ihre Ränke schmiedeten?«

Elisabeth lächelte. »Du siehst alles so klar, Thora, und so allumfassend. Du denkst mehr an Norwegen als an dich selbst.«

»Sollte eine Königin das denn nicht auch tun?«

Elisabeth nickte und blickte zum Himmel empor, während Harald den Frischverlobten vom Gesetzesfelsen herunterhalf und sich dem ernsthaften Geschäft der Gesetzgebung hingab.

»Du bist eine bessere Königin als ich«, bemerkte sie, aber Thora schüttelte den Kopf.

»Harald«, sagte sie leise, »würde dem niemals zustimmen.«

Aber Elisabeths innere Unruhe ließ sich dennoch nicht abschütteln. »Ich glaube, ich werde ihn mal fragen«, beharrte sie.

Thora seufzte nur.

Kapitel 30

Es ist gut gelaufen, oder?«, fragte Elisabeth.

Harald beobachtete, wie die Frau, mit der er seit vierzehn Jahren verheiratet war, in ihrem Schlafgemach auf und ab schritt, und antwortete misstrauisch: »Fandest du denn nicht?«

»Alle schienen sehr zufrieden zu sein.«

Ihre Stimme hatte einen allzu vertrauten Unterton, und er versuchte, sich nicht zu sehr ablenken zu lassen von der Art, wie das Licht aus dem Kohlebecken ihr Hemd durchschien und ihre immer noch schlanke Gestalt hervorhob.

»Außer dir?«, meinte er.

»Nein.«

Mehr sagte sie nicht, und unsicher, was er mit dieser kurzen Aussage anfangen sollte, erhob er sich und ging zu ihr hinüber, bedeutete ihrer neuen Magd mit einer Handbewegung zu gehen, während er seine Frau umfing.

»Komm ins Bett, Lily.«

Sie wurde in seinen Armen ganz steif. »Ich muss noch beten.«

Bei diesen Worten zog Harald eine Augenbraue in die Höhe. Wohin sie auch reisten, trugen sie ein elegantes Betpult mit sich herum, aber keiner von beiden fand sich häufig darauf ein.

»Bist du unglücklich, meine Liebste?«

»Nicht unglücklich, Hari. Nur …« Sie ging zur Pavillontür

hinüber und hob die Klappe, um nach draußen zu spähen. Junge Männer versammelten sich auf dem Gesetzesfelsen. Sie konnte die Silhouetten ihrer nackten Gestalten vor dem roten Himmel erkennen, während sie sich anschickten hinunterzuspringen, und sie machte instinktiv einen Schritt auf sie zu, aber sofort stand ein Wachmann neben ihr, und mit einem Seufzer ließ sie den Stoff wieder sinken.

»Nur …?«, soufflierte Harald.

Elisabeth machte eine wegwerfende Handbewegung. »Glaubst du, diese Männer werden jemals Land entdecken?«

Harald blinzelte, verwirrt. »Welche Männer, meine Liebste?«

»Welche Männer?! Die Isländer – die nach Westen gesegelt sind.«

»Oh, ich verstehe. Woher soll ich das wissen?«

»Ja, wie wohl.«

Wieder so eine rätselhafte Bemerkung. Harald ließ sich auf die Bettkante niedersinken. »Würdest du vielleicht gerne Nachrichten von ihrer Reise bekommen?«

Sie wirbelte herum. »Harald! Ich würde sie am liebsten begleiten!«

»Oh.« Gott, sie sah wunderschön aus, wie sie mit brennenden, blitzenden Augen vor ihm stand. »Aber Lily, das ist sehr gefährlich.«

»Gut.«

Harald schluckte. Wenn sie in dieser Stimmung war, war auch Lily gefährlich.

»Du langweilst dich also, mein Herz?«

»Du etwa nicht?«

»Ich habe viel zu tun. Die neue Gesetzesverordnung wird heiß diskutiert und …

»Die neue Gesetzesverordnung?« Die Worte schossen aus ihr heraus, als würden sie von einer Steinschleuder abgeschossen. Er bemühte sich redlich, nicht zusammenzufahren.

»Du bist mit den Gesetzen nicht einverstanden?«

»Das ist es nicht. Ich bin sicher, es sind wunderbare Gesetze, ausschließlich verfasst von wunderbaren Rechtsgelehrten. Ich bin nicht einverstanden damit, Harald, dass sie das Einzige sind, woran du noch denkst.«

So, jetzt war es heraus!

»Ich denke nicht ausschließlich daran, mitnichten. Gerade im Augenblick zum Beispiel habe ich gedacht, wie schön ich es fände, dir dieses Hemd vom Leib zu reißen und ...«

Ein wutentbrannter Schrei ließ ihn zusammenzucken. Die Zelttür wackelte, und ein Wachmann rief: »Alles in Ordnung, Durchlaucht?«

»Alles bestens«, antwortete er hastig, packte seine Frau und warf sie aufs Bett.

Elisabeth setzte sich unter ihm zur Wehr, aber er hielt sie fest, bis sie Ruhe gab und gereizt bekannte: »Ich hasse es, dass du stärker bist als ich.«

»Nur meine Arme sind es«, sagte Harald bedauernd. »Sieh mal, Lily, worüber soll ich denn deiner Meinung nach nachdenken? Dein Vater war, wie du weißt, berühmt für seine Gesetzgebung.«

Sie schnaubte. »Mein Vater ist tot, Hari.«

»Und seine Gesetze leben weiter.«

»Früher wolltest du, dass man sich um deiner Taten willen an dich erinnerte, nicht wegen deiner Gesetze.«

Das saß. Harald ließ sie los und lehnte sich zurück. »Das ist wahr. Aber Lily, ich gebe mir doch wirklich alle Mühe. Norwegen blüht und gedeiht.«

»Das hast du bereits gesagt.« Sie stieß sich vom Bett ab. »Hältst du mich für eine gute Königin, Harald?«

»Natürlich, Lily, du bist …«

»Nur dass Thora Norwegen viel mehr am Herzen liegt als mir.«

»Thora liegen ihre Söhne am Herzen.«

»Das sollte auch so sein. Und es sind auch deine Söhne.«

Harald schluckte. Zwar schienen seine Frauen einander mittlerweile Gott sei Dank freundschaftlich verbunden zu sein, dennoch gab es zeitweise heikle Situationen, zumindest im Hinblick auf Elisabeth. Er suchte sorgsam nach einer Antwort, aber bevor ihm eine über die Lippen kam, sagte sie:

»Agatha ist mittlerweile vielleicht schon in England.«

Wieder ein Richtungswechsel. Er hatte Mühe, mit ihr Schritt zu halten.

»Gut möglich. Ich bin sicher, Harold Godwinson wird für ihre Sicherheit sorgen. Man sagt, er sei ein großer Krieger.«

»So wie du?«

»So wie ich, Elisabeth. Ja.«

»Aber er ist bestimmt noch nicht fett geworden.« Sie stach in seinen Bauch, und er blickte herab.

»Ich bin nicht fett«, sagte er entrüstet.

Es stimmte, dass seine Haut etwas schlaffer geworden war als früher, aber war das ein Wunder? Er war jetzt zweiundvierzig und hatte ein Recht auf ein wenig mehr Körpermasse. Er nahm Elisabeths Gesicht in beide Hände, um ihre Augen von seiner Leibesmitte abzulenken.

»Ich dachte, Agatha hätte dir geschrieben, dass König Edward das Erbe Englands Herzog William von der Normandie versprochen hätte, als er ihn im Jahre 1051 am Hof besuchte?«

Sie rutschte auf ihrem Sitz herum. »Sie hat es erwähnt. Aber warum hätte er das tun sollen?«

»König Edward wurde viele Jahre lang von Williams Vater beherbergt – und in der Tat sogar von William selbst in den ersten Jahren seiner Regentschaft.«

»Er war also auch ein verlorener Prinz?«

»Davon gibt es jede Menge, Lily, und nicht genügend Kronen, um sie damit zu versorgen.«

Sie runzelte die Stirn. »Also sind Herzog William und König Edward miteinander befreundet?«

Harald stieß ein bitteres Lachen aus. »Wie man so hört, ist niemand mit Herzog William ›befreundet‹. Die Normannen sind absolut unbarmherzig. Ich sah, wie sie in Italien und Sizilien kämpften, und ihre Leidenschaft für Blut und Gewinn ließ meine eigenen Männer wirken wie Mädchen, die sich wegen eines Blumenstraußes zanken. Die Engländer wollen sicher keinen normannischen Herzog zum König.«

»Genauso wenig wie eine flandrische Prinzessin – Matilda? – zur Königin. Aber das wird nicht geschehen, Hari, wenn Agathas Prinz Edward in England ist, oder? Er entstammt einer alten königlichen Blutlinie, und er wird ein guter König sein – und Agatha eine wundervolle Königin.«

Harald lächelte, als er an die verrückte Schwester seiner Frau dachte. Es war kaum zu glauben, dass sie mittlerweile zur Frau herangewachsen war. Wie waren sie doch mittlerweile alt geworden! Er lehnte sich zurück und spielte müßig mit dem Saum von Elisabeths Hemd.

»Ich habe ebenfalls einen gewissen Anspruch auf den Thron, wie du weißt. Hardiknut hat Magnus zu seinem Erben ernannt, aber Magnus war so sehr damit beschäftigt, mit Sven um Dänemark zu kämpfen, dass er gar keine Zeit hatte, seinen Anspruch auf England einzufordern. Ich wiederum habe Magnus beerbt, so dass der Anspruch auf mich übergegangen ist.«

Elisabeth verlagerte unbehaglich das Gewicht. »Und willst du ihn geltend machen?«

»Willst *du*, dass ich es tue?«, gab er zurück und genoss ihre ungewohnte Verunsicherung. »Zumindest würde es verhindern, dass ich hier versauere – und fett werde!«

»Ja, aber Edward …«

Er grinste. »Ich werde meine Forderung nicht geltend machen, wenn Edward das Erbe antritt, meine Liebste. Aber Sven könnte einmarschieren. Er ist immerhin Knuts Neffe und wurde in England geboren und aufgezogen.«

Sie tat das mit einer Handbewegung ab. »Bis dahin wirst du ihn doch sicher getötet haben?«

»Das werde ich«, pflichtete er ihr bei und schwor damit einmal mehr, den dänischen Emporkömmling zu besiegen. »Er wird England nicht bekommen, Lily.«

»Gut. Und wenn Edward dort König wird, könnten wir dem Land doch einen Besuch abstatten, oder nicht?«

»Ich dachte, du hasst die Segelei?«

Eine Erinnerung überflutete sie, wie eine riesige Welle. »Das Segeln hat uns unseren Sohn gekostet.«

Er spürte ihren Schmerz wie einen Dolchstoß und zog sie zärtlich an seine Brust. »Wir haben viel erreicht, du und ich.«

Er spürte, wie sie sich zusammenriss, seine mutige Elisabeth. Sie hob den Kopf und sah ihm geradewegs in die Augen. »Und wir können noch mehr erreichen. Ich weigere mich, Angst vor dem Meer zu haben, Hari. Und was ist mit dir – ich dachte, die Augen eines Wikingers sind stets auf den Horizont gerichtet?«

»Nun ja«, räumte er ein. »Aber in der Heimat gibt es so viel zu tun.«

»Die Heimat wird immer noch da sein, wenn wir zurückkehren. Die Grenzen der Welt verschieben sich. Es gibt viele Länder da draußen, und ich würde so gern mehr davon sehen.«

»Wirklich?«

»Ist das so seltsam?«

»Du bist eine Frau, meine Liebste.« Harald liebkoste ihre Brust und spürte, wie ihre Brustwarze hart wurde, aber noch war sie nicht zum Nachgeben bereit.

»Ich bin eine Frau, die auf den Stromschnellen geritten ist, weißt du noch?«

»Nicht den ganzen Weg.«

»Noch nicht.«

»Oh Lily.« Er küsste sie auf den Hals, beugte sich weiter herab, spürte, wie sie sich ihm entgegenbäumte. »Wenn du Aufregung suchst, müssen wir doch eigentlich nicht weitergehen als bis hierher.«

Er schob sie sacht zurück und zog ihr Hemd in die Höhe, ließ die Hände über ihre Haut und langsam zwischen ihre Schenkel wandern. Sie stöhnte leise, aber dann stieß sie ihn fort.

»Ich werde zulassen, dass du … mir Aufregung verschaffst, Hari.«

»Wie freundlich.«

Sie lächelte. »Aber ich will trotzdem mehr.«

»Immer noch mehr«, stöhnte er, aber dann zog sie ihn zu sich herab und schlang die Beine um ihn. Und er dachte nur noch an die ewigen Stromschnellen seiner ruhelosen, schwierigen, köstlichen Frau.

Kapitel 31

Oslo, April 1057

»Schönes Wetter für das Rennen.«

Thora deutete in den Himmel hinauf, wo eine mutige Sonne durch die Wolken hindurchspähte, als ob sie nachsehen wolle, ob es sicher sei, über den Stromschnellen herauszukommen, rechtzeitig für das, was mittlerweile ein alljährliches Ereignis auf dem großen Fluss bei Oslo war.

»Nicht wahr?«, stimmte Harald zu und schnappte etwas nach Luft, während er sich in eine weitere spielerische Schwertkampfrunde mit Magnus auf dem geräumigen Hof vor Thoras Haus stürzte.

Ihr Sohn, der mittlerweile zehn war, erwies sich trotz seiner kleinen Statur als beweglich und flink. Harald war, Gott sei Dank, zufrieden mit ihm, und wenn Magnus, sobald sein Vater ihn nicht sah, auch immer noch lieber mit Käfern und Felltieren spielte als zu kämpfen, so war er doch zumindest ein aktiver Junge. Er lernte schnell und gewissenhaft, ebenso wie Olav, und beide waren gute Schüler, so dass sie fähige, wenn auch nicht begeisterte Kämpfer waren, und vorläufig war das genug, um ihren Vater zufriedenzustellen. Als Magnus sich duckte, um Haralds Stoß auszuweichen, so dass er taumelte, ergriff Thora die Gelegenheit, Harald am Arm zu packen.

»Ist vielleicht Zeit für eine Pause? Du willst doch nicht vollkommen verschwitzt dem Rennen beiwohnen?«

Harald zog eine Grimasse. »Immer den offiziellen Schein wahren, was?«

»Na ja, etwa nicht? Für die Stadt ist das ein großer Tag.«

»Das ist wahr.«

Harald entließ Magnus und ließ sich von Thora zu einer Bank in der Ecke ihres Hofes führen. Sie tauchte einen Becher in einen Eimer mit frischem Regenwasser und reichte ihn ihm.

»Sie ist es leid, weißt du, Hari.«

»Wer denn?« Harald wischte sich über die Stirn. »Die Beinarbeit unseres Magnus' ist ganz schön schnell, nicht wahr?«

»Sehr«, stimmte Thora geduldig zu und fügte hinzu: »Elisabeth.«

»Elisabeth hat eine schnelle Beinarbeit?«

»Nein. Sie ist es leid.«

»Ich weiß. Ich muss wohl …«

Er hielt inne, und Thora wandte höflich den Blick ab. Sie wusste genau, wie Harald seine andere Gemahlin beschäftigte, und fand es seltsam, dass Elisabeth noch immer Vergnügen an dem fand, was man im Bett so trieb. Wenn Harald einen Abend mit ihr verbrachte, wie er es manchmal tat, wenn er allein im Norden war, spielten sie eher eine Runde Tafl als miteinander, und dafür war sie dankbar.

»Ich glaube«, sagte Thora jetzt vorsichtig, »dass es nie genug sein wird, Hari, wie rigoros du auch sein magst.«

»So etwas hat sie auch schon gesagt, aber was kann ich tun? Ich habe ihr eine neue Fidel angeboten, aber sie wollte keine. Unser Leben hat sich verändert. Wir sind älter geworden. Ich habe andere Prioritäten. Ich habe übrigens darüber nachgedacht, Magnus in diesem Sommer mit mir auf Reisen mitzunehmen.«

»Magnus?« Thora erstarrte und blickte zu ihrem Sohn hinüber, der sein Schwert in die Scheide gesteckt hatte und nun in einen Busch spähte, zweifellos nach einer neuen Spinnenart Ausschau haltend für seine Aufzeichnungen. »Er ist noch so jung, Harald.«

»Nicht wirklich. Er ist zehn, Thora. In den Augen des Gesetzes wird er schon bald ein Mann sein.«

»Vielleicht, aber …« Sie dachte verzweifelt nach, um ihn mit logischen Argumenten zu überzeugen. »Er ist noch so klein.«

»Körperlich ja, aber nicht, was sein Temperament angeht. Oder nicht, mein Junge? Magnus?« Harald sah sich um und sah den blonden Schopf seines Jungen aus dem Blattwerk herausspähen. »Ah«, sagte er liebevoll, »immer Dummheiten im Kopf.«

Das stimmte nicht. Magnus war niemals ein freches Kind gewesen, und nun, an der Schwelle zum Mann, war er beherrschter denn je. Er würde es irgendwie hinbekommen, aus diesem Busch so makellos wieder herauszukommen, wie er hineingekrochen war, denn ihn interessierten eher seine Tierstudien als das Abenteuer, und bei dem Gedanken daran, dass er allein mit Haralds harten Kriegern auf einem Schiff sein würde, gefror Thora das Blut in den Adern zu Eis.

»Was hast du denn da, Junge?«, fragte Harald, als Magnus vorsichtig herauskam, die Hände zu Fäusten geballt.

»Ich dachte, es sei ein Götterfalter, aber es ist nur ein normaler Bläuling.«

»Wie bitte?« Harald sah seinen Sohn an, als ob er eine fremde Sprache spräche, und statt einer Erklärung öffnete

Magnus die Finger und ließ einen leuchtend blauen Schmetterling in die Höhe fliegen, bis er sich im Himmel verlor. Harald schwieg einen Augenblick lang, dann räusperte er sich lautstark.

»Wie würde es dir gefallen, mit mir auf Reisen zu gehen, Magnus?«

Magnus sah Thora an, aber sie wagte es nicht, sich einzumischen, und konnte ihm nur hilflos zunicken.

»Das würde mir sehr gefallen, Vater?«, meinte Magnus zaghaft, was allerdings mehr als Frage denn als Antwort herauskam.

»Natürlich würde es das«, bekräftigte Harald. »Du bist jetzt ein großer Junge und musst lernen, wie man ein König wird.«

»Müssen Könige denn auf Reisen gehen, Vater?«

»Natürlich – sie können nicht einfach zu Hause bleiben und sich zu dem gratulieren, was sie schon haben.« Thora hörte, dass Haralds Stimme gereizt klang, und sofort war ihr klar, welche Quelle seine Worte hatten – Elisabeth war also zu ihm durchgedrungen. »Die Welt ist groß und ein aufregender Ort, Magnus. Möchtest du sie denn nicht sehen?«

Magnus dachte nach. »Doch«, sagte er schließlich. »Ich würde gern all die verschiedenen Wesen in anderen Ländern sehen.«

Harald sah verwirrt aus, aber Gott sei Dank auch fasziniert von der Weltsicht seines Sohnes.

»Ich habe gehört, dass es in Irland viele Dachse gibt«, sagte er.

»In Island?«

»Nein, Magnus, in Irland – einem Land jenseits von England, das von vielen Königen regiert wird, von denen einige Verbündete der Wikinger sind. Aber wir könnten auf dem

Weg dorthin vielleicht auch in Island vorbeischauen. Halldor besuchen. Würde dir das gefallen?«

Magnus wirkte wieder unsicher. Als kleines Kind hatte er Halldor einschüchternd gefunden, aber er kannte seine Pflicht und reckte das kleine Kinn.

»Ich würde gern überall dorthin gehen, wohin du es für am besten hältst, Vater.«

»Guter Junge.«

»Und wo Mutter hinreisen will.«

»Mutter? Ah!« Harald hockte sich vor Magnus hin. »Deine Mutter wird nicht mitkommen, mein Sohn. Das ist eine Männerreise.«

Magnus' Lippe zitterte, und Thora spürte, wie ihre Augen sich mit Tränen füllten. Sie wandte den Blick ab. Sie hatte gewusst, dass dieser Zeitpunkt kommen würde; hatte gewusst, dass ihre Jungen bald zu Männern heranwachsen würden – zu Kriegern. Es war der Lauf der Dinge, aber sie hatte nicht erwartet, dass es so bald geschehen würde.

»Wird Maria dann auch nicht mitkommen?«

Harald gluckste. »Sie würde, wenn man sie ließe, da bin ich sicher, aber: nein. Du, Magnus, bist mein erstgeborener Sohn und mein Erbe, und jetzt beginnt der Ernst des Lebens für dich.«

»Ja, Sire.«

»Gut. Nun lauf los zum Essen. Das Rennen fängt bald an, und wir wollen es doch nicht verpassen, oder?«

Selten hatte Thora Magnus so schnell laufen sehen. Er huschte über den Hof und ins Haus, als ob ein Bär hinter ihm her sei.

»Siehst du«, sagte Harald zu ihr. »Er ist begeistert.«

Thora seufzte. Harald sah nur, was er sehen wollte, und

sie hatte nicht den Mut, ihm zu widersprechen. Da kam ihr plötzlich ein Gedanke.

»Warum nimmst du Elisabeth nicht mit auf Reisen?«

»Was? Oh wirklich, Thora, fängst du jetzt auch damit an? Hast du nicht verstanden? Das ist eine Männerreise.«

Ihre Angst um Magnus machte sie kühn. »Warum?«

»Warum?!«

»Ziehst du denn in den Krieg?«

»Nein.«

»Also, dann …«

»Aber man weiß nie, wann es doch einmal zu einer Schlacht kommt.«

»Wenn Elisabeth mit dir führe, könnte sie für Magnus' Sicherheit sorgen.«

»Oh, ich verstehe.« Er sah auf sie herab. »Und warum willst *du* nicht mitfahren, Thora?«

Sie erschauerte. »Du hast zwei Gemahlinnen, Harald«, erwiderte sie knapp, »von sehr unterschiedlichem Temperament. Warum willst du die falsche für diese Aufgabe auswählen?«

Harald stöhnte. »Ich glaube, mir wäre es lieber, wenn ihr einander hassen würdet.« Er ergriff ihre Hände. »Sieh mal, Thora, ich weiß, dass du dir Sorgen um Magnus machst. Ich verstehe das, aber ich werde auf ihn achtgeben. Ich bin kein heißblütiger, junger Spund mehr, nur ein fetter, alter General.«

»Hat Elisabeth das gesagt?«

»Sie hat es erwähnt, und sie hat recht. Das ist der Grund, warum ich wieder in Form kommen muss, warum ich lossegeln muss, um die Inseln aufzusuchen, deren Bewohner mir als König den Treueeid geschworen haben. Und es ist der

Grund, warum ich wieder ein Mann sein muss, nicht ein vollgefressener König, der mit mehr Frauen zu Hause herumlungert, als man handhaben kann.«

Thora lachte, obwohl sie immer noch Angst hatte.

»Elisabeth wird das nicht gefallen«, warnte sie.

»Elisabeth ist damit beschäftigt, das Stromschnellenrennen zu organisieren«, widersprach Harald. »Sie wird es kaum registrieren.«

»Da wäre ich mir nicht so sicher«, antwortete Thora, aber er war gegangen, um Magnus zum Essen zu folgen, und sie konnte nur darum beten, dass sie falschlag und dass dieses nachmittägliche Rennen ausreichen würde, um Elisabeth ihren inneren Frieden zurückzugeben.

Elisabeth verlagerte ihr Boot, spürte sein Gewicht in ihren schlanken Armen und nahm die letzten Schritte den Waldweg hinauf zum Startpunkt. Sie wusste, was zu tun war. Sie hatte geübt, hatte sich im Morgengrauen aus dem Palast gestohlen, wenn der Rest des königlichen Haushalts noch in den Federbetten schnarchte und die Augen der Wachen auf Oslos neuen Mauern immer noch zu verschlafen waren, um zu entdecken, wie sie die Straßen hinabschlich, durch den Morgennebel hindurch zu den munteren Gewässern des Flusses Lo, an dessen Ufern sie nun mit den anderen Wettkampfteilnehmern entlangtrottete. Sie wusste es, weil sie es mit Aksel vor dem allerersten norwegischen Rennen immer und immer wieder durchgegangen war. Sie wusste, woran man den grimmigen Abwärtssog eines Strudels erkannte, den dunklen Schatten eines Felsens, der zu dicht unter der Oberfläche lauerte, den gespenstischen Schimmer einer Sandbank. Sie wusste, wie sie die richtige Strömung fand, die sie trug, schnell und sicher, bis hin zu dem großen Tau, das zwischen den Haupttribünen auf der unteren Ebene angebracht war, um die Ziellinie zu markieren. Sie wusste das alles und war entschlossen, die Strecke zu meistern.

Die anderen hatten sie ein wenig seltsam gemustert, als sie ihre Boote geholt hatten, aber als sie ihre schmale Gestalt in Aksels alten Kleidern gesehen hatten, hatten sie, da war sie sicher, sie für keine große Bedrohung gehalten, und das war sie auch in der Tat nicht. Sie hatte keine Chance, das Rennen zu gewinnen, aber das kümmerte sie nicht. Sie wollte nur mitmachen, das war alles. Sie wollte die Erregung wieder spüren, die sie als Mädchen kennengelernt hatte, bevor sie von der dunklen Wolke des Fangnetzes aus dem Wasser gezerrt worden war.

»Wie könnt ihr es wagen, mich aufzuhalten?«, hatte sie ihren Fängern damals zugeschrien, aber sie hatten nach der Pfeife ihres Vaters getanzt und nur gesagt: »Wie könnten wir es wagen, Euch weiterfahren zu lassen?«

Doch auch heute noch erinnerte sie sich an den jungen Wachmann, der ihr in jener Nacht etwas zu essen in ihr Schlafgemach geschmuggelt hatte. »Beim nächsten Mal, Prinzessin«, hatte er gesagt und ihr die gestohlene Suppe und das Bier hingeschoben, »sucht das Abenteuer doch bitte, wenn jemand anders Wache hat.« Und sie hatte gelächelt. Sie hatte gelächelt, so wie sie auch jetzt lächelte, denn er hatte »beim nächsten Mal« gesagt.

Und endlich war der Zeitpunkt für dieses »nächste Mal« gekommen.

Thora winkte und lächelte der Menge zu, ließ Magnus und Olav vorgehen, so dass die Menschen ihre zukünftigen Könige sehen konnten. Olav konnte sich, wie sie wusste, nicht allzu viel Hoffnungen auf die Krone machen, falls seinem älteren Bruder nicht irgendetwas zustieß, oder falls Harald noch Ländereien eroberte, und als ihr der Gedanke an die bevorstehende Reise in den Sinn kam, betete sie darum, dass ihr jüngerer Sohn niemals regieren würde. Haralds verfluchtes Banner ließ sie erschauern. Die weiten Schwingen des Raben ließen ihn in ihren Augen eher wie einen Todesengel wirken als wie einen Siegesvogel, und der Gedanke, dass ihre Söhne unter seinem kalten Herzen in die Schlacht ziehen sollten, war ihr verhasst. Olav wäre als Magnus' Feldmarschall völlig zufrieden – oder vielleicht auch als sein Erzbischof, denn der Junge war wie verzaubert von den Ritualen und der Musik der Kirche. Das wäre der richtige Weg für ihn, und überdies ein sicherer.

Thora wusste, dass Elisabeth frustriert war von ihrem mangelnden Interesse an der Welt jenseits der norwegischen Grenzen. Aber sie übersah dabei, dass ihre eigene Weigerung, sich zufriedenzugeben, wiederum Thora frustrierte. Warum suchte sie ihr Heil in anderen Ländern, wenn dieses hier so reich war an allem, was sie brauchten? Warum musste sie stets nach Schwierigkeiten Ausschau halten?

Sie sah sich nach ihrer königlichen Gefährtin um – ihrer Freundin, zweifellos –, konnte sie aber nirgends entdecken. Sicher war sie bei den Wettkampfteilnehmern, gab ihnen noch letzte Anweisungen und wünschte ihnen auf dem Weg zum Startpunkt Glück. Sie würde sich der königlichen Gesellschaft auf dem Podium schon bald anschließen, wo bereits Harald stand, umgeben von seinen Höflingen. Sie schienen unruhiger als sonst zu sein, dachte Thora, aber dann bemerkte sie, dass sie durch eine aufgeregt auf und ab hüpfende Maria in Bewegung gehalten wurden, die ihrem Vater nicht von der Seite wich und bereits den Pokal umklammerte. Sie lächelte, winkte und wandte sich um, um die sechsjährige Ingrid nach vorn zu ziehen, die weiter hinten herumtrödelte, und sie zusammen mit den Jungen die Stufen zur Tribüne hinaufzugeleiten.

»Wo ist Mama?«, fragte Ingrid ängstlich.

»Sie ist wahrscheinlich schon auf dem Weg«, versicherte Thora ihr. »Du kennst doch deine Mutter – ein Stromschnellenrennen verpasst sie nie.«

»Nehmt Eure Plätze ein«, verkündete der Rennleiter, und Elisabeth schob ihr Kanu ins Wasser, schlüpfte hinein und klemmte die Felle um ihren Körper fest. Der Mann – der Einzige, der eingeweiht war – wirkte nervös.

»Ihr seid sicher, dass Ihr wisst, was Ihr da tut?«, zischte er ihr zu, aber sie wusste es – oh, sie wusste es nur allzu genau.

»Ich bin diejenige, die dieses Rennen erst nach Norwegen gebracht hat«, erinnerte sie ihn, und er zog sich mit düsterer Miene zurück. Wahrscheinlich sah er im Geiste bereits Haralds Zornesausbruch vor sich.

»Er wird Euch nicht zur Verantwortung ziehen«, versicherte sie ihm. »Er wird wissen, dass Ihr nichts tun konntet, um mich aufzuhalten.«

»Außer Euch mit dem Netz einzufangen.«

Wütend funkelte sie ihn an. »Niemand fängt mich mit dem Netz ein.«

»Nein, Durch …« Er sah sich nervös um. »Nein. Es sei denn, Ihr geratet in Schwierigkeiten.«

»Ich werde nicht in Schwierigkeiten geraten. Hebt die Fahne.«

Er nickte, trat einen Schritt zurück, versicherte sich, dass auch sämtliche Kanus im Wasserbecken waren, und gab dem Jungen hoch oben in den Bäumen das Signal. Der hob die große rotweiße Flagge. Elisabeth hörte den Jubel der Menge flussabwärts, der durch die Kiefern, das Tosen der Stromschnellen und das

Rauschen ihres eigenen Blutes in ihrem Kopf gedämpft wurde. Sie lenkte ihr Kanu an die Startlinie, wobei sie sich von den muskulösen jungen Männern, die sich um den besten Startpunkt stritten, fernhielt, und wartete auf den Gong.

Harald blickte sich um, als die Fahne über den Bäumen in die Höhe schnellte, und die Menge jubelte.

»Wo ist Elisabeth?«

»Ich weiß es nicht«, bekannte Thora. »Ich vermutete, dass sie bei den Fahrern sei, aber sie haben den Hügel schon seit längerer Zeit erklommen.«

Maria zupfte an ihren Röcken. »Sie fühlte sich nicht wohl«, sagte sie. »Sie sagte, sie sei erschöpft und wollte sich vor dem Rennen noch etwas hinlegen.«

Harald funkelte seine Tochter wütend an. »Und keiner hat sie geweckt? Sie wird fuchsteufelswild sein.«

»*Du* hast sie nicht geweckt, Papa«, stellte Maria klar.

Mein Gott, dieses Mädchen hatte so gar keine Angst, dachte Thora und zuckte zurück, als Harald zornig knurrte:

»Das ist nicht *meine* Aufgabe, Maria. Dafür hat sie Mägde und Töchter.«

»Oh«, sagte Maria leichthin. »Ich war zu sehr mit meiner Wette beschäftigt.«

»Maria! Prinzessinnen wetten nicht.«

»Natürlich tun sie das. Alle wetten.«

Harald schüttelte vor Verzweiflung den Kopf, aber er lächelte über seine frühreife Älteste – jenes Kind, das, unabhängig von seinem Geschlecht, ihm selbst am meisten ähnelte.

»Was ist denn mit Ingrid?«, fragte er nun. »Wo ist sie?«

»Sie ist hier«, warf Thora schnell ein. »Bei mir. Ich habe sie aus der Kinderstube mitgebracht mit Olav und …«

Sie brach ab und fügte Magnus' Namen nicht hinzu. Er durfte jetzt nicht mehr im Kinderzimmer sein, aber er schlich sich immer noch gern hinein, wenn er Gelegenheit dazu hatte. Er und die kleine Ingrid konnten stundenlang glücklich miteinander Pflanzenfunde und Tiere vergleichen, und Thora liebte es, sie bei derlei unschuldigen Vergnügungen zu beobachten.

»Gütiger Gott!« Harald war Gott sei Dank zu abgelenkt von seiner fehlenden Frau, um an Magnus zu denken. »Dann sollte irgendjemand sie holen. Ulf!« Er wandte sich an seinen Feldmarschall. »Schick jemanden nach Lily, ja? Sie zieht mir die Ohren lang, wenn sie das Rennen verpasst.«

Ulf schickte einen Diener den Landungssteg hinab und durch die Straßen zum Palast. Dann gesellte er sich wieder an Haralds Seite.

»Es sieht Elisabeth gar nicht ähnlich, eine solch große Gelegenheit zu verpassen, Hari – besonders nicht diese. Geht es ihr gut?«

Haralds Augen weiteten sich vor plötzlichem Schrecken. »Gut? Natürlich geht es ihr gut. Warum sollte es ihr nicht gutgehen?« Er sah Thora an. »Warum sollte es ihr nicht gutgehen, Thora?«

Thora breitete die Hände aus. »Sie war sehr mit der Vorbereitung des Rennens beschäftigt, Hari. Ich habe sie in den letzten paar Tagen kaum gesehen. Vielleicht war es ja doch ein bisschen viel, sogar für sie?«

Doch schon als sie die Worte aussprach, klangen sie falsch. Nichts wurde Elisabeth jemals zu viel. Im Gegenteil: In den letzten Tagen hatte sie erhitzt gewirkt, ja – aber nicht fiebrig, sondern eher vor Aufregung.

Nein!

Thora schob den schrecklichen Gedanken beiseite, aber er sprang sie immer wieder an.

»Das würde sie nicht tun«, flüsterte sie.

»Sie würde was nicht tun?«, fragte Harald. »Sie würde *was* nicht tun, Thora?«

»Die Flagge!«, schrie die Menge ungeduldig. »Sie sind am Start!«

Sie sahen erwartungsvoll auf Harald, dem kaum eine Wahl blieb, als den Hammer zu heben, obwohl Thora sah, dass seine Hände zitterten. Sie beugte sich dicht zu ihm vor.

»Ich glaube nicht, dass sie krank ist, Hari. Verrückt vielleicht, aber nicht krank.«

»Verrückt?« Harald schwang den Hammer gegen den Gong, und der tiefe Ton hallte in den Bergen wider, wurde von weiteren Gongs aufgegriffen und erreichte die Boote am Start. »Verrückt«, wiederholte er, und sein Blick folgte dem Ton flussaufwärts, bevor er sich entsetzt zu Thora umwandte und sie anstarrte. »Nein!«

»Hoffen wir, dass sie es nicht tut«, war alles, was Thora erwiderte, denn was immer im Startbecken geschah – jetzt war es zu spät, um es zu verhindern.

»Los!«

Die ersten Kanus preschten voran, über die Kante des Beckens und hinab in das hinabstürzende Wasser, kämpften um die richtige Position. Elisabeth ließ sie ziehen. Sie warf einen Blick auf den Rennleiter und sah, wie erleichtert er wirkte, der arme Mann. Dann preschte sie hinterher, stieß ihr Paddel mit aller Macht ins Wasser, um sich aus dem ersten kleinen Wasserfall zu befreien.

Sie landete sicher inmitten der rauschenden Strömung und

fuhr dem Rest hinterher – nicht mehr Königin, nicht mehr Frau, nur eine Kanufahrerin, die den Kampf gegen die Natur und die Zeit aufnahm. Und nun konnte sie es wieder spüren, so deutlich wie damals, mit zehn Jahren – das Wogen des Wassers durch die dünne Wand ihres winzigen Kanus, das Funkeln der Gischt in ihren Augen, den warmen Lufthauch auf ihrem Gesicht und, vor allem anderen: das Brausen ihres Herzens, als sie – wieder – die Stromschnellen erreichte.

Elisabeth kämpfte mit dem Wasser, steuerte in den Strom hinein und zwang sich, sich zu entspannen und sich von ihm abwärtstragen zu lassen, auf die Landungsstege Oslos zu. Die hoch aufragenden Kiefern zu ihrer Rechten schienen sich ihr zuzuneigen, als wollten sie sie anspornen – oder vielleicht auch, weil sie darauf warteten, dass sie kenterte. Aber sie würde nicht scheitern, nicht dieses Mal. Sie folgte den anderen Fahrern – die immer noch weniger als eine Bootslänge vor ihr waren – durch das nächste kleine Wasserbecken und über den Wasserfall, der diesmal größer war, so groß, dass sie einen Augenblick lang das Gefühl hatte, durch die Luft statt durchs Wasser zu segeln. Und nun konnte sie die im Sonnenschein verzerrten Gesichter der Menge am Ufer erkennen, weit aufgerissene Augen und ebensolche Münder. Ihre anfeuernden Rufe wehten auf der leichten Brise dahin und verloren sich im Brausen des endlosen, trügerischen, glorreichen Stroms des blauen Wassers, das vor ihr lag, das sie bezwingen musste. Sie tauchte ihr Paddel ein, heftig atmend, und erkämpfte sich den Weg in die Stromschnellen.

»Sie ist es«, flüsterte Thora Harald zu, als die Boote in Sichtweite kamen und die Menge nach vorn drängte. »Ich schwöre, das ist sie, ganz hinten.«

»Unmöglich. Das würde sie nicht tun, Thora. Das würde

sie doch ganz gewiss nicht tun?« Sie sahen einander an. »Warum glaubst du, dass sie es ist?«

Sie sahen wieder zum Fluss hinüber, wo die Kanus die unteren Ausläufer der Stromschnellen bezwangen.

»Hast du jemals jemanden die Stromschnellen reiten sehen, der so schmal ist?«, fragte Thora, und nun hatten es auch andere bemerkt und deuteten mit dem Finger auf die Gestalt.

Harald presste sich an das Geländer, stieß die Höflinge mit den Ellbogen beiseite. Er beugte sich vor, und Thora drängte sich neben ihn, blickte angestrengt aufs Wasser hinaus, um das Gesicht des Fahrers im Hintergrund zu erkennen. In diesem Augenblick jedoch traf sein – oder ihr – Kanu auf einen Strudel und begann sich zu drehen. Thora hielt den Atem an, als das Boot unkontrolliert ins Trudeln geriet, aber irgendwie gelang es dem Fahrer, das Paddel einzutauchen und sich zu befreien. Wasser spritzte über das Kanu hinweg, aber es kam sicher auf der anderen Seite des Strudels wieder heraus. Doch der Fahrer hatte in diesem Wahnsinn seine Kappe verloren, so dass glattes nachtschwarzes Haar, glänzend und nass – eindeutig *ihren* – Rücken herabfloss.

»Die Königin!«, ging ein Raunen durch die Menge, das schnell anschwoll. »Die Königin. Das ist die Königin – die Königin reitet die Stromschnellen!«

Die Menge war begeistert, aber Harald schien sie nicht zu hören. Er schien den Blick nicht von Elisabeths zierlicher Gestalt abwenden zu können, als sie das Kanu zwischen zwei Felsen drehte und dem letzten Abschnitt der Stromschnellen entgegenstrebte. Sie holte das Boot vor sich ein, und vor den Augen sämtlicher Zuschauer, die angesichts des Dramas, das sich dort unten abspielte, die in Führung liegenden Fahrer vergessen hatten, berührte das Kanu des anderen

Kanuten die gezackte Ecke eines Felsens und flog durch die Luft.

»Nein!«, schrie Harald, aber Elisabeth schoss unter ihm hindurch, zog den Kopf ein, um vorbeizugleiten, während die Netze den Fahrer in Sicherheit brachten.

»Sie wird sich noch wehtun«, keuchte Magnus. »Mama – Elisabeth wird sich wehtun.«

»Nein, wird sie nicht«, versicherte Thora, eher mit Hoffnung als mit Überzeugung.

Ihr Sohn ließ sich nicht zum Narren halten. »Du musst sie aufhalten, Vater«, beharrte er und zupfte an Haralds goldgesäumter Tunika.

Harald sah Thora an, Panik im Blick. »Muss ich das?«, fragte er. »Muss ich sie aufhalten?«

Thora dachte daran, wie Elisabeth sich gegen die Selbstgefälligkeit des Gulathings aufgelehnt hatte. Sie dachte an ihren gequälten Blick, als sie vom Reisen gesprochen hatte, und an ihre wild leuchtenden Augen in den vergangenen paar Tagen.

»Halt sie nicht auf.«

»Bist du sicher?«

»Ich bin sicher. Halt sie nicht auf, Hari. Das bräche ihr das Herz.«

Harald nickte und umfing eine Sekunde lang ihre Hand. Dann beugte er sich wieder über die Brüstung, so weit, dass sie glaubte, er werde noch seiner slawischen Frau hinterherstürzen, und schrie wie ein Bauernjunge: »Los, Lily! Los!«

Der erste Fahrer schoss unter leisem Jubel über die Ziellinie, aber aller Augen waren auf Elisabeths kleines Kanu am Ende gerichtet, das über die letzte Stromschnelle hinwegjagte, so dass sie ihr Paddel in das offene Gewässer des Fjords tauchte und auf die Ziellinie zuraste. Sie würde als Letzte durchs Ziel kommen – außer dem armen Mann, der nun mit rotem Gesicht über ihnen aus den Netzen krabbelte –, aber in ihren Augen lag eine Freude, die Thora bei Gott nie vergessen würde.

Das also war es, worum Elisabeth im Leben so heftig kämpfte – diese Euphorie, diese verzehrende Leidenschaft, dieses Streben nach immer mehr. Thora sah Harald an und entdeckte grimmigen, betäubten, geblendeten Stolz auf seinem vernarbten Gesicht. Sie war die Dritte in diesem seltsamen Dreieck, das sie bildeten, das war ihr heute klarer denn je, aber wenn man die Stromschnellen reiten musste, um die Erste zu sein, dann war sie mit dem dritten Platz mehr als zufrieden.

Elisabeth schoss über die Ziellinie und hatte das Gefühl, dass ihr ganzer Körper vibrierte. Sie hatte es geschafft. Sie hatte die Stromschnellen bis zum Ende geritten. Sie hatte sie bezwungen. Sie fühlte sich auf schmerzhafte Weise überglücklich und lebendig, als sie im Zielbecken kreiste. Die anderen Kanufahrer sahen sie ungläubig an, nachträglich voller Angst, sie zu verletzen, aber sie strahlte sie nur an.

»Gut gefahren!«, sagte einer, und sie klammerte sich an die Worte voller Freude. Gut gefahren!

Sie holte tief Luft, wendete und paddelte ans Ufer. Und dort stand Harald, die Arme über der Brust verschränkt, die Beine gespreizt, die Stirn so sehr gerunzelt, dass die Narbe fast von seinem Gesicht herabzubaumeln schien. Sie schluckte, winkte zaghaft. Seine Arme blieben verschränkt, und sie paddelte langsam zum Ufer.

»Ich musste es tun, Hari«, rief sie zu ihm auf. Es war ihr gleichgültig, wer es hörte.

Seine Worte drangen laut und deutlich zu ihr herüber. »Das weiß ich, Lily. Aber hättest du nicht gewinnen können?« Und dann riss er sie aus dem Kanu und hob sie hoch durch die Menge, die in wilden Jubel ausbrach.

»Warum, Lily?«, flüsterte er ihr ins Haar. »War es eine Mutprobe, mich zu schockieren? Habe ich dir nicht genug Aufmerksamkeit geschenkt? Habe ich …«

»Nichts von alldem, Hari«, versicherte sie ihm und drehte sich in seinen Armen, um ihr Gesicht an seinem Hals zu vergraben. »Keine Mutprobe, keine Laune, kein Schrei nach Aufmerksamkeit oder Lob. Nur ein brennendes Verlangen, wie ein Juckreiz in meiner Seele. Verstehst du das?«

»Ein Juckreiz in deiner Seele? Lily, meine Liebste – das genau bist du für mich. Und deshalb liebe ich dich.«

Sie blickte zu ihm auf, sah nichts außer seinem geliebten vernarbten Gesicht.

»Darf ich dann«, fragte sie, »mit dir reisen?«

»Ich glaube«, stimmte Harald bedauernd zu, »dass es zu deiner eigenen Sicherheit besser wäre, wenn du mitkämst. Und jetzt hör auf, mich vollzutropfen, und gib deinem armen Gewinner seinen Kelch.«

Kapitel 32

Mývatn, Island, Juli 1057

Elisabeth sog genüsslich und tief die würzige Luft ein und ließ sie dann langsam wieder entweichen, während sie sich in der breiten Bucht Reykjavíks umsah. Das, so dachte sie, war Frieden, und sie schickte ein Dankgebet an den Herrn in seinem endlosen Himmel, dass sie so privilegiert war, hierher nach Island kommen zu dürfen. Hinter ihr holten Haralds Männer die Segel ein und senkten die langen Ruder durch die Öffnungen hinab, um das Schiff auf den schmalen Landungssteg zuzulenken, auf dem Elisabeth Halldors gedrungene Gestalt erkennen konnte. Er stand breitbeinig da, seine Arme waren zum Gruß weit ausgebreitet. Hinter ihm entdeckte sie ein Paar, bei dem es sich nur um Aksel und Greta handeln konnte, und Elisabeth war plötzlich aufgeregt wie ein Kind an Weihnachten. Sobald sie angelegt hatten, beeilten sie und Harald sich, von Bord zu kommen.

»Halldor, du alter Troll!«, rief Harald und packte seinen Freund in einer Umarmung, die, obwohl sie an einen Ringkampf erinnerte, eindeutig reiner Zuneigung entsprang.

Ulf tauchte an seiner Seite auf, und Elisabeth lächelte, als sie die drei raubeinigen Krieger lachen hörte wie die Kinder. Sie überließ sie ihrer lautstarken Begrüßung und wandte sich

Aksel zu, sog seinen Anblick nach sechs langen Jahren förmlich in sich auf. Obwohl er nun ein dreiundzwanzigjähriger Mann war, sah er noch genauso aus wie in ihrer Erinnerung – nur dass seine Schultern breiter geworden waren und sein offenes Gesicht die eine oder andere Linie zierte. Auch Greta hatte das gleiche liebreizende Gesicht wie früher, obwohl ihre Hüften vielleicht etwas breiter geworden waren. Vier Kinder umwuselten ihre Knie. Sie stoben wie Hühner auseinander, als ihre Eltern vor Elisabeth niederknieten, aber sie zog sie hastig wieder in die Höhe und winkte die Kleinen wieder heran.

»Bitte, ihr seid doch nicht mehr meine Diener.«

Aksel lächelte. »Wir werden immer Eure Diener sein, Durchlaucht.«

»Elisabeth.«

»Elisabeth, Durchlaucht.«

Er und Greta erröteten beide, und sie wandte sich den Kindern zu, um ihnen die Verlegenheit zu ersparen. »Und wen haben wir hier?«

»Ich bin Evert«, sagte ein Junge mit strahlenden Augen in ungeschliffenem isländischem Akzent. »Und das ist Mina. Sie ist jünger als ich.«

»Nur ein paar Minuten«, widersprach das hübsche Mädchen.

»Zwillinge?«, fragte Elisabeth Greta völlig verzaubert.

Greta zog eine Grimasse. »Leider ja, Durchlaucht. Zwei Paar.«

»Zwei?!«

Sie sah zu dem jüngeren Pärchen hinüber und entdeckte zwei Miniaturversionen ihres Vaters, wie er damals gewesen war, als er in Jaroslaws großer Halle auf ihren Füßen gesessen hatte.

»Das ist Josef«, berichtete Evert und deutete auf den einen, »und das ist Filip.«

»Filip?« sagte Elisabeth erstickt und sah Aksel an. »Wie die Kröte?«

»Welche Kröte?«, fragte Evert neugierig.

»Keine Kröte«, sagte Aksel schnell, zwinkerte Elisabeth jedoch zu und raunte: »Seit jenem Tag hat mir dieser Name besonders gut gefallen. Geht es Maria gut?«

»Sehr gut. Sie ist nur wütend, dass sie uns auf diese Reise nicht begleiten durfte. Auch Ingrid geht es gut, und das, obwohl ich ihr erzählt habe, dass es in Island nur wenige Kräuter gibt. Wir mussten beiden Mädchen versprechen, mit ihnen einmal herzureisen, wenn sie älter sind. Aber Magnus ist mitgekommen.«

Thoras Sohn war hinter ihnen aus dem Boot geklettert, und jetzt zog sie ihn nach vorn. Er blickte zu Aksel empor, dann wieder zu Elisabeth, die ihm ermutigend zunickte, damit er dem Mann die Hand gab.

»Er möchte unbedingt Islands Wildtiere kennenlernen«, sagte sie zu Evert.

»Na ja, hier sind sie«, meinte Aksel, was ihm das Protestgeschrei seiner Kinder einbrachte.

»Ich kann dich mit in die Berge nehmen, damit du dir die Rentiere ansehen kannst, wenn du magst«, bot Evert an.

Magnus warf Elisabeth erneut einen unsicheren Blick zu. »Darf ich?«

»Natürlich. Vielleicht morgen, wenn Evert Zeit hat?«

»Ich auch«, sagte Mina.

»Unter keinen Umständen«, meinte Evert. »Das ist zu gefährlich für Mädchen.«

»Ist es nicht. Und ich bin sowieso mutiger als du. Du bist

derjenige, der geweint hat, als der Wal übers Boot gesprungen ist.«

»Das war ja auch ein ziemlich großer Wal.«

»Ein Wal?« Magnus' Augen leuchteten. »Wann? Wo?«

Und schwatzend zogen sie ab, so dass Elisabeth endlich Halldor begrüßen konnte, der wie ein Besessener redete, während er, Harald und Ulf viel zu viele Jahre der Trennung nachzuholen versuchten. Gemeinsam wanderten sie auf die niedrigen Gebäude um den Hafen herum zu, die Islands Hauptstadt zu bilden schienen.

»Magnus orientiert sich sehr stark an Euch, Elisabeth?«, fragte Greta neugierig, als sie hinter den Männern zurückblieben.

»Das stimmt, und ich habe Thora versprochen, auf ihn achtzugeben.«

»Ihr habt es *Thora* versprochen?«, platzten Greta und Aksel gleichzeitig heraus, und Elisabeth lachte.

»Nicht nur hier draußen hat sich etwas bewegt. Wir sind jetzt Freundinnen. So ist es leichter.«

»Ich erinnere mich jedoch, Durchlaucht«, sagte Greta leichthin, »dass Ihr nie dazu neigtet, es Euch leichter zu machen.«

»Vielleicht nicht, aber jetzt bin ich alt und gesetzt.«

»Niemals«, erwiderte Aksel galant. »Und falls Ihr Euer Alter überhaupt spürt, wird Island Euch Eure Jugend zurückgeben.«

Das war die Wahrheit. In den folgenden Tagen, während derer sie gemächlich über die Insel ritten und hin und wieder bei freundlichen Bauern am Wegesrand anhielten, spürte Elisabeth, wie ihr Herz sich weitete. Dieser Ort war magisch. Die Erde bewegte sich und sprach zu ihr, als sei sie lebendig, als ob irgendwo unter ihrer zerklüfteten Oberfläche eine Lunge läge, die – genau wie sie selbst – die würzige Luft einatmete und sie dann auf betörende Weise wieder hinaussandte, durch die brodelnden Seen, die sprudelnden Quellen und die schäumenden Wasserfälle, die die gesamte Landschaft durchzogen.

Halldor hatte recht gehabt, als er gesagt hatte, dass es hier nur wenige Bäume gab. Aber stattdessen schienen hier Felsen zu wachsen, strebten den Wolken in seltsam verdrehten Formationen entgegen, und Elisabeth verstand, warum Haralds loyaler Krieger den Wunsch verspürt hatte, hierher zurückzukehren. Die Menschen lebten entspannt auf Islands geschäftiger Erde, empfanden sie nicht als dominierende Macht, sondern sich selbst als natürlichen Teil der wechselnden Jahreszeiten. Sogar ihre Häuser schmiegten sich an die Hügel, verschmolzen mit ihnen.

»Trollhäuser!«, rief Ulf begeistert am dritten Tag aus, während Halldor sie stolz eine sanfte Anhöhe hinauf zu seinem großen Gutshof am Ufer des Sees Mývatn führte.

Elisabeth folgte Ulfs ausgestrecktem Finger mit dem Blick und wusste sofort, was er meinte. Die Behausungen, die zu Halldors Haushalt gehörten, kauerten tief im Hügel, waren aus ihm herausgegraben worden – reichten bis weit in sein Innerstes –, und nur dreieckige Vordächer ragten über den Eingängen daraus hervor.

»Es gibt keine Trolle in Island, du Narr«, sagte Halldor zu seinem alten Freund und schwang sich aus dem Sattel, als sie inmitten des magischen Halbkreises aus Türeingängen anhielten.

»Einen vielleicht doch«, meinte Ulf, und Halldor versetzte seinem Arm einen Knuff.

»Nicht einen einzigen, mein Freund.« Und tatsächlich stand Halldor in seinem Heimatland hoch aufgerichtet da, seine Stirn war glatt, seine Schultern straff, als ob er sich nun in eine Gestalt aus seinen Geschichten verwandelt hätte. »Hier draußen, am Rande der Welt«, fuhr er fort, als der Rest der Gruppe ebenfalls angelangt war, »haben wir leichtere Wesen als Trolle. Wir haben Feuerelfen, so klein, dass man sie mit normalen Herdfunken verwechseln könnte, bis sie sich unter deine Tunika graben und in dein Herz beißen.«

»In dein *Herz?«,* keuchte Elisabeth, um ihn zum Weiterreden zu ermutigen, denn seine Geschichten wieder zu hören, war genauso erfrischend, wie seine Welt zu sehen.

»In dein Herz«, bestätigte er düster, »so furchtbar wie die Liebe.«

»Oh Halldor …«

»Ihr wisst, dass das die Wahrheit ist, Elisabeth, und wenn das geschieht, besteht das einzige Heilmittel darin, die Wasserelfen zu finden.«

»Wasserelfen?«

»Ja. Denn sie gleiten über die erhitzte Haut wie der Atem einer Jungfrau …«

»Hast du es immer noch mit Jungfrauen, Hal?«

»Natürlich«, stimmte er augenzwinkernd zu. »Jeder liebt eine Jungfrau. Und sie ersticken die Feuerelfen und schicken sie schreiend zurück in die Eingeweide der Erde, wo sie herkommen.«

»Feuer unter der Erde? Wirklich, Hal?«

Bei dieser Frage jedoch wurde Halldor ernst. »Wirklich«, sagte er. Seine Stimme verlor einen Augenblick lang das Timbre des Geschichtenerzählers, und er klang wie ein waschechter Isländer. »Es gibt *tatsächlich* Feuer unter Island, Elisabeth.

Es hält unser Wasser warm und sorgt dafür, dass unser Land selbst hier oben in diesen dunklen Winterlanden fruchtbar bleibt. Es nährt uns, aber hin und wieder bricht es auch hervor, um uns zu zeigen, wem die wirkliche Macht gehört.«

»Es bricht aus? Wo?«

»In den Bergen. Es sprengt die Bergspitzen hinfort, stößt beißende Wolken in die Luft und bricht sich in glühenden Flüssen Bahn.«

Elisabeth blickte sich panisch um, und Halldor lachte. »Hier sind wir sicher, Durchlaucht. Der nächste dieser Berge liegt einen Tagesritt weit entfernt. Wir spüren manchmal, dass das Feuer die Erde leicht zum Erzittern bringt, aber seine Zungen haben niemals am Mývatn-See geleckt. Fürchtet Euch nicht, die Götter werden in meinem Haus nicht mit Euch ihr Unwesen treiben.«

»Götter, Halldor?«

»Mächte, wenn es Euch lieber ist. Ich bin kein Heide, Durchlaucht. Seht dort, unsere Kirche.« Er deutete auf ein hübsches, niedriges Gebäude, den einzigen Bau, der sich nicht an die Hügel lehnte. Die Kirche bestand aus kostbarem Holz und war über und über geschnitzt und bemalt, so dass sie förmlich glühte. »Aber ich weiß, warum unsere Vorfahren Heiden waren. Die Natur ist hier ein Teil von uns. Manchmal treibt sie mit uns ihren Schabernack, manchmal vermag sie uns zu beruhigen, immer inspiriert sie uns. Es gibt keine Götter, keine Wesen mit einem eigenen Willen – aber manchmal, sogar jetzt, hat man das Gefühl, als ob es doch so sein könnte. Ich bete nicht zu diesen Mächten, Elisabeth, aber ich umarme sie.«

Elisabeth erinnerte sich, wie Harald von dem wahren Kern Walhalls gesprochen hatte, und erschauerte.

»Wie Ihr die Wasser- und Feuerelfen umarmt?«, meinte sie leichthin, und ihre Augen leuchteten wieder.

»Ach nein, Durchlaucht.« Er gluckste und wedelte mit dem Finger vor ihrer Nase herum. »Man sollte *niemals* eine Feuerelfe umarmen. Nun, lasst mich Euch in meinem Heim willkommen heißen.«

Und was für ein Willkommensgruß das war! Halldors Gutshof – wenn man ihn überhaupt so nennen konnte – erstreckte sich so weit in den Berg hinein, dass ihn sicherlich nur seine kostbaren Götter hineingegraben haben konnten.

»Keine Götter«, sagte Halldor fröhlich, als sie eine entsprechende Bemerkung machte. »Männer. Meine Männer. Sie arbeiten hart – ich sorge gut für sie. Wir sind alle glücklich.«

Während der folgenden Stunden mochte Elisabeth das gern glauben. Gericht um Gericht wurde ihrer königlichen Gesellschaft in Halldors Maulwurfshalle vorgesetzt. Der Raum war riesig und gesäumt von reich verziertem Stein, hinter dem, wie Halldor ihnen berichtete, Moos und Torf dafür sorgten, dass die Kälte der Erde ferngehalten wurde. Das Feuer – vornehmlich Torffeuer, denn das Holz musste aus dem Meer geholt werden und war selten – brannte niedrig, aber warm, und die Steinwände nahmen die Hitze auf und hielten sie fest, so dass man sich dagegenlehnen konnte und sich von der natürlichen Wärme liebkost fühlte. Licht drang durch Tunnel hinein, die nach oben zur Erdoberfläche gegraben worden waren. Als die Nacht hereinbrach, konnte man über sich die Sterne erkennen. Elisabeth liebte das alles. Aber noch besser als die Halle gefiel ihr ihr Schlafgemach.

Man gelangte durch eine andere Tür dorthin, musste von der Halle aus den Berg ein wenig umrunden, und es war ihre und Haralds eigene, private Höhle. Die weißgekalkten Wände waren mit Szenen aus der Bibel verziert, die jedoch nicht in dem kargen Gelobten Land, sondern hier in Islands üppiger, zerklüfteter Landschaft spielten. Außerdem hingen dort dicke Teppiche aus so grober Wolle, dass man das Gefühl hatte, sie würden jeden Moment von der Wand springen und »Mäh« rufen. Das Bett war, zu ihrer großen Belustigung und Haralds Freude, wie ein Langschiff geformt. Es hatte eine Federmatratze unter der Nachbildung eines Mastes, den Harald anerkennend streichelte und beschloss, »ihn gut zu nutzen«.

An einer Wand standen ein kupferner Spiegel in einem geflochtenen Goldrahmen und eine Truhe auf Füßen, die geformt waren wie die jener mystischen Tierwesen. Dazu – speziell für Elisabeth – ein Hocker in Form einer Fidel. Das war der Raum eines Geschichtenerzählers, voller Schrullen und Humor, und Elisabeth schwor sich, ihn zu Hause nachzubilden. Für den Augenblick jedoch war sie es zufrieden, den Zauber dort zu genießen, wo er hingehörte, insbesondere als Halldor ihnen eine Woche später versprach, sie zum »größten Wunder der ganzen Insel« zu bringen.

Dieses »Wunder« war einen ganzen Morgenritt vom See entfernt, aber ihre Reisegruppe war neugierig und kam zügig voran. Sie wurden begleitet von etwa zwanzig einheimischen Männern und Frauen auf Pferderücken und einem Dutzend kleiner Packpferde, die »eine kleine Mahlzeit« mit sich trugen, die sie einnehmen sollten, sobald sie an dem geheimnisvollen Ziel angelangt waren. Niemand sagte Elisabeth, was sie dort erwartete, obwohl sie durchaus um Informationen gebeten hatte, und ihre Spannung wuchs. Selbst Aksel gab ihren Bitten nicht nach, und sie konnte es kaum erwarten anzukommen.

»Ist das hier nicht das erstaunlichste Land überhaupt?«, fragte Harald, während sie nebeneinanderher ritten.

»Magisch, Hari. Ich bin so froh, dass ich mit dir hergekommen bin.«

»So froh, dass ich es dir erlaubt habe, meinst du?«

»Genau das, mein Herr und Gebieter.«

Sein Blick wurde düster. »Neck mich nicht, Elisabeth, oder ich muss dich an den Mast binden – wieder.«

Ihr Schoß erschauerte bei der Erinnerung. Hier draußen war Haralds Körper wieder so straff geworden, als ob eine der Feuerelfen ihm das Fleisch abgeleckt hätte. Sie hatten geschlemmt, ja, aber er war mit Halldor und Ulf jeden Tag unterwegs gewesen. Die drei waren meilenweit geritten oder die Bergpfade und Gletscher hinaufgewandert, um Wildschweine und anderes Wild für das Essen zu jagen.

Elisabeth hatte ihnen eines Tages zugesehen, wie sie zurückgeritten kamen, als sie und Greta vom Moossammeln zurückgekehrt waren – Greta war ebenso wenig erpicht darauf, ihrer frechen Brut noch weitere Kinder hinzuzufügen wie Elisabeth –, und hatte gedacht, dass sie alle so jung aussahen wie damals an jenem ersten Abend, als sie vor mehr als fünfundzwanzig Jahren in Kiew eingeritten waren. Und Haralds Gesinnung hatte sich seinem Bauchumfang angepasst. Er sprach mit mehr Nachdruck, lachte lauter denn je und sprühte vor wiederentdeckter Abenteuerlust. Das war Magie, in der Tat.

»In diesem Fall, *Durchlaucht«,* sagte sie nun, »fürchte ich, Ihr werdet im Alter einfallslos.«

»Einfallslos?! Na warte, Elisabeth …«

Sie grinste zu ihm empor, und er beugte sich im Sattel zu ihr hinüber, um ihr einen so harten Kuss zu geben, dass sie sich an den Zügeln festklammern musste, um nicht vom Pferd zu rutschen. Gemeinsam ritten sie weiter in zufriedenem Schweigen und beobachteten Halldors lärmende isländische Begleiter dabei, wie sie miteinander über das offene Land dahinpreschten.

Plötzlich sagte Harald: »Möchtest du noch weiter nach Westen reisen, Lily?«

Sie dachte angestrengt nach. »Ich bin nicht sicher, Hari. Ich war von der Idee wie besessen, zugegeben, aber das Leben ist kurz, und es gibt noch so viele Teile der bekannten Welt, die ich noch sehen möchte.«

»Dann reizt dich also dieses neue Land, das sie entdeckt haben, nicht?«

»Vinland? Mich hat zuerst das Neue daran fasziniert«, bekannte Elisabeth. »Aber letztlich kommt mir dieses Land dann doch nicht besonders vielversprechend vor.«

Die Forschungsreisenden waren, sehr zu Elisabeths Freude, nur zwei Tage nach ihrer eigenen Ankunft von ihrer Reise in den Westen nach Reykjavík zurückgekehrt, und Halldor hatte sie in sein Haus eingeladen, damit sie seinen königlichen Gästen von ihren Abenteuern berichten konnten. Sowohl Elisabeth als auch Harald hatten sie mit Fragen über das neue Land bestürmt, das sie eine mehrtägige Segelreise westlich Grönlands entdeckt hatten, aber offenbar hatte es nur enttäuschend wenig darüber zu berichten gegeben.

»Es scheint ein fruchtbares Land zu sein«, hatten sie erzählt, »mit vielen Bäumen und weitläufigen Rebstöcken und riesigen Lachsen in den Flüssen.«

»Wir haben auch viele Bäume in Norwegen«, hatte Harald geantwortet. »Auch Lachse, und innerhalb einer ein-

oder zweitägigen Segelreise können wir Wein von jenseits des Warägermeers einschiffen. Was sonst besitzt dieses neue Land, dass es den Kampf mit den Wellen wert wäre?«

Die Männer hatten einander angesehen, etwas verlegen.

»Platz?«, hatte einer vorgeschlagen.

»Platz?!«, hatte Harald gelacht. »Gott, allmächtiger. Wir haben jede Menge Platz. Wir brauchen Städte zum Handel, Handwerker mit neuen Waren, Minen voller Mineralien. Habt Ihr derlei Dinge gefunden?«

»Nein, Durchlaucht. Die Eingeborenen sind Nomaden, ein ruhiges Völkchen, das sich lieber in den Büschen versteckt, als Neuankömmlinge zu begrüßen. Ein Mann könnte sich zum König über sie ausrufen, ohne auch nur ein Schwert heben zu müssen.«

»Und worin läge der Sinn? Wer will schon König über eine Handvoll Wilder sein?«

»Ich vielleicht«, hatte Elisabeth ihren Anführer raunen hören, und sie hatte sich erhoben.

»Dann sollt Ihr es sein.«

»Ich bitte um Verzeihung, Durchlaucht?«

»Wie heißt Ihr?«

Er errötete und stammelte: »Erik, Durchlaucht. Aber ich wollte niemanden beleidigen, wirklich nicht.«

»Ich fühle mich nicht beleidigt. Seid beruhigt, Erik. Ehrgeiz ist ein guter Charakterzug, und Eurer soll belohnt werden. Ich ernenne Euch zum König von Vinland.«

»Aber …«

»Segelt voran und genießt Eure Herrschaft.«

»Ich … Danke, Durchlaucht.«

Jetzt lächelte Elisabeth über seine Verwirrung und die verunsicherten Glückwünsche seiner Gefährten. Sie wünschte ihnen an jenem Ort alles Gute, aber ihr kam er zu langweilig vor, um sie wirklich in Versuchung zu führen.

»Ich glaube«, sagte sie zu Harald, als sie ihre Pferde zügelten, um ein Felsplateau zu überqueren, »dass dieses Vinland sich mit den Reichtümern Europas nicht messen kann.«

»Nein, in der Tat«, stimmte er zu. »Es wäre töricht, gute Männer an solch einen trostlosen Ort abzukommandieren. England hingegen …«

»Oh Hari«, bat Elisabeth, »lass uns nicht über Politik nachdenken. Wir sind in Island. Hier gibt es keine Könige und Königinnen, und das ist sehr erholsam.«

»Erholsam, Lily? Hat irgendein Troll mir die Frau gestohlen?«

»Du weißt, was ich meine. Sieh mal – Halldor zügelt sein Pferd. Sind wir da?«

Sie sah sich verwirrt um. Nichts kennzeichnete diesen Ort als etwas Besonderes, schon gar nicht als ein »Wunder«.

»Durchlaucht, Ihr gestattet?« Halldor tauchte an ihrer Seite auf, bot ihr mit schwungvoller Geste den Arm dar. Elisabeth ergriff ihn und sprang aus dem Sattel, sah sich neugierig um. »Gefällt es Euch?«

»Was soll mir gefallen, Halldor?«

»Seht Ihr es nicht?«

Elisabeth sah genauer hin, aber das einzig Bemerkenswerte auf der zerklüfteten Ebene war ein großer Riss im felsigen Grund vor ihnen, als ob jemand die Kanten gepackt und zusammengedrückt hätte, damit sie nach oben barsten.

»Was soll ich sehen, Hal?« Die anderen warfen einander vergnügte Blicke zu, und Elisabeth wandte sich zu Harald um, der neben sie getreten war. »Siehst *du* irgendetwas, Hari?«

»Nur einen Spalt im Boden.«

»Nur einen Spalt!« Die Isländer gluckten vergnügt.

Elisabeth beugte sich zu Harald vor. »Vielleicht sind sie ja diejenigen, die einen Spalt im Hirn haben«, flüsterte sie.

»Sei nett zu ihnen.«

»Kommt, Durchlaucht«, drängte Halldor nun, nahm ihren Arm und führte sie an dem zerklüfteten Riss entlang, bis hin zu einer Stelle, an der er sich ein wenig verbreiterte. »Hier hinein.«

»Hier hinein?«, fragte Elisabeth mit dünner Stimme und spähte den scharfkantigen Spalt hinab. Machte er Witze?

Sie sah sich ängstlich um, und Aksel hatte Mitleid mit ihr.

»Erlaubt mir, Euch zu begleiten, Durchlaucht.«

»Unter die Erde?«

»Es ist es wert, glaubt mir.«

Greta trat ebenfalls heran, also gab Elisabeth nach und ließ sich von Aksel in den Schlund des Felsens heben. Ein schmaler Gang führte hinab, wand sich, so dass er schon bald nicht mehr sichtbar war, und Aksel duckte sich tief und schritt ihn entlang. Elisabeth warf einen Blick nach oben zurück auf Halldor.

»Gibt es hier vielleicht doch Trolle?«

»Keine Trolle. Geht!«

Elisabeths Herz pochte wild vor Angst. Der Felsen kam ihr vor wie ein großes Maul, das sie jeden Augenblick zu verschlingen drohte, aber Aksel, der einem der jungen Diener eine Fackel abgenommen hatte, verschwand in seinem Inneren. Sie holte also zittrig Atem und zwang sich, ihm zu folgen. Ein letzter Blick nach oben enthüllte Myriaden von Gesichtern. Sie warteten – worauf? Aber dann rutschte sie beinahe aus, und sie musste wieder nach vorn sehen. Mit einem Mal öffneten sich die engen Mauern der Schlucht, und vor ihr lag, sanft gegen die natürlichen Felsvorsprünge und Säulen plätschernd, ein See. Sie keuchte vor Ehrfurcht und hörte, wie Halldors Freunde über ihr jubelten.

»Oh Hari«, rief sie hinauf, »komm und sieh dir das an – das ist wirklich ein Wunder.«

Sie machte ein paar weitere vorsichtige Schritte hinab, wo der Felsen flach war und einen winzigen natürlichen Landungssteg bildete. Warm war es hier unten, sehr warm, und das Wasser, bemerkte sie, dampfte wie die flachen Schalen in einer Sauna. Langsam, wie im Traum hockte sie sich nieder und tauchte die Finger ins Wasser.

»Es ist heiß.«

»Wie ein Bad, Durchlaucht.«

Greta war ihr gefolgt, hielt eine Fackel in die Höhe, und ihre Augen blitzten mutwillig.

»Wie ein Bad«, wiederholte Elisabeth. »Können wir …?«

»Wir können.«

»Aber was tragen wir dann?«

»Tragen?«

Elisabeths Augen weiteten sich, und sie drehte sich zu Harald um, als der hinter ihr hineinkletterte und sich staunend umsah.

»Wir werden schwimmen«, sagte sie zu ihrem Gemahl. »Nackt?«

Seine Augen funkelten. »Wir alle?«

Greta lachte. »Wir alle, ja. Aber nicht zusammen. Das ist das Männerbecken, Elisabeth. Zu dem für Frauen geht es hier entlang.«

»Wie schade«, widersprach Harald, aber Greta zog Elisabeth bereits durch die Felsen und einen niedrigen Bogengang hindurch, hinter dem ein zweiter See lag.

Elisabeth sah sich um. Das Felsendach war so niedrig, dass sie nur die Hand auszustrecken brauchte, um es zu berühren, und als sie es tat, sammelte sich der weiche Nebel auf ihren Fingern und verschmolz mit dem Wasser, das wie die Liebkosung eines Geliebten ihren Arm hinabrann. Hinter dem Bogengang sagte ihr ein Platschen, und dann noch eines, dass die Männer nicht länger zögerten, und so griff sie mit einem nervösen Seitenblick auf Greta nach ihrer Schließe. Drei weitere Frauen schlossen sich ihnen an, und zusammen legten sie ihre Gewänder ab und breiteten sie sorgsam über einem Felsen aus.

»Die Unterhemden auch?«, fragte Elisabeth.

»Wenn Ihr Euch damit wohlfühlt, Durchlaucht. Ich habe ein Ersatzhemd mitgebracht, falls Ihr Eure Würde wahren wollt.«

»Würde?« Elisabeth lachte, und das Geräusch hallte in der kleinen Höhle wider. »Würde ist nicht gerade meine Spezialität.«

Sie zog ihr Hemd aus und tauchte im Wasser ab. Es war köstlich warm – wärmer, als selbst das eiligst gefüllte Bad jemals sein konnte, und es bewegte sich, als die anderen ebenfalls hineinsprangen. Sie tauchte unter die Oberfläche, öffnete die Augen, obwohl es ein wenig biss, und sah ihr dunkles Haar, das sich um ihren Kopf herum ausbreitete – und die im Wasser verzerrt anmutenden Körper der anderen Frauen. Sie fühlte sich wie eine von Halldors mystischen Wasserelfen. Sie war hier verborgen in den atmenden Tiefen dieser geheimnisvollen Insel, Meilen fort von all der Mühsal, die Titel, Verantwortung oder Ehrgeiz mit sich brachten, und bei diesem Gedanken hielt sie den Atem an, schnellte wieder an die Oberfläche, schnappte nach Luft.

»Ein Wunder, Elisabeth?«, hörte sie Halldors Stimme rufen.

Sie lachte wieder und antwortete: »Ein Wunder, Hal. Das ist der atemberaubendste Ort, den ich je gesehen habe.«

»Das freut mich«, antwortete Halldor jetzt mit sanfterer Stimme. »Das ist mein Geschenk an Euch und Harald, weil Ihr mir gestattet habt, hierher zurückzukehren.«

Dort also badeten sie, unter der Erde – endlos lange, wie es ihnen vorkam. Zufrieden ließ Elisabeth sich in der Umarmung des Wassers dahintreiben, bis sie schließlich etwas hörte:

»Lily.«

Sie zuckte zusammen – das Wasser flüsterte ihren Namen.

»Lily, hier drin.«

Sie wirbelte verwirrt herum, und plötzlich erschien Haralds Gesicht in einer Felsspalte hinter dem See. Sein feuchtes Haar lag glatt am Kopf, und seine Narbe war im gedämpften, flackernden Licht der Fackeln kaum zu sehen. Er sah geradezu jungenhaft aus, und sie schwamm zu ihm hinüber, wobei sie einen schnellen, schuldbewussten Blick auf die anderen Frauen warf, die auf der anderen Seite des Beckens miteinander schwatzten.

»Wie bist du hierhergekommen?«, fragte sie, aber Harald tauchte ab.

Sie spürte ein sachtes Ziehen an ihrem Bein, und als sie hinabblickte, entdeckte sie unter der Wasseroberfläche ein Loch im Felsen. Ein letztes Mal warf sie einen Blick zurück, dann verschwand sie darin.

»Hari.« Sie küsste ihn. »Du bist verrückt.«

»Nach dir, ja.« Er zog sie an sich, und sie spürte im Wasser, wie hart er war. »Ich bin so froh, dass wir hergekommen sind, Lily. Wen kümmern schon Gerichtshöfe, Münzprägestätten oder Kirchen?«

»Na ja, die sind schon wichtig, nur …«

»Nur nicht *so* wichtig.« Harald zog sie so ungestüm an sich, dass das Wasser gegen die Felsen klatschte. »Ich fühle mich wieder lebendig, Lily – lebendig, voller Tatendrang und abenteuerlustig.«

»Das sehe ich«, kicherte sie, und ihr Innerstes wurde von unwiderstehlichen Empfindungen durchflutet.

»Ich bin froh, dass du bei mir bist.«

»Ich auch, denn wer weiß, mit welcher armen Frau du dich sonst eingelassen hättest.«

»Lily – bleib ernst.«

Er wurde ganz still, hielt sie fest im Arm, und die Welt entschwand, bis es keine Felsen mehr gab, keine Höhle, kein Wasser, nur Harald. Ihren Harald. Sie wusste, dass die Feuerelfen tief in ihr Herz gebissen hatten – zu tief, als dass die Wasserelfen es jemals hätten heilen können.

»Ich werde immer bei dir sein«, versprach sie ihm, wie auch er es ihr einst versprochen hatte. »Immer.«

Kapitel 33

Brough of Birsay, Orkneys, Mai 1058

Elisabeth presste sich gegen die grobe Steinmauer, verzweifelt Schutz suchend gegen den scharfen, auflandigen Wind. Wo war Harald? Sie war nicht westwärts mit ihm gesegelt, um dann den lieben langen Tag allein an der wilden Küste entlangzuwandern. Sie wickelte sich fester in ihren Mantel, denn obwohl es mitten im Frühling war, hatte die Sonne noch kaum Kraft, und die Winde schienen jedes noch so laue Lüftchen zu durchschneiden. Sie hatte es satt, hier draußen, auf dieser einsamen Inselgruppe, dagegen anzukämpfen, und sehnte sich nach Norwegen.

Als sie im vergangenen Herbst in den eleganten Hafen von Birsay gesegelt waren, hatte sich Elisabeth in die Orkneys verliebt. Jarl Thorfinn, so groß und so behaart wie ein Bär, hatte sie willkommen geheißen, und seine Frau Idonie, Finns Tochter, hatte sie mit ihrer Gastfreundschaft und endlosen Fragen über ihren Vater, den sie seit Jahren nicht gesehen hatte, förmlich überwältigt. Das Bekenntnis, dass er nun Sven von Dänemark die Gefolgschaft geschworen hatte, war ihr schwergefallen, aber Idonie hatte es gefasst aufgenommen.

»Kalv war schon immer ein Unruhestifter. Wir waren froh,

als er uns verließ, um nach Norwegen zurückzukehren. Ein guter Soldat, aber ein harter Mann.«

Elisabeth hatte genickt. »Das stimmt. Aber mir tut es leid, dass wir Euren Vater verloren haben.«

»Männer geraten so leicht in Zorn«, hatte Idonie schlicht geantwortet, und etwas an der gütigen Frau – der Schwung ihrer Nase, der Klang ihrer Stimme, das weiche Blau ihrer Augen – hatte sie so sehr an deren Cousine Thora erinnert, dass Elisabeth sich unter ihren Fittichen zumindest ein wenig daheim gefühlt hatte.

Auch die Inseln waren ihr wie ein Miniatur-Norwegen vorgekommen. Sie hatte Gefallen daran gefunden, wie die messerscharfen Klippen in sanfte Hügel übergingen, und wie man von überall aus das Meer sehen konnte. Sie hatte Thorfinns Hof geliebt, der umgeben von Gebäuden war, deren hoch aufragende Holzbalken sich aus dem Fundament einer uralten Siedlung erhoben, die vor vielen, vielen Jahren von den piktischen Ureinwohnern errichtet worden war. Vor allem aber hatte ihr die Art gefallen, wie sie auf dem Brough of Birsay standen – einer Landzunge, die sich aus dem Meer erhob und nur bei Ebbe für wenige Stunden am Tag mit dem Hauptland verbunden war.

Thorfinns und Idonies Palast wiederum stand an der Unterkante des Brough of Birsay und grenzte an den geschützten Hafen, wo der Jarl seine kleine, aber sehr schnelle Flotte hatte. Dahinter erhob sich das Land stetig bis hin zum höchsten Punkt, auf dem Elisabeth nun stand. Sie lehnte am Broch, dem einzigen verbliebenen Bauwerk aus der Zeit der Pikten auf diesem Teil der Inseln. Dieser Turm war so breit wie drei Männer, die Kopf an Fuß hintereinander auf dem Boden lagen, aber er verjüngte sich nach oben hin, so dass man, wenn man innen stand und nach oben blickte, das Gefühl hatte, dass er einem jeden Augenblick auf den Kopf fallen konnte. Doch er stand hier nun schon seit tausend Jahren, vielleicht auch länger, und abgesehen von ein paar bröckelnden Steinen an der Spitze schien es unwahrscheinlich, dass er Elisabeth unter sich begraben würde.

Idonie hatte ihr berichtet, dass niemand genau wusste, wofür das alte Volk ihn benutzt hatte, aber man nahm an, dass es ein Wachturm gewesen war, und sicher war das der Grund, warum sich Elisabeth immer häufiger zu diesem stolzen Bauwerk hingezogen fühlte. Sie hielt Ausschau – immer nach Haralds Schiffen, die irgendwann auf dem endlosen Westpazifik auftauchen würden, nach seinem Raben, der stolz voranflog. Er war nun schon beinahe drei Monate fort, und ohne ihn waren ihr die Tage so endlos erschienen wie die Wolken über den Orkneys. Er hatte behauptet, dass er mit Thorfinn nach Irland segeln wollte, um Gespräche mit König Diarmid von Dublin zu führen. Aber Elisabeth kannte den wahren Grund seiner Reise, so dass deren Dauer sie nicht überraschte – er war nach England gesegelt.

Als sie am Brough of Birsay angekommen waren, hatten sie Neuigkeiten von Agatha erwartet – schreckliche Neuigkeiten. Sie hatte Kopien des Briefes, so hatte sie geschrieben, nach Island, zu den Shetlands und nach Norwegen geschickt in der Hoffnung, ihre Schwester irgendwo auf ihren Reisen zu erreichen, aber offenbar hatten sie das erste Schreiben verpasst, denn die Nachricht war bereits Monate alt, und Elisabeth brach das Herz bei dem Gedanken an das Leiden ihrer kleinen Schwester, während sie selbstvergessen in Islands Freuden geschwelgt hatte.

Edward, Agathas lieber Edward, war tot. Als Elisabeth die

wacklige Handschrift auf dem Pergament gesehen hatte, hatte sie sich vorgestellt, wie die arme Agatha bei der Niederschrift gezittert hatte, weil sie einfach nicht glauben konnte, dass dies geschehen war. Alles war anfänglich so gut gelaufen, hatte ihre Schwester geschrieben. Ihr Einzug in London war triumphal gewesen. Die Menschen hatten die Ufer der Themse gesäumt, um ihnen zuzujubeln, und König Edward war persönlich am Hafen erschienen, um sie zu empfangen. Er hatte Prinz Edward und sie in die Arme geschlossen und ihn vor der Menge als Erben anerkannt, und sie hätte vor Freude weinen mögen. Drei Tage später jedoch hatte sie in der Tat geweint, aber über dem Leichnam ihres Gemahls.

Warum?, hatte Agatha gewütet, und die Worte waren vor Kummer verschmiert. *Warum uns den ganzen Weg nach England führen, um uns dann so zu schlagen?* Auch in Elisabeth war der Zorn emporgestiegen, aber Agathas nächste Worte hatten sie verwirrt. Edward war krank geworden, hatte sie berichtet. Ein plötzliches Fieber. Einige Mitglieder der Bootsmannschaft aus Flandern hatten ebenfalls darunter gelitten, und Agatha schrieb, dass es sich wohl tatsächlich um eine Erkrankung gehandelt hatte, obwohl sie offensichtlich nicht wirklich daran glaubte. Edward hatte sich schon auf der Reise nicht wohlgefühlt, hatte sie erzählt, aber in dem Augenblick, da er den Fuß auf den Boden Englands – seines Erblandes – setzte, hatte er wieder Farbe und Lebensmut bekommen. Aber nicht mehr für lange.

Elisabeth wünschte, sie könnte Agatha sehen. Ihre kleine Schwester war niemals allein gewesen. Selbst in den letzten Jahren als verheiratete Frau war sie immer in Anastasias Nähe gewesen, und seit sie sich erinnern konnte, hatte sie natürlich immer Edward gehabt. Festzusitzen in einem fremden Land, mit nur drei kleinen Kindern als einzigem Trost – denn sie hatte vor Kurzem ein weiteres Mädchen bekommen –, Elisabeth fürchtete, dass sie zusammenbrechen würde. Der junge Edgar war zum Ætheling erklärt worden, zum Thronanwärter anstelle seines Vaters, aber er war erst sechs Jahre alt. Der Hof hatte sie mit offenen Armen empfangen, hatte Agatha deprimiert berichtet, aber England war enttäuscht.

»Enttäuscht?«, hatte Elisabeth gewütet, zornig um ihrer jüngeren Schwester willen. »Hat England vielleicht einen Ehemann, einen Freund, einen Vater verloren – das Leben, das man bisher kannte?«

Haralds Blick jedoch war bei diesen Neuigkeiten schärfer geworden, und nachdem Elisabeths anfänglicher Zorn verraucht war, hatte er das Wort ergriffen.

»Ich habe Anspruch auf den Thron.«

Erschrocken war Elisabeth zu ihm herumgewirbelt. »Du hast doch gesagt, dass du ihn nicht geltend machen willst.«

»Wenn *Edward* den Thron geerbt hätte. Ich sagte, ich würde ihn nicht geltend machen, wenn Edward König würde.«

Das stimmte, und Elisabeth wurde von ihren widerstreitenden Gefühlen ganz flau zumute. Sie konnte nicht billigen, wenn er dem eigenen Neffen den Thron stahl, und doch … Wenn Harald König von England war, würde sie bei Agatha sein.

»Königin an ihrer Stelle«, hatte sie sich streng ins Gedächtnis gerufen und den Gedanken beiseitegeschoben, obwohl er manchmal, insbesondere in der Dunkelheit der einsamen Orkney-Nächte, zurückgeschlichen kam und sie mit seinen Verheißungen quälte. Agatha blieb um ihres Sohnes willen in England, aber ihre Briefe zeigten klar, dass ihr Herz gebrochen war und nicht länger für das Land ihrer Träume schlug.

War es also England gewesen, dem Elisabeth in Wirklichkeit entgegengestrebt war, als sie in ihrer Kindheit die Geschichten dieses juwelenbesetzten Landes in sich aufgesogen hatte? War Norwegen nur eine Zwischenstation gewesen?

Warum nicht? Sie hatte ihr Rus-Nordisch der norwegischen Version mit Leichtigkeit angepasst – die englische Sprache würde kaum eine größere Herausforderung sein.

»Ich werde nicht einmarschieren, wenn Prinz Edgar zum König ausgerufen wird«, hatte Harald versichert, bevor er davongesegelt war, aber sie hatten beide gewusst, dass dies unwahrscheinlich war. König Edward wurde alt. Er würde wohl kaum noch lange genug leben, bis Edgar erwachsen genug war, den Thron eines Landes wie England zu übernehmen, insbesondere nicht mit einer Bedrohung wie Sven von Dänemark und Herzog William von der Normandie, ganz zu schweigen von Harald selbst. Er war nach England gereist, dessen war sie sicher. Er hatte ihr zugeraunt, dass er sich »ein Bild von diesem Land verschaffen« wollte, das in aller Munde war, und sie hatte die Ohren verschlossen, obwohl sie gewusst hatte, was das bedeutete. Harald würde die Stärke der Opposition auf jene Weise auskundschaften, die er und seine Wikingerkrieger am besten beherrschten: mit dem Schwert.

Sie richtete den Blick auf die erbarmungslos leeren Wellen und drehte ihren kostbaren Ring immer und immer wieder um den Finger, der nach dem harten Winter schlanker geworden war, so dass sie stets befürchtete, den Ring zu verlieren. So langsam beschlich sie die Angst, dass Harald nie wiederkommen würde – dass diese eisigen Winde nicht seine Segel gebauscht, sondern ihn in die Tiefe hinabgeschleudert hatten. Irgendjemand in England hatte gewiss Agathas armen Edward auf dem Gewissen. Warum sollten sie Harald nicht das Gleiche antun?

Elisabeth umrundete den Turm, um nach Osten zu blicken. Irgendwo da draußen befanden sich Norwegen und ihre Kinder. Es war nun fast ein Jahr her, dass sie Maria und Ingrid zum letzten Mal gesehen hatte, und ihr Herz sehnte sich schmerzhaft nach ihnen. Sie hatte oft gedacht, dass sie keine aufmerksame Mutter war, weil sie immer aus dem Fenster sah und nach etwas Aufregenderem Ausschau hielt, als die Spiele ihrer Kinder zu beobachten. Aber im Augenblick hätte sie mit Freuden den ganzen Sommer lang glücklich in den Frauengemächern verbracht, nur um sie bei sich zu haben.

Sie hatten Briefe geschickt – lange, sorgfältige von Ingrid, in denen sie ihrer Mutter versicherte, dass es ihnen gutging und sie in Sicherheit waren; und kurze, ungeduldige von Maria, die sich vornehmlich darüber beklagte, wie wenig man ihr zu tun erlaubte. Elisabeth sorgte sich, dass ihre feurige Älteste ohne sie zwölf werden würde, und fragte sich, wie viel Zeit sie mit Otto verbrachte, den man zurückgelassen hatte, um Thora als Haralds Regent zu unterstützen. Maria würde ihrem Vater immer nahestehen, aber im Laufe der Jahre würde sie sich von anderen Männern verzaubern lassen, und obwohl das nur natürlich war, fürchtete Elisabeth deshalb um ihre Tochter, wie sie es niemals um sich selbst getan hatte. Sie war dankbar, dass Thora vor Ort war und ein Auge auf sie hatte.

Thora hatte ebenfalls Briefe geschickt, aber eher zu Regierungsgeschäften an Harald als über irgendetwas von Bedeutung. Jetzt blickte Elisabeth über die unstete See und überlegte, ob sie das Stromschnellenrennen ohne sie abgehalten hatten, und wer wohl gewonnen hatte. Dann fragte sie sich – wie immer –, wann Harald endlich zurückkehren und sie zu ihnen zurückbringen würde.

»Elisabeth!«

Sie wandte sich um und sah jemanden am Fuße des Hügels winken – Greta, ihre Retterin, die in diesem trostlosen Frühling dafür sorgte, dass sie nicht wahnsinnig wurde. Als sie Island verlassen hatten, hatten sie und Aksel Elisabeth schüchtern gefragt, ob sie wieder in ihre Dienste treten könnten. Sie liebten Island, hatte Aksel gesagt, aber sie wollten mehr von der Welt sehen. Ob sie das verstünde, hatten sie gefragt, und natürlich hatte sie das. Sie war den Tränen gefährlich nah gewesen bei dem Gedanken, ihre alten Freunde aus Kiew wieder an ihrer Seite zu haben, und sie hatte ihnen versichert, dass sie sich freuen würde, in ihrer Begleitung zu segeln, wenn Halldor es ihnen gestattete.

Halldor war traurig gewesen, seine kostbare Familie ziehen zu lassen, aber er hatte ihnen seinen Segen gegeben, und so waren Aksel und Greta an Bord des königlichen Schiffes gegangen, zusammen mit ihren vier Kindern, die außer sich vor Aufregung gewesen waren. Magnus und Evert hatten miteinander um einen Platz in der Rudermannschaft gewetteifert, und Elisabeth hatte sich gefreut, dass Haralds Sohn immer stärker und mutiger in der Gesellschaft seines anspruchsvollen, neuen Gefährten wurde. Harald hatte verkündet, dass beide Jungen ihn und Aksel nach Irland begleiten würden, und trotz ihrer Vorbehalte im Hinblick auf Magnus' Sicherheit hatte Elisabeth zugestimmt. Sie war sicher, dass Thora ihr vergeben würde, wenn ihr Sohn braungebrannt und muskulös zurückkehren würde – ein würdiger Erbe für den Thron Norwegens –, aber jetzt verfluchte sie ihre Dummheit. Es würde Thora das Herz brechen, wenn sie ohne Magnus nach Hause segeln musste.

Sie schüttelte die böse Vorahnung ab und winkte Greta

zu, während diese sich den Abhang hinaufkämpfte und ihre drei anderen Kinder im rauen Dünengras spielten, anscheinend ohne die Kälte des Windes oder die lange Wartezeit zu bemerken. Sie gab die relative Behaglichkeit des piktischen Turms auf und rannte ihr entgegen.

»Nichts zu sehen?«, fragte Greta.

Sie wartete ebenso ängstlich wie Elisabeth auf die Rückkehr der Männer, vielleicht sogar noch mehr. Aksel, ein gewiefter Seefahrer, hatte seinen Lebensunterhalt in Island als Fischer bestritten, und sie war es nicht gewohnt, wie bedauerlicherweise Elisabeth, mehr als einen einzigen Tag auf seine Rückkehr in den Hafen zu warten.

»Nichts zu sehen«, bestätigte Elisabeth, »aber Harald ist immer wieder zu mir zurückgekehrt. Sie werden kommen, ich weiß es.«

Das war nicht wahr, aber ihre Ängste laut auszusprechen, hätte ihnen nur noch mehr Substanz gegeben, und das hätte sie nicht ertragen.

»Was, glaubt Ihr, machen sie gerade?«, fragte Greta.

Elisabeth zog eine Grimasse. »Harald hat erwähnt, dass er auf dem Rückweg von Dublin noch einen Abstecher nach England machen wollte.«

»Nach England? Für wie lange?«

»Hängt davon ab, wie reich die Beute ist.«

Greta musterte sie neugierig. »Habt Ihr nichts dagegen?«

»Wogegen?«

»Dass Harald Menschen beraubt?«

»Beraubt?« Elisabeth dachte darüber nach. »Darüber habe ich noch gar nicht recht nachgedacht«, bekannte sie. »Normalerweise plündert er nur Dänemark, nicht wahr, und eigentlich existiert zwischen den Herrschern ein geheimes

Einverständnis – wir nehmen uns Svens Besitztümer, und er sich unsere.«

»Wahrscheinlich.« Greta wanderte den Hügel hinauf, fasziniert von dem Ausblick, obwohl die See wie immer bar jeden Segels war. Elisabeth folgte ihr, und als sie oben angelangt waren, sprach Greta wieder: »Aber es ist nicht Svens Land, das er plündert, oder?«

»Na ja, nein. Nein, das Land gehört von Rechts wegen Harald, aber …«

»Ich meine, er nimmt nicht den Besitz des *Königs* oder trampelt auch nicht auf dem Korn des *Königs* herum, schlachtet nicht das Vieh des *Königs*, um es seinen Männern zu essen zu geben.«

Elisabeth warf ihrer ehemaligen Dienerin einen unbehaglichen Blick zu. Greta hatte sich verändert. Sie war ganz und gar nicht mehr die Kiewer Magd, die sie vor so langer Zeit über das Warägermeer mitgenommen hatte.

»Was willst du damit sagen, Greta?«

Greta zuckte mit den Achseln. »Verzeiht. Vielleicht habe ich einfach nur vergessen, wie das Leben außerhalb von Islands stillen Grenzen ist. Aber mir kommt es so vor, als ob diejenigen, die tatsächlich leiden, die einfachen Bauern und Fischer sind – Familien, die lediglich ihre Ernte einbringen, ihre Tiere melken und ihre Kinder in Frieden aufziehen wollen. Was haben sie verbrochen, um von einem Wikinger überfallen zu werden?«

Elisabeth starrte sie an. »Ich weiß es nicht«, gab sie zu und eilte zurück in den halbwegs vorhandenen Schutz des hoch aufragenden Broch. »Außer das: Wenn ihr Anführer stark genug wäre, müssten sie nicht so leiden.«

»Ein Anführer kann nicht überall sein.«

»Nein, aber sein Einfluss kann überall hinreichen. Seit Jahren hat niemand Norwegen angegriffen, denn wenn sie es wagten, würde Harald sie jagen – würde sich zurückholen, was sie ihm gestohlen hätten, und ihnen zusätzlich ihr Leben nehmen.«

»Hardråde«, sagte Greta, mehr zum Meer als zu Elisabeth, aber diese hörte es trotzdem.

»Der Harte«, stimmte sie zu. »Vielleicht bin ich ja tatsächlich blind für das, was es bedeutet, wenn er auf Wikingerfeldzug ist. Aber ich sehe sehr wohl, dass er für ein starkes und friedliches Heimatland sorgt.«

»Und wenn Harald England erobert?«

»Dann wird er das Gleiche für dieses Land bewirken – viel besser, als der junge Edgar es zu tun vermöchte. Mit Harald als König würde niemand es wagen anzugreifen, also wären die Grenzen sicher.«

Greta seufzte. »Ich verstehe. Island hat mich ahnungslos gemacht, Elisabeth.«

Elisabeth ergriff ihren Arm. »Sei dankbar dafür. Kannst du dich an den Petschenegen-Angriff in Kiew erinnern?«

Greta nickte. »Ich war erst fünf, aber in meinen Träumen habe ich es noch Jahre später immer wieder vor mir gesehen.«

»Ich war sechzehn, und zu meiner Schande muss ich gestehen, dass ich eher fasziniert als verängstigt war. Wir feierten den Sieg, bevor ich wirklich erschrocken von den Schrecken des Todes sein konnte. Aber ich glaube nicht, dass ich heute besser bin. Thora ist ebenfalls ahnungslos, und sie ist ein erheblich besserer Mensch als ich.«

»Das ist nicht wahr, Durchlaucht.«

»Ich hab dir schon einmal gesagt, Greta, nenn mich Elisabeth – wir sind doch jetzt Freundinnen, oder nicht?«

»So wie Ihr mit Thora befreundet seid?«

»Ja, obwohl sie nicht meine Freundin bleiben wird, wenn ich ihr ihren Sohn nicht wieder mit nach Hause bringe. Wir glauben, dass *wir* schon lange gewartet haben, aber stell dir nur vor, wie es für *sie* sein muss. Wir sind im vergangenen Juni aus Norwegen fortgesegelt.«

»Der Winter hielt uns gefangen.«

Das entsprach der Wahrheit. Harald hätte eigentlich im vergangenen November nach Irland segeln sollen, sobald er auf den Orkneys seine Vorräte aufgefüllt hatte. Aber der Winter hatte gebrüllt wie ein arktischer Bär, die Schiffe in dem sturmumtosten Hafen gefangen gehalten und frühen Schnee gesandt, der sie alle in der Großen Halle zusammentrieb und jegliche Reise, sei es nach Osten oder nach Westen, unmöglich machte. Es war ein magerer Winter gewesen, in dem unzählige Münder zu füttern gewesen waren, und es war nur Aksels mutiger Truppe von Fischern zu verdanken, die mit ihren Speeren einen Wal in der Scapa-Flow-Bucht erlegt hatten, dass sie alle noch am Leben waren. Elisabeth war dankbar dafür, aber noch glücklicher wäre sie gewesen, wenn sie das weiche, wabbelige Fleisch des Meerestiers nie wieder essen musste. Nachdem der Schnee vor den Kaninchenbauten geschmolzen war, hatten die Fallensteller Fleisch für den Tisch gebracht, und nie war Elisabeth etwas köstlicher vorgekommen.

Harald, Ulf, Aksel und ihre Männer waren davongesegelt, sobald Harald die See für bezwingbar gehalten hatte, aber was, wenn er sich getäuscht hatte? Was, wenn sie Irland niemals erreicht hatten, ganz zu schweigen von England? Was, wenn alle schon seit Monaten tot waren? Sicher hätte sie das doch gespürt? Sicherlich hätte ihr Herz seine Abwesenheit geahnt? Maria hätte es gespürt, denn ihr Herz schien im gleichen Rhythmus zu schlagen wie das ihres Vaters. Aber Maria war nicht hier.

»Seht her!« Ein durchdringender Schrei des kleinen Filip riss Elisabeth aus ihren bedrückenden Gedanken. Sie sah sich um, konnte ihn aber nirgends entdecken. »Hier oben!«

Sie blickte nach oben und entdeckte, dass der Junge außen an der Mauer des Broch hinaufgestiegen war, seine kleinen Hände und Füße flink in die Spalten zwischen den unebenen Steinen verkeilend.

»Filip – komm herunter! Das ist gefährlich.«

»Ich halt mich schon fest«, versicherte er ihr. »Und ich kann meilenweit sehen. Wenn ich bis zur Spitze gelange, kann ich vielleicht sogar Irland sehen.«

Er bewegte sich ein paar weitere Steine hinauf, klebte scheinbar auf der rauen Oberfläche des Broch. Die Mauern neigten sich Gott sei Dank nach innen, weil der Turm nach oben enger wurde, aber Filip war fast schon auf halber Höhe angelangt – mindestens dreimal so hoch, wie er groß war. Wenn er den Halt verlor, würde er sich schwer verletzen. Elisabeth blickte sich nach Greta um, aber die war mit Mina und Josef im Inneren des Broch verschwunden und bekam nichts mit von ihrem abenteuerlustigen Sohn in luftiger Höhe.

»Filip«, rief Elisabeth und zwang ihre Stimme zur Ruhe, obwohl ihr Herz pulsierte wie eine heiße Quelle. »Du kletterst sehr geschickt, aber die Steine da oben sind lose.«

»Das sind sie nicht, ehrlich, sie … oh!« Elisabeths Herz sprang ihr förmlich aus der Brust, als Filip mit einem hässlichen Geräusch ein paar von den Sandsteinen löste, so dass sie wie ein tödlicher Regen die Brochmauer hinabrieselten. »Ich komme runter«, sagte er, seine junge Stimme angespannt.

»Gut«, stimmte sie zu, stellte sich genau unter ihn und streckte die Hände aus, betete darum, dass sie ihn nicht würde auffangen müssen, denn nach den Entbehrungen des Winters war sie sogar noch schmaler geworden, und er war ein stämmiges Kind. »Langsam. Sei vorsichtig.«

»Das bin ich. Oh, aber …«

»Was *aber?«*, fragte sie und hielt warnend die Hand in die Höhe, als Greta aus der halbrunden Türöffnung des Turms trat und erschrocken die Luft einsog.

»Aber«, rief Filip mit jetzt wieder unbekümmerter Stimme nach unten, »ich kann so gut sehen.«

»Hier unten kannst du auch sehen.«

»Nicht so gut wie hier oben.«

Etwas in seiner Stimme – großspurig, wissend – ließ Elisabeth aufmerken.

»Warum, Filip?«, fragte sie. »Was kannst du sehen?«

Er blickte nach unten und grinste. »Schiffe«, sagte er. »Ich kann Schiffe sehen, und sie kommen auf uns zu.«

Sie waren schon am Hafen, als die Schiffe einsegelten, und Elisabeths Herz weitete sich vor Glück, als sie Haralds Raben energisch am vordersten Mast flattern sah. Harald selbst stand da, einen Arm um seinen Drachenbug geschlungen, das eisblonde Haar wehte ihm wild ins Gesicht, während der nun höchst willkommene Wind ihn an Land trieb.

»Hari!«, rief sie, unfähig, sich im Zaum zu halten trotz der Menschenmassen, die sich versammelt hatten. »Hari – du bist wohlauf!«

»Natürlich bin ich wohlauf, Frau – würde ich es wagen, dich allein zu lassen?«

Das Boot legte am Landungssteg an, und während die

Männer die Taue ergriffen, die man ihnen zuwarf, um es sicher festzumachen, sprang Harald auf die Holzbohlen und umarmte Elisabeth stürmisch.

»Ich dachte, Gott hätte dich zu sich geholt«, flüsterte sie an seinen Lippen, als er sie küsste.

»Was wollte Gott schon mit einem ungehobelten Waräger wie mir anfangen? Nein, Lily, eine Weile gehöre ich noch dir.«

»Wie sehr ich mich freue. Und Aksel? Magnus?«

Noch als sie fragte, sah sie Aksel den Landungssteg auf Greta zulaufen, Evert und Magnus dicht auf den Fersen.

»Alle gesund«, bekräftigte Harald. »Gesund und reich – an Erfahrungen und an Schätzen.«

»Noch mehr Schlüssel?«

»Noch mehr Schlüssel, Lily – ja. Und die werden wir auch brauchen.«

»Warum, Hari?«

Er grinste so breit, dass seine Narbe fast verschwand. »Ich war in England, meine Liebste. Ich war auf Beutezug mit König Griffin und Lord Alfgar of Mercia.«

»König Griffin?«

»Von Wales, Lily – ein furchterregender Krieger mit Haar von der Farbe polierten Kupfers. Sie nennen ihn den ›Roten Teufel‹, und das aus gutem Grund. Er ist wild.«

»So wild wie du?«

»Niemand ist so wild wie ich.« Elisabeth spürte, wie ihr ein winziger Schauer über den Rücken lief, als ob der Orkney-Wind sich unter ihren Kragen geschlichen hätte, aber sie verdrängte das Gefühl, denn Harald sprach weiter: »Er wäre keine Bedrohung, wenn ich in England einmarschierte.«

»Du bist also fest entschlossen, Hari?«

Sie sah ihn ängstlich an, unsicher, welche Antwort sie sich wünschte.

»Sie sprechen davon, dass Harold Godwinson Thronerbe werden soll«, kam die indirekte Antwort.

»Harold Godwinson? Der Earl, der Edward und Agatha geholt hat?«

»Genau der. Edgar hat kaum eine Chance, Lily. Er ist jung und isoliert und spricht noch nicht einmal richtig Englisch. Wir täten ihm einen Gefallen, wenn wir die Macht übernähmen. Wir könnten ihn beschützen, und wir könnten Agatha beschützen.«

Stimmte das? Es war pragmatisch, aber war das genug?

»Hardiknut hat sein Erbe Magnus versprochen«, sagte Harald jetzt, und seine Hände glitten unaufhörlich ihren Rücken auf und ab, als sei sie sein Schwertgriff, den er jeden Moment schwingen wollte. »Dieser Thronanspruch ist nach seinem Tod auf mich übergegangen, und wenn Knut England erobern konnte – Knut, dessen Streitkräfte meinen Bruder getötet haben –, dann kann ich es auch.«

»Du meinst es ernst?«

»Das tue ich, Lily, und das habe ich nur dir zu verdanken. Du hast mir gezeigt, dass es im Leben noch mehr gibt als Gerichtshöfe und Münzprägestätten. Du hast meinen Blick wieder auf den Horizont gerichtet, auf dem die Augen eines wahren Wikingers immer liegen sollten, und damit hattest du recht.«

Er drehte sie zu dem seewärts gewandten Ende des Landungsstegs, und sie sahen, wie die Männer um sie herumeilten, um das Schiff zu entladen, und sie so vom restlichen Hof abschirmten. Elisabeth entdeckte Thorfinn, der seine Truppen befehligte, an seinem Arm Idonie, die sich so sehr an ihn klammerte, als fürchtete sie, er könnte jeden Moment wieder an Bord gehen, und sie dachte an all die Ehefrauen, die in Norwegen nach wie vor auf ihre Männer warteten. Die armen Frauen ahnten wohl kaum, dass Harald bereits den nächsten Feldzug plante. Aber jetzt packte er ihre Hände, um sie wieder an sich zu ziehen, und zwang sie, ihm tief in seine kieselharten Augen zu blicken.

»Ich hatte mich selbst verloren, Lily«, sagte er. »Ich hatte den Mann verloren, der ich eigentlich hatte sein wollen; den Mann, den ich so klar vor Augen hatte, als ich mit Olav auf dem Bergkamm über Stiklestad stand, das Schwert in der Hand und Feuer in meinem Herzen. Die Nacht nach der Schlacht war die schlimmste meines Lebens. Mir war kalt, ich war völlig durchnässt, ich hatte Schmerzen – konnte mich vor Schmerz kaum bewegen –, aber schlimmer als alles Ungemach war die Erkenntnis, dass ich verloren hatte. Und noch schlimmer als das: Ich hatte dennoch überlebt. Ich hatte in dieser Schlacht nicht alles gegeben, sondern hatte ein wenig für mich zurückbehalten. Hatten wir das vielleicht alle getan?, fragte ich mich, während ich unter diesem Dornbusch lag, zusammengekrümmt wie ein Kind. War das der Grund, warum wir verloren hatten?«

»Natürlich nicht, Hari. Die Chancen standen einfach zu sehr gegen euch, das ist alles.«

»Hier weiß ich das.« Er ließ ihre Hand fallen und berührte seinen Kopf. »Aber hier nicht.« Seine Finger wanderten zu seinem Herzen. »Hier fürchte ich mich vor meiner eigenen Feigheit.«

»Harald Hardrada«, erklärte Elisabeth beherzt, »du bist der mutigste Mann, den ich kenne.«

»Vielleicht wegen ebenjener Angst. Ich glaube, so etwas

wie Mut gibt es nicht, Lily. Du hast mich einmal als skrupellos bezeichnet, und wahrscheinlich trifft das viel eher den Punkt. Es geht um den guten Ruf, um Stolz – darum, Geschichten über sich selbst zu hinterlassen, die deinen Kindern und deinem Land Ehre bringen. Wie zum Beispiel du selbst, meine Liebste. Warst du mutig, als du weitermachtest und ein zweites Kind empfangen hast in dem Wissen, dass es – wie es beinahe geschehen wäre – dich würde umbringen können?«

Sie dachte darüber nach. »Ich wollte dich nicht enttäuschen.«

Harald umarmte sie innig. »Als ob du das je könntest. Aber da hast du es: Du hattest das Gefühl, dass du mehr zu gewinnen als zu verlieren hättest. Du hast dich natürlich geirrt und hättest dich mir unterordnen sollen …«

»Dir unterordnen?!«

Er küsste sie. »Vielleicht eines Tages. Aber Lily, deshalb passen wir so gut zusammen. Du hast verstanden, dass es im Leben darum geht, Risiken einzugehen, nach mehr zu streben, und das ist es, was wir jetzt tun müssen. Du hast es als Erste erkannt, mein Herz. Du hast uns gesehen – mich –, wie ich meine Füße viel zu tief in Norwegens gemütliche Erde sinken ließ. Du sahst meine Selbstzufriedenheit, meine Bequemlichkeit …«

»Aus deinem Mund klingt das, als sei ich eine Art Tyrannin. Es ist nichts falsch daran, sich auch einmal entspannt zurückzulehnen, insbesondere, da du schon über vierzig bist.«

»Aber doch. Es ist falsch, wenn du in meiner Haut steckst – oder in deiner. Niemals, Lily, niemals war ich stolzer als in dem Augenblick, als ich dich die Stromschnellen reiten sah. Du bist über das Wasser geflogen, du hast dagegen angekämpft, hast dich nicht von ihm besiegen lassen … und deine Augen, Lily, als du die Ziellinie passiert hast – deine Augen funkelten, als ob die Götter darin tanzten.«

»Die Götter, Hari?«

Er zuckte mit den Schultern. »Ich habe ein heidnisches Herz. Vielleicht ist ja auch das mein Problem. Ich weiß, dass es Walhall nicht gibt. Ich weiß, dass ein Mann durch ruhmreiche Schlachten keinen Platz an der Tafel der Götter ergattern kann. Ich weiß es so gewiss, wie ich weiß, dass wir Stiklestad verloren haben, aber dennoch *spüre* ich die tiefe Wahrheit Walhalls in meinem Herzen. Ich will nicht gemütlich im Bett sterben, Lily, nicht einmal, wenn du neben mir liegst. Ich will unter meinem Rabenbanner sterben, im Kampf. Ich will, dass die Menschen der Zukunft sich an mich erinnern als an jemanden, der nach Höherem strebte.«

»Ich will, dass du überhaupt nicht stirbst.«

Er lächelte. »Und ich habe auch nicht die Absicht. Das Kriegsglück ist auf meiner Seite. Ulf behauptet, das sei so, weil ich meine Auseinandersetzungen mit Bedacht wähle, mich im Vorfeld gut darauf vorbereite, und wenn sich das Blatt wendet, schnelle Entscheidungen treffe. Aber Ulf ist nun einmal eher praktisch veranlagt. Ich weiß es nicht. In der Schlacht denke ich eigentlich gar nicht so sehr nach, sondern bewege mich weiter. Doch bis hierhin hat es mich gebracht, und es wird mich noch weiter bringen, ich schwöre es. Würde es dir nicht gefallen, meine süße Lilyveta, Königin von England zu sein?«

Sie sah über das peitschende, schäumende Meer gen Süden. Es würde ihr gefallen. Mehr, als sie es sogar sich selbst eingestehen mochte.

»Ich war noch nie in England«, flüsterte sie.

»Es würde dir gefallen. Es ist wie eine Kreuzung aus Norwegen und Kiew.«

»Unsinn, Hari.«

»Doch, *wirklich!* Es gibt Hügel und Seen und fruchtbare Ebenen, aber die Menschen leben in kleinen Städten und Dörfern. Auch in großen Städten, Lily, so groß. Nicht wie Kiew – sie haben mehr Holz –, aber riesig und gut bewehrt mit Mauern und Palisadenzäunen, und wimmelnd von Menschen. In jeder kleinen Stadt gibt es eine Münzprägestätte und Märkte mit allerlei Waren, und sie halten Gerichtsbarkeit …«

»Gerichtshöfe, Hari? Münzprägestätten, Märkte? Wolltest du dem nicht gerade entkommen?«

Er lachte. »Und sie haben ein System von Beamten, Lily, wie du es noch nie gesehen hast. Ein König muss gar nichts tun, wenn er nicht will, außer sie herumzukommandieren und seinen Schatz zu zählen.«

»Du hast doch einen Schatz, Hari – einen riesigen Schatz.«

»Dank dir, meiner Schatzhüterin.«

Elisabeth schubste ihn von sich fort und sah zu seinem Boot hinüber, wo in diesem Augenblick Männer Truhen und Fässer abluden und vor Freude über den Inhalt jubelten.

»Dieses erste Mal, Hari, als ich dir anbot, deine Schatztruhen zu bewachen, wie hast du mich da gesehen?«

»Dich gesehen?«

»Ja. Hast du mich, du weißt schon, als mehr gesehen als nur eine hilfreiche Hand?«

Seine grauen Augen funkelten wie Silber. »Ich sah dein Potenzial, meine Liebste.«

»Das Potenzial, das sich aus der Stellung meines Vaters ergab, wette ich.«

»Das auch. Was?«, fragte er, als sie ihm einen Klaps versetzte. »Ich war ein ehrgeiziger junger Mann. Ich wäre ein Narr gewesen, wenn ich den Wert deines Titels nicht erkannt hätte. Aber ich erinnere mich auch an dich, als du zwei Jahre später in diese seltsamen kleinen Siedlungen am Ros einrittest. Du hast mir den Atem geraubt.«

»Tatsächlich?«

»O ja. Ich begehrte dich, Lily, wie ich – was nicht ungefährlich für mich war – dich seither immer begehrt habe. In jener Nacht hatte ich unruhige Träume, denn ich wusste, dass du in jener kleinen hölzernen Kapelle genau unter meinem Pavillon schliefst.«

Elisabeth lächelte, als er sie an sich zog, und dachte an die Jahre und die Länder von ehedem zurück. Sie erinnerte sich an das Brennen seiner Hand auf ihren Knöcheln, an seinen Atem an ihrer Wange, an sein Haar, das sich mit dem ihren verwob. Sie zog eine Locke heraus und betrachtete sie.

»Mein Haar wird langsam grau, Hari.«

»Oder endlich blond?«

Sie lächelte und griff nach einer seiner Strähnen, die so leuchtend blond waren wie eh und je. Dann verschlang sie beide miteinander. »Du willst also gegen England zu Felde ziehen?«, flüsterte sie.

»Ja, Lily. Für mich, für Norwegen, um deiner Familienehre willen, zum Andenken an Olav und für *uns*. Und ich *kann* es, denn ich habe die besten Krieger der Welt – sieh doch.«

Er deutete auf die Männer, die ihre Familien begrüßten und ihnen die Schätze zeigten. Überall hörte sie aufgeregtes Schwatzen – England hier, England da –, und die Begeisterung war ansteckend, außer dass ihr das Herz immer noch wehtat von der einsamen Mahnwache der vergangenen

Monate. Sie sah zum Broch hinauf, der hoch über ihnen aufragte. Dunkel und mächtig zeichnete er sich vor dem Himmel ab, und sie erschauerte erneut. Sie wollte ihn nicht wieder zum Gefährten haben.

»Es ist sehr gefährlich«, wandte sie ein.

»Natürlich ist es das. So gefährlich vielleicht wie eine Frau, die die Stromschnellen bezwingt?«

Das war ein schlagendes Argument. Und er sah so gut aus mit seinem Leib, der wieder so fein gemeißelt und schlank war wie damals, als sie ihn als entschlossenen jungen Mann kennengelernt hatte. Sein Haar wehte in der Frühlingsluft, und seine Augen glühten vor Vorfreude auf die neue Herausforderung. Sie konnte ihm das nicht abschlagen.

»Dann sorg nur dafür, dass du über die Zielgerade gelangst«, sagte sie.

»Natürlich.« Er legte seine große Hand um ihre Taille und zog sie schwungvoll an sich. Dann führte er sie durch die Menge den Landungssteg hinab und an Land. »Ich werde einmarschieren. Wenn die Zeit reif ist, werde ich einmarschieren, und ich werde den Thron für dich gewinnen, meine Göttin der Halskette, nur für dich. Und jetzt komm.«

Seine Hand lag so sicher auf ihrer Taille, die Männer hinter ihr waren so stolz, die Schiffe so stark auf den Wellen, dass sie ihm einfach glauben musste. Sie würde Agatha schreiben und ihr mitteilen, dass sie wieder vereint sein würden. Hoffentlich gefiel ihrer geliebten Schwester dieser Gedanke. Ein neues Abenteuer wartete auf sie, größer vielleicht als jedes, das sie oder Harald bislang auf sich genommen hatten, und sie konnte nur beten, dass sie energisch genug rudern würden, um es zu bestehen.

Kapitel 34

Niså, Dänisches Meer, August 1062

»Ja.« Harald sagte das Wort leise und mit gesenktem Kopf zu sich selbst, während er die Hand an seine Brust legte. Sein Herz schlug so stetig wie eh und je – das hier war wirklich. Er hob den Blick. »Ja!«

Ulf an seiner Seite lachte. »Wie es scheint, Hari, haben wir den Schweinehund endlich erwischt.«

»Ja!« Diesmal sandte Harald den Schrei über das Meer, das übersät war mit zerfetzten Schiffen und Männern – *Svens* Schiffen und Männern. Das letzte Schiff des toten Königs schlich sich davon, konnte nicht mehr ausrichten, als die Nachricht von seiner Niederlage den Frauen Dänemarks zu überbringen und sie zu warnen, dass sie einen neuen König hatten. Haralds Arm schmerzte, denn er hatte einen heftigen Schlag am Handgelenk einstecken müssen, und das Blut sickerte durch das hastig darumgebundene Leinen, aber selbst das kümmerte ihn nicht. Er sah zu seinem Banner hinauf, und als er den Raben seine glänzenden Schwingen triumphierend ausbreiten sah, streckte er ihm die Arme entgegen.

»Ich habe es ja gesagt«, sagte er zu Ulf und schlug ihm auf den Rücken. »Habe ich nicht immer gesagt, dass wir diesen feigen Schurken in einer offenen Schlacht besiegen würden?«

»Das hast du immer gesagt, Hari, und jetzt hast du es bewiesen.«

»*Wir* haben es bewiesen, mein Freund. Du hast heute gut gekämpft.«

»Nicht so gut wie der junge Aksel. Halldor wäre stolz auf ihn.«

Beide blickten zu dem Schiff des Jungen hinüber, einem kleinen, aber wendigen Gefährt, das er mit tödlicher Wirksamkeit gehandhabt hatte. Flink war er den feindlichen Schiffen in den Rücken gefallen, während Haralds und Ulfs zwölfspännige Kernflotte von vorn angriff, und hatte sie mit seiner kleinen Mannschaft todbringender Bogenschützen zur Strecke gebracht.

»Er weiß eine Gelegenheit zu nutzen«, stimmte Harald zu. »Und er ist ein entschlossener junger Mann.«

»Genau wie sein Vater – aber ist er auch ein so guter Geschichtenerzähler wie Hal?«

»Der uns von Jungfrauen, herausplatzenden Augäpfeln und Helden berichtet?«

»Genau.« Ulf grinste ihn an. »In Wirklichkeit war ich nie auch nur ein halb so großer Held wie in Halldors Geschichten.«

Harald lächelte. Er vermisste Halldor, seit er ihn auf Island zurückgelassen hatte, und dachte häufig an die sonderbare Maulwurfshalle des Freundes auf dessen brodelnder Insel zurück. Er hatte sich sogar gefragt, ob er, wenn er nicht königlichen Blutes gewesen wäre, selbst so hätte leben können. Aber er hatte Meerwasser in den Adern, und heute hatte er das unter Beweis gestellt.

»Stell dir nur vor«, sagte Ulf jetzt, »was Halldors Rhetorik aus dieser Schlacht gemacht hätte – Sven inmitten unserer Formation gefangen wie …«

»Ein Mann von einer Jungfrau?«

»Genau so, wenn auch mit einem weniger erfreulichen Ende.«

Harald lachte. Dann sah er Ulf an, ernst, da ihm die Bedeutung dieses Tages immer klarer wurde. »Ist es wahr, alter Freund? Ist Sven nach all diesen Jahren kleiner Scharmützel endlich besiegt?«

Ulf strich sich über den Bart, der immer noch wild, aber jetzt stahlgrau war. »Es scheint so. Seine Standarte ist gefallen. Ich habe es mit eigenen Augen gesehen, und die Männer sagen, er sei durch einen Krieger mit Schwert in die See getrieben und durch das Gewicht seiner eigenen Rüstung hinabgezogen worden. Er kann jetzt mit Neptun um ein Königreich kämpfen, Hari, denn Dänemark gehört nun dir.«

»Wie es mir eigentlich schon nach Magnus' Tod zugestanden hätte, hätte Einar nicht gegen mich intrigiert.«

Ulf klopfte ihm auf den Rücken. »Einar hat seine Lektion auf die harte Tour gelernt. Komm, Hari, wir wollen nicht in der Vergangenheit verharren, sondern nach vorn blicken.«

»Du hast recht«, stimmte Harald zu. »Obwohl man die Vergangenheit nicht so leicht außer Acht lassen kann, Ulf. Sieh mal, wer uns als Gefangener in die Hände gefallen ist.«

Er sprach leichthin, doch beim Anblick des Mannes, der auf seinem Schiff gefesselt lag, die verdrehten Hände vor sich zusammengebunden, bekam er ähnlich weiche Knie wie ein Mann vor Halldors Jungfrauen in ihrer Hochzeitsnacht. Diese unerwünschte Metapher erinnerte ihn mit messerscharfer Klarheit an Thora und daran, wie sie vor Stiklestad seinen Pavillon betreten hatte, und er stürzte vor, um Finn Arnesson loszubinden. Das Haar seines ehemaligen Ziehvaters war nun so weiß wie der Flügel einer Möwe, und sein Rücken war so gebeugt, dass er deutlich mehr als einen Kopf kleiner war als Harald.

»Du solltest nicht mehr in die Schlacht ziehen, Finn«, sagte Harald sanfter, als er es zu einem so kostbaren Gefangenen hätte sein dürfen.

»Ich gehorche meinem König.«

»Gut, denn jetzt bin *ich* dein König.« Finn antwortete nicht, sondern sah zur Küste hinüber, und Harald warf Ulf einen Blick zu, der ihm ermutigend zunickte. »Ich vergebe dir, Finn.«

»Was denn vergeben?« Der alte Mann sah ihn nicht einmal an.

»Ich vergebe dir, dass du die Waffen gegen mich erhoben hast – gegen deinen König und Schwiegersohn.«

»Handfasting-Schwiegersohn, mehr nicht.«

»Finn! *Du* warst es doch, der auf diese Verbindung gedrängt hat.«

»Ich wollte eine wahre Verbindung, Harald, eine ehrenhafte, nicht eine heidnische, zweitklassige nach einer emporgekommenen Rus-Prinzessin.«

Harald verkniff sich eine geharnischte Antwort und holte tief Luft, legte die Hand auf sein schmerzendes Handgelenk. Finn war jetzt alt und soeben besiegt worden – seine schlechte Stimmung konnte er ihm ebenfalls vergeben.

»Thora steht nicht an zweiter Stelle, Finn. Beide Frauen sind gleichberechtigt. Sie war beinahe ein ganzes Jahr lang Regentin von Norwegen, während ich nach England reiste, und das wird sie wieder sein. Ihre Söhne – deine Enkel – sind mittlerweile stark und schnell. Du wärst stolz auf sie. Du möchtest sie doch sicher sehen, oder nicht?« Finn hielt den weißen Kopf weiter gesenkt, seine Augen starrten unverwandt auf das blutdurchtränkte Deck von Haralds Kriegsschiff. »Ich vergebe dir, Finn«, wiederholte Harald, »denn ich weiß, dass du in guter und aufrechter Absicht gehandelt hast. Ich vergebe dir und werde dir deine Ländereien in Austrått zurückgeben.«

»Nein.«

»Nein?«

Finns Kopf schoss in die Höhe, und wütend funkelte er Harald an. »Warum solltest du das tun, Harald?«

»Warum? Für Thora.«

»Sie liegt dir nicht am Herzen. Sie hat dir noch nie am Herzen gelegen. Du bist ein Sklave deiner Slawin, und du hast Thora nur für deine Zwecke benutzt, genau wie du Kalv benutzt hast. Und mich.«

»Das ist nicht wahr.«

Harald sah sich nach seinen Männern um, die die Szene neugierig beobachteten. Er musste Finns lästerlichem Gerede ein Ende machen, und zwar sofort. Er machte einen drohenden energischen Schritt auf den alten Mann zu, und Finn setzte sich nicht einmal zur Wehr, als er seine Tunika am Kragen packte. Seine umwölkten Augen blickten Harald geradewegs ins Gesicht, während das Blut von Haralds Handgelenk durch die Glieder seines zerfetzten Kettenhemdes sickerte.

»Ehrgeiz ist eine Krankheit, Harald Hardrada. So nennt man dich doch jetzt, nicht wahr? Bist sicher stolz darauf, oder?«

»Ich akzeptiere es«, sagte Harald, so ruhig es ihm möglich war. »Ich war dazu gezwungen, so zu sein, aber ich habe gut für Norwegen gesorgt. Das Land blüht und gedeiht – willst du nicht mit zurückkommen?«

»Nein. Ich ziehe es vor, einem König zu dienen, der nicht

kämpft, um andere anzugreifen, sondern nur, um die Seinen zu verteidigen.«

»Kämpfte.«

»Wie bitte?«

»Sven ist tot, Finn, und ich bin jetzt dein König, egal ob du in Norwegen oder Dänemark leben willst.«

»Glaubst du?«

»Ich weiß es. Sven ist ertrunken.«

Finn lächelte nur, und Harald beschlich ein unbehagliches Gefühl. Er sah wieder zu Ulf hinüber, der zu den anderen Hauptleuten hinüberschritt, die sich am Ruder versammelt hatten. Da er nun für einen Augenblick allein war, ließ Harald Finns Tunika wieder los.

»Finn, bitte. Es tut mir leid, wenn du das Gefühl hast, man habe dir Unrecht getan, aber ich möchte es wiedergutmachen. Du warst mir ein guter Vater; lass mich dir nun ein guter Sohn sein.«

Etwas flackerte in den Augen des alten Mannes auf – eine Erinnerung, wiedererwachte Zuneigung? –, aber dann legte er nur den weißhaarigen Kopf in den Nacken und lachte.

»Brauchst du das, Harald, dass *jeder* dich liebt?«

Harald blinzelte. Er hatte doch sicher noch keinen Mann darum gebeten, ihn zu lieben? Er wollte Loyalität, ja – nur ein törichter Anführer würde nicht danach streben –, aber *Liebe?*

»Ich erinnere mich daran, wie du früher warst, Harald«, sagte Finn, die Stimme so leise, dass Harald sie über das grimmige Gemurmel der Männer weiter hinten auf dem Schiff kaum hören konnte. »Ich erinnere mich, wie du mit einem Wolfskopf auf dem Haupt an Land gesprungen bist, als gehöre es dir, obwohl du erst zwölf warst. Du bist gierig, Harald

Hardrada, so gierig wie dein aasfressender Rabe. Du gierst nach Reichtümern, nach Gemahlinnen, nach Land. Ehrgeiz ist eine Krankheit, versichere ich dir, und du hast eine kranke Seele. Doch nun sieh dich um – deine Männer haben, glaube ich, Neuigkeiten.«

Finn deutete mit einem frohlockenden Kopfnicken auf Ulf, der auf sie zu geschlichen kam.

»Was ist los?«, blaffte Harald.

Finns Worte hatten ihn erschüttert. Wie dumm das war! Schließlich handelte es sich nur um das Gerede eines verbitterten alten Mannes, sonst nichts. Finn forschte nach einem wunden Punkt, einer Delle in Haralds Rüstung, aber er würde keine finden.

»Es geht um Sven, Sire«, sagte Ulf mit leiser Stimme, und Harald erstarrte. Sein alter Freund benutzte diese förmliche Anrede sonst nie.

»Was ist mit ihm?«

»Sie sagen, er sei gar nicht tot. Sie sagen, er sei in einem Ruderboot entkommen und schlage soeben sein Lager auf.«

Ulf deutete zur Küste, auf den Punkt, den Finn soeben fixiert hatte, und Harald entdeckte Svens Banner in den Bäumen hoch oben auf dem Berg. Es flatterte wild im Sommerwind, als ob es den Beginn eines Stromschnellenrennens verkünden wollte.

»Das könnte ein Trick sein.«

»Womöglich.«

Sie wussten beide, dass es keiner war. Harald sah von Finn, der wie ein Irrer lächelte, zu seinen Feldherren hin, die sich an Deck zusammendrängten. Dann blickte er seinen Feldmarschall an. Er schlug mit der verletzten Hand so heftig auf die Reling, dass sich der goldene Ring um das Ruderloch darunter löste und ins Meer fiel. Trudelnd versank er im Wasser, das Gold blitzte in einem Sonnenstrahl auf.

»Deine Männer haben doch gesehen, wie er starb!«, brüllte er.

»Sie *glaubten,* es gesehen zu haben, aber wie es scheint, Sire …«

»Hari, Ulf – du nennst mich Hari. So schnell kommst du mir nicht davon.«

»Verzeih. Wie es aussieht, Hari, hat er einen anderen Mann in seine Rüstung gesteckt.«

»Einen anderen Mann? Einen *anderen* Mann? Sven hat einen armen Handlanger an seiner Stelle in den Tod geschickt?« Er stürzte sich auf Finn. »Und dieser Art von feigem König möchtest du folgen?« Finn blickte zu Boden, und Harald wandte sich brüsk ab. »Lasst ihn ziehen. Soll er doch zu seinem Bergwipfelkönig humpeln und so tun, als ob es das sei, was er sich wünscht. Ich will nur *wahre* Männer in meiner Flotte haben.«

Seine »wahren Männer« jubelten laut, und Harald spürte, wie ihre Zustimmung ihm das Herz wärmte. Er schritt davon, ließ Finn stehen und marschierte sein Schiff hinab auf sie zu. Er durfte sich von Finns hinterhältigem Gerede nicht irritieren lassen – er war ein Anführer, und er würde führen, in seinem Land und über die Landesgrenzen hinaus. Wenn das Ehrgeiz war, nun gut. Er würde Dänemark erobern, und nach Dänemark England.

Kapitel 35

Am Fluss Gault Elf, Mai 1064

Elisabeth blickte sich unter ihren Gefährten um und spürte, trotz dieses seltsamen Abends, eine tiefe Zufriedenheit. Sie, Ulf, Johanna, Thora und Harald saßen im königlichen Pavillon, der auf dem Weideland außerhalb von Lilla Edet aufgebaut worden war. Diese kleine Bootsstation, die auf halbem Weg flussaufwärts des Flusses Gault Elf lag, der Grenze zwischen Norwegen und der dänischen Hauptprovinz Skåne südlich von Schweden, war gewählt worden, um Waffenstillstandsverhandlungen zu führen. Genau vor dem Türvorhang waren Haralds Schiff und vier weitere mit dicken Tauen am Ufer festgemacht worden und wurden von hochgradig misstrauischen Soldaten bewacht. Denn auf dem gegenüberliegenden Ufer lagen ähnliche Kriegsschiffe vertäut, die von König Sven von Dänemark.

Zwei weitere Kriegsjahre hatten nichts gebracht außer vielen verlorenen Schiffen und Menschenleben auf beiden Seiten. Agatha hatte die Nachricht geschickt, dass König Edward von England kränkelte, und so hatte Harald zögernd einen Waffenstillstand vorgeschlagen. Derlei Verhandlungen lagen ihm jedoch nicht sonderlich, und obwohl sie vordergründig für Friedensverhandlungen hier waren, bestand die Gefahr, dass sich seine Laune erneut verschlechterte und die Verhandlungen wieder in Krieg mündeten.

»Frieden«, grummelte Harald nun und verzog verächtlich die Lippen.

»Aus deinem Mund klingt das wie eine Warze, Hari«, bemerkte Elisabeth.

»Das *ist* es ja auch. Ich habe noch nie im Leben Frieden geschlossen, außer mit denen, die ich besiegt habe.«

Er sah Ulf Unterstützung heischend an, und sein Feldmarschall hob zustimmend den Kelch.

»Fühlt sich seltsam an«, stimmte er zu, »zu verhandeln, ohne einen Sieg errungen zu haben. Dabei dreht sich mir irgendwie der Magen um.«

Er sah zur Pavillontür hinüber, obwohl die Sonne vor einiger Zeit dem Mond Platz gemacht hatte und man nicht viel sah von dem alten Schiff, das inmitten des Flusses ankerte, damit dort die Friedensverhandlungen stattfinden konnten.

»Es fühlt sich gut an«, sagte Johanna sanft und füllte seinen Kelch nach. »Dein Magen dreht sich neuerdings allzu häufig um, Ulf – du speist zu üppig. Und habt ihr beiden, du und Harald, nicht auch seinerzeit mit Magnus Frieden geschlossen, als ihr anfänglich nach Norwegen kamt?«

»Wir einigten uns darauf, keinen Krieg zu führen«, sagte Ulf vorsichtig.

»Was das Gleiche ist«, konterte Johanna, »oder nicht, Thora?«

Thora sah von ihrer Stickerei auf und nickte. »Das ist wahr«, sagte sie. »Wie seltsam es sich für euch auch anfühlen mag, dieser Frieden ist für uns alle zum Besten. Dänemark ist doch ohnehin nur von geringem Interesse für uns, oder? Es wäre besser, unsere Kräfte auf Norwegen zu konzentrieren.«

Harald warf Elisabeth einen Blick zu, und sie lächelten einander zu.

»Oder auf England«, sagte er, nahm ihre Hand und drückte sie.

»Wenn die Zeit reif ist«, erinnerte sie ihn und versuchte, die Nisså-Narbe an seinem Handgelenk nicht anzusehen, die das Äquivalent zu seiner Stiklestad-Narbe in seinem Gesicht war.

Diese neue Verletzung machte ihr erheblich mehr Sorgen als die frühere, denn Maria hatte fast während des ganzen letzten Sommers über Schmerzen im Arm geklagt und immer und immer wieder die Hand kreisen lassen, um sich Linderung zu verschaffen. Elisabeth hatte ihr gegenüber die Vermutung geäußert, dass diese Schmerzen von den übermäßigen Übungen mit ihrem kostbaren Schwert herrührten, und hoffte inständig, dass dies auch wirklich die Ursache war.

Maria hatte Harald jahrelang immer wieder gebeten, ihr nun, da sie erwachsen war, ein größeres Schwert zu schenken, aber er hatte ihr geantwortet, das ursprüngliche sei die perfekte »Waffe für eine Frau« und hatte nur insofern eingelenkt, als er es hatte schärfen lassen. Ihr Lieblingstrick bestand darin, das Abendbrot damit zu zerteilen, wobei sie es mit schnellen, präzisen Bewegungen in Streifen schnitt. Im vergangenen Sommer jedoch hatte sie es nur selten benutzt, und ihre Klagen über das Handgelenk hatten erst aufgehört, als Haralds Wunde abgeheilt war. Doch immerhin hatten sie überhaupt aufgehört, und jetzt war Maria genauso wie alle anderen versessen darauf, über England zu reden.

»Wenn die Zeit reif ist«, stimmte Harald nun leichthin zu, aber Ulf neben ihm war skeptisch.

»Wird es jemals so sein?«

Elisabeth und Harald sahen den großen Feldmarschall überrascht an.

»Dir gefällt der Gedanke nicht, Ulf?«, fragte Harald.

»Das Reich Englands wurde vor langer Zeit gegründet.«

»Ja, und zwar von *unseren* Vorvätern.«

»Vor dreihundert Jahren, Hari. Ich nehme an, die Menschen dort haben sich etwas verändert.«

»Natürlich«, räumte Harald ein, »aber komm schon, Ulf, wir hatten kaum Mühe, sie niederzuwalzen, als wir von Wales aus einfielen.«

Elisabeth erschauerte. »Niederzuwalzen« – was mochte das wohl bedeuten? Sie erinnerte sich daran, wie Greta auf den Orkneys kritisiert hatte, dass Harald einfache Bauern und Fischer überfiel, aber ihre Magd hatte ja selbst zugegeben, dass sie keine Ahnung von der Welt hatte. Selbst heute befand sie sich in der Sicherheit ihres Pavillons mit Aksel und ihren Kindern, unbelastet von den größeren Entscheidungen, die hier getroffen werden mussten. Herrscher durften sich von solch trivialen Kleinigkeiten nicht ablenken lassen, das versperrte ihnen nur den Überblick auf das Gesamtbild.

»Das ist wahr«, stimmte Ulf zu, »aber wir hatten Earl Alfgar, der uns die Richtung wies.«

»Alfgar war so sehr von Nutzen wie ein hölzerner Kochtopf«, schnaubte Harald.

»Als Krieger vielleicht, aber er kannte das Land, Hari.«

Bei diesen Worten sprang Harald auf und schnappte sich den Weinkrug, goss schwungvoll noch etwas davon in seinen Kelch, bevor er ihn energisch wieder auf dem Beistelltisch absetzte.

»Ich habe ja nichts dagegen, in England einzumarschieren«, versicherte Ulf schnell, obwohl Elisabeth sah, wie er sich den Bauch hielt, als ob die Worte ihn schmerzten. Sie fragte sich, ob er die Wahrheit sprach. »Ich will damit nur sagen, dass wir unser Vorgehen sorgfältig planen müssen, bevor wir gute Männer in ein solch gefährliches Unterfangen schicken.«

»Das werden wir, Ulf«, knurrte Harald. »Das tun wir immer.«

Elisabeth sah, wie Johanna näher an ihren Mann heranrückte, und erhob sich, um ihrerseits an Haralds Seite zu treten. Sie wusste, dass sein alter Freund den erfahrenen Finger auf ebenjene Wunde gelegt hatte, die – vielleicht zum ersten Mal während ihrer ganzen Ehe – Harald nachts keinen Schlaf finden ließ. Sie hatte selten erlebt, dass er in ihrem Schlafgemach auf und ab ging, wie er es neuerdings tat, und ganz sicher hatte er früher niemals die Ablenkung ihrer geschicktesten Verführungsmanöver abgelehnt. Sie ging nicht davon aus, dass sie ihren Zauber verloren hatte. Tatsächlich hatte er sie erst vor wenigen Wochen auf sein neues Flaggschiff mitgenommen, das ausgerechnet ihr eigener Adlerbug zierte, um ihr gemeinsames Werk zu »taufen«, als ob sie noch jung wären. Die geplante Invasion musste ihn also wahrhaft belasten.

»Was bekümmert dich so, Hari?«, hatte sie ihn erst neulich abends gefragt, als er einfach an ihr vorbeigestürmt war, obwohl sie nackt die Fidel spielte, und sich auf die Karten und Zeichnungen gestürzt hatte, die auf seinem Schreibtisch verstreut lagen.

Er hatte aufgeblickt, hatte sich bereitgemacht, wie in letzter Zeit immer, ihre Sorgen beiseitezuschieben, aber aus irgendeinem Grund hatte er sich eines Besseren besonnen – vielleicht weil sie den Bogen so drohend auf ihn gerichtet hatte, vielleicht aber auch, weil er sie in seiner Lieblingskluft dort sitzen sah. Möglicherweise war aber auch der Druck seiner Sorgen zu groß geworden, wie die Feuer im Inneren eines isländischen Berges.

»Ich kenne das Land nicht, Lily«, hatte er bekannt. »Ich kann England nicht in einer Seeschlacht einnehmen, also muss ich die Städte angreifen. Ich muss auf ihren Feldern kämpfen, und die kennen sie um so vieles besser als ich selbst. Sie kennen die Abhänge, die Wälder, die Verstecke, die Aussichtspunkte. Das macht mich verwundbar, und es gefällt mir gar nicht, verwundbar zu sein.«

»Das gefällt niemandem, Hari, weder Mann noch Frau.«

»Oh, das kann ich nicht beurteilen.« Er hatte sie auf seinen Schreibtisch gezogen und die Karten beiseitegeschoben. »Du scheinst nichts dagegen zu haben.«

Er hatte sie boshaft angegrinst, als ob ihn das Problem, nachdem er es nun einmal ausgesprochen hatte, schon weniger belastete, und sie hatte die Beine um ihn geschlungen, die Fidel beiseitegelegt, um stattdessen mit ihrem Gemahl zu spielen.

»Du kanntest meinen Körper doch auch nicht, Hari, bevor du ihn zum ersten Mal genommen hast, aber du hast deinen Weg trotzdem gefunden.«

»Ich hatte vorher schon meinen Weg bei genug anderen Frauen gefunden, meine Lilyveta, um für dich vorbereitet zu sein.«

»Genau wie du deinen Weg schon über genug Schlachtfelder gefunden hast, mein Liebster.«

»Du vergleichst dich mit einem Schlachtfeld?«

Das hatte ihr für einen Augenblick die Sprache verschlagen.

»Ich fürchte, ich habe mir manchmal tatsächlich so etwas

wie eine Schlacht mit dir geliefert«, hatte sie zugegeben, aber er hatte nur ihre Hand umfangen und sie geküsst.

»Und ich habe dich dafür umso mehr geliebt. Doch jetzt sollst du *mit* mir kämpfen.«

Das hatte er natürlich nicht wortwörtlich gemeint, mit der Waffe in der Hand wie eine Schildmaid aus alter Zeit. Aber er brauchte ihre Unterstützung, und die wollte sie ihm aus ganzem Herzen geben. Der Gedanke daran, dass er in England einmarschieren würde, machte ihr genauso viel Angst wie Ulf, aber die Aussicht auf diesen Feldzug verlieh ihm neue Lebenskraft, und schon allein deshalb bedeutete er ihr die Welt. Und außerdem machten sie Fortschritte. Schon jetzt hatte er einige Schlüssel von ihrer Halskette gelöst, und sie wurde leichter, während die Mündung des Sognefjords sich mit Kriegsschiffen füllte.

Bootsbauer aus ganz Norwegen freuten sich über zahllose Aufträge, und die Nachricht verbreitete sich auch unter den Söldnern, so dass eifrige Soldaten nach Oslo kamen in der Hoffnung, sich ihren Anteil an dieser Mission zu sichern – der größten Mission im Westen, seit König Knut seinerseits Segel nach England gesetzt hatte. Elisabeth begrüßte ihren Kampfgeist, aber als Herrscher brauchten sie mehr; sie brauchten Pläne, eine Taktik. Sie zog Harald wieder zurück zu seinem Stuhl neben Ulf und beugte sich zwischen beiden Männern vor.

»Vergesst nicht, dass Sven«, sagte sie leise, »in England geboren und aufgewachsen ist.«

Beide Männer sahen mit großen Augen zu ihr auf.

»Natürlich!«, rief Harald. »Sven kennt England. Willst du damit vorschlagen, Elisabeth, dass wir gemeinsam einmarschieren sollten?«

Sie hielt eine Hand in die Höhe. »Das ist deine Entscheidung, Hari. Ich sage nur, dass Sven in diesen Verhandlungen etwas hat, das uns nützlich sein könnte.«

»Zudem hat auch er einen Anspruch auf den englischen Thron«, warnte Ulf. »Der vielleicht sogar stärker ist als dein eigener, denn er ist Knuts Neffe, während dein eigener nur darauf basiert, dass Magnus Hardiknuts Erbe war. Was, wenn er sich uns anschließt und dir den Thron stiehlt – wie Dänemark von Magnus, als der arme Narr ihm die Regentschaft überließ?«

»Er scheint aber doch«, warf Thora milde ein, »all die Jahre zufrieden mit Dänemark gewesen zu sein. Vielleicht denkt er ja, dass es töricht wäre, in England einzumarschieren.«

Harald musterte sie aus verengten Augen. »Vielleicht hältst *du selbst* eine Invasion in England ja für töricht, Thora?« Thora blickte hastig auf ihre Stickerei herab, und Harald wandte sich seufzend wieder an Elisabeth. »Und du, meine Liebste?«

Elisabeth blickte auf ihn herab. Sie hatte Agatha geschrieben, hatte ihr ihr Beileid und die Sorge um ihr Wohlergehen bekundet. Sie hatte in absichtlich unklaren Worten erwähnt, wie schön es für sie beide wäre, einander wiederzusehen, und Agathas Antwort war voller Begeisterung gewesen. Wenn Lily nur bei ihr in England sein könnte, hatte sie geschrieben, wäre alles so viel leichter. Keine von beiden hatte es gewagt, offen zu schreiben, aus Angst vor Spionen, die das Siegel erbrechen könnten, und sie konnte nur hoffen, dass Agatha verstanden hatte und dass sie Haralds Pläne begrüßte.

»Ich glaube«, sagte sie nun beherzt, »dass England sich sehr glücklich schätzen könnte, dich auf seinem Thron zu wissen.«

Harald lächelte – ein bedächtiges Lächeln, das langsam breiter wurde, wie die Sonne, die über dem Horizont aufgeht.

Dann plötzlich zog er sie auf sein Knie, wobei sie Wein auf ihr Kleid verschüttete.

»Hari!«

»Oh, mach dir nichts draus, Lily. Man muss schon mal ein wenig Rot verspritzen, um zu gewinnen, aber du hast recht – nicht wahr, Ulf?«

Ulf neigte seinen ergrauenden Kopf. »Was das angeht, Hari, hat sie eindeutig recht.«

»Gut. Schließen wir also Frieden mit diesem Schurken von einem dänischen König, und richten wir unseren Blick nach Westen!«

Kapitel 36

Oslo, Februar 1066

»König Edward ist tot!«

Elisabeth saß mit einem Mal senkrecht in ihrem Bett, als Harald mit diesen Worten in ihr Schlafgemach stürmte. Er war mal wieder früh auf den Beinen gewesen, hatte mit seinen Feldherren und Bootsbauern konferiert, aber sie hatte keine Lust gehabt, die Wärme ihrer Pelzdecken zu verlassen – bis jetzt.

»König Edward?«, stammelte sie.

»Von England, ja. Gestorben vor einem Monat, und Harold Godwinson wurde am Tag seines Begräbnisses zum König gekrönt, mit seiner frischgebackenen Gemahlin Edyth von Mercia als Königin.«

»Der Königin des Walisers?«

»Der *Witwe* des Walisers. Earl Harald hat Griffin besiegt, und jetzt hat er, wie es scheint, sich auch noch seine Frau genommen. Sie haben schnell gehandelt, und wir hatten recht mit unserer Vermutung, dass Edgar keine Chance hatte.«

Elisabeth sprang aus dem Bett und griff nach ihrem wollenen Morgenmantel, denn obwohl die Schneeschmelze in diesem Jahr früh einsetzte, war es noch immer eisig kalt.

»Woher weißt du das?«, fragte sie und ergriff Haralds Hände, damit er aufhörte, in dem Gemach herumzuspringen wie ein Grashüpfer in der Paarungszeit.

»Händler sind gestern spät in der Nacht in den Hafen gesegelt. Sie baten um eine Audienz, noch bevor ich gefrühstückt hatte, denn sie wollten mir unbedingt als Erste die Neuigkeiten überbringen. Gott steh uns bei, Lily – das ist es.«

»Die Zeit ist reif«, stimmte sie zögernd zu.

»Ja.« Harald wurde ganz still. Seine Hände drückten die ihren. »Das ist sie wirklich. Ich habe dir England versprochen, meine Liebste, weißt du noch? Als ich auf das Feuerschiff sprang, um um deine Hand anzuhalten, versprach ich deinem Vater, dass ich England für dich erobern würde. Damals war es Wahnsinn, der ehrgeizige Traum eines jungen Mannes, und eine Zeitlang sah es so aus, als ginge Englands Thron stattdessen an deine Schwester, aber nun …«

Er verstummte, und Elisabeth blickte zu ihm auf. »Nun ist es an uns, ihn an uns zu reißen?«

»Nun ist es an uns, ihn an uns zu reißen«, stimmte er zu, aber seine Augen hatten sich auf die Dachsparren gerichtet oder vielleicht auch auf etwas Dahinterliegendes. Sie streckte die Hand aus und streichelte sein Gesicht, ließ die Finger sacht über seine Stiklestad-Narbe fahren.

»Hast du Angst?«

»Angst?« Er sah sie wieder an. »Nein, Lily, ich habe keine Angst. Ich habe nur gerade an etwas gedacht, das Finn nach Niså zu mir sagte. Er sagte, Lily, dass Ehrgeiz eine Krankheit sei.«

»Eine Krankheit? Hari, das ist dummes Zeug.«

»Er sagte, ich hätte eine kranke Seele.«

Sein gequälter Gesichtsausdruck war ihr verhasst.

»Oh Hari«, sagte sie. »Natürlich hast du das. Niemand könnte sonst König sein, und wir sollten Gott dafür danken.«

»Glaubst du das wirklich?«

»Ich weiß es. Wer hat dich zum Krieger erzogen, Harald?«

»Finn.«

»Wer hat dich gelehrt, zu kämpfen? Wer lehrte dich Mut und Ehre und *Ehrgeiz?«*

»Finn?«

»Deshalb hast du ihn so geliebt. Er ist alt, Hari, wie tief im Herzen auch Sven, der König, dem er die Treue geschworen hat.«

Sven war bei den Friedensverhandlungen eine Enttäuschung für sie gewesen. Er hatte förmlich erklärt, dass er kein Interesse daran habe, selbst in England einzumarschieren, hatte allerdings bedauerlicherweise auch keinerlei Neigung verspürt, Harald zu helfen. Zumindest hatte er – als Gegenleistung dafür, dass Harald seinen Status als König Dänemarks in vollem Umfang anerkannt hatte –, geschworen, Norwegens Grenzen während der geplanten Invasion zu respektieren. Informationen über sein Geburtsland jedoch, darauf hatte er beharrt, mussten sie sich anderswo beschaffen. Harald war niedergeschlagen gewesen, aber Elisabeth hatte nicht aufgegeben. Sie hatte Agatha erneut geschrieben, und die Antwort war sehr hilfreich gewesen.

»Diese beiden Möchtegerndänen haben gar keine Ahnung mehr, was Ehrgeiz heißt«, beharrte sie nun. »Aber du, Hari, *du* hast es nicht vergessen.« Er sah sie an, als hätte sie ihm das tiefste Geheimnis der Menschheit verraten, und ausnahmsweise errötete sie. »Das ist keine große Weisheit, sondern nur die schlichte Wahrheit.«

»Eine Wahrheit, die ich vergessen hatte, aber du hast recht. Es war Finn, der mir beigebracht hat, den Wunsch zu kämpfen nicht nur willkommen zu heißen, sondern ihn auch noch für mich *nutzbar* zu machen. Er ist derjenige, der sich verändert hat, nicht ich.« Er küsste sie. »Was hätte ich nur ohne dich getan, Elisabeth?«

Sie lächelte wehmütig. »Thora geheiratet und Norwegen zu Frieden und Wohlstand verholfen?«

Er schüttelte den Kopf. »Ich glaube nicht. Ich habe Meerwasser in den Adern, mein Herz, und ich hätte weder Rast noch Ruhe gefunden, auch ohne dass du die Stromschnellen reitest, um es mir ins Gedächtnis zu rufen – aber ich hätte es niemals so gut tun können, und schon gar nicht so glücklich. Kommst du mit mir nach England?«

»Um zu kämpfen?«

»Nein! Obwohl ich wette, dass du ein paar Angelsachsen einen gehörigen Schrecken einjagen würdest, meine Liebste. Du kannst dich auf den Orkneys ausruhen, bis ich gesiegt habe, und dann lasse ich nach dir schicken und mache dich zu meiner Königin.«

»In Westminster, wo Agatha sich aufhält?«

»Letztendlich. Doch zuerst in York, denke ich, so wie unsere Vorfahren – wenn ich es finde.«

Harald sah bei diesem Gedanken ganz verloren aus, und Elisabeth schüttelte seine Hände. »Du *wirst* es finden.«

»Woher willst du das wissen?«

Sie holte tief Luft. Es war Zeit, ein Geständnis abzulegen. »Ich habe nach jemandem geschickt. Oder besser, jemanden eingeladen, der, wie ich glaube, bei diesem Wagnis lieber mit dir zusammenarbeiten wird als Sven.«

»Wen? Oh Gott, Lily, nach wem hast du geschickt?«

»Mit diesem Geschenk danke ich dir für all das, was du mir gegeben hast.«

Elisabeth blickte zu der Halskette hinüber, die sorgsam an einem hölzernen Haken neben ihrem Bett hing. Fast alle Schlüssel fehlten bis auf die allerersten, aber die zahlreichen Anhänger gab es noch immer – ein Klingeln der Erinnerungen und Verheißungen.

»Wer ist es?«, fragte Harald heiser. »Wen hast du hergebeten?«

Sie sah zu ihm auf, beinahe lächelnd. »Lord Tostig Godwinson, ehemals Earl of Northumbria, und jetzt, wie man mir berichtet hat, im Exil. Weshalb er vor Wut auf seinen Bruder Harold schäumt – seinen Bruder, der nun, wie es scheint, König ist.«

Harald nahm sie stürmisch in die Arme, presste sie an seine breite Brust und vergrub ihren Kopf unter seinem Kinn, so dass sein Mondscheinhaar sich mit ihren Nachtlocken verwob.

»Ich bin nicht gut im Beten, mein Herz«, sagte er. »Aber ich danke dem Herrn im Himmel jeden einzelnen Tag dafür, dass er dich mir geschenkt hat.«

Elisabeth legte die Arme um seinen Nacken und küsste ihn. »Vielleicht nutzt er ja gar nichts«, warnte sie, aber Harald grinste nur.

»Oh, das wird er«, sagte er und erwiderte ihren Kuss. »Dafür werde ich schon sorgen.«

Lord Tostig kam ein paar Tage später an. Elisabeth und Harald waren von Reitern, welche man an der Mündung des Oslofjords postiert hatte, vorgewarnt worden und erwarteten ihn auf den Landungsstegen, als er einsegelte. Er war ein schlanker Mann, erheblich schlanker als Harald und mehr als einen Kopf kleiner, aber er sah kampferprobt aus, und in seinen bernsteinfarbenen Augen glomm ein gieriger Funke. In seinem Gürtel steckte ein kostbares Schwert. Er sprang eifrig vom Schiff und landete fast direkt zu ihren Füßen.

»König Harald, Königin Elisabeth, ich danke Euch für diesen Empfang und Eure Gastfreundschaft.« Seine Stimme war sanft, sein Altnordisch hatte einen englischen Akzent.

»Nein, dankt uns noch nicht, Lord Tostig«, widersprach Harald.

»Torr, bitte – meine Freunde nennen mich Torr.«

»Torr, ich verstehe – aber woher wollt Ihr wissen, Torr, dass wir Eure Freunde sind? Woher wollt Ihr wissen, dass wir Euch nicht gefangen nehmen?«

»Wie die Normannen einst meinen Bruder gefangen nahmen?«

Elisabeth spürte, wie Harald bei dieser Information zusammenzuckte, und warf ihm einen Blick zu, um mehr zu erfahren. Aber Torr war ein scharfer Beobachter, und Harald ließ sich Unwissenheit grundsätzlich nicht anmerken.

»Euer Bruder Harold, der nun König von England ist?«

»Ebender«, knurrte Torr.

»Der also nicht länger Gefangener ist.«

»Nein, bedauerlicherweise nicht, obwohl er den Treueeid gegenüber Herzog William gebrochen hat, indem er den Thron bestiegen hat.«

»In der Tat«, stimmte Harald zu, als ob ihm die Lage bekannt wäre, obwohl Elisabeth sah, wie sich seine blassgrauen Augen umwölkten, während er versuchte, sich einen Reim auf das Ganze zu machen.

»Herzog William hat Rache geschworen«, sagte Torr jetzt

und fiel in Gleichschritt mit Harald, oder besser: Er versuchte es, denn Haralds Beine waren lang, und er musste sogar ein wenig hüpfen, um das Tempo beizubehalten.

»Herzog William ist Normanne«, erwiderte Harald scharf. »Ich kenne dieses Volk gut – Banditen, die verzweifelt nach irgendeinem Gesetz suchen, um ihre Ziele zu rechtfertigen, während sie selbst sämtliche seiner Regeln brechen. Die Lombarden luden die Normannen nach Italien ein und verloren es letztlich an sie. Wenn sie ein Land in die Finger bekommen, lassen sie es nicht mehr los, bis sie ihm die Kehle zuschnüren können.«

Torr nickte eifrig. »Herzog William sagt, Harold hat geschworen, ihm als König von England zu dienen. Er will einmarschieren.«

»Das habe ich gehört«, pflichtete Harald ihm erneut bei, obwohl Elisabeth bemerkte, wie Ulf hinter ihnen seine Männer energisch beiseitezog – die Tavernen mussten sofort nach zufälligen Spionen abgesucht werden, denn es gab immer wieder Kaufleute, die darauf aus waren, Informationen zu verkaufen wie Waren.

»Und Ihr, Sire?«, fragte Torr plötzlich und blieb vor den Stufen zu den großen königlichen Gebäuden stehen. »Wollt *Ihr* ebenfalls einmarschieren?«

Harald ergriff seinen Arm und führte ihn hinauf, fort von den neugierigen Ohren der geschäftigen Stadt.

»Ich könnte, wenn ich wollte, aber wäre es meiner Mühe wert?«

»Oh ja«, antwortete der englische Lord sofort.

»Glaubt Ihr? *Meiner* Mühe, Lord Tostig – oder Eurer?«

»Eurer natürlich, Sire – Ihr wärt dann König.«

»Wenn wir gewinnen.«

»Ja. Aber ich habe gehört, Harald Hardrada, dass Ihr stets gewinnt.«

»Und ich habe gehört, Tostig Godwinson, dass Ihr von Euren eigenen Leuten verstoßen wurdet. Warum sollten sie sich Eure Rückkehr wünschen?«

Torr zupfte unruhig an einem losen Faden seiner eleganten Tunika herum. »Weil«, antwortete er, »ich ihnen einen König brächte, der würdig wäre zu regieren.«

Harald sah Elisabeth hinter sich an. »Sie sind sehr wortgewandt, diese Engländer«, sagte er leichthin.

»Das ist wahr«, stimmte sie zu. »Aber sind sie auch ebenso gewandt mit dem *Schwert?«*

Torr stürzte sich auf diesen Köder wie ein Wiesel auf eine Maus. »Nicht so gut wie Ihr, Sire, da bin ich sicher.«

Harald lachte. »Ihr beherrscht unsere Sprache gut, Lord Torr.«

»In Northumberland«, stimmte Torr hastig zu, »sprechen die Männer ein Nordisch, das dem Euren sehr ähnlich ist, Sire. Die Menschen dort sind vielleicht eher Norweger als Engländer.«

»Glaubt Ihr?«

Harald bedeutete seinem Gast mit einer Handbewegung, durch den großen Eingang des Palastes hineinzugehen, und beugte sich nach hinten zu Elisabeth. »Er ist vollkommen hohl«, flüsterte er.

»Gut«, antwortete Elisabeth. »Dann füllen wir ihn eben mit unseren eigenen Zielen.«

Harald nickte, aber nun kam Ulf zurück – offensichtlich waren die Spione bereits eifrig bei der Arbeit gewesen –, und sie folgte Torr, um ihnen Zeit zu geben, sich zu unterhalten. Der englische Lord schlenderte durch die Halle, bewunderte scheinbar die Säulen, obwohl Elisabeth bemerkte, wie er mit seinen langen Fingern erneut an den schimmernden Fäden seiner golddurchwirkten Tunika herumzupfte.

»Gefallen Euch unsere Schnitzereien?«, fragte sie und gesellte sich zu ihm.

Hastig zog er die Hand von der Tunika zurück. »Ja. Sie sind exquisit, und diese Fresken da oben sind erstaunlich – so etwas haben wir in England nicht.«

»In Norwegen bislang ebenso wenig«, berichtete Elisabeth. »Die Halle ist von der Architektur Kiews inspiriert.«

»Natürlich.« Torr verbeugte sich. »Ihr stammt aus dem Land der Rus, Mylady. Vielleicht sollte ich meine Segel einmal dorthin wenden, wenn dort alle so schön sind wie Ihr.«

Elisabeth lachte. »Seid Ihr immer so freigebig mit Komplimenten, Lord Torr?«

»Nur wenn das Lob berechtigt ist.«

»Oder wo Ihr etwas erreichen wollt«, schlug Harald vor, der nun ebenfalls hereinkam, Ulf dicht auf den Fersen.

Torr wandte sich zu ihnen um, und seine bernsteinfarbenen Augen verengten sich leicht. »In der Tat«, stimmte er ihr zu, die Stimme jetzt rauer als zuvor. »Ich bin nicht hier, um Euch etwas vorzumachen, Sire, genauso wenig wie aus reiner Herzensgüte. Harold hat den Thron Englands gestohlen, und ich brauche einen Partner, um ihn zurückzuerobern.«

»Für Euch selbst?«

»Mein Blut ist auch nicht königlicher als das meines Bruders.«

»Was also wollt Ihr?« Haralds Worte hallten in der geräumigen Halle wider. Er hatte Wachen an der Tür aufgestellt, die dafür sorgen sollten, dass sie nicht gestört wurden, und die kleine Gruppe war allein in dem großen Raum. Torr zuckte zusammen, bewahrte aber Haltung.

»Ein Fürstentum.«

»Northumbria?«, schlug Ulf vor. »So nennt es sich doch, Euer Fürstentum, nicht wahr?«

»So ist es, Mylord Feldmarschall. Zumindest war es mein Fürstentum, aber ich bin nicht …«

»Ihr habt also im Norden gelebt?«

»Ja, und es ist ein gottverlassener …«

»In York?«

»Sogar noch weiter nördlich, in Durham. Wobei ich York gut kenne, und viele der dortigen Lords ebenfalls.«

»Jene Lords, die Euch hinausgeworfen haben?«, fragte Harald.

»Genau die«, stimmte Torr zu und sah ihn wieder an. »Aber ich kenne auch die andere, ältere, ruhigere Mehrheit derjenigen, die sich nicht gegen die Jüngeren auflehnten, weil sie – wie ehedem auch ich selbst – glaubten, dass der König, mein Bruder, der nun die Zügel der Macht in Händen hält, mich unterstützen und mich rechtmäßig wieder in Amt und Würden einsetzen würde.«

»Aber das hat er nicht?«

»Nein. Harold schickte mich ins Exil.«

»Das ist hart.«

»Sehr.« Torrs Stimme war nur noch ein Zischen; sie kroch durch die Halle, leise und voller Gift. »Er hatte bereits den Thron im Auge, Sire, und er wusste, dass er jegliche Opposition eliminieren musste.«

»Eliminieren? Ich verstehe. Aber warum, Lord Torr, seid Ihr ein Gegner Eures eigenen Bruders?«

»Er ist kein König, Sire. Nicht so wie Ihr.«

»Ich hätte allerdings gedacht«, sagte Harald beiläufig zu Ulf, »dass es einem Mann zum Vorteil gereicht, wenn sein Bruder König ist?«

»Vielleicht«, warf Torr hastig ein und trat zwischen sie, »aber ein Mann sollte auch ehrenhaft sein.«

»Ein Mann sollte sicherlich auch«, meinte Ulf, »loyal sein?«

»Ich *bin* loyal – meinem Land gegenüber.«

»Warum wollt Ihr dann einen fremden König auf seinem Thron sehen?«

»Weil ich glaube, dass König Harald gut regieren würde.«

»Tatsächlich?«, fragte Harald scharf und mit lauterer Stimme, während er einen Schritt auf Torr zu machte. »Glaubt Ihr das tatsächlich, Lord Torr? In der gleichen Weise, wie Ihr glaubt, dass Herzog William gut regieren würde oder Sven von Dänemark?«

»Nein, Sire. Nein, ich …«

»Denn diese beiden habt Ihr aufgesucht, bevor Ihr herkamt, nicht wahr?«

Torr erbleichte. Elisabeth blickte zu Ulf hinüber – das also waren seine Neuigkeiten gewesen.

»Das habe ich«, musste Torr nun gezwungenermaßen zugeben. »Und ich kann Euch wertvolle Informationen über ihre Pläne geben.«

»Informationen?« Harald blickte auf Torr herab, dann wandte er sich ab, um einem Diener zu befehlen, Wein zu bringen. »Woher soll ich wissen«, fragte er mit dem Rücken zu seinem Gast, »dass Ihr nicht hier seid, um ›Informationen‹ für *sie* zu sammeln?«

Torr wurde noch blasser, und sogar Elisabeth, die an einer Säule lehnte, wurde mulmig zumute. Das also war Harald Hardrada – so imposant und fesselnd war sein Auftreten. Sie ging zur Seitentür, um dem Diener den hastig herbeigebrachten Wein abzunehmen und Harald selbst einzuschenken.

»Danke, meine Liebe«, sagte er, jetzt scheinbar vollkommen entspannt. »Und gieße doch auch unserem Gast etwas ein – er sieht aus, als bräuchte er eine Erfrischung.«

Tatsächlich nahm Torr den Kelch und trank ihn in einem Zug leer. Sie schenkte ihm nach, wobei sie darauf achtete, ihm nicht in die Augen zu sehen oder ihn in irgendeiner Form zu ermutigen. Nach ein paar weiteren großen Schlucken wandte er sich wieder Harald zu.

»Ich werde Euch die Wahrheit sagen, Sire«, sagte er. »Und dann könnt Ihr mich nach Belieben beurteilen.«

Harald neigte den Kopf und ging zu seinem großen Sessel hinüber, wobei er Ulf bedeutete, neben ihm Platz zu nehmen, Torr aber keinen Stuhl anbot. Der englische Lord schlurfte zu ihm hin und blieb vor ihm stehen.

»König Sven ist mein Vetter mütterlicherseits, deshalb war er meine erste Wahl, wie Ihr sicher verstehen werdet. Er hat jedoch keinerlei Ambitionen, seinen Thronanspruch durch einen Krieg geltend zu machen, obwohl ich mir nicht denken kann, warum nicht.«

»Er hat kürzlich viele Schiffe verloren«, sagte Harald und fingerte am Knauf seines Schwertes herum.

»Natürlich. Ja, ich verstehe …«

»Und Herzog William?«

»Herzog William ist mit der Base meiner Frau verheiratet, Sire, um ihretwillen habe ich also mit ihm gesprochen. Er will angreifen. Ich habe seine Flotte gesehen, und die ist bereits sehr emsig bei den Vorbereitungen. Seine Pferdegestüte ebenfalls.«

»Er will seine Kavallerie nach England bringen?«, fragte Ulf und beugte sich vor.

»Das ist die einzige Art, auf die er zu kämpfen versteht.«

»Dann lasst uns hoffen, dass sie seekrank werden.«

Torr lächelte gezwungen, wagte aber nicht über den Scherz zu lachen. »Er versammelt eine hervorragende Truppe um sich, Sire«, sagte er zu Harald. »Sämtliche normannischen Adligen stehen in seinen Diensten.«

»Aber einen Engländer im Exil kann er nicht brauchen?«

»Nein, Sire.«

»Warum nicht?«

»Vielleicht fehlt ihm Eure Weisheit.«

»Vielleicht fürchtet er *Euren* Verrat.«

Elisabeth konnte Torrs schlanke Beine beinahe zittern sehen. »Sehe ich in Euren Augen wie ein Verräter aus, Sire?«, fragte er Harald verzweifelt.

»Ihr seht aus wie ein Pfau, Torr«, konterte Harald, die Augen auf den mittlerweile losen Faden am Saum seiner Tunika gerichtet. »Mein Freund hier, Graf Ulf, hält es nicht für klug, Euer England zu überfallen, obwohl ihr Euch bemüht, ihn davon zu überzeugen, dass er von den englischen Truppen wenig zu befürchten hat. Sagt mir also, wenn Ihr so versessen darauf seid, Euren Wert zu beweisen – wie würde ein Mann am besten beim Angriff vorgehen?«

»Ein Mann, wie Ihr es seid, Sire – ein Nordmann? Nun, er würde mit seinen Schiffen bis zur Ousemündung nach York segeln und die Stadt einnehmen. Er würde dort einen neuen Stützpunkt errichten und die dort ansässigen Lords den Treueeid schwören lassen, von denen viele noch nordisches Blut in den Adern haben. Das täte er insbesondere, Sire, wenn er einen Feldherrn bei sich hätte, der die Namen und Wohnstätten all dieser Lords kennt. Halb England wäre innerhalb einer Woche eingenommen, und von dort könnte ein Mann gegen Mercia marschieren, dessen Herrscher jung und unsicher ist. Sobald auch dieser ihm den Treueeid geschworen hätte, würde er gegen Westminster marschieren.«

»Aus Eurem Mund klingt das alles so einfach, Lord Torr – nicht wahr, Ulf?«

Ulf grunzte nur, aber Torr trat enthusiastisch einen Schritt nach vorn.

»Es *ist* einfach, Sire – mit dem richtigen Anführer und den richtigen Männern und den richtigen Kenntnissen.«

Elisabeths Herz schlug Purzelbäume. Dieser Mann war trotz seiner kostbaren Kleider und seiner Prahlerei kein Narr und kannte seinen Wert. Aber nun ja, sie kannten ihn ebenfalls.

»Also, Sire?«, wagte Torr zu fragen.

Harald sah erst Ulf an und dann wieder seinen Gast. »Wir sind froh, Lord Torr, dass Eure Schiffe sich uns anschließen wollen, sollte ich beschließen, England anzugreifen. Wie viele habt Ihr?«

»Meine Feldherren stellen eine Flotte in Flandern zusammen, wo Herzog Balduin, der Vater meiner Gemahlin, meinen Streitkräften mit Freuden Unterkunft gewährt.«

»Aber er freut sich nicht genug, um mit Euch zusammen einzumarschieren?«

»Flandern ist nur ein kleines Herzogtum, Sire.«

»Ebenso wie die Normandie.«

»Aber Herzog Balduin kennt seine Grenzen.«

Harald gluckste und versetzte Ulf einen Knuff. »Und das tut Herzog William nicht«, sagte er, und zum ersten Mal während dieser schwierigen Unterhaltung musste sein Feldmarschall lächeln.

»Wie viele Schiffe stellen Eure Hauptleute in Flandern zusammen?«, fragte Ulf Torr nun.

»Um die dreißig, Mylord, und ich habe vor, zur Isle of Wight zu segeln, wie mein Vater es tat, als er sich im Jahre 1052 seinen glorreichen Weg aus dem Exil zurück erkämpfte. Er erhielt viel Unterstützung an der Südküste – und die werde ich auch bekommen.«

»Die Südküste – das ist das Land Eures Bruders, ja?«

»Vorläufig.«

»Ah!« Harald erhob sich und umrundete Torr. »Ich glaube nicht, Ulf, dass Lord Torr nach Northumbria zurückkehren will – nicht wahr, Lord Torr? Euer Hauptaugenmerk liegt im Süden?«

»Ich würde dafür sorgen, dass es Eurer Mühe wert ist, Sire.«

»Vielleicht.« Harald kehrte schwungvoll zu seinem Sessel zurück und schwang sich achtlos hinein. »Geht, Torr – versammelt Eure Flotte und plündert den Süden. Wenn Ihr noch mehr Schiffe zusammenbekommt, segelt damit nach Norden, und falls wir uns tatsächlich ebenfalls auf den Weg nach England machen, können wir unsere Kräfte vereinen.«

»Wirklich?« Torr sah aus, als könne er es kaum glauben.

»Warum nicht?«, sagte Harald lässig. »Ihr segelt, glaube ich, um Rache zu nehmen.«

»Ja.«

»Das gefällt mir.«

»Und Ihr, Sire – weshalb segelt Ihr?«

Harald sah Elisabeth an und lächelte. »Ich segle – *falls* ich mich tatsächlich dazu entschließe – um des Ruhmes willen. Nun kommt. Ihr seid weit gereist, lasst uns speisen!«

Er winkte den Wachleuten zu, und diese rissen die Türen auf, um die restlichen Höflinge hereinzulassen, die draußen zusammenstanden, und deren Atem über ihren Köpfen vor lauter Klatsch und Tratsch eine Nebelwolke bildete.

Elisabeth blieb zurück und beobachtete, wie Torr sich neben Harald setzte und durch das plötzliche Wohlwollen seines Gastgebers wie benommen wirkte. Sie bemitleidete ihn beinahe, aber er war ein Mann, der nur wenig zu verlieren, jedoch viel zu gewinnen hatte, und wenn er Harald nützlich sein konnte, war sie es zufrieden.

»Wird er genügen?«, fragte jemand hinter ihr, und sie wandte sich um und entdeckte Thora, die sich rechts neben sie setzte.

»Er wird genügen, denke ich, wenn Harald vorsichtig ist.«

Thora seufzte. »Bei diesem Abenteuer muss Harald eine Menge Vorsicht walten lassen. Ich habe das Gefühl, Lily, als warteten die Wölfe an jeder Wegbiegung auf ihn.«

»Vielleicht ist das auch so. Aber sie alle richten ihr Augenmerk auf England, nicht auf uns.«

»Bis wir England *sind.*«

Elisabeth blieb keine Zeit für eine Antwort, denn Harald sprang zwischen sie, so dass sie aufschrien und auseinanderstoben.

»Was habt ihr beiden denn zu flüstern?«, fragte ihr Ehemann und lachte über ihre Überraschung.

»Thora macht sich Sorgen um dich«, sagte Elisabeth, die sich von ihrem Schrecken erst noch erholen musste.

»Das kann sie gut. Beunruhige dich nicht, meine Liebe – alles wird gut, ich spüre es. Die gestohlene Krone sitzt sehr wacklig auf dem Haupt dieses Godwinson, und ich lasse mich nicht von irgendeinem dahergelaufenen normannischen Banditen besiegen, der aus dem Nichts eine Flotte zusammenstellen muss. Das sind keine Wölfe, Thora – ja, ich habe dich gehört –, sondern kleine Scheunenkätzchen. *Ich* bin der Wolf, weißt du noch?«

Elisabeth sah, wie Thoras Blick weicher wurde, und spürte einen stechenden Schmerz. War er Thoras Wolf gewesen? Wann? Und wie? Und warum spielte das nach all den Jahren noch eine Rolle?

»Das bist du, Hari«, stimmte Thora leise zu, und plötzlich hätte Elisabeth ihr den Kosenamen am liebsten von den Lippen gerissen. Thora nannte ihn sonst nie so – vielleicht war er ja immer noch ihr Wolf?

»Muss ich mitkommen, Hari?«, fragte sie jetzt. »Muss ich mit nach England kommen?«

Elisabeth sah, wie er sie anlächelte.

»Nein, Thora. Ich brauche dich hier in Norwegen – falls wir überhaupt gehen.«

»Du hast es noch nicht entschieden?«

»Wir müssen erst sehen, woher der Wind weht. Ich kann nur mit vollen Segeln nach England reisen.«

Thora nickte. »Nimmst du die Jungen mit?«

Die Jungen – *ihre* Jungen, ihre prächtigen zukünftigen Könige. Elisabeth vergrub die Finger in den Armlehnen ihres Sessels und sah, wie der norwegische Hof sie anstarrte. Plötzlich fühlte sie sich genauso allein wie Torr, nervös inmitten aller anderen sitzend.

»Nur Olav«, hörte sie Harald wie von Ferne antworten. »Er wird lernen, in England mein Erbe anzutreten. Magnus wird dieses Jahr zwanzig – er wird bleiben und Norwegen an meiner Stelle regieren.«

»Und ich?«

»Du, Thora, wirst Magnus zur Seite stehen. Ich vertraue darauf, dass du Norwegen für mich hältst.«

Das war zu viel. Elisabeth schob ihren Stuhl zurück, sprang auf und stürmte davon. Thora war Haralds Gemahlin, seine Regentin – und sie … sie war nur seine Zierde für das Bett, seine Leidenschaft, sein Luxus. Nun, sie würde seine Launen nicht länger ertragen. Sollte er doch über Norwegen mit Thora reden und über England mit Torr, jenem Mann, den *sie* an den Hof geholt hatte, obwohl er das höchstwahrscheinlich schon vergessen hatte. Sollte er doch …

»Lily!«, hörte sie Haralds Stimme hinter sich, aber sie blieb nicht stehen und drehte sich nicht um. Sie steigerte ihr Tempo und erreichte die Bedienstetentür am Ende der Halle. »Lily, bleib stehen!« Sie riss die Tür auf, und die beiden Dienstboten, beladen mit Tellern voller Ziegenleberpastete, wichen nervös zurück, wobei sie mit klirrendem Geschirr aneinanderprallten. »Lily, bitte bleib stehen.« Trotz ihres gewissenhaften Bestrebens, ihr Platz zu machen, hielten die Dienstboten sie lange genug auf, dass er sie einholen konnte. Harald packte sie am Arm und drehte sie zu sich um, damit sie ihn ansah. »Warum läufst du davon, Lily? Was ist los?«

»Nichts. Warum? Brauchst du mich? Begehrst du mich, Hari? Hast du Lust, mich hier zu nehmen, an der Küchenwand, um nach deinem männlichen Wortduell mit Lord Torr deine Lust zu befriedigen?«

»Was? Nein. Ich meine – ist es das, was du willst?«

»Nein!«

Sie riss sich los und lief auf die hinter dem Gebäude liegende Straße zu, wünschte sich ausnahmsweise einmal, draußen auf einem von Haralds luxuriösen Gütern zu sein und sich in Norwegens riesigen Kiefernwäldern zu verkriechen.

»Elisabeth, bleib sofort stehen!«

»Nein«, rief sie ihm über die Schulter hinweg zu. »Geh zu Thora zurück, Harald!«

»Zurück zu Thora?« Sie hörte ihn glucksen, leise und neckend. »Bist du etwa eifersüchtig, Lily?«

»Nein. Ich weiß nur endlich, wo mein Platz ist.«

»Und der wäre?«

Harald fing sie ein und presste sie gegen den Holzzaun des nächsten Grundstücks. Sie erschlaffte in seinem Griff.

»Nur hier«, sagte sie.

»Oh meine Lilyveta, du …«

»Nenn mich nicht so.«

»Warum nicht? Lily, bitte – ich verstehe nicht.«

»Thora hält also Norwegen für dich, ja?«

Harald wirkte sogar noch verwirrter. »Ja, wie schon zuvor. Wie …«

»Und ich, Harald – was halte *ich* für dich? Nichts! Ich bin immer noch eine Fremde in deinem geliebten Norwegen. Durch mich hast du keine Verbindung zu den alten Adelsfamilien, ich habe dir keine Söhne geschenkt, und mittlerweile ist sogar dein Schatz fast zu einem Nichts zusammengeschmolzen. Also sag mir, Harald Hardrada, Herrscher – Held, was halte *ich* für dich?«

»Weißt du das wirklich nicht?«

Seine Stimme war leise, und sie sah zu ihm auf, musterte die Narbe, mit der seine erste Schlacht sein wundervolles Gesicht gezeichnet hatte, die immer noch wund wirkte, selbst jetzt noch, da das Leben seine Linien um seine Augen und um seinen Mund gegraben hatte. Sein Antlitz war jetzt zerfurchter als damals, als er um ihre Hand angehalten hatte, aber es war ihr so teuer, wozu auch immer das gut sein mochte.

»Lass mich los, Hari«, flüsterte sie.

»Niemals«, sagte er. »Weißt du, was du für mich hältst, Elisabeth von Kiew? Du hältst mein Herz, und wenn das zu schlagen aufhörte – was es ohne dich sicherlich täte –, dann wäre alles andere nichts wert.«

»Dein Herz?«, wiederholte sie schwach, während ihr eigenes in ihrer Brust erzitterte.

»Für einen König ist das vielleicht ziemlich töricht, aber dennoch ist es wahr. Ich habe es dir schon einmal gesagt, Lily: Thora schenkt mir Söhne, aber du schenkst mir die Welt. Das stimmt heute mehr denn je. Ich kann England nicht ohne dich erobern, meine Liebste – ich *werde* England nicht ohne dich erobern.«

Elisabeth spürte, wie ihre Brust sich lächerlich weitete, wie sie selbst sich öffnete wie eine Blüte im Morgengrauen. Sie hielt sein Herz – und für eine Königin mochte es ebenfalls töricht sein, daraus Kraft zu schöpfen, aber sie tat es trotzdem.

»Du musst England nicht ohne mich erobern, Hari, denn ich bin deine treue Königin – mit dir da und *für* dich da.«

Er küsste sie lange und innig, presste sie an den Zaun, und sie klammerte sich an ihn, erwiderte seinen Kuss, als sei sie wieder sechzehn, als ob sie das erste Mal seine Lippen auf den ihren spürte.

»Und nun ...?«, fragte er leichthin, als er sie endlich losließ.

»Abendessen?«, schlug Elisabeth zaghaft vor.

»Abendessen, ja, aber hast du nicht eben noch von der Küchenmauer gesprochen?«

»Hari!«

Er legte den Arm um ihre Taille und führte sie in die Halle zurück.

»Vielleicht später«, sagte er und küsste sie wieder.

»Vielleicht«, gab sie zurück, »haben sie ja auch gute Küchenmauern in England.«

»Willst du mich herausfordern?«, fragte er mit leiser Stimme, als er die Tür öffnete und ihnen die lauten Stimmen des Hofes entgegenfluteten. »Soll das meine erste Amtshandlung als neuer König sein?«

»Ja, es ist eine Herausforderung«, bestätigte sie und strich sich das Kleid glatt, während er ihr den Vortritt ließ. Dann wandte sie sich lächelnd zu ihm um. »Und ein Versprechen.«

Kapitel 37

Oslo, April 1066

»Ulf?«

Harald näherte sich dem Bett, so leise er konnte, aber seine großen Füße verfingen sich in den mit Kräutern bestreuten Binsen auf dem Boden des Zimmers, so dass er stolperte.

»Ist schon gut, Hari«, ertönte die heisere Stimme seines Freundes. »Ich bin noch nicht tot.«

»Und das wirst du auch nicht sein«, sagte Harald entschieden.

Ulf lächelte ihn nur an, ein sanftes, wehmütiges Lächeln.

»Tu das nicht«, sagte Harald.

»Was soll ich nicht tun?«

»So lächeln, so abgeklärt. Das passt nicht zu dir.«

»Im Bett zu liegen, passt ebenso wenig zu mir.«

»Das ist wahr.« Harald sah sich um. Ulf war jetzt seit Wochen krank, verweigerte jede Nahrung und maulte herum wie ein verwundetes Bürschlein. Bei seinem Anblick, wie er jetzt mager und verloren unter den Decken lag, drehte sich auch Harald der Magen um. »Was lungerst du hier auch herum?«, fragte er so leichthin, wie er konnte. »Ich brauche meinen Feldmarschall an meiner Seite.«

Ulf wandte den Blick ab. »Ich glaube, mein Freund«, sagte er in die Kissen hinein, »dass du dir am besten einen neuen Feldmarschall suchst.«

»Nein!« Harald ließ sich auf den Stuhl an Ulfs Bettstatt sinken und legte ihm die Hand auf den Arm, der immer noch groß und stark war, aber auf den Leinentüchern seltsam fehl am Platze wirkte. »Dir wird es bald wieder besser gehen.«

Ulf drehte den Kopf und sah Harald an. Aus der Nähe konnte dieser sehen, wie dünn und zerfurcht sein Gesicht geworden war.

»Hari, ich war immer ehrlich zu dir, oder?«

»Manchmal zu ehrlich. Ich erinnere mich, wie du mich, bevor wir Nowgorod verließen, um nach Norwegen zu fahren, gefragt hast, wie viel von meinem hart erarbeiteten Schatz ich in meinem Trinkbecher versenken wollte, nur um es dann wieder – wie war das noch ? – ›aus meinen fauligen Eingeweiden strömen zu lassen‹.«

Ulf gluckste, dann sog er plötzlich scharf den Atem ein.

»Ich hatte recht«, sagte er, als seine Lunge sich wieder mit Luft gefüllt hatte, so dass er wieder sprechen konnte. »Du warst vollkommen fertig.«

»Ein wenig«, räumte Harald ein. »Und ohne dich und Hal wäre ich vielleicht niemals zu Lily zurückgekehrt, also: Ja, du hattest recht.«

»Und genauso recht habe ich jetzt, Harald, wenn ich sage, dass du einen neuen Feldmarschall brauchst, um mit ihm nach England zu segeln.«

»Du warst von dem Gedanken ja nie besonders angetan. Willst du mir jetzt sagen, Ulf, dass du nicht mitkommen willst?«

»Ich sage dir, Hari, dass ich sterben werde.«

Harald spürte einen schmerzhaften Stich in der Brust, als ob ein unsichtbarer Feind sich an ihn herangeschlichen und ihm ein Messer zwischen die Rippen gestoßen hätte.

»Sag das nicht. Du kannst nicht hier sterben, im Bett. Das ist kein passendes Ende für das Leben eines so leidenschaftlichen Kriegers.«

Wieder dieses Lächeln. Harald hätte es ihm am liebsten aus dem Gesicht geprügelt, aber das war jetzt wohl kaum das Richtige. Er grub seine Zehen in den Holzboden.

»Man schlägt keinen Sterbenden, Hari.«

»Das würde ich nie tun.«

»Wirklich nicht? Komm schon, ich bin dir gefolgt, seit ich dich verschmutzt und zerfetzt unter einem Busch bei Stiklestad fand. Ich kann in deinem Gesicht lesen wie in einem Schlachtplan.«

»Es wird keine Schlachtpläne geben, wenn du nicht da bist, Ulf.«

»Unsinn. Ich war doch eher dein Schreiber als dein Kopf, und jetzt hast du Lord Torr an deiner Seite.«

»Lord Torr? Pah! Der ist nicht einmal so viel wert wie ein Haar auf deiner großen Zehe, mein Freund.«

»Ich zeig dir gleich meine Zehen …« Ulfs Worte gingen in Husten über, und entsetzt sah Harald zu, wie Johanna mit einer Kupferschale herbeieilte und Ulf zu würgen begann.

Blut spritzte auf den Boden der Schüssel, wirbelte schillernd in den funkelnden Behälter, und Harald hatte das Gefühl, von diesem Strudel hinabgezogen zu werden, schwindlig, erschöpft.

»Lächerlich«, tadelte er sich selbst und wandte sich ab, um seinem Freund etwas Privatsphäre zu gewähren und um sich etwas zu erholen. »Du hast ein Leben in Blut geführt, Harald – du wirst dir ja wohl eine winzige Schüssel damit ansehen können.« Doch im Augenblick hätte er das Blutbad des Schlachtfeldes – die abgehackten Gliedmaßen, die entblößten Sehnen und die sprudelnden Venen eines offenen Kampfes – dem hier bei Weitem vorgezogen. Und er wusste, dass es Ulf ähnlich ging.

»Otto.«

Harald wandte sich bei diesem Wort um. »Otto?«

»Er sollte dein neuer Feldmarschall werden. Er ist ein guter Mann, Hari, und dein zukünftiger Schwiegersohn. Übergib ihm dieses Amt als mein Hochzeitsgeschenk.«

»Ich bin nicht in der Stimmung für Hochzeiten.«

»Eine Bestattung wäre dir lieber?«

Harald warf die Hände in die Höhe. »Ulf Ospaksson, du bringst mich wie immer auf die Palme!«

»Stets zu Diensten.«

Ulf lächelte. Diesmal war es eher das sardonische Grinsen von einst, aber Harald erkannte, wie viel wertvolle Kraft ihn diese Anstrengung kostete. Er sah zu Johanna hinüber, die ängstlich an seiner Seite verharrte. Sie würde ihm wohl kaum dankbar dafür sein, dass er ihren Gemahl so bedrängte, aber *eine* Frage *musste* er einfach noch stellen.

»Ulf?«

»Hari.«

»Soll ich in England einmarschieren?«

»Woher soll ich das wissen? Nur weil ich meinen eigenen Tod voraussehen kann, macht mich das noch lange nicht zum Wahrsager.«

»Ich bitte dich nicht, in die Zukunft zu sehen, alter Freund, sondern in die Vergangenheit – in *unsere* Vergangenheit. Du kennst mich als Krieger besser als jeder andere, also: Kann ich es schaffen? Kann ich den Thron an mich reißen?«

Ulf streckte den Arm aus und ergriff Haralds Hand. Sie fühlte sich seltsam in der seinen an, so groß und männlich, aber er hielt sie fest.

»Wenn es jemand kann, Harald, dann du.«

»Aber du hältst das Vorhaben für töricht?«

»Nein, ich …«

Mehr Husten. Johanna drängte sich mit der Schüssel an Harald vorbei, und er hielt die Hand, die Ulf losgelassen hatte, in die Höhe.

»Bitte, nur noch einen Augenblick. Ich weiß, er ist Euer Ehemann, und das respektiere ich, Johanna, wirklich, aber er ist mein ganzes Erwachsenenleben nun schon mein Freund, und ich … ich brauche …« Die Worte versagten ihm den Dienst.

»Du brauchst meinen Segen?«, schlug Ulf heiser vor.

»Vielleicht.«

Ulf trank einen Schluck Wasser und bedeutete Harald, ihn auf den Kissen in die Höhe zu ziehen.

»Ich bin krank, Hari«, sagte er. »Ich bin, glaube ich, schon länger krank, als ich mir selbst eingestehen wollte. Ich hatte einige Zeitlang einfach nicht mehr den Mumm für irgendetwas, am allerwenigsten für eine Reise ins Ungewisse. Dieses Geschwür hat mir meinen Mut genommen, fürchte ich, aber ich bitte dich: Lass nicht zu, dass es dir auch den deinen nimmt. Du wirst ein guter König für England sein, Hari, deshalb: Ja, segle mit meinem Segen.«

»Aber nicht mit dir?«

»Bedauerlicherweise ruft Gott diesen Waräger dafür zu früh zu sich. Es war mir eine Ehre, dir zu dienen, Harald.«

»Ulf, bitte …«

»Eine Ehre und ein Vergnügen, und ich erbitte mir jetzt nur noch eines von dir – stirb nicht im Bett, auf diese Weise. Das ist, wie du schon sagtest, nicht passend.«

»Nein, Ulf, das war ein Scherz. Ich …«

»Ich weiß, und ich danke dir dafür, aber glaub mir – du hattest recht. Leb wohl, Harald Hardrada. Stirb unter deinem Raben – doch erst in vielen Jahren. Ich habe dich nicht unter diesem Busch hervorgezerrt, damit du fett und faul wirst.«

Harald versuchte zu lächeln, doch ihm traten Tränen in die Augen, und er rührte sich nicht, weil er fürchtete, dass sie ihm sonst die Wangen hinabrinnen würden.

»Und jetzt geh«, sagte Ulf und streckte ihm den Arm hin. »Überlass mich dem Frauenvolk, denn du hast jetzt eine Invasion zu organisieren.«

»Ich kann nicht, ich …«

»Bitte, Hari.« Ulfs Stimme brach. »Ich will nicht, dass du mich so siehst. Bitte …«

Harald nickte. Er erhob sich und packte den Arm seines teuren Freundes fest – in der Umklammerung des Kriegers.

»Gott sei mit dir, Ulf.«

»Und mit dir, Hari. Eins noch …«

»Was denn?«

»Ich habe gehört, das englische Bier sei schrecklich.« Er lächelte. Es war endlich sein breites Ulf-Lächeln, und obwohl die Tränen jetzt tatsächlich liefen, erwiderte Harald es, wandte sich um und ging. Er wollte nicht ohne seinen Freund und Gefolgsmann segeln, aber er würde ihn nicht enttäuschen, indem er sich weigerte. Sollten die Winde ihn forttragen – er würde in York für Ulf beten.

Kapitel 38

Sognefjord, Juli 1066

Der Anblick hätte sogar ein Hasenherz erschüttert, und obwohl Thora wusste, dass ihres noch hasenfüßiger war als das der meisten Menschen, hatten die unzähligen Schiffe, die in der Mündung des Sognefjords vor Anker lagen, doch etwas Erhebendes. Beinahe dreihundert Schiffe lagen auf dem funkelnden Wasser, die so blau dalagen wie die Gewänder der Heiligen Jungfrau. Thora war sicher, dass sie danach auf ewig die Farbe Blau als Farbe der Hoffnung betrachten würde. Hoffnung und mehr – Zielstrebigkeit, Entschlossenheit, Ehrgeiz.

Elisabeth hatte ihr berichtet, was Finn zu Harald über dessen Ehrgeiz gesagt hatte, und sie hatte ihren verlorenen Onkel deshalb gehasst. Ihr eigenes Herz hätte Harald lieber hier behalten, in Norwegen, wo er in Frieden hätte regieren können, aber das war nicht das, was er wollte. Und wie es schien, wollte das auch sonst niemand im Land, denn auf diesen Schiffen befanden sich die Besten von zehntausend Männern. Jeder einzelne von ihnen brannte darauf, die Segel nach Westen zu setzen und sich seinen Anteil an den üblichen kostbaren Wikingerschätzen zu sichern – Land, Reichtümer und Ruhm. Sie vertrauten auf Harald als ihren Anführer, und um das tun zu können, musste Harald auch sich selbst vertrauen. Finn durfte ihm dieses schwer erkämpfte Selbstvertrauen nicht nehmen.

Seit Monaten waren immer mehr Schiffe in den Fjord gesegelt: Kriegsschiffe großer Jarls mit Mannschaften von bis zu sechzig Männern, aber auch bescheidenere Fischerboote, die hastig umgebaut worden waren, um auf dem offenen Meer bestehen zu können.

Sie hüpften auf dem Wasser wie Monde, die um die große Sonne kreisten: Haralds großartiges, neues Kriegsschiff. Dreiunddreißig Bänke lang mit hohen Wänden und schlanken Enden, die sich elegant dem Himmel entgegenschwangen. Vorn befand sich ein riesiger, goldbemalter Adler, dessen Flügel sich weit über die Wellen hinweg ausbreiteten. Elisabeths Adler, dachte Thora, mutig und frei und begierig, sich hoch in die Lüfte emporzuschwingen. Und vielleicht hatte sie recht.

Selbst hier, vom Hügel aus, konnte Thora die aufgeregten Rufe der Seeleute hören, die sich auf die Reise vorbereiteten. Zwischen den Kriegsschiffen surrten Hunderte von Ruderbooten wie Insekten übers Wasser, brachten Fässer mit Wasser und Dörrfleisch oder Käse und den kostbaren Moltebeeren, die auf dem Heideland gesammelt worden waren, um Krankheit von den Seeleuten fernzuhalten. Auf den Küstenhängen, wo der Fjord ins Meer überging, saßen Männer ums Feuer, flickten Taue und Segel, schliffen Steuer- und Ruderblätter und woben den wohl wichtigsten Proviant der Reisenden: Träume.

»Ist es nicht aufregend?«

Thora wandte sich um und sah Elisabeth den Hügel hinauflaufen, die Röcke so hoch gerafft, dass man ihre Fußknöchel sehen konnte.

»Lily – Würde!«

»Würde? Komm schon, Thora, du kennst mich doch jetzt besser. Manchmal trüge ich am liebsten Hosen. Als ich damals beim Stromschnellenrennen eine trug, war es um so vieles leichter, sich zu bewegen.«

Thora presste die Lippen aufeinander und verkniff sich die Antwort – Elisabeth wollte sie nur schockieren, wie immer, und sie würde sich nicht provozieren lassen.

»Ist alles bereit?«, fragte sie stattdessen.

Gern hätte sie ein Nein gehört, noch eine kleine Gnadenfrist gehabt, aber Elisabeth nickte nur.

»Alles ist bereit. Die Männer besteigen jetzt die Boote. Harald sagt, die Winde stehen günstig, und sobald die Gezeiten wechseln, setzt er Segel zu den Orkneys.«

»Und von dort aus …«

»Nach England. Lord Torr hat, wie angekündigt, den Süden überfallen. Den Berichten zufolge hat er mehr Schiffe verloren als gewonnen, aber Harald braucht seine Männer nicht, nur seine Karten. Sie wollen sich an einem Fluss namens Forth treffen, wo Torr Unterschlupf bei König Malcolm von Schottland gefunden hat. Von dort aus wollen sie nach York fahren, wo Harald, wie er sagt, eine Kirche für Ulf errichten lassen will.«

Thora lächelte. »Ulf würde das gefallen – obwohl ihm eine Taverne wahrscheinlich lieber gewesen wäre.«

»Genau wie Harald. Er sagt, er hat ein heidnisches Herz, Thora.«

»Da hat er womöglich recht. Als die Nachricht kam, dass Herzog William unter päpstlichem Banner reitet, sagte er, dass er nicht verstünde, welchen Nutzen ein emporgekommener römischer Priester in weißem Gewand für einen Angreifer haben sollte.«

»Ich hoffe, er hat recht. Er hat immer gesagt, dass die Normannen furchterregende Krieger sind.«

Thora sah Elisabeth an und entdeckte etwas Neues in ihren wilden, schönen Zügen. »Lily – hast du Angst um ihn?«

»Natürlich. Ich wäre eine Närrin, wenn ich keine hätte. Vielleicht muss er sogar gegen zwei Armeen kämpfen: gegen die Engländer und die Normannen. Wir können nur hoffen, dass sie aufeinandergetroffen sind, bevor er ankommt, denn dann ist der Sieger, wer immer es sein mag, sicherlich geschwächt. Doch falls er sich sogar gegen beide behaupten muss, dann wird er auch das schaffen – wenn irgendein Mann einer solchen Aufgabe gewachsen ist, dann Harald. Er wird seinem Raben folgen, Thora, und ich folge ihm.«

Thora zuckte bei der Erwähnung des Banners zusammen und fuhr mit der Hand in die Ledertasche, die ihr über der Schulter hing. Das Päckchen war noch da. Sie schloss die Finger darum, um es hervorzuziehen, aber dann verließ sie der Mut.

»Wenn er gewinnt, Lily«, sagte sie, »sehe ich dich vielleicht nie wieder.«

Elisabeth sah sie stirnrunzelnd an. »Warum nicht?«

»Du bist dann Königin von England und wirst deine Schwester Agatha an deiner Seite haben. Du wirst nicht einmal mehr an mich denken.«

»Das ist doch Unsinn! Natürlich werde ich an dich denken. Ich werde Königin von England sein, ja, und du von Norwegen. Wir müssen uns häufig schreiben.«

»Uns wird ein ganzer Ozean trennen.«

Elisabeth umfing ihr Gesicht und küsste sie schnell und plötzlich auf die Nase. »Dieses Meer ist gar nicht so groß, Thora.«

»Mir kommt es riesig vor.«

Elisabeth musterte sie aufmerksam. »Du bist noch nie auf dem Meer gesegelt?«

Thora schüttelte den Kopf. »Nur an der Küste entlang, niemals auf dem Ozean da draußen.«

»Dann ist dies, meine Liebe, die perfekte Gelegenheit, um es einmal auszuprobieren. Bis England segelt man keine zwei Tage, und du wirst doch sicher Olav in seinem neuen Königreich erleben wollen?«

Thora schauderte. Olav war beinahe sechzehn. Sie konnte es kaum ertragen, ihn gehen zu lassen, und nur seine Begeisterung darüber, dass er an der Seite seines atemberaubenden Vaters stehen würde, hatte sie davon abgehalten, darum zu bitten, ihn bei ihr zu lassen. Das Jahr des Wartens auf Magnus' Rückkehr war die reinste Qual gewesen, und sie war nicht sicher, ob sie das noch einmal durchstand, besonders nicht, da ein Krieg drohte. Olav war durchaus groß und stark, aber er war, ebenso wie sein Bruder, eine friedliche Seele. Vielleicht war das ihre Schuld. Sie hatte die beiden verhätschelt, sie immer in ihrer Nähe gehabt und sie vielleicht zu sehr geliebt.

»Ich werde ein Auge auf ihn haben, Thora«, sagte Elisabeth sanft.

»Wie damals bei Magnus?«

»Magnus ist unversehrt nach Hause zurückgekehrt«, erwiderte Elisabeth steif, und Thora hatte sogleich ein schlechtes Gewissen. Sie hatte nur im Moment das Gefühl, dass nicht die eifrigen Krieger dort unten, sondern sie selbst mit vorgehaltener Klinge bedroht wurde. Deshalb war sie so empfindlich.

»So wie du«, sagte sie also sanft. »Und du weißt, Lily, dass ich mich fast genauso sehr über deine Rückkehr gefreut habe wie über seine.«

»Wirklich?«

»Ich habe ein schwaches Herz.«

»Nein, Thora. Du hast das stärkste, größte und liebenswerteste Herz, das ich kenne.«

»Meinst du?«

»Natürlich. Warum glaubst du etwas anderes?«

Thora trat unbehaglich von einem Fuß auf den anderen. »Ich bin nicht so leidenschaftlich wie du.«

Elisabeth schüttelte den Kopf und lächelte. »Manchmal glaube ich, dass Leidenschaft die wahre Schwäche ist, Thora. Ich habe Harald einmal versprochen, dass ich seine treue Königin sein würde, aber in Wahrheit warst du viel beständiger als ich.«

Thora öffnete den Mund, um das abzustreiten, dann aber behielt sie ihre Selbstzweifel ausnahmsweise einmal für sich. Wie oft war Harald im Laufe der Jahre zu ihr gekommen? Am Tag, als Elisabeth und sie sich kennengelernt hatten, hatte sie dieser entgegengeschleudert, dass Harald sie brauchte – und vielleicht war das wenigstens teilweise zutreffend, trotz allem, was ihn mit seiner exotischen Rus-Gemahlin verband.

»Wir haben anscheinend gut zusammengearbeitet«, bekannte sie.

»Das haben wir. Ich kann kaum glauben, dass ich dich früher einmal gehasst habe.«

»Du hast mich gehasst?« Wie immer brachte Elisabeths Offenheit Thora aus dem Konzept.

»Natürlich – so wie du mich gehasst hast.«

»Hass ist ein hartes Wort, Lily.«

»Und es waren harte Zeiten, aber die liegen hinter uns.

Wir haben gesiegt, nicht wahr? Irgendwie haben wir als Königinnen zusammengewirkt, und wenn ich jetzt zurückblicke, kann ich es mir anders gar nicht vorstellen. Du hast ihm die Söhne geschenkt, die nach ihm herrschen werden.«

»Und du die Töchter, die ihn jetzt beherrschen.«

Elisabeth lächelte und trat einen Schritt zurück. »Maria scheint manchmal geradezu seine Gedanken zu lesen«, gestand sie. »Und sie nutzt das ganz gewiss zu ihrem eigenen Vorteil. Ich war ziemlich besorgt, als ihr Arm nach Haralds Verletzung bei Niså schmerzte.«

»Zufall?«

»Zu viel sehnsuchtsvolle Schwertübungen, zumindest hoffe ich das. Und wenigstens hat sie jetzt Otto, der sie in Atem hält. Harald sagt, dass sie in England heiraten werden, sobald sein neuer Feldmarschall zum Earl ernannt wird.«

»Arme Maria.«

»Als Frau eines Earls?«

»Nein, das meine ich nicht – das wird ihr gefallen. Ich meine die Warterei. Das fällt ihr, glaube ich, schwer.«

»Du musstest doch auch ziemlich lange auf dein Ehebett warten, Thora. Und das tut mir leid.«

»Oh, nicht so lange, wie du glaubst.« Die Worte waren ihr entwischt, bevor sie es verhindern konnte.

Elisabeth starrte sie an, und Thora fürchtete den Sturm des feurigen Temperaments der Freundin, aber stattdessen lächelte diese.

»Wann?«

»Egal. Ich hätte nicht …«

»Wann, Thora? Bevor er Norwegen verließ? Vor Stiklestad? Oh!« Sie schlug sich die Hände vor den Mund. »Du warst seine Erste! Du Teufelin!«

»Es tut mir leid.« Thora merkte, dass sie heftig errötete. »Ich war jung, und er auch. Hast du geglaubt …?«

»Dass ich seine Erste war? Gütiger Gott, nein! Aber ich hatte immer irgendeine schlüpfrige byzantinische Konkubine im Verdacht. Oh Thora, ich bin so froh, dass du es warst.«

»Ach wirklich?«

Thora sah Elisabeth nervös in die dunklen Augen; selbst nach all der Zeit mit ihrer launenhaften königlichen Gefährtin war sie nie sicher, wie sich ihre Stimmung entwickeln würde.

»Natürlich bin ich das. Es bedeutet, dass er ganz und gar uns gehört.«

»Meinst du?« Thora deutete mit einer wegwerfenden Handbewegung auf die Myriaden von Kriegsschiffen unter ihnen. »Er gehört ihnen, oder nicht? Er ist ihr Anführer, ihr Held, ihre Inspiration.«

Elisabeth hakte sie unter. »In gewisser Weise, ja, denn er ist König, Thora. So muss es sein. Aber ein Mann ist er obendrein, und dieses Fitzelchen, meine Liebe, gehört uns.«

»Dieses *Fitzelchen?!«*

»Thora, nein! Ich versuche ausnahmsweise einmal ernsthaft zu sein, und du …«

Aber nun erklomm Harald den Hügel. Sein Kettenhemd glitzerte in der Sonne, und sein eisblondes Haar war unter einem eisernen Helm verborgen. Plötzlich wurden sie sehr, sehr ernst. Thora sah Elisabeth an, aber ausnahmsweise stand ihre königliche Gefährtin wie erstarrt da, die Augen auf das norwegische Gras zu ihren zierlichen Füßen gerichtet, und so war es Thora, die jene Worte aussprach, die sie so lange gefürchtet hatte.

»Du bist also bereit zu segeln, Hari?«

»Fast. Ich brauche nur noch mein Banner.«

Thora legte wieder die Hand auf die Tasche. Elisabeth starrte sie an.

»Thora? Was hast du da drin?«

Thora fummelte ungeschickt mit dem Päckchen herum und zog es halb heraus.

»Ich habe Harald darum gebeten, es mir zu geben. Ich hoffe, du hast nichts dagegen. Ich wusste, du würdest nicht die Zeit haben, und du nähst nicht so gern wie ich und …«

»Oh Thora«, unterbrach Elisabeth sie. »Hör mit der Plapperei auf und lass es mich sehen.« Sie nahm das Päckchen und wickelte es aus. »Oh!«

Der Rabe flatterte im Wind. Das goldene Rechteck, auf dem er prangte, war nun komplett mit einer gewundenen schwarz-roten Borte verziert, stolz und glorreich. Elisabeth starrte das Banner an, und Thora glaubte, Tränen in den Augen ihrer Freundin zu entdecken.

»Hast *du* das gemacht?«

»Ich wollte helfen. Etwas beitragen.«

Immer noch starrte Elisabeth darauf, und Thora spürte, wie sie innerlich zusammenschrumpfte. Sie hatte sie nicht beleidigen wollen, nicht jetzt, bevor sie Gott weiß wohin segeln würde. »Verzeih. Ich dachte …«

Aber plötzlich nahm Elisabeth sie so fest in den Arm, dass ihr die Luft wegblieb.

»Das ist wunderschön, Thora. So, so viel besser, als ich es je hätte besticken können. Jetzt nehmen wir etwas von dir mit uns nach England.«

Thora wischte sich die Tränen ab und erwiderte Elisabeths Umarmung. Sie hatte die Launen der Freundin nie so recht verstanden, und jetzt würde sie dazu vielleicht nie wieder Gelegenheit haben. Sie sah Harald an.

»Du wirst ... du wirst auf dich aufpassen.«

»Auf mich aufpassen?« Harald hob das Banner in die Höhe und bewunderte es. »Ich werde aufpassen, dass ich derjenige bin, der angreift, bevor unsere Gegner es tun.« Thora erschauerte, und Elisabeth stieß ihn an. Er gab nach. »Ich werde es versuchen, Thora, obwohl es mir eigentlich nicht liegt.«

»Dann wirst du zumindest gewinnen.«

Er ergriff ihre Hand und verbeugte sich tief. »Ich werde gewinnen.«

Thora sah ihn in diesem Augenblick wieder vor sich, wie er von einem Ruderboot heruntersprang, ein Wolf in der magischen Dämmerung des Mittsommers. Er hatte sie in dieser Nacht gejagt, und sie war eine bereitwillige Beute gewesen. Die ganze Zeit über war sie eine bereitwillige Beute gewesen, aber nun segelte er wieder davon, als ob das alles niemals geschehen wäre.

»Mein Wolfsmann«, sagte sie liebevoll, und dann lag sie in seinen Armen, umarmte ihn so fest, dass sein Kettenhemd sich in ihre Haut grub, und dann noch fester in der Hoffnung, dass sein beringter Abdruck dort bleiben würde, sich in sie einprägen würde, bis sie hörte, dass er gewonnen hatte und wohlauf war.

»Kommst du mit zu den Landungsstegen, Thora?«, fragte er schließlich, als sie sich voneinander lösten. »Kommst du mit, um uns zu verabschieden?«

Sie wollte nicht. Sie wäre lieber hier oben geblieben, wo die Schiffe wie Spielzeuge aussahen und die Männer wie kleine Traumgestalten. Sie wollte nichts mit dieser Mission zu tun haben, die so viel Gewinn versprach, bei der sie aber auch alles verlieren konnten. Doch sie war jetzt Königin von

Norwegen, Haralds Regentin, und sie kannte ihre Pflicht. Sie hatte immer gewusst, was ihre Pflicht war.

»Ich komme«, antwortete sie.

Und so stand Thora an Norwegens Westküste, Magnus an ihrer Seite und eine Handvoll Wachen hinter ihr, während der Rest ihrer geliebten Landsleute – so fühlte es sich zumindest an – den Anker lichtete, den Bug zum offenen Meer hin lenkte und Segel setzte. Sie stand da mit all den Frauen ihres kostbaren Landes, den Müttern, den Töchtern, die gefangen waren in diesem schmerzhaften Abgrund zwischen Stolz und Furcht, und winkte, bis die dreihundert Schiffe die Solund-Inseln umrundet hatten und ihre rot-weißen Segel hinter dem Horizont verschwanden.

Ein Teil von ihr wünschte sich, so zu sein wie Harald und Elisabeth mit ihren mit Meerwasser gefüllten Adern und dem abenteuerlustigen Geist. Sie hätte so gern erfahren, wie sich brennendes Verlangen anfühlte. Aber andererseits hielt sie diesen Juckreiz der Seele für eine unangenehme, ja schmerzhafte Art von Fremdbestimmung. Harald war ein wahrer Wikinger, und jedermann liebte ihn deshalb, doch er machte sich Sorgen wegen seines heidnischen Herzens, als ob es gar nicht so recht in die moderne Welt hineinpasste. Passte Thoras Sehnen nach Frieden besser zu der neuen, stabilen Art der Staatsführung, oder sollte ihre Zeit erst noch kommen? Wenn ja, dann befürchtete sie, sie würde nicht lange genug leben, um das noch zu erleben, auch nicht, wenn sie sicher hinter den Gestaden ihrer eigenen Küste blieb.

Lautes Jubeln erhob sich vom Ufer aus, als Haralds Adler die Wogen teilte und die Mündung zum offenen Meer erreichte, die Flagge, die mit ihrer eigenen Stickerei umsäumt war, stolz im Wind, und sie schüttelte ihre törichten Überlegungen ab. Welche Rolle spielte es schon, welche Wurzeln die Seele wirklich hatte, wenn ihr Schicksal im Hier und Jetzt lag? Sie alle mussten kämpfen. Harald und Elisabeth würden in den Kampf ziehen, und sie – sie würde alle Tapferkeit aufbieten, die sie hatte, und hier bleiben, zu Hause.

Sie stellte sich auf die Zehenspitzen, um so weit über den trügerischen Horizont zu blicken wie möglich, winkte Olav, Harald und Elisabeth hinterher, die immer kleiner wurden, bis sie aus ihrer Welt verschwunden waren. Und als sie endlich fort waren, ergriff sie Magnus' Arm und wandte ihre Schritte landeinwärts, um zu warten.

Kapitel 39

Orkneys, August 1066

»Lily, wach auf!«

Elisabeth regte sich, öffnete die Augen. Harald ragte über ihr empor, vollkommen bekleidet, und sie war mit einem Schlag wach.

»Was ist los, Hari? Du gehst doch nicht schon?«

»Nein. Pst.« Er küsste sie, damit sie schwieg. »Ich konnte nur nicht mehr schlafen. Der Morgen graut, Lily – *unser* Tag erwacht. Kommst du mit und siehst mit mir zu, wie er anbricht?«

Sie sah ihm in die Augen, die mehr golden als grau waren, während sie im Halbdämmerlicht eifrig auf sie herableuchteten.

»Natürlich werde ich das.«

Sie schwang ihre Decken zurück, holte tief Luft, als die scharfe Herbstluft auf ihre nackte Haut traf, und zog dankbar das Hemd über, das Harald ihr entgegenstreckte. Anschließend streifte sie schnell das elegante Gewand darüber, das Greta am vorherigen Abend für sie bereitgelegt hatte. Es war tief purpurn, verziert mit Gold, und es sollte sie königlich wirken lassen, während sie den Truppen hinterherwinkte, die auf große Fahrt gingen, aber im Augenblick war sie einfach nur froh über die Wärme, die es ihr spendete.

Harald stand bereits an der Tür ihres Gemachs, und sie schob die Füße in die Kalbslederschuhe und folgte ihm. Ein einsamer rosafarbener Streifen schwebte über dem Horizont, und sie ergriff Haralds Hand, als sie nach draußen traten und darauf zugingen.

»Die Mädchen …?«

Sie warf einen Blick zurück; Maria und Ingrid befanden sich im oberen Geschoss des Gebäudes.

»Es geht ihnen gut. Ich habe nach ihnen gesehen.«

»Wirklich?«

»Nur vorsichtshalber. Sie sind so drollig, Lily, sogar jetzt noch, da sie beinahe Frauen sind. Ingrid liegt unter den Decken vergraben, das Haar ordentlich auf dem Kissen verteilt, und Maria hat sich kreuz und quer darüber ausgebreitet.«

»Sie ist dir am nächsten.«

»Nein. Sie … sitzt nur tiefer in meinem Herzen.«

»Und du in dem ihren. Schlafen sie?«

»Wie kleine Kinder.«

Elisabeth lächelte. »Wie wir es eigentlich ebenfalls tun sollten.«

»Nein, Frau – warum schlafen, wenn man Abenteuer erleben kann? Komm!«

Er zog sie weiter, und gemeinsam schlichen sie über den Mittelhof von Thorfinns weitläufigem Anwesen, auf Zehenspitzen, um die Schlafenden in den Hallen und den umstehenden Nebengebäuden nicht zu wecken. Sie gelangten hinaus auf die Wiese und begannen, die Anhöhe des Brough of Birsay zu erklimmen. Genau in diesem Augenblick durchbrach die Sonne zu ihrer Linken die sanften Wellen der Bucht und streckte ihre funkelnden Finger über das Land.

Der Tau, der dick auf dem rauen Seegras lag, funkelte, so

dass es einen Augenblick lang schien, als sei das ganze Land ein See aus Gold und jeder ihrer Schritte eine sich kräuselnde Welle im Morgengrauen. Elisabeth umklammerte Haralds schwielige Finger fest, und er lächelte auf sie herab.

»Es wird alles gut, Lilyveta. Ich weiß es.«

Sie nickte, aber ihr Körper war viel zu sehr damit beschäftigt, das Gefühl seiner Hand für immer in sich aufzunehmen, um überhaupt einen Ton herauszubringen. Sie trottete voran, doch die Kalbslederschuhe, die sie törichterweise gewählt hatte, waren schon durchweicht, und sie konnte spüren, wie die feuchte Kälte bis zu ihren Zehen vordrang.

Sie hob die schweren Röcke und betrachtete das empfindliche Leder, das schon dunkel vor Feuchtigkeit war.

»Ich habe nasse Füße, Hari.«

Er blieb stehen. »Ich trage dich.«

»Nein!« Sie wehrte ihn mit einem Klaps ab. »Ich bin zu schwer. Du kannst wohl kaum humpelnd in die Schlacht ziehen, weil du deine Frau hochgehoben hast.«

»Dann hier.« Er beugte sich herab und band seine eigenen, robusten Soldatenstiefel auf, und bevor sie Einwände erheben konnte, hob er einen ihrer Füße und schob ihn samt Schuh in einen seiner Stiefel.

»Hari …«

»Und jetzt der andere. Perfekt, Lily. Ist das nicht perfekt?«

»Sie passen jetzt sogar irgendwie«, gab sie zu.

»Gut.« Er band sie um ihre Fußknöchel fest, seine Finger wie kleine Spinnen auf ihrer Haut. »Jetzt eil dich – ich will vor der Sonne auf dem Gipfel sein.«

Sie lachte und ließ sich von ihm weiterziehen, obwohl ihre Füße durch das neue Gewicht nicht mehr ganz so leicht waren und sie unbeholfen hinter ihm herstolperte.

»Siehst du, Lily«, ermutigte er sie und wackelte mit seinen nackten Zehen im Gras. »Jetzt weißt du, wie es ist, in meinen Schuhen zu gehen.«

»Ja. Es ist schwer, Hari.«

»Ich bin daran gewöhnt.« Er küsste sie wieder. »Wir sind beinahe da, meine Liebste. Sieh mal – dort sind die ersten unserer Schiffe.«

Sie hatten nun den Hügelkamm erreicht, und tatsächlich konnte Elisabeth die Spitzen der unzähligen Masten erkennen, die hoch in den Himmel aufragten und sanft in der Morgenbrise dahinschaukelten.

»Wie Lanzen«, sagte Harald. »Bereit zuzuschlagen.«

Wahrscheinlich hatte er recht, obwohl sie das nie mit eigenen Augen gesehen hatte. Sie stand zwar in seinen Schuhen, aber sie konnte die Dinge noch nicht so recht mit seinen Augen sehen. Abenteuerlust konnte sie tief in ihrer Seele nachvollziehen, aber Krieg? Der Krieg gehörte allein ihm.

»Bist du dir mit diesem Einmarsch sicher, Hari?«, fragte sie und hielt ihn im Schatten des alten Broch fest.

»Das fragst du mich *jetzt?*«

Sie lehnte sich an ihn und spürte, wie seine Arme sie umfingen, wie sie es seit so vielen Jahren immer wieder getan hatten, sogar dann, wenn sie ihn von sich gestoßen hatte.

»Unsere Reise dauert nun schon viele Jahre«, flüsterte sie an seiner Brust.

»Und wir haben noch viele Jahre vor uns – die besten kommen erst noch.«

»Wirst du vorsichtig sein?«

Sie hörte sein Lachen, leise und süß, und den plötzlichen Schrei eines Meeresvogels, der sich über den Klippen erhob.

»Du klingst wie Thora.«

Elisabeth versuchte, in sein Gelächter mit einzustimmen, aber die Erinnerung an ihre Freundin, wie diese am Landungssteg in Norwegen gestanden hatte, wollte keine Belustigung aufkommen lassen. Sie hatte Thora immer für eine Frau mit Präsenz gehalten, denn sie hatte den großen, üppigen Körper ihrer eigenen, handfesten Mutter, aber an jenem Tag – am Arm jenes Sohnes, an dessen Geburt sich Elisabeth noch so lebhaft erinnerte – hatte sie winzig und zart gewirkt.

Elisabeth war immer voller Aufregung und Vorfreude gewesen und war sich im Vergleich zu ihr viel stärker vorgekommen. Thoras angespannte, kleine Gestalt, die zu einem Punkt auf dem schmalen Streifen des Sognefjords zusammengeschrumpft war, hatte ihr Mitleid erregt. Aber an diesem Morgen, als sie selbst von Ängsten heimgesucht wurde, erinnerte sie sich Thoras auf andere Weise – die Schultern gestrafft gegen die Angst, mit geradem Rücken ihrer Verantwortung ins Gesicht sehend.

»Vielleicht hatte Thora recht, Hari«, sagte sie nun. »Vielleicht hätten wir uns mit Norwegen zufriedengeben sollen.«

»Um das hier zu versäumen?«

Er umfing sanft ihr Kinn, neigte es nach oben und veranlasste sie, aufs Meer hinauszublicken. Elisabeth sah hin. Die Sonne war eine perfekte Scheibe über dem Meer, zeichnete einen Pfad aus weißem Licht bis hin zu ihren Füßen.

»Sie ist so hell leuchtend wie dein Haar«, murmelte sie, fasziniert von der Schönheit des Anblicks.

»Das ist ein Zeichen«, antwortete er. »Ich habe dir doch gesagt, Lily, alles wird gut werden. Wir waren in Norwegen nicht zufrieden, nicht wirklich.«

»*Du* warst es.«

»Ich war eine Weile abgelenkt, das ist alles. Du hast mich befreit und mich zu meinem wahren Selbst zurückgeführt.«

»Dem Mann mit Meerwasser in den Adern?«

Er lächelte und drehte sie beide dem Ozean unter ihnen zu.

»Als ich mit fünfzehn von Stiklestad weghumpelte, Lily, wurde ich Abenteurer – ein Waräger. Ich war zu diesem Zeitpunkt sehr verbittert, aber ich habe aufgrund dieser Niederlage so viel gesehen, und ich habe alles geliebt.«

Elisabeth blickte über das Wasser hinweg zur Sonne, begrüßte die Intensität ihrer Wärme.

»Und ich?«, fragte sie. »Wann bin ich zur Abenteurerin geworden, Hari? Als ich dich traf?«

Er küsste sie lange und leidenschaftlich. »Oh nein. Du, meine Lilyveta, wurdest als Abenteurerin *geboren,* und ich liebe dich dafür. Du wirst auf mich warten?«

»Immer. Und du wirst zurückkommen?«

»Nein.«

»Nein?«

»Weil *du* zu *mir* kommen wirst. Du wirst zu mir nach Westminster kommen, um zur Königin von England gekrönt zu werden.«

»Versprichst du das?«

Er verlagerte sich und löste sich ein wenig von ihr. »Versprechen kann ich es nicht, Lily, das weißt du. Aber bin ich je aus einer Schlacht nicht zurückgekehrt?«

Sie seufzte. Rufe drangen von den Schiffen zu ihnen hinauf, denn die Männer erwachten, streckten sich, griffen nach ihren Schwertern. Das Licht der Sonne breitete sich aus, rief jedermann in den Tag, und ihr heimlicher Augenblick war beinahe vorüber. Sie konnte es kaum ertragen, zog den Arm ihres Gemahls wieder um sich, und in inniger Umarmung beobachteten sie, wie die Wikingerarmee vor ihnen zum Leben erwachte.

»Jetzt sind wir alle in Gottes Hand«, murmelte Harald, aber Elisabeth schüttelte grimmig den Kopf.

»Noch nicht ganz«, beharrte sie. »Für ein paar weitere Minuten, Hari, sind wir beide noch in der Hand des jeweils anderen.«

Diese kostbaren Augenblicke wurden schon bald vom gierigen Maul der sich vorbereitenden Armee verschlungen, und es folgten zwei Wochen der Leere. Thorfinn war im vergangenen Jahr zu Gott gegangen – ebenso wie Ulf in diesem Jahr –, und seine beiden Söhne würden Harald begleiten. Idonie hatte man zum schottischen König Malcolm gebracht, dem die Familie teilweise Gefolgschaft schuldete. Das große Anwesen am Brough of Birsay war deshalb bis auf eine Handvoll Diener verwaist, und Greta, Elisabeth und ihre Kinder streiften ziellos darin umher. In den langen Tagen, nachdem die große Flotte von Scapa Flow aus Segel gesetzt hatte, schien der Sommer mit einem Seufzer zu ersterben, und der Herbst fegte über die schönen Inseln hinweg, färbte die Blätter golden und peitschte sie beinahe sofort von den Bäumen, als wollte er ihnen ihre Pracht verweigern. Elisabeth hatte ihre liebe Not, das nicht als Omen zu deuten, denn dann wäre sie verrückt geworden.

Früher im Jahr war der Nachthimmel von einem fallenden Stern durchschnitten worden, dessen Feuerschweif an einen rückwärts gerichteten Drachen erinnerte. Viele hatten dies als Vorzeichen gedeutet, aber wofür? Wie Harald damals ruhig erklärt hatte, würde der gleiche Stern seinen Pfad auch über England, der Normandie und Norwegen beschreiben, und wer konnte schon sagen, wo seine Gunst lag? Das Gleiche traf auch jetzt zu – die fallenden Blätter konnten einen Verlust für jeglichen Anwärter auf den Thron Englands bedeuten, aber vielleicht hatten sie auch überhaupt keine Bedeutung. Und die Winde würden Haralds Schiffe zumindest schnell nach Süden tragen, was mehr wert war als die eingebildete Gunst des Schicksals.

Genau zwei Wochen nach Haralds Abreise zog sich Elisabeth den Mantel dicht um die Schultern und nahm ihre Fidel mit zu dem alten Turm. Es war töricht, das wusste sie – die gleichen Winde, die Harald nach England gebracht hatten, verhinderten nun, dass Nachrichten sie erreichten, aber wenigstens hatte sie hier auf den Klippen am Rande des Brough of Birsay, wo sie an jenem kostbaren goldenen Morgen gestanden hatten, das Gefühl, ihm so nahe wie möglich zu sein.

War er bereits in Westminster? Waren bereits Boten auf dem Weg, um sie zu holen, so wie er es versprochen hatte? Stand er vielleicht gerade im Augenblick lachend mit Agatha zusammen, nachdem er dem Emporkömmling Earl Harold den englischen Thron wieder abgerungen hatte? Oder bereitete er sich darauf vor, seine eigenen Männer und die englischen Truppen gegen die Normannen zu führen? Vielleicht aber waren die Normannen auch zuerst zu Harold gelangt, und er musste nun gegen Herzog William antreten, um sich den Thron zu sichern? Wie dem auch sei, in jedem Fall würden die Engländer ihn doch dabei unterstützen, den Bastard-Herzog und seine anmaßende flandrische Frau wieder davonzujagen, oder nicht?

Elisabeth versuchte, sich Westminster vorzustellen, fand aber in ihrer Fantasie nur Bilder von Kiew, obwohl die englische Hauptstadt in keiner Weise der Heimat ihrer Kindheit im weit entfernten Land der Rus gleichen konnte. Sie hatte jeden, den sie getroffen hatte und der jemals in der Nähe Londons gewesen war, darüber befragt – obwohl es bedauerlicherweise nur wenige gewesen waren –, und sie wusste aus Agathas Briefen, dass Westminster eine tiefliegende Insel war, die von einem großen Fluss namens Themse umarmt wurde, einem breiten, flachen, gleichmäßig dahinfließenden Gewässer ohne die Klippen und Stromschnellen des Dnepr.

Das übrige London, so hatte ihre Schwester berichtet, erstreckte sich von dem Palast und der Abtei in ihrem Herzen über früheres Weideland und Marschen, und verleibte sich gierig mit jedem Jahr mehr neue Dörfer ein. Die Bauten bestanden vornehmlich aus Holz, die Straßen waren nicht mehr als festgestampfte Erde, und geschützt wurde die Stadt nur durch einen Palisadenzaun, der stellenweise ganz nackt war. Es war also nicht mit Kiew, seinen gepflasterten Straßen, seinen Kuppeln und seinen überdachten Mauern vergleichbar, obwohl zumindest Händler und Kaufleute aus aller Herren Länder dort lebten, also lag es wohl eher im Herzen der modernen Welt als das entlegene Norwegen. Und spielte es überhaupt eine Rolle, dass London die Architektur fehlte? Dafür konnte sie sorgen, genau wie sie in Oslo dafür gesorgt hatte. Ja, sie bemühte sich immer wieder, sich Westminster auszumalen, denn das war offenbar das einzig Positive, was sie tun konnte.

Elisabeth umfing den Bogen ihrer Fidel, fragte sich, wie es sich anfühlen mochte, stattdessen den eines Bogenschützen in Händen zu halten – oder ein Schwert. Sie dachte daran, wie Harald die Schiffsmasten mit Lanzen verglichen hatte, und erinnerte sich, wie sie auf den Mauern Kiews gestanden und beobachtet hatte, wie die Streitkräfte ihres Vaters die Petschenegen besiegt hatten – was trotz der vielen Schlachten, die sie umtost hatten, die Einzige gewesen war, die sie je mit eigenen Augen gesehen hatte. Das war in jenem Sommer gewesen, als der schmächtige kleine Magnus an Haralds Stelle nach Norwegen geritten war. Damals war sie so wütend gewesen – zu wütend, um dem Kampf allzu viel Aufmerksamkeit zu schenken.

Von dort aus, wo sie gestanden hatten, ein paar hundert Schritte vom Schlachtgetümmel entfernt, hatte man die Gesichter kaum erkennen können, hatte den Tod des Einzelnen nicht ausmachen können, und Elisabeth hatte den überwältigenden Eindruck einer wogenden See aus Gliedmaßen, Fleisch und Metall gehabt, die wie Ebbe und Flut auf dem schneidenden Wind des Schmerzes dahinzog. Ihre Mutter hatte sie zu bewegen versucht, die Kriegstaktik ihres Vaters zu bewundern – die präzise Bewegung von Truppenblöcken, um die rasenden Petschenegen einzukesseln –, und Elisabeth hatte genug von Haralds und Ulfs Gesprächen mitbekommen, um nun zu wissen, wie wichtig ein fähiger Oberbefehlshaber war. Damals war sie jedoch viel zu fasziniert von dem erbarmungslosen Schmettern des Stahls auf Knochen gewesen, um das große Ganze zu erkennen.

»Wo ist Papa?«, war alles gewesen, was sie hatte wissen wollen.

»Ein guter Befehlshaber hält sich im Hintergrund«, hatte ihre Mutter ihr versichert. »Er muss das ganze Schlachtfeld überblicken und darf nicht nur den Mann sehen, der vor ihm steht.«

Elisabeth hatte an jenem Tag erkannt, wie zutreffend das war, aber nur wenn der Befehlshaber gewann. Der Anführer der Petschenegen war zusammen mit den niedersten

Soldaten getötet worden, und seine Schlachtpläne, wenn er überhaupt welche gehabt hatte, waren zu nichts zerfallen.

Sie fuhr entschlossen mit dem Bogen über die Saiten. Die Winde trugen ihre Melodie davon, fast bevor sie sich formen konnte, aber das war ihr gleichgültig, denn das arme Instrument war jetzt alt und hatte sich auf den vielen Reisen verzogen. Sie brauchte es weniger für die Musik denn als Ablenkung von den Misstönen ihrer eigenen Gedanken.

»Mama?«

Sie sah auf und entdeckte Maria im Eingang des Broch stehen. Das dunkle Haar peitschte hinter ihr her, als sei es eins mit ihrem achtlos über die Schulter geworfenen Mantel.

»Maria! Komm rein. Hier drin ist es zwar auch nicht besonders warm, aber die Mauern halten zumindest den übelsten Wind fern.«

Die junge Frau, die vor Kurzem zwanzig geworden war, trat vorsichtig über die steinerne Schwelle und gesellte sich zu ihr. »Du hältst Ausschau nach Schiffen?«

»Töricht, ich weiß.«

Maria widersprach ihr nicht. »Josef geht es nicht gut«, sagte sie stattdessen. »Also habe ich Filip mit hergebracht, damit er und Greta etwas Ruhe haben.«

Elisabeth beugte sich vor und entdeckte den Zwölfjährigen, der eine Schweinsblase gegen die Mauer des Broch kickte. Die rauen Steine schickten den Ball in alle Richtungen, und sie beneidete Filip um das konzentrierte Spiel. Sie war dankbar, dass Greta sich entschlossen hatte, mit ihr auf die Orkneys zurückzukehren, als Aksel für Haralds Mission in England zum Befehlshaber ernannt worden war. Sie war eine gute Gesellschaft, und die Kinder waren eine willkommene Abwechslung, und außerdem war Greta auch beim letzten

Mal bei Elisabeth gewesen, und da war Harald zurückgekehrt – noch mehr Omen!

»Das ist nett von dir«, sagte sie zu Maria.

»Schließlich habe ich sonst nichts zu tun, außer mich mit meinen eigenen Gedanken um den Verstand zu bringen.«

»Du also auch?«

»Ja. Ingrid sitzt glücklich in Thorfinns Trockenraum und treibt seltsame Dinge mit Blättern. Sie hat einen Trank entwickelt, um Josefs Fieber zu senken, und bereitet jetzt ein Gebräu zu, mit dem man Wunden heilen kann, aber worin liegt der Sinn? Ich wäre lieber bei den Kriegern, Mama, würde lieber an Papas Seite mit dem Schwert kämpfen, als hier festzusitzen wie ein Krüppel.«

»Du liebst ihn sehr, Maria.«

»Genau wie du.«

Elisabeth sah sie an. »Das stimmt. Ich hatte großes Glück. Und du – du freust dich auf deine Hochzeit?«

Maria errötete. »Ja. Es fühlt sich an, Mama, als ob alles in unserem Leben auf Eis läge wegen dieser Invasion.«

»Alles?«

»Ja – alles!«, rief Maria entrüstet und fügte hinzu: »Obwohl es nicht an Versuchen seitens Otto mangelte.«

»Ich habe dir offensichtlich eine gute Erziehung angedeihen lassen.«

Plötzlich lächelte Maria, und ein freches Grübchen erschien in ihrer Wange, die sie wieder wie eine Vierjährige wirken ließ.

»Ich war durchaus in Versuchung. Früher dachte ich, dass Papa der einzige Mensch auf der Welt sei, den zu heiraten es sich lohnt, aber Otto hat das verändert. Er ist so gutaussehend, Mama, und wenn er mich ansieht, dann, na ja …«

»Schmilzt du dahin?«

»Nein! Du liebe Güte, nein, so sanft ist es nicht. Dann stehe ich in Flammen.«

Elisabeth küsste sie auf die Wange. »Daran ist nichts Verkehrtes, Maria. Es ist sogar in der Tat ein Segen oder wird es zumindest sein.«

Maria erhob sich und schritt im Broch auf und ab, fuhr mit den Händen die Wand entlang, als ob sie seinen Puls ertasten wollte.

»Ich war wütend auf ihn«, sagte sie schließlich.

»Auf Otto?«

»Ja. Ich war wütend, weil er sich darauf eingelassen hat, unsere Hochzeit um Englands willen zu verschieben. In seiner neuen Aufgabe als Papas Feldmarschall ging er total auf und wollte unbedingt alles tun, was er sagte. Ich fand es falsch, zu warten. Ich … ich habe ihn angeschrien.«

Elisabeth ging zu ihrer Tochter hinüber. »Maria, meine Süße, ich schwöre dir, ich habe deinen Vater häufiger angeschrien, als ich gefrühstückt habe. Aber er kommt trotzdem immer wieder zu mir zurück.«

»Vielleicht, aber ist er inzwischen in den Krieg gezogen?«

»Ihr habt hier gestritten?«

»An dem Abend, bevor sie losgesegelt sind, ja. Er wollte, dass wir … dass wir …«

»Dass ihr einander ganz und gar kennenlernt?«

»Ja. Und ich sagte ihm, dass er eben nicht hätte zulassen sollen, dass Papa die Hochzeit verschiebt, dann hätten wir uns schon seit Wochen kennen können. Ich sagte … ich sagte, wenn ich warten müsste, müsse er es auch.«

»Das hast du gesagt?« Elisabeth keuchte.

»War das falsch?«

»Nein! Oh Maria, nein! Genau das habe ich zu deinem Vater in Kiew gesagt, als er sich entschied, als unverheirateter Waräger nach Konstantinopel zurückzukehren, statt mit mir nach Norwegen zu segeln.«

Maria starrte sie an. »Und was ist dann geschehen?«

Elisabeth lächelte. »Vieles, Maria. Dazu gehörten noch viel mehr Auseinandersetzungen, aber letztlich kehrte er zu mir zurück – ritt einen zugefrorenen Fluss entlang und sprang auf ein brennendes Schiff, um Anspruch auf mich als seine Braut zu erheben.«

Maria lachte ungläubig.

»Es ist wahr!«

»Klingt eher nach einer von Halldors Geschichten.«

»Ja, nicht wahr? Aber Geschichten enthalten immer viel Wahres.«

Gemeinsam blickten sie aus dem grob behauenen Fensterbogen des Turms aufs Meer hinaus.

»Und Helden«, fügte Elisabeth hinzu, »gibt es wirklich. Daran müssen wir glauben. Hab Vertrauen und bete.«

Kapitel 40

York, September 1066

Harald ritt auf seinem Schlachtross auf die Stadtmauern von York zu, und als er die ängstlichen Trauben der Frauen über den Toren entdeckte, wusste er, dass die Nachricht von seinem Sieg die Stadt bereits erreicht hatte. Er lächelte. Sieg! Es war nicht leicht gewesen, aber das war es niemals, wenn das, was man gewinnen wollte, es wert war. Und außerdem war es eine gute Vorübung für die Schlachten, die noch vor ihnen lagen. Wenn die Männer Nordenglands, in deren Adern angeblich nordisches Blut floss, sich schon dermaßen zur Wehr setzten, würden die Kämpfe im Süden mörderisch sein, aber das kümmerte ihn nicht. Er war bereit. Er fühlte sich lebendig, feurig, wie ein Ballen feinster Seide, durchwirkt mit Gold. Er würde König über dieses schöne Land werden.

Nicht dass die Marschen bei Fulford im Augenblick besonders hübsch gewesen wären. Es war ein erbitterter Kampf gewesen. Die englischen Earls hatten sie auf halbem Wege nach York abgefangen. Ihre Truppen hatten zwischen einem weiten, unzugänglichen Stück der Ouse im Westen und der Marschen im Osten auf sie gewartet. Es waren mutige Soldaten gewesen, das hatte Harald schon in dem Augenblick erkannt, da er über den Hügel geritten war. Er bewunderte den Mut des jungen Befehlshabers, weil er seinen Männern nur wenig Platz zum Rückzug gab, aber er hatte auch allzu schnell erkannt, wie man sich das zunutze machen konnte.

Die Earls Edwin und Morcar hatten ihn rasch angegriffen, kaum dass er Gelegenheit gehabt hatte, seine vorderen Truppen aufzustellen. Die Hälfte seiner Armee war immer noch auf der Straße verstreut, die von den Schiffen bei Riccal hierherführte – wenn sie sich auch größtenteils hinter ihm befanden, so dass er, als die vordersten Linien angegriffen wurden, seine Reihen von hinten auffüllen konnte. Schon bald waren sie den Verteidigern des Landes zahlenmäßig überlegen gewesen – genauso, wie er es mochte.

»Sie werden sich ergeben müssen, Sire.«

Torr riss Harald aus den Gedanken. Er ritt stolz an seiner Seite, als ob er maßgeblich an der Schlacht beteiligt gewesen wäre, was er gewissermaßen auch tatsächlich gewesen war. Der exilierte Earl hatte ihnen den sicheren Weg gewiesen; und am Ziel angekommen, hatte Harald seine zusammengewürfelte Truppe nach rechts führen können, in das sumpfigste Gebiet des Marschlandes, wo die Engländer sie zum Kampf zwangen. Der Feind hatte dieser Versuchung nicht widerstehen können und sich mit aller Macht auf sie gestürzt. Torr hatte in diesem Augenblick nicht mehr ganz so eingebildet dreingeblickt, denn ihre Männer waren reihenweise gefallen, aber er hatte zumindest lange genug ausgeharrt, damit Harald seine eigene mächtige Streitmacht seitlich heranführen konnte, um die Engländer, die von ihrem anfänglichen Erfolg ganz trunken waren, tief ins Marschland hineinzutreiben. Die Schlacht war lang und hart gewesen, aber da immer mehr Männer von der Straße hierhergeeilt waren, hatte Harald langsam, aber sicher die Reihen der Engländer lichten können, und als die Earls endlich Fersengeld gegeben hatten, war alles vorüber gewesen.

»Sich ergeben?«, fragte er Torr nun, denn die Engländer hatten genau das bereits getan. Er hatte sein Pferd persönlich über einen verwesenden Pfad von englischen Soldaten geführt, die »aufgegeben« hatten, um auch noch die flüchtenden Reste der feindlichen Linien vernichtend zu schlagen.

»Die Stadt«, sagte Torr und deutete auf die großen Mauern vor ihm. »Die Stadt York. Sie ist immer noch in der Hand der Engländer, wenn auch nur in der Hand der Königin. Das heißt, der, äh …«

Harald hob die Hand, die noch immer im Kettenhandschuh steckte.

»Sie ist die Königin, Lord Torr, wenn auch nicht mehr für lange, wie ich glaube. Und ja, sie wird sich ergeben. Edyth wird sie, glaube ich, genannt. Ich habe sie einmal in Wales kennengelernt. Eine einfallsreiche Frau und alles andere als eine Närrin. Wartet hier.«

Torr zügelte gehorsam sein Pferd, ebenso wie die restliche Kerntruppe, und Harald ritt allein voran, musterte die Steinmauern der alten römischen Stadt vor ihm – sie waren schwach, schlussfolgerte er, brüchig. Sie mussten ersetzt werden. Aber erst sollte Ulfs Kirche errichtet werden.

»Ihr seid besiegt, Mylady«, rief er zu den Frauen am Geländer über dem Tor zu.

Eine trat vor, und er erkannte sie sofort. Als er sie zum letzten Mal gesehen hatte, war sie Königin von Wales gewesen, und nun war sie, wie es schien, Königin von England, allerdings, wie er zu Torr gesagt hatte, nicht mehr allzu lange. Diese Ehre würde Elisabeth gebühren – er hatte es ihr versprochen, und dieses Versprechen würde er halten.

»Es scheint so«, rief Edyth mit fester Stimme hinab, »zumindest für den heutigen Tag.«

Harald lachte. »Eure edlen Brüder sind geflohen«, sagte er zu ihr und entdeckte zu seiner Überraschung ein Flackern in ihren Augen – nicht eines der Bestürzung, sondern der Hoffnung. Glaubte sie, dass sie wiederkommen würden? So töricht wäre sie nicht gewesen, wenn sie das Gewicht der Männer gesehen hätte, die in Fulfords Sümpfen versanken.

»Was wollt Ihr von uns?«, fragte sie.

»Wir wollen Einlass nach York, das wir für uns beanspruchen.«

»Ich kann mich Euch nicht widersetzen, Sire«, sagte Edyth, und er spürte, wie Torr vor Freude neben ihm ganz unruhig wurde. »Aber ich kann Euch bitten, mich und mein Volk zu respektieren.«

Sie blickte auf ihre Frauen, und er spürte einen Stich des Zorns, als er ihre Anspielung verstand. Er war vielleicht ein Wikinger, aber noch lange kein Barbar.

»Wir sind nicht zum Plündern gekommen, meine Königin«, erwiderte er steif, »sondern zum Siegen. Der heutige Tag ist nur ein einziger Schritt auf unserem Weg.«

»Ein Sieg auf dem Weg zur Niederlage.«

Verdammt sollte sie sein, so unverschämt wie sie war. Das stachelte nicht nur seinen Zorn, sondern auch seine Bewunderung an. Sie erinnerte ihn ein wenig an Elisabeth, und er lächelte in sich hinein. Seine Frau würde mittlerweile fast verrückt vor Sorge sein, aber jetzt konnte er ihr frohe Kunde schicken. Er würde einem Boten befehlen, auf die Orkneys zu reisen, um hiervon zu berichten, von seinem ersten Triumph, sobald er in Yorks Mauern war. Er würde ihr mitteilen, dass sie bald mit ihrer Schwester im neuen Palast von Westminster dinieren würde.

»Wenn es Euch gefällt, es so zu sehen«, rief er zu der englischen Königin hinauf. »Für mich ist es kein Unterschied. Ich will etwas zu essen, ich will Wein, und ich will die Bedingungen aushandeln – über Geiseln.«

Die Frauen wimmerten mitleiderregend, und er wusste, dass –

wie immer er selbst empfand – er seine Männer in dieser Nacht hart an die Kandare nehmen musste. Das hier war kein wikingischer Plünderungszug, bei dem man zerstören und sich nehmen konnte, was man wollte. Er war hier in England, um König über dieses Land zu werden, und er würde sich auf dem Weg nach Westminster entsprechend benehmen.

»Maria, Maria, komm und sieh doch!«

Beim Klang von Filips Stimme sprang Maria auf und tauchte aus dem Eingang des Broch wieder hervor. Sie sah sich verwirrt um, und Elisabeth, die bereits wusste, was jetzt auf sie wartete, rannte ihr hinterher. Und tatsächlich war Filip jetzt schon wieder die Hälfte der Mauer hinaufgeklettert und strebte stetig der Spitze entgegen.

»Filip«, rief sie. »Komm herunter!«

Es wurde spät. Die Sonne tauchte langsam in den dunkler werdenden Ozean hinab, und es war schwierig, überhaupt Filips Finger zu erkennen, wie sie über die Steine huschten und festen Halt suchten. Elisabeth dachte an Greta, die mit dem kränkelnden Josef in der Halle war, und versuchte, keine Panik aufkommen zu lassen.

»Dieser Turm ist York«, rief der Junge nach unten. »Und diesmal werde ich ihn bezwingen, genau wie Harald diese Stadt.«

»Woher willst du das wissen?«, fragte Elisabeth ihn, denn solange er sprach, bewegte er sich zumindest nicht weiter nach oben.

»Woher? Nun ja, weil er der größte, stärkste Mann in der ganzen Wikingerwelt ist.«

»England ist nicht die Wikingerwelt«, widersprach Elisabeth.

»Ich wette, mittlerweile ist es das.«

Maria klatschte in die Hände. »Darauf wette ich auch.«

»Maria …«, warnte Elisabeth.

»Was denn, Mama? Filip hat recht. Papa wird siegen; vielleicht hat er das bereits.« Sie sah aufs Meer hinaus. »Wie lange würde ein Bote brauchen, um uns zu erreichen?«

Elisabeth seufzte. Sie hatte mit Harald darüber gesprochen, bevor er davongefahren war, aber keiner von beiden hatte eine Vorstellung davon gehabt.

»Das kann einen harten Ritt von über einer Woche bedeuten, wenn ein Mann über Land durch Schottland herkommt. Vielleicht sogar länger, denn ich habe gehört, dass der Weg durch das Gebirge führt, und dass die dort ansässigen Stämme ziemlich gewalttätig sind.«

Maria seufzte, aber nun stieß Filip über ihnen einen triumphierenden Schrei aus, und Elisabeth sah nach oben und entdeckte ihn an der Spitze des Broch – eine dunkle Silhouette, die sich gegen den purpurnen Himmel absetzte.

»Ich kann England sehen!«, rief er. »*Unser* England.«

»Kannst du? Kannst du das wirklich?« Maria stürzte dem Broch entgegen, und Elisabeth packte sie am Arm.

»Natürlich kann er das nicht, Maria. Die Berge Schottlands liegen dazwischen.«

»Kann ich doch«, rief Filip verächtlich. »Oh!«

Sein Fuß verlor den Halt, und ein Stein krachte in die Mitte des Broch, zerbarst in tausend Stücke auf dem irdenen Boden. Maria stürzte wieder der Wand entgegen, und diesmal hielt Elisabeth sie nicht auf, aber bevor sie auch noch ihre Röcke raffen konnte, saß Filip sicher oben auf und hielt sich an der Kante fest.

»Es geht mir gut«, rief er, obwohl Elisabeth hörte, wie seine Stimme zitterte.

»Bitte komm herunter, Filip«, beschwor sie ihn. »Deine arme Mutter wäre sehr verärgert, wenn sie dich da oben sitzen sähe, und so langsam wird es dunkel. Wir müssen zu ihr zurück. Und vorsichtig«, fügte sie hinzu, als er sich langsam umdrehte und den Abstieg begann.

Marias Hände waren jetzt an der Wand, und ihr rechter Fuß hatte bereits zwei Steinreihen oberhalb des Grunds Halt gefunden, aber Elisabeth zog an ihrem Arm.

»Komm zurück, Maria – mach ihm Platz.«

Ihre Tochter nickte, und gemeinsam blieben sie stehen und hielten den Atem an, während Filip langsam, quälend langsam die schräge Wand hinab auf sie zukam. Als er nur noch ein Stück über ihren Köpfen war, blickte er hinab, und der aufgehende Mond beleuchtete ein breites Lächeln auf seinem Gesicht.

»Mir geht es gut«, wiederholte er, und dann sprang er ohne Vorwarnung zu Boden, landete genau vor ihren Füßen und hatte durch eine leichte Beugung seiner Knie sogleich das Gleichgewicht wiedererlangt.

»Nach Hause!«, sagte Elisabeth streng und schritt entlang der alten Mauern auf die Halle zu, die in der Dunkelheit erglühte, denn die Diener entzündeten gerade die Binsenlichter.

Sie schritt zügig voran – mehr, um ihr Unbehagen loszuwerden, als aus tatsächlicher Eile. Sie wollte Filip sicher bei Greta abliefern und dann Ingrid aufsuchen, deren Ruhe, wie sehr es Maria auch frustrieren mochte, sie stets beruhigte. Doch die jungen Leute blieben trödelnd zurück.

»Hast du tatsächlich England sehen können?«, hörte sie Maria Filip fragen.

»Ich glaube schon.«

»Und was hast du gesehen?«

»Den Sieg.«

»Den Sieg?«, höhnte Maria. »Wie sieht der Sieg denn aus?«

Filip gluckste. »Das musst du dir schon selbst ansehen«, antwortete er frech, und dann rannte er an Elisabeth vorbei, Maria ihm dicht auf den Fersen, und Elisabeth war so froh, ihre ungewöhnlich ernste Tochter dabei zu beobachten, wie sie wie ein Kind hinter dem Jungen herjagte, dass sie gar nicht daran dachte, sie vor solch einer Aktion zu warnen.

Kapitel 41

Stamford Bridge, 25. September 1066

Das Leben eines Eroberers, so hatte Harald beschlossen, war gut. Die Sonne schien auf ihn und seine Männer herab, die auf den Grashängen über dem sprudelnden Fluss Derwent saßen und ein Feuer schürten, um darüber die Kuh zu braten, die die jüngeren Soldaten in diesem Moment auf den Weiden jenseits der hölzernen Brücke bei Stamford einzukesseln versuchten.

»Fang sie, Tomas«, rief Aksel. »Du wirst doch wohl noch schneller sein als eine Kuh, Mann?«

Harald lächelte, als er hörte, wie Halldors derber Humor in der Stimme seines Sohnes widerhallte. Hier, auf den seltsamen Feldern Englands, hatte er den lebenssprühenden Enthusiasmus seines alten Freundes fast genauso vermisst wie Ulfs ruhigen Pragmatismus. Aksels heitere Anwesenheit in seiner Armee war Balsam auf die Wunde, die ihr Fehlen bei diesem seinem größten Feldzug gerissen hatte, und er war unglaublich dankbar dafür, dass Halldors Junge ihn aus Island begleitet hatte, zu einer Zeit, da seine Invasion noch nicht viel mehr als ein Traum gewesen war.

Aber jetzt war sie kein Traum mehr. Er war hier, und er musste das Beste daraus machen. Er schüttelte die Geister der Vergangenheit ab und lachte mit seinen verbliebenen Männern, während die Kuh, eine lebhafte junge Färse, Tomas' unbeholfenem Versuch, sie mit einem Seil einzufangen, auswich und davontänzelte, die Hufe in der Herbstluft hoch ausschlagend.

»Spring auf ihren Rücken«, schlug jemand vor, und wieder lachten alle.

»Können wir das Biest nicht mit einem Pfeil erlegen?«, grummelte ein anderer. »Tomas wird den ganzen Tag mit ihr Fangen spielen, und ich habe Hunger.«

»Wäre vielleicht das Beste«, stimmte Harald zu.

Die Männer hatten an Bord der Schiffe, die immer noch bei Riccal vor Anker lagen, kräftig gefrühstückt, aber es war ein Zwölf-Meilen-Marsch bis hierhin gewesen, zu dem Ort, an dem die Engländer ihnen ihre Geiseln und ihre Schätze übergeben wollten, und auf solch einer Reise entwickelte ein Mann schon einen beträchtlichen Appetit, besonders bei so warmem Wetter. Selbst in der leichtesten Rüstung, die Harald ihnen zugestanden hatte, waren sie innerhalb weniger Minuten in Schweiß gebadet gewesen, und viele hatten sich ihrer schweren Kettenhemden bei der Ankunft auf den weitläufigen Feldern über der Brücke entledigt, um ein Bad in den wunderbar kühlen Gewässern des Derwent zu nehmen. Nun saßen sie beieinander, leicht dampfend, entspannt unter dem Rabenbanner, das auf einem langen Stab in die Erde gerammt worden war. Aber sie brauchten dringend etwas zu essen.

»Aksel«, sagte Harald über die Schulter hinweg, »setz deine Bogenschützen auf das Vieh an, Junge.«

Aksel erhob sich, ging mit zwei seiner besten Männer zum Ufer und bedeutete dem armen Tomas und seinen Gefährten, beiseitezutreten. Die Färse wurde mit einem einzigen Schuss erlegt und gab nur noch ein ersticktes Muh von sich, bevor sie mit einem lauten, dumpfen Geräusch zu Boden fiel, so dass Jubel sich vom Ufer erhob.

»Gute Arbeit«, rief Harald dem Bogenschützen zu. »Spar die nächsten Pfeile aber für die Engländer auf.«

Die Männer johlten pflichtschuldigst und wandten dann ihre Aufmerksamkeit dem unterhaltsamen Spektakel zu, wie die Jüngeren die tote Kuh über die Brücke zu zerren versuchten. Das Feuer erwachte zum Leben, als spüre es das herannahende Fleisch, und sie riefen ihnen zu, sich zu beeilen.

Harald erhob sich und trat an die Seite, ließ den Blick über den Horizont schweifen. Er hatte im Hinblick auf die Pfeile keinen Witz gemacht. Die Engländer in York schienen einigermaßen gefügig zu sein, die Frauen verängstigt, und die Männer, die Fulford entkommen waren, schienen nicht in der Stimmung zu sein, erneut in die Schlacht zu ziehen – aber dennoch musste er Vorsicht walten lassen. Er hatte an sämtlichen Straßen Wachen postiert, ebenso wie vor den großen Südtoren Yorks, um nach Verrätern Ausschau zu halten, aber bislang war alles ruhig. Es war bald Mittag, und die Geiseln mussten jeden Moment ankommen. Er dehnte die Handgelenke, wobei sein rechtes noch immer von dem Fulford-Kampf schmerzte. Es hatte nach Niså niemals aufgehört wehzutun, aber die Erinnerung war ihm dennoch willkommen. Er hatte Frieden mit den Dänen geschlossen, deshalb konnte er seine ganze Kraft darauf konzentrieren, England einzunehmen. Nur musste er stets auf der Hut bleiben.

»Die Zeit naht«, sagte Harald und wandte sich um. »Wir sollten uns bewaffnen.«

Seine Männer aber hatten sich am Fluss ausgestreckt. Die Jüngeren am anderen Ufer sahen sie hoffnungsvoll an und erwarteten Hilfe, aber soweit Harald seine Krieger kannte, würden sie keine bekommen, weder um das Tier über die Brücke zu zerren, noch dabei, es auf der anderen Seite auszuweiden. Das war *eine Aufgabe für einen Neuling, und sie würden die Show genießen. Das sollte er eigentlich auch. Er nahm seinen Helm zur Hand und warf einen letzten Blick auf den Horizont – immer noch nichts zu sehen –, dann wanderte er hinab, um ihnen Gesellschaft zu leisten. Es war eine gute Kuh, und sie würde eine hervorragende Mahlzeit abgeben, besonders wenn die englischen Geiseln sie ihnen servierten.*

»Ein Picknick?«, fragte Elisabeth und sah ihre älteste Tochter stirnrunzelnd an.

»Ein Picknick«, bestätigte Maria, und als sie Elisabeths Gesicht sah, fügte sie hinzu: »Es war Ingrids Idee.«

»Und sie ist gut!«, sagte Ingrid ungewöhnlich entschlossen. »Josef geht es langsam besser, und er braucht frische Luft, genau wie Greta. Sie ist allzu blass.«

Das zumindest traf zu. Aber … »Ein Picknick?«, wiederholte Elisabeth, und Ingrid sprang vor, um ihre Hände zu ergreifen.

»Warum denn nicht, Mama? Wir können nicht nur herumsitzen und die Wände anstarren. Es kann noch Wochen dauern, bis wir Nachrichten bekommen.«

»Vom Sieg?«

»Vom Sieg, ja. Also warum sollten wir uns in der Zwischenzeit nicht amüsieren? Bitte, Mama, es ist so ein wundervoller Tag.«

Auch das traf zu. Die Winde hatten nachgelassen, und die Sonne stand zwar niedrig, schien aber noch warm.

»Wo?«, fragte Elisabeth.

»Droben am Broch«, erwiderte Maria sofort und zog sie zur Tür, Ingrid im Schlepptau. »Die Kinder spielen gern dort, und er wird uns Schutz bieten, wenn der Wind auffrischt.«

»Das«, wandte Elisabeth widerstrebend ein, »würde die Halle auch.«

»Oh Mama – sei doch nicht so langweilig.«

Dieser Pfeil traf sie ins Mark. Langweilig? War das aus ihr geworden?

»Ich weise euch darauf hin«, sagte sie, »dass ich nicht langweilig bin. Ich bin die Stromschnellen geritten.«

»Ich erinnere mich«, sagte Maria mit einem Blick auf ihre Schwester. »Du auch, Ingrid?«

»Mutter im Kanu, verkleidet als Junge?« Ingrid krauste die Nase. »Natürlich erinnere ich mich daran.«

»Ich war stolz auf sie«, sagte Maria trotzig.

»Wirklich?« Elisabeth lächelte und ging zur Tür. Plötzlich sehnte sie sich danach, einen Blick nach Süden zu werfen, auch wenn es nichts nützte. »Also dann, zum Broch. Wir müssen etwas zu essen organisieren.«

»Alles schon erledigt.«

Elisabeth sah ihre Töchter an, die mittlerweile zu Frauen herangewachsen waren, aber bei diesem Bekenntnis so schuldbewusst wirkten wie kleine Mädchen. Sie nahm den Anblick der hübschen blonden Ingrid in sich auf, die ihrer Großmutter und Namenspatronin so ähnlich war, sowohl im Aussehen als auch im Temperament. Dann musterte sie die dunkelhaarige Maria, die ihrer Mutter und ihrem Vater viel zu sehr glich, als gut für sie war. Sie seufzte.

»Ihr wusstet, dass ich zustimmen würde?«

»Du bist doch ständig dort oben, Mama. Zumindest kannst du auf diese Weise deine Mahlzeit genießen, anstatt auf deiner alten Fidel herumzukratzen.«

»Herumzukratzen …?«, protestierte Elisabeth, aber die Mädchen hatten sich bereits abgewandt, und Greta rief den

Kindern zu, dass es Zeit war zu gehen. »Herumzukratzen?«, wiederholte sie entrüstet bei sich selbst, aber Maria, die bereits im Eingang stand, wirbelte noch einmal zu ihr herum.

»Ich war *wirklich* stolz auf dich«, sagte sie, und dann war sie fort, so dass Elisabeth nichts anderes mehr übrig blieb, als ihre Röcke zu raffen und ihr mit einem widerstrebenden Lächeln zu folgen.

»Mein Gott, Tomas, bei diesem Tempo werden wir noch verhungern und Harolds verdammte Südtruppen nie besiegen. Nimm die Kuh bei den Hörnern!«

»Ich nehme dich *gleich bei den Hörnern«, kam die wütende Antwort, und die Männer brüllten vor Lachen.*

Die Gruppe junger Soldaten hatte die Kuh jetzt fast bis zum Ufer gezerrt, wusste aber nicht, wie sie sie am besten hinüberschaffen sollten. Die Brücke war zwar stabil, aber schmal, kaum breit genug für zwei Männer, die Seite an Seite standen, und die Kuh würde darin steckenbleiben. Auf der Weide hinter ihnen war es einer weiteren Gruppe irgendwie gelungen, mit dem Lasso ein zweites Tier einzufangen, und sie führten es, noch ziemlich lebendig, auf sie zu. Harald sah, wie in Tomas' Augen so etwas wie Panik aufloderte, als er sich umsah, und hatte Mitleid mit ihm.

»Nehmt die Taue«, rief er den Männern auf seiner Seite zu. »Sonst kriegen wir das Tier vor Einbruch der Dämmerung nie gebraten. Und außerdem wollen wir doch auch nicht, dass die Engländer uns für Idioten halten, oder?«

Das brachte sie in Bewegung. Aksel führte eine Gruppe den Hügel hinauf, wo zwei Taue zwischen den hingeworfenen Kettenhemden zusammengerollt lagen wie Nattern in einem Nest. Er beugte sich vor, um nach dem ersten zu greifen – dann erstarrte er.

»Beeil dich, Aksel«, rief Harald, aber als Antwort deutete Aksel

mit der Hand auf die Straße nach York, und nun entdeckte auch Harald, was er meinte. Auf der Straße wurde Staub aufgewirbelt. »Sie kommen«, brüllte er seinen Männern zu. »Die Geiseln kommen. Bringt diese verdammte Kuh jetzt rüber!«

Aksel nahm die Seile und schlang sie sich über die Schulter, dann hielt er erneut inne.

»Aksel!«, schrie Harald verärgert. »Komm schon!«

Aksel blickte erst den Abhang hinab und ihm dann in die Augen, und Harald entdeckte blanke Furcht darin – in Halldors Augen. Einen Augenblick lang war er wieder in Miklagard, ein junger Mann, der mit seinen Freunden gegen Piraten kämpfte. Und dann durchdrang der Schrei des jüngeren Mannes sein umnebeltes Hirn: »Soldaten!«

Er blinzelte. Soldaten? Das konnte nicht sein. Es gab keine Soldaten mehr im Norden, oder zumindest keine mehr, die noch hätten kämpfen können. Sie lagen alle mit dem Gesicht nach unten in den Marschen von Fulford.

»Soldaten!«, rief Aksel erneut. »Ein Banner. Es ist, es ist …«

»Was ist es?«, blaffte Harald, doch jetzt konnte er es selbst erkennen – ein weißes Banner, auf dem ein schwarzer Krieger hervortrat, das Schwert hoch erhoben: der »Krieger«, die Standarte Harold Godwinsons, des ehemaligen Earl of Wessex und jetzigen Königs von England. »Das ist unmöglich«, murmelte er.

»Sire, das ist der König.«

»Das ist unmöglich«, sagte er jetzt laut. »Er ist doch im Süden, um Herzog William zu erwarten.«

Aber das Banner war unverkennbar, genau wie die vergoldete Rüstung oder die riesige Menge, die dem Mann folgte. War er ein Zauberer, dass er so viele Soldaten einen so weiten Weg hierhergeführt hatte? Und wie war er um die Wachen in York herumgekommen? Waren diese armen Männer bereits tot? Aber es blieb *keine Zeit, jetzt noch an sie zu denken. Fieberhaft dachte Harald nach, suchte nach einem Vorteil. Wenn das tatsächlich Harold Godwinson war, waren seine Männer sicherlich erschöpft. Sie waren keine Gegner für seine eigenen Truppen, die ausgeruht und bereit waren und … Er blickte zurück auf die Rüstungen, die achtlos auf dem Hügel verstreut lagen. Nie war Harald so unvorbereitet getroffen worden, und er spürte, wie eine Woge der Panik seinen ganzen Leib erfasste – und gleich auf dem Fuße die noch heißere Woge der Kriegswut.*

»Zu den Waffen!«, rief er, schnappte sich sein Banner und gab einen Befehl. »Besetzt die Brücke. Wir müssen sie lange genug aufhalten, um eine Mauer zu bilden.«

Er rannte den Hügel hinauf, warf den Männern ihre Kettenhemden zu, so dass sie gegen ihre Beine prallten und sich darin verfingen. Harold Godwinson hatte ihn überrumpelt. Er hatte kaum die Hälfte seiner Krieger bei sich, und sie waren unbewaffnet und schlaff von der Sonne und dem Bier. Ulf hätte das niemals zugelassen, traf ihn die bittere Erkenntnis. Er war ein Narr gewesen, und jetzt musste er schnellstens reagieren.

»Wusstet Ihr davon?«, zischte er Torr zu und packte den Mann am Kragen, als er vorbeistürmte.

»Nein, Sire, wirklich nicht. Ich habe keine Ahnung, wie er das geschafft hat.«

»Nun ja, er hat es nun mal«, sagte Harald grimmig. »Und nun müssen wir wohl kämpfen wie nie zuvor.«

Die Engländer strömten bereits auf die Weide, einige kämpften auf Pferderücken wie die Petschenegen und streckten die norwegischen Viehdiebe mit schnellen, leichten Schlägen nieder.

»Reite zu den Schiffen«, befahl Harald einem seiner besten Reiter. »Nimm mehrere Pferde und reite hart. Sag Otto, er muss sofort die Truppen herbringen.«

Der Mann nickte, warf einen ängstlichen Blick auf die Engländer zurück, während sie durch die Norweger hindurchpreschten, die immer noch am anderen Ufer festsaßen.

»Sire, das sind zwölf Meilen.«

»Ich weiß, du Narr. Reite schnell.«

Der Mann rannte zu seinem Pferd, schwang sich in den Sattel und war verschwunden, hinauf und zwischen den Bäumen hindurch nach Riccal. Otto würde kommen, wusste Harald, aber erst in ein paar Stunden. Sie würden sich verteidigen müssen wie nie zuvor.

»Männer!«, brüllte er in die Herbstluft und rammte das Banner erneut in den Boden. »Zu mir! Wir wussten, dass wir gegen Harold of Wessex kämpfen müssen, um England zu erobern, und es scheint, dass jetzt die Zeit gekommen ist. Er hat uns einen Marsch erspart, Gott segne ihn dafür – also lasst uns ihn wie wahre Wikinger willkommen heißen!«

Seine Männer stießen einen wilden Schrei aus, und Harald glaubte, die Reihen der Engländer auf der anderen Seite des hübschen Flusses, der zwischen ihnen lag, zögern zu sehen.

Nun gut. Er hatte weder diesen Zeitpunkt noch diesen Ort ausgewählt, aber er war bereit. Er war immer bereit gewesen – sollten sie doch kommen.

Elisabeth hatte schon seit Wochen nicht mehr so viel gelacht; jedenfalls gewiss nicht, seit Harald nach England gesegelt war, und vielleicht schon geraume Zeit vorher nicht mehr. Alles hatte sich so ausschließlich um den Einmarsch gedreht, als ob das normale Leben stillstand und ganz Norwegen in einem Drachenboot, dessen Bug westwärts gerichtet war, in Deckung gegangen war. Sie hatte die Schlachtpläne eingeatmet, hatte sie mit jedem flüchtigen Kuss von Harald förmlich in sich aufgesogen, und alles andere war ihr im Vergleich albern vorgekommen. Heute jedoch, da sie auf dem Brough of Birsay kauerten, den Schatten des alten Broch meidend, hatte sie das Gefühl, wieder lebendig zu sein.

Sie setzte sich auf dem Wollteppich zurück, der auf abgenutzten Fellen ausgebreitet worden war, um die Septemberfeuchtigkeit fernzuhalten, und beobachtete, wie Filip, die Hände um die Fußknöchel, durch das Gras vor ihnen hüpfte. Sie hatte ihnen schließlich von der Kröte, seinem Namenspatron, erzählt, und davon, wie Maria ihn in die Große Halle in Oslo geschmuggelt hatte, und jetzt spielte er das Ganze nach, die Augen weit aufgerissen, die Wangen aufgeblasen und quakend über den Hügel hüpfend.

»Ah!«, schrie Greta und legte in gespieltem Entsetzen die Hände an die Wangen. »Ist die hässlich!«

»Und so glitschig«, rief Mina neben ihr.

»Und so warzig«, fügte Ingrid hinzu.

»Oh nein«, widersprach Maria, die Hand auf ihrem Herzen. »Ich finde sie schön, und ich werde sie zum Lord ernennen.«

Sie sprang auf und rannte zu Filip hinüber, schnappte sich ihr kostbares Schwert aus dem Korb mit den Nahrungsmitteln und streckte es ihm entgegen. Elisabeth sah, wie der bernsteinfarbene Knauf in der untergehenden Sonne golden aufleuchtete, und betete darum, dass auch Haralds Schwert golden erglühte und nicht rot.

»Schwört mir den Treueeid, Lord Kröte«, befahl Maria.

»Niemals«, rief Filip mit krächzender Stimme und versuchte zurückzuspringen, strauchelte in seiner albernen Körperhaltung aber. »Ich werde meine Treue«, fuhr er auf dem Rücken im Gras liegend fort, »nur dem König von England, König Harald, schwören.«

»König Harald Hardrada«, fügte Elisabeth schnell hinzu.

»Natürlich«, pflichtete Maria genauso schnell bei. »Welchen anderen Harald sollte es sonst noch geben?«

»Keinen«, rief Filip, »außer einer Kröte, wie ich es bin.«

Das war ein mutiger Witz, aber dennoch war das Gelächter erstorben, und aller Augen richteten sich aufs Meer. Es lag in freundlichem Blau vor ihnen – der Farbe der Hoffnung, wie Thora gemeint hatte, und daran hielt Elisabeth sich nun fest.

»Wer möchte ein Stück Apfelkuchen?«, rief sie gut gelaunt und bedeutete einer Dienerin, ihr den Korb zu reichen.

Die Kinder stolperten zu ihr herüber, aber Maria bewegte sich nicht. Dann machte sie einen Schritt auf die Klippen zu. Elisabeth reichte den Korb an Greta weiter und ging zu ihrer ältesten Tochter hinüber.

»Maria? Ist dir kalt?«

Die Haut ihrer Tochter, die unter den im Spiel hochgeschobenen Ärmeln sichtbar wurde, war von einer Gänsehaut überzogen. Schnell zog Maria den Stoff wieder darüber.

»Ein wenig. Eigentlich ist es ja schon zu spät im Jahr, um noch draußen zu speisen, Mama.«

Elisabeth erwähnte nicht, dass dieser Ausflug die Idee ihrer Töchter gewesen war.

»Vielleicht wird es Zeit, wieder nach Hause zurückzukehren«, schlug sie stattdessen vor, aber Maria schüttelte den Kopf.

Sie drehte ihr kleines Schwert unermüdlich in den Händen, starrte es an, als könne sie geradewegs ins Herz des Stahls sehen, und plötzlich sagte sie: »Ich will es sehen.«

»Was sehen, Maria?« Ihre Tochter antwortete nicht, sondern ging nur zum Broch hinüber und legte eine Hand an seine raue Mauer.

»Nein!« Elisabeth stürzte hinter ihr her. »Nein, Maria, bitte. Du kannst England nicht sehen, noch nicht einmal von der Spitze aus. Das weißt du doch.«

»Vielleicht doch.«

»Und selbst wenn, was dann? Papa ist eine mindestens dreitägige Segelreise von hier entfernt – du wirst ihn von hier aus wohl kaum erkennen können.«

»Vielleicht doch«, wiederholte Maria mit entschlossener Miene. »Ich spüre ihn, Mama – hier drin.« Sie presste sich die Hand aufs Herz und legte den Kopf in den Nacken, um die Augen auf die obersten Steine des Broch zu richten.

»Maria«, bat Elisabeth. »Du kannst nicht hinaufklettern. Deine Röcke …«

Aber nun legte Maria ihr Schwert am Fuß des Turms ab und öffnete ihre Schulterschließen. Elisabeth wollte sie aufhalten, aber als die Röcke zu Boden fielen, erstarrte sie. »Du trägst eine Hose.«

»Ich bin keine Närrin, Mama.«

»Keine Närrin«, räumte Elisabeth ein. »Aber dennoch töricht. Maria, das ist gefährlich.«

»Genau wie eine Seereise nach England. Aber wenn Otto das kann, wenn Papa es kann, dann werde ich es wohl noch schaffen, hier hinaufzuklettern.«

»So funktioniert das aber nicht«, beharrte Elisabeth. Die anderen versammelten sich nun um sie herum, und Maria umfing die ersten Steine. Elisabeth packte ihre Taille. »Es gibt keine Omen, Maria, keine Händel mit Gott. Das hier ist nur ein Turm, eine Ansammlung von Steinen. Du kannst Harald so nicht erreichen.«

Maria blickte auf sie hinab. »Vielleicht nicht. Aber ich muss es versuchen.«

Elisabeth erstarrte. Sie kannte dieses Gefühl. Es hatte sie damals mit dem Kanu über dem Kopf den steilen Flusspfad in Kiew hinaufgeschickt, und dann noch einmal in Oslo. Es war ein Juckreiz in der Seele, und wie es schien, hatte ihre Tochter diesen von ihr geerbt. Sie löste erst die eine und dann die andere Hand von Marias Taille.

»Sei vorsichtig«, sagte sie leise, und dann trat sie einen Schritt zurück und nahm Ingrids Arm, beobachtete, wie ihre ältere Tochter hinaufkletterte.

Harald hatte das Gefühl, als müsste er sich immer wieder nach oben kämpfen. Seine Glieder schrien vor Schmerz, sein Kopf pulsierte. Er schlug und parierte, wehrte Schläge mit dem Schild ab und teilte mit dem Schwert welche aus. Tief im Schildewall war er geschützt vor der Wildheit des Angriffs, aber seine Männer fielen wie Motten in einer Kerzenflamme, und die Engländer stürzten sich mit aller Macht auf sie.

Er saß auf einem exponierten Abhang fest und hatte kaum eine Wahl. Er musste einen Schildewall in Schildkrötenformation um sein Banner bilden, seine Männer in Pfeilform, die besten Kämpfer an den Längsseiten, um die weniger schlagkräftige Nachhut zu beschützen. Er und seine persönliche Kriegsmannschaft befanden sich etwas hinter der Spitze, sollten eigentlich die Schlachtbewegungen befehligen, aber in Wirklichkeit gab es nur einen einzigen Befehl: »Haltet den Wall.«

Das Schlachtfeld war bereits mit Leichnamen übersät, von denen die meisten Norweger waren. Auf der Brücke hatte der arme Tomas seine Kuh liegen lassen und allein mit einem Schwert gekämpft, das ihm von einem Kameraden zugeworfen worden war. Er hatte die englischen Soldaten Welle um Welle abgehalten und Harald damit unschätzbare Zeit erkauft, die er brauchte, um die Kernmannschaft seiner Soldaten wieder zu bewaffnen und zu gruppieren. Schließlich war er gefallen, aber mit ungeheurem Mut, und Harald schwor sich, ihn posthum zu ehren. Sobald die Ersatztruppen es von den Schiffen hierhergeschafft hatten und die Engländer von hinten überfielen, um sich den Sieg zu sichern, würde er dafür sorgen, dass Tomas besondere Ehre zuteilwurde. Er musste jetzt nur noch ein wenig durchhalten. Er war von Natur aus kein Verteidiger – fühlte sich jetzt schon eingeengt, eingekesselt von den eigenen, kämpfenden Männern –, aber er konnte es schaffen. Er würde es schaffen.

Harald pflanzte die Füße fester in den weichen Boden, aber dann zeigte ein heftiger Schrei ihm an, dass die linke Seite seines Panzerwalls gerissen war. Er blickte hinüber und sah, wie die Engländer in die mittlere Formation preschten, Soldaten, die sich auf sie stürzten wie Ameisen auf Honig, mit Mordlust in den Augen. Einen Augenblick lang konnte er nur hilflos zusehen, aber dann schaute er den Hügel hinauf und sah in der untergehenden Sonne Stahl aufblitzen. Otto war endlich da! Otto war gekommen, und keinen Augenblick zu früh. Er selbst musste hier bleiben, eingepfercht, etwas anderes blieb ihm nicht übrig.

Er überblickte das Schlachtfeld, und sein Herz weitete sich. Das war er. Er war Harald Hardrada – Wikinger, Waräger, König. Er wischte sich den Schweiß von der Stirn und ließ den Blick wandern, sah, wie grimmig seine Männer mit ihren Schilden nach vorn drängten, sah das Chaos der Engländer und das Funkeln seiner eigenen Reserven, die mit wildem Kriegsgeschrei den Hügel hinabstürmten, die Schwerter hoch erhoben. Jetzt gab es keinen Schlachtplan mehr, keinen kühlen Kopf, mit dem Befehle erteilt wurden, keinen Raum für militärische Manöver. Nur eins war ihnen geblieben – ihr Mut.

Er blickte zu seinem Banner empor, sah seinen Raben, der seine Schwingen triumphierend ausbreitete, bestickt von seinen liebenden Gemahlinnen, die an ihn glaubten. Er verankerte seine Füße erneut im Boden und holte tief Luft. Er würde kämpfen, wie er in seinem Leben stets gekämpft hatte, und er würde diesen Tag nicht unter einem Busch beschließen. Er warf den Kopf in den Nacken, hob sein Schwert in die Höhe und brüllte ein einziges Wort: »Angriff!«

Die Welt hatte sich auf die winzige Figur konzentriert, die sich dunkel von dem weichen Sandstein des Broch abzeichnete, während die Sonne hinter ihnen unterging. Die Zeit schien stillzustehen: Elisabeth lauschte den Geschichten ihrer Mutter, spürte, wie Trolle ihre Knöchel umfassten; sie ritt an den Ufern des Ros entlang, wobei die dort wiederangesiedelten Fremden ihr zujubelten; sie lag im Kindbett, wand sich vor Schmerz; dann überwand sie die Stromschnellen, so heiter und leicht wie das schäumende Wasser. Auch der Raum schien sich aufzulösen: Sie befand sich auf den Mauern Kiews, Eis im Gesicht; ritt auf ein königliches Gehöft zu, wobei sie mit ihrer Enttäuschung zu kämpfen hatte; befehligte Architekten, um eine Stadt aus den Plänen zu fertigen, die sie nur halb im Kopf hatte; dann tauchte sie in einen dampfenden See unter einem vom Feuer zerklüfteten Land ab.

Sie beobachtete Maria und sah Harald, dessen blondes Haar mit den dunklen Locken seiner Tochter verwoben war wie vor langer Zeit mit ihrem eigenen. Sie spürte Ingrid an ihrer Seite und Greta hinter sich und merkte, wie der kleine Filip, der Aksel, ihrem jungen Knappen von damals, so sehr glich, Maria unbedingt folgen wollte.

»Nein«, hörte sie Greta sagen. »Diesmal nicht.«

Die Worte wurden vom auffrischenden Wind davongetragen und um den Broch geweht – *diesmal nicht, diesmal nicht.* Elisabeth verkrampfte die Hände ineinander, trieb die Nägel in ihre Handflächen und feuerte Maria im Geiste an. Das Mädchen ertastete sich seinen Weg überaus vorsichtig, wählte nur die breitesten Steine und die tiefsten Löcher, um ihre Füße dort zu platzieren oder mit ihren zierlichen Fingern hineinzugreifen. Sie führten sie um den Broch herum, auf die den Klippen zugewandte Seite. So schraubte sie sich nach oben, und sämtliche Augen folgen ihr. Eine Wolke verdunkelte die ersterbende Sonne und war gleich wieder verschwunden, als ob Gott ihnen zugeblinzelt hätte. Eine Möwe tauchte ab, kreischte protestierend über jenem Menschen, der sich so hoch in die Lüfte wagte, dann wirbelte sie davon, sank aufs Wasser herab auf der Suche nach leichterer Beute. Und Maria kletterte immer weiter.

Die Spitze der Schildewand brach vor Harald, als ob seine Soldaten – wie er selbst – es kaum erwarten konnten, ihre Schilde abzuwerfen und wie Männer zu kämpfen. Harald hatte das Gefühl, dass das Blut in seinen Adern rauschte. Es brodelte, sang an seinen Schläfen und zerrte an seinen Gliedmaßen, zwang sie voran. Er war nicht nur in der *Schlacht – er* war *die Schlacht.*

Nun waren auch die Reservetruppen bei ihnen angelangt. Im schwindenden Licht konnte er sie hinter den Engländern erkennen. Sie durchschnitten die Hinterhand, und er drängte voran, erschlug alle Männer auf seinem Weg, um zu ihnen zu gelangen. Sollten diese Engländer, wie die letzten auch, seinen Weg zum Sieg pflastern. Irgendwo da draußen war Harold Godwinson. Wenn Harald ihn finden konnte, konnte er ihn töten, und alles wäre vorüber. Er hieb immer wieder zu, aber diese Engländer waren zäh. Ihre Glieder waren hart, ihre Augen grimmig, und jetzt kämpften sie an zwei Fronten, stürzten sich auf Ottos Männer, die auseinanderfielen wie Weichkäse oder, vielleicht, wie Männer, die in voller Rüstung zwölf Meilen gelaufen waren.

»Vielleicht wirst du verlieren.«

Harald hörte den Gedanken, schnitt ihn aber mit einem mächtigen Schwerthieb entzwei. Er würde nicht verlieren. Er durfte nicht verlieren. Elisabeth wartete auf ihn. Elisabeth wartete darauf, neben ihm den Thron zu besteigen. Er machte einen Schritt nach vorn, metzelte einen Mann mit einem einzigen Hieb seines Schwertes nieder. Dann spürte er den Schmerz, wie ein durchgehendes Pferd, am Arm. Er starrte sein zerfetztes Fleisch an, dann den Mann, der ihn von der Seite angegriffen hatte, und der beinahe genauso erstaunt wirkte wie er selbst.

»Nein!«

Harald schwang sein Schwert erneut, schlug den Mann zu Boden, trotz des Schmerzes, der jede Sehne seines Körpers aufschreien ließ. Er sah Rot, nichts als Rot. Er blinzelte wütend, während die Seide des Banners im heftigen Wind über ihm dahinwehte, und sah Thora vor sich, die im Eingang seines Pavillons stand, wie sie ihren Mantel abwarf in einer himmlischen Mischung aus Scheu und Kühnheit, um ihre nackte Gestalt darunter zu enthüllen. Dann sah er Lily, seine Lily, die ihn zum Bett des Bootsbauers zog und ihm die Kleider vom Leib riss, während ihr Adlerbug sie beobachtete – jener Adlerbug, der die Wellen nach England bezwungen hatte.

»Stirb nicht im Bett«, hatte Ulf zu ihm gesagt, und damit hatte er recht gehabt. Walhall gab es vielleicht nicht im Himmel, aber es lebte in Haralds Herz. Er sah sich erneut nach Harold Godwinson um, aber das Schlachtfeld war nichts als eine einzige Woge

aus Schwertern und Speeren, und wie sehr er sich auch bemühte, trotz seiner Körpergröße konnte er ihn nirgends entdecken. Er richtete sich auf, schwang weiterhin sein Schwert und stieß mit dem Schild Männer beiseite. Der Kampf nahm ihn ganz und gar gefangen, und er wusste: Egal ob er gewann oder starb, es würde ihm zum Ruhm gereichen.

Am Ende spürte er den Pfeil gar nicht, der seine Kehle durchbohrte. Er fühlte nur einen sengenden Schmerz, wie den aufkeimenden Zorn einer schönen Frau, und er fiel dankbar vor ihr zu Boden.

Maria gab keinen Laut von sich. Sie krähte nicht wie Filip, als sie die Spitze des Broch erreicht hatte und ihr Bein über den Rand schwang. Sie sagte gar nichts. Sie stellte sich auch nicht auf die Spitze, sondern setzte sich hin, bescheiden wie die Jungfrau, die noch zu sein sie bekannt hatte, die Hände zu beiden Seiten fest um den Stein geklammert, und blickte aufs Meer hinaus.

»Kannst du es sehen?«, rief Ingrid, als sie alle die Stille nicht mehr länger zu ertragen vermochten. »Kannst du England sehen?«

Doch Maria sagte immer noch nichts. Elisabeth merkte, wie sie sich leicht nach vorn beugte, als ob sie einen Schrei im Wind gehört hätte. Sie sah, wie ihr dunkles Haar sich hob, und beobachtete, ganz und gar gefangen von ihrer Erstgeborenen, wie diese eine Hand in die Lüfte erhob.

»Maria«, wollte sie rufen, »halt dich fest«, aber sie wagte den Bann nicht zu brechen, der ihre Tochter auf der Spitze des alten Turms festhielt.

»Ich sehe nichts.« Plötzlich erklang Marias Stimme zu ihnen herab, klar und traurig. »Ich sehe nichts, Mama. Es war vergebens.«

Wie ich sagte, dachte Elisabeth, aber sie hielt die Worte zurück, ein schmerzhafter Kloß in ihrer Kehle, während Maria, gelobt sei der Herr, sich umwandte und einen Fuß nach unten ausstreckte, um Halt zu finden.

»Kehr zurück«, befahl sie einer Dienerin. »Geh und mach Wasser heiß. Sie ist bestimmt vollkommen durchgefroren.«

Sie sah wieder Marias bläuliche Haut unter den dünnen Ärmeln und betete darum, dass die kalten Finger ihrer Tochter nicht den Halt verloren. Sie sah, wie ein Fuß einen Vorsprung ertastete und sie den zweiten über den Rand des Turms schwang, langsam, sorgfältig.

Der Stein brach, als sei er von der Wand gepeitscht worden. Er fiel hinab und prallte an einem anderen ab, wo die Mauer sich nach außen neigte, wirbelte in die Luft und fiel über die Klippen. Marias Fuß baumelte einen Augenblick lang wie in den Wolken, aber irgendwie fand sie dann doch wieder Halt.

Sie hielt inne und blickte hinab, stand wieder sicher, und Elisabeth konnte wieder atmen. Ihre Blicke trafen sich, und Maria schenkte ihr ein schwaches Lächeln, bevor etwas, irgendein Laut in der Luft, den Elisabeth nicht hörte, sie aufblicken ließ, und sie zuckte zusammen. Sie fuhr sich mit der Hand an die Kehle, verdrehte die Augen, und ihre Beine knickten ein. Ihre Hände scharrten hilflos an der Mauer, aber der alte Stein wollte sie nicht halten, und wie ein dunkler Schwall fiel sie herab – ein reiner, flügelloser Engel.

Sie traf mit einem heftigen Knall und knirschenden Knochen auf der Erde auf. Ihr Fuß prallte auf das Schwert und sandte es hoch in die Luft. Es drehte sich einmal um die eigene Achse, der bernsteinene Knauf erglühte rot in der untergehenden Sonne, und dann flog es über die Klippen und war verschwunden.

Maria lag so still da wie die Felsen um sie herum.

Einen Augenblick lang war Elisabeth ebenfalls wie erstarrt, aber dann rannte sie los, nahm ihre Tochter in die Arme und schüttelte ihren schlaffen, zerschmetterten Körper in dem verzweifelten Versuch, sie wieder zu jenem Leben zu erwecken, das noch wenige Minuten zuvor ihr ganzes Sein erfüllt hatte. Wie konnte sie fort sein? Sicherlich hatte ihr diese Möwe den Geist geraubt, um damit dreist in die Wellen abzutauchen. Er würde zurückkehren. Maria würde wieder atmen.

»Komm zurück«, bettelte sie. »Komm zurück, Maria. Wir brauchen dich. Ich brauche dich. *Papa* braucht dich.«

Das Wort blieb ihr im Halse stecken und verwirrte sich mit ihren Protesten von vorhin, als Maria mit der verzweifelten Kletterei begonnen hatte. Sie sah auf ihre Tochter hinunter, in ihre dunklen, blicklosen Augen. Und hatte mit einem Mal das Zucken ihrer weißen Kehle hoch oben auf dem Broch vor Augen – Maria hatte etwas gespürt.

»Nein!«

Elisabeth warf den Kopf in den Nacken und schrie. Sie spürte die anderen zu Marias Füßen, hörte ihre Schreie, ihre Tränen, ihre Gebete zu einem Gott hoch droben über dem Broch, der ungerührt dastand. Aber sie wusste jetzt, dass ihre geliebte Maria nicht ihr ganzer Kummer war – nur der Anfang.

»Hari«, flüsterte sie. »Hari, mein Geliebter.«

Sie zog Marias schlaffen Körper dicht zu sich heran, genau wie damals Harald an jenem goldenen Morgen, bevor er nach England gesegelt war. Sie hatte ihn gebeten, ihr zu versprechen, dass er zurückkehren würde, aber er hatte es nicht versprochen, und er würde auch nicht zurückkehren. Es war alles umsonst gewesen.

Langsam strich sie Maria die dunklen Strähnen aus dem schönen Gesicht und küsste ihr die jungen Augen für immer zu. Einen Augenblick lang glaubte sie eine Linie auf ihrer Wange zu erkennen, den Schatten einer Narbe, und sie fuhr sie verzweifelt mit dem Finger nach, sehnte sich danach, Harald auf der Haut ihrer Tochter zu spüren, sehnte sich danach, dass das hier ein neues Stiklestad war – ein Anfang, kein Ende. Doch die Linien auf ihrer eigenen gealterten Hand sagten ihr, dass dies unmöglich war.

»Nein!«, schrie sie wieder, warf ihren Trotz über die Klippen, als ob er Harald irgendwie zurückholen konnte, damit sie ihre Tochter gemeinsam betrauern konnten. Aber er war fort, und das Wort verhallte nutzlos im Süden – jagte ihrer Liebe hinterher, ihren Träumen, jagte ihre Seele über den leeren Ozean.

Zwanzig norwegische Schiffe kehrten in die Bucht von Scapa Flow zurück – zwanzig von den dreihundert, die so hoffnungsfroh die Mündung des Sognefjords verlassen hatten. Sie brachten Haralds Leichnam, und auch den von Otto, und Elisabeth bahrte sie neben Maria in der kleinen Steinkirche am Fuße des Brough of Birsay auf. Noch bevor sie zurückgekehrt waren, hatte sie den Broch abreißen und seine verräterischen Steine über die Klippen schleudern lassen, um jegliches Glimmen des Schwertes zu bedecken, das Harald Maria geschenkt hatte. Nur die heilsame Gesellschaft Ingrids – ihrer ruhigen, edlen, kleinen Ingrid – hielt Elisabeth davon ab, sich selbst hinterherzustürzen. Aber als die Schiffe kamen, war sie froh, dass sie es nicht getan hatte. Denn an Bord des ersten Schiffes war Aksel, verwundet, aber lebendig, und an seiner Seite Thoras Olav.

Elisabeth rannte zu ihm, wie Greta zu Aksel, und Olav nahm sie in die Arme, als sei sie seine eigene Mutter, was sie ja in Teilen sogar tatsächlich war.

»Er hat so gut gekämpft«, stieß er mühsam hervor. »Sie haben ihm eine Falle gestellt, Lily, haben ihn angegriffen, als er nur die Hälfte seiner Männer bei sich hatte und kaum bewaffnet war, aber er kämpfte dennoch wie ein Held. Bis zum Ende.«

»Hast du ihn sterben sehen?«, fragte Elisabeth.

Olav nickte, und seine Stirn umwölkte sich. »Von Weitem. Ich war bei den Schiffen und schaffte es kaum rechtzeitig bis zum Schlachtfeld, aber ich sah Vater sterben, ebenso wie Lord Tostig. Als sie tot waren, blieb uns kaum eine Wahl, als uns zu ergeben. Harold Godwinson begnadigte mich und ließ mich frei. Er war ein wahrhaft edler Gegner, wirklich.«

»Ein würdiger König also?«

Aber der Junge schüttelte den Kopf. »Auch er ist tot. Dahingeschlachtet von Herzog William.«

»Dem räuberischen Normannen?« stieß Elisabeth hervor, und Haralds Worte hallten in ihr wider. Klar und deutlich hörte sie seine geliebte Stimme.

»Dem jetzigen König von England.«

Das war ein schlimmes Ende für all ihre Hoffnungen. Elisabeth dachte an Agatha. Sie war womöglich in Gefahr. König William würde Edgar nicht in seiner Nähe haben wollen, denn er stellte eine Bedrohung für seinen gestohlenen Thron dar. Wenn sie in England blieben, würde der Junge womöglich sterben, wie zehn Jahre zuvor sein Vater, und sie betete darum, dass irgendjemand, irgendwo, ihnen half, dieser Todesinsel zu entfliehen.

Ihre Gedanken wanderten erbarmungslos zu der Königin jenes anderen Harold – Edyth. War sie nun ebenfalls auf der

Flucht? Wahrscheinlich war sie die Ehe mit ihm eingegangen, um England zusammenzuhalten, aber stattdessen hatte England ihr Leben zerstört, genau wie Elisabeths. Königinnen waren anscheinend dazu bestimmt, gebrochen zu werden.

»Ehrgeiz ist eine Krankheit«, murmelte sie bitter, aber bei diesen Worten nahm Olav ihre Hände in die seinen.

»Nein. Nein, glaub das nicht. Ich habe Vater sterben sehen, und das hat sich für immer in meine Seele gebrannt – aber vorher sah ich ihn kämpfen. Ich glaube nicht, Elisabeth, dass ich je einen Mann gesehen habe, der lebendiger war als Harald in jenen letzten Minuten seines Daseins. Er kämpfte so gut.«

»Das hast du schon gesagt.«

»Und er hatte einen ruhmreichen Tod.«

»Wie er es sich gewünscht hat.« Sie holte tief Luft. »Komm«, sagte sie zu Olav, nahm seinen Arm und blickte zu Aksel hinüber, der sich in Gretas Umarmung verloren hatte. »Ihr müsst euch ausruhen, und dann müssen wir davonsegeln. Wir müssen diejenigen, die wir verloren haben, nach Hause bringen, und wir müssen zu deiner Mutter zurückkehren. Sie wartet auf uns. Thora wartet, und wir müssen zu ihr zurückkehren.«

Sie stellte sich ihre Freundin vor, wie sie immer noch an den Landungsstegen stand, darauf wartete, dass die Schiffe in die Sicherheit von Norwegens zerklüftetem Hafen einzogen, und zum ersten Mal seit jenem schrecklichen Tag umspielte ein Lächeln Elisabeths Lippen. Sie wandte den Kopf in den Wind und spürte die Erinnerungen darüberwehen, flüsterleicht wie ein Kuss von ihrem toten Mann – auch das waren Schlachten und Kämpfe gewesen, aber auch Leidenschaft und Liebe und ein Leben, das man in vollen Zügen gelebt hatte. Zusammen.

Epilog

Immer wenn sie heute die Augen verschließt vor den Trauernden, die die Straßen säumen, um Haralds großem Sarg die letzte Ehre zu erweisen, spürt Elisabeth es immer noch – das überwältigende, ungestüme Gefühl, es mit der ganzen Welt aufzunehmen. Und wieder einmal verliert sie sich im Rausch dieses Rennens, das vor so langer Zeit stattfand. Sie spürt die Wogen durch die dünne Wand ihres winzigen Kanus, das Funkeln der Gischt in ihren Augen, den warmen Lufthauch auf ihrem Gesicht. Und vor allem spürt sie das Brausen ihres Herzens, als sie – endlich – den rauschenden Fluss bezwingt.

Die Mauern der Stadt hoch oben auf den Klippen vermischen sich mit den dunklen Kiefern und funkeln im grellen Sonnenlicht, scheinen sich ihr zuzuneigen, sie anzuspornen, oder vielleicht darauf zu warten, dass sie kentert. Die im Sonnenlicht nur schemenhaft erkennbaren Gesichter der Menge lehnen sich vor, allesamt mit großen Augen und offenen Mündern. Ihre anfeuernden Rufe werden von der leichten Brise verweht. Und dann ist da das Blau des Wassers; das endlose, trügerische, wunderbare Blau des Wassers – das sie bezwingen will.

Sie erschauert, als Jahre und Verstand unter der brausenden Strömung des Lebens von ihr abfallen, und sie verliert ihr Paddel aus der Hand. Es trifft auf einen Felsen und wird ihr entrissen, zersplittert an seiner scharfkantigen Oberfläche und fliegt hoch in die Luft. Sie duckt sich, aber es ist bereits verschwunden, und das Boot eilt weiter voran, dreht sich wie wild um die eigene Achse. Sie sieht die dunkle Wolke des rettenden Fangnetzes, aber sie ist schon zu schnell, schießt viel zu geschwind den schäumenden Strom hinab, ohne die Richtung kontrollieren zu können.

Sie legt die Hände auf die Augen, beobachtet ihr eigenes Schicksal zwischen gespreizten Fingern, als das Kanu, berauscht von seiner Freiheit, auf einen scharfen Felsen trifft, so dass es birst und durch die Luft wirbelt in einem Splitterregen aus Planken und Knochen. Einen Augenblick lang schwebt sie in der Luft, fühlt sich freier denn je, dann prallt sie ins Wasser und wird hinabgezogen, von seinen mächtigen Klauen umfangen, bis es keinen Atem mehr gibt, keinen Herzschlag, kein Geräusch.

Die wirbelnde Strömung erstarrt. Ihr dahinjagendes Herz wird langsamer. Das Wasser packt ihre Arme und Beine, und einen Augenblick lang ist sie verwirrt, aber dann, langsam, erwärmt es sich, als ob es von vulkanischer Hitze durchdrungen wäre. Und im flüssigen Nebel sieht sie den Schemen eines Kriegers vor sich, sein starker Körper ist muskulös und sehnig, sein Sarg ist verschwunden, seine Narbe fortgewaschen, und sein Haar, das von einem letzten, brodelnden Strudel erfasst wird, glänzt golden im Sonnenlicht.

Historische Anmerkungen

Wie in *Das purpurne Herz,* dem ersten Band der Königinnen-Trilogie, habe ich die Recherchen zu diesem Roman sehr genossen. Ich hatte eher mit dem zu kämpfen, was ich auslassen musste, als mit dem, was in die Geschichte mit einfließen sollte. Ich habe mein Bestes gegeben, um die Handlung in den Grenzen der bekannten Fakten spielen zu lassen, aber letztlich bestand mein Ziel ja nicht darin, eine historische Schilderung dieser Zeit, sondern Elisabeths Geschichte niederzuschreiben. Demzufolge konnten einige der besonders faszinierenden Figuren und Orte, auf die ich im Rahmen meiner Recherchen gestoßen bin, letztlich im Roman nicht allzu viel Raum einnehmen.

Mir ist klar, dass es in meiner Arbeit auch ein paar Fehlinterpretationen gibt, aber zumindest möchte ich an dieser Stelle auf einige historische Fakten eingehen, die ich zugunsten der Erzählung ein wenig abgewandelt habe. Hinzu kommen ein paar zusätzliche Details, die dem neugierigen Leser dabei helfen werden, sich intensiver über diese faszinierende Epoche der Geschichte zu informieren.

Elisabeths Halskette

Sie ist ein Produkt meiner Fantasie, basiert aber auf einer kleinen Information aus einem bekannten Liebesgedicht, das Harald selbst verfasst hat, und zwar während er im Byzantinischen Reich diente. Berichtet wird davon von Snorri Sturluson (einem isländischen Autor, der im zwölften Jahrhundert u. a. die *Saga von Harald dem Harten* niederschrieb), und er bezieht sich auf Elisabeth, die er als »Goldgeschmückte« bezeichnet. Er enthält unter anderem den Vers: *Die Göttin der Rus/nimmt meine goldenen Ringe noch immer nicht an.* Durch diese Replik wird Elisabeth zur Göttin der Halskette. Die *Morkinskinna* (eine nordische Saga-Sammlung aus dem dreizehnten Jahrhundert, in der die Geschichte der norwegischen Könige verzeichnet ist) legt nahe, dass Harald schon während seines ersten Aufenthalts im Land der Rus mit Jaroslaw sprach und um Elisabeths Hand anhielt, jedoch zurückgewiesen wurde, weil er nicht reich genug war. Während seiner Söldnerdienste im Byzantinischen Reich scheint er seine Gewinne regelmäßig in Jaroslaws Schatzkammern geschickt zu haben. Aus diesem schemenhaften Bild entwickelte ich die Vorstellung, dass Elisabeth seine »Schatzhüterin« wurde und dass ihre Romanze zu diesem Zeitpunkt begann.

Haralds Rabenbanner

Kriegsführer in dieser Zeit führten traditionell eine persönliche Flagge oder ein Banner mit sich in die Schlacht. Harold of Wessex wurde an seinem »Krieger« erkannt, und König Olav kämpfte unter einem Drachen, wie auch in diesem

Roman angedeutet. Die traditionelle Wikinger-Standarte jedoch zierte üblicherweise ein Rabe – der Vogel des Schlachtfeldes. Dieses klassische Symbol wählte auch Harald für sich selbst.

Die Möglichkeit, dass ein Teil von Haralds Banner immer noch existiert, ist eine faszinierende Vorstellung. Es handelt sich um die legendäre »Fairy Flag« der Häuptlinge des MacLeod-Clans. Dieses zerfledderte und fadenscheinige 46 cm^2 große Stück gelb-brauner Seide wird in Dunvegan Castle in Schottland aufbewahrt. Man nimmt an, dass die Seide aus dem Fernen Osten kam. Als sie Anfang des zwanzigsten Jahrhunderts untersucht wurde, ging man unter anderem davon aus, dass sie mit Harald nach England gekommen sei, den man für einen Vorfahren des Leod hielt, des ersten Chieftains des MacLeod-Clans.

Später rankten sich jede Menge Mythen um diese Flagge und ihre magischen Fähigkeiten. So glaubte man, dass sie Mitte des zwanzigsten Jahrhunderts in Dunvegan Castle eine Feuersbrunst verhindert habe, und dass sie den Soldaten, die im Zweiten Weltkrieg Bombenangriffe geflogen waren, Glück gebracht hätte. Wir werden die Wahrheit über ihren Ursprung (oder ihre magischen Fähigkeiten!) vielleicht nie erfahren – aber es macht Spaß, sich vorzustellen, dass diese Fahne dem ursprünglichen Banner zugrunde lag, das Harald in die fürchterliche Schlacht von Stamford Bridge getragen hat, und ich konnte einfach nicht widerstehen, ihre Erschaffung mit Elisabeths und Thoras Geschichte zu verknüpfen.

Haralds Rückkehr nach Norwegen

Harald heiratete Elisabeth vermutlich im Jahr 1043. Die Hochzeit soll um die Weihnachtszeit stattgefunden haben (s. u.: Feste zur Mittwinterzeit), wie es im Roman auf dramatische Weise angedeutet wird. Das Paar zog von Kiew nach Nowgorod und dann irgendwann an den Ladogasee, um von dort aus die Ostsee in Richtung Skandinavien zu überqueren, aber anscheinend setzten sie tatsächlich erst im Jahre 1045 die Segel. Diese zwei Jahre währende Lücke ist nirgends erklärt.

Es ist denkbar, dass – wie ich in Kapitel siebzehn andeute – ihre Abreise dadurch verzögert wurde, dass sie Wladimir dabei halfen, gegen die Rebellen im Norden zu kämpfen, da Letztere ein beständiges Problem waren. Ebenfalls zutreffend ist, dass Magnus während dieser Zeit bittere Schlachten mit Sven schlug, der Dänemark an sich gerissen hatte. Harald hoffte damals vielleicht, dass sie einander töten würden, um ihm den Weg zum Thron freizumachen – oder zumindest freier.

Als er dann tatsächlich lossegelte, war ihre Rückkehr nach Norwegen nicht so einfach, wie ich es – um den Erzählfluss nicht stocken zu lassen – hier beschrieben habe. Harald wurde im Jahr 1046 neben seinem Neffen als Zweitkönig Norwegens friedlich anerkannt, aber erst nach einem klassischen mittelalterlichen Raubzug, aufgrund dessen er Magnus seine Bedingungen diktieren konnte.

Als Harald und Elisabeth in Sigtuna anlangten, war Sven ebenfalls da, im Exil von seinem Krieg mit Magnus. Er und Harald verbündeten sich (zumindest oberflächlich) und plünderten den ganzen Sommer über Dänemark, bevor Magnus' Männer insgeheim an Harald mit dem Ansinnen herantraten,

Norwegen mit ihm zu teilen, damit er ihnen im Kampf gegen Sven half. Zudem sollte er ihnen einen Anteil von seinem riesigen Schatz überlassen. Daraufhin gab Harald ohne viel Federlesens seinem vorgeblichen Verbündeten den Laufpass und segelte nach Norwegen, wo fast auf der Stelle entsprechende Verhandlungen stattfanden, und zwar – wie von mir beschrieben – in den Grenzgebieten. Zu diesem Zeitpunkt begann die unbehagliche Phase der gemeinsamen Regentschaft.

Die Sonnenwendfeiern von Mittsommer und Mittwinter

Das Wikinger-Jahr (ebenso wie das angelsächsische) war in dieser Zeit von den Jahreszeiten beherrscht. An den längsten und kürzesten Tagen fanden die Sonnenwendfeiern statt, dazwischen die Feste der Tag-und-Nacht-Gleiche. An diesen »Vierteljahrestagen« stellte man neue Diener ein oder entrichtete den Zins, so dass sie eine große Bedeutung für das tägliche Leben hatten und mit Festen begangen wurden.

Diese Feste machten sich auch »heidnische« Praktiken zunutze, denn die damalige Kirche griff gern auf alte Zeremonien zurück und verwandelte sie in christliche, um Kontinuität zu gewährleisten und die Menschen auf diese Weise dazu zu ermutigen, sich der neuen Religion anzuschließen. So erwuchs Ostern aus dem Mithras-Kult und Weihnachten aus dem Julfest, und die anderen Marksteine des Jahres wurden strategisch geschickt mit den wichtigsten Feiertagen innerhalb der anderen beiden Viertel des Jahreszeitenkalenders verknüpft.

Ein Großteil der Feiertage wurde sehr klug einverleibt, aber die beiden Sonnenwendfeiern konnten trotz der christlichen Kirche als diejenigen bezeichnet werden, »die davonkamen«, und bis heute sind sie (mit Ausnahme vielleicht von Halloween) die »heidnischsten« aller Feste.

Mittsommer

An diesem Festtag, begangen am Strand von Giske in Kapitel sechs, treffen wir zum ersten Mal auf Thora. Ich hoffe, die Szene fängt die Atmosphäre dieses altehrwürdigen Tages ein. Obwohl der 24. Juni als Johannistag oder – in Schweden – als St.-Hans-Fest gilt, also als Fest von Johannes dem Täufer, blieb er eher ein Festtag der Natur als der Religion.

In England avancierte der Maientag zum Sommerfest, wie man in Kapitel neunundzwanzig von *Das purpurne Herz* nachlesen kann, aber in Skandinavien, wo die Sonnenwende fast überall vierundzwanzig Stunden umfasst, kommt nicht dem 1. Mai, sondern dem 24. Juni besondere Bedeutung zu. Er ist bis heute ein bedeutsamer Feiertag geblieben, sogar so bedeutsam, dass die schwedische Regierung immer noch darüber nachdenkt, ihren Nationalfeiertag vom 6. Juni auf den Mittsommerabend zu verlegen.

Wintersonnenwende

Bei diesem sehr ähnlichen Fest, das im Roman auf dem Dnepr gefeiert wird, sichert sich Harald in Kapitel fünfzehn durch seinen dramatischen Antrag vom brennenden Drachenschiff aus schließlich Elisabeths Hand. Die Feierlichkeiten sind fest in der vorchristlichen Tradition verwurzelt. Sie erinnern an die klassische Verbrennung großer Häuptlinge auf ihren Schiffen mit all ihren Besitztümern, um ihnen ein gutes Leben in Walhall zu ermöglichen, der großen Festhalle im Himmel. Außerdem erinnert die Zeremonie an die uralte Praxis des Schiffsopfers, um die Sonne erneut willkommen zu heißen, wenn die Tage wieder länger werden, und um sich der Gunst der Götter auf Reisen während des kommenden Jahres zu versichern.

Leser, die mehr darüber wissen wollen, sollten im Januar die Shetlands bereisen, denn das Fest *Up Helly Aa,* das am letzten Dienstag im Januar in Lerwick abgehalten wird, beruht auf alten Wikingertraditionen. Dazu gehören die Wikingerverkleidung, Fackelprozessionen und das Verbrennen eines Schiffes.

Der Gulathing

Zu Beginn von Teil drei richtet Harald eine Ansprache an eine große Volksversammlung. Derlei Zusammenkünfte der staatlichen Obrigkeit sind denen des *Witan* bzw. *Witenagemot* oder Königlichen Rates in England sehr ähnlich und waren ein wichtiges Instrumentarium der norwegischen Regierung. Im Nordischen wurden sie auch *Things* genannt.

Kleinere Things fanden auf lokaler Ebene statt, aber es gab drei große Things, die vom König angeführt wurden, um auf höherer Ebene Recht zu sprechen und zentrale Fragen der Gesetzgebung und der Regierungsgeschäfte zu klären. Der Eidsivathing galt für das Land nördlich von Oslo rund um den See Mjøsa. Der Øyrathing fand in der Nähe der Nidelvamündung für die Region Trøndelag statt. Der Gulathing, um den es im Roman geht, galt für Sogndal, Hordaland und die Fjorde südlich der Mündung des Sognefjords (im Westen). Dies scheint das Vorbild für den großen Isländischen Thing zu sein, in dessen Rahmen sich die früheste bekannte Demokratie bildete, weshalb es mir besondere Freude bereitet hat, Elisabeth in Kapitel zweiunddreißig in dieses wundervolle Land zu entführen. Ich hoffe zutiefst, dass gerade diese Szenen dem Leser zeigen, dass die Wikinger, zumindest in dieser späten Phase, nicht einfach nur blutrünstige Plünderer waren, sondern bodenständige Menschen mit Intelligenz, einer vernünftigen Organisation und Kultur.

Die Stromschnellenrennen

Die großen Rennen, sowohl in Kiew und bald darauf in Oslo, sind, wie ich gestehen muss, ein Produkt meiner Fantasie, wenn sie auch, geografisch gesehen, möglich gewesen wären. Die Stromschnellen des Dnepr waren legendär. Der Fluss war nur während eines kurzen Zeitfensters im Frühsommer befahrbar: nachdem das Tauwetter genug Wasser freigesetzt hatte, um die wütenden Strömungen zu beruhigen, aber bevor noch mehr Wasser getaut war, so dass die großen Felsen an den Flussufern freigelegt waren.

Wikingische Händler versammelten sich in jedem Frühjahr in Kiew, um die Waren zusammenzutragen, die man im Verlaufe des Winters im Rahmen der Tributeintreibung (s. u.) im Land der Rus gesammelt hatte, und sie von dort aus auf Schiffe zu schaffen, die an der Verladestation bei Vitichev (einige Kilometer südlich der Stadt) vor Anker lagen. Sobald der Fluss befahrbar war, traten diese Schiffe die große

Reise nach Konstantinopel an. Da diese Handelsstrecke eine bedeutsame Lebensader für die damaligen Menschen war, ist es, wie ich hoffe, mehr als wahrscheinlich, dass irgendeine Art von Rennen diesen Zeitpunkt markierte.

Winterliches Tributeintreiben

Prinz Edward von England, Prinz Andreas von Ungarn und Harald nehmen im Roman an der großen winterlichen Tributeintreibung Großfürst Jaroslaws teil. Das war eine anstrengende Aufgabe, bei der die Eintreiber über das große Land der Rus ritten, um Abgaben von den verschiedenen, entlegen lebenden Stämmen in Form von Waren – häufig Pelzen – einzutreiben. Dies fand während des Winters statt, denn die einfachste Strecke, um landaufwärts zu reisen, führte über die zugefrorenen Flüsse. Die Eintreiber und ihre große, bewaffnete Truppe ritten auf Pferden, die spezielle, mit Nägeln beschlagene Hufeisen trugen, um auf dem Eis Halt zu finden, und transportierten die Waren in Schlitten. Zweifellos waren die Felle, die man gesammelt hatte, in Russlands eisigen Wintern mehr als willkommen.

Halldors Geschichten

Sämtliche von Halldors außergewöhnlichen Geschichten basieren auf bekannten Tatsachen, wie unten weiter ausgeführt:

Die Dunkelheit bei Stiklestad

In Kapitel zwei berichtet Halldor, dass sich in der Schlacht von Stiklestad an einem entscheidenden Wendepunkt des Kampfes Dunkelheit über die Krieger herabsenkte. Seine Interpretation, dass König Knut »einen schwarz bemantelten Teufel über die Sonne« schickte, ist sicherlich reine Fantasie, aber in der Tat wird in jenem Jahr von einer Sonnenfinsternis berichtet. Sie fand allerdings am 31. August 1030 statt, und nicht an dem mutmaßlichen Datum der Schlacht, dem 29. Juli. Daten hatten damals offenbar nicht jene große Bedeutung wie heute für uns, werden häufig verwechselt, und die mündliche Überlieferung besagte, dass die Schlacht tatsächlich in völliger Dunkelheit geführt wurde. Die Sonnenfinsternis begann um 13.40 Uhr, vollkommen finster war es um 14.53 Uhr, und vorüber war sie um 16.00 Uhr. Es ist also durchaus denkbar, dass das Schlachtfeld zu einem entscheidenden Zeitpunkt entsprechend überschattet wurde.

Der Sprung über die Kette bei Miklagard

Halldors großartige Geschichte in Kapitel dreizehn, wie Haralds Männer über die große Kette sprangen, die den Hafen von Miklagard begrenzte, basiert ebenfalls auf einer bekannten Erzählung, die von dem berühmten isländischen Saga-Schreiber Snorri Sturluson (s. o.) niedergeschrieben wurde. Er war nicht gerade dafür bekannt, dass er sich sklavisch an die Tatsachen hielt, aber der dramatische Trick, das Boot über die Kette zu kippen, indem man die Mannschaft von einem Ende des Bootes zum anderen rennen ließ, ist tatsächlich detailliert geschildert, deshalb war er es wert, auch in meine Erzählung eingebettet zu werden.

Das Griechische Feuer

In Kapitel sieben berichtet Halldor genüsslich vom »Griechischen Feuer«. Diese geheimnisvolle Waffe der Byzantiner, von der erstmals um 600 berichtet wird, stellte für die Geschichtenerzähler und das Publikum in dieser Zeit eine große Faszination dar und ist erstaunlicherweise bis heute unerklärt. Man nannte es auch »Seefeuer«, »flüssiges Feuer«, »klebriges Feuer« oder »römisches Feuer«. Die Flammen wurden mit hoher Geschwindigkeit aus einem unter Druck stehenden Rohr abgefeuert. Andere Nationen hatten großen Respekt und Angst davor, denn die Flüssigkeit brannte auf dem Wasser und war somit ein großer Vorteil bei Seeschlachten. Trotzdem war die Waffe nicht immer anwendbar, denn es bedurfte einer ruhigen See, und sie konnte nur aus nächster Nähe abgefeuert werden.

Ihre Zusammensetzung war ein streng gehütetes Geheimnis und bleibt bis zum heutigen Tage ungeklärt. Sogar als den Arabern im neunten Jahrhundert etwas von der Substanz und der Behältnisse in die Hände fiel, gelang es ihnen nicht, die Waffe zu kopieren und selbst herzustellen. Die Ursache waren womöglich die unterschiedlichen Einzelelemente dieses Waffensystems – die Rezeptur, die spezialisierten Schiffe, auf denen es transportiert wurde, der Mechanismus, mit dem man die Flüssigkeit erhitzte und unter Druck setzte, und das Rohr, aus dem sie ausgestoßen wurde. Sie alle wurden einzeln gelagert, wobei die jeweiligen Konstrukteure immer nur eine einzige Komponente kannten, so dass kein Feind sie in ihrer Ganzheit ausspionieren konnte. Das erklärt vielleicht auch, warum sie ab dem zwölften Jahrhundert nicht mehr in Verwendung war.

Einem Rezept am nächsten kommt die Schilderung der byzantinischen Geschichtsschreiberin Anna Komnene, einer

Prinzessin des zwölften Jahrhunderts, die die sogenannte *Alexiade* verfasste, einen vollständig erhaltenen historischen und biografischen Text über ihren Vater, Alexios I. Komnenos. Sie legt nahe, dass zur Herstellung des »Griechischen Feuers« entzündliches Harz aus Kiefern gesammelt wurde, das mit Schwefel versetzt wurde und vermittels heißer Luft durch Schilfrohre gestoßen wurde, so dass es ans Tageslicht kam und dort Feuer fing. Doch es muss noch mehr daran gewesen sein, und im Laufe der Jahre gingen Historiker und Forscher der Möglichkeit nach, dass der Grundstoff Salpeter (womit dies die erste bekannte Nutzung von Schießpulver gewesen sein dürfte) oder Ätzkalk gewesen sein könnte. Heute geht man davon aus, dass es sich um Erdöl bzw. Rohöl handelte, in seiner Wirkung in etwa vergleichbar mit dem modernen Napalm – auf jeden Fall aber handelte es sich offensichtlich um eine furchteinflößende Waffe.

Geografische Besonderheiten

Sigtuna

Sigtuna, die damalige Hauptstadt Schwedens, lag am Ufer des Mälarsees, der damals noch eine Ostseebucht war, also eine Bucht des Warägermeers. Durch eine postglaziale Landhebung (da das Gewicht des Eises nicht länger das Land niederdrückte) erhoben sich dort zahlreiche Inseln und Landzungen aus dem Wasser, die letztlich um das Jahr 1200 den Mälarsee in einen Binnensee verwandelten. Etwa in diesem Zeitraum schwang sich auch Stockholm am äußersten Kragen des Flusses zur Hauptstadt auf und ersetzte Sigtuna letztlich um das Jahr 1300. Heute muss man engen Flüsschen folgen, um Sigtuna im Boot zu erreichen, aber als Harald und Elisabeth dorthin segelten, wie in Kapitel siebzehn nachzulesen ist, waren die Wasserstraßen erheblich breiter und offener.

Der Fluss Gault Elf

Der Gault Elf existiert unter diesem Namen nicht mehr, entspricht aber in weiten Teilen dem heutigen *Göta älv* und erstreckte sich vom See Vänern bis zum Kattegat zwischen dem heutigen Schweden und dem dänischen Festland. In der Wikingerzeit gehörte Skåne – das heutige Schonen, die südlichste Provinz Schwedens – zu Dänemark. Der Gault Elf markierte also die Grenze zwischen dem dänischen Festland und Norwegen, dessen Ausläufer sich bis ins heutige Schweden unterhalb des Osloer Fjords erstreckten. Daher war dies der perfekte Ort, um einen Friedensvertrag zwischen den beiden Ländern auszuhandeln, wie in Kapitel fünfunddreißig dargestellt.

Figuren

Im Folgenden finden Sie ein paar weitere Details über die Figuren in diesem Buch und weitere über solche, die ich zugunsten einer straffen Erzählführung auslassen musste.

Andreas von Ungarn und Anastasia

Obwohl die Quellenlage unsicher ist, scheint es wahrscheinlich, dass Andreas erst im Jahre 1031 in Kiew auftauchte, vielleicht sogar erst einige Jahre später. Er und seine beiden Brüder, Béla und Levente, fanden möglicherweise zunächst Asyl in Polen, wo Béla, der Jüngste der drei, die Tochter König Mieskos II. heiratete, bevor die anderen beiden nach Kiew weiterzogen. Ich entschied mich jedoch dafür, Andreas von Anfang an in Kiew anzusiedeln, so dass er die ganze Zeit über in den Erzählfluss eingebunden ist.

Andreas wurde zur Rückkehr nach Ungarn aufgefordert, obwohl er um seinen Thron dann offenbar doch kämpfen musste. Einige Quellen gehen davon aus, dass Levente eigentlich der ältere Bruder war, den Thron aber nicht übernahm, weil er immer noch »Heide« war, im Gegensatz zu Andreas, der in Kiew zum Christentum konvertiert war. Andreas wurde entweder Ende 1046 oder 1047 gekrönt, aber dort endet die Geschichte keineswegs, insbesondere nicht für Anastasia. Denn Andreas' jüngerer Bruder Béla zettelte im Jahre 1060 eine Rebellion an und schlug Andreas, der kurz darauf starb. Anastasia und ihr Sohn Salomon flohen nach Österreich, wo Anastasia, die nicht zu den Frauen gehörte, die allzu leicht aufgeben, die Hilfe König Heinrichs IV. von Deutschland erbat, dessen Schwester Judith mit Salomon verlobt war. Im Jahre 1063 marschierten deutsche Truppen auf ihr Geheiß hin in Ungarn ein, aber glücklicherweise starb Béla (anscheinend eines natürlichen Todes), und seine Söhne flohen. Salomon wurde zum König Ungarns gekrönt, mit Anastasia als seiner Regentin. Ich hätte die Geschichte von Elisabeths energischer Schwester gern weitergesponnen, aber angesichts des ohnehin schon beträchtlichen Umfangs war dafür kein Platz mehr in *Das goldene Meer.*

Henry I. von Frankreich und Anna

Nach dem Tod seiner ersten Frau, Mathilde von Friesland, scheint Henry auf geradezu märchenhafte Weise in aller Herren Länder nach einer neuen Braut gesucht zu haben. Bedauerlicherweise scheint diese Jagd sich in die Länge gezogen zu haben, und zwar nicht durch romantische Verwicklungen, sondern durch die Notwendigkeit, eine Frau zu finden, deren Blut edel genug war, um als Königin zu fungieren, ihm aber familiär gesehen nicht so nahestand, dass ihre Verbindung von der Kirche mit einem Bann belegt werden konnte – anscheinend eine schwierige Aufgabe. Der verzweifelte König ließ Botschafter an sämtliche Höfe Europas entsenden, und schließlich fanden sie ihren Weg nach Kiew, noch rechtzeitig, um im Jahre 1051 ein Ehearrangement mit Anna einzugehen.

Vielleicht war das nicht gerade die schmeichelhafteste Methode, um als Braut ausgewählt zu werden, aber für Anna war es eine gute Partie. Man beachte, dass sie am Anfang nicht besonders beeindruckt von ihrer neuen Heimat gewesen zu sein schien, denn sie schrieb Jaroslaw, dass Frankreich »ein barbarisches Land mit finsteren Häusern, hässlichen Kirchen und empörenden Sitten« sei. Besonders entsetzt schien sie über die Tatsache zu sein, dass viele Franzosen Analphabeten waren und nur wenige Sprachen beherrschten, dass sie sich nicht häufig genug wuschen, und – was vielleicht das Vergnüglichste daran ist – dass die französische Küche im Gegensatz zu dem, was sie in Kiew gewohnt gewesen war, ziemlich schlecht war.

Anscheinend arrangierte sie sich jedoch mit ihrer Situation und erwarb sich bald den Ruf, eine intelligente Frau mit politischem Sachverstand zu sein. Zu Lebzeiten ihres Mannes unterzeichnete sie häufig Urkunden mit ihm, was seinen

Respekt für sie zeigt. Als er im Jahre 1060 starb, war der rechtmäßige Thronfolger, sein ältester Sohn Philipp, erst acht Jahre alt. Deshalb wurde Anna zur Regentin ernannt – als erste französische Königin, der man dieses Privileg überhaupt gewährte. Diese Rolle teilte sie sich mit Balduin von Flandern, dem Vater der Matilda von Flandern, die wiederum Gemahlin Williams des Eroberers war. In *Der rubinrote Thron,* dem dritten Buch dieser Trilogie, werde ich deshalb näher auf sie eingehen.

König Sven von Dänemark

Auch Svens Rolle musste ich in diesem Roman etwas beschneiden. Während seiner Regentschaft in Norwegen war Harald ständig in Sommerscharmützel mit ihm involviert, bei denen man heftig um Ländereien in Dänemark stritt. Offenbar handelte es sich um eine Art königliches Spiel zwischen den beiden Männern, die einander selbst im Kampf noch respektierten, und ich hätte gern mehr über ihre Rivalität geschrieben, aber letztlich ist das hier Elisabeths Geschichte, und die Intrigen und Auseinandersetzungen der Herrschenden mussten in den Hintergrund rücken.

Sven scheint ein lebhafter und interessanter Mensch gewesen zu sein. Den Berichten zufolge war er ein großer Mann mit einnehmendem Wesen, der drei Frauen in Folge hatte und jede Menge Geliebte, mit denen er mindestens zwanzig Kinder hatte.

Als verwegener, beeindruckender und anscheinend auch sehr beliebter König von Dänemark hätte er sich mit Leichtigkeit einen Platz in der Geschichte Englands sichern können. In England von Estrid, der Schwester Knuts des Großen, zur Welt gebracht, war er durchaus ein stärkerer Kandidat für den englischen Thron als Harald oder William. Es ist denkbar, dass seine Schlachten mit Harald ihn zu sehr geschwächt hatten, um aus den chaotischen Zuständen im Jahre 1066 seinen Vorteil zu ziehen, dennoch machte er entschlossene, wenn auch vergebliche Versuche, England für sich einzunehmen, und zwar in den Jahren 1069 und 1074.

Er scheint sogar Haralds Witwe geheiratet zu haben, obwohl die Quellen sich nicht klar dazu äußern, ob es sich um Thora oder um Elisabeth handelte (s. u.).

Kaiserin Zoe

Dieser Roman streift das Leben von Kaiserin Zoe von Byzanz nur ganz kurz. Sie war eine »Porphyrogenita«, eine »Purpurgeborene« – das heißt, die Tochter eines zum Zeitpunkt ihrer Geburt regierenden Kaisers. Offenbar war das kaiserliche Schlafgemach tatsächlich mit purpurnen Wänden ausgestattet, weshalb der Ausdruck sowohl im buchstäblichen als auch im übertragenen Sinne zu verstehen ist. Sie wurde etwa um das Jahr 978 als Tochter Konstantins VIII. geboren, und ihr Vater wollte anscheinend unter allen Umständen verhindern, dass ein anderer Mann an die Macht kam. Trotz diverser Heiratsanträge heiratete sie deshalb erst im Alter von fünfzig Jahren, nämlich – nach dem Tod ihres Vaters im Jahre 1028 – Romanos Argyros, der sodann zu Kaiser Romanos III. wurde.

Zoe wollte die verlorene Zeit nachholen und bemühte sich verzweifelt, schwanger zu werden, indem sie magische Amulette, Anhänger und Tränke benutzte, die allesamt (was nicht überraschend ist) ohne Wirkung blieben. Diese Besessenheit scheint sie ihr weiteres Leben lang nicht losgelassen zu haben, und ihre Gemächer im Palast waren voller Apparate zur

Herstellung von Salben und Parfüms, mit denen sie anscheinend ihre Schönheit zu erhalten vermochte – so dass ihr Gesicht bis zu ihrem sechzigsten Lebensjahr faltenfrei blieb –, den ersehnten Erben jedoch nicht hervorbrachte.

Ich habe sie als männermordenden Vamp geschildert, einerseits zur Unterhaltung und andererseits, weil es der Wahrheit recht nahezukommen scheint. Romanos, der schnell das Interesse daran verlor, seine Frau zu schwängern, wurde im Jahre 1034 tot im Bad aufgefunden, und noch am gleichen Tag heiratete Zoe Michael, ihren Kammerherrn und offiziellen Geliebten. Michael IV. aber erwies sich als kränkelnd und der Aufgabe nicht wirklich gewachsen (wenn das überhaupt jemand gewesen wäre), der alternden Zoe ein Kind zu zeugen. Als er im Jahre 1041 starb, ging die kaiserliche Krone auf seinen Neffen Michael V. über. Er sollte gemeinsam mit Zoe regieren – die immer noch die Porphyrogenita war –, aber er verbannte sie kurzerhand in ein Kloster. Das rief jenen Volksaufstand in Konstantinopel hervor, der in Kapitel zwölf beschrieben wird.

Michael wurde geblendet – mit an Sicherheit grenzender Wahrscheinlichkeit von Haralds Leuten –, um ihn daran zu hindern, dass er erneut nach der Macht greifen würde, und tatsächlich musste Harald offenbar im Schutz der Dunkelheit vor der raubgierigen Zoe flüchten. Nach etwa dreimonatiger gemeinsamer Herrschaft mit ihrer Schwester Theodora heiratete sie sodann ein drittes Mal, nämlich ihren früheren Geliebten, Konstantin Monomachos, der formal zum kaiserlichen Herrscher neben Zoe und ihrer Schwester eingesetzt wurde. Zu allem Überfluss brachte Konstantin wiederum seine Geliebte Maria Skleraina mit, der Zoe sogar eine seltsame kaiserliche Gunst gewährte.

Eine erstaunliche Frau in der Tat, und eine, über die ich gern mehr erfahren möchte, wenn meine Zeit es erlaubt.

Großfürst Jaroslaw der Weise

Elisabeths Vater scheint ein wahrhaft inspirierender und fortschrittlicher Herrscher gewesen zu sein. Aber er wurde erst dann alleiniger Großfürst über das gesamte Land der Rus, als etwa im Jahre 1036 sein Bruder Mstislaw starb, der nach einer Reihe brüderlicher Zwistigkeiten die Gebiete östlich des Dnepr beherrscht hatte. Mstislaw hatte seinen Regierungssitz in Tschernigow, und während seiner Regentschaft hielt er sich vornehmlich an den Osten. Seine Präsenz in dieser Geschichte hätte die Figurenkonstellation nur unnötig verkompliziert. Zudem ist es möglich, dass Jaroslaw erst in diesem Jahr seinen eigenen Regierungssitz von Nowgorod nach Kiew verlagerte, aber da die Quellenlage hier nicht eindeutig ist, entschloss ich mich, seine Familie dort gleich von Beginn an anzusiedeln, ebenfalls wiederum, um unnötige Komplikationen zu vermeiden.

Jarl Håkon

In Kapitel vierunddreißig werden die Schlacht von Niså und Haralds Sieg über Sven geschildert, wobei Aksel als mutiger Befehlshaber einzelner Schiffe, die dazu beitrugen, die Schlacht zu norwegischem Gunsten zu entscheiden, besonders hervorgehoben wird. In Wirklichkeit war es jedoch nicht Aksel (den ich erfunden habe), dem dies gelang, sondern Jarl Håkon, einem Neffen von Einar Tambarskelfir, der die Jarls des Nordens nach Einars Tod anführte.

Håkons Geschichte ist an und für sich sehr interessant, da er nach einer Meinungsverschiedenheit mit Harald ebenso wie Finn zu den Dänen überlief. Später jedoch wurde ihm vergeben, und er kehrte in die Dienste des norwegischen Königs zurück und heiratete Ragnhild, König Magnus' illegitime Tochter (s. u.). Etwas später geriet er mit Harald wieder in Streit, als der Verdacht aufkam, dass unter Umständen er es gewesen war, der – aufgrund der Freundlichkeit des dänischen Königs in der Vergangenheit – diesem die Flucht bei Niså ermöglicht hatte und dadurch Harald die Chance auf den dänischen Thron genommen hatte. Harald tötete Håkon in der Schlacht von Vänern im Jahre 1064. Ich hätte ihm gern eine Rolle in dieser Geschichte zugedacht, aber seine Figur erwies sich dann doch als zu schwierig. Dennoch konnte ich nicht widerstehen, mir seinen mutigen Vorstoß für Aksel auszuborgen.

Ragnhild

Sie ist die Tochter von König Magnus und einer unbekannten Mätresse. Möglicherweise wurde sie gezeugt, als er noch sehr jung war. Sie scheint eine Frau von starkem Charakter gewesen zu sein, die – was sicher eher der Skaldendichtung als der Realität entsprach – einen Wutanfall bekommen haben soll, als sie einen nordischen Jarl heiraten sollte, der kein Fürst war. Dieser Edelmann war Håkon, der sich bei Niså durch besondere Tapferkeit ausgezeichnet hatte (s. o.) und den sie später dann doch ehelichte. Letztlich war aber für diese Geschichte in diesem Roman auch kein Platz, weshalb auch Ragnhild unter den Tisch fiel.

Was geschah nach 1066?

König Harold Godwinson war gnädig zu den geschlagenen Norwegern, die die Schlacht von Stamford Bridge überlebt hatten (darunter auch Thoras Sohn Olav), und gewährte ihnen sicheres Geleit zu ihren Schiffen. Bedauerlicherweise waren nicht mehr allzu viele Soldaten übrig. Es wird berichtet, dass etwa dreihundert Schiffe Norwegen zur Eroberung Englands verlassen hatten und nur vierundzwanzig nach Hause zurückkehrten.

Zunächst segelten sie auf die Orkneys zu Elisabeth, wo sie bei den Jarls Paul und Erlend, Thorfinns Söhnen, überwinterten, die beide das Blutbad in England überlebt hatten. Im Frühjahr 1067 holten sie Haralds Leichnam (woher, wissen wir nicht, aber er muss von irgendjemandem aufbewahrt worden sein, was erneut ein Zeichen für die Barmherzigkeit der Engländer ist – insbesondere im Vergleich zur schändlichen Behandlung Harolds durch William den Eroberer nach der Schlacht von Hastings) und brachten ihn und Marias sterbliche Überreste nach Hause, um sie dort in allen Ehren zu bestatten. Marias Tod, der sich den Berichten zufolge tatsächlich am Tag der Schlacht bei Stamford Bridge ereignet haben soll, wurde eine mystische Bedeutung zugeschrieben, die ich in diesem Roman reichlich ausgeschmückt habe.

Die Regierungsgeschäfte Norwegens teilten sich sodann Thoras Söhne, Magnus und Olav. Schon im Jahr 1069 verstarb Magnus (woran, ist nicht bekannt), so dass Olav Alleinherrscher wurde. Der Nachwelt ist er als Olav der Stille bekannt, und mir gefällt der Gedanke, dass dies auf Thoras liebevolle Erziehung und vielleicht seinen Kriegsüberdruss nach Haralds ehrgeiziger Regentschaft zurückzuführen ist.

Adam von Bremen, ein Chronist aus dem elften Jahrhundert, berichtet in seiner *Gesta Hammaburgensis ecclesiae pontificum* (lat. »Geschichte des Erzbistums Hamburg«), dass Sven als dritte Gemahlin »die Mutter von König Olav Kyrre« heiratete; allerdings ist unklar, ob er sich mit dieser Aussage auf seine tatsächliche Mutter Thora oder auf seine Stiefmutter Elisabeth bezieht. Die Eheschließung war wohl Teil eines Bündels von Vereinbarungen, die kurz nach 1066 getroffen wurden, um den Friedensvertrag mit Dänemark zu stabilisieren. Ingrid, Elisabeths Tochter, heiratete Prinz Olav, Sven Estridssons drittgeborenen Sohn einer unbekannten Konkubine; und König Olav, Thoras Sohn, heiratete Prinzessin Ingerid, ein weiteres von Svens Kindern.

König Sven selbst hätte auf jeden Fall beide von Haralds Witwen ehelichen können, aber im Nachgang zu meiner Geschichte gefällt mir der Gedanke besser, dass es Thora war, die sich an diesen skandinavischen Herrscher band. Nach dieser kurzen Anmerkung durch Adam von Bremen werden meine beiden Heldinnen jedoch mit keinem Wort mehr erwähnt, und wir wissen auch nicht genau, wann und wo sie starben. Ich hoffe sehr, dass dieser Roman, der gleichermaßen auf den Produkten meiner Fantasie wie auf historischen Aufzeichnungen basiert, dazu beiträgt, ihre bedauerlicherweise verlorene Geschichte wiederzubeleben.

Namensveränderungen

Jaroslaws Kinder:

Isjaslaw	*Ivan*
Swatjoslaw	*Stefan*
Wsewolod	*Viktor*
Wjatscheslaw	*Yuri*

In Kiew:

Ingegerd (Elisabeths Mutter sowie ihre Tochter)	*Ingrid*

In Norwegen:

Ingibiorg (Finns Tochter)	*Idonie*
Bergljot (Einars Frau)	*Brigid*
Jorunn (Thoras Schwester)	*Johanna*
Eystein Orre (Thoras Bruder)	*Otto*

Danksagungen

Das erste Buch dieser Trilogie ist nur so angefüllt mit Danksagungen, weshalb ich mich fragte, wem ich jetzt für die Unterstützung bei diesem zweiten Band danken soll, aber es ist nun einmal eine Tatsache, dass es die gleichen Menschen sind – und überdies noch ein paar weitere –, die bei der Entstehung dieses Romans so unendlich wertvoll waren, deshalb haben sie es verdient, nochmals genannt zu werden.

Ich danke meinem Mann für seine endlose Geduld und Nachsicht – ich verspreche dir, diesmal nicht auf die Schnapsidee zu verfallen, alle, die wir kennen, zu einer Party einzuladen …

Ich danke meinen Kindern – denen dieses Buch gewidmet ist –, weil sie mein endloses Gerede von Wikingern ertragen haben und nicht zu laut gestöhnt haben, wann immer ich so etwas sagte wie: »Wusstet ihr, dass es die Wikinger waren, die …« Außerdem lieben Dank, dass ihr mit mir verschiedene Schlachtplätze, Schlösser und Ausstellungen besucht und sogar manchmal Interesse bekundet habt. Ich weiß, die Wikinger hatten noch keine iPhones, aber sie waren trotzdem ziemlich cool.

Dank auch an meine Eltern, die meinetwegen so aufgeregt waren, und die mir, Gott sei Dank, nicht ihr Chemiker-Gen vererbt haben! Und an den ganzen Rest meiner Familie für ihren Input, obwohl ich fürchte, dass die Bestellungen für Ferraris, Ferienhäuser, Motorräder und so weiter noch eine Weile auf sich warten lassen müssen …

Mein Dank gilt auch meinen Freunden überall auf der Welt, die mich so unglaublich bei der Entstehung von *Das goldene Meer* unterstützt haben. Manchmal ist es mir peinlich, dass ich so einen Wind darum mache, wenn ich eigentlich einfach nur meinen Job mache, und halte mich für gesegnet, weil ihr alle euch dermaßen mit mir freut. Danke.

Kate, meiner Agentin, danke ich, weil sie – abgesehen von meiner Familie und meinen Freunden – schon länger hinter mir steht als irgendjemand sonst; und weil ich ihre beständige Begeisterung und ihren Rat so sehr schätze.

Danke auch an Natascha, meine Lektorin, ohne deren Weisheit, deren Auge fürs Detail und ihre nicht enden wollende Geduld dieses Buch nicht annähernd so gut geworden wäre. Und nicht zuletzt danke für ihre liebevollen, unterstützenden Randbemerkungen. »Jetzt kriege ich feuchte Augen« ist bislang mein Lieblingskommentar.

Und schließlich danke ich dem gesamten engagierten, freundlichen und enthusiastischen Team von Pan Macmillan – insbesondere Susan für ihre fantastische Redaktion, Katie für ihre unglaubliche Öffentlichkeitsarbeit und Jo für ihre umwerfenden Covervorschläge. Es war ein Vergnügen, diesen langen Weg der Veröffentlichung mit einem so starken Team zu gehen, und ich bin unglaublich dankbar, dass ihr mich alle unterstützt habt.

Danke euch allen.

Joanna

Autorin

Joanna Courtney studierte mittelalterliche Literatur und Geschichte an der Cambridge University. Heute lebt sie mit ihrem Mann und vier Kindern in Derbyshire. Nach »Das purpurne Herz«, dem ersten Roman ihrer mitreißenden historischen Trilogie über drei große Königinnen im englischen Mittelalter, liegt mit »Das goldene Meer« nun auch der zweite Teil der Reihe vor.

Joanna Courtney im Goldmann Verlag:
Das purpurne Herz. Historischer Roman
(auch als E-Book erhältlich)
Das goldene Meer. Historischer Roman
(auch als E-Book erhältlich)
Am Winterhof. Historische Kurzgeschichte
(nur als E-Book erhältlich)

GOLDMANN
Lesen erleben